GOLDMANN

W0314188

Buch

Melanie Johnston, eine temperamentvolle adlige Schönheit mit flammendrotem Haar, hat allen Grund, Roland Donavan aus tiefster Seele zu hassen. Er ist nicht nur schuld am tragischen Tod ihres geliebten Großvaters, sondern er raubt ihr zu allem Überfluß auch noch in einer schicksalsträchtigen Nacht ihre Unschuld und entfacht in ihr eine alles verzehrende Leidenschaft, gegen die sie vergeblich ankämpft. Als ihre nächtliche Eskapade ans Licht kommt, ist ihre gesellschaftliche Ehre für immer befleckt. Ihr Verlobter, der reiche Erbe Dom Clements, wendet sich von ihr ab. Für Melanie gibt es jetzt nur noch einen Weg, sich zu rächen: Sie wird einwilligen und Roland Donavans Frau werden, um ihm dann mit allen Mitteln ihrer weiblichen List das Leben zur Hölle zu machen. Doch sie ahnt noch nichts von der Macht ihres eigenen unstillbaren Hungers – und von dem dunklen Geheimnis, das Roland umgibt.

Autorin

Jennifer Blake wurde in Goldona, Louisiana, auf der Farm ihrer Großeltern geboren. Mit fünfzehn heiratete sie, mit zwanzig schrieb sie ihren ersten Roman. Seitdem hat sie weit über dreißig Bücher veröffentlicht und ist eine der erfolgreichsten amerikanischen Unterhaltungsautorinnen.

Von Jennifer Blake liegen folgende Bücher im Goldmann Verlag vor:

Im Sturm erobert. Roman (41281) · Brennende Glut. Roman (41446) · Bitteres Paradies. Roman (9812) · Ein Hauch von Paradies. Roman (9997) · Mitternachtswalzer. Roman (9675) · Nacht über Louisiana. Roman (9684) · Serenade der Leidenschaft. Roman (9998) · Strom der Sehnsucht. Roman (9814) · Träume des Südens. Roman (9467) · Wie Feuer auf meiner Haut. Roman (41250) · Wie Feuer im Blut. Roman (9830) · Zur Liebe verdammt. Roman (41246) · Willkür meines Herzens. Roman (41366)

JENNIFER BLAKE

Zärtliche Betrügerin

ROMAN

Aus dem Amerikanischen
von Uschi Gnade

GOLDMANN VERLAG

Deutsche Erstveröffentlichung

Die Originalausgabe erschien unter dem Titel »Tender Betrayal«
bei Popular Library, CBS Productions, New York

Umwelthinweis:
Alle bedruckten Materialien dieses Taschenbuches
sind chlorfrei und umweltfreundlich.
Das Papier enthält Recycling-Anteile.

Der Goldmann Verlag
ist ein Unternehmen der Verlagsgruppe Bertelsmann

Made in Germany · 1. Auflage · 1/93

Umschlaggestaltung: Design Team München
Umschlagillustration: Schlück/Daeni, Garbsen
Satz: Uhl + Massopust, Aalen
Druck: Elsner-Druck, Berlin
Verlagsnummer: 42032
Redaktion: Erna Tom/AK
Herstellung: Heidrun Nawrot
ISBN 3-442-42032-6

Erster Teil

1. Kapitel

Melanie Johnston lüpfte den Saum ihrer pastellblauen Seidenröcke und der mit Spitze eingefaßten Petticoats und stellte einen Fuß, der in einem Satinschuh steckte, auf das Messinggitter vor dem Kamin. Als die Wärme des Kohlenfeuers um ihre Knöchel spielte und an ihren Waden heraufkroch, zuckte sie ein wenig zusammen. Draußen war es bitter kalt. Es kam zwar selten vor, daß man in Natchez, Mississippi, die Eiseskälte von Schnee und Graupelschauern zu spüren bekam, doch in den Regen, der gegen die Fenster des großen Hauses trommelte, das unter dem Namen Monmouth bekannt war, mischten sich Eiskörner. Die Unbilden der Witterung hatten jedoch dem Ball keinen Abbruch getan, den Gouverneur John Quitman veranstaltete, der Besitzer dieses geräumigen Landhauses mit den weißen Säulen. Die wenigsten wollten sich *das* gesellschaftliche Ereignis der Saison entgehen lassen oder Gefahr laufen, einen der einflußreichsten Männer im ganzen Staat zu beleidigen. Selbst in dem abgelegenen Zimmer im Obergeschoß, in das sich die Damen zurückziehen konnten, hörte Melanie die Klänge eines Walzers und das Summen lebhafter Stimmen.

Es war erstaunlich, daß sie dieses Schlafzimmer ganz für sich allein hatte, doch es war ihr keineswegs unangenehm. Sie hatte es satt, zu lächeln und höfliche Konversation zu betreiben, dieselben banalen Begrüßungsfloskeln mit demselben Kreis von Freunden und Bekannten auszutauschen, den sie in den vergangenen drei Monaten nahezu allabendlich gesehen hatte. Die Wintersaison war lang gewesen, und noch länger war sie durch die hartnäckige Entschlossenheit ihres Großvaters geworden, jedes gesellschaftliche Ereignis zu besuchen, zu dem er und seine Enkelin eingeladen wurden. Keiner konnte behaupten, er säße griesgrämig zu Hause und fürchte sich vor einer Konfrontation mit denjenigen, die ihn verunglimpften, oder er verstecke sich vor den bösartigen Gerüchten, die in der Stadt über ihn kursierten.

Melanie seufzte und hob die Hand an ihre Schläfe. Die gemeinen Lügen, die sich um die Haltung ihres Großvaters während des jüngsten Konflikts mit Mexiko drehten, waren lästig; noch lästiger war jedoch die Frage, wie sie ihren Großvater davon überzeugen konnte, daß kein entschlossenes Auftreten seinerseits half, um diese Lügen zum Verstummen zu bringen. Er war schon immer ein Mann der Tat gewesen, der schnell und entschlossen handelte. Als Veteran des Krieges von 1812, der Seminolenkriege gegen die Indianer und des texanischen Unabhängigkeitskrieges war es hart für ihn, jetzt feststellen zu müssen, daß seine früher so unbefleckte Ehre im Alter nun unerklärlicherweise besudelt wurde. Manche Männer, die an der Spitze ihrer Freiwilligentrupps ausgerückt waren, kehrten mit Unmengen mexikanischer Silberdollar zurück, die sie schmelzen ließen, um sie zu Teeservicen, Bestecken und wohltönenden Glocken für ihre Plantagen verarbeiten zu lassen. Melanies Großvater, Colonel Ezell Johnston, war gesundheitlich am Ende, als er zurückkehrte, und statt stolzgeschwellt vor Ruhm war er beunruhigend mißtrauisch geworden.

Melanie war derart in Gedanken vertieft, daß sie sich verblüfft umdrehte, als sich die Schlafzimmertür hinter ihr öffnete.

»Melanie Johnston! Hier hast du dich also versteckt. Ich habe dieses ganze große Haus nach dir abgesucht. Dom sagt, es hat ihm das Herz gebrochen, daß du die Mazurka verpaßt hast, die du ihm versprochen hattest, und eben, in diesem Augenblick, verpaßt du gerade den vorletzten Walzer vor dem Essen. Du mußt die unnatürlichste Verlobte auf Erden sein, wenn du es vorziehst, dir hier oben die Zehen zu rösten, statt unten im Ballsaal in den Armen des Mannes zu liegen, den du liebst!«

Wenn sie es wollte, konnte Melanie äußerst imposant wirken. Sie war nur durchschnittlich groß, aber das zarte kastanienbraune Haar, das sie geflochten und hoch auf den Kopf gesteckt hatte, verlieh ihr den Anschein einer königlichen Haltung. Die klassische Schönheit ihrer Gesichtszüge konnte sich streng verfinstern; das zarte Enzianblau ihrer Augen konnte einen Ausdruck unglaublicher Kälte annehmen. Nur der üppige Schwung ihres Mundes, in dem sich unterdrückte Leidenschaft andeutete, blieb unverändert.

»Wenn Dom mich sehen wollte«, sagte sie mit Falten zwischen den Augenbrauen, »dann hätte er mich selbst holen sollen, statt seine Schwester zu schicken.«

»Er selbst? Hier hinein?« fragte Chloe Clements und kicherte albern. »Du mußt verrückt sein. Du weißt doch, daß er das niemals wagen würde! Und außerdem schickt es sich für einen Freier, und selbst für einen Verlobten, absolut nicht, schmachtend vor Liebeskummer rumzulaufen, in leere Zimmer zu schauen und hinter den Gardinen das Mädchen zu suchen, das seine Frau werden wird. Damit würde er sich zum Gespött machen.«

»Und das ist etwas, was Dom überhaupt nicht passen würde, stimmt's?«

»Höre ich da etwa eine abwertende Äußerung über den Charakter meines Bruders? Jetzt hör aber auf, Melanie, du weißt selbst, daß du es nicht leiden könntest, wenn Dom anfinge, den leidenschaftlichen Liebhaber zu spielen, sich ständig an deine Fersen zu heften, mit gierigen Händen nach dir zu greifen und seinen Kopf schweratmend an deinen Ausschnitt zu pressen. Du würdest den armen Kerl unbarmherzig zurückweisen, wenn er so was versuchen sollte. Mich dagegen durchläuft ein heißer Schauer bei dem bloßen Gedanken, ein Mann könnte mich mit der Seele in den Augen anstarren und alles Erdenkliche tun, um mich in dunkle Winkel zu locken!«

Melanies Mund verzog sich gegen ihren Willen zu einem Lächeln. »Ja, das ist mir klar.«

»Und wenn es dazu noch ein tatkräftiger Mann wäre, einer, der mich einfach in seine Kutsche hebt und sich mit mir aufmacht, dann weiß ich, daß ich zu schwach wäre, um mich zu widersetzen. Ich würde mich nur verzückt an ihn klammern – Gott gebe jedoch, daß er mir nicht heute abend begegnet. Wie kommt es, daß ich jedesmal bei wichtigen Anlässen mit meinem monatlichen Fluch geschlagen bin? Es ist zum Verrücktwerden, einfach nicht zum Aushalten!«

Sie eilte vor die Frisierkommode in einer Ecke des Schlafzimmers und beugte sich vor, um besorgt ihr Spiegelbild in dem ovalen Spiegel zu betrachten. Chloe runzelte die Stirn und zog aus dem Täschchen, das von ihrem Handgelenk hing, ein Reispulvertüchlein und preßte es auf die dunklen Ringe unter ihren Augen.

Es war schwierig, Chloe zu mögen, aber es war genauso schwer, sie nicht zu mögen. Ihr Lachen war störend, ihre Sicht des Lebens von den schwülstigen französischen Romanen gefärbt, die ihr Bruder von seinen häufigen Reisen flußabwärts aus New Orleans mitbrachte, und doch war sie in ihrer Ausdrucksweise und in ihrem Benehmen so freimütig und in den Erwartungen, die sie an das Leben stellte, so hemmungslos egoistisch, daß sie eine merkwürdige Form von Bewunderung auslöste. Sie war nicht hübsch. Ihre Züge waren unausgeprägt, und ihr blondes Haar war sehr fein und flatterig. Und doch erregte sie mit ihren großen braunen Schlitzaugen, die wie Katzenaugen wirkten, und mit den Proportionen ihrer Figur, die für eine so kleine Person wie sie üppig wirkten, vor allem bei Männern Aufmerksamkeit.

»Ich verstehe beim besten Willen nicht, wieso das Schminken einen so schlechten Ruf hat«, sagte Chloe versonnen und drehte ihr Gesicht in alle Richtungen. »Ein wenig Farbe, das von diesem blassen Teint ablenkt, wäre doch wunderbar. Ich habe gehört, daß Gouverneur Quitman seiner Frau ein paar von diesen roten Tüchlein mitgebracht hat, die die Mexikanerinnen benutzen, um sich die Wangen und die Lippen zu färben, aber falls sie sie überhaupt schon benutzt hat, dann habe ich sie noch nicht damit zu sehen bekommen.«

»Ich bin sicher, daß Eliza Quitman Besseres zu tun hat, als sich darüber Gedanken zu machen.«

»Meine liebe Melanie, sei doch nicht so zimperlich. Was kann es schon schaden, der Natur ein wenig nachzuhelfen, vor allem, wenn die Natur es nicht besonders gut mit den Frauen gemeint hat?« Chloe redete übergangslos weiter. »Da wir gerade von Mexiko reden – erinnerst du dich an Roland Donavan?«

Melanie drehte abrupt den Kopf und starrte sie an. »Ja, natürlich. Er war unter meinem Großvater der zweite Befehlshaber der Johnston Freiwilligentruppe.«

»Ja, ich erinnere mich«, stimmte Chloe ihr zu. »Wie dumm von mir, aber ich habe immer geglaubt, daß du zu der Zeit, als die Truppe gebildet wurde und ausgerückt ist, dieses schicke Mädchenpensionat besucht hast. Vorher war Roland Donavan nicht gerade einer der *beaux sabres* in den Ballsälen von Natchez.«

Das stimmte. Roland Donavan war kein Mann, den die Mütter der guten Gesellschaft von Natchez mit offenen Armen willkommen geheißen hätten. Anscheinend wollte er das aber auch gar nicht, denn er hatte immer der steifen Förmlichkeit, die in den großen Häusern am Steilufer des Mississippi vorherrschte, andere Formen der Unterhaltung vorgezogen. Schnelle Pferde, hohe Wetteinsätze, hochprozentiger Schnaps, auffällige Frauen – und einige andere Vorlieben mehr. Melanie hatte ihn nie persönlich kennengelernt, aber seinen Ruf kannte sie, und sein Name war oft gefallen, wenn ihr Großvater sich an den Mexikofeldzug erinnerte.

»Seinem Vater gehört doch Cottonwood am gegenüberliegenden Flußufer in Louisiana, oder nicht?« erkundigte sich Melanie, die sich die Hände um die Taille legte, während sie sich aufrichtete und sich vom Feuer abwandte. Er besaß das Anwesen nicht nur, sondern lebte auch dort, und das sprach gewaltig gegen ihn. Viele der bessergestellten Einwohner von Natchez hatten Rechtsansprüche auf riesige Ländereien in Louisiana auf der anderen Seite des Mississippi und auch im Gebiet des Mississippideltas; ihr eigener Großvater hatte dort ein großes Stück Land besessen, ehe es verkauft worden war, um die Johnston Freiwilligentruppe vor dem letzten Krieg gegen Mexiko zu finanzieren. Sein Haus hatte er jedoch in Natchez, da es nicht Mode war und außerdem als sehr ungesund angesehen wurde, auf solchen Anwesen zu leben.

»Genau den Mann meine ich«, antwortete Chloe. »Es heißt, er sei in den zwei Jahren seit Kriegsende in Kalifornien gewesen und hätte auf den Goldfeldern dort sein Glück gemacht. Ob das nun wahr ist oder nicht – jetzt ist er jedenfalls wieder zu Hause.«

»Zu Hause? In Cottonwood?«

Das Mädchen schüttelte den Kopf. »Es heißt, er verstehe sich nicht gut mit seinem Vater. Er wohnt hier in Natchez in einem Hotel am Fluß. Ich glaube, im River Rest.«

Am Fluß. Diese Ortsangabe besagte, daß das Hotel im anrüchigen Teil der Stadt lag, der zwischen dem Fluß, der hohen Klippe am Flußufer und dem Wasser lag. Dieser Stadtteil wurde Natchez-unter-dem-Hang genannt und war das Viertel der Flußschiffer, der Falschspieler, der Trunkenbolde, der Mörder und Diebe und der leichten Mädchen – mit anderen Worten: der Nichtgesellschaftsfähigen. Es paßte zu dem Mann, über den sie redeten, daß er dort logierte.

»Warum schaust du so finster drein? Bist du denn nicht gespannt?« fragte Chloe.

»Worauf sollte ich gespannt sein?«

»Natürlich darauf, daß ein neuer Junggeselle in der Stadt ist, und noch dazu ein reicher, nach allem, was man hört. Er ist ein gutaussehender Teufelskerl, der viele ferne Orte bereist hat, phantastische Dinge getan hat und große Abenteuer erlebt hat – ich habe ihn heute nachmittag auf der Straße gesehen, wie er mit Gouverneur Quitman geredet hat, und ich wäre fast in Ohnmacht gefallen. Ich bin mir sicher, daß der Gouverneur, der schließlich auch ein Kriegsveteran ist, einen der letzten drei Überlebenden von Johnstons Freiwilligen zu dem Ball heute abend eingeladen hat. Wenn er nicht kommt, werde ich vor lauter Enttäuschung zusammenbrechen.«

»Sei nicht albern«, wies Melanie sie in scharfem Tonfall zurecht.

»Natürlich weiß man nie, was passiert«, grübelte Chloe und warf im Spiegel einen schnellen Seitenblick auf Melanie, »aber die Nacht ist noch jung.«

Melanies seidene Röcke rauschten, als sie sich zur Tür wandte. Ihr Großvater und Roland Donavan durften einander nicht begegnen, nicht hier im Haus des Gouverneurs, in dem sich so viele Gäste versammelt hatten.

»Melanie, wohin gehst du?« rief Chloe aus.

Melanie, die bereits durch den breiten Korridor mit dem rotbraunen Teppich eilte, antwortete ihr nicht.

Auf dem oberen Treppenabsatz blieb sie stehen und umklammerte das Mahagonigeländer. Die große Haustür in der Eingangshalle unter ihr öffnete sich gerade. Ein Mann in einem dunkelgrünen Umhang mit Biberbesatz über dem Abendanzug reichte dem Butler gerade seine hohe Biberpelzmütze. Das Licht des Messingkronleuchters an der Decke ließ sein welliges Haar blauschwarz schimmern. Seine Haut hatte die Sonnenbräune eines Mannes, der sich viel im Freien aufhält, und um seine Augen zogen sich kleine Fältchen, als sei er es gewohnt, große Entfernungen zu überblicken. Er hatte die breiten Schultern eines Mannes, der harte Arbeit kennt, und er war groß und überragte den Butler des Gouverneurs, von dem man wußte, daß er größer als eins achtzig war, um mindestens fünf Zentimeter.

Hinter ihr rief Chloe, die ihr nachgelaufen war, atemlos: »Ich muß schon sagen, Melanie, was ist denn in dich gefahren?«

Beim Klang der Stimme des Mädchens blickte der Mann unter ihnen hoch, und unter seinen struppigen Augenbrauen sahen sie Augen von einem tiefen und verblüffend intensiven Grün an. In dem Moment drang der Name, den er dem Butler genannt hatte, nach oben.

»Donavan, Roland Donavan.«

»Jawohl, Sir. Mr. Donavan«, begrüßte ihn der Butler. »Kommen Sie rein. Wir haben Sie schon erwartet, Sir.«

Melanie reckte entschlossen das Kinn in die Luft, lief die Treppe hinunter und ließ Chloe mit offenem Mund stehen. »Mr. Donavan«, hob sie an, und ihre Stimme klang flehend und gebieterisch zugleich: »Könnte ich Sie einen Augenblick sprechen?«

Roland Donavan, der seinen Umhang gerade öffnen wollte, unterließ es. Ein rätselnder Blick, in den sich Wertschätzung mischte, trat in seine Augen, als er beobachtete, wie sie anmutig die Stufen hinabstieg. Sein Erstaunen war verständlich. Junge

Damen sprachen fremde Männer nicht an, noch nicht einmal in der relativen Sicherheit eines Privathauses mit Dutzenden von Menschen in Rufweite. Taten sie es dennoch, dann konnte man ihnen Frechheit und Zudringlichkeit, wenn nicht noch Übleres vorwerfen. Er antwortete erst, als sie zwei Stufen über ihm in seiner Augenhöhe stand.

»Gewiß«, entgegnete er, und seine tiefe Stimme klang angenehm und bewußt unverbindlich, während er den Kopf zu einer angedeuteten Verbeugung neigte. »Miss...«

Melanie nannte ziemlich steif ihren Namen. Falls er ihm etwas sagte, so ließ er es sich jedenfalls nicht anmerken. Sein fester Mund verzog sich zu einem Lächeln. »Wollen wir uns unter vier Augen unterhalten?«

»Ich bitte darum«, antwortete Melanie. Mit einer gewissen Beklommenheit hängte sie sich bei ihm ein, als er ihr den Arm reichte, und dann blieb sie stehen und runzelte unentschlossen die Stirn. Es war nicht so einfach, einen Ort zu finden, um ungestört miteinander zu reden. Im Salon wimmelte es von tanzenden Paaren, die Bibliothek war zum Kartenzimmer umfunktioniert worden, in dem ihr Großvater es sich hoffentlich gemütlich gemacht hatte. Im Eßzimmer deckten die Dienstboten den Eßtisch und gaben der Mahlzeit den letzten Schliff. Oben gab es lediglich Schlafzimmer, ein strikt verbotenes Territorium, selbst dann, wenn Chloe ihnen nicht den Weg versperrt hätte, die immer noch dastand und die beiden fasziniert und entsetzt zugleich anstarrte.

»Könnten wir... können wir ins Freie gehen?« fragte Melanie, und ihre Stimme klang barsch vor lauter Nervosität und Besorgnis.

Roland Donavan zog eine Augenbraue hoch. »Ohne Mantel werden Sie furchtbar frieren.«

»Das macht nichts. Was ich Ihnen zu sagen habe, wird nicht lange dauern.« Und wenn sie es getan hatte, würde Mr. Donavan aus diesem Haus verschwunden sein, ein verdammt schneller Rückzug aus Monmouth.

Er neigte zustimmend den Kopf und führte sie zur Eingangstür. Der Butler öffnete ihnen die Tür, und Melanie trat ins Freie, ohne den entrüsteten Gesichtsausdruck des schwarzen Hausangestellten zu beachten.

Die Eisenlampe, die über der Tür hing, hatte der Wind gelöscht, und der Säulenvorbau lag im Dunkeln. Der Regen wurde prasselnd über den Ziegelboden geweht. Melanies Röcke flatterten im kalten Wind um ihre Beine, und ihre nackten Arme zitterten vor Gänsehaut. Jetzt, da sie mit Roland Donavan allein war, begann sie, an der Klugheit dessen, was sie hier vorhatte, zu zweifeln. Auf einmal fehlten ihr die Worte, ihm ihr Anliegen zu erklären. Ihm ganz direkt zu sagen, was sie wollte, kam ihr ziemlich unverschämt und auch verletzend vor, aber es schien keine andere Möglichkeit zu geben.

»Mr. Donavan, ich fürchte, wenn Sie heute abend dieses Haus betreten, dann wird es Ärger mit meinem Großvater geben, Colonel Ezell Johnston. Es steht mir nicht zu, das, was zwischen Ihnen vorgefallen ist, zu beurteilen. Ich denke nur an die Gesundheit und an das Wohlergehen meines Großvaters. Aus diesem Grund muß ich Sie bitten, das Haus zu verlassen und zu einem anderen Zeitpunkt, wenn nicht mehr so viele Leute da sind, zurückzukommen.«

Es dauerte einen Augenblick, bis er antwortete, und seine Stimme im Dunkeln neben ihr hörte sich fest und sicher an. »Ich hege keinen Groll gegen Ihren Großvater.«

»Das mag sein; ich habe keine Ahnung. Aber ich weiß ganz sicher, daß er einen tiefen und bleibenden Groll gegen Sie hegt. Werden Sie fortgehen oder nicht?«

»Ich glaube«, gab er bedächtig zu verstehen, »ehe ich das beantworte, brauche ich nähere Erklärungen.«

Melanie machte eine ungeduldige Geste. »Dafür haben wir keine Zeit.«

Er stellte sich anders hin und trat dann näher. Es dauerte einen Moment, bis Melanie erkannte, welchen Zweck er damit verfolgte; er hielt mit seinen breiten Schultern den kalten Wind von ihr ab. Mit schnellen, sparsamen Bewegungen streifte er seinen Umhang ab und hing ihn ihr um, während er antwortete. »Ich glaube, wenn Sie wollen, daß ich Ihrem Wunsch Folge leiste, müssen Sie sich Zeit nehmen.«

»Also, wirklich, Mr. Donavan«, setzte Melanie an und hob die Arme, um den Umhang abzulegen, aber seine Hände schlossen sich warm und fest um ihren Oberarm und hielten den Umhang fest. Einen kurzen Augenblick lang nahm sie die Wärme seines Körpers wahr, den Geruch gestärkten Leinens und den würzigen Duft einer Kräuterseife. Die plötzliche Anziehungskraft seiner starken männlichen Persönlichkeit wirkte betäubend auf sie. Es war lächerlich, doch sie fühlte sich plötzlich verletzbar und ein wenig verängstigt. Ein Schauer, der nicht ausschließlich auf die kalte Nacht zurückging, durchfuhr sie, und schleunigst fing sie an zu reden.

»Seit mein Großvater aus Mexiko zurückkehrte, ist er das Opfer von Anspielungen und Gerüchten, mit denen angedeutet wird, er hätte während seiner Gefangenschaft mit der mexikanischen Regierung zusammengearbeitet und versprochen, seinen Einfluß bei Männern wie Gouverneur Quitman dafür zu nutzen, sie zu einer Nichteinmischungspolitik zu überreden, was die mexikanischen Gebiete angeht. Es heißt, dafür sei er milde behandelt und verfrüht aus der Gefangenschaft freigelassen worden. Mein Großvater behauptet, daß Sie, Captain Roland Donavan, als der Offizier, mit dem er die meisten Meinungsverschiedenheiten hatte, der Offizier, der seine militärischen Strategien und seine Disziplinarmaßnahmen am häufigsten in Frage gestellt hat, die Person sind, die für diese üblen Vorwürfe verantwortlich ist.«

»Ich verstehe«, erklärte der Mann neben ihr, als sie abrupt aufhörte zu sprechen. Seine Stimme klang jetzt etwas bedrückt. Er ließ die Hände von ihren Schultern gleiten.

»Bestreiten Sie das?« fragte sie. Sie bemühte sich, in der windgepeitschten dichten Dunkelheit sein Gesicht zu sehen, konnte aber nicht mehr als vage Umrisse erkennen. Es überraschte sie, daß er seine Abwesenheit in den vergangenen eineinhalb Jahren, wenn nicht länger, nicht als Beweis für seine Unschuld anführte. Für sie wäre das natürlich nicht ausschlaggebend gewesen. Die

Gerüchte waren zwar in der Zeit in Natchez aufgekommen, aber sie schienen ihren Ursprung schon vor Kriegsende in Mexiko gehabt zu haben.

»Was würde es ändern, wenn ich es bestritte, da Colonel Johnston daran glaubt?«

Die Bitterkeit seiner Äußerung war offenkundig. Melanie verschwendete keine Zeit darauf, den verborgenen Sinn zu ergründen. »Dann werden Sie also fortgehen?«

»Ich habe lange darauf gewartet, in die Mauern von Monmouth geladen zu werden. Es wird außerordentliche Überredungskunst erfordern, mir diesen Spaß auszureden.«

»Überzeugt Sie auch nicht die Tatsache, daß Sie dadurch einem unausweichlichen Duell entgehen?«

»Doch, natürlich, und es wäre mir lieber, wenn es nicht dazu käme. Trotzdem könnte das immer noch einfacher sein als zu kneifen und auf so liebenswürdige Gesellschaft zu verzichten.«

»Falls Sie versuchen, mir zu schmeicheln...«

»Nein, oder zumindest geht es mir nicht nur darum. Ich wollte versuchen, für das Opfer, das Sie von mir verlangen, eine Art... Entschädigung vorzuschlagen.«

»Entschädigung? Wie meinen Sie das?«

»Mein Wagen steht nur wenige Schritte von hier entfernt. Wenn Sie in eine Ausfahrt mit mir einwilligen, lasse ich Ihren Großvater mit Freuden ungestört die Gastfreundschaft des Gouverneurs genießen.«

»Sie müssen verrückt sein!« Wenn sie im mitternächtlichen Dunkel ohne Anstandsdame mit ihm eine Ausfahrt gemacht hätte, dann hätte das genügt, um ihren guten Namen zu verunglimpfen und sie für den Rest ihres Lebens als lockeres Mädchen zu brandmarken.

»Ich versichere Ihnen, daß ich nie klarer bei Verstand war.«

Wieder dieser Anflug von Bitterkeit, und doch hatte sie den Eindruck, daß er lächelte und sich über das Dilemma, in das er sie gebracht hatte, heimlich freute, während er weiter auf ihre Antwort wartete. Abrupt fiel ihr die perfekte Entgegnung ein.

»Das geht nicht«, erklärte sie. »Wenn ich mit Ihnen ausführe, müßten Sie sich zwar nicht mit meinem Großvater, aber mit meinem Verlobten duellieren.«

»Mit Ihrem Verlobten?«

»Dom – Dominic Clements.«

Bei diesem Namen verstummte er. Natürlich kannte er ihn. Wie hätte er ihn auch nicht kennen können, denn Dom, ihr Großvater und er waren die einzigen, die noch von Johnstons Freiwilligen übrig geblieben waren. Schließlich sagte er: »Ich habe Dom zwar seit meiner Rückkehr noch nicht gesehen, aber ich bezweifle, daß er mir ein paar Minuten in Ihrer Gesellschaft mißgönnen würde – um der alten Zeiten willen.«

In seiner Stimme schwang etwas mit – vielleicht ein Hauch von Ironie –, das sie nicht verstand. Sie wußte nur, daß sie bar jeder Initiative war, und das paßte ihr gar nicht. Die Antwort blieb ihr erspart, als im Haus laute Stimmen ertönten. Plötzlich wurden die großen Flügel der Haustür aufgerissen.

»Melanie!«

Diese Stimme, die vor Wut und Sorge bebte, kannte sie nur zu gut. Eine Antwort zu verweigern, war mehr als zwecklos. Melanie holte tief Atem. »Hier bin ich, Großpapa«, rief sie.

Colonel Ezell Johnston war zwar Ende sechzig, hatte sich aber seine aufrechte militärische Haltung bewahrt. Das dichte Haar, das aus seiner breiten Stirn zurückwuchs, und sein voller Spitzbart waren silbergrau wie seine Augen unter drahtigen weißen Augenbrauen. Sein Gesicht war zu einem Stirnrunzeln verzogen, als er aus dem Haus trat. In der Hand hielt er einen zierlichen Malakkastock, und eine Reihe von anderen Gästen folgte ihm auf den Fersen, darunter auch Chloe, ihr Bruder Dom und der Gastgeber, Gouverneur Quitman.

»Was hat das zu bedeuten?« erkundigte sich der Colonel, und seine Stimme bebte vor Wut. »Genügt es nicht, daß Sie meinen guten Namen beschmutzt haben, Sie Halunke? Müssen Sie meine Enkelin auch noch beschmutzen?«

»Nein, Großpapa, so verhält es sich ganz und gar nicht«, versuchte Melanie zu erklären. »Reg dich nicht auf. Das ist es nicht wert.«

»Melanie hat recht«, sagte der Gouverneur und trat vor die Menschenmenge. »Ich bin nicht sicher, um was es eigentlich geht, Colonel, aber das ist weder die rechte Zeit noch der rechte Ort, um es zu lösen.«

Der Colonel ignorierte sowohl das Flehen seiner Enkelin als auch die behutsame Ermahnung des Gouverneurs, während sich schnell ein immer größeres Publikum hinter ihm versammelte. »Was haben Sie zu Ihrer Verteidigung vorzubringen, Sie elender Köter? Daß ich den Tag erleben muß, an dem ein Mann wie Sie, Captain Roland Donavan, in ein anständiges Haus eingeladen wird! Werden Sie sich für Ihr jetziges und früheres Benehmen von mir zur Rechenschaft ziehen lassen, oder soll ich Sie auf der Stelle meinen Stock spüren lassen?«

»Großpapa!« rief Melanie und trat vor, um eine Hand auf seinen Arm zu legen und ihn zurückzuhalten. Ihre Hand wurde prompt abgeschüttelt.

In dem Moment tauchte der Butler mit einem Kerzenleuchter in der Tür auf. Im flackernden Lichtschein wirkte Roland Donavan, als sei er unter seiner tiefbraunen Haut bleicher geworden. Er sprach mit Bedacht. »Mir war nicht bewußt, daß ich Sie zu irgendeinem Zeitpunkt und in irgendeiner Hinsicht verletzt habe, Sir.«

»Ach, nein? Zum Teufel mit Ihrer Unverschämtheit! Ich gestatte mir, das zu bezweifeln, ich verlange Genugtuung von Ihnen.«

»Es tut mir leid, Sir, aber ich könnte mich nicht mit einem Mann duellieren, der doppelt so alt ist wie ich.«

Selbst für Melanies Ohren hatte sich der Tonfall des jüngeren Mannes merklich verändert. Es lag keine Furcht und auch kein Schuldbewußtsein darin. Er schien nur ein gewisses Verantwortungsbewußtsein auszudrücken.

»Sie werden mir entweder auf dem Feld der Ehre gegenübertreten, oder ich peitsche Sie hier und jetzt aus wie einen gemeinen Köter, denn genau das sind Sie.« Colonel Johnston hob seinen Stock und schlug ihn Roland Donavan ins Gesicht.

Während sich ein Raunen des Entsetzens durch die Menge

zog, begann vom Backenknochen des jüngeren Mannes Blut aus der Platzwunde zu rinnen, die ihm der Schlag des Spazierstocks zugefügt hatte. Roland hob eine Hand zu seinem Gesicht und starrte dann das Blut auf seinen Fingern an. Als er sprach, war seine Stimme ruhig. »Ich bitte die Anwesenden zu bezeugen, daß mir dieser Streit gegen meinen Willen aufgezwungen worden ist.«

»Ich bin sicher, daß sie das um meinetwillen alle mit Freuden tun werden«, fauchte der Colonel. »Benennen Sie Ihre Sekundanten.«

»Oh, Großpapa, nein«, flüsterte Melanie, die nur zu deutlich das Beben wahrnahm, das die zerbrechliche Gestalt des alten Mannes durchzuckte.

Roland Donavan ließ seinen Blick über die Menge gleiten, die sich im Eingang versammelt hatte, und sein Blick blieb auf Dominic ruhen. Lange Zeit sah es so aus, als wollte er seinen früheren Kriegskameraden um den Gefallen bitten. Eindringlich und sehr ernsthaft blickte er Melanies Verlobten an.

Dom trat von einem Fuß auf den anderen, und sein Gesicht wirkte angespannt, als sein Blick auf dem Umhang haften blieb, der noch immer um Melanies Schultern hing. Es schien fast so, als widerstrebe es ihm, den festen Blick des anderen Mannes zu erwidern.

Ein Muskel zuckte auf Roland Donavans Wange. Er nickte kurz in Colonel Johnstons Richtung. »Meine Sekundanten werden sich sobald wie möglich bei Ihnen melden.«

»Und zwar noch heute nacht«, schnaubte der Colonel. »Ich hätte diese Geschichte morgen um die Frühstückszeit gern hinter mir. Dom, ich weiß, daß ich auf deine Unterstützung rechnen kann, und wohl auch auf Ihre, John?«

Gouverneur John Quitman zog die Stirn in Falten. »Duelle sind in diesem Staat grundsätzlich verboten. Ich zöge es vor, nichts damit zu tun haben. Andererseits kann ich es nicht ablehnen, dafür zu sorgen, daß das Duell gerecht und nach den Regeln abläuft.«

»Ich wußte doch, daß ich auf Sie zählen kann«, rief der Colonel zufrieden, ehe er sich wieder an Roland wandte. »Ihre Freunde sollen sich bei dem Gouverneur und bei Clements melden, sobald es sich einrichten läßt.«

Wieder einmal neigte der jüngere Mann den Kopf. »Wie Sie wünschen.« Ohne ein weiteres Wort wandte er sich ab und lief auf die Treppe zu.

»Sir!« rief der Butler. »Ihr Hut.«

»Und das hier«, fügte Melanie hinzu und zog sich seinen Umhang von den Schultern. Sie reichte ihn dem Butler, damit er ihn ebenfalls weitergab.

Roland Donavan blieb auf dem oberen Treppenabsatz stehen, hing sich den Umhang über den Arm und nahm den Hut in die Hand. Einen angespannten Moment lang trafen seine Augen, die so hart wie Smaragde waren, auf Melanies blauen Blick. In den Tiefen seiner Augen las sie Selbstkritik und noch etwas, eine Spur vom Leid des Ausgestoßenen.

Melanie atmete hörbar ein, wandte sich ab und trat wieder an die Seite ihres Großvaters. Sie schaute sich nicht um, als Roland Donavan in die regengepeitschte Nacht stürmte. Der Klang seiner Schritte auf dem Kies der Auffahrt hallte noch lange in der Stille unter dem Säulenvorbau nach.

Der kalte Regen fiel immer noch, als Colonel Johnston sein Haus, das man Greenlea nannte, verließ, um sich zum Duellplatz außerhalb der Stadt zu begeben. Melanie war in dieser Stunde vor der Dämmerung wach, um ihrem Großvater in den Mantel zu helfen, ihm die Rosenholzkiste zu reichen, die seine beiden identischen Pistolen enthielt, ihm einen Kuß auf die Wange zu geben und hinter ihm herzuschauen, als er über die Auffahrt davonrollte. Dom war mit dem Gouverneur und dem besten Arzt von Natchez gekommen, um ihn in einem geschlossenen Wagen abzuholen. Die Anwesenheit des letzteren wurde zwar für ein Duell vorgeschrieben, trug aber nichts dazu bei, die Ängste zu beschwichtigen, die Melanie befallen hatten.

Sie war in einen Manteau aus grauem Samt gehüllt, als sie auf der Veranda über dem Fluß auf und ab lief und ab und zu stehenblieb, um mit ausdruckslosen Augen auf das dunst- und regenverhangene Wasser zu starren. Ihr Großvater war alles, was ihr noch geblieben war. Ihre Mutter und ihr Vater waren bei einer Explosion auf einem Dampfschiff umgekommen, als sie noch klein war – einer Tragödie mit siedendem Dampf und Feuer, das schnell um sich gegriffen hatte, und nur durch Gottes Gnade und die starken Arme ihres Kindermädchens war sie dem Tod entkommen. Ihre Großmutter, der einzige gütige Mensch in ihrem Leben, an den sie sich erinnern konnte, war gestorben, als sie dreizehn war. Wenn sie den Colonel verlor, würde sie ganz allein sein.

Bilder von diesem stolzen alten Mann, wie er blutend auf einem durchnäßten Feld lag, sah sie in Gedanken vorüberziehen. Sie sah ihn verstümmelt vor sich, verkrüppelt, dazu verdammt, den Rest seiner Tage als Invalide zu verbringen. Wie sehr ihm das verhaßt gewesen wäre! Sein flammender Stolz würde ihn wie ein Feuer versengen; es würde nur eine Frage von Wochen sein, bis er starb.

Und noch eine andere Angst ließ sie nicht los – daß ihr Großvater sich nicht damit begnügen würde, seinem Gegner eine Verletzung zuzufügen. Falls er Glück hatte, den ersten Schuß abgeben zu können, würde er es darauf anlegen, ihn zu töten. Wenn das passieren sollte, würde ihn sein Gewissen dann zur Ruhe kommen lassen? In der Hitze des Gefechts hatte er früher schon Menschen getötet, aber nie kaltblütig, nie auf dem sogenannten Feld der Ehre.

Und was war mit Roland Donavan? Hatte er den Tod verdient? Hatte er die Taktlosigkeiten begangen, die ihm zur Last gelegt wurden? Und selbst wenn es so war, war dann der Tod nicht eine zu große Strafe?

Nein, nein, so durfte sie nicht denken. Sie mußte ihrem Großvater gegenüber loyal sein, und er hatte wahrhaftig ihre uneingeschränkte Treue verdient. Was kümmerte sie der Tod eines Mannes, den sie kaum kannte? Ihr Großvater war hier derjenige, der in größter Todesgefahr schwebte, wenn er sich mit einem jüngeren Mann duellierte, einem erprobten und kräftigen Soldaten. Sie durfte keinen Gedanken an eine andere Person vergeuden.

Ihre Ängste waren so lebhaft und ihre Nerven so angespannt,

daß sie kaum mehr als dumpfe Sorge verspürte, als der geschlossene Wagen endlich in die Auffahrt einbog. Er näherte sich nur langsam, und der Kutscher mied sorgsam die Schlaglöcher in der Auffahrt, in denen das Regenwasser stand. Inzwischen hatte es aufgehört zu regnen, und dunstiges Sonnenlicht fiel zwischen die Bäume. Ihr Großvater hätte den Kopf aus dem Fenster strecken und den Kutscher zu größerer Geschwindigkeit antreiben müssen, weil er versessen auf das Frühstück war, das er in der Küche von Greenlae für sich und seine Sekundanten in Auftrag gegeben hatte. So war es aber nicht. Das schwerfällige Nahen des Wagens konnte nur eines bedeuten.

Dom trat ihr auf der Treppe entgegen. Das Licht der bleichen Sonne fiel auf sein blondes Haar und schimmerte golden auf seinen unrasierten Wangen. Seine braunen Augen, die denen seiner Schwester so ähnlich waren, wirkten ernst, als er ihr ins Gesicht sah. »Schau nicht so, Melanie, Liebling. Er ist nicht tot. Donavan hat nicht geschossen und dem Colonel den ersten Schuß überlassen. Es freut dich sicher zu erfahren, daß dein Großvater ihn verletzt hat.«

Melanie schüttelte kurz den Kopf. »Das verstehe ich nicht«, antwortete sie, und ihre blauen Augen glitten an ihm vorbei auf John Quitman und den Arzt, die die matte Gestalt ihres Großvaters aus dem Wagen hoben.

»Ich fürchte, dein Großvater hat sich nicht mit der Wunde begnügt, die er Donavan zugefügt hat. Er hat mir meine Pistole aus der Hand gerissen und noch einen zweiten Schuß abgegeben. Zum Glück hat er ihn verfehlt, denn es war keine zweite Runde abgemacht, und es verstößt schwerwiegend gegen alle Regeln, auf einen Verwundeten zu schießen, insbesondere, wenn derjenige auf seinen Schuß verzichtet hat. Das wäre ein glatter Mord gewesen! Jedenfalls war dein Großvater ... nicht er selbst. Als wir es ihm abgeschlagen haben, ihm noch eine dritte Pistole zu geben, war er vor Wut so außer sich, daß wir ihn zurückhalten mußten. Es ist zu einem Handgemenge gekommen. In seinem überspannten Zustand hat sein Herz versagt.«

Für mehr blieb keine Zeit. Die Dienstboten kamen aus dem

Haus; Cicero, der Diener des Colonel, der schon seit dreißig Jahren als Butler in seinen Diensten arbeitete, Melanies Zofe Glory, die Hausmädchen und die Zimmermädchen, sogar der Koch und die Stallknechte versammelten sich. Die Ausrufe, die bekümmerten Aufschreie und die Bemühungen, dabei behilflich zu sein, den Kranken ins Haus zu tragen, ließen ein solches Durcheinander entstehen, daß nur Melanie es noch entwirren konnte.

Cicero und die anderen Männer brachten ihren Großvater zu Bett. Während der Arzt bei ihm saß, beruhigten Dom und der Gouverneur ihre Nerven mit einem Glas seines guten französischen Cognacs, das sie in seinem Arbeitszimmer tranken.

Die Minuten vergingen langsam; eine Stunde; dann zwei. Die Gestalt auf dem Bett rührte sich nicht, aber das sachte Heben und Senken des Brustkorbes hörte auch nicht auf. Schließlich stand der Arzt auf. Melanie, die sich von ihrem Stuhl auf der anderen Seite des Himmelbetts erhob, folgte ihm zur Tür. Sie umklammerte ihre Hände fest vor der Taille, hob die blauen Augen und sah seinen gütigen Blick.

»Sagen Sie mir, was ich tun muß, damit er wieder gesund wird, Doktor.«

»Es tut mir leid, mein Kleines, aber Sie können wenig für ihn tun. Das menschliche Herz ist ein geheimnisvolles Organ. Es kann einmal versagen und dann wieder im richtigen Takt schlagen, von selbst heilen und noch zwanzig Jahre lang seine Funktion ausüben, aber es kann auch einmal oder zweimal aussetzen und ganz stehenbleiben. Ihr Großvater ist nicht mehr jung; damit müssen Sie sich abfinden. Soweit ich gehört habe, ist er in der letzten Zeit größeren Belastungen ausgesetzt gewesen, und dann auch noch dieses irrsinnige Duell – aber es ist zwecklos, näher auf dieses Thema einzugehen. Wir können nur hoffen, daß er sich in seiner geschwächten Verfassung keine Lungenentzündung zuzieht, weil er klatschnaß gewesen ist. Das wäre tödlich. Es tut mir leid, daß ich Ihnen keine größeren Hoffnungen machen kann, aber ich mache Ihnen das Zugeständnis, meine Liebe, Ihnen wenigstens die volle Wahrheit gesagt zu haben.«

»Ja, das weiß ich zu schätzen«, flüsterte Melanie. »Ich danke Ihnen.« Mit einem Gesicht, das wie eine bleiche Maske aussah, trat sie wieder in das Krankenzimmer.

Der Gouverneur kam, um seinem Mitgefühl Ausdruck zu verleihen und sich zu verabschieden. Als er mit dem Arzt das Haus verließ, schüttelte er immer noch den Kopf und entschuldigte sich für seinen Beitrag an diesem Vorfall.

Dom blieb. Er saß eine Zeitlang mit Melanie am Bett ihres Großvaters, obwohl ihm schon bald deutlich anzumerken war, daß die Gestalt, die regungslos dalag, ihm Unbehagen einflößte. Schließlich fing Melanie an zu reden, damit die Spannung nachließ.

»Dann hat Donavan also keinen Schuß abgegeben. Das heißt doch, daß er seine Schuld eingesteht, oder nicht?«

Dom zog die Stirn in Falten. »Das könnte es heißen«, stimmte er ihr zu. »Aber andererseits könnte es auch heißen, daß er sich geweigert hat, seine Geschicklichkeit an der eines Mannes im Alter deines Großvaters zu messen.«

»Wenn er nicht die Absicht hatte zu kämpfen, warum hat er die Herausforderung dann angenommen?«

»Er mußte sie annehmen, um nicht als Feigling gebrandmarkt zu werden, etwas, was man bestimmt nicht von einem Mann behaupten kann, der stocksteif dasteht, wenn ein anderer Schüsse auf ihn abgibt und sich an keine Regel hält.«

»Dann glaubst du also nicht, daß er an den Gerüchten schuld ist?«

Dom wandte den Blick ab. »Das kann ich nicht beurteilen.«

»Und warum nicht?« beharrte Melanie. »Du warst Lieutenant bei Johnstons Freiwilligen. Du bist mit Donavan ausgerückt; du warst im selben Gefängnis wie er und mein Großvater. Du mußt eine Vorstellung davon haben, wie die Geschichten in Umlauf gekommen sind.«

»Ich fürchte ... nein«, entgegnete Dom, der ihr jedoch immer noch nicht in die Augen sehen wollte und auf seine Finger schaute, die er zwischen den Knien verschränkt hatte. »Ich weiß, daß zwischen den beiden schon von dem Zeitpunkt an Spannungen geherrscht haben, nachdem sie aus Mississippi aufgebrochen waren. Captain Donavan war ein Bewunderer von General Zachary Taylor, unserem Befehlshaber beim Mexikofeldzug; der Colonel hielt nichts von ihm. Dein Großvater war ein Anhänger der strengen preußisch-militärischen Disziplin; er hat an Gewaltmärsche und an kärgliche Rationen geglaubt, die die Männer gezwungen haben, sich von dem zu ernähren, was in der Gegend wuchs, durch die sie gerade zogen, an Kampfformationen und an strenge Disziplin. Captain Donavan dagegen hat die Männer, die seinem Befehl unterstellt waren, als seine Freunde betrachtet, als Kameraden und Waffengefährten. Der Colonel hat ihm vorgeworfen, er sporne die Männer an, den Krieg als eine Art Jagdausflug zu verstehen, bei dem gewisse grundlegende Dinge koordiniert werden, aber in der Kampfsituation jeder Mann auf sich selbst gestellt sei. Ein paarmal haben sie sich deshalb so in den Haaren gelegen, daß die Fetzen geflogen sind, aber natürlich nicht vor den Männern. Ich glaube, der zündende Funke war, daß Donavan fest davon überzeugt war, es sei die Schuld deines Großvaters, daß die Freiwilligen gefangengenommen wurden. Daraufhin war dann der Teufel los.«

»Wie meinst du das?« fragte Melanie.

»Der Colonel fand, General Taylor rücke zu langsam vor und unterließe es, den Feind zu verfolgen, wenn er nach einer entscheidenden Schlacht geflohen ist. Der alte Mann glaubte, wenn seine Truppe geschlossen Jagd auf die Mexikaner machte, die den Rückzug angetreten hatten, würde ihnen das restliche Regiment ungeachtet der Befehle des Generals folgen. Er hat sich geirrt. Wir sind in eine Falle gelockt und alle sind zerstückelt worden, bis auf uns sieben, die gefangengenommen wurden.«

Melanie nickte. Nur drei Männer waren zurückgekehrt, ihr Großvater, Dom und Roland Donavan. Die anderen waren entweder an ihren Wunden gestorben oder an der Hitze, an der Ruhr und an eigenartigen tropischen Fiebern. Es gab nur drei, die wußten, was sich an diesem heißen und heruntergekommenen Ort abgespielt hatte. Und von diesen dreien lag einer im Sterben, und ein zweiter war verwundet.

»Hat mein Großvater Donavan eine ernste Verletzung zugefügt?«

Dom schüttelte den Kopf. »Eine Fleischwunde am linken Arm. Fünfzehn Zentimeter weiter rechts, und er wäre tot gewesen.«

Ihr Blick fiel auf ihren Großvater, der wie eine Figur aus gelbem Wachs dalag, und plötzlich sagte Melanie: »Ich wünschte, er wäre es.«

Dom wollte ganz offensichtlich alles richtig machen, und der Frau, die er heiraten würde, eine eiserne Stütze und ein Bollwerk des Trostes sein. Es war ein Jammer, daß die Atmosphäre des Krankenzimmers dieses Unbehagen in ihm wachrief. Seine nervösen Versuche, ihre Hand zu halten oder sie beschwichtigend in seine Arme zu ziehen, gingen Melanie allmählich auf die Nerven. Jedesmal, wenn sie nach einer Schale Wasser oder nach einem feuchten Tuch griff, war er schon vor ihr da und entfernte die Schale aus ihrer Reichweite, um sie für sie zu halten und das Tuch auszuwringen, das dann doch zu naß war, wenn er es ihr reichte. Er kam jedem ihrer Handgriffe zuvor, und in seinen Bemühungen, ihr nützlich zu sein, war er ihr ständig im Weg. Schließlich hielt sie es nicht mehr aus und schickte ihn fort.

Als sie sah, wie sehr es ihn erleichterte, daß sie ihn fortschickte und er wieder in seine Anwaltskanzlei in Natchez zurückkehren konnte, wurde sie wieder wütend auf ihn. Nicht etwa, daß sie seine Hilfe gebraucht hätte; sie hatte Cicero und Glory, die sie ablösten, wenn sie einen Bissen essen oder ein Bad nehmen oder die Kleider wechseln wollte. Es war ihr jedoch unerträglich, länger als ein paar Minuten von der Seite ihres Großvaters zu weichen.

Der erste lange Tag verging, und dann der nächste. Am Morgen des dritten Tages drang aus der Brust ihres Großvaters ein rasselndes Geräusch, das nur eins bedeuten konnte: Lungenentzündung. Am Nachmittag warf er sich fiebernd von einer Seite auf die andere und klagte über die Hitze und die Flöhe. Es war, als durchlebte er in einem verborgenen Winkel seines Verstandes noch einmal seine Einkerkerung in einem mexikanischen Gefängnis. Wenn sie sich auch noch so sehr bemühte, Melanie konnte ihn doch nicht beruhigen, obwohl sie seine Arme, die um sich schlugen, und seinen Körper, der sich wand, festhielt, bis ihr die Tränen der Erschöpfung und des Mitgefühls über die Wangen liefen. Es gab nichts, was für ihn getan werden konnte. Sie ließen den Arzt kommen, und der schüttelte den Kopf und ging wieder.

Gegen Abend wurde er endlich ruhig. Es war Essenszeit; Melanie versuchte, ihm mit einem Löffel ein wenig Brühe einzuflößen, als er plötzlich die Augen aufschlug.

»Melanie«, flüsterte er, und es fiel ihm offensichtlich schwer, sie anzusehen.

In ihrer Hast und Sorge verschüttete Melanie etwas von der Brühe, als sie die Schale hinstellte. Das machte nichts. Sie schenkte dem fettigen Fleck auf ihrem Kleid keine Beachtung. Dann beugte sie sich über ihren Großvater. »Großpapa, ich bin da«, begrüßte sie ihn und nahm seine heiße knochige Hand, um sie zu halten.

»Mein gutes Kind«, setzte er an und unterbrach sich dann, um zu husten. Melanie half ihm, so gut sie konnte, und am liebsten hätte sie für ihn geatmet. Als sich der Hustenreiz gelegt hatte, fiel er matt auf sein Kissen zurück und drückte eine Hand fest auf die Brust, als schmerze sie ihn. »Melanie«, versuchte er es noch einmal. »Du bist ... alles, was mir noch geblieben ist. Alles andere ... ist fort. Mein Sohn, meine Frau, meine ... Ehre.«

»Nein, Großpapa, so darfst du nicht reden.«

»Ich muß ... es dir sagen. Ich habe mich bemüht, meinen Namen von seinem Makel reinzuwaschen ... aber das ist mir mißlungen. Hätte ich doch nur besser gezielt.«

Wieder schnitt ein Hustenanfall ihm das Wort ab. Als er vorbei war, waren seine Lippen bläulich verfärbt, und Tränen der Anstrengung standen in seinen Augen.

»Versuch nicht zu reden, Großpapa«, flehte ihn Melanie an. »Du mußt dich ausruhen.«

»Wie könnte ich ruhen – wenn Donavan noch lebt, um weiterhin meinen und deinen Namen zu beschmutzen, Melanie, auch deinen!«

»O Großpapa«, flüsterte Melanie.

»Ja ... ja, und deinen. Du bist die letzte der Johnstons. Bald, schon sehr bald, ist es aus mit mir – und dann bist du allein. Du wirst einen Mann brauchen, der für dich sorgt, aber wie sollst du zu ... zu Dom gehen? Wie kannst du ihn bitten, dich zu heiraten, wenn die Ehre deiner Familie besudelt worden ist? Das darf nicht sein, das muß nicht sein.«

»Was sagst du da, Großpapa? Ich verstehe das nicht.«

»Du ... du kannst den Namen reinwaschen. Ich habe dir das Laden einer Pistole beigebracht, das Schießen. Du warst ... eine gute Schülerin. Du bist jung. Du wirst nicht scheitern wie ich. Du kannst die Welt von dem Mann befreien, der meinen Leumund zunichte gemacht hat. Du kannst Donavan töten.«

Melanie schüttelte den Kopf. »Oh, nein. Das könnte ich nicht tun.«

»O doch, du könntest es«, beharrte ihr Großvater, und seine wäßrigen Augen blickten wild und flehend. Er drehte die Hand um und umklammerte ihr Handgelenk. »Du mußt es tun – für mich. Wie könnte ich sonst Ruhe finden?«

»Großpapa ...«

»Versprich es mir! Versprich mir, daß du ...«

Wieder setzte ihm der Husten zu, und er warf sich auf dem Bett herum und rang mühsam nach Atem. »Versprich es mir«, keuchte er mit totenbleichem Gesicht. Tränen rannen über sein Gesicht und sickerten langsam durch die Falten des Alters und eines rauhen Lebens.

Er war immer ein kräftiger Mann gewesen. Es war furchtbar mitanzusehen, wie es jetzt um ihn stand, so krank und schwach und von einem einzigen Gedanken besessen, der ihm die Würde und den Frieden raubte. Er lag im Sterben, das wußte sie, und es gab so wenig, was sie tun konnte, um sein Dahinscheiden zu verhindern oder es ihm zu erleichtern.

Er schüttelte ihr Handgelenk und sah mit weitaufgerissenen flehentlichen Augen in ihr klargeschnittenes Gesicht. »Versprich es mir, Melanie, versprich es mir«, hauchte er, und seine Stimme war nur noch ein heiseres Pfeifen, das aus seiner Kehle kam.

Der Mann, der der Grund für die Krankheit ihres Großvaters war, war gesund und kräftig. Hatte er verdient, die Zufriedenheit des Alters zu erleben, die er ihrem Großvater genommen hatte? Verdiente er das?

»Ich ... ich verspreche es dir, Großpapa«, flüsterte sie.

Der alte Mann stieß ein bebendes Seufzen aus und fiel auf die Kissen zurück. Er lag mit geschlossenen Augen da und atmete so, als hätte er einen verzweifelten Kampf überstanden. Ab und zu erschütterte der Husten seinen Körper, und Schaum trat auf seine Lippen. Ehe eine Stunde vergangen war, schüttelte ihn ein so starker Hustenanfall, daß er sich aufrecht im Bett hinsetzte und mit den Fingern seine Kehle umklammerte. Abrupt schlug er sich eine Hand auf die Brust und fiel zurück und blieb dann mit weit offenen, starr blickenden Augen still liegen.

»Großpapa!« rief Melanie aus und beugte sich über ihn, aber sie wußte, daß sie keine Antwort mehr bekommen würde.

2. Kapitel

Melanie stand langsam auf. Tränen strömten über ihr Gesicht, doch sie nahm es gar nicht wahr. Einen langen Moment stand sie da und sah auf ihren toten Großvater hinunter, dann bewegte sie sich steif zu dem Klingelzug neben dem Bett. Die Messingglocke auf der Veranda hinter dem Haus läutete – ein ferner melodischer Klang –, als sie fest an dem bestickten Band zog.

Es würde ein paar Minuten dauern, bis Cicero kam. Melanie ging zum Schrank und holte die Rosenholzschachtel heraus, die Dom ihr zurückgegeben hatte, die Schachtel, die die Duellpistolen des Colonel enthielt. Mit flinken Bewegungen nahm sie eine von dem Kissen aus purpurnem Samt. Es war die, die ihr Großvater benutzt hatte; das wußte sie, weil sie weggepackt und nicht vorher gereinigt worden war. Spuren verbrannten Pulvers verunzierten den schlichten silbernen Lauf, und am Schaft aus Walnußholz klebte Erde. Es dauerte nur einen Moment, bis sie sie geladen hatte. Als an der Tür angeklopft wurde, hielt sie die Pistole nach unten, um sie in ihren weiten Röcken zu verstecken.

»Herein«, rief sie.

Der Diener ihres Großvaters betrat mit schnellen Schritten und einem Ausdruck der Sorge und Angst auf seinem grauen Gesicht das Zimmer. »Sie haben nach mir geläutet, Miss Melanie?«

»Ja, Cicero. Er – mein Großvater ist gestorben.«

Erst jetzt wandte er sich dem Bett zu. »Das habe ich schon befürchtet, Miss Melanie. Ich habe es schon befürchtet.«

»Ich . . . ich bin nicht sicher, was ich jetzt tun soll«, sagte sie mit stockender Stimme.

»Sie sollten sich ausruhen, sonst gar nichts. Ruhen Sie sich jetzt aus, und überlassen Sie alles andere Cicero.«

»Ja«, antwortete sie. »Ich werde es versuchen. Ich denke – ich denke, du solltest ihm seinen großen Dienstanzug anziehen. Meinst du nicht auch?«

»So hätte er es gewollt, Miss Melanie. Trotz alledem.«

Es war unmöglich, etwas vor den Dienstboten geheimzuhalten. Sie hatten ihr eigenes lückenloses Nachrichtensystem. »Ja«, stimmte sie zu und wischte sich zerstreut die Tränen weg, die auf den Kragen ihres Kleides tropften. »Trotz alledem.«

In ihrem Schlafzimmer blieb Melanie stirnrunzelnd und gedankenverloren stehen und starrte die Pistole an, die sie in der Hand hielt. Es war ein wunderbar gearbeitetes Stück, zuverlässig und todbringend. Als sie die Waffe ansah, kam sie nicht auf den Gedanken, das Versprechen zu mißachten, das sie dem Sterbenden gegeben hatte. In all den Jahren, die sie bei dem Colonel gelebt hatte, war es für sie selbstverständlich geworden, seine Wertvorstellungen zu übernehmen. Ihr Wort band sie. Sie hatte ein Gelübde abgelegt; daran mußte sie sich jetzt halten. Als dieser Entschluß gefaßt war, schien es ihr keinen besseren Zeitpunkt als den jetzigen zu geben, solange sie noch Mut besaß und die furchtbaren letzten Augenblicke im Leben ihres Großvaters im Vordergrund ihrer Gedanken standen. Wenn sie wartete, würde sie sich von den Einzelheiten der Beerdigung abhalten lassen, von Kondolenzbesuchen, und wenn die Tage vergingen, würde sie das Gefühl der Zielstrebigkeit verlieren, das sie jetzt antrieb.

Wie müde sie doch war! In den letzten drei oder vier Nächten hatte sie kaum ein Auge zugetan, wenn sie die Nacht vor dem Duell mitrechnete, und doch war sie bei klarem Verstand. Sie wußte genau, was sie zu tun hatte. Natürlich würde sie sich vorsehen müssen. Wenn sie erwischt würde... aber sie würde sich nicht erwischen lassen. Ihr Mund war zu einem grimmigen Strich zusammengezogen, als sie anfing, die Knöpfe ihres Kleides zu öffnen.

Eine halbe Stunde später trug sie ein Reitkostüm aus schwarzem Samt und Stiefel und hatte sich das Haar unter einem Hut hochgesteckt, als sie durch die Flügeltür auf die obere Veranda von Greenlea trat. Hinter ihr brannte in ihrem abgeschlossenen Zimmer eine Lampe auf kleinster Flamme. Wenn sie Glück hatte, würde sie bis zum Morgen niemand stören wollen, Zeit genug, um nach Natchez und wieder zurück zu reiten.

Es war eine kalte, dunkle Nacht. Der Mond war hinter einer dichten Wolkenschicht verborgen, und der Abendwind trug eine gewisse Feuchtigkeit mit sich. Melanie wunderte sich nicht allzu sehr darüber, daß schwacher Regen fiel, als sie ihr gesatteltes Pferd aus dem Stall führte. Der Stallknecht ihres Großvaters, der jetzt ihr Stallknecht war, aber auch der Kutscher und die anderen Stallburschen saßen jetzt mit dem Gärtner und den Hausangestellten in der Küche. Dort hielte sie ihre eigene Totenwache für ihren dahingeschiedenen Herrn ab. Glory, ihre Zofe, war auch dort, weinte sich die Augen aus und war der festen Überzeugung, daß ihre Herrin Laudanum genommen hatte und fest schlief.

Es war kein langer Ritt bis zur Stadt, nur drei oder vier Meilen. Und doch zitterte Melanie vor Kälte, und der lange Rock ihres Reitkostüms war vor Nässe schwer, als sie die verstreuten Lichter erspähte, die in der feuchten Nacht schimmerten. Sie mied die Hauptstraßen und hielt sich am Stadtrand, bis sie die matschige Durchgangsstraße erreicht hatte, die zum Fuß der Klippe führte.

Das River Rest Hotel war hell erleuchtet. Es war ein zweistökkiges Gebäude, das im unteren Stockwerk einen Saloon zu haben schien. Das Klimpern eines Klaviers drang mit blechernem Klang durch die Eingangstür, die sich ständig öffnete und schloß, und laute Stimmen und der säuerliche Geruch nach vergossenem Schnaps drangen ebenfalls ins Freie. Durch die dunkleren Gassen schlug Melanie den Weg zur Rückseite des heruntergekommenen Gebäudes ein.

Das River Rest Hotel war keine angenehme Unterkunft für Reisende, die über Nacht blieben. Selbst bei den Damen aus den großen Häusern der Steilküste war es wegen seiner Hintertreppen verrufen, wegen seiner unappetitlichen Kundschaft und wegen der Häufigkeit, mit der es bei Skandalen oder plötzlichen Todesfällen genannt wurde. Melanie zögerte am unteren Absatz der wackligen Treppenstufen, die zu den Zimmern im ersten Stock führten. Sie zitterte, als habe sie Schüttelfrost, und ihr Herz schlug so heftig, daß sie es in der Brust pochen spürte. Sie umklammerte fest die schwere Pistole, die sie in der Tasche ihres Rockes verborgen hatte, und sah sich um. Niemand war zu sehen; ihr Pferd war im tiefen Schatten der Weiden und Zwergeichen, die hinter dem Gebäude wuchsen, gut versteckt. Ein Windstoß machte den Regen zum Sprühregen, und die Zweige der Bäume wehten und wirkten wie wandelnde Schatten.

Schritte. Sie kamen am Hotel entlang, schlurften durch den Schlamm der Gasse. Hastig drehte sich Melanie um, hängte sich den Rocksaum über den Arm, setzte einen Fuß auf die erste Stufe und begann ihren leisen flinken Aufstieg.

Die Tür am oberen Treppenende ließ sich mühelos öffnen und schwang an ihren gutgeschmierten Angeln weit auf. Melanie schloß sie lautlos hinter sich und schaute in den Gang, der sich finster und schmucklos vor ihr erstreckte. Er war beidseitig von Türen gesäumt, hohen, schmalen Türen mit Nummern darauf, die kaum noch lesbar waren. An jedem Ende des Korridors brannte eine Lampe, die von einer Deckenfassung herunterhing, doch die dicken Schmutzschichten in den gläsernen runden Lampenschirmen trübten ihr Licht. Ein kalter Windhauch wehte hindurch und verbreitete den Geruch von Mäusen, Urin und ungewaschenen Menschen. Melanie blieb still stehen und atmete flach. Welches Zimmer hatte Roland Donavan gemietet? Sie wußte es nicht und hatte nicht daran gedacht. Wie dumm von ihr. Was hatte sie denn erwartet, etwa seinen Namen an der Tür? Von unten klang dröhnendes spöttisches Gelächter herauf, das das gemarterte Klirren des Klaviers übertönte.

Etwa in der Mitte des Ganges ging eine Tür auf. Ein Mann kam rausgeschlurft und knallte die Tür hinter sich zu. Er war bärtig und ziemlich kahlköpfig und trug eine ausgebeulte Hose mit Hosenträgern über schmutziger Unterwäsche. Sein Blick glitt über Melanie hinweg, als sei sie gar nicht da. Ohne mit der Wimper zu zucken oder auch nur ein Wort zu sagen, ging er langsam durch den Korridor zur anderen Treppe, die in der Dunkelheit kaum zu erkennen war.

»Entschuldigen Sie bitte! Könnten Sie mir helfen?«

Die Worte, die ihr über die Lippen kamen, überraschten Melanie fast ebensosehr wie den Mann. Er zuckte zusammen und drehte sich dann um, und jetzt konnte Melanie den vollen Nachttopf sehen, den er in einer Hand hielt, und den Schlüsselbund, der von seiner anderen Hand baumelte.

»Reden Sie mit mir?« fragte er mit einer Stimme, die vom jahrelangen Trinken rauh geworden war. Argwohn und ein Anflug von plumper Vertraulichkeit standen in seinen Augen.

»Könnten Sie mir sagen, welches Zimmer Mr. Roland Donavan belegt hat?« Melanie kam dem Mann nicht zu nah und zog es vor, mit dem Gesicht im Schatten zu bleiben. Sie hielt sich kerzengerade und hatte den Griff der Pistole so fest umklammert, daß ihre Finger fast taub wurden.

»Ganz schön hochnäsig, was?« höhnte der Mann. »Gibst wohl mit deinen schicken Kleidern an. Das wird dir auch nichts nutzen. Donavan ist nicht in seinem Zimmer.«

Aus jahrelanger Erfahrung im Umgang mit Dienstboten wußte Melanie, daß das der Punkt war, an dem sie nicht zögern durfte. »Dann werde ich eben warten«, antwortete sie in ihrem kühlsten Tonfall. »Welches Zimmer ist es?«

Der Mann schürzte die Lippen und machte dann eine Kopfbewegung. »Gleich da drüben die Tür, aber ich sage dir, daß du deine Zeit vergeudest. So, wie der sich den Schnaps reinkippt, kannst du froh sein, wenn er sich noch auf den Füßen halten kann, und sonst kriegt er schon gar nichts mehr hoch!«

Die anzügliche Stimme des Mannes ließ Melanie einen Schauer über den Rücken laufen, doch seine Worte änderten nichts an ihrer Entschlossenheit. Sie lief eilig zu der Tür, auf die er gewiesen hatte, und wollte sie öffnen. »Sie ist abgeschlossen«, stellte sie fest und drehte sich zu ihm um.

»Was hast du denn erwartet? Hat er dir denn keinen Schlüssel gegeben? Vielleicht gefällt es ihm gar nicht, wenn er dich in seinem Bett vorfindet?«

Mit verkniffenen Lippen zog Melanie ihr Portemonnaie aus der Tasche und holte einen Silberdollar raus. »Seien Sie so freundlich und schließen Sie mir diese Tür auf«, sagte sie und wies mit einer Kopfbewegung auf den Schlüsselbund in seiner Hand. Sie ahmte eine Geste nach, die sie bei ihrem Großvater oft gesehen hatte, und warf dem Mann die Münze zu, damit er ihr nicht zu nah kam.

Er fing sie auf, spuckte darauf und sah sie dann in dem schlechten Licht aus zusammengekniffenen Augen an. »Meine Güte, du kannst es ja wirklich nicht erwarten, was? Da fragt man sich doch, ob Donavan dich bezahlt oder umgekehrt.«

Melanie erwiderte nichts darauf. Mit feuchtem Gesicht trat sie zurück, während der Mann den passenden Schlüssel in das Schloß steckte, ihn umdrehte und dann zur Seite trat. Absichtlich warf sie eine weitere Münze gerade so weit, daß er sie nicht fangen konnte. Als er hinterherlief, trat sie in das Zimmer und schloß die Tür hinter sich. Im nächsten Moment hörte sie wieder den Schlüssel in der Tür. Sie wirbelte herum, packte den Türgriff und drehte ihn, aber es war schon zu spät. Sie war eingeschlossen.

Plötzlich geriet sie in Panik und rüttelte an der Tür. Als sie den Mund aufmachte, um zu schreien, kehrte ihr gesunder Menschenverstand wieder zurück. Was spielte das schon für eine Rolle? Wenn Roland die Tür unverschlossen vorfand, hätte er vielleicht Verdacht geschöpft und sich gefragt, wer wohl in seinem Zimmer sein mochte. Jetzt würde er die Tür aufschließen müssen, um in sein Zimmer zu gelangen. Er würde nichts Böses ahnen. Hinterher, wenn sie das erledigt hatte, was sie hergeführt hatte, würde sie seiner Leiche den Schlüssel abnehmen.

Im Zimmer herrschte Grabeskälte, und ebenso dunkel und unfreundlich war es auch. Sie blieb einen Moment lang stehen, bis ihre Augen sich an die Dunkelheit gewöhnt hatten. Die Tür eines gegenüberliegenden Hauses ging auf, und durch das Fenster fiel ein Lichtschein auf die Wand. Was sie vor sich sah, grenzte an Verwahrlosung. Klumpige Asche lag unter dem Ofen, das Bett war ungemacht, und die zerknüllte Decke hing über den

Rand. Ein alter Teppich, dessen Muster nicht mehr zu erkennen war, lag schmutzbedeckt auf dem Boden. Vergilbte Stores mit toten Fliegen hingen vor den Fenstern, und ein Moskitonetz hing von der Decke über dem Bett, war jetzt jedoch für den Winter hochgeschnürt. Außer dem klapprigen vierpfostigen Bett gab es in dem Zimmer nichts weiter als eine Kommode, deren unterste Schublade fehlte, eine Garderobe und neben dem Bett einen verdreckten Hocker mit zerrissenem Polster.

Einen kurzen Moment lang war Melanie beim Anblick dieses Zimmers perplex. Wenn Roland Donavan als reicher Mann aus Kalifornien zurückgekehrt war, warum lebte er dann in einer solchen Umgebung? Als dann durch die dünnen Wände das Geräusch splitternden Glases, gefolgt von einem betrunkenen Lachen und einem schrillen Aufschrei drang, hatte sie die Antwort gefunden. Zweifellos war das der Umgang, der ihm passend erschien.

Es sah so aus, als sei es eine ganze Weile her, seit der Mann, den sie suchte, sein Zimmer verlassen hatte. Wann würde er zurückkehren? Es war bereits spät, kurz vor Mitternacht. Angenommen er blieb die ganze Nacht fort? Was würde sie dann tun?

Das würde sie sich überlegen, wenn es soweit war. Fürs erste würde sie warten. Sie setzte sich auf den Hocker und legte die Pistole in Reichweite auf die Matratze. Dann richtete sie den Blick auf den Umriß der Tür und lehnte sich zurück.

Was würde sie zu Roland Donavan sagen? Sollte sie ihn warnen und ihm mitteilen, was sie vorhatte? Das war das beste; er sollte wenigstens erfahren, weshalb er sterben mußte. Wenn sie ein Mann wäre, hätte sie ihm die Chance gegeben, sich zu verteidigen. Vielleicht sollte sie das als Frau auch tun? Hatte er das überhaupt verdient? Konnte sie es überhaupt wagen? Er war ein prachtvoller Gegner, ein gefährlicher, der sich vielleicht zu gut verteidigen würde. Es gehörte nicht zu ihren Plänen, gegen ihn zu verlieren. Würde er auf eine Frau schießen? Sie hatte keine Ahnung, aber es war wohl besser, es nicht darauf ankommen zu lassen.

Dieser gräßliche kleine Mann. Er hatte geglaubt, sie hätte

einen ganz anderen Grund dafür, in diesem Zimmer zu warten. Natürlich war das nicht weiter verwunderlich. Die Sorte Frau, die sich heimlich in das Schlafzimmer eines Mannes schlich, traf man hier wahrscheinlich weit öfter als eine richtige Dame. Oder doch nicht? Sie hatte Gerüchte von gelangweilten Ehefrauen gehört, die den Hügel hinabstiegen, wenn ihre Ehemänner geschäftlich flußabwärts reisten oder ihre Plantagen aufsuchten. Chloe hatte ihr von einer jungen Ehefrau erzählt, die eine Affäre mit einem Spieler hatte. Und hatte es nicht vor ein paar Jahren ein Mädchen aus guter Familie gegeben, das mit einem Soldaten weggelaufen und von ihrer reichen Familie verstoßen worden war, und dann hatte er sie sitzen gelassen, und schließlich war sie in einem Bordell unten im Hügel geendet? Melanie, die sieben Jahre lang das Haus ihres Großvaters geführt, seine Sklaven überwacht und bei Streitigkeiten vermittelt hatte, wenn es darum ging, wer sich mit wem zusammentat und wer wen heiratete, und die bei der Geburt ihrer Babys geholfen hatte, wußte ganz genau, welcher Unterschied zwischen dem Status der Frauen bestand, die unten am Hügel lebten, und dem derer, die oben lebten. Es war eine beunruhigende Vorstellung, daß der Hotelportier, falls das der entsprechende Titel war, ungeachtet der Umstände nicht auf den ersten Blick sagen konnte, zu welcher von beiden Gruppen sie gehörte.

Sie fror so sehr. Jetzt, als sie still dasaß, spürte sie die klamme Feuchtigkeit auf den Schultern ihres Reitkostüms, die sie bis in die Knochen frösteln ließ. Ihre Füße waren taub, ihre Finger gefühllos. Ihr lief ein Schauer nach dem anderen über den Rükken, und sie schlang sich die Arme um den Oberkörper. So ging es nicht. Wenn sie sich nicht vorher aufwärmte, würde sie nicht mehr auf den Füßen stehen können, wenn es soweit war, geschweige denn, die Pistole ruhig genug halten, um den Abzug zu betätigen.

Auf dem Bett lag eine ziemlich dicke Decke aus zusammengenähten Wollquadraten. Melanie steckte behutsam die Finger in ihre wärmenden Falten und riß sie dann plötzlich entschlossen vom Bett. Sie stand auf, streifte den Hut ab, knöpfte ihre Jacke auf und legte beides zur Seite. Die dünne Seidenbluse, die sie unter der leichten Jacke trug, war relativ trocken, aber nicht das Leinenband um den Hals. Sie löste es, warf es auf die Jacke, nahm dann die Decke, zog sie sich über die Schultern und setzte sich. Jetzt war es etwas besser, aber ihre Füße fühlten sich nach wie vor wie Eisklumpen an. Sie wackelte mit den Zehen und stellte fest, daß sie selbst diese Bewegung nicht mehr spürte. Als sie versuchte, auf und ab zu laufen, wankte sie und war richtig unbeholfen und unsicher. Das Ärgerliche war, daß ihre Stiefel naß waren. Hinter dem Hotel war dieser Graben gewesen, den sie nicht rechtzeitig genug bemerkt hatte.

Draußen fiel der Regen mit einem monotonen Geräusch. Sie war überrascht, daß noch kein Schnee daraus geworden war; die bittere Kälte, die in der Luft hing, roch schon nach Schnee. Was sie gebraucht hätte, wäre ein Feuer, ein großes, loderndes Feuer, aber sie hätte sich auch mit weniger begnügt.

Sie kniff die Lippen zu einem schmalen Spalt zusammen und beugte sich vor, um sich erst einen Reitstiefel und dann den anderen vom Fuß zu ziehen. Dann setzte sie sich auf ihre eiskalten Füße. Sie würde es wirklich nur für ein paar Minuten tun. Wenn Roland Donavan so lange fort gewesen war, dann bestand kein Grund zu der Annahme, daß er in der allernächsten Zeit auftauchen würde. Und wenn er es doch tat, dann würde sie beim ersten Laut aufspringen und die Pistole zur Hand nehmen. Bis er zur Tür hereinkam, würde sie bereit sein. Später, wenn er keine Bedrohung mehr darstellte, hätte sie immer noch Zeit, in ihre Stiefel zu schlüpfen, ihre Jacke aufzuheben und zu verschwinden.

Ganz allmählich wärmte sie sich wieder auf. Sie saß da und blickte starr ins Leere; sie gestattete sich nicht, darüber nachzudenken oder zu grübeln, was sie vorhatte. Vor dem Zimmer liefen Füße in Stiefeln im Gang auf und ab. Ab und zu fuhr ein Wagen oder eine Kutsche durch die Seitenstraße. Der Regen mußte durch den Kamin rinnen und die Holzasche anfeuchten, denn ein beißender Geruch hing in der Luft und ließ ihre Augen brennen. Sie ließ ihre Lider für einen Moment zufallen. Sie fühlten sich an, als sei Maismehl darunter. Sie war nicht schläfrig, keineswegs, aber es war so lange her, daß sie sich hatte entspannen können. Im Nebenzimmer quietschten Bettfedern, und eine Frau stöhnte, ein Geräusch, das irgendwie unecht und monoton klang. In weiter Ferne war immer noch das Klavier zu hören. Irgendwo draußen schrie ein Mann, ein jäher Ausruf, der mit einem Ächzen endete. Eine Frau fing an zu schreien und hörte gar nicht mehr damit auf, und erst allmählich beruhigte sie sich. Melanie schüttelte den Kopf und versuchte, dem allen weiter keine Beachtung zu schenken. Sie durfte nicht vergessen, weshalb sie hergekommen war. Und sie mußte auch aufpassen, daß ihr die Füße nicht einschliefen. Sie durfte nur noch ein paar Minuten lang stillsitzen, dann würde sie sich aus ihrer wohltuenden Umhüllung schälen müssen, ihre Stiefel anziehen und ein wenig umherlaufen. Nur noch ein paar Minuten.

Sie erwachte jäh, riß die Augen weit auf und starrte in das Dunkel. Als sie leise Schritte auf dem abgetretenen Teppich hörte, zuckte sie zusammen, und ihr Herz klopfte heftig. Der undeutliche Umriß eines Mannes bewegte sich zwischen ihr und den blauschwarzen Quadraten der Fenster. Er blieb stehen, und das leise Rascheln von Kleidungsstücken war zu hören. Soweit sie das seinen Bewegungen entnehmen konnte, sah es so aus, als finge er gerade an, sich auszuziehen, ohne auch nur eine Lampe anzuschalten.

Langsam und verstohlen bewegte Melanie die Arme und tastete nach dem Spalt in der Decke. Sie konnte ihn nicht finden. Sie bekam die Hände einfach nicht frei. Und wenn sie die Augen auch noch so sehr anstrengte, konnte sie im Dunkeln der Ecke, in der sie saß, die Pistole nicht sehen. Jetzt ging der Mann auf die Kommode zu; sie hörte, wie er seine Manschettenknöpfe hinwarf und das Hemd folgen ließ. Er drehte sich um und ging auf das Bett zu. Sie hörte seinen erstickten Fluch, als er mit dem Schienbein an das Gestell stieß. Dann setzte er sich ans Fußende, zog sich die kurzen Stiefel aus und ließ sie auf den Boden fallen.

Plötzlich fand Melanie die Enden der Decke. Sie bemühte sich, nicht ganz so heftig zu atmen, als sie die Hand nach der Matratze ausstreckte. Die Pistole war nicht da, wo sie sie hingelegt hatte. Durch das Gewicht des Mannes am anderen Bettrand war die Matratze runtergesackt, und die Waffe war aus ihrer Reichweite gerutscht, näher zu ihm. Sie hielt den Atem an und tastete sich vor.

Ohne Vorwarnung sprang er plötzlich vom Bett auf. Und noch ehe sie sich von der Stelle rühren konnte, spürte Melanie, wie sie gepackt und mit einem heftigen Stoß auf die klobige Matratze geworfen wurde. Im nächsten Moment wurde sie durch das Gewicht des Männerkörpers auf das Bett gepreßt. Er setzte zu einem Faustschlag an. Blind und instinktiv riß sie die Arme hoch, um den Schlag abzuwehren, und ihr stockte der Atem.

Doch er schlug nicht zu. Statt dessen hielt er inne und ließ die Hand sinken. Melanie blieb eine Sekunde ganz still liegen, dann stieß sie die Hände mit aller Kraft gegen seine Brust, wölbte den Rücken und kämpfte sowohl gegen die einengenden Falten der Decke als auch gegen den Mann, der sie festhielt. Ehe sie sich aus der Decke befreien konnte, berührte eine Hand ihre Schulter und glitt dann an ihrer Seidenbluse tiefer hinunter bis zu ihren zarten runden Brüsten.

Augenblicklich ließ der Druck auf ihrer Brust nach. Dicht an ihrem Ohr hörte sie Roland Donavans Stime. »Dachte ich's mir doch! Eine nette Überraschung«, murmelte er, als seine Hand höherglitt, um ihr Kinn zu ihm zu biegen, »eine wirklich nette Überraschung.«

Sein Mund senkte sich warm und besitzergreifend auf ihre Lippen, und sie schmeckte Bourbon. Ein Schock durchzuckte sie und ließ sie einen Moment lang reglos verharren, ehe eine rettende Empörung, die ihr Kraft gab, sich ihres Verstands bemächtigte. Sie zog ihre Lippen fort.

»Nein«, schrie sie. »Nein!« Sie zerrte an seiner Hand, grub die Nägel in seine Haut.

Mit einer flinken Bewegung riß er sich los und packte mit kräftigen Fingern ihr Handgelenk, riß es hoch und bog es ihr über den Kopf. »Stell dich nicht an«, warnte er sie mit heiserer Stimme. »Du bekommst dein Geld.«

Wieder einmal senkten sich seine Lippen zu einem brutalen

Kuß herab, fordernd und forschend zugleich. Er zwang ihre Lippen auseinander, und es entstand eine größere Intimität als alles, was sie bisher gekannt hatte. Der glühende Druck seines Mundes löste einen Sinnestaumel aus. Als Reaktion darauf lief ihr ein Schauer über die Haut. Sie begann, sich zu winden und mit den Fäusten auf ihn einzutrommeln, aber das Gewicht seines Körpers auf ihren Schenkeln hielt sie regungslos fest, und da die dicke Decke zwischen ihnen war, hatten ihre Schläge wenig Wirkung, bis sie ihn an der linken Schulter erwischte. Sie hatte das Gefühl, daß er zusammenzuckte. Im nächsten Moment schob er den linken Unterarm unter ihren Kopf, um ihr Handgelenk festzuhalten und doch die rechte Hand frei zu haben. Ihr wurde trotz allem klar, daß er weit heimtückischere und schmerzhaftere Mittel hätte einsetzen können, um sie abzuwehren. Gleichzeitig wurde ihr aber auch dadurch bewußt, wie groß seine Kraftreserven waren, und wie schwach sie selbst war. Sie spürte, wie seine Finger wieder über ihre Brust glitten, ehe er an der Bluse zog und die Knöpfe absprangen. Erst spürte sie die kalte Nachtluft auf ihrer nackten Haut, dann seine warme Hand, mit der er die empfindliche Oberfläche berührte und erkundete.

Ein protestierender Laut drang tief aus ihrer Kehle, und sie warf den Kopf von einer Seite auf die andere, während sie sich wand und um sich trat.

»Ich habe dir doch gesagt, daß ich bezahle«, murmelte er mit dem Mund auf ihren Lippen, und sein Tonfall klang ungeduldig und ein wenig erbost.

Diesmal verstand sie den Sinn seiner Worte. Er hielt sie für ein Straßenmädchen, das ihn erwartet hatte und ihm anbot, seine Lust zu befriedigen, weil sie hoffte, er würde sich als großzügig erweisen. Wie schon der kleine glatzköpfige Mann hielt er sie irrtümlich für eine Hure! Die Wut, die von ihr Besitz ergriff, war so mächtig, daß sie sich mit Schwung aufrichtete. Mit grimmiger Zufriedenheit spürte sie, wie ihre Stirn gegen seinen Mund stieß und seine Lippe spaltete, und sie hörte einen erstickten Fluch, als er das Gleichgewicht verlor und auf die Seite fiel. Er wälzte sich wieder auf sie und landete so auf ihr, daß es ihr den Atem verschlug. Jetzt umklammerte er ihr Handgelenk so fest, daß ihre Finger taub wurden. Sein Verhalten war so entschieden und zielstrebig, daß sich Furcht in ihre Wut mischte.

»Warte«, sagte sie und stellte verblüfft fest, daß ihre Kehle wie zugeschnürt war und sie nur ein Flüstern herausbrachte. »Warte, ich bin nicht...«

Weiter kam sie nicht. Der Druck seines Mundes schnitt ihr die Worte ab, die sie äußern wollte. Sie spürte seine Hand auf ihrer Taille, und ihr Rockbund und der riesige Petticoat, den sie in ihrer Hast angezogen hatte, rissen gleichzeitig; ihre Bauchmuskulatur spannte sich an, als sie seine Berührung spürte, während er die lästigen Kleidungsstücke an ihren Beinen herunterzog. In ihrer Panik wand sie sich und versuchte, nach ihm zu treten, doch damit half sie ihm nur. Als seine Hand ihren Schenkel berührte, bebte sie vor Angst. Wieder versuchte sie, sich ihm zu entziehen, als seine Lippen wie Feuer über ihre Wange zum Haaransatz glitten. Er streifte mit den Lippen ihr Ohrläppchen, ehe er sagte: »Es bräuchte nicht so zu sein, verflucht noch mal, wenn du bloß still hieltest.«

»Nein, das kann ich nicht tun. Es geht nicht! Du machst...«

»Na gut.« Er schnitt ihr erbost das Wort ab. »Ich tanze nach niemandes Pfeife. Und ich kaufe auch ungern die Katze im Sack. Denk daran, daß du zu mir gekommen bist. Ich habe dich nicht dazu aufgefordert.«

In dem Moment hätte sie laut ihren Namen sagen können. Sie wagte es nicht. In seiner momentanen Stimmung fürchtete sie sich vor seiner Reaktion, denn er würde sich denken können, weshalb sie hergekommen war.

Wieder einmal nahm sein Mund ihren gefangen und erstickte jeden Einwand. Mit sinnlichem Vergnügen strich er über ihre seidige Haut und ignorierte das Zucken ihrer Muskeln. Er verlagerte sein Gewicht und entledigte sich mit einer schnellen und geschickten Bewegung seiner Hose, ehe er sich wieder auf sie preßte. Er zwängte ihre Schenkel auseinander, und seine Hand verwüstete ihr zartes Fleisch mit einer Liebkosung, die das Blut in ihren Ohren rauschen ließ. Und dann drang er in sie ein. Es war unabwendbar und brachte einen derart stechenden Schmerz mit sich, daß Melanies Atem in einem stummen gequälten Aufschrei in ihrer Brust stockte. Sie erstarrte.

Für die Dauer eines Herzschlags rührte sich Roland nicht. Dann lockerte sich seine Umklammerung, und seine Berührungen wurden zärtlich. Melanie kam auf den Gedanken, er könnte fertig mit ihr sein, doch sie täuschte sich. Als würde er von einer primitiven Kraft angetrieben, prägte er ihr den Rhythmus seines Verlangens auf, eines Verlangens, das sich spiralförmig steigerte und zu einem Tumult der Leidenschaft wurde. Der Schmerz ließ nach. Dennoch flossen Tränen aus Melanies Augen. Ihren überreizten Sinnen schien es, als ginge sein Ansturm weit über das Zusammenkommen zweier Körper hinaus und berühre etwas tief in ihrem Innern, was bisher ganz ihr allein gehört hatte und unantastbar gewesen war. Ein Prickeln zog sich über ihre Haut. Es kam ihr vor, als würde ihr das Herz in der Brust zerspringen, und in ihrer rasenden Verzweiflung wußte sie, daß sie nie mehr dieselbe wie vorher sein würde.

Endlich hielt Roland still. Er legte eine Hand auf ihre Wange und strich ihr mit einer Geste das Haar aus dem Gesicht, die man als eine Art Entschuldigung hätte auslegen können. Melanie kniff die Augen fest zu, als sie seine Lippen zart auf ihrer Schläfe spürte, die dann regungslos dort verharrten, als er die Tränen schmeckte, die in ihr Haar rannen.

Mit einer abrupten Bewegung gab er sie frei und wälzte sich von ihr. »Wer bist du?«

Sowie er sie freigelassen hatte, entfernte sich Melanie mit einem Satz an die äußerste Bettkante. Sie traute sich nicht zu, etwas zu sagen, weil sie fürchtete, ihre Stimme würde zittern. Mit bebenden Händen tastete sie nach ihren Kleidungsstücken. Sie wollte eines, und nur das eine: von hier verschwinden.

Mit ruckhaften Bewegungen knotete sie die Bänder ihres Petticoats und zog sich die Bluse über.

»Was tust du da?«

Melanie gab immer noch keine Antwort. Sie hatte den Rock ihres Reitkostüms gefunden, dessen lange Falten auf den Boden hingen. Als sie ihn zu sich zog, berührte sie plötzlich etwas Kaltes Schwarzes. Ihre Pistole. Das Walnußholz des Schafts glitt kühl und liebkosend in ihre Hand. Ohne bewußte Überlegung spannten sich ihre Finger darum. Sie hob das vertraute Gewicht hoch, richtete den Lauf aus getriebenem Silber auf Roland, spannte den Hahn und gab einen Schuß ab.

Das Geräusch, mit dem sie den Hahn spannte, hatte ihn gewarnt. Während der Schuß durch das Zimmer hallte, war er schon vom Bett gesprungen und hatte sich zur Seite gerollt. Rauch stieg auf, und Melanies Augen tränten. Ehe sie blinzeln konnte, um wieder etwas zu sehen, wurde ihr die Pistole aus der Hand gerungen, und sie hörte Rolands verärgerten Ausruf.

»Was in Teufels Namen soll das alles heißen?«

Ihre tiefe Enttäuschung ließ sie unvorsichtig werden. »Ich habe versucht, dich zu töten«, fauchte sie, »und ich wünschte, es wäre mir gelungen.«

»Und warum, um Gottes willen?«

»Das liegt doch wohl auf der Hand! Für das, was du meinem Großvater angetan hast – und mir!«

»Was ich deinem ...«

Es war, als dauerte es einen Moment, bis ihre Worte bei ihm ankamen. Er lag regungslos da, doch sie konnte im Dunkeln seinen keuchenden Atem hören. »Du ...« sagte er schließlich. »Du bist Colonel Johnstons Enkelin.«

»Wie ich dir mehrfach zu sagen versuchte.«

»Gütiger Himmel«, rief er empört und ungläubig zugleich. Er schüttelte den Kopf, um wieder klar denken zu können. »Erst dieser verrückte alte Mann, und jetzt auch noch du.«

Melanie beugte sich vor und preßte sich die geballten Fäuste auf die Knie. »Dieser verrückte alte Mann, wie du ihn nennst, ist tot – und du hast ihn so eindeutig getötet, als hättest du ihm ein Messer in die Brust gerammt. Nur hattest du noch nicht einmal den Mut eines verschlagenen Meuchelmörders oder eines gedungenen Killers. Du hast ihm seinen Stolz und seine Seele genommen und ihm schließlich noch mit Worten das Herz gebrochen. Du bist ein Mörder, Roland Donavan, ein Mörder! Und ich wünschte, ich könnte dich so martern, wie du meinen Großvater gemartert hast!«

Ihre lautgewordene Stimme und die Worte, die sie gewählt hatte, schienen keinen oder nur wenig Eindruck auf ihn zu machen, doch plötzlich sprang er auf und zog sie auf die Füße. Mit schnellen, sicheren Bewegungen drückte er ihr den Rock und die Jacke in die Arme, drehte sie um und stieß sie zur Tür. Er streckte die Hand aus, riß die Tür auf und stieß sie in den Korridor. Ehe sie Atem holen konnte, um Einwände zu erheben, knallte die Tür hinter ihr zu.

Sie preßte sich die Kleider an die Brust und stand einen Moment lang starr vor Entsetzen da. Sie fühlte sich nackt, ihrer Würde, ihrer Selbstachtung und ihrer Ehre beraubt. Eine Weile stand sie fassungslos in dem dunklen Korridor. Bis ein leises Geräusch, es klang wie ein unterdrücktes Lachen, sie aus ihrer Gedankenverlorenheit riß.

Als sie schnell den Kopf drehte, sah sie, daß sie Zuschauer hatte. Das Geräusch des Schusses hatte Menschen angelockt, Männer und Frauen, die sich mehr oder weniger entkleidet im Gang drängten. Mehr als einer der Männer kostete ganz offenkundig den Anblick aus, den sie mit ihren weit aufgerissenen, verletzbaren Augen bot, mit ihren zitternden roten Lippen und dem Haar, das sich aus dem Haarnetz gelöst hatte und ihr über den Rücken fiel, mit den zarten weißen Wölbungen ihrer Brüste, die in der aufklaffenden Bluse zu sehen waren. Unter den Zuschauern war auch der Hotelportier, der mit gespreizten Beinen und einem lüsternen Ausdruck auf seinem grinsenden Gesicht dastand.

Glühende Röte breitete sich bis zu ihrem Haaransatz aus. Am liebsten hätte sie laut aufgeschrien oder hemmungslos geschluchzt. Sie tat jedoch keines von beidem. Mit einem harten Blick in den Augen reckte sie das Kinn hoch, machte barfuß kehrt und schritt durch den Korridor.

3. Kapitel

Colonel Ezell Johnstons Begräbnis war gut besucht. Es war nicht schwierig gewesen, Männer zu finden, die seinen Sarg zum Friedhof trugen. Früher war man ihm mit großem Respekt begegnet, und er hatte viele Freunde gehabt. Jetzt, nachdem er gestorben war, fanden sich Unzählige, die erklärten, nie an ihm gezweifelt zu haben. Wie sinnvoller wäre es doch gewesen, wenn sie ihre Treuebekundungen zu Lebzeiten ihres Großvaters abgelegt hätten!

Melanie, Gouverneur John Quitman auf der einen und Dom auf der anderen Seite, trug ein Kleid aus schwarzem Wollseidenstoff und einen Schleier, der die Verachtung verbarg, die sie empfand. Die Beileidsbekundungen nahm sie mit soviel Takt, wie sie nur aufbieten konnte, entgegen. Wenn sie ein- oder zweimal den Eindruck hatte, daß diese Herren aus der Generation ihres Vaters und Großvaters ihre Hand kräftiger als sonst drückten, dann schob sie das auf deren Mitgefühl für ihre Lage als junge Frau, die jetzt auf Erden allein dastand. Wenn sie sich mehr als gewöhnlich anzustrengen schienen, durch die schützenden Schichten ihres Schleiers zu schauen, dann sagte sie sich, das sei nichts weiter als Neugier, weil sie sehen wollten, wie sie das tragische Ableben ihres Großvaters aufnahm. Nicht einen Moment lang gestattete sie sich den Gedanken, es könnte eine andere Erklärung dafür geben. Die Freunde und Nachbarn ihres Großvaters waren nicht von der Sorte, die Orte wie das River Rest Hotel frequentiert hätten; sie konnten nichts von der Demütigung wissen, die ihr dort widerfahren war. Sie konnten absolut nichts davon wissen.

Roland Donavan persönlich klärte sie über diesen Irrtum auf. Früh am Morgen nach dem Begräbnis tauchte er vor ihrer Tür auf. Melanie saß gerade im Arbeitszimmer des Colonel, als Cicero ihn meldete. Sie hatte die Papiere ihres Großvaters durchsehen wollen; statt dessen saß sie da und hielt seinen Malakkaspazierstock in der Hand und strich über das glatte Holz. Jetzt legte sie den Stock behutsam zur Seite. Ein harter Schein trat in ihre tiefblauen Augen, und ihre Lippen kniffen sich zusammen.

»Sag Mr. Donavan, wenn du so nett wärst, Cicero, daß ich ihn nicht zu sehen wünsche. Weder jetzt noch ein anderes Mal.«

Die Worte waren kaum über ihre Lippen gekommen, als Cicero auch schon zur Seite gedrängt wurde und Roland das Zimmer betrat. »Tut mir leid«, sagte er in einem Tonfall, der keinerlei Reue ausdrückte. »Ich habe mir die Freiheit herausgenommen, unaufgefordert einzutreten, da ich ziemlich sicher war, nur so könnte ich diese Schwelle überschreiten.«

Cicero fand das Gleichgewicht wieder und nahm eine aufrechte Haltung an. »Wollen Sie, daß ich ihn hinausbringe, Miss Melanie?«

Melanie stand mit bleichem Gesicht hinter dem Schreibtisch ihres Großvaters auf. Sie wußte nur zu gut, daß der alte Butler alles tun würde, was in seiner Macht stand, um den Mann aus dem Haus zu werfen, aber sie war keineswegs sicher, daß er es allein schaffen würde. Hilfe zu holen, würde Zeit kosten; ehe Hilfe eintraf, konnte dem Diener ihres Großvaters übel mitgespielt werden. Jeder Instinkt sagte ihr, sie solle den Befehl erteilen, Roland Donavan unsanft hinauszuschmeißen, damit er ihr nicht mehr unter die Augen kam, aber das konnte sie nicht tun. Sie hatte nicht nur Rücksicht auf Ciceros Wohlergehen zu nehmen, sondern es war einfach eine simple Tatsache, daß sie ein zivilisierter Mensch und eine Dame war. Die beiden Männer warteten, und beide blickten sie gebannt an.

»Danke, Cicero. Da Mr. Donavan so beharrlich ist, werde ich mir anhören, was er zu sagen hat.«

Cicero verbeugte sich und zog sich zurück, wenn sie auch wußte, daß er sich nicht allzu weit entfernen würde. Aller Wahrscheinlichkeit nach würde er läuten und Hilfe aus den Ställen holen. Da dem so war, bestand für sie kein Anlaß, den Mann zu fürchten, der so aufrecht und groß vor ihr stand, und doch zitterte sie ganz leicht, als sie mit ihm allein war.

Das Schweigen zwischen ihnen beiden wurde bedrückend. Roland stand da und starrte sie durchdringend mit seinen grünen Augen an; die Bibermütze, die Cicero ihm nicht abgenommen hatte, hing vergessen in seinen Händen. Er betrachtete das reine Oval ihres Gesichts und das wellige Haar, das tief im Nacken zu einem Knoten geschlungen war. Sein Blick fiel auf den Spitzenkragen ihres schwarzen Kleids und weilte dann auf der Kamee, mit dem das Kleid hoch oben auf ihrem Hals geschlossen war, ehe er die Augen auf die runden Wölbungen ihrer Brüste senkte, die sich über der schmalen Taille gegen den weichen Stoff des Kleids preßten.

»Nun, was ist?« fragte Melanie in scharfem Tonfall.

Er riß seinen Blick los, als koste es ihn Anstrengung. Dann sah er sich nach einem Stuhl um, warf seinen Hut auf die Sitzfläche und trat näher an den Schreibtisch. »Tja, also wirklich«, sagte er und beugte sich ein wenig vor, um eine geballte Faust auf die polierte Mahagoniplatte zu pressen. »Sagen Sie mir eines, Miss Melanie Johnston: Waren Sie vor fünf Nächten in meinem Zimmer im River Rest Hotel?«

Die Frage irritierte sie. Er mußte damals viel mehr getrunken haben, als sie sich vorgestellt hatte, wenn er sie das noch fragen mußte. Hier, am hellichten Tage, wo sie ausgeruht und sachlich war und nicht mehr so ganz unter dem Einfluß der letzten Stunden im Leben ihres Großvaters stand, schien es so unwirklich, daß sie bejahend darauf antworten müßte. Es fiel ihr schwer zu glauben, daß sie mit dem Vorsatz aus dem Haus gegangen war, diesen Mann zu töten. Das, was sich im River Rest abgespielt hatte, der lange kalte Heimritt, nachdem sie sich wieder in ihr Reitkostüm gezwängt und dabei auf dem Absatz der Hintertreppe fürchterlich gefroren hatte – all das kam ihr jetzt mehr wie ein Traum vor. Als sie in jener Nacht nach Greenlea zurückgekehrt war, hatte sie sich ausgezogen und war ins Bett gefallen. Am nächsten Morgen hatte sie Glory gesagt, sie sei ausgeritten, weil sie nicht schlafen konnte. Das Samtkostüm war vom Regen derart durchnäßt und zudem irreparabel gewesen, daß sie es nur noch hatte wegwerfen können. Abgesehen von einer gewissen Wundheit zwischen den Schenkeln und ein paar blauen Flecken war ihr nichts geblieben, was sie an die Vorfälle dieser Nacht erinnert hätte. Keine Beweise. Bis jetzt. Wie sehr wünschte sie, sie hätte ihm ihren Namen nicht genannt, hätte nicht diesen letzten Versuch unternommen, ihn zu töten. Wenn sie ihre Kleider aufgesammelt und sich fortgeschlichen hätte, hätte er vielleicht nie erfahren, wer sie war, hätte er seine Verwechslung vielleicht nie herausbekommen. Es wäre nicht zu dem Tumult gekommen, der die Zuschauer angelockt hätte. Aber wie zwecklos waren jetzt solche Überlegungen! Wenn sie diesen Faden weiterverfolgte, könnte sie ebensogut auch gleich wünschen, sie wäre niemals hingegangen.

»Ich habe keine Ahnung, wovon Sie reden, Mr. Donavan.«

Ein grimmiges Lächeln zuckte um seinen Mund. »Das würde ich gern glauben, aber ich glaube, ich besitze nicht genügend Phantasie, um mir jemanden wie Sie einzubilden.«

»Ich verstehe kein Wort. Ich sage Ihnen doch, daß ich nicht weiß, wovon Sie reden.«

»Und ich sage, daß Sie lügen«, sagte er mit sanfter Stimme zu ihr. »Warum, weiß ich nicht, es sei denn, aus Stolz – oder aus Schuldbewußtsein. Ich gebe Ihnen mein Wort darauf, daß ich nicht beabsichtige, den Sheriff hinzuzuziehen.«

Während er das sagte, trat er mit einem kleinen Schritt an die Schreibtischkante und kam um den Schreibtisch herum. Melanie zögerte und war hin und hergerissen zwischen dem immensen Verlangen zurückzuweichen und dem gleichzeitigen Widerwillen, sich ängstlich oder nervös zu zeigen. »Den Sheriff hinzuzuziehen?« wiederholte sie wie ein Echo.

»Unbefugtes Eintreten und Mordversuch.«

Ihre Augen verfinsterten sich vor Zorn zu einem tiefen Violett, als sie ihm zum ersten Mal fest in die smaragdgrünen Augen sah. Sie wollte seinen Anschuldigungen eine eigene entgegenstellen, nämlich Vergewaltigung, aber sie konnte sich nicht dazu durchringen, das Wort auszusprechen. »Das ist ja einfach lachhaft!« fauchte sie.

»Ach, ja? Sehen wir doch mal.«

Mit einer einzigen geschickten Bewegung schnappte er sie, zog sie an seine feste Brust und hielt sie so dicht an sich gepreßt, daß sie spürte, wie sich seine Hemdbrust und seine Uhrkette in ihre Brüste gruben. Als sie Atem holte, um nach Hilfe zu rufen, streifte sein Mund ihre geöffneten Lippen mit einem flüchtigen Kuß. Im nächsten Moment packte er sie fest an den Unterarmen und stieß sie von sich.

»Nein«, sagte er heiser. »Es ist nicht lachhaft. Es mag zwar sein, daß ich nicht genau wußte, was ich in dieser Nacht getan habe, aber es gibt einige Dinge, an die ich mich mit größter Klarheit erinnere. Wie du dich anfühlst, wie du riechst und wie du schmeckst – das hat sich meinem Verstand deutlicher eingeprägt als jede andere Frau, die ich je gekannt habe. Ich kann nicht sagen, woran das liegt, außer vielleicht, weil mich dieses Vergnügen fast das Leben gekostet hätte, aber ich kann mich nicht irren. Wirst du es zugeben, oder hättest du gern noch mehr Beweise? Wenn ja, dann habe ich draußen in meiner Kutsche die Duellpistole deines Großvaters und ein Paar kleiner Damenreitstiefel. Sollen wir sie anprobieren, um zu wissen, daß sie dir passen, mein scheues Aschenbrödel, oder gibst du freiwillig zu, daß sie dir gehören?«

Einen Moment lang schwankte Melanie, und dann nahm sie eine starre, aufrechte Haltung an. Sie hätte sich denken können, daß er der Sache nachging, statt sich ihrer Dinge einfach zu entledigen. Melanie starrte seinen Rücken an, als er um den Tisch herumging, und brachte mit gepreßter Stimme heraus: »Also gut, ich war da. Ich bin ins River Rest gekommen, und ich habe versucht, Sie zu töten. Was wollen Sie von mir, eine Entschuldigung?«

Er drehte sich abrupt um. »Nein, ich bin gekommen, weil ich mich entschuldigen wollte.«

Seine Antwort kam so unerwartet, daß sie ihn nur noch anstarren konnte. Sein grüner Blick wich ihr nicht aus. Als sie nichts darauf erwiderte, fuhr er fort.

»Ich könnte mich auf die üblichen Umstände rausreden, auf

die Schnapsmenge, die ich getrunken habe, ehe ich nach oben gegangen bin, aber das wäre keine Entschuldigung. Was ich getan habe, ist nicht entschuldbar, und das weiß ich. Ich kann nur sagen, daß ich drei Tage lang mit einer Flasche das Vergessen gesucht und es nicht gefunden habe. Manchmal kann ein Mann mit einer Frau für kurze Zeit Vergessen finden. Du warst da. Du warst warm und weich, und ich dachte...« Er unterbrach sich mit einer schnellen Geste, mit der er den Rest des Satzes abtat.

Er hatte das Duell mit ihrem Großvater vergessen wollen, das Duell, in dem er nicht geschossen und sich dem alten Mann als Zielscheibe seiner Wut dargeboten hatte. Zweifellos war seine Reue durch Schuldgefühle bedingt.

»Also, gut«, sagte Melanie mit gepreßter Stimme. »Falls Sie gesagt haben, was Sie zu sagen hatten, wären Sie dann jetzt so freundlich zu gehen?«

»Erst wenn ich fertig bin. Du bist wohl in der letzten Zeit nicht in der Stadt gewesen, oder? Du warst so sehr in deinen Kummer vertieft, daß du nicht weißt, was vorgeht.«

»Was denn?«

»Nichts weiter«, antwortete er, und in seinem Tonfall schwang ein Spott mit, der ebenso sehr ihm selbst wie ihr zu gelten schien. »Nur, daß man dich gesehen und erkannt hat, als du in jener Nacht aus meinem Zimmer gekommen bist.«

Melanie spürte, wie alles Blut aus ihrem Gesicht wich und dann zurückströmte, als sie sich daran erinnerte, wie unwürdig sie aus dem Zimmer dieses Mannes verstoßen worden war, und an die Menschenmenge, die sich draußen versammelt hatte. Sie hatte zwar versucht, es zu leugnen, aber sie hatte schon immer gewußt, daß Natchez-unter-dem-Hügel und das Steilufer nicht weit genug voneinander entfernt lagen, um ihr Schutz zu bieten. Ihr Blick fiel auf die Sonne, die strahlend durch das Fenster fiel, während draußen ein scharfer Wind die kahlen Äste der Bäume schwanken ließ. Sie holte tief Atem und schaute Roland Donavan wieder an.

»Woher wissen Sie das?«

»In den letzten Tagen habe ich einige seltsame Bemerkungen

gehört. Es scheint alles darauf hinauszulaufen, daß die Leute den Verdacht haben, du seist der eigentliche Anlaß für das Duell zwischen deinem Großvater und mir gewesen.«

Melanie empfand für einen Moment lang Dankbarkeit für den Takt, mit dem er ihre Frage beantwortet hatte. Zweifellos waren die Bemerkungen, die er gehört hatte, wesentlich gröber und deutlicher gewesen. Die Leute dachten immer gleich das Schlimmste, und sie hatten ein allzu gutes Gedächtnis. Sie würden nicht vergessen, daß ihr Großvater sie in Monmouth allein mit diesem Mann im Dunkeln vorgefunden hatte.

»Ich verstehe«, sagte sie. »Ich vermute, ich muß mich dafür bedanken, daß Sie mir das sagen.«

»Bei mir bedanken?« sagte er und zog stirnrunzelnd die Augenbrauen zusammen. »Wir haben jetzt schon mehr als genug Höflichkeiten miteinander ausgetauscht. Was wir jetzt entscheiden müssen, ist, wie wir weiter vorgehen wollen.«

»Vorgehen? Was gibt es da zu tun? Falls Sie glauben, es gäbe eine Lösung, dann haben Sie wirklich keine Ahnung.«

»Unterschätze mich nicht. Ich bin auch hier geboren und aufgewachsen, daran erinnerst du dich doch sicher, obwohl es am anderen Flußufer war. Ich weiß, was für Dinge die Leute sagen. Für meinen Teil ist mir das gleich; mich interessiert schon lange nicht mehr, was die Leute sagen oder denken. Bei dir liegt der Fall anders. Dir wird es nicht gefallen, was sie hinter deinem Rücken tuscheln – oder wie sie sich dir gegenüber verhalten werden. Da gibt es nur eines.«

»Und das wäre?« fragte sie mit kalter Stimme.

»Das weißt du genauso gut wie ich. Du wirst heiraten müssen.«

Ihr nervöses Staunen über seine Worte entlockte ihr ein schroffes Lachen. »Bieten Sie sich etwa als Heiratskandidat an, Mr. Donavan?«

»Ja, so ist es.«

Der Ausdruck in seinen smaragdgrünen Augen war nahezu herausfordernd. Es konnte wenig Zweifel daran bestehen, daß er sein Angebot ernst meinte, und doch war es nicht einleuchtend.

Ein Ehrenmann hätte sich vielleicht gezwungen gefühlt, ihr seinen Namen anzubieten, aber was hatten solche Skrupel bei einem Mann wie ihm zu suchen, dem Mann, der ihren Großvater verleumdet und in den Tod getrieben hatte?

»Warum?«

Ein Muskel spannte sich unter der bronzenen Haut seines Gesichts. »Das liegt doch klar auf der Hand.«

»Mir ist es nicht klar«, antwortete Melanie. »Galanterie ist ein Motiv, von dem ich Sie freispreche, denn ich zweifle mit gutem Grund daran, daß Sie die Bedeutung dieses Wortes kennen. Was bleibt dann noch? Eine Heirat mit mir würde Sie zum Herrn von Greenlea machen, da ich die Alleinerbin meines Großvaters bin. Außerdem würde es dazu dienen, wenn sich der Aufruhr über diese unpassende Eheschließung erst einmal gelegt hat, Ihnen Zutritt zur Gesellschaft von Natchez zu verschaffen. In meiner Vorstellung erklärt sich Ihre übermäßige Sorge um mich ausreichend mit diesen beiden Dingen.«

»Ich könnte dir erklären, daß du dich irrst, aber ich bezweifle, daß du mir zuhören würdest.«

»Das täte ich auch nicht«, stimmte ihm Melanie zu und reckte stolz das Kinn in die Luft. »Es wäre also das beste, wenn Sie sich den Atem sparen und Ihren Antrag ebenso. Wie Sie meines Wissens schon bei unserem ersten Zusammentreffen erfahren haben, habe ich bereits einen Verlobten. Da das der Fall ist, habe ich keinen Bedarf an irgendwelchen Entschädigungen, die Sie mir zu bieten hätten. Ich fürchte, das Opfer, das es für Sie bedeutet hat, hierherzukommen, haben Sie umsonst gebracht.«

Die Ironie ihres Tonfalls entging ihm keineswegs. »Nicht ganz«, sagte er. »Wenigstens konnte ich Ihnen Ihre Stiefel zurückbringen.«

Er verbeugte sich vor ihr, während sie sprachlos vor Wut dastand, und verließ das Zimmer.

Die Reitstiefel wurden Cicero gemeinsam mit der Duellpistole übergeben. Der Diener brachte ihr beides und stellte es vor sie auf den Schreibtisch. Melanie mied seinen Blick, als sie sich bei ihm bedankte und ihn wieder fortschickte. Wenn er nicht schon wußte, was vorgefallen war, dann würde er es früh genug erfahren. Er würde enttäuscht und ungläubig reagieren, aber sie wußte ohne jeden Zweifel, daß sie auf seine Loyalität rechnen konnte. Selbst wenn sie kein Wort miteinander redeten, würde er sie vor den anderen Dienstboten in der Stadt verteidigen, selbst wenn es ihr nichts nutzte.

Pötzlich verfinsterte sich ihr Gesicht. Sie griff nach dem Stock ihres Großvaters und hieb damit auf die sauberen, frischgeputzten Stiefel. Mit einem gedämpften Laut fielen sie auf den Boden, und das weiche Leder schimmerte in der kühlen Wintersonne.

Ungeachtet ihrer Gefühle für Roland Donavan erkannte Melanie, daß er recht hatte. Ihre einzige Chance, die Woge von Gerüchten zu überstehen, die sich wie ein Sturm zusammenballte, war eine Heirat. Da sie noch trauerte, würde das Zeremoniell privat in aller Stille stattfinden müssen, aber das war auch nur gut so. Dann würden weniger Menschen anwesend sein, die gafften und hinter vorgehaltener Hand flüsterten. Je eher sich das Ganze arrangieren ließ, desto besser. Dennoch zögerte sie. Wenn sie ehrlich zu sich selbst war, dann wollte sie nicht heiraten und hatte es auch nie gewollt. Selbst die Möglichkeit, sie könnte schwanger sein, was zwar unwahrscheinlich war, sie aber doch nie ganz in Ruhe ließ, konnte nichts an dieser Tatsache ändern. Sie konnte sich nicht mehr so recht daran erinnern, wie es dazu gekommen war, daß sie in die Verlobung mit Dominic Clements eingewilligt hatte. Dazu war es kurz nach der Rückkehr der Soldaten der siegreichen Armee aus Mexiko gekommen. Dom war oft auf Greenlea gewesen und hatte sich mit ihrem Großvater unterhalten, dem einzigen von seiner alten Truppe, der mit ihm nach Hause zurückgekehrt war. Der Colonel hatte den jungen Mann gemocht, hatte seine ehrerbietige Art und den Respekt gemocht, mit dem er sich die Meinungen eines älteren Mannes anhörte. Der Colonel war ein Frühaufsteher gewesen und hatte auch die Gewohnheit dieser Art von Menschen besessen, früh zu Bett zu gehen. Für ihn war es nichts Ungewöhnliches gewesen, die beiden jungen Menschen miteinander allein zu lassen, wenn er gute Nacht sagte. Natürlich war Glory immer irgendwo in der Nähe, saß in einer Ecke und machte Handarbeiten oder ging im Salon ein und aus, um sich um das Feuer oder die Lampen zu kümmern, Erfrischungen anzubieten und viele andere Kleinigkeiten zu erledigen.

Nach ein paar Wochen war allen klar, daß er mehr wegen Melanie kam und weniger, um seinen früheren Befehlshaber wiederzusehen. Ihr Großvater war darüber eher erfreut als verletzt. Er bezeichnete Dominic Clements als einen aufstrebenden jungen Mann, der wußte, woher der Wind wehte. Er fand, seine Enkelin könnte schlechter dran sein als mit einem zuverlässigen jungen Kerl wie ihm. Zumindest würde er seßhaft bleiben und auf den Fundamenten seines Vaters und Großvaters aufbauen. Er würde seine Frau mit Seide, Satin und Pelzen einkleiden, sie wie eine Prinzessin behandeln und jedes Jahr mit ihr nach Europa reisen. Und er hatte Ehrgeiz. Es würde ihn nicht allzu sehr wundern, wenn er eines Tages Senator würde. Zumindest, wenn er den gesunden Menschenverstand besaß, sich an John Quitmans Rockschößen festzuklammern, und es sah ganz so aus, als würde ihm das gelingen.

Ja, so war das gewesen. Ihr Großvater hatte ihn als Partner für sie gebilligt und Dom die Erlaubns erteilt, Melanie Besuche abzustatten, und mit einem Lachen und einem Scherz hatte er dafür gesorgt, daß sie sich ebenfalls darüber im klaren war. Schließlich hatte kaum die Notwendigkeit bestanden, ihr einen offiziellen Antrag zu machen. Ihr Großvater hatte angefangen, über seine zukünftigen Urenkel zu reden, und es war eine beschlossene Sache.

Selbstverständlich war ihr Großvater nicht gerade versessen darauf gewesen, auf Melanies Gesellschaft zu verzichten. Und so hatte es anscheinend nie einen angemessenen Zeitpunkt für die Eheschließung gegeben. Jeder Versuch Doms, einen Termin festzusetzen, wurde mit einer würdigen Ausrede vom Tisch gewischt. Im Winter war es zu kalt und im Sommer zu warm für Hochzeitsreisen. Der Frühling war eine zu unbeständige Jahreszeit – man konnte nie wissen, wie sich das Wetter gestalten würde; und außerdem wollte sich seine Enkelin nicht dem Rest der großen Herde anschließen, die dann zum Traualtar stürzte. Der Herbst dagegen war eine traurige Jahreszeit. Im Herbst hatte er seine Liebsten verloren, und daran wollte er nicht mit Blumenbuketts und Feierlichkeiten erinnert werden. Melanie hatte sich manchmal gefragt, ob Dom nicht erleichtert über die ewigen Verschiebungen war. Er war nie ein ungeduldiger oder auch nur ein besonders glühender Freier gewesen. Er hatte nie auch nur versucht, sie so zu küssen, wie Roland Donavan sie geküßt hatte. Ein keuscher Kuß auf ihre Wange oder auf die Stirn – weiter hatte er nicht zu gehen gewagt. Das war sicher genau die Form, die man in einer langen Verlobungszeit von einem Paar erwartete. Und doch sprach sie nicht gerade für eine starke Anziehungskraft.

Melanie, die an ihrem Schreibtisch im Salon saß, starrte ins Weite, und die Tinte trocknete auf der Feder ein, als sie sie über das Schreibpapier hielt. Gegen ihren Willen ertappte sie sich dabei, daß sie an die Minuten dachte, in denen sie in Roland Donavans Armen gelegen hatte, und auch an die Worte dieses Vormittags, die noch in ihren Ohren hallten. Wenn sie etwas mit Sicherheit wußte, dann, daß er ihr gegenüber nicht gleichgültig war. Eine körperliche Anziehungskraft, wenn das auch noch so erniedrigend war oder zumindest als schandbar galt, hatte mit Gewißheit bestanden.

Nein, sie würde es sich nicht gestatten, solche Überlegungen anzustellen. Die Gefühle jedes anderen Mannes als ihres Verlobten durften keine Rolle spielen. Sie tauchte die Feder wieder in die Tinte ein, saß da, biß sich auf die Lippen und konnte immer noch kein Wort hinschreiben. Nachdem sie sich von der Notwendigkeit einer übereilten Eheschließung überzeugt hatte, fiel ihr nicht ein, wie sie die Aufforderung an Dom formulieren konnte. Noch weniger wußte sie, was sie zu ihm sagen würde, wenn er ihrem Wunsch Folge leistete und herkam. Sie konnte ihn nicht auffordern, sie ohne jeden Zeitaufschub zu heiraten, ohne ihm den Grund dafür zu nennen, doch wie hätte sie so etwas in Worte fassen sollen? Und wie sollte sie es anfangen, ohne Dom

Grund zu geben, sich mit Roland Donavan zu duellieren? Es ging ihr zwar sehr gegen den Strich, aber sie würde die Episode als einen Vorfall hinstellen müssen, an dem ausschließlich sie die Schuld trug.

Das Feuer unter dem Kaminsims aus weißem Carraramarmor flackerte und zischte und warf einen roten Schein auf die polierten Walnußholzmöbel und den grünen Brokat der Garnitur im Salon. Es sprühte Funken, und Melanie legte die Feder hin, ehe sie aufstand, um den bestickten Schirm zurechtzurücken, der sie gegen die abstrahlende Glut schützte. Stirnrunzelnd stand sie vor der Schäferszene im Perlstich, wo sich das Paar im Kornfeld tummelte, als an die Tür geklopft wurde.

Es war Dom, förmlich wie immer, der Cicero ins Zimmer folgte. Jeder andere, der so oft im Haus ein und aus gegangen war, hätte dem alten Diener wahrscheinlich die Mühe erspart, sich von ihm anmelden zu lassen, überlegte sich Melanie. Im nächsten Moment lächelte sie und hielt ihm zum Gruß die Hand hin, als er über den Aubusson-Teppich auf sie zukam.

Dom erwiderte ihr Lächeln nicht. Er hielt ihre Hand nicht länger, als nötig war, um sich zu verbeugen. Mit grimmigem Gesicht sagte er kein einziges Wort, bis Cicero die Tür hinter sich geschlossen hatte.

»Ich hoffe, ich komme dir nicht ungelegen?«

»Nein, keineswegs, wenn ich auch überrascht bin. Ich dachte, du hättest Mrs. Wesley für das Hauskonzert fest zugesagt.«

»Das stimmt«, antwortete er, »aber es hat sich etwas Wichtigeres ergeben.«

Zwischen den blonden Augenbrauen war seine Stirn besorgt gerunzelt. Melanie nahm nicht nur das wahr, sondern auch sein steifes Auftreten, und ihr wurde ganz flau. Dennoch bemühte sie sich darum, einen normalen Tonfall anzuschlagen. »Ach? Komm, setz dich und erzähl es mir.«

Bei diesen Worten trat sie vor das kleine Zweiersofa, das ans Feuer gerückt war, und bedeutete ihrem Verlobten, er solle sich setzen.

»Ich ziehe es vor, stehenzubleiben«, sagte er. Als sie keine

Einwände erhob, begab er sich mit zielstrebenden Schritten zum Kamin und kehrte dem fröhlichen Flackern den Rücken zu.

Das Licht vom Messingkronleuchter an der Decke ließ sein goldblondes Haar schimmern und warf Schatten unter seine hohen Backenknochen. Es ließ aber auch seinen Mund schmal und formlos erscheinen. Seltsam, daß ihr das bisher noch nie aufgefallen war. Dom erschien es ebenso große Schwierigkeiten zu bereiten, das Thema anzusprechen, das ihn hergeführt hatte, wie sie damit gehabt hatte, einen Brief an ihn abzufassen.

»Darf ich dir eine Tasse Tee oder vielleicht ein Glas Sherry anbieten?« fragte sie.

»Was? O nein, Melanie, danke, aber es gibt etwas, was ich dir sagen muß.«

Als Melanie aufblickte, stellte sie verblüfft fest, daß er leicht rot geworden war. Ein Zeichen dafür, wie aufgewühlt er zu sein schien. Seltsamerweise milderte genau das ihre eigene Anspannung.

»Ja, was ist?« Dom schaute sie an und wandte dann den Blick ab. »Ich bin nicht sicher, wie ich das sagen soll. Die Geschichte ist ziemlich ... heikel.«

»Und du bist sicher, daß wir darüber reden müssen?« fragte Melanie.

»Ja – ja, ich finde, du hast ein Recht darauf zu erfahren, was geredet wird, ebenso, wie ich ein Recht darauf habe zu erfahren, was daran wahr und was gelogen ist.«

Melanie holte tief Atem. Sie faltete die Hände fest im Schoß und hob die blauen Augen zu Doms Gesicht. »Vielleicht sagst du am besten gleich, was dich bedrückt?«

»Ja«, stimmte Dom ihr zu und räusperte sich. »Ich hoffe nur, daß es dich nicht verletzen wird.«

»Ganz bestimmt nicht, da bin ich sicher«, antwortete Melanie, und das trug ihr einen schnellen, fast anklagenden Blick aus Doms hellbraunen Augen ein. Es war ihr unmöglich, sein Zaudern und Zögern nicht mit Roland Donavans direkter Art zu vergleichen, mit der er auf die Situation zu sprechen gekommen war. Man hätte einwenden können, Dom hätte mehr zu verlieren, da er sie liebte. Sein Gesichtsausdruck dagegen drückte weder Zorn noch Wut aus, was vielleicht auf heftigere Gefühle hingewiesen hätte. Nein, er wirkte eher tadelnd und drückte die Gereiztheit aus, die oft der Verlegenheit entspringt.

Jetzt räusperte er sich noch einmal. »Ich hatte in den beiden letzten Tagen Gelegenheit, eine äußerst unglaubliche Geschichte zu hören. Ich hätte es auf gehässigen Neid zurückgeführt, daß sie im Umlauf ist, wenn ich sie nicht von Leuten gehört hätte, die ich als nichts anderes als zuverlässig bezeichnen kann. Es wird in der ganzen Stadt herumerzählt, meine liebe Melanie, daß man gesehen hat, wie du aus Roland Donavans Hotelzimmer gekommen bist.«

Er wartete auf ihre Reaktion und sah ihr jetzt mit zusammengekniffenen Augen ins Gesicht. Der Feuerschein gab ihren bleichen Wangen Farbe und funkelte auf ihrem gewellten kastanienbraunen Haar. Sie wirkte keineswegs schockiert oder peinlich berührt, doch einen kurzen Moment lang glaubte er, Enttäuschung in ihren Augen aufflackern zu sehen, als sie ihm jetzt fest ins Gesicht sah.

»Ist das alles?« fragte sie.

»Alles? Ist das denn nicht genug?«

»Nein, ich glaube kaum. Aus dem wenigen, was du gesagt hast, geht nicht hervor, daß meine Zusammenkunft mit Roland Donavan unbedingt etwas anderes als ein Anstandsbesuch war. Haben deine Informanten dir denn nicht die Dinge erzählt, wie beispielsweise, daß ich nicht von einer Anstandsdame begleitet war, daß es kurz vor Mitternacht war, als ich von dort fortgegangen bin, und daß ich – sagen wir es einmal so – recht leicht bekleidet war?«

»Melanie!« rief er aus. »Das ist doch nicht dein Ernst, was du da sagst.«

»Du glaubst es nicht! Das ist mir wenigstens ein Trost. Trotzdem versichere ich dir, daß es wahr ist.«

»Warum, in Gottes Namen?«

»Ein Mißverständnis, mehr als nur eins«, antwortete sie seufzend. Dann schaute sie ins Feuer und erzählte ihm, was sich in der Nacht nach dem Tod ihres Großvaters abgespielt hatte. Während sie redete, stand Dom da und betrachtete sie mit einem Ausdruck in den Augen, als hätte er sie noch nie gesehen.

»Soll das heißen«, sagte er, als sie schließlich verstummte, »soll das heißen, daß er tatsächlich mit dir geschlafen hat?«

»Ja, das hat er getan. Tatsächlich.«

»Mein Gott«, sagte er und drehte sich um, um sich am weißen Marmor des Kaminsims festzuhalten. »Wie konnte er es wagen?«

»Ich habe es dir doch erzählt. Er hat mich irrtümlich für eine andere Sorte Frau gehalten – ein verständlicher Irrtum, wenn man die Umstände bedenkt.«

»Wie kannst du dasitzen und darüber reden, als sei das alles nichts Besonderes? Machst du dir denn keine Gedanken darüber, was die Leute daraus machen werden? Das wird das reinste Freudenfest! In jedem Salon unter dem Hügel wird man darüber lachen. Und was für eine Geschichte, um sie nach dem Abendessen mit dem Cognac zu servieren!«

»Würde es etwas nützen, wenn ich heulte und schrie und ohnmächtig in deinen Armen zusammensackte?« fragte Melanie. »Wenn du glaubst, daß das etwas nützt, mache ich dir nur zu gern die Freude, aber ich finde, wir sollten uns lieber damit beschäftigen, was jetzt zu tun ist, und zu einem Entschluß kommen.« Auf dem kalten nassen Rückritt von Natchez nach Greenlea hatte sie in jener Nacht nichts sehen können, weil sie vor Tränen blind gewesen war. Doch das konnte sie ihm nicht sagen, nicht jetzt.

Er drehte sich langsam zu ihr um. In seinen Augen stand ein Ausdruck, der an Argwohn grenzte. »Tun?« fragte er, und sein Blick glitt an ihr vorbei und blieb an der Tür hängen. »Ich gestehe, daß ich kaum etwas sehe, was getan werden kann, es sei denn, du spielst mit dem Gedanken fortzugehen. Ein paar Monate in Europa, vielleicht sogar ein Jahr oder zwei? Ich bin sicher, daß du es dir leisten könntest, so lange zu bleiben, wie du magst. Bei deiner Rückkehr kann es durchaus sein, daß alles in Vergessenheit geraten ist.«

Sie hätte ihn gern gefragt, ob er bis dahin vergessen haben würde, daß ein anderer Mann sie besessen hatte. Auch das gehörte zu den Dingen, die als unfein galten und eine Dame durfte sie einem Herrn gegenüber nicht aussprechen. »Das könnte genau das richtige sein«, sagte sie und versuchte halbherzig zu lachen. »Wenn ich langsam genug reise, könnte ich im Frühjahr in Paris sein. Ja, die Vorstellung gefällt mir. Das ist wesentlich besser als zu heiraten, denn das hat Mr. Donavan mir vorgeschlagen. Du könntest dir als Politiker selbstverständlich nicht leisten, eine Frau mit einem schlechten Ruf zur Frau zu nehmen. Das ist mir schon klar. Denk nur an den armen Präsidenten Jackson vor ein paar Jahren, mit seiner Rachel. Sie sind durch den Schmutz gezogen worden, und das nur, weil die Leute irrtümlicherweise auf den Gedanken gekommen sind, sie sei von ihrem ersten Ehemann geschieden. Man kann beim besten Willen nicht wissen, was sich die breite Öffentlichkeit zusammenreimen würde, wenn du eine Frau heiratetest, die so dreist war, sich mit dem Mann... zusammenzutun, der für den Tod ihres Großvaters verantwortlich war.«

»Da ist etwas dran«, räumte er erleichtert ein, und ihm entging ganz der Hohn, der ihre Worte gewürzt hatte. »Wenn du natürlich eine Ehe vorziehst, wenn du es für die bessere Lösung hältst, dann bin ich jederzeit gern dazu bereit.«

Das war so offenkundig unwahr, daß sie nicht still dasitzen und sich das unaufrichtige Lächeln ansehen konnte, das auf seinen schmalen Lippen stand. Sie sprang auf, wandte sich von ihm ab und lief durch das Zimmer. »Ich könnte nicht zulassen, daß du ein solches Opfer bringst«, sagte sie über die Schulter hinweg, und in ihren Augen lag ein gehetzter Blick, als ihr wieder einfiel, daß sie erst vor ganz kurzer Zeit so ziemlich dasselbe zu Roland Donavan gesagt hatte. »Das wäre schlichtweg zuviel verlangt.«

»Nichts dergleichen. Dagegen muß ich mich verwahren«, sagte er und lief ihr eilig ein paar Schritte nach, und als sie sich umdrehte, prallten sie fast zusammen. Er wich vor ihr zurück, als hätte er einen glühenden Ofen berührt. Sein Gesicht lief dunkelrot an, und er stammelte: »Ich ... ich bin nur nicht sicher, ob es dir etwas nützen würde. Eine Eheschließung, so kurz nach dem Tod deines Großvaters, würde nur die Gerüchte bestätigen, daß die Geschichte wahr ist, die sie so eifrig in Umlauf bringen.«

»Natürlich ist mehr als alles andere zu berücksichtigen, was an Gerüchten in Umlauf gesetzt wird. Was ich denke und empfinde, spielt schließlich keine Rolle!«

»Wenn ich der Meinung wäre, daß du wirklich außer dir bist, würde ich mir große Sorgen um dich machen. Aber du bist ein zu vernünftiges Mädchen und zu sehr die Enkelin des Colonel, um etwas Dummes anzustellen.«

Während er das sagte, streckte er die Hände aus, als wollte er die Arme um sie legen. Melanie wich ihm aus und lief mit schnellen Schritten zum Klingelzug, der neben dem Kamin hing.

»Bin ich das?« entgegnete sie und zog heftig an der Schnur. »Ich bin auch zu sehr die Tochter des Colonel, um meine Zeit damit zu vergeuden, mir deine Ausreden anzuhören. Cicero wird dich zur Tür begleiten.«

Ihre Wut und ihren Verdruß hielt sie aufrecht, bis Dom das Haus verlassen hatte. Als sich die Tür hinter ihm geschlossen hatte, warf sie sich auf das Sofa und schlug die Hände vors Gesicht. Was sollte sie jetzt bloß tun? Sich mit Unverfrorenheit behaupten, wie es ihr Großvater versucht hatte, nachdem er in Ungnade gefallen war? Ins Exil gehen, wie Dom es vorgeschlagen hatte? Oder sollte sie ganz einfach ihre Trauerzeit ausdehnen, die mit sich brachte, daß sie sich kaum amüsieren würde und wenig Umgang hatte, sie auf mehr als ein Jahr ausdehnen, sie zwei oder sogar drei Jahre in die Länge ziehen – ein Leben lang in ihrer Abgeschiedenheit bleiben? Bis sie zum Gegenstand der Bewunderung und des Mitleids würde, diese verrückte alte Jungfer, die sich allein in Greenlea zurückgezogen hat? Die nachts Spaziergänge macht, durch die Straßen läuft und in ihren altmodischen Kleidern die Kinder erschreckt? Nein, oh, nein!

Es gab noch eine andere Möglichkeit. Es war die reinste Verzweiflungstat und hatte so überhaupt nichts mit allem zu tun, was sie sich noch vor einer Woche hätte träumen lassen, daß sie jetzt behutsam anfing, diese Idee erst einmal in Gedanken einzukreisen. Damit würde sie sich wieder ein gewisses Ansehen und Achtung verschaffen. Dom würde sie damit beweisen, daß sie weder ihn noch seine halbherzigen Lösungsvorschläge brauchte. Und mehr als alles andere würde es als ein Mittel dazu dienen, Roland Donavan heimzuzahlen, was er ihr an Leib und Seele angetan hatte. Denn wer konnte die Schwächen eines Mannes leichter entdecken und ihn besser ausbeuten als seine eigene Frau?

Sie konnte und würde Roland Donavan heiraten.

4. Kapitel

Die Kutsche rollte in gemäßigtem Tempo die ausgefahrene Straße hinunter, wie es sich für die nachmittägliche Spazierfahrt einer Dame geziemte. Der Kutscher saß steif vor Mißbilligung da, und sein Fahrgast mußte sich bei Schlaglöchern mit einer zarten behandschuhten Hand festklammern. Als sie dem Kadaver eines toten Schweines auswichen, preßte sich Melanie das Taschentuch gegen die Nase. Der Gestank, der in die geschlossene Kutsche drang, war unglaublich. Verfaulender Fisch wetteiferte mit der grünlichen Brühe, die in den offenen Abwässergräben stand, Stallgerüche mit denen aus niedrig ausgehobenen Toilettengruben. Wenn es unter dem Hügel an einem wolkigen Winternachmittag schon so bestialisch stank, wie mußte es dann erst an einem heißen Sommertag sein?

Das River Rest war bei Tageslicht nicht einnehmender als bei Dunkelheit. Das Aushängeschild hing schief, die Farbe blätterte von den Balken ab, und im oberen Stockwerk fehlten mehrere Fensterbretter. Dennoch war es in einem besseren Zustand als die meisten anderen Gebäude dieses Viertels. Die meisten waren aus unbehandelten grauen Brettern gebaut und wurden von quadratischen Fensteröffnungen durchbrochen, vor denen hölzerne Läden angebracht waren.

Der Kutscher hielt vor den Holzbrettern an, die im Schlamm lagen und als Bürgersteig vor dem Hotel dienten. Er stieg ab und trat ans Fenster. Als Melanie es öffnete, zog er den Hut.

»Wir sind da, Miss Melanie. Und was jetzt? Sie wollen doch nicht etwa da hineingehen, oder?«

»Nein, John. Diesen Gang werden Sie mir bitte abnehmen, und Sie werden sich im Hotel nach Mr. Roland Donavan erkundigen. Wenn er da ist, werden Sie ihn bitten, kurz rauszukommen, weil ich ihn sprechen möchte. Wenn er nicht da ist, werden Sie ihm diese Nachricht hinterlassen, damit er sie bei seiner Rückkehr vorfindet.«

»Ja, Miss Melanie«, sagte John und nahm das zusammengefaltete Blatt Papier entgegen, das sie ihm reichte. Er zögerte einen Moment, als wollte er noch weitere Einwände vorbringen. Dann zog er den Kopf ein und wandte sich ab.

Melanie lehnte sich zurück und sah John nach, der im River Rest verschwand. Ihre Finger zitterten ein wenig, als sie sich die schwarzen Glacéhandschuhe glattstrich. Sie waren erst heute morgen von der Schneiderin gekommen, gemeinsam mit dem schwarzen Strohhut mit schwarzer Spitze an den Rändern und stahlgrauen Hutbändern, den sie trug, und mit dem Kleid aus schwarzer Ripsseide und dem Umhang mit Pelzbesätzen. Die Lieferung hatte auch andere, unauffälligere Stücke umfaßt, doch sie hatte sie zurückgewiesen. Dieses Ensemble verlieh ihr Selbstvertrauen, etwas, das sie ganz dringend gebrauchen konnte. In Erwägung zu ziehen, ob man einen Heiratsantrag von einem Mann wie Roland Donavan annehmen sollte, war eine Sache; eine ganz andere war es, dieses Vorhaben in die Tat umzusetzen.

Ein kalter Wind, der die klamme Feuchtigkeit des Flusses mit sich trug, wehte um die Kutsche. Melanie zog ihre Röcke zur Seite und suchte mit den Füßen nach dem tönernen Fußwärmer, den man für sie dort hingelegt hatte. Wenn der Mann sich nicht beeilte, würde das Wasser in dem Tongefäß bald eiskalt sein. Und auch ihre Absichten könnten zu Eis erstarrt sein.

Nein, das war nicht wahr, sagte sie sich und setzte sich aufrechter hin und faltete die Hände auf dem Schoß. Sie war entschlossen, Donavan die Konsequenzen seines Vorgehens nicht zu ersparen, ganz gleich, was es sie auch kostete. Sie würde dafür sorgen, daß er dafür büßte.

Wieder strich sie sich die Handschuhe glatt. Wie schwierig es doch war, neue Handschuhe einzutragen, sie auszudehnen, ohne sie zu überdehnen! Aber wie kam sie eigentlich dazu, sich Sorgen über Handschuhe zu machen? Sie sollte sich lieber sammeln und sich überlegen, was sie sagen würde. Sie hatte bisher noch nie einen Mann aufgefordert, sie zu heiraten, und selbst wenn es eigentlich darum ging, den Antrag anzunehmen, den er ihr gemacht hatte, dann würde es doch zwangsläufig schwierig werden, ihn daran zu erinnern. Hatte sie mit ihrer Ablehnung seine Gefühle verletzt? Das erschien ihr unwahrscheinlich, und doch durfte sie diesen Faktor nicht außer acht lassen. Sie waren nicht gerade freundschaftlich auseinandergegangen; sie hatte ihn so entschieden abgewiesen, daß ihre Gründe, das Thema noch einmal anzusprechen, seinen Argwohn wachrufen mußten. Wie sollte sie ihm das erklären?

Entgeistert sah sie sich den Schmutz und das Elend auf der Straße an, als sie plötzlich aus ihren Betrachtungen aufgerüttelt wurde. Sie wandte sich um und sah gerade noch, wie John auf den Kutschbock stieg und Roland Donavan die Tür der Kutsche öffnete. Er ließ sich auf das Samtpolster neben sie fallen und knallte die lackierte Tür zu. Mit einem Ruck, der Melanie den Kopf zurückriß, setzte sich die Kutsche in Bewegung.

»Was soll die Eile?« erkundigte sie sich hastig, während sie ihren Arm unter Rolands Ellbogen herauszog und auf dem Sitz rüberrutschte, um ihm mehr Platz zu machen.

»Ich versuche lediglich, Ihren Ruf zu schützen. Wie Sie wissen, ist das kein Ort für eine Dame.«

»Sehr edelmütig, aber meinen Sie nicht, dafür sei es jetzt etwas zu spät?«

»Nicht für eine junge Frau, die einen aufstrebenden Gentleman wie Dominic Clements heiraten wird. Soweit ich gehört habe, ist er nicht nur ein Mitglied der Anwaltskammer, sondern hat auch politische Ambitionen. Cäsars Frau muß, wie Sie sich gewiß erinnern, über jeden Zweifel erhaben sein.«

Melanie sah ihn scharf an. Er konnte unmöglich wissen, aus welchem Grund sie ihn aufgesucht hatte, und doch hatte er ihr ein perfektes Stichwort gegeben, um zur Sache zu kommen. Das einzige Problem bestand nur darin, daß sie noch nicht soweit war. Ihre Kehle war plötzlich wie zugeschnürt. Sie nahm die Gegenwart des Mannes an ihrer Seite überdeutlich wahr, seine Körpergröße, die in der geschlossenen Kutsche nur um so auffälliger war, wie lässig er dasaß und die langen Beine vor sich ausgestreckt hatte, und doch strahlte er eine Aura von gezügelter Kraft aus, wie ein großer Panther, der sich seelenruhig entspannt. Natürlich war es albern, daß sie so stark darauf reagierte. Das war ihr noch nie passiert. Zweifellos machte das Ausmaß der Ablehnung, die sie ihm entgegenbrachte, sie überempfänglich für solche Eindrücke. Es gab noch etwas anderes zu bedenken. Er hatte sich angemaßt, ihrem Kutscher Anweisung zu erteilen, und damit hatte sich das Blatt gegen sie gewendet. Zwar war er ihrem Geheiß nachgekommen, doch jetzt bestimmte er, und sie konnte wenig dagegen tun, ohne ihren Plan zu gefährden.

»Wohin fahren wir?« fragte sie und rang um Fassung.

»An keinen bestimmten Ort. Ich habe Ihrem Kutscher gesagt, er soll eine der Straßen nach Osten einschlagen, die aus der Stadt führen, aber wenn Ihnen eine andere Richtung lieber ist, richte ich mich selbstverständlich gern nach Ihren Vorstellungen.«

»Mir ist jede Richtung recht. Das spielt keine Rolle.«

Sie schwiegen, und Melanie schaute aus dem Fenster. Sie fuhren durch das Gewirr von kleinen Sträßchen mit Kopfsteinpflaster bergauf und kamen auf die Straße, die von Kentucky nach Natchez führte und dort auf eine andere Hauptverkehrsstraße traf, El Camino Real, von den spanischen Eroberern angelegt. Die Strecke führte am Fluß entlang nach Louisiana, quer durch Texas und die mexikanischen Provinzen nach Mexiko City. Heute wurde diese Straße kaum noch befahren, und da sie selten durch geschlossene Ortschaften führte, galt sie als gefährlich und von Dieben und Wegelagerern heimgesucht, die jedem mit Geld in der Tasche auflauerten. Hier, nahe bei Natchez, führten jedoch gewundene Lehmwege zu den prachtvollen Anwesen der Plantagenbesitzer, und man konnte sich in vollkommener Sicherheit wiegen. Das hieß, man reiste gefahrlos, ging jedoch das Risiko ein, in den tiefen Furchen ein Rad zu verlieren oder in einen Graben zu schlittern und den Steilhang hinunterzurollen.

Melanie gewöhnte sich allmählich an das Holpern und Schwanken der Kutsche und durchforstete ihren Verstand ohne nennenswerten Erfolg nach einem Gesprächsthema. »Heute ist wirklich ein trister Tag, finden Sie nicht auch?«

Roland nickte. Der Himmel war von Wolkenmassen verhangen, die immer noch dichter wurden. Da beiderseits der Kutsche hohe Böschungen neben der Straße anstiegen, war das Licht düster.

Melanie hatte den Verdacht, eine Spur von Sarkasmus darin zu entdecken, daß er das Thema nicht aufgriff. Sie warf einen Seitenblick auf ihn und stellte fest, daß er sie betrachtete; in seinen dunklen smaragdgrünen Augen stand ein beunruhigender Ausdruck, als sein Blick über ihren geschwungenen Mund glitt. Als sie eine Augenbraue hochzog, wandte er den Blick ab, setzte sich anders hin und schlug die Beine wieder übereinander.

»Es heißt, Sie seien gerade aus Kalifornien zurückgekehrt«, wagte sich Melanie nach einem Moment vor.

»Ja, ich war länger als ein Jahr dort.«

»Ich vermute, Sie haben dort gefunden, was Sie gesucht haben, denn sonst wären Sie wohl kaum nach Hause zurückgekehrt?«

»Eine logische Schlußfolgerung«, antwortete er und gab ihr damit nicht die geringste Information.

»Es ... es muß sicher aufregend gewesen sein?«

»Manche Menschen würden es so nennen.«

»Aber Sie nicht«, bemerkte sie, und ihre Stimme drückte ihren Verdruß über seine knappen Antworten aus.

»Für meinen Geschmack waren dort zu viele Menschen, es war zu laut, und es herrschte zuviel Durcheinander, und zu viele haben verloren, zu wenige etwas gewonnen. Es hatte viel Ähnlichkeit mit den Militärzeiten während des Krieges. Aber andererseits bezeichnen manche Menschen auch einen Krieg als aufregend.«

Sie zuckte steif zusammen, legte die Stirn in Falten und fragte sich, ob er damit auf ihren Großvater anspielte, der immer behauptet hatte, das Donnern der Kanonen zu lieben, das Zischen von Kugeln. Ob das nun Prahlerei war oder nicht – fest stand, daß er immer gern mit seinen Männern losmarschiert war. »Ich nehme an, sowohl im Krieg als auch in einem Goldgräberlager muß man gewisse Härten auf sich nehmen.«

Falls diese Spitze ihn getroffen hatte, zeigte er es nicht. »Das ist nicht alles, womit man fertig werden muß«, antwortete er mit ruhiger Stimme. »Es gehört einiges dazu, Männer sterben zu sehen.«

»Was dieses Thema betrifft, hatte ich in letzter Zeit genug Gelegenheit, mich damit auseinanderzusetzen.« Sie hatte die Worte tadelnd herausbringen wollen; statt dessen war ihr ganzer Schmerz herauszuhören.

»Ja«, stimmte er ihr zu. »Bis jetzt war noch kein rechter Zeitpunkt gekommen, um es zu sagen, aber das mit dem Colonel tut mir leid.«

Sie hätte schwören können, daß er es ernst meinte. Aber darüber brauchte sie jetzt nicht nachzudenken. Es mußte doch eine Möglichkeit geben, seine angebliche Reue für sich zu nutzen. »Vielleicht war das mit ein Grund dafür, daß Sie um meine Hand angehalten haben?« deutete sie an und nahm deutlich wahr, wie steif er plötzlich wurde.

»Es kann sein, daß es damit zu tun hatte, aber andere Gründe waren vordringlicher.«

»Ich verstehe«, rief Melanie eilig, zu hastig, da sie fürchtete, er könnte näher darauf eingehen. »Ich ... ich fürchte, ich könnte vielleicht ein wenig zu schroff abgelehnt haben.«

»Unter den gegebenen Umständen ist das nur verständlich.«

Er wartete darauf, daß sie sich deutlicher ausdrückte. Er hatte nicht die Absicht, ihr behilflich zu sein, solange er nicht mit Sicherheit wußte, worauf sie hinaus wollte, und vielleicht würde er ihr selbst dann nicht helfen. »Möglicherweise«, stimmte sie ihm zu und sah starr vor sich hin, um ihr Gesicht unter dem Strohhut zu verbergen. »Da ich inzwischen Zeit hatte, mir Gedanken darüber zu machen, sehe ich ein, daß dieses Arrangement seine Vorzüge hat ... hätte.«

Sie warf einen schnellen Blick aus dem Augenwinkel auf ihn.

Er beobachtete sie, und der Anflug eines Lächelns zog seine Mundwinkel nach oben. Sie wandte den Blick sofort wieder ab.

»Und die wären?« erkundigte er sich.

»Wie Sie mir bereits nahegelegt haben, würde es dazu dienen, die Gerüchte im Keim zu ersticken, die über meinen Besuch in Ihrem Zimmer im Umlauf sind. Außerdem wäre damit ein hinlänglicher Grund für das Duell geliefert; die Leute könnten dann, wenn sie wollen, glauben, mein Großvater hätte sich gegen die Heirat gestellt. Das brächte sie auf andere Gedanken, und sie würden sich nicht mehr ständig fragen, was sich wohl in Mexiko abgespielt haben mag.«

»Mir scheint, die Leute würden sich dann erst recht fragen, was der Colonel an mir auszusetzen hatte.«

»Und sie müßten doch davon ausgehen, oder auch nicht, daß ich nichts so Furchtbares darin sehe, wenn ich bereit bin, Sie zu heiraten? Dann wären die Leute doch gezwungen zu glauben, das Problem hätte lediglich in der unsachlichen Abneigung eines älteren Mannes gegen den Mann seiner Enkelin bestanden.«

Einen Moment lang wurde Melanie von einem Gefühl der Abtrünnigkeit erdrückt. Am Ende wird es das wert sein – sagte sie sich –, wenn Roland Donavan für alles gebüßt hatte. Möglicherweise würde sie eines Tages noch dankbar dafür sein, daß sie ihn nicht getötet hatte. Ein schneller Tod war zu einfach. Es gab andere und bessere Formen der Strafe, langsamere Mittel, die eine angemessenere Sühne dafür waren, daß er ihrem Großvater den Stolz und die Ehre genommen hatte.

Als könnte er ihre Gedanken lesen, meinte er: »Ich vermute, ich darf daraus schließen, daß Sie mir jetzt keine Kugel mehr durch den Kopf jagen wollen?«

»Ja. Ich... ich war an jenem Abend überspannt und völlig erschöpft und außer mir, nachdem ich meinen Großvater in seinen letzten Stunden gepflegt hatte, und ich war nicht ich selbst. Ich hoffe, Sie können das verstehen und mir diesen unseligen Zwischenfall verzeihen.« Es waren nur Worte. Was änderten sie schon, solange er tat, was sie von ihm wollte?

»Sie nehmen mir eine Last von der Seele«, äußerte er in einem derart merkwürdigen Tonfall, daß Melanie einen schnellen Blick auf ihn warf. Er sah ihr lächelnd in die Augen. »Wo waren wir stehengeblieben? Ich glaube, Sie waren gerade dabei, die Vorteile aufzuzählen, die sich daraus ergeben, wenn wir beide uns zusammentun. Sie dürfen dabei das gesellschaftliche Ansehen nicht vergessen, das Sie mir brächten.«

Das war einer der Vorwürfe, die Melanie ihm an den Kopf geworfen hatte. Sie entschied sich, die Ironie in seinem Tonfall zu ignorieren, die schon fast an Sarkasmus grenzte. »Ja, das kommt auch noch dazu.«

»Sagen Sie mir eines«, wollte er amüsiert wissen. Er drehte sich zu ihr um und hob eines ihrer Hutbänder, das auf ihrer Brust lag, hoch. »Wollen Sie damit etwa sagen, daß Sie es sich anders überlegt haben?«

»Das... das wäre möglich«, erwiderte sie mit stockender Stimme und spürte, daß er an den Bändern zog, die unter ihrem Kinn zugeschnürt waren.

»Warum? War Ihr Verlobter etwa so zuvorkommend, eine Braut zurückzuweisen, die... nicht gänzlich unberührt ist?«

Melanie bedachte ihn mit einem explosiven Blick, während eine warme Röte in ihre Wangen aufstieg. Es war eine unglaubliche Frechheit, das zu unterstellen. Noch schlimmer war die Tatsache, daß sie es nicht abstreiten konnte.

»Nicht direkt«, fauchte sie. »Ich hätte seine Frau werden können, wenn ich mich damit hätte abfinden können, ewig dankbar dafür zu sein, daß er mir diesen Gefallen erwiesen hat. Und ich hätte ein oder zwei Jahre warten und in Europa die Zeit totschlagen müssen, bis sich die Gerüchte gelegt haben.«

»Ich verstehe«, meinte er gedehnt, und seine dichten Wimpern verbargen den Ausdruck seiner grünen Augen, als er den Knoten unter ihrem Kinn endgültig löste. »Dankbarkeit gehört also zu den Dingen, die Ihr Ehemann, wer es auch werden wird, nicht von Ihnen erwarten kann?«

»Ich sehe keinen Grund dafür, daß dieses Gefühl nicht auf Gegenseitigkeit beruhen sollte. Ich glaube, Ihnen ist klar, daß ich mein Ansehen wiedergewinne, wenn ich Ihnen Ihr Ansehen wiedergebe, und das ist doch ein fairer Handel – was tun Sie denn da?«

Er hatte ihre Hutbänder aufgeschnürt und zog ihr plötzlich die Kreation aus Stroh und Spitze und Bändern vom Haar. Sie streckte die Hände danach aus, doch er warf den Hut mit einer lässigen Drehung seines Handgelenks auf die gegenüberliegende Bank.

»Ich konnte Hüte noch nie leiden. Sie erschweren es einem, einer Frau ins Gesicht zu sehen, wenn man mit ihr redet.«

»Was Sie leiden können, ist für mich nicht von Bedeutung«, teilte sie ihm mit und griff nach dem Hut.

»Selbst dann nicht«, bemerkte er und packte mit festem Griff ihren Arm, um sie zu sich umzudrehen, »wenn ich Ihr Mann werde?«

Melanie sah ihn aus verblüfften blauen Augen an, und das gereizte Stirnrunzeln wich von ihrem Gesicht. »Werden Sie das denn?«

»Ja, vorausgesetzt, man liefert mir Hinweise dafür, daß ich etwas dafür bekommen werde, wenn schon keine Dankbarkeit.«

Als er sie an sich zog und seinen Arm um ihre Taille schlang, wurde der Sinn seiner Worte so deutlich wie seine Absichten. Das hatte sie sich selbst zuzuschreiben. Sie hätte nicht sagen können, ob sie überrascht war oder ob sie etwas ganz anderes hätte erwarten können. Wenn sie sich wehrte und sich seiner Umarmung widersetzte, dann hieß das, daß sie sowohl ihre Heirat als auch ihre Rachepläne gefährdete. Jetzt war der Zeitpunkt der Entscheidung gekommen; würde sie ihre Ziele verfolgen oder nicht? Konnte sie über sich ergehen lassen, was sie von diesem Mann zu erwarten hatte, oder würde ein Schrei der Abwehr aus ihrer Kehle aufsteigen?

Sein Mund bernächtigte sich ihrer Lippen mit sanfter Gewalt, ließ sie mit seinen eigenen verschmelzen und bewegte sich tastend und langsam, als er ihre honigsüßen Lippen kostete. Melanie zuckte bei der ersten Berührung steif zusammen und wurde einen Moment lang von einer Erinnerung an einen stechenden Schmerz eingeholt, doch als seine Hände dann langsam und fest über ihren Rücken glitten, spürte sie, wie sie ihm allmählich nachgab. Ein warmer Schauer durchzuckte ihre Adern. Als sie gefügiger wurde, vertiefte er den Kuß. Er drehte sich ein wenig um, bis ihr Kopf auf dem samtig weichen Sitzpolster ruhte. Seine Hand glitt auf ihre schmale Taille und über die Rippen und tastete sich auf die Wölbung ihrer Brust hoch. Ohne äußeren Zwang schlich sich ihre Hand auf das Revers seines Fracks, als sie die Lippen öffnete. Ihre Sinne übermannten sie, als Roland sie enger an sich preßte, und als die Kutsche wieder ruhiger fuhr, glitt seine Hand über den Seidenstoff auf ihrer Brust und streifte die aufgestellte Brustwarze. Sein Kuß wurde zarter. Seine Lippen blieben auf ihrem feuchten, empfindlichen Mundwinkel liegen. Dann hinterließen sie eine Glutspur, als sie über ihre Wange und an ihrem Haaransatz entlang auf ihren zarten, geschwungenen Hals glitten.

Ohne jede Warnung fuhr die Kutsche plötzlich bergab. Als sie auf der schlammigen Straße ins Rutschen kamen, griff Rolands Hand fester zu. Als Melanie hörbar einatmete, um gegen den Schmerz zu protestieren, fluchte er und richtete sich auf, und gleichzeitig zog er sie auf dem Sitz höher. Mit finsterem Gesicht knurrte er: »Herr im Himmel, ja, laß uns unter allen Umständen heiraten – und zwar bald.«

Es war eine kleine und stille Hochzeit, zu der Melanie das Brautkleid ihrer Mutter trug. Glory weinte ein wenig, denn sie war als junges Mädchen mit jener anderen Braut nach Greenlea gekommen, Sarah Howell Johnston. Sie war ein Hochzeitsgeschenk von Sarahs Vater gewesen. Seit jener Hochzeit war viel Betrübliches passiert. Die Howells, Melanies Großeltern mütterlicherseits, waren bei einer Gelbfieberepidemie gestorben, nachdem sie einen Reisenden, der die Krankheit hatte, bei sich aufgenommen hatten. Die Plantage der Howells südlich von Natchez, bei Clinton, Mississippi, war unter Melanies Onkeln und Tanten aufgeteilt worden, derart aufgesplittert, daß von einer Plantage nicht mehr die Rede sein konnte. Dann war es zu der Explosion des Dampfschiffes gekommen, die Miss Sarah und ihren jungen Ehemann das Leben gekostet hatte. Glory war auch auf dem Schiff gewesen. Sie war diejenige gewesen, die mit dem Baby Melanie ins Wasser gesprungen war, als feststand, daß das Schiff untergehen würde; sie war diejenige gewesen, die das Kind mit den Bändern ihrer Schürze auf den Hühnerkäfig gebunden hatte. Sie konnte nicht schwimmen, und da dieses Floß nicht beide über Wasser halten konnte, hatte sie es mit seiner kostbaren Fracht treiben lassen, denn sie liebte Melanie, wie sie ein eigenes Kind nicht mehr hätte lieben können. Sie war kurz vor dem Ertrinken gewesen, als ein Faß an ihr vorbeitrieb. Aber es taugte nichts, an solche Dinge zu denken. Heute war ein glücklicher Tag, oder zumindest hätte es einer sein sollen.

»Miss Melanie, Schätzchen, sind Sie ganz sicher, daß Sie nichts essen wollen?«

»Danke, ganz bestimmt nicht. Ich brächte keinen Bissen runter.«

»Warum? Ist Ihr Magen verknotet? So sollte es auch sein, wenn man einen Mann heiratet, den man so gut wie gar nicht kennt, den Mann, der den Colonel getötet hat. Ihr Benehmen ist wirklich eine Schande.«

»Bitte, Glory. Ich will darüber nicht reden.«

»Warum nicht? Sie fürchten doch nicht etwa, ich könnte etwas Vernünftiges sagen? Was ist bloß über Sie gekommen? Ich verstehe Sie nicht mehr. Ich kann Sie schon seit der Nacht nicht mehr verstehen, in der der Colonel gestorben ist und Sie in Ihrem besten schwarzen Reitkostüm hinausgehen und es ruinieren mußten. Sie wissen doch, daß Samt es nicht verträgt, klatschnaß zu werden. Und in Stücke gerissen war es auch, als seien Sie durch Dornendickicht geritten. Sie haben mir nie gesagt, was passiert ist, und ich habe Sie nie danach gefragt, aber mir kommt das nicht richtig vor, daß ein Mädchen so blaß und hohläugig vor den Traualtar tritt, während der Mann, dem ihre Hand versprochen war, nach New Orleans flieht, als würde er von Höllenhunden gehetzt.«

Die Zofe stand hinter Melanie vor der Frisierkommode und legte letzte Hand an ihre Frisur, ehe ihr der Schleier angelegt wurde. Melanie blickte auf und sah dem Mädchen im Spiegel in die Augen. »Dom?«

»Wer denn sonst, es sei denn, es hat noch einen anderen Mann gegeben, dem Sie die Ehe versprochen haben. Es heißt, er sei schon vor Tagen mit der *Pride of Natchez* losgefahren, am Tag, bevor Sie bekanntgegeben haben, daß Sie Mr. Roland heiraten werden. Die Leute fragen sich, warum, und wie es zu dieser Hochzeit kommt, das fragen sie sich auch. Sie wissen, daß etwas vorgefallen ist, aber sie wissen eben nicht, was. Und der Versuch, das herauszufinden, hat ihren Verstand in der letzten Woche mehr angestrengt als im ganzen letzten Jahr.«

»Dagegen kann man nichts machen«, bemerkte Melanie kühl.

»Vielleicht nicht, aber ich hätte ganz bestimmt nicht erwartet, daß ich jemals erleben muß, wie der Name von meiner Kleinen in aller Munde ist und die Leute sich daran ergötzen, als hätten sie einen besonderen Leckerbissen vorgeworfen bekommen.«

»Das werde ich dir alles ein anderes Mal erklären, Glory«, bat Melanie seufzend. »Aber im Moment ertrage ich es einfach nicht, darüber zu reden.«

»Sie wollen nicht darüber reden, weil Sie glauben, mir wird gar nicht gefallen, was Sie angestellt haben, und Sie haben Angst, wenn ich zuviel dagegen sage, daß Sie Mr. Roland heiraten, dann werden Sie nicht die Kraft haben, Ihr Vorhaben auszuführen. Na bitte, wenn Sie es unbedingt so haben wollen. Ich sage ja schon gar nichts mehr. Mir paßt zwar vielleicht nicht, wie sich die Dinge entwickelt haben, aber ich muß zugeben, daß Mr. Roland selbst dann, wenn er nicht der Mann ist, den der Colonel für Sie ausgesucht hat, und selbst, wenn die beiden nicht einig miteinander waren, doch wirkt, als sei er ein echter Mann und ein Gentleman zugleich. Wenn er Sie ansieht, steht ein Schimmer in seinen Augen, den man kaum falsch auslegen kann, als wüßte er, wie man richtig mit einer Frau umgeht und sie dennoch wie eine Dame behandelt. Glauben Sie mir, Schätzchen, das ist sehr wichtig!«

Als sie neben ihm vor dem Geistlichen stand, dachte Melanie wieder an dieses Urteil, das Glory über Roland abgegeben hatte.

Sie hatte allen Grund zu der Annahme, daß das Mädchen nicht ganz unrecht hatte; ob er jedoch wußte, wie man eine Dame behandelte, war eine ganz andere Frage.

Ihre Stimme war leise und fest, als sie die Gelübde wiederholte, doch ihre kühlen, schmalen Finger zitterten in Rolands warmer, kräftiger Hand. In seinem dunkelgrauen Abendanzug wirkte er imposant. An seiner Seidenkrawatte funkelte eine diamantene Krawattennadel, und der weiße Hemdkragen bildete einen Kontrast zu seiner braungebrannten Haut. Melanie hatte zwar den Eindruck, als schaue er sie ein- oder zweimal an und als bliebe sein Blick auf dem alten Spitzenschleier haften, der ihr Haar und die madonnenhafte Klarheit ihres Profils verbarg, doch sie konnte sich nicht dazu durchringen, ihn noch ein zweites Mal anzusehen. Die weißen Kamelien, die sie in der zitternden Hand hielt, strömten im Gegensatz zu den Wachskerzen und den Girlanden keinen Duft aus. Sie waren kühl und rein und makellos.

Endlich war es überstanden. Der kalte Ehering zog ihr schwer die Hand herunter. Ihre Lippen brannten von seinem zarten, fast keuschen Kuß. Es war an der Zeit, sich abzuwenden und sich von den Gästen gratulieren zu lassen. Es waren nicht viele erschienen: Gouverneur John Quitman, der die Rolle des Brautführers übernommen hatte, seine Frau Eliza, der Anwalt ihres Großvaters, der zugleich auch sein bester Freund gewesen war, Mr. Jackson Turnbull, ein Freund von Roland, der für ihn die Rolle des Trauzeugen übernommen hatte und, rein zufällig, der Besitzer des River Rest war, und hinter ihnen standen Glory, Cicero, die übrigen Hausangestellten, die Stallburschen und die Gärtner von Greenlea.

Es dauerte nicht lange, die Anwesenden zu begrüßen und ihre Glückwünsche entgegenzunehmen. Die Dienstboten zogen sich in die Küche zurück, um dort unter sich zu feiern, während Melanie und Roland den Vorsitz über eine Mahlzeit im kleinen Kreis übernahmen. Es gab Schildkrötensuppe, gegrilltes Rindfleisch, Huhn in Weinsauce und verschiedene Gemüse, und zum Schluß folgte der Hochzeitskuchen mit dem weißen Guß und ein dunkler Obstkuchen für den Bräutigam. Zu trinken gab es Wein oder das herkömmliche Mixgetränk aus schaumiger, warmer süßer Milch mit Apfelwein.

Melanie saß da und tat so, als äße sie etwas. Ihr war schmerzlich bewußt, wie besorgt sich der Gouverneur und seine Frau ihr gegenüber zeigten und wie steif sie mit Roland und seinem Freund umgingen. Endlich war der letzte Tropfen Wein geleert, und der Empfang war beendet.

Frischvermählte Paare brachen zwar oft zu einer mehrwöchigen Hochzeitsreise auf und besuchten auf dem Weg Verwandte, bis sie schließlich in New Orleans ankamen oder, im Sommer, an Orten wie White Sulphur Springs oder Saratoga, doch es war nicht üblich, daß sie gleich nach der Trauung aufbrachen. Oft vergingen fünf Tage oder gar eine Woche, ehe man den ermüdenden und anstrengenden Vorgang des Reisens in Angriff nahm. Auch bei dieser Hochzeit verhielt es sich nicht anders. Melanie und Roland hatten vor, mindestens die erste Nacht und möglicherweise noch etliche andere auf Greenlea zu verbringen, ehe sie den Fluß überquerten, um Melanie an dem Ufer, das zu Louisiana gehörte, Rolands Vater vorzustellen. Dieser Umstand war den anwesenden Gästen bekannt, oder sie setzten ihn voraus. Sie stellten ihre Weingläser ab, sahen einander an und erhoben sich dann praktisch als geschlossene Runde gleichzeitig, als sei ihnen plötzlich wieder eingefallen, daß sie die Braut und den Bräutigam daran hinderten, sich in ihre Privatgemächer zurückzuziehen. Braut und Bräutigam begleiteten sie zur Tür, standen im goldenen Schein der Verandalampen und winkten ihnen zum Abschied. Wenige Minuten später war Melanie mit ihrem frisch angetrauten Ehemann allein.

Sie wandte sich von der Tür ab, als Roland sie schloß und den Riegel zuschob. Sie trat vor den Pfeilerspiegel, der in der Eingangshalle über einem Tisch mit Intarsienarbeiten hing, zog den Schleier ab und strich sich das Haar sorgsam aus dem Gesicht. Als sie wahrnahm, daß Roland immer noch neben der Tür stand, warf sie einen Blick auf ihn. Er beobachtete sie. Sie senkte den Blick, hob den Schleier auf und strich mit den Händen die Falten glatt, die sich beim Abendessen gebildet hatten.

»Du siehst müde aus«, sagte er, »und dieses Kleid muß, wenn es auch noch so schön ist, furchtbar unbequem sein. Sollen wir nach oben gehen?«

Das Brautkleid von 1830 war vor mehr als zwanzig Jahren der neueste Schrei der Mode gewesen. Auf dem Rücken hatte es sechsundfünfzig winzige stoffbezogene Knöpfe. Die vollen Ärmel, die von den Schultern bis zu den Ellbogen reichten, wurden von leichten Flechtgestellen in Form gehalten. Vom Ellbogen an waren sie eng geschnitten, reichten bis weit über das Handgelenk hinunter und wurden auf jedem Unterarm von vierundzwanzig weiteren kleinen Knöpfchen zusammengehalten. Der herzförmige Ausschnitt, der den obersten Ansatz ihrer schneeweißen Brüste entblößte, war so eingefaßt wie die Schöße des Mieders. Der volle Rock war hinten zu einer kurzen Schleppe gerafft. Um die endlosen Meter schweren Satins in Form zu halten, hatte sie sich nicht weniger als zwölf Petticoats um die Taille schnüren müssen, und darüber trug sie eine mit Roßhaar versteifte Krinoline.

»Ja«, stimmte Melanie ihm schlicht und einfach zu und ging zur Treppe. »Wen du im Wohnzimer nach Glory läuten würdest, damit sie kommt und mir beim Auskleiden hilft.«

»Das wird wohl kaum nötig sein«, bemerkte er gedehnt.

Sie drehte sich langsam zu ihm um. Ihr Gesicht war ruhig, und ihre Haltung war majestätisch, als sie über ihm auf den Stufen stand. Ihre Schultern drückten Entschlossenheit aus, und sogar die Hand, die das Mahagonigeländer umklammerte, war weiß bis in die Fingerspitzen. »Ich glaube, ich habe dich nicht recht verstanden«, meinte sie kühl.

»Ich meine«, antwortete er und kam gemächlich auf sie zu, »daß ich mich mit Knöpfen ziemlich geschickt anstelle.«

»Ach, wirklich? Aber deine Geschicklichkeit wird mir wenig nutzen, da wir kein gemeinsames Zimmer haben werden.« Es war ihr nicht schwergefallen, diese Entscheidung zu treffen. Melanie war keineswegs darauf versessen, die Pflichten einer Ehefrau anzunehmen. Dennoch war ihre vordringlichste Erwägung die gewesen, wie sie Roland Donavan einen Schlag versetzen konnte. Es war recht offenkundig, daß er sie begehrenswert fand. Bisher war das die einzige Schwäche, die sie an ihm entdeckt hatte. Lag die Vermutung nicht nahe, daß er leiden würde, wenn ihm versagt blieb, was er wollte? Sie hoffte es aufrichtig.

»Ach, nein, wirklich nicht?« erkundigte er sich.

Er schien nicht verärgert zu sein, sondern wirkte eher belustigt und neugierig.

»Nein«, sagte Melanie laut und deutlich.

»Und warum nicht?«

»Du stimmst mit mir doch wohl darin überein, daß unsere Ehe nicht gerade die übliche ist; ich wüßte daher nicht, warum sie die übliche Form annehmen sollte. Außerdem hat das, was zwischen uns vorgefallen ist, nichts an der Tatsache geändert, daß ich dir nach wie vor die Schuld am Tod meines Großvaters gebe.«

»Das mit deinem Großvater tut mir leid, aber sein Tod lastet nicht auf meinem Gewisen. Wenn er für Vernunft zugänglich gewesen wäre, wäre er noch am Leben. Was das übrige angeht, haben wir vor einer Woche in deiner Kutsche ein klares Geschäft miteinander vereinbart. Ich habe meinen Teil der Abmachungen erfüllt und gedenke nicht, dich von deinem Versprechen zu entbinden.«

Seine Worte waren so entschlossen und so selbstsicher, daß ihr die Galle hochkam. Mit Eis in ihren blauen Augen sagte sie: »Du hast als selbstverständlich vorausgesetzt, daß ich deine Bedingungen für diese Eheschließung akzeptiere. Ich habe diesem Handel nie zugestimmt.«

»O doch, das glaube ich schon – und wir haben das Geschäft mit einem Kuß besiegelt. Das ist doch wohl verbindlicher als ein Händedruck, meinst du nicht auch?«

»Nein, ganz bestimmt nicht! Aber das ändert so oder so nichts. Wir sind Fremde, die zufällig miteinander verheiratet sind. Wir haben den gesellschaftlichen Konventionen Genüge getan, und es besteht keine Notwendigkeit, das Spiel noch weiterzutreiben. Solange wir gelegentlich gemeinsam in der Öffentlichkeit auftreten, kannst du deine eigenen Wege gehen, und ich werde mein Leben leben.«

»Eine solche Kaltblütigkeit«, sagte er leise, und in seinen grünen Augen stand ein merkwürdiger Ausdruck, als er beobachtete, wie ihre Brüste sich unter dem schimmernden Satin des Mieders schnell hoben und senkten und aufgebrachte Röte in ihre Wangen stieg. Sein Blick schien Bewunderung zu enthalten, den Funken des Verlangens und noch etwas anderes, das an Mitgefühl grenzte. »Das klingt ganz und gar nicht nach der Form von Ehe, die ich mir vorgestellt habe.«

»Das glaube ich sofort«, fauchte sie, und ihre Wangen röteten sich noch heftiger.

»Ach, wirklich?« fragte er. Er stellte einen Fuß auf die unterste Treppenstufe und legte die Hand auf den flachen Geländerpfosten. »Wenn du so genau wußtest, was mir vorschwebt, dann frage ich mich, weshalb du dich jetzt so sehr davor fürchtest?«

»Ich und mich fürchten? Sei nicht albern!«

»Habe ich deinen Stolz verletzt? Es tut mir leid, aber genauso kommt es mir vor.«

»Ich fürchte mich nicht vor dir«, antwortete sie hastig und machte die Wirkung ihrer Worte prompt zunichte, denn als er einen Schritt vortrat, wich sie hastig einen Schritt zurück.

»Ach, wirklich nicht? Warum läufst du dann vor mir davon? Warum beweist du mir nicht, daß ich mich irre? Warum bist du so fest entschlossen, deine Distanz zu wahren?«

»Das habe ich dir doch schon gesagt«, warf sie ihm an den Kopf.

»Ja, aber all das gehört der Vergangenheit an. Wir haben den Rest unseres Lebens vor uns liegen, und unser beider Leben haben wir als Mann und Frau miteinander verknüpft. Wenn unsere Ehe keine echte Ehe sein wird, dann ist mir meine Freiheit lieber. Ich frage mich, wie die Chancen stehen, eine Annullierung durchzusetzen – unter den gegebenen Umständen? Möglicherweise wird auch eine Scheidung nötig sein.«

»Das tätest du nicht«, flüsterte sie mit erstickter Stimme. Damit wäre alles zunichte gemacht, was ihre Eheschließung hätte bewirken sollen. Das gehässige Gerede würde von neuem einsetzen. Und wenn es zu einer Scheidung kommen sollte, würde ihr dieser Makel für alle Zeiten anhaften. Ebensogut konnte sie gleich nach Europa gehen und sich der Halbwelt anschließen, denn ausgestoßener und einsamer als nach einer Scheidung konnte sie gar nicht sein.

»Ich sehe keine Alternative«, äußerte er mit einem beiläufigen Achselzucken. »Ich denke, es wäre das beste, wenn ich jetzt gleich das Haus verlasse. Ich wünsche Ihnen eine gute Nacht – Mrs. Donavan.«

Seine dichten Wimpern senkten sich, um den Ausdruck zu verbergen, der in seinen Augen stand. Er neigte den dunklen Schopf, wandte sich ab, stieg die Stufen hinunter und ging auf die Tür zu.

Melanie zerdrückte mit den Händen den Schleier, als sie ihm nachsah. Dazu hätte es nicht kommen dürfen. Sie hatte erwartet, daß er sie anschreien und mit ihr streiten, aber letztendlich ihre Bedingungen akzeptieren und die Tür des Zimmers zuknallen würde, das sie für ihn hatte bereitmachen lassen. Sie wußte nicht, was sie jetzt tun sollte. Es schien nur eine Möglichkeit zu geben, um ihn aufzuhalten, nur einen Weg, um ihn zurückzuholen.

Er öffnete den Riegel vor der Tür und zog die Tür auf. Der kalte Nachtwind strömte in die Eingangshalle und ließ die Kerzen des Kronleuchters an der Decke tropfen, während die Flammen um die Dochte züngelten und tanzten, und er drang unter Melanies Röcke, und sie fröstelte.

»Roland«, rief sie mit einem grimmigen Ausdruck um den Mund und dem tiefen Violettblau der Verzweiflung in den Augen. »Also, gut. Ich... ich beuge mich deinen Wünschen.« Sie wartete, bis er die Tür wieder geschlossen und verriegelt hatte. Dann machte sie auf dem Absatz kehrt, lüpfte ihre Röcke und stieg die Stufen hinauf.

In Melanies Schlafzimmer brannte eine Lampe auf dem Tisch neben dem Bett. In ihrem Licht schimmerte matt das Rosenholz der Möbel, und es ließ die taubenblauen Draperien ihres Himmelbetts glänzen. Das Feuer war zu glimmender Asche heruntergebrannt, doch seine Wärme schlug ihnen entgegen, als sie den Raum betraten. Roland schloß die Tür hinter ihnen, ging schnell auf den Kamin zu, nahm eine Messingschaufel mit einem Porzellangriff und warf mehr Kohlen auf das Gestell.

Melanie sah ihm einen Moment lang zu, ehe sie sich mit zusammengekniffenen Lippen abwandte, um ihren Schleier auf die Frisierkommode zu legen. Der Anblick, wie er diese kleine Aufgabe übernahm, strapazierte ihre ohnehin schon angegriffenen Nerven noch mehr. Er hatte sie nicht gefragt, ob er das Feuer neu entfachen sollte. Es war, als maße er sich bereits jetzt das Recht an, ihr Leben nach seinen Vorstellungen zu bestimmen, es nach seinen Wünschen zu gestalten, ohne Rücksicht darauf zu nehmen, was sie vielleicht wollte.

Sie war sich seiner Anwesenheit derart deutlich bewußt, daß sie sich zu ihm umdrehte und fast zusammenzuckte, als sie sah, daß er sich mit einer abrupten Bewegung aufrichtete und sein Jackett ablegte. Es kam nur selten vor, daß ein Herr in Hemdsärmeln vor eine Dame trat, und selbst dann nur an den schwülsten Sommertagen. Ihr Großvater hatte nie öffentlich sein Jackett ausgezogen. Wenn sie jetzt also einen Gentleman, im Gegensatz zu einem Arbeiter, in Hemdsärmeln sah, dann war das ganz so, als bekäme ein Mann für mehr als einen Sekundenbruchteil den Knöchel einer Dame ungehindert zu sehen. Sie hätte den Blick abgewandt, wenn sich nicht ein dicker Verband durch das feine Leinen seines Ärmels abgezeichnet hätte. Das war die Verletzung, die ihm ihr Großvater zugefügt hatte. Dom hatte an jenem furchtbaren Morgen gesagt, der Colonel hätte seinen Arm getroffen. Sie hatte es nahezu vergessen, obwohl es jetzt schien, als könnte sie sich noch erinnern, wie er auf der derben Matratze im River Rest zusammengezuckt war, als sie ihn dort mit der Faust erwischt hatte. Er hatte seine linke Schulter gegen ihre Schläge geschützt.

Plötzlich wurde ihr die ganze Ungeheuerlichkeit dessen, was sie hier tat, schlagartig bewußt. Sie hatte recht gehabt; sie waren einander völlig fremd. Eine Welle der Abneigung packte sie, die nichts mit ihren sorgsam geschmiedeten Racheplänen zu tun hatte, und sie drehte sich schnell um und stürzte zur Tür.

Sie hatte noch nicht die Hälfte der Strecke zurückgelegt, als Roland sie mit langen Schritten eingeholt hatte und ihr den Weg verstellte. Er unternahm keinen Versuch, sie zu berühren. Dennoch blieb sie stehen, als stünde sie vor einer Mauer aus Stein.

»Wohin gehst du?« fragte er, und seine Stimme hatte das unverwechselbare Timbre überstrapazierter Geduld.

»Ich ... ich dachte, ich sehe mal nach, ob Glory noch auf ist und auf mich wartet. Es wäre mir ein schreckliches Gefühl, wenn sie sich Sorgen macht.«

Als hätte sie ihn an seine Pflicht erinnert, streckte er jetzt die Hand nach ihrem Arm aus und verhinderte mit Leichtigkeit ihr instinktives Bemühen, sich loszureißen. Er drehte ihr Handgelenk um, runzelte die Stirn und begann, die Knöpfe auf dem Ärmel durch die Satinschlaufen zu ziehen. »Ausgerechnet heute nacht solltest du noch weniger als sonst an deine Zofe denken. Sie wird dich nicht erwarten, und falls sie noch wach ist, dann ganz bestimmt nicht, weil sie glaubt, daß du sie brauchst.«

»Sie ist keine junge Frau mehr, und sie ist mir eine Art Mutter gewesen.« Melanie hielt die Augen niedergeschlagen. Es kostete sie große Mühe, mit ruhiger Stimme zu sprechen, aber gegen das Zittern ihrer Finger war sie machtlos, als sie das steife Material seiner Weste streiften.

»Wenn sie dir so nahe steht, wird sie sich ohnehin Sorgen machen. Aber bist du ganz sicher, daß hier nicht du diejenige bist, die sich Sorgen macht – und sich doch ein wenig fürchtet?«

Sie riß den Kopf hoch. »Mußt du denn immer wieder davon anfangen? Ich habe dir doch gesagt, daß ich mich nicht vor dir fürchte.«

Seine Aufmerksamkeit war ganz auf seine Tätigkeit gerichtet, und sein dunkler Schopf war über ihr Handgelenk gebeugt. Als seine Finger die zarte Innenseite ihres Arms berührten, spürte sie, wie warm seine Hände, und wie unerträglich intim seine Berührungen waren. Sie war vor ihm auf der Hut, ja, das stimmte, und sie war keineswegs begierig darauf, ausgerechnet jetzt mit ihm ins Bett zu steigen, aber sie hatte keine Angst vor ihm. Nein, keineswegs.

»Dann frage ich mich«, meinte er, und sein Tonfall klang ironisch, »warum du zusammenzuckst, wenn ich in deine Nähe komme, warum es dich deine gesamte Willenskraft kostet, mich anzulächeln, und warum du gerade jetzt fast wie ein Blitz aus dem Zimmer geschossen wärst.«

Melanie schlug mit derselben Waffe zurück, die er benutzt hatte – mit Worten. »Bist du noch nicht auf den Gedanken gekommen, daß das, was mich zu diesem Handeln veranlaßt hat, nicht Furcht, sondern Abscheu sein könnte?«

Seine Finger hielten inne. Melanie hatte den Eindruck, als würde er eine Spur blasser, doch als er aufblickte, waren seine grünen Augen unbeweglich, und es stand ein nahezu versonnener Ausdruck darin. »Das ist eine Möglichkeit. So oder so müssen wir etwas dagegen unternehmen.«

»Ich wüßte nicht, was sich dadurch ändern sollte«, sagte Melanie und warf einen schnellen Seitenblick auf ihn, ehe sie den Kopf wieder abwandte.

»Wirklich nicht?« fragte er. Er ließ ihr Handgelenk sinken und packte das andere.

»Mir war nicht klar, daß meine Gefühle für dich ins Gewicht fallen. Ich dachte, sie interessieren dich ebensowenig wie meine Gründe dafür, unsere Ehe auf einem platonischen Niveau zu belassen.«

Ein Lächeln zog seine Mundwinkel hoch. »Ich versichere dir, daß diese Dinge für mich ins Gewicht fallen. Nur waren meine Gründe für diese Eheschließung nicht dieselben wie deine.«

»Ich war allerdings der Meinung, unsere Gründe seien ähnliche«, bemerkte Melanie, die die Stirn in Falten legte, als sie versuchte, hinter den Sinn seiner Worte zu kommen.

»Die Gründe, die du mir gegenüber angeführt hast, waren sehr ähnlich. Es sollte ein fairer Handel sein. Wir wollten einander wieder zu Ansehen verhelfen. Zumindest glaube ich, daß es das war, was du gesagt hast; ich habe nicht allzu genau zugehört. Ich fürchte, der Anblick hat mich abgelenkt – so ernst und entschlossen und durch und durch begehrenswert –, und am meisten haben mich meine Erinnerungen abgelenkt, die du ausgelöst hast.«

Sie brauchte ihn nicht nach der Natur seiner Erinnerungen zu fragen. Das Funkeln in den Tiefen seiner Augen war nur zu eindeutig. Melanie spürte, wie es ihr den Atem verschlug. In dem Moment, in dem er ihr fest in die Augen sah, konnte sie keinen klaren Gedanken mehr fassen. Das war eine ganz neue Erfahrung, und nicht gerade eine angenehme. Als sein Blick wieder zu ihrem Ärmel zurückkehrte, holte sie tief und hörbar Atem. »Allmählich fange ich an zu begreifen«, seufzte sie.

»Wirklich? Das frage ich mich.«

»Es ist nicht schwer zu verstehen. Du hast es dir von unserer ersten Begegnung an deutlich anmerken lassen.«

»Was habe ich mir deutlich anmerken lassen?« erkundigte er sich und ließ ihren Ärmel sinken. Mit einem sachten Ruck drehte er sie um, um die Knöpfe auf ihrem Rücken aufzuknöpfen.

»Daß ... daß du mich ... attraktiv findest.« Ihr war es nur zu recht, daß sie ihn nicht anzusehen brauchte, als sie diese Worte herausbrachte.

»Natürlich finde ich dich attraktiv. Du bist eine wunderschöne Frau.«

Sie warf ihm einen schnellen Blick über die Schulter zu. »Du weißt sehr gut, daß ich von etwas anderem rede.«

»Ja«, stimmte er ihr versonnen zu. »Aber andererseits glaube ich nicht, daß du weißt, wovon ich rede.«

Sie erwiderte darauf nichts. Es war ein verwirrendes Gefühl, von ihm aus ihrem Kleid befreit zu werden. Anspannung packte sie, und sie konnte nichts dagegen tun, daß sie ein wenig wankte, als sie jetzt vor ihm stand, ob nun aus Müdigkeit, vom Champagner oder aus reiner Nervosität. Sie wappnete sich gegen den Moment, in dem er sie in seine Arme ziehen würde.

»Ist es so schwer zu glauben«, fragte er, und seine Stimme nahm einen unnachgiebigen Klang an, »daß ich dir aus achtbaren Gründen angeboten habe, dich mit meinem Namen zu schützen? Ist es eine so ausgeschlossene Vorstellung, ich könnte mich in gewisser Weise für dich verantwortlich fühlen, nachdem dein Großvater gestorben ist – und nach allem, was sich in jener Nacht in meinem Hotelzimmer abgespielt hat?«

Es kam ihr vor wie eine vorsätzliche Grausamkeit, daß er in diesem Augenblick diese beiden Themen ansprach. Dennoch war sie nicht so unvorsichtig auszusprechen, was sie in Wahrheit dachte. »Ändert das denn noch etwas?« fragte sie mit erstickter Stimme. »Jetzt sind wir verheiratet.«

Seine Hände hielten still. »Ja, das sind wir«, erwiderte er und öffnete die letzten Knöpfe, ehe er einen Schritt zurücktrat.

Melanie, die nicht sicher war, ob sie jetzt wirklich ihre Bewegungsfreiheit hatte, drehte sich zu ihm um und hielt mit einer Hand das auseinanderklaffende Mieder zusammen. Er entfernte sich mit schnellen Schritten von ihr. Vor der Frisierkommode blieb er mit dem Rücken zu ihr stehen, legte die Krawattennadel ab und zog die Manschettenknöpfe aus dem Hemd. Dann band er sich die Krawatte auf und fing an, mit einer Hand die Knöpfe seiner Weste zu öffnen.

Melanie fuhr sich mit der Zunge über die trockenen Lippen. »Ich glaube, es ist üblich, daß der Bräutigam unten im Salon wartet, bis sich die Braut zur Ruhe begeben hat.«

Er drehte sich langsam zu ihr um. »Wie du bereits betont hast, ist unsere Ehe keine gewöhnliche Ehe. Ich sehe daher keinen Grund, mich wie ein ... gewöhnlicher Bräutigam zu verhalten.« Er sah sie fest aus grünen Augen an, in deren Tiefen ein Lächeln stand, als er das Hemd aus der Hose zog. »Und überhaupt – ist es für diese Scheu nicht ein wenig zu spät?«

»Es macht dir Spaß, mich daran zu erinnern, stimmt's?« schleuderte sie ihm an den Kopf. »Ich kann mir bloß nicht vorstellen, warum es dir solchen Spaß macht!«

»Darüber habe ich mir bisher noch keine Gedanken gemacht«, antwortete er und zog eine Augenbraue hoch, »aber ich vermute, es macht mir wirklich Spaß. Wenn ich darauf anspiele, läufst du bezaubernd rot an – und dann siehst du aus wie eine Frau und nicht wie eine kaltblütige Göttin.«

»Ich vermute, irgendwann werde ich aufhören, mich an den Dingen zu stören, die du unbedingt sagen mußt.«

»Ich denke, in dem Fall werde ich mir neue Mittel und Wege einfallen lassen, die diese Verwandlung bewerkstelligen.«

Melanie wandte sich abrupt von ihm ab und hoffte, ihn um das Vergnügen zu bringen, die Röte zu sehen, die bis zu ihrem Haaransatz aufstieg. Was sollte sie bloß tun? Noch vor wenigen Minuten hatte ihr vor jedem Schritt gegraut, den er unternehmen könnte, um sie in seine Arme zu ziehen. Jetzt erkannte sie, daß es weit einfacher gewesen wäre, sich von ihm entkleiden zu lassen, als sich unter seinen wachsamen und doch sarkastischen Blicken auszuziehen. Sie hätte ihn gern gebeten, die Lampe auszublasen, damit sie sich im Schutze der Dunkelheit zum Schlafengehen fertigmachen konnten. Sie war sich seiner Weigerung so sicher, daß sie es gar nicht erst versuchte. Ihr blieb nichts anderes übrig, als seinem kühnen Beispiel zu folgen. Je länger sie es hinauszögerte, desto klarer mußte ihm werden, daß es ihr widerstrebte; um so mehr Grund hatte er dann, sie wegen ihrer Zurückhaltung zu verhöhnen.

Sie bewegte sich mit langsamer und unbewußter Anmut, als sie zum Kleiderschrank ging, die Spiegeltür öffnete und ihr Nachthemd herausnahm. Sie hängte es über einen Stuhl am anderen Ende des Zimmers, so weit wie möglich von Roland entfernt, und begann, das Kleid von den Armen zu streifen. Dann holte sie tief Luft und zog sich das Kleid über den Kopf. Die vielen Meter Satin gesellten sich zu ihrem Nachthemd auf dem Stuhl. Dann senkte sie den Kopf und befaßte sich mit den Bändern ihres Petticoats. Hinter sich nahm sie das Geräusch wahr, mit dem Roland sich die Stiefel auszog. Somit blieb ihm nur noch die Hose. Melanie senkte den Kopf noch tiefer und löste die Bänder ihres Unterrocks und die Schnüre ihres Korsetts, und dann beugte sie sich hastig vor, um das Nachthemd aufzuheben und es sich über den Kopf zu ziehen. Unter dem Schutz des Nachthemds schlüpfte sie aus dem Korsett und legte ihre übrige Unterwäsche ab und ließ alles auf einem Haufen auf dem Boden liegen, während sie die weißen Batistfalten ihres Nachthemds gleichmäßig um sich verteilte und die Arme in die langen Ärmel steckte.

Triumphierend drehte sie sich um. Roland stand da, starrte ins Feuer und hatte seinen Arm gegen den Kaminsims gestemmt. Zwischen den dunklen Brauen hatte er die Stirn in Falten gezogen, und auf seinem Gesicht stand ein grüblerischer Ausdruck. Er warf einen Blick auf sie, als sie zur Frisierkommode ging, und dann sah er sie wieder an, als sie begann, die Nadeln aus ihrem Haar zu ziehen, das seidig weich in ihren Nacken fiel. Sein Gesichtsausdruck hellte sich nicht auf. Melanie beobachtete ihn aus einem Augenwinkel und fragte sich, ob sein Arm ihn wohl schmerzte. Nicht etwa, daß sie Mitleid gehabt hätte. Er hatte jedes erdenkliche Leiden verdient. Sie preßte die Lippen zusammen, griff nach der Bürste und fing an, sich das lange schimmernde Haar zu bürsten, und sie zog es über die Schultern nach vorn, um die Spitzen besser erreichen zu können. Als ihr Haar glatt und nirgends mehr zerzaust war, teilte sie es in drei dicke Stränge und fing an, sich wie immer vor dem Schlafengehen einen Zopf zu flechten.

»Laß das.«

»Was?« fragte Melanie und drehte sich um.

»Flechte dir nicht das Haar«, sagte er, und sein Tonfall war unmißverständlich autoritär.

»Wenn ich das nicht tue, wird es morgen früh ganz verfilzt sein«, antwortete sie, und ihre Finger begannen wieder, die seidigen Stränge miteinander zu verflechten.

»Das wird sich leicht wieder beheben lassen.«

»Ach ja? Und ich vermute, du wirst wieder die Zofe spielen?«

»Schon möglich«, meinte er. Er richtete sich auf und kam mit entschlossenen Schritten auf sie zu. »Zumindest kann ich dir versprechen, daß ich jeden Zopf, auf dem du beharrst, wieder lösen kann. Und überhaupt haben wir lange genug herumgetrödelt, und jetzt ist es an der Zeit, ins Bett zu gehen.«

Ehe sie seine Absichten ahnen konnte, hob er sie hoch, preßte sie hoch an seine Brust und machte mit ihr die wenigen Schritte zum Bett. Er legte sie mitten auf die Matratze auf die zurückgeschlagene Decke und ließ sich dann neben sie sinken. Er sah ihr fest in die bestürzten Augen, während er ihr die weißen Satinschuhe auszog, die sie immer noch trug, und dann strich seine Hand über ihre Waden und zog ihr die Strümpfe aus. Dann richtete er sich auf und sah sie an. Sein Gesicht wirkte unentschlossen, und es lag eine Spur von Selbstironie darin, während er das weiche, wellige kastanienbraune Haar anschaute, das sich um ihren Kopf herum ausbreitete, und die sanften Kurven ihres Körpers betrachtete, die sich durch den dünnen Stoff des Nachthemds abzeichneten.

Abrupt stieß er sich vom Bett ab. Melanie ließ die Lider eilig sinken, als er seine Hose auszog und das Licht löschte. Sowie es dunkel war, schlüpfte sie unter die Bettdecke und zog sie sich bis zum Hals, als sei ihr kühl. Als er wieder zum Bett zurückkam, stand er einen Moment lang zwischen ihr und dem roten Schein des Feuers. Das kupferfarbene Licht ließ die Umrisse seines muskulösen Körpers wie eine alte Statue erscheinen, die von den Göttern geschmiedet worden war und den Inbegriff vollendeter Männlichkeit darstellte. Es war nur ein flüchtiger Eindruck; dennoch zitterte Melanie. Sie regte sich nicht, als sie spürte, wie die Sprungfedermatratze unter seinem Gewicht heruntersackte, sondern blieb still liegen und sah den dunklen Umriß des Mannes an, der über ihr aufragte und jetzt ihr Ehemann war.

Dann legte er sich neben sie, und seine starken Arme streckten sich nach ihr aus, um sie an seinen nackten Körper zu ziehen. Melanie blieb mit fest zusammengekniffenen Augen steif und unnachgiebig dort liegen, wo er sie hinzog. Sie glaubte, daß er tief den Duft nach gelben Rosen einsog, der aus ihrem Haar aufstieg, doch sie hörte ihn seufzen. Seine Stimme war gesenkt und ohne Ausdruck, als er dicht neben ihrem Ohr sagte: »Schlaf jetzt. Ruh dich von dem heutigen Tag aus. Es gibt immer noch ein Morgen.«

5. Kapitel

Ihr war warm, köstlich warm. Trotz der Kühle im Zimmer, die um die Bettdecke herum zu ahnen war, war sie in behagliche Wärme gehüllt. Im Halbschlaf lag sie mit geschlossenen Augen da, kostete das Gefühl aus, nahm aber auch das Prickeln wahr, mit dem das Blut durch ihre Adern rauschte, und eine leise innere Erregung. Sie streckte sich und kroch dann noch tiefer unter das Federbett. Diese Bewegung brachte sie in noch engeren Kontakt mit der Wärmequelle, von der sie umgeben war. Sie war an einen kräftigen männlichen Körper geschmiegt. Roland. Ihr Rücken war an seine Brust gepreßt. Im Lauf der Nacht mußte ihr Nachthemd hochgerutscht sein, und sie konnte seine Knie in ihren Kniekehlen spüren. Der Batist spannte sich über ihrer Brust, und seine Hand lag auf einer der zarten Wölbungen und koste zart die Brustwarze.

Einen Moment lang war sie versucht, still liegen zu bleiben und sich anzusehen, was passieren würde, was dieser Mann tun würde, mit dem sie jetzt verheiratet war. Direkt darauf folgte der Schock über die eigene Schwäche, und ihre Lider öffneten sich flatternd. Sie drehte den Kopf auf dem Kissen um und sah, daß Roland sich auf einen Ellbogen gestützt hatte und sie im Licht der einsetzenden Morgendämmerung betrachtete. Als sie ihn aus violettblauen Augen ansah, vor denen ein Schleier aus Verwirrung und Verletzbarkeit hing, sah sie, wie sich das Verlangen in den Tiefen seiner Augen widerspiegelte. Ehe sie Atem holen konnte, um etwas zu sagen, senkte sich sein Mund auf ihren, teilte gewaltsam ihre Lippen und bewegte sich forschend. Seine Zunge berührte ihre und fühlte sich wie Feuer an, und sie versteifte sich, um sich dem genüßlichen Gefühl zu widersetzen, das sie durchzuckte. Roland nahm es nicht zur Kenntnis. Seine Hand glitt über die straffen Muskeln ihres Bauchs, auf dem der Saum ihres Nachthemds lag, und seine Finger glitten unter den Stoff, zogen ihn höher und entblößten ihren Unterkörper gänzlich.

Melanie drehte den Kopf um und entzog ihm ihre Lippen. »Roland ...«, hauchte sie bittend, ohne sich dessen bewußt zu sein.

Er schüttelte den Kopf und streifte mit den Lippen ihre Wange, direkt unter dem Ohr. »Denk jetzt nicht«, flüsterte er. »Bleib einfach still liegen.«

Das konnte sie nicht, nicht, wenn seine Hände ihr Nachthemd höherzogen und sein Mund mit sengender Glut über ihren Hals auf eine ihrer entblößten Brüste glitt. Sie preßte den Rücken durch, um sich ihm zu entziehen, mußte jedoch spüren, daß sich ein Arm unter sie schob und sie hochhob, als er ihr das Nachthemd über den Kopf zog. Wieder schmiegte er sich eng an sie, und seine Armmuskulatur war steif vor Verlangen. Trotz ihres inneren Aufruhrs und dem Feuer in ihrem Blut wußte sie, daß es nichts gab, was sie tun konnte, daß sie ihn mit keinem Mittel zurückhalten konnte, ohne den Lebensstil einzubüßen, den sie kannte, der alles war, was sie hatte. Gut, dann würde sie es eben gar nicht erst probieren. Aber sie würde auch nicht auf ihn reagieren. Sollte er doch sehen, wie weit er sich an ihr befriedigen konnte, denn das war alles, was er bekam.

Es war nicht leicht, an diesem Entschluß festzuhalten. Mit Händen, die zu Fäusten geballt waren, lag sie da, als er die Kurven ihres Körpers mit unendlicher Behutsamkeit erkundete, sich an ihrer seidenweichen Haut weidete und in ihren Lenden einen süßen Schmerz weckte, der zunahm und Linderung verlangte. Sein Mund verwüstete ihre Lippen, als seine Liebkosungen kühner wurden und ihr immer glühender deutlich machten, was ihr zügellose Lust bereiten würde. Ein tiefer Laut entrang sich ihrer Kehle, als sie den Kopf von einer Seite auf die andere warf. Sie streckte die Hand aus, um ihn von sich zu stoßen, doch statt dessen umklammerte sie seine Schulter, und ihre Handfläche glitt über die Muskelstränge.

Er verlagerte sein Gewicht und ragte über ihr auf, als sein Knie ihre Schenkel spreizte. Sie spürte die Steifheit und das Drängen seines Verlangens, doch er drang sachte in sie ein. Dennoch durchzuckte sie ein Pfeil sinnlicher Begierde, der Schauer durch ihren ganzen Körper sandte und einen Sinnestaumel auslöste. Sie umklammerte seine Arme mit den Händen, als er tiefer in sie stieß und unbarmherzig eindrang, bis er ein Teil ihrer selbst war. Sein Herz schlug an ihrer Brust, ein Echo ihres eigenen beschleunigten Herzschlages. Dann riß der wilde Rhythmus der Leidenschaft sie beide mit. Sie wurden in die Höhe geschleudert, mit vereinter Mühe stiegen sie immer höher in das Reich der allumfassenden Dunkelheit, und das Staunen über ihre Entrücktheit verschlug ihnen den Atem. Es war unglaublich, eine wundersame, alles umfassende Verzückung von Körper und Seele. Melanie gab sich dem Taumel hin, strebte Rolands sengender Glut entgegen und kam immer näher an die peinigende Grenze des Erträglichen.

Mit flammender Ekstase erreichten sie den Gipfel, und ihre Körper verschmolzen miteinander, als sie über den Grat wirbelten und in den verlockenden Abgrund eintauchten. In einer engen Umklammerung lagen sie keuchend da, bis die kühle Luft auf ihren abkühlenden Körpern zu spüren war, und das Bewußtsein ihrer selbst sie wieder einholte, ihnen wieder klar wurde, wer und was sie waren.

Roland legte sich neben sie. Melanie hielt die Augen geschlossen. Aus irgendwelchen Gründen, die sie sich nicht erklären konnte, standen Tränen hinter ihren Lidern, und sie verspürte nicht den Wunsch, dem Mann ins Gesicht zu sehen, mit dem sie verheiratet war. Sie fühlte sich betrogen, gar nicht so sehr von dem Mann, der neben ihr lag, sondern vielmehr von ihrem eigenen Körper. Sie fühlte sich, als gehöre sie nicht mehr sich selbst. Sie hatte nicht gewußt, daß ein anderer Mensch derart über ihre eigenen Gefühle herrschen konnte, daß sie ihrem Willen nicht länger gehorchten. Beim nächsten Mal würde sie es wissen. Beim nächsten Mal würde sie sich besser gegen diese neuen und mitreißenden Wonnen wappnen.

Sie hörte ein Rascheln, als er sich auf dem Kissen neben ihr hochzog. Seine Finger mit den rauhen Fingerspitzen strichen ihr eine Haarsträhne von der Wange über die Schulter. »War das denn wirklich so schlimm?« fragte er in heiserem Tonfall.

Sie war nicht bereit, ihm darauf eine Antwort zu geben, und wandte den Kopf ab. Sollte er doch glauben, was er wollte. Wenn es ihr gelang, Schuldgefühle bei ihm auslösen, weil er sich ihr aufgezwungen hatte, und wenn er ihr in Zukunft dankbar dafür war, daß sie sich seinem Verlangen beugte, dann war das noch lange nicht genug Strafe für ihn.

»Ich möchte dich das erste Mal vergessen lassen«, fuhr er fort und streichelte ihre vollen Brüste mit den blauen Äderchen, die mit ihrem Herzschlag vibrierten. »So hätte es nicht anfangen dürfen.«

»Nein«, sagte sie mit Mühe, »wirklich nicht.« Soviel stand inzwischen für sie fest. Ihr ging durch den Kopf, daß auch er sich anders verhalten hätte, wenn sie sich in jener Nacht anders benommen hätte, wenn sie sich ihm gleich offenbart hätte – oder wenn sie wenigstens weniger wild in ihrer stummen Abwehr gewesen wäre. Das war keine allzu beruhigende Feststellung.

»Wir haben zumindest angefangen, diesen schlechten Eindruck zu korrigieren, aber ich glaube, es wäre falsch aufzuhören, solange nicht alles versucht worden ist – bis zur Erschöpfung.« Er beugte sich vor, um seine Lippen zwischen ihre Brüste zu pressen, und dort bewegten sie sich mit einer quälenden Langsamkeit, die sie an den Rand der Raserei brachte, als sie die rosige Brustwarze leckten.

Melanie war derart erstaunt über ihre eigene Reaktion und verwirrt über seinen spöttischen Tonfall, daß sie einen Moment brauchte, bis sie den Sinn seiner Worte erfaßte. Als seine Hand tiefer über ihren flachen Bauch glitt, wurde ihr seine Absicht klar. Sie schnappte nach Luft und hielt seine Hand fest. »Roland«, keuchte sie, »warte.«

»Weshalb? Es ist noch nicht Morgen. Es ist noch zu früh, um aufzustehen. Es dauert noch Stunden, bis man erwartet, daß wir nach dem Frühstück läuten. Es wäre herzlos, wenn wir das Personal aus den Betten holten, nur, weil wir nicht schlafen können. Andererseits müssen wir uns, da wir wach sind, irgendwie beschäftigen.«

»Müssen wir das?«

»Ich glaube«, sagte er mit erstickter Stimme, »das ist sogar ausgesprochen wichtig.«

Sie überquerten den Mississippi auf der Fähre. Da es ein sonniger strahlender Nachmittag war, fuhren sie in Rolands offenem Zweispänner los. Ehe sie den Fluß auch nur zur Hälfte überquert hatten, bereute Melanie schon diese Entscheidung. Wenn die Sonne auch blaßgelb schien, war der Wind über dem Wasser doch schneidend, und ihre fellgefütterte Reisedecke kam ihr so dünn wie Seidenpapier vor. Solange Roland neben ihr gesessen hatte, hatte sie sich halbwegs wohlgefühlt und sich an der Glut seines Körpers gewärmt, aber er war aus der Kutsche ausgestiegen, um mit dem Fährmann zu reden. Als ihm aufgefallen war, daß sie gegen den Wind fuhren, hatte er seinen Mantel ausgezogen und sich daran gemacht, dem älteren Mann zu helfen, die schwere Fähre an den Drahtseilen über das wogende Wasser zu ziehen. Als sie ihn in Hemdsärmeln dastehen sah und der Wind das weiche Leinen gegen seine angespannten Muskeln blies, überlief Melanie ein fröstelnder Schauer. Er bewegte sich so sicher und anmutig auf dieser auf den Wellen schwankenden Fähre, während der Wind an seinem schwarzen Haar zauste und den Hemdkragen gegen seine Wangen flattern ließ. Furchtlos in seiner Kraft hatte er die Füße, die in Stiefeln steckten, dicht am Rand der Fähre plaziert, wo die Wellen auf die Balken schwappten, und er schaute nicht ein einziges Mal nach unten. Das gierige Gluckern und Schwappen des Flusses weckte in ihm keine Erinnerungen an tiefe kindliche Ängste. Er war immun gegen das betäubende unerklärliche Grauen, das Melanie beschlich, sobald sie sich vom Ufer entfernt hatten. Sie strengte sich an, ihre Selbstbeherrschung zu bewahren, und schloß die Augen und zwang sich, an andere Dinge zu denken.

Ihr Reiseziel war Cottonwood, Rolands Zuhause im Mississippi-Delta in Louisiana. Sie hatten eine Woche in Greenlea vertrödelt, ehe sie aufgebrochen waren. Selbst nach dieser Zeit hatte Melanie das Gefühl, als widerstrebe es Roland, zur traditionellen Reise aufzubrechen. An dem Abend, an dem sie einander das erste Mal gesehen hatten, hatte Chloe Clements etwas geäußert, dazu kamen noch die Bemerkungen, die er im Laufe ihrer Gespräche hatte fallen lassen, und alles zusammen ließ Melanie darauf schließen, daß er und sein Vater kein gutes Verhältnis zueinander hatten. Von seiner Mutter sprach er nie. Aus seiner Schweigsamkeit schloß Melanie, daß sie tot war, und sie führte, ob zu Recht oder Unrecht, einen großen Teil der Spannungen zwischen Vater und Sohn darauf zurück. Sie hätte gern mehr darüber gewußt, aber sie fand nicht die rechten Worte, um das Thema anzuschneiden.

Roland konnte manchmal furchteinflößend sein. Wenn es gerade so schien, als lernten sie einander allmählich kennen und gingen gelöster miteinander um, zog er sich zurück und verhielt sich distanziert. Und dann starrte er sie mit seinen grünen Augen zynisch an. Diese Stimmung konnte eine Stunde oder einen Abend anhalten, und es endete mit einem plötzlichen Ansturm heftiger Küsserei, die sie atemlos zurückließ, oder aber er trug sie plötzlich ins Schlafzimmer hinauf und warf sich dort sofort mit ihr ins Bett. Mit solchen Taktiken kostete er sie Nerven und verunsicherte sie, bis sie nicht mehr wußte, wie sie mit ihm umgehen sollte. Ein- oder zweimal ging ihr auf, daß diese Taktiken dazu gedacht sein könnten, eben diese Wirkung auf sie zu haben, oder, was noch schlimmer war, sie könnte auch aus dem Umstand resultieren, daß er die Motive durchschaut hatte, warum sie ihn geheiratet hatte. Dennoch konnte sie sich nicht dazu durchringen, sich mit diesen Mutmaßungen abzufinden. Wenn er sie derart durchschaut hätte, dann würde er sie doch nicht geheiratet haben, oder? Nein. Ganz gleich, wie sehr er sich auch zu ihr hingezogen fühlte, und diese Anziehungskraft ließ sich nicht leugnen, wäre er doch nicht offenen Auges eine solche Ehe eingegangen. Kein Mann hätte eine solchen Schlag gegen sein Ego hingenommen, es sei denn, auch er hatte seine guten Gründe.

Welche Gründe hätte er haben können? Dieselben, die ihn

dazu gebracht hatten, ihren Großvater zu verleumden? Hegte er einen Groll und bildete er sich ein, ihm sei Unrecht geschehen? Was wäre gewesen, wenn er sie in jener Nacht im River Rest erkannt hätte, ehe sie ihm ihre Identität offenbarte? Was wäre gewesen, wenn er sie gesehen hätte, als sie sein Zimmer betrat, gewußt hätte, daß sie ihn erwartete? Er hatte ihr allzu schnell die Ehe angeboten und auf ihre erste Ablehnung hin enttäuscht gewirkt. Und später, als sie es sich anders überlegt hatte, hatte er ihren Antrag daraufhin nicht auffallend schnell angenommen? Welche Ironie des Schicksals, wenn Roland Donavan seine eigenen diabolischen Gründe für sein Handeln hatte, Gründe, die ihren Motiven in irgendeiner Form ähnlich waren. War es möglich, daß er ihr unterschwellig dafür grollte, daß sie versucht hatte, ihn zu töten, und daß er jetzt vorhatte, sie nach Lust und Laune dafür zu bestrafen? Aber vielleicht gingen seine Gründe auch zeitlich weiter zurück, reichten zurück bis zum Mexiko-Feldzug. Ob sie es herausfinden würde?

Sie näherten sich dem Flußufer von Louisiana. Roland sagte noch ein paar Worte, klatschte dem Fährmann auf den Rücken und schlüpfte in seinen Mantel. Strotzend vor Gesundheit und Elan, schwang er sich wieder auf den Sitz der Kutsche. Als sie vor ihm zurückwich, schaute er in ihr blasses Gesicht.

»Was ist los? Frierst du?«

»Nein«, antwortete sie und zwang sich zu einem Lächeln. »Mir fehlt nichts.«

»Komm schon, das glaubst du doch selbst nicht. Verstößt es gegen das gute Benehmen, das sich für einen Gentleman geziemt, wenn ich dem alten Jim ein bißchen dabei helfe, uns über den Fluß zu bringen?«

Sie warf ihm einen Blick zu, denn sein erzürnter Tonfall überraschte sie. »Nein, ganz bestimmt nicht.«

»Nein? Ich hatte gerade den Eindruck, daß du ziemlich entsetzt und schockiert bist.«

Melanie preßte bei dieser gar nicht schmeichelhaften Äußerung die Lippen zusammen. Wenn er wollte, konnte er nicht nur beharrlich, sondern auch beleidigend sein; es war wohl das beste, ihm wenigstens die Halbwahrheit mitzuteilen. »Wenn du es unbedingt wissen willst, ich mache mir nicht besonders viel aus Schiffen, egal welcher Art«, erwiderte sie und erzählte ihm dann von dem Unfall, der ihre Eltern das Leben gekostet hatte.

»Und trotzdem überwindest du dich und nimmst die Fähre«, sagte er nachdenklich, als sie ihren Bericht beendet und den Ausdruck seines angemessenen Bedauerns akzeptiert hatte.

»Eine Fähre ist kein Dampfschiff. Sie hat keinen Motor, der Feuer fangen kann, und das Ende der Strecke ist immer in Sicht. Außerdem hat mein Großvater darauf bestanden, daß ich mich dazu durchringe. Er hat nicht viel von Feiglingen gehalten, und er hat verlangt, daß ich mit ihm komme, als er einen seiner alten Freunde besucht hat, der am gegenüberliegenden Flußufer gewohnt hat. Mir hat immer davor gegraut, daß er mich irgendwann auffordern wird, ihn nach New Orleans zu begleiten, aber das ist mir erspart geblieben, weil er die Stadt nicht besonders gern mochte.«

»Wärst du mit ihm hingefahren?« fragte er, und seine Stimme klang neugierig.

»Ich denke schon. Ich hätte es versucht. Ich bin nicht sicher, ob ich es geschafft hätte. Es ist mir schon unerträglich, an Bord eines Dampfschiffs zu gehen, das am Landesteg vertäut ist. Ich fange an, von Kopf bis Fuß zu zittern, und mich überwältigt das Gefühl, es würde jeden Moment etwas Furchtbares passieren.«

»Dann warst du also seit deiner Kindheit auf keinem Dampfschiff mehr?«

Sie schüttelte den Kopf. »Mein Großvater hat mich in die Schule nach Mobile gebracht. Wir sind einen Teil der Strecke mit der Kutsche gefahren und haben das restliche Stück mit dem Zug zurückgelegt.« Ihr Großvater hatte nichts dagegen gehabt; gerne hatte er noch einmal den Weg zurückgelegt, den er schon bei den Semiolenkriegen eingeschlagen hatte. Es war eine vergnügliche Reise gewesen. Im Frühjahr war sie dann auf demselben Weg zurückgekehrt, war in Etappen gereist und hatte zwischendurch immer wieder bei einer ihrer Schulfreundinnen zu Hause Rast gemacht.

»Wir werden sehen, was sich dagegen tun läßt«, sagte er.

Melanie drehte sich zu ihm um und starrte ihn an, doch seine Aufmerksamkeit galt den Pferden, als die Fähre am Ufer von Louisiana anlegte. Er nahm die Zügel in die Hand, klatschte den Pferden auf den Rücken und fuhr die Kutsche auf den fruchtbaren schwarzen Schlamm.

Sie legten einige Meilen stumm zurück. Im Gegensatz zu der hügeligen Landschaft des Ostufers war das Deltagebiet im Westen flach. Schon vom Flußufer an wurde der größte Teil des Bodens bestellt, wenn die Felder auch um diese Jahreszeit brachlagen. Die gepflügten Rinnen, in denen zwischen den Furchen das Wasser stand, erstreckten sich flach, dunkel und fruchtbar, so weit das Auge reichte. Ab und zu sah man an geraden Lehmwegen Gebäude, die zu Anwesen von Plantagenbesitzern gehörten, die Scheunen und Vorratsschuppen und das Haus des Aufsehers aus unbehandeltem Holz und dahinter reihenweise die Hütten der Sklaven.

Der Wind legte sich; die Sonne wurde wärmer. Da Roland wünschte, daß sie keinen Hut trug, um ihr Gesicht gegen die Sonne zu schützen, spannte Melanie einen Sonnenschirm auf, der mit lavendelfarbener Spitze eingefaßt war. Es war lästig, den Schirm ständig in der Hand zu halten, aber auch wenn die Sonne noch so wohltuend war, diktierte die Mode doch einen bleichen Teint.

Roland warf ihr einen Blick zu und schaute dann wieder auf die Straße vor ihnen. »Es ist nicht mehr allzu weit«, bemerkte er.

»Meinetwegen brauchst du dir keine Sorgen zu machen. Mir geht es blendend.«

»Ich dachte«, spottete er mit einem Blick auf ihren Sonnenschirm, »Damen gäben niemals Durchhaltevermögen zu und zögen es vor, als schwache Geschöpfe angesehen zu werden, die allzu leicht ermatten?«

»Mein Großvater hatte keinen Sinn für solche Albernheiten. Er war der Auffassung, daß die Hälfte aller Probleme, über die die Damen klagen, zu engen Korsetts zuzuschreiben sind.«

»Zweifelos hat er recht gehabt, aber du kannst die Probleme, vor denen die meisten Damen stehen, wohl kaum nachvollziehen, denn ich habe noch nie jemanden gesehen, der ein Korsett weniger braucht als du, ob es nun eng geschnürt ist oder nicht.«

Es war zwecklos, diese Frage mit ihm zu diskutieren, denn in der letzten Woche war er derjenige gewesen, der ihr Korsett zugeschnürt hatte. Jedenfalls hatte sie gelernt, daß das Leben angenehmer war, wenn sie wenigstens den äußeren Anschein eines freundschaftlichen Umgangs miteinander aufrecht erhielt. Die Belastung, mit gezückten Dolchen voreinander zu stehen, war zu groß, um sie über einen längeren Zeitraum durchzuhalten. »Besten Dank, Sir«, erwiderte sie und gab den Anschein, vollkommen gefaßt zu sein, obwohl sich eine verräterische Röte über ihre Wangenknochen zog.

»Gern geschehen, Mrs. Donavan.«

Da sie fürchtete, zu sehr aus sich herausgegangen zu sein, beeilte sich Melanie, das Gespräch in andere Bahnen zu lenken. »Erzähl mir von Cottonwood.«

»Es ist eine Plantage, die in Betrieb ist, nichts Schickes. Das Haus war früher einmal sehr hübsch, aber es ist Jahre her, daß etwas für die Instandhaltung getan worden ist, zwanzig Jahre, um es genau zu sagen. Ich glaube, es ist das letzte Mal frisch gestrichen worden, als ich zwölf Jahre alt war.«

»Du sagst das so, als sei in jenem Jahr etwas Einschneidendes geschehen.«

»So ist es auch. Es war das Jahr, in dem meine Mutter von Cottonwood fortgegangen ist. Sie war vorher schon oft weggeblieben; einmal ist sie tatsächlich für ein paar Monate nach Irland zurückgefahren. Aber in jenem Jahr ist sie nicht mehr wiedergekommen. Seitdem hat mein Vater nur noch das Land bestellt und bepflanzt, die Felder angelegt und die Ernte eingebracht. In guten Jahren hat er weitere Morgen Land dazugekauft, in schlechten Jahren hat er es irgendwie auch immer wieder geschafft, durchzukommen, aber er hat nie mehr einen Cent für das Haus ausgegeben. Es war für meine Mutter gebaut worden, und sie ist fortgegangen und hat das Haus und ihn verlassen.«

Seine Stimme klang so hart, als spräche er von einem Fremden und nicht von seinem eigenen Vater. Aber sie hatte kein Selbstmitleid herausgehört. Gewiß war doch auch er im Stich gelassen worden?

Nach einer kurzen Pause fuhr er fort. »Ich hatte nicht die Absicht, an dein Mitgefühl zu appellieren, sondern nur, dir verständlich zu machen, was du auf Cottonwood vorfinden wirst. Mein Vater ist eine Art Einsiedler geworden; er verläßt die Plantage nie. Seine gesamten Geschäfte, der Kauf des Saatguts und der Verkauf der Ernteerträge, das Bestellen von Nahrungsmitteln und Vorräten, all das wird über seinen Baumwollhändler in New Orleans abgewickelt. Deshalb ist er auch nicht zu unserer Hochzeit gekommen.«

»Ich bin froh, daß du mir das gesagt hast«, gab Melanie zu. »Ich muß zugeben, daß ich mich gewundert habe.«

»Aber du hast mich nicht danach gefragt, ein bemerkenswertes Beispiel für Selbstbeherrschung. Oder war es ganz einfach so, daß die Angelegenheit dir nicht wichtig genug schien, um mehr als vage Neugier in dir zu wecken?«

Da war es wieder, dieser spöttische Tonfall, der, wie so oft, direkt auf ein Kompliment folgte. Es war, als hätte er nicht die Absicht, sie in dem Glauben zu lassen, daß er sie sehr bewunderte, sondern eher, als sei er entschlossen, immer wieder etwas zu finden, was er an ihr aussetzen konnte. Sie wandte sich ihm zu und blickte ihn mit offenen blauen Augen an. »Es hätte ja auch möglich sein können, daß du vielleicht bestimmte Gründe hattest, die Anwesenheit deines Vaters nicht zu wünschen. Und ich hatte nicht das Gefühl, daß mir zu diesem Zeitpunkt das Recht zustand, dich nach deinen Beweggründen zu fragen.«

Ein ungewolltes Lächeln schlich sich in seine Augen, als er auf sie herunterschaute. »Von heute an«, meinte er, »verleihe ich dir hiermit das Recht, deine Nase in Dinge zu stecken, die mich betreffen.«

Ehe sie etwas darauf antworten konnte, trieb er die Pferde zu höherem Tempo an und wandte sich von ihr ab.

Cottonwood lag abseits der Hauptstraße, am Ende eines langen Weges, der kaum mehr war als die ausgefahrenen Furchen von Wagenrädern und das getrocknete Gras vom Vorjahr, mit Dornensträuchern, die sich in der Mitte rankten. Zwei große unbelaubte Pappeln ragten über dem Haus auf. Ihre weißliche Rinne schimmerte in der Nachmittagssonne, und die Zweigspitzen berührten die ungetünchte Westwand des Hauses. Im Gegensatz zu Greenlea, das im georgianischen Stil erbaut worden war, war Cottonwood ein schlichtes zweistöckiges Plantagengebäude mit einem Kamin an beiden Seiten des Palmdachs und doppelten Bogengängen vor dem Haus. Lünetten über den Türen im unteren und oberen Stockwerk, geschwungene Balkonbrüstungen und hohe Läden vor den Fenstern wiesen darauf hin, daß das Haus früher einmal Charme und Anmut besessen haben könnte. Aber das schien sehr lange her zu sein. Jetzt war die Farbe verwittert und grau und blätterte ab, etliche Geländerpfosten fehlten, und die Läden mit ihrer abblätternden grünen Farbe hingen schief und schlugen an die Mauern. Die Nebengebäude hinter dem Haus wirkten gepflegter und wohnlicher.

Während Melanie noch das Haus betrachtete, stieg Roland von dem Zweispänner, band die Pferde an dem Pfosten vor dem Haus fest und kam um die Kutsche herum, um ihr beim Absteigen behilflich zu sein.

»Willkommen in Cottonwood«, begrüßte er sie mit einem grimmigen Lächeln.

Mit Rolands Hand unter ihrem Ellbogen stieg Melanie die wackligen Holzstufen hinauf, durchquerte die untere Galerie und trat durch die Haustür, die Roland ohne zu klopfen einfach vor ihr aufriß. Ihr Eintreten verblüffte einen älteren Neger, der gerade durch die Eingangshalle lief. Er drehte sich zu ihnen um und starrte sie an, ehe sich ein Grinsen auf seinem Gesicht breitmachte. »Mister Roland! Wir haben nicht erwartet, Sie so schnell wiederzusehen.«

»Guten Tag, Sutton. Melanie, das ist Sutton, der mir das Fischen und Schwimmen beigebracht hat, und außerdem hat er mir die wenigen Manieren eingebläut, die ich besitze. Sutton, ich möchte dir meine Frau vorstellen.«

»Also wirklich. Heute ist ein schöner Tag, ein wahrhaft schöner Tag, wenn Sie eine Braut nach Hause bringen, und noch dazu eine so hübsche Dame. Ich bin gewaltig stolz und freue mich für Sie, Mr. Roland.«

»Danke, Sutton. Ist mein Vater im Haus?«

Ein Schatten legte sich auf das Gesicht des Dienstboten. »Ich werde nachsehen müssen, Mr. Roland. Wenn Sie und Ihre Gattin sich nach der Reise gern frisch machen möchten, werde ich im Wohnzimmer Getränke bereitstellen. Vielleicht warten Sie am besten dort, wenn Sie oben fertig sind.«

»Du möchtest gern Gesellschaft haben, Sutton?«

»Nein, Sir. Ich dachte nur, Ihre Frau könnte sich dort fürs erste wohler fühlen.«

»Ich verstehe«, stimmte Roland zu, und er zwinkerte dem anderen Mann zu. »Wie du es für das beste hältst, Sutton.«

Das Haus war innen nicht besser erhalten als außen. Die Teppiche waren abgetreten, die Tapeten fleckig und mit Fliegen besprenkelt und schälten sich von den Wänden. Die Gardinen vor den Fenstern hingen formlos und staubig unter angelaufenen Messingverschalungen. Die Luft war feucht und roch so modrig, als seien die Zimmer seit einer ganzen Weile nicht gelüftet worden und hätten selten, wenn überhaupt je, die Wärme menschlicher Stimmen und Gelächter erlebt. Als sie den Schmutz der Reise von ihren Händen wusch und diese an einem stockfleckigen Handtuch abtrocknete, ging Melanie auf, daß Rolands Zuhause und sein Quartier im River Rest einander kaum nachstanden. Wenigstens hatte das Hotel unter dem Hügel einen Anschein von Leben ausgestrahlt, wenn es auch noch so verlottert war. Cottonwood schien, wenn es nicht schon tot war, doch wenigstens im Sterben zu liegen.

Roland schwieg grimmig, als sie ins Wohnzimmer gingen. Er nahm eines der Sherrygläser, die Sutton ihnen hingestellt hatte, trat ans Fenster, blieb dort stehen und starrte hinaus. Im Kamin war ein Holzfeuer angezündet worden, keines der Kohlefeuer, die in Natchez so beliebt waren. Melanie setzte sich auf die Kante eines Roßhaarsofas und beobachtete, wie die Flammen um die Eichenscheite züngelten. Sie vermutete, daß es zwar notwendig war, diese Reise zu unternehmen, um sie seinem Vater vorzustellen, aber es war leicht zu erkennen, daß dieser Besuch ihrem Mann keine Freude machte. Was sie selbst betraf, so fühlte sie sich von Minute zu Minute unbehaglicher. Der Sherry, den sie in der Hand hielt, war sauer, und sie hatte den Verdacht, daß das Glas nicht ausgespült worden war, ehe der Wein eingegossen wurde, denn durch den Essiggeruch des Weins konnte sie alten Staub riechen. Trotz dieser Mängel stellte sie das Glas nicht zur Seite. Es war besser, etwas in den Händen zu halten, als müßig in dem kalten Zimmer zu sitzen, in dem das Feuer gerade erst angezündet worden war und noch keine Wärme abstrahlte.

Die Tür wurde mit einem Ruck aufgerissen. Ein Mann stolzierte ins Zimmer. Er trug die Kleidung eines Arbeiters, eine Jacke, die bis zum Hals zugeknöpft war, über einer Kammgarnhose, die in lehmverkrusteten Stiefeln steckte. Er war großgebaut und knochig, und seine Schultern waren derart gebeugt, daß sein Kopf nach vorn gereckt war und ihm den Anschein gab, als schaute er starr unter seinen Augenbrauen heraus. Sein dünnes braunes Haar, das von grauen Strähnen durchzogen war, wuchs von einer hohen Stirn zurück, in die sich tiefe Falten gezeichnet hatten. Unter einer riesigen Nase waren seine Lippen dünn und an den Mundwinkeln verbittert hinuntergezogen.

Er blieb mitten im Raum stehen und fixierte mit finsterem Blick Roland. »Tja«, krächzte er, »ich hätte nicht damit gerechnet, dich in den nächsten ein bis zwei Jahren wiederzusehen.«

»Hallo, Vater«, brachte Roland zur Begrüßung gedehnt heraus. »So schnell hättest du mich wahrscheinlich nicht wiedergesehen, wenn ich nicht geheiratet und in einem plötzlichen Anfall von übermäßigen Manieren beschlossen hätte, daß ich es dir – als Geste eines Sohnes – schuldig bin, dir meine Frau vorzustellen.«

»Eine Frau. Wohl eine Hure aus einem Saloon, vermute ich?«

»Keineswegs«, korrigierte ihn Roland. Er ging auf Melanie zu und hielt ihr die Hand hin, um sie auf die Füße zu ziehen. »Melanie, mein Liebling, darf ich dir meinen Vater vorstellen, Robert Donavan. Vater, das ist Melanie, Colonel Ezell Johnstons Enkelin.«

Der ältere Mann wirkte verwirrt, als Melanie aufstand und hinter der hohen Sofalehne hervorkam. Er faßte sich schnell wieder. »Die Enkelin des Colonel, so? Das war der Mann, mit dem du dich duelliert hast, stimmt's, Roland? Er ist später dann gestorben, hab ich gehört. O ja, ich habe alles darüber gehört. Natürlich nicht von dir. Ich nehme an, der alte Mann hatte Einwände gegen diese Heirat. Das zeigt, daß er gesunden Menschenverstand besessen hat.«

Melanies Blick glitt unsicher zwischen Roland und seinem Vater hin und her. Aus der Stimme des älteren Mannes war mehr als nur Erzürnung oder Gereiztheit über einen Sohn herauszuhören, der ihn vernachlässigte. Es hatte wie Haß geklungen. Melanie griff auf Höflichkeit zurück und sagte: »Guten Tag.«

Ein eisiges Lächeln zuckte kurz über die dünnen Lippen von Rolands Vater. Er machte den Mund auf, um zu antworten, doch die Worte blieben unausgesprochen. Ein plötzlicher Hustenanfall ließ ihn verstummen. Sein ganzer Körper bebte, und er krümmte sich. Melanie ging instinktiv auf ihn zu, doch eine Hand auf ihrem Arm hielt sie zurück. Roland schüttelte den Kopf, als sie zu ihm aufblickte. Dann ließ er sie los und zog ein Taschentuch aus seinem Gehrock. Er reichte es seinem Vater und schlang dem alten Mann zur Stütze einen Arm um den Rücken. Mit wütendem Blick wurde er augenblicklich abgeschüttelt. Innerhalb weniger Sekunden konnte der ältere Mann wieder Atem holen und den Hustenreiz unterdrücken. Er richtete sich auf und stopfte sich das Taschentuch seines Sohns in den Ärmel, aber vorher hatte Melanie doch schon die Blutflecken darauf bemerkt.

»So«, schnaufte er, »und was steht ihr beide da und gafft? Ich nehme an, da es Essenszeit ist, erwartet ihr, daß auch etwas vorgesetzt wird. Gehen wir doch hin und sehen nach, was Sutton für uns zusammengekratzt hat.«

Auf dem Tisch stand einfache Kost – getrocknete Erbsen, die mit geröstetem Speck gekocht waren, gebratene Jamswurzeln, Maismehlbrot und ein Kuchen mit einer Sauce aus getrockneten Äpfeln. Rolands Vater schwieg beim Essen verdrossen und verdrückte enorme Mengen. Erst nachdem sein Hunger gestillt war, schaute er seinen Sohn mit einem verschlagenen Blick in den tiefliegenden braunen Augen über den Tisch hinweg an.

»Ich vermute«, sagte er und balancierte sein Messer auf dem Tellerrand, »da du jetzt verheiratet bist, spielst du mit dem Gedanken, dich niederzulassen?«

»Auf diesen Gedanken bin ich schon gekommen«, gab Roland zu und lehnte sich in seinem Stuhl zurück.

Melanie warf einen flüchtigen Seitenblick auf ihren Mann. Ihr gegenüber hatte er nichts von derartigen Plänen erwähnt, wenn sie sich allerdings auch gefragt hatte, was er wohl vorhatte und wie er ihr gemeinsames zukünftiges Leben zu verbringen gedachte.

»Hast du vielleicht mit dem Gedanken gespielt, dich hier niederzulassen? Auf Cottonwood?« fragte der ältere Mann.

»Falls du meinst, ob ich hier leben will – nein«, antwortete sein Sohn kurz und bündig. »Melanie hat ein Haus am Stadtrand von Natchez, das sie von ihrem Großvater erben wird. Ich war jedoch auch auf den Gedanken gekommen, daß du vielleicht hier auf der Plantage im Alltag Hilfe brauchst. Wenn du mich brauchst, springe ich natürlich gern ein.«

Ein Lachen erschütterte die hagere Gestalt des Vaters. »Dann siehst du dich also als Plantagenbesitzer, was? Stellst dir vor, mit den feinen Pinkeln auf der Steilküste von Natchez zu leben, und wenn dir danach zumute ist, kommst du über den Fluß und schaust dir an, wie die Ländereien gedeihen, die du eines Tages zu erben hoffst, und möglicherweise willst du auch noch am Jahresende einen Teil der Einnahmen aus dem Verkauf der Ernte einstecken? Ein schönes Bild. Wahrhaft ein Jammer, es zunichte zu machen, aber ich sollte dir am besten gleich sagen, daß diese Plantage mir gehört. Ich brauche keine Hilfe, und ich kann auch niemanden gebrauchen, der die Gewinne mit mir teilen will.«

»Gewinne?« fragte Roland und zog die Augenbraue hoch. »Nach allem, was ich sehe, kann die Plantage nicht viel abwerfen. Wenn ich irgendwann in Zukunft etwas rausholen will, dann scheint es mir doch, als müßte ich vorher einen ganzen Haufen gutes Geld reinstecken.«

»Du redest wie ein Herr, der so tut, als verstünde er etwas von Geschäften.«

»Ach, ja? Sieh dich doch hier um, und dann sag mir, falls du es wagst, daß hier irgendwelche Anzeichen für Reichtum sprechen. Wo sind der Luxus und die Schönheit, die dir die Gewinne gebracht haben, von denen du ständig sprichst?«

»Du weißt selbst, daß diese Dinge mich nicht die Bohne interessieren und mich auch noch nie interessiert haben.« Der ältere Mann lachte barsch. »Sutton sorgt gut für mich, und ich brauche mich nicht mit einer Horde von kichernden Hausmädchen rumzuplagen, die ständig im Weg sind, und ich brauche mir auch keine geschäftige alte Frau als Haushälterin zu holen, die sich an jedem bißchen ehrlichem Schmutz stört und mich ständig dazu bringen will, daß ich mein Geld dafür ausgebe, vor Gästen, die niemals kommen, anzugeben. Schon als Junge, als ich gerade mit dem Schiff von Dublin gekommen war, habe ich gelernt, daß es nur eines gibt, was zählt, nämlich, hartes Gold an sich zu bringen und es jährlich zu vermehren. Bis auf ein paar Monate, als ich ein dummer junger Mann gewesen war, habe ich es immer so gehandhabt, und so werde ich es bis zum Tag meines Todes handhaben!«

»Tatsächlich? Mit den Baumwollpreisen, die jedes Jahr sinken, und den Anbaukosten, die jedes Jahr steigen? Nach allem, was ich gesehen habe, sind deine Anpflanzmethoden so überholt wie deine Vorstellungen davon, was es heißt, ein reicher Mann zu sein. Die Stoppeln der Baumwollpflanzen vom letzten Jahr stehen noch auf deinen Feldern, der Boden hat keine ordentlichen Gräben, durch die das Wasser abgeleitet werden kann, und ich habe nirgends den Dünger gesehen, den der Boden braucht, um fruchtbarer zu werden. Baumwolle braucht mehr als jedes andere Gewächs einen reichen Nährboden. Das hat man dir schon hundertmal gesagt, aber du hast nichts anderes getan, als das Land hier dreißig Jahre lang auszubeuten, ohne ihm zu geben, was es braucht. Es ist ein Wunder, daß du dich auch nur noch halbwegs durchschlagen kannst.«

»Dummes Gerede, das du in dieser schicken Militärschule

aufgeschnappt hast, in diesem Jefferson College. Es ist an der Zeit, daß du dich entscheidest, ob du Pflanzer oder Soldat sein willst, oder ob du nur einfach vom Geld deiner Frau leben willst.«

Der ältere Mann wandte sich an Melanie. »Du siehst so aus, als kämst du aus einem guten Stall, Mädchen, soviel muß ich dir lassen. Ich mag zwar ein ignoranter alter irischer Bauer sein, aber mit Fragen der Abstammung kenne ich mich aus. Und deshalb sage ich dir jetzt, was ich tun werde. Wenn unser Roland hier dir einen Sohn macht, verspreche ich, diesem Sohn Cottonwood zu vererben.«

Die derbe Formulierung ließ Melanie bis an den Haaransatz erröten. Der bewundernde Blick, den Roland ihr zuwarf, machte es ihr auch nicht gerade leichter. Dennoch war es ihr Mann, der ihr die Notwendigkeit ersparte, sich eine Antwort zurechtzulegen.

»So ungern ich dir dein schönes Bild zunichte mache«, sagte er zu seinem Vater, »aber ich muß dich darauf hinweisen, daß das Gesetz von Louisiana es nicht zuläßt, daß du deinen einzigen Sohn enterbst.«

»Meinen Sohn«, höhnte der ältere Mann. »Und was ist, wenn es sich um einen Bastard handelt, den mir die Hure, mit der ich verheiratet war, angehängt hat?«

»Dafür hast du keine Beweise«, sagte Roland leise. »So oder so ist es in den Augen des Gesetzes ein Beweis für deine Vaterschaft, daß du mich als deinen Sohn angenommen hast, und daß ich auf deinen Namen getauft worden bin und ihn benutzen durfte. Auch wenn du mich für den Sohn eines anderen hältst, kannst du mich heute dennoch nicht mehr verleugnen.«

Offensichtlich war das, was Roland sagte, dem Mann, den er seinen Vater nannte, nicht neu. »Vielleicht nicht«, keuchte der ältere Mann und beugte sich über den Tisch, um ihn aus zusammengekniffenen, haßerfüllten Augen anzustarren, »aber solange ich atme, kann ich verhindern, daß du auch nur einen Penny von mir bekommst.«

Die Worte waren kaum über seine Lippen gekommen, als er

wieder zu husten begann. Sein Gesicht wurde purpurrot, weil sich das Blut staute, während er abgehackt hustete, pfeifend atmete und keuchend nach Luft schnappte. Sutton, der mit dem Kaffee eintrat, stellte eilig das angelaufene Silbertablett ab, auf dem die Kanne und die Tassen standen, um seinem Herrn zu Hilfe zu eilen. Ehe der furchtbare Anfall endlich aufhörte, waren zwei Servietten blutrot, und ihrem Gastgeber mußte vom Stuhl geholfen werden. Rolands Versuche, seine Unterstützung anzubieten, wurden heftig abgelehnt. Sutton sah ihm in die Augen, schüttelte bekümmert den Kopf und führte Robert Donavan aus dem Zimmer.

Anschließend blieb ihnen wenig anderes übrig, als sich in das Schlafzimmer zurückzuziehen, das ihnen zugewiesen worden war. Sie hatten zwar früh gegessen, doch die Winterdämmerung brach bereits herein, und eine Lampe mußte angezündet werden. Nach den langen Stunden, in denen sie steif in der Kutsche gesessen hatte, wünschte sich Melanie nichts so sehr, wie in ein heißes Bad einzutauchen. Von einem solchen Luxus schien man auf Cottonwood noch nichts gehört zu haben. Statt dessen bot man ihr einen Zuber an, der genauso wie ein breitkrempiger Hut aussah, der auf der flachen Krempe stand, einen Durchmesser von vielleicht einem Meter zwanzig hatte und bestenfalls zwölf bis fünfzehn Liter Wasser faßte. Der Badende kniete sich entweder in die Mitte oder setzte sich auf ein kleines Bänkchen, das zu dem Zweck in den Zuber eingelassen war, seifte sich ein und schüttete dann Wasser über sich, um die Seifenlauge abzuspülen. Im Sommer hätte das Wasser, das beträchtlich abgekühlt wieder in die Wanne rann, vielleicht ein gewisses Vergnügen bereitet; im Winter und bei Wassertemperaturen, die man höchstens lauwarm hätte nennen können, war es die reinste Marter. Außerdem zog es, und auch das Feuer wärmte nicht wirklich.

Melanie stellte fest, daß Roland sie nicht betrachtete, sondern die Wand anstarrte. Ob er wohl an die barschen und verletzenden Dinge dachte, die sein Vater zu ihm gesagt hatte?

Hatte er all das heute zum ersten Mal gehört, oder war er gezwungen gewesen, seit seine Muter fortgegangen war, also fast sein ganzes Leben lang diese Anschuldigungen zu hören? War er je auf den Gedanken gekommen, sich zu fragen, was für ein Vorfall in der Vergangenheit seiner Mutter seinen Vater zu dem Glauben gebracht haben könnte, er sei reingelegt worden und hätte sich das Kind eines anderen Mannes aufhalsen lassen? Wußte er, ob es wahr war oder nicht, oder begründete er seine rechtmäßige Abstammung nur auf einer gesetzlichen Regelung, die es einem Mann nicht gestattete, ein Kind zu enterben, das er früher einmal als sein eigenes anerkannt hatte? Und wenn er es wußte, wenn er auch nur die Vermutung hatte, er könne in Wirklichkeit ein Bastard sein, was bedeutete das dann für ihn?

Als sie sein Profil betrachtete, sein klargeschnittenes Gesicht, die Augen, die unter dichten Augenbrauen weit auseinander lagen, den klassischen Schnitt seiner Nase und seine festen Lippen, das Haar, das ihm als dichter Schopf aus der breiten Stirn wuchs, empfand Melanie etwas, was sie in Zusammenhang mit Roland Donavan nie für möglich gehalten hätte. Es war Mitgefühl. Plötzlich überkam sie ein übermächtiger Drang, ihn von seinen Gedanken abzulenken oder sie wenigstens mit ihm zu teilen.

»Woran denkst du?« fragte sie.

Widerwillig, so schien es zumindest, wandte er ihr seinen Blick zu, nickte zur Wand und sagte: »Ich habe gerade die Gänsehaut betrachtet.«

»Was?« rief Melanie aus und sah, daß ihr Schatten überdimensional auf die Wand fiel. Sie hörte das Rascheln des Bettzeugs, als Roland aufstand. Sein Schatten fiel über ihren auf der Wand, und er kam auf sie zu und nahm ein Handtuch von einer Stuhllehne. »Mir ist eingefallen«, sagte er bedächtig, »daß du von einem gewissen Punkt an, wenn du vor Gänsehaut klappern solltest, jede Methode akzeptieren könntest, die ich dir anbieten kann, um dich aufzuwärmen.«

Es erleichterte sie, daß ihn der Vorfall am Eßtisch nicht übermäßig mitgenommen hatte, aber gleichzeitig war sie bestürzt, als er näherkam. Er hatte sich in den letzten Tagen mehrfach in ihrer Gegenwart ausgezogen, aber noch nie hatte sie ihn in einem derart hellen Lichtschein nackt gesehen. »Vielleicht hast du recht«, gestand sie ihm leichtsinnig zu. »Wenn du mir das Handtuch gibst, steige ich aus der Wanne.«

»Nein«, gab er zurück und schüttelte bedächtig den Kopf. »Wenn ich es übernehme, dich anständig aufzuwärmen, dann fange ich am besten gleich damit an.«

Er blieb neben der Wanne stehen und warf sich das Handtuch über eine Schulter. Dann nahm er Melanies Arm und zog sie auf die Füße. »Warte!« rief sie, als er einen Arm um ihre Taille legte, und sie aus der Wanne hob und neben sich stellte. Sie wankte gegen ihn, und ihre Brüste streiften seine Brust, ehe sie das Gleichgewicht wiederfand, aber er schien es nicht zu bemerken, sondern begann, sie mit dem Handtuch trocken zu reiben. Er ging so forsch ans Werk, daß ihr wenig Zeit blieb, sich Sorgen um Fragen des Anstands zu machen, während er sie in alle Richtungen umdrehte und sie bemüht war, ihre Haut davor zu schützen, daß sie von dem rauhen Handtuch aufgescheuert wurde. »Autsch, Roland, tu das nicht«, keuchte sie. »Hör auf!«

Seine Bewegungen waren immer langsamer geworden, als er sich den empfindlicheren Teilen ihrer Anatomie näherte. Als er seine Finger in ihr Haar schlang und ihren Kopf zurückzog, um sie zu küssen, war ihr längst warm, aber auch noch etwas anderes wärmte sie – eine lodernde Flamme des Verlangens.

Roland ließ das Handtuch fallen. Melanie versuchte, es festzuhalten, aber die Arme, die sie umschlangen, waren zu kräftig, zu schnell.

Roland kostete gierig ihren Mund, ließ die Hände über ihren Rücken auf ihre Hüften gleiten und preßte sie eng an seinen Unterkörper. In seiner Leidenschaft ließ er sie plötzlich los, bückte sich, legte einen Arm unter ihre Knie und hob sie hoch. Mit wenigen Schritten hatte er das Bett erreicht. Er stützte ein Knie auf die Matratze, ließ sich dann mit ihr fallen und drehte sich im letzten Moment auf den Rücken und zog sie der Länge lang auf sich. Einen langen Moment schauten sie einander in die Augen, und in seinem Blick stand verzweifeltes Verlangen, in ihrem der Schock über die geweckte Erregung und pures Mitgefühl, eine Empfindung, die man als die Kehrseite der Münze der Liebe bezeichnen könnte.

In diesem kurzen Zeitraum wurde Melanie klar, daß ihn die Worte seines Vaters, wenn er sich auch noch so sehr verstellte, nicht ungerührt gelassen hatten, und daß er nicht derselbe war wie in anderen Nächten, in denen er sich ihr zugewandt hatte. Sie wußte, daß er etwas von ihr wollte, was er schon früher bei einer Frau gesucht hatte, etwas, was er in jener kalten, regnerischen Nacht im River Rest gebraucht hatte. Das Vergessen. Erstaunlicherweise machte ihr das nichts aus. In der fiebrigen Glut des Moments schien es, als könnte sie in seinen Armen sogar dasselbe finden.

Dann wälzte er sich auf sie. Sie stemmte die Hände gegen seine Brust und versuchte, das Tosen ihres Bluts einzudämmen und gegen den zarten weiblichen Instinkt anzukämpfen, der sie drängte, auf sein Verlangen einzugehen. Ihr Sieg war nicht von Dauer. Sie lag zwar passiv in seinen Armen und nahm den festen, eindringlichen Druck seines Mundes und die gekonnten Berührungen seiner Hände so lange hin, daß es schien, als leistete sie Widerstand, doch schließlich konnte sie sich nicht länger widersetzen. Allmählich schwand die Kraft aus ihren abwehrenden Händen. Sie ließ sie sinken.

Roland nutzte ihre Schwäche augenblicklich aus. Sein Knie glitt zwischen ihre Schenkel, während seine Arme sich fester um sie schlangen. Mit aufeinandergepreßten Lippen und Körpern, die sich wanden und einander entgegenwölbten, kamen sie zusammen und suchten blind das Opiat der Leidenschaft, den einlullenden Frieden der Erschöpfung, die den Schlaf nach sich zog.

Später, als sie sich in Rolands Armen wärmte, riß das Geräusch von Pferdehufen, die auf das Haus zukamen, Melanie aus ihrer traumähnlichen Stimmung. Sie blieb still liegen und war dennoch angespannt, als spüre sie das Nahen einer Gefahr, und sie blickte starr in das Dunkel, als das Donnern von Schritten auf der unteren Galerie zu hören war, das Pochen einer Faust an der Haustür. Eine Stimme schallte von unten herauf, eine Männerstimme, die vertraulich klang, wenn sie auch vor Wut und Trunkenheit belegt war, eine Stimme, die Einlaß verlangte, eine Stimme, die ihren Namen rief.

Es war Dom.

6. Kapitel

Rolands Arme umspannten sie fester, und sie wußte, daß er nicht schlief. Als Melanie den Kopf hob, um besorgt zu lauschen, ließ er sie los, wälzte sich aus dem Bett und zog die Hose an. Als er die Schlafzimmertür erreicht hatte, war Sutton, der in einem kleinen Zimmer neben dem seines Herrn schlief, bereits auf der Treppe zu hören. Melanie beobachtete, wie ihr Mann in den Korridor trat und die Tür leise hinter sich schloß. In dem Moment, in dem die Tür ins Schloß fiel, schlug sie die Decke zurück und suchte ihr Nachthemd und ihren lavendelfarbenen Morgenmantel, der auf dem Fußende des Bettes gelegen hatte. Sie zog beides über und rannte barfuß zur Tür.

Draußen im Gang blieb sie stehen, um ihre Kleidungsstücke glattzustreichen und den Gürtel des Morgenmantels zuzuschnüren, ehe sie sich zum Treppenabsatz über der Eingangshalle schlich. Das kastanienbraune Haar fiel ihr gelöst um Gesicht und Schultern, als sie sich über das Geländer beugte.

Unter ihr versuchte Sutton mit unbeteiligtem Gesichtsausdruck, Dom die Haustür vor der Nase zuzudrücken, während er die lauten, besoffenen Aufforderungen ignorierte, ihn zu Melanie vorzulassen. Dom stieß mit einer Hand gegen die Tür und versuchte, sich seitlich ins Haus zu drängen.

»Ich weiß, daß sie hier im Haus ist«, beharrte er. »Sie können mich nicht mit der Behauptung abspeisen, daß sie nicht da ist, für Bes-Besucher nicht zu sprechen ist. Das lasse ich nicht mit mir machen! Ich – ich muß sie sehen. Ich muß sie dringend sprechen!« Als er Schritte über sich hörte, blickte er auf. »Roland!« rief er aus, als er Melanies Mann sah, der die Hände auf das Geländer stützte und auf halber Höhe der Treppe stehengeblieben war. »Roland, sag dem Mann, daß er mich reinlassen soll.«

Sutton sah Roland an, der nickte. Der Butler trat zurück und machte die Tür so plötzlich auf, daß Dom halbwegs in die Eingangshalle fiel. Im Schein der Lampe, die mitten in der Halle stand und rauchte, wirkte Dom ausgezehrt. Seine Krawatte hing schief, er trug keine Handschuhe, und sein Gehrock und seine Hose waren mit Ruß bedeckt, als hätte er sich nicht die Zeit genommen, sich umzuziehen, seit er von Bord des Dampfschiffs gegangen war. Der Nachtwind hatte sein feines blondes Haar zerzaust, das ihm in das bleiche Gesicht fiel. Seine Augen waren rotgerändert, und er hatte sich mindestens zwei Tage nicht rasiert, möglicherweise sogar länger. Er erwies sich mit keinem Anzeichen dafür dankbar, daß man ihn reingelassen hatte, sondern stand da und schaute finster zu Roland auf.

»Wo ist Melanie? Was hast du mit ihr gemacht?« fragte er.

Als Roland darauf antwortete, war seine Stimme ruhig, das Timbre gelassen. »Sie hat sich bereits für die Nacht zurückgezogen, wie Sutton dir erklären wollte. Was ich mit ihr gemacht habe? Nichts anderes natürlich, als sie wie jeder andere Frischvermählte nach Hause mitzunehmen.«

»Frischvermählte«, höhnte Dom. »Ich glaube das einfach nicht. Sie hätte dich niemals geheiratet, nicht nach dem, was du ihrem Großvater angetan hast...«

»Und was genau soll ich ihm angetan haben?« erkundigte sich Roland.

Doms Lider senkten sich flatternd, um seinen Blick zu verbergen. »Darum geht es jetzt nicht. Ich weigere mich, an diese Eheschließung zu glauben, solange ich es nicht von Melanie persönlich gehört habe. Ich bin nicht bereit zu glauben, daß sie aus eigenem freien Willen mit dir hierhergekommen ist.«

»Willst du damit andeuten, ich hätte sie entführt?«

»Wenn du es so formulieren willst«, sagte Dom. Er nahm eine kämpferische Haltung ein und blickte zu Roland hoch, während er auf den Füßen wankte.

»Du hast den Verstand verloren. Wenn du dir unsere Heirat bestätigen lassen willst, dann geh zu Gouverneur Quitman. Er war Trauzeuge.«

»Ich will nicht hören, was der Gouverneur dazu zu sagen hat. Ich will es von Melanie selbst hören.«

»Ich würde es dir selbst dann verweigern, sie um diese Uhrzeit zu stören, wenn du in einer angemesseneren Verfassung wärst, um bei einer Dame vorzusprechen.«

Melanie hatte nicht mit einer solchen Rücksichtnahme von Roland gerechnet. Natürlich gehörte es sich nicht, daß ein Mann in angetrunkenem Zustand die Gesellschaft einer Dame suchte. Sie hatte noch nie einen Mann gesehen, der so tief ins Glas geschaut hatte wie Dom in diesem Augenblick. Sie hatte oft Alkohol im Atem eines Gentleman gerochen, nach dem Abendessen oder manchmal auch, vor allem bei den älteren Männern, mit denen ihr Großvater befreundet gewesen war, am Morgen. Und dann hatte sie Roland in jener denkwürdigen Nacht erlebt. Dennoch sah man es in der Gesellschaft nicht gern, wenn Männer in der Öffentlichkeit zu viel tranken. Wenn sie es schon zu weit treiben mußten, dann erwartete man von ihnen, daß sie sich taktvoll zurückzogen. Wenn sie daran zurückdachte, schien es Melanie, als hätte sich die Wirkung des Alkohols bei Roland in jener Nacht im River Rest nicht annähernd in dem Maße gezeigt wie jetzt bei Dom. Wenn sie ehrlich war, hate man ihm sogar kaum etwas angemerkt – ein Zeichen dafür, daß er Alkohol vertragen konnte. Das wurde allgemein als ein Kriterium für einen Gentleman angesehen; anscheinend schien es manchmal doch kein zuverlässiger Prüfstein zu sein.

Falls Dom wahrnahm, wie stichhaltig Rolands Argument war, gab er es nicht zu. »Du kannst mich nicht von ihr fernhalten, nicht von der Frau, die ich liebe.«

»Das hättest du dir überlegen sollen, ehe du nach New Orleans gefahren bist und sie allein zurückgelassen hast«, entgegnete Roland, und ein bedrohlicher Ausdruck trat auf sein Gesicht.

Dom nickte, und seine Züge verzogen sich, als sei er bekümmert. »Ich weiß. Es war dumm von mir, fortzugehen. Sie hatte niemanden sonst, keinen, an den sie sich hätte wenden können. Ich hätte nie geglaubt, daß sie dich so sehr haßt und bereit ist, alles zu tun, um dir heimzuzahlen, was du ihr angetan hast.«

Melanie atmete tief ein, und ihre Hände umklammerten das Geländer, als sie Rolands Antwort erwartete. Sie seufzte erleichtert auf, als sie seine Antwort hörte.

»Nein, Dom«, meinte er, »du dachtest, du hättest sie sicher aus dem Verkehr gezogen. Du dachtest, du könntest sie nach Europa schmuggeln und sie dort schmachten lassen, bis sie sich nach Gesellschaft verzehrt. Und was dann? Hattest du vor, sie dort zu besuchen und sie in die Halbwelt einzuzuführen, sie mit dieser Gruppe von schönen jungen Frauen bekanntzumachen, die ebenfalls gegen die Sitten verstoßen haben? Welche Rolle hattest du für sie im Sinn? Wenn ihr Name mit einem Makel behaftet war, der sie als Ehefrau ausscheiden ließ, dann hätte es doch immer noch den Posten deiner Mätresse gegeben, oder nicht? Eine Frau, die, ungeachtet ihrer Herkunft, keinen Beschützer hat, wäre eine leichte Beute gewesen.«

Melanie hielt mühsam ein Keuchen der Entrüstung zurück, und ihre Aufmerksamkeit galt so sehr den beiden Männern, daß sie kaum zur Kenntnis nahm, daß Rolands Vater hinter ihr aufgetaucht war.

»Das ist eine m-miese Unterstellung«, rief Dom aus.

»Wenn du die Wahrheit hören willst, kannst du mich jederzeit zum Duell herausfordern«, provozierte ihn Roland mit drohender Stimme.

Doms Blick wurde unsicher, und dann senkte er die Augen. »Das würde dir so passsen, was? Ich wüßte nicht, warum ich dir diesen Gefallen tun sollte.«

»Und ich sehe keinen Grund, aus dem ich dir den Wunsch erfüllen soll, meine Frau zu sehen.«

»Es mag ja sein, daß sie jetzt deine Frau ist, aber sie war meine Verlobte, und ich habe sie nie freigegeben, niemals! Ich habe nur gesagt, wir sollten warten. Gibt mir das nicht das Recht auf ein paar Worte mit ihr, damit ich mir ein Bild davon machen kann, ob sie glücklich ist?«

Doms Worte klangen wehleidig, und sein Tonfall drückte so viel Selbstmitleid aus, daß es ihr peinlich war. Die Wut des Augenblicks war verflogen, und jetzt traten Tränen in seine

Augen. Melanie starrte ihn an, als sähe sie einen Fremden. Seine Reue ließ sie ungerührt, und seine Sorge überzeugte sie nicht. Roland hatte recht gehabt. Wo waren diese tiefen Gefühle gewesen, als sie sie gebraucht hatte? In einem Anflug von Bitterkeit, die ganz untypisch für sie war, erkannte sie, daß es wieder einmal Doms größte Furcht war, was die Leute von ihm denken könnten. Ungeachtet ihres Betragens oder ihres mangelnden Betragens, konnte es nicht gerade zu seinem Ansehen beitragen, daß sie so schnell einen anderen geheiratet hatte. Dadurch sah es so aus, als hätte er sie nicht halten können, und um so eher schenkte man dem Gerücht Glauben, daß sie Roland Donavan dem Mann vorgezogen hatte, den ihr Großvater für sie ausgesucht hatte.

»Nein, keineswegs«, gab Roland gerade zu verstehen. »Du hast jedes Recht eingebüßt, das du früher vielleicht einmal hattest, als du dich geweigert hast, das Datum für die Heirat vorzuziehen.«

»Du weißt selbst, warum ich das nicht tun konnte, und du weißt, daß es an dir lag.«

»Ja«, stieß Roland durch die Zähne hindurch vor. »Es erübrigt sich, darauf näher einzugehen oder auch nur noch ein Wort darüber zu verlieren. Und jetzt solltest du lieber gehen, ehe du dich in eine Lage bringst, die du morgen früh bereust.«

Dom errötete; dann trat ein bestürzter Ausdruck auf sein tränenüberströmtes Gesicht. »Wir waren doch früher Freunde«, jammerte er, und seine leise Stimme bebte.

»Das waren wir«, erwiderte Roland. »Früher.«

Melanie starrte die beiden Männer mit gerunzelter Stirn an und glaubte, eine unterschwellige Andeutung in ihren Worten wahrgenommen zu haben, die sie nicht deuten konnte. Einen Augenblick lang schien es so, als habe ihr Streit nichts mit ihr zu tun.

Ein verletzter Ausdruck trat in Doms Augen. Als er den Mund aufmachte, um weitere Proteste zu erheben, wies Roland mit einer abrupten Kopfbewegung auf die Tür und nickte Sutton zu. Der Butler trat vor und schwang die Tür auf, und sein Gesicht glich einer Maske, die ins Weite schaut.

Dom zögerte und sah erst den Butler und dann Roland an. Er trat dem Dunkel draußen einen Schritt näher und drehte sich dann um. »Sag Melanie...«, setzte er an.

»Meine Frau«, setzte Roland betont hinzu, »kann weder deine Entschuldigungen noch deinen Trost gebrauchen. Das einzige, was du jetzt noch für sie tun kannst, ist, sie in Ruhe zu lassen. Das ist die Vorgehensweise, die ich dir empfehle.«

Mit dem abrupten Stimmungswechsel eines Betrunkenen warf Dom den Kopf zurück und ballte die Hände zu Fäusten, während er zu Roland aufblickte. Melanie sah die Anspannung, die ihn gepackt hatte, die Hochmütigkeit in seiner Kopfhaltung und den starren Blick, mit dem seine grünen Augen Roland fixierten. In dem Moment glaubte sie, er hätte die Absicht, die Treppe hinaufzustürmen und sich auf Roland zu stürzen. Eine plötzliche namenlose Angst trieb sie an, nach unten zu stürzen.

Eine Hand auf ihrem Arm hielt sie zurück. Rolands Vater, der neben ihr stand, schüttelte warnend den Kopf. Als sie wieder nach unten schaute, waren Doms Schultern nach vorn gesackt. Mit langsamen Schritten ging er auf die Tür zu. Roland rührte sich nicht vom Fleck und unternahm nichts, um ihn am Gehen zu hindern oder sein Verschwinden zu beschleunigen, und doch sprang Dom plötzlich mit einem Satz in die Nacht hinaus.

Sutton schloß die Tür und holte dann ohne jede Eile seine Lampe. Roland stieß sich vom Treppengeländer ab und stieg vor Sutton die Stufen hinauf. Melanie wich nicht vom Treppenabsatz zurück, während sie auf die Hufe lauschte, die sich auf dem Zufahrtsweg entfernten.

Rolands Vater kam hinter Melanie hervor, um seinem Sohn den Weg zu vertreten. Er stemmte die Hände in die Hüften und fragte barsch: »Seit wann maßt du dir das Recht an, Gästen meine Gastfreundschaft abzuschlagen?«

»Was hätte ich denn deiner Meinung nach tun sollen? Mitansehen, wie ein enttäuschter Freier mitten in der Nacht meiner Frau seine Aufmerksamkeit aufdrängt?« Rolands grimmiger Blick fiel von seinem Vater auf Melanie. Er griff nach ihrer Hand und zog sie an seine Seite.

Der ältere Mann änderte seine Taktik und sagte: »Eine seltsame Geschichte war das schon. Nach allem, was ich eben gehört habe, scheint es, daß eure Ehe nicht gerade eine Liebesheirat war. Ich bin nicht mal sicher, ob es überhaupt eine achtbare Ehe ist.«

Melanie, die die beiden Männer beobachtete, nahm erstmals die Ähnlichkeiten zwischen ihnen wahr; beide Männer lächelten mit derselben grimmigen Ironie.

»Nein«, stimmte Roland ihm zu und zog Melanie mit sich durch den Gang zu ihrem Schlafzimmer. »Das macht dich bestimmt glücklich. Das ist doch das, was du schon immer erwartet hast, oder etwa nicht?«

Melanie schlief nicht gut. Sie lag stundenlang wach und starrte ins Dunkel, und ihre Gedanken drehten sich immer wieder im Kreis. Der Verdacht, daß Roland ebenfalls nicht schlief, half ihr auch nicht weiter. Sie hatte Angst, sich zu bewegen, um ihn nicht versehentlich zu berühren. Sie hatte bereits festgestellt, daß schon die flüchtigste Berührung oft genügen konnte, um sein Verlangen zu wecken. Als er sie nach langen Stunden mitten in der Nacht an sich zog und sie an seinen Körper schmiegte, seufzte sie verzweifelt auf. Ihr Seufzen war ungerechtfertigt. Er tat nichts weiter, sondern zog sie nur an sich und begrub sein Gesicht in ihrem weichen, duftenden Haar. Als sie seinen gleichmäßigen Atem warm in ihrem Nacken spürte, senkten sich endlich auch ihre brennenden Lider, und sie schlief ein.

Nur langsam erwachte sie. Die Sonne schien ins Zimmer, doch sie fiel in einem Winkel ein, der andeutete, daß der Vormittag schon reichlich vorangeschritten war. Trotz der strahlenden Helligkeit draußen war es eiskalt. Jeder einzelne ihrer Atemzüge ließ kleine Dampfwölkchen aufsteigen. Melanie zitterte ein wenig und schmiegte sich tief unter die Decke. Sie traf auf keine Wärme an ihrer Seite, nur auf ein Stück freies kaltes Laken. Roland war gegangen und hatte ihr das Bett allein überlassen. Sie mußte noch müder gewesen sein, als sie geglaubt hatte, wenn er es fertiggebracht hatte, aufzustehen, sich anzuziehen und das Zimmer zu verlassen, ohne sie dabei zu wecken.

Sie konnte der Kälte trotzen und aufstehen, aber was dann? Sie hatte keine Ahnung, was von ihr erwartet wurde. Auf Greenlea hatten sie und Roland in ihrem Zimmer gefrühstückt, aber wenn er gedachte, es weiterhin so zu halten, dann wies kein Anzeichen darauf hin. Die Spannung zwischen Vater und Sohn und insbesondere die Vorfälle der vergangenen Nacht ließen es unwahrscheinlich erscheinen, daß die beiden das Frühstück gemeinsam einnehmen würden, es sei denn, es ließ sich nicht vermeiden. Würde etwa jeder von ihnen allein frühstücken? Damit würden sie sich bei den Hausangestellten nicht gerade beliebt machen.

Seufzend zog Melanie die Decke so weit zurück, daß sie nach dem Klingelzug neben dem Bett greifen konnte. Sie würde um eine Tasse heiße Schokolade bitten und ein paar Worte mit dem Mädchen wechseln, das sie ihr brachte, denn sie erhoffte sich, so etwas über die Gewohnheiten in diesem Haushalt herauszufinden. Sie zog nicht am Klingelzug. Es gab keine Mädchen in diesem Haus, nur Sutton. Wenn sie eine heiße Schokolade wollte, mußte sie sich entweder vorher anziehen oder gar selbst nach unten gehen. Wenn sie sich der Kälte sowieso schon aussetzte, um sich anzukleiden, konnte sie ebensogut gleich auch auf die Suche nach einem Feuer gehen, an dem sie behaglich ihren Morgentrunk einnehmen konnte.

In einem Kleid aus schwarzer Merinowolle, das mit dunkelgrauem Ripssamt eingefaßt war, und mit einem grauen Schal um den Schultern stieg sie ins untere Stockwerk hinab. In der kühlen Eingangshalle schlug ihr der Geruch eines Holzfeuers entgegen, und sie verfolgte ihn unbeirrt bis zu einem kleinen Wohnzimmer ganz hinten im Haus. Sie klopfte leicht an die Tür, drehte den Knopf und trat ein.

Es war offensichtlich, daß sich der Hausherr hier an seinen einsamen Abenden zurückzog. Ein Schaukelstuhl mit unförmigen Kissen war vor den Kamin gezogen. Ein kleines Samtsofa von unbestimmtem Alter zeigte durch seine verschlissenen Polsterstellen, daß es mehr zum Liegen als zum Sitzen benützt worden war. Auf allen Tischen stapelten sich Zeitschriften, und Pfeifenreiniger und Tabak waren überall verstreut; dazwischen standen Untertassen mit ausgeklopftem Pfeifeninhalt und faulenden Essensresten herum. Ein paar Stiefel und eine Blechbüchse mit schwarzer Schuhwichse lagen vor der Feuerstelle, und die Schuhbürste lag halbverborgen unter dem Sofa. Alles war von einer so dicken Staubschicht bedeckt, daß selbst das Porzellan stumpf wirkte.

Zwei Personen saßen im Zimmer, Roland und ein Mann, den sie schon einmal getroffen hatte, ein Mann mit aschblondem Haar, strahlend blauen Augen und einem einnehmenden Grinsen, das seine schnelle und außerordentlich gründliche Taxierung der Menschen verbergen sollte. Beide Männer erhoben sich bei ihrem Eintreten.

»Melanie«, begrüßte sie ihr Mann und zeigte sich dabei hoch erfreut, »wir haben heute morgen einen Besucher. Du erinnerst dich an Jeremy?«

Jeremy Rogers war Rolands Trauzeuge gewesen, ein Freund aus seinen Zeiten beim Militär und ein Begleiter bei seinen kalifornischen Abenteuern. Außerdem war er der Besitzer des River Rest.

»Ja, natürlich«, antwortete sie und reichte ihm die Hand.

An seiner Verbeugung war nichts auszusetzen. Er hielt ihre Finger lange genug in der Hand, um seine Bewunderung auszudrücken, aber nicht lange genug, um Vertrautheit anzudeuten. »Ich kann mich allerdings an Sie erinnern, Ma'am«, begann er. »Die schönste Braut, die ich je gesehen habe.«

»Ich glaube, Melanie, ich habe dir nicht gesagt, daß Jeremy ein enger Nachbar ist. Seine Familie besitzt ein Stück Land nur fünf oder sechs Meilen von hier entfernt. Wir sind gemeinsam aufgewachsen.«

»Ich verstehe«, meinte Melanie und bedachte die Männer mit dem freundlichen, nichtssagenden Lächeln einer Gastgeberin. »Und ich glaube, ihr seid auch zu gemeinsamen Abenteuern ausgezogen?«

»Nicht direkt«, erwiderte Roland, »wenn wir es uns auch so gedacht hatten, als wir aufgebrochen sind. Jeremy war bei Gouverneur Quitman. Sie sind als die Helden von Grasshopper Hill aus der Schlacht hervorgegangen, als die Eroberer von Mexico City.«

»Schöne Helden, die gegen Schuljungen um einen Hügel gekämpft haben, den wir dem Feind hinterher prompt zurückgegeben haben. Aber Mrs. Donavan will bestimmt nichts über diesen Krieg hören. Wenn er auch noch so einträglich war, so ist er doch längst vorbei.«

»Einträglich, Mr. Rogers?« erkundigte sich Melanie und setzte sich dorthin, wo Roland das Sofa für sie abgebürstet hatte.

»Natürlich unter dem Gesichtspunkt der Regierung der Vereinigten Staaten. Ich dachte an den Friedensvertrag, in dem die Gebiete von New Mexico, Arizona und Kalifornien an dieses Land abgetreten worden sind. Ihnen ist sicher klar, daß es sich bei dem letzten Krieg in Mexiko um kaum mehr als einen Aufbruch von Freibeuterscharen gehandelt hat, die zufällig die Genehmigung der Regierung in Washington hatten.«

»Ganz und gar nicht, Mr. Rogers. Meines Wissens ist ein Freibeuter ein Zivilist, der sich mit angeheuerten Soldaten, die er auf seine Kosten bewaffnet, in die inneren Angelegenheiten eines anderen Landes einmischt.«

»Stimmt, aber was ändert die Uniform, wenn die Motive dieselben sind? Die Anwesenheit von regulären Truppen weist nur darauf hin, daß die Intervention von den obersten Regierungsbeamten des Landes gebilligt wird. Entscheidend ist, daß das Land und seine entscheidenden strategischen Punkte, auf die ein Angriff geplant ist, gewaltsam eingenommen werden darf.«

Roland stand jetzt mit dem Rücken zum Kamin. »Und ein Punkt dieser politischen Debatte, die du über dich ergehen lassen mußt, Melanie«, äußerte er mit trockenem Humor, »ist, daß Jeremy es jetzt schon satt hat, sein Hotel zu führen, und er mit dem Gedanken liebäugelt, sich einem weiteren Freibeutertrupp anzuschließen.«

»Von mir aus kannst du darüber lachen, aber das Leben eines Hotelbesitzers ist kein Leben für einen Mann. Das habe ich weiß Gott nie gewollt, und ich hätte nie etwas damit zu tun haben wollen, wenn ich nicht eine ganze Nacht lang mit so guten

Karten gepokert hätte. Wenn ich das River Rest verkaufen und mich in Lopez' Trupp einkaufen kann, und vielleicht mit einem schönen Stück Land in Kuba aus dem Feldzug rauskomme, dann zögere ich doch keine Minute!«

»Lopez?« fragte Melanie. »General Narciso Lopez?«

»Das ist der Mann. Sie haben schon von ihm gehört, Ma'am?«

»Ich glaube, mich zu erinnern, daß mein Großvater und der Gouverneur von ihm und seinen Ambitionen in Kuba geredet haben.«

Jeremy Rogers nickte nachdrücklich. »Das ist eine lohnende Sache. Schließlich liegt Kuba nur hundert Meilen vor der Küste der Vereinigten Staaten, zu nah, als daß wir akzeptieren könnten, daß es von einer fremden Macht beherrscht wird. Die spanische Regierung, die dort an der Macht ist, hat es benutzt, um fast zweihundert Jahre lang amerikanische Reeder und Kapitäne zu schikanieren. Jeder weiß, daß kaum eines unserer Schiffe je aus dem Hafen ausläuft, ohne dort halt zu machen und Wasser und frische Vorräte an Bord zu nehmen. Man muß sich nur überlegen, wieviel praktischer es wäre, wenn der Hafen von Havanna von der Regierung der Vereinigten Staaten kontrolliert würde. Allein schon deshalb wäre es eine gute Idee, die Insel einzunehmen, nicht zu denken an das fruchtbare Land dort unten und das warme Wetter, das einem Bauern ermöglicht, rund ums Jahr seine Felder zu bebauen.«

»Ich weiß, daß der Gouverneur die Aussicht aufregend findet, das Land zu annektieren, vor allem, da er sich vorstellt, Kuba komme schließlich als Sklavenstaat zur Union, aber mein Großvater war vorsichtiger. Er war der Überzeugung, es sei etwas ganz anderes, sich mit der Macht und der Gerissenheit eines europäischen Landes wie Spanien zu messen, als gegen mexikanische Bauern zu kämpfen.«

Jeremy grinste. »Laut General Lopez ist die Macht Spaniens ein Mythos, und er sollte es wirklich wissen, da er seine Jugend im spanischen Heer zugebracht hat und zu hohem Rang aufgestiegen ist. Mit dem Land ist es seit mindestens fünfzig Jahren bergab gegangen; jetzt ist es so schwach wie seine königliche

Familie, die durch Inzucht von Generationen geschädigt ist. Außerdem hat das kubanische Volk es satt, von einem Land regiert zu werden, das zweitausend Meilen weit entfernt ist. Viele der einflußreichsten Leute sind bereit, die Vorteile anzunehmen, die sich ihnen als Bürger der Vereinigten Staaten bieten. Wenn wir auf die Insel kommen, werden sie sich erheben, sich uns anschließen und die spanischen Herrscher stürzen. Dazu kommt noch, daß Lopez die Insel wie seine eigene Westentasche kennt. Ich vermute, Sie wissen, daß er unter Gouverneur General Don Geronimo Valdes' Regierungsbeamter war.«

»Ja, ehe er wegen irgendeiner Regelwidrigkeit in seiner Abteilung seines Amts enthoben worden ist.«

»Der General würde dazu sagen, daß man ihn wegen seiner Sympathien mit der Partei entlassen hat, die Kuba annektieren will. In Wahrheit ist er gleichzeitig mit Gouverneur General Valdes aus dem Amt entlassen worden. Lopez, ein geborener Venezolaner, hat beschlossen, sich mit der kubanischen Junta Amerikas zusammenzutun, statt nach Spanien zurückzukehren.«

»Es bleibt nur noch abzuwarten, ob er die richtige Entscheidung getroffen hat«, gab Melanie zu bedenken und lächelte ein wenig über den Enthusiasmus des aschblonden Mannes.

»Ich glaube, das hat er getan, und ich glaube, ehe der Sommer vorbei ist, wird das allgemein bekannt sein.«

»So bald schon?« Melanie legte den Kopf zur Seite. »Das klingt, als rechneten Sie damit, noch vor Ablauf der Woche in See zu stechen.«

»Das täten wir auch, wenn ich Männer wie Roland überreden könnte mitzukommen. Es gibt wenige, die es mit ihm aufnehmen können, wenn es darum geht, Männer und Vorräte zu organisieren oder ungehobelte Rekruten über Nacht zu Soldaten zu machen.«

Sie warf einen Blick auf ihren Mann, der dastand und seinen Freund finster und mit verkniffenem Mund ansah. »Sie haben meinen ... meinen Mann aufgefordert mitzukommen?« erkundigte sie sich.

»Ich weiß, daß das nicht der beste Zeitpunkt ist, um eine solche Geschichte anzusprechen, da ihr beide gerade erst geheiratet habt, aber wir haben keine Zeit zu verlieren. General Lopez ist im Moment in New Orleans, um Gelder aufzutreiben, Männer anzuwerben, die Gewehre und die Munition zu organisieren und tausend Kleinigkeiten zu besorgen, die wir brauchen werden. Ich könnte Roland keinen Vorwurf machen, wenn er mir sagt, ich soll mich zum Teufel scheren; ich weiß, daß ich kaum dazu zu bringen wäre, eine Frau wie Sie allein zu lassen. Aber ich dachte, so, wie die Dinge stehen, könnte es nicht schaden, ihm den Vorschlag zu unterbreiten.«

»Und was hast du ihm zur Antwort gegeben?« fragte Melanie und reckte ihr Kinn etwas höher in die Luft, da sie begriff, daß die näheren Umstände ihrer Eheschließung Jeremy Rogers bekannt waren. Das war nicht erstaunlich, wenn man bedachte, daß er der Besitzer des Hotels war, in dem alles begonnen hatte, und doch war es keineswegs erfreulich, daß diese Dinge so offen ausgesprochen wurden. Zweifellos war nur Jeremys Offenheit schuld an dem Unbehagen, das sie befiel, aber dazu kam noch die unerfreulich Aussicht, ihr Leben könnte ein weiteres Mal auf den Kopf gestellt werden. Sie fing gerade erst an, sich an den Gedanken zu gewöhnen, daß sie eine verheiratete Frau war, und sie fing auch gerade erst an, sich Gedanken darüber zu machen, wie das Leben in den Jahren aussehen würde, die vor ihr lagen. Roland würde Pflanzer sein, wenn nicht auf dem Land seines Vaters, dann auf Ländereien, die er selbst erwerben würde. Sie würde an seinem Eßtisch den Vorsitz führen und dafür sorgen, daß in seinem Haushalt alles glatt ablief, und mit der Zeit würde sie seine Kinder gebären. Und langsam, entweder so wie derzeit oder in einer leicht abgewandelten Form, über die sie sich bereits Gedanken gemacht hatte, würde sie ihn büßen lassen, was er ihrem Großvater und ihr angetan hatte. Wenn er sich Lopez anschloß, wäre alles wieder ganz anders. Er würde sich aus ihrem Leben entfernen, sich ihrem Einfluß so nachhaltig entziehen, als sei er in ihrer Hochzeitsnacht aus dem Haus gegangen.

»Bis jetzt noch keine Antwort«, erwiderte Jeremy auf Melanies Frage. »Ich war gerade dabei, mein Bestes zu tun, damit er die Vorteile des Vorhabens erkennt, als Sie sich uns angeschlossen haben.«

»Du wirst zugeben müssen«, meinte Roland gedehnt und sah seiner Frau kaum ins Gesicht, ehe er den Blick abwandte, »daß er recht überzeugend klingt. Da ich inzwischen Zeit hatte, darüber nachzudenken, Jeremy, glaube ich, daß meine Antwort ja lautet. Ich komme mit dir.«

Die weitere Unterhaltung bezog sich auf diesbezügliche Vorbereitungen. Die beiden Männer vereinbarten, in einer Woche gemeinsam nach New Orleans zu reisen. Sie diskutierten über die Dinge, die sie mitnehmen würden, und über den Rang, den sie hofften, unter Lopez verliehen zu bekommen. Dann verabschiedete sich Jeremey, der erreicht hatte, was er wollte.

In dem Moment, in dem sich die Tür hinter ihm schloß, wandte sich Melanie an ihren Mann. »Warum? Warum schließt du dich diesem Kuba-Feldzug an?«

»Das liegt doch wohl auf der Hand«, antwortete Roland.

»Du meinst, wegen unserer Ehe? Mir war nicht klar, daß der Verlust deiner Freiheit dich derart wurmt.«

»Das tut er auch nicht«, sagte er kurzangebunden.

»Warum versuchst du dann, deine Freiheit wiederzugewinnen?«

»Das ist doch albern. Die Wahrheit ist die, daß ich dir nicht mehr nützlich sein kann. Wenn ich bleibe, werden sich die Leute nur immer wieder daran erinnern, was vorgefallen ist. Wenn ich fortgehe, werden sie es schneller vergessen. Bis dein Trauerjahr vorüber ist, wird ein anderer Skandal den Ehrenplatz einnehmen; dann wirst du wieder deinen früheren Platz einnehmen können.«

»Ich muß nur daran denken, daß die allerwenigsten Gastgeberinnen einer Frau Einladungen schicken werden, die weder verwitwet noch richtig verheiratet ist. Einerseits wäre es unpassend, mich an einem Eßtisch neben einen unverheirateten Mann zu setzen, andererseits zu gefährlich, mich neben einen verheirateten Mann zu setzen.«

»Dagegen kann ich wenig tun. Du wirst eben hoffen müssen, daß ich mich auf diesem Feldzug umbringen lasse.«

Melanie stand auf und fragte über die Schulter: »Bist du auch ganz sicher, daß du dafür genügend in Form bist?«

»Was?« Seine Stimme drückte deutliche Verwunderung aus.

»Deine Armverletzung«, erwiderte sie und brachte die Worte nur mit Mühe heraus. Es war das erste Mal, daß sie die Wunde erwähnte, obwohl Melanie mehr als einmal den Drang verspürt hatte, ihm beim An- und Ausziehen von Hemds- oder Jackenärmeln zu helfen. Der Verband war abgenommen worden, und jetzt trug er dort nur noch einen Streifen Heftpflaster. Das Wechseln des Verbands über der Furche, die die Kugel ihres Großvaters hinterlassen hatte, hatte Roland mit Ciceros Hilfe durchgeführt oder allein erledigt. Es war, als brächte ihn dieser Anblick in Verlegenheit oder beschämte ihn, aber vielleicht wollte er auch nur, daß ihr der Anblick erspart blieb, weil er unerfreuliche Erinnerungen hätte auslösen können. Es gehörte nicht zu ihrem Vorhaben, ihn körperlich zu quälen. Dennoch hatte sie oft Angst, sie könnte ihm wehgetan haben, weil sie seinen Oberarm berührt oder sich nachts dort angeschmiegt hatte. Wenn es so war, dann zuckte er nie zusammen und wandte nie etwas dagegen ein.

»Das war von Anfang an nie mehr als ein Kratzer, und die Wunde ist fast verheilt. Und überhaupt, Jeremy hat zwar vielleicht den Eindruck vermittelt, als würde der Feldzug jeden Moment losgehen, aber wahrscheinlich wird es Wochen, wenn nicht Monate dauern, ehe wir aufbrechen.«

»Und was wirst du in der Zwischenzeit tun?«

»Falls ich als Offizier aufgenommen werde, wird man mir Pflichten zuteilen, die ich zu erledigen habe, Dinge von der Sorte, wie Jeremy sie angedeutet hat – mit Rekruten exerzieren, Vorräte organisieren, dafür sorgen, daß Schiffe ordnungsgemäß beladen werden. An Aufgaben, die zu erledigen sind, wird es nicht fehlen.«

»Und all das willst du wieder tun? Du hast mir den Eindruck vermittelt, daß du Kriege verabscheust.«

»Ach, wirklich?« erkundigte er sich. »Daran kann ich mich nicht mehr erinnern.«

Das war so offensichlich gelogen, daß Melanie nur noch eine Schlußfolgerung ziehen konnte: Seine Abneigung dagegen, an ihrer Seite zu bleiben, war noch größer als sein Widerwille gegen das Soldatenleben. Sie holte tief Atem und stieß ihn dann langsam wieder aus. »Ich glaube kaum, daß dein Vater das gutheißen wird.«

»In dem Punkt irrst du dich. Er hat noch nie Einwände gehabt, wenn es um Dinge geht, die mich von Cottonwood fernhalten.«

Er hatte sein Gesicht dem Feuer zugewandt und streckte die Hand nach den Flammen aus. Sie konnte sein Gesicht zwar nicht sehen, doch seine Stimme klang hohl und ausdruckslos. Er ist ein Ungeheuer, bar jeglichen Gefühls, dachte sie. Ein Mann, der sie in einem Moment der Trunkenheit genommen, sie zu seiner Frau gemacht und sie in eine Verfassung gebracht hatte, in der sie sich auf ihre gemeinsamen Nächte freute – wenn sie sich auch weigerte, ihm das zu zeigen –, und dann konnte er ihr seelenruhig mitteilen, daß er fortgehen würde. Ein Mann, der sich anhören konnte, wie man ihn zum Bastard erklärte, ohne auch nur mit der Wimper zu zucken oder sich dazu zu äußern, der zusehen konnte, wie sein Vater Blut hustete, während er ungerührt daneben stand. Sie sollte froh sein, daß er fortging; sie war auch froh, und doch fühlte sie jetzt schon eine innere Leere.

Langsam gruben sich ihre Nägel in ihre Handflächen. »Und was soll ich tun?«

»Geh zurück nach Greenlea«, antwortete er, »und warte ab, bis mein Vermögen an dich fällt.«

7. Kapitel

Rolands Vermögen. Vor weniger als einem Monat hätte sie noch darüber gehöhnt, doch jetzt schien es, als bräuchte sie alles, was er ihr großzügigerweise zugestand. Fünf Tage nach ihrer Rückkehr nach Greenlea hatte Melanie Besuch von Jackson Turnbull bekommen, dem Anwalt ihres Großvaters. Als der ältere Mann wieder gegangen war, lief sie in der Bibliothek auf und ab, und ihre Röcke peitschten in ihrem aufgewühlten Zustand ihre Knöchel. Es konnte nicht sein, es konnte einfach nicht sein, und doch war es wahr. Sie war praktisch mittellos. Ihr Großvater hatte ihr das Haus vermacht, Greenlea, die gesamte Einrichtung, die Sklaven, die dort arbeiteten, seine persönliche Habe und die Summe von zweihundertdreiundsiebzig Dollar. Unter seinen persönlichen Papieren befand sich außerdem ein Schuldschein über die Summe von sechstausend Dollar, die er Gouverneur John Quitman schuldig war. Diese Summe stand noch aus und mußte bezahlt werden, wenn sie auch nicht wußte, wie. Ihr war der Gedanke unerträglich, das Haus und die Sklaven zu verkaufen, und selbst wenn sie es gekonnt hätte, waren die meisten schon älter, und ihr Wert auf dem Sklavenmarkt war gesunken.

Wohin war das Geld geflossen? Melanie konnte es sich denken. Es waren Kosten entstanden, um Johnstons Freiwillige auszurüsten, und als so viele auf dem Feldzug gestorben waren, waren Appelle von den Witwen und den alternden Eltern eingegangen, die mittellos zurückgeblieben waren. Die Soldaten waren zwar den besten Familien von Natchez entstammt, aber es waren nicht zwangsläufig die wohlhabendsten Familien gewesen. Sogar ihr Großvater war finanziell nur einigermaßen gut gestellt gewesen. Wieso also hatte er sich an den Bettelstab gebracht? Aus dem Wissen heraus, daß sie sich verheiraten würde, und aus dem Glauben heraus, sie würde in naher Zukunft Dom heiraten, hatte ihm ihr Wohlergehen keine Sorgen bereitet. Daher hatte er geglaubt, er könnte es sich ohne weiteres leisten, sein Kapital aufzubrauchen und noch weitere Gelder zu borgen. War es möglich, daß es sich bei seiner Wahnsinnstat um ein Eingeständnis seiner Schuld handelte? Traf ihn, wie Roland glaubte, die Schuld daran, daß seine Männer sinnlos abgeschlachtet worden waren und die Überlebenden gefangen genommen wurden?

Nein, an so etwas wollte sie gar nicht erst denken. Zweifellos hatte er Investitionen getätigt und Verbindlichkeiten beglichen, von denen sie nichts wußte. Ihre eigenen Ausgaben mußten beträchtlich gewesen sein. Billig waren ihre Kleider und Hüte, ihre Fächer und ihr sonstiger Schnickschnack bestimmt nicht gewesen. Warum hatte ihr Großvater ihr nicht gesagt, daß das Geld allmählich ausging? Sie hätte sich mit Freuden eingeschränkt. In den letzten Monaten allein hatte sie alles mögliche gekauft, Dinge, ohne die sie jederzeit blendend ausgekommen wäre.

»Schlechte Neuigkeiten, stimmt's?«

Als Melanie sich abrupt umdrehte, stand sie Roland gegenüber, der gerade die Tür der Bibliothek hinter sich schloß. Er war in der Stadt gewesen, als der Anwalt eingetroffen war. Der ältere Mann hatte ihren Gatten sprechen wollen und gesagt, er hätte gehört, Roland würde abreisen, um sich Lopez anzuschließen. Nur unter größten Mühen war es Melanie gelungen, ihn zu überreden, daß er seine unerfreulichen Neuigkeiten preisgab. Im Verlauf des Gesprächs war es zu einer weiteren Enthüllung gekommen, und die Erinnerung daran gab Melanies Augen jetzt eine stürmisch violette Tönung.

Als sie nichts sagte, sprach Roland weiter. »Ich bin Jackson Turnbulls Kutsche auf dem Weg begegnet. Er hat so finster ausgesehen wie drei Tage Regenwetter, aber so sieht er ja meistens aus.«

Er kam mit der lässigen, geschmeidigen Anmut einer großen Wildkatze auf sie zu. Ein Lächeln spielte um seine Mundwinkel, als er einen Arm um ihre Taille legte, sie an sich zog und ihr zur Begrüßung einen zarten Kuß auf die Lippen drückte. Ehe sie sich lautstark widersetzen konnte, hatte er sie schon wieder losgelassen und sich entfernt.

»Nun?« sagte er und lehnte sich an den Schreibtisch. »Was wollte Turnbull?«

»Er war hier, um mir zu sagen, daß ich restlos verarmt bin«, gab Melanie unverblümt zu. »Was noch schlimmer ist – ich schulde Gouverneur Quitman sechstausend Dollar.«

Roland zog die Stirn in Falten. »Warum hat er dir das gesagt? Es bestand kein Grund, dich mit diesen Dingen zu belasten.«

»Ich fürchte, ich habe darauf bestanden. Er war wild entschlossen, mit dir zu reden, ehe du nach New Orleans aufbrichst, und ich konnte mir einfach nicht vorstellen, daß es sich um deine Finanzen dreht.«

»Ach, nein?« erkundigte er sich. »Bist du nie auf den Gedanken gekommen, Turnbull könnte nicht nur der Anwalt deines Großvaters, sondern auch der meines Vaters sein?«

»Nein, zu dem Zeitpunkt nicht. Das ist mir erst klar geworden, als Mr. Turnbull anfing zu erklären, warum er die Angelegenheiten meines Großvaters vor unserer Heirat mit dir besprochen hat.«

»Du hast dem alten Mann ganz schön zugesetzt, stimmt's? Er wollte dir doch nur einiges ersparen. Unsere Verlobungszeit, falls davon überhaupt die Rede sein kann,war zwar kurz, aber in dieser knappen Woche brauchte Mr. Turnbull jemanden, mit dem er sich besprechen konnte. Der naheliegendste Gesprächspartner war ich. Ich glaube, ich habe ihm damals gesagt, ich würde die Schulden des Colonel beim Gouverneur begleichen. Ich nehme an, er wollte sich vergewissern, daß ich immer noch die Absicht habe.«

»Das kannst du nicht tun«, reagierte sie mit scharfer Stimme.

»Und warum nicht?«

»Diese Schulden hat mein Großvater gemacht. Sie sollten aus seinem Nachlaß bezahlt werden.«

»Und wie willst du das anstellen? Greenlea verkaufen? Ein

paar deiner Leute gegen Lohn bei anderen arbeiten lassen oder sie zum Verkauf anbieten? Sei nicht albern. Es mag zwar sein, daß dein Großvater die Schulden gemacht hat, aber jetzt sind sie an dich als seine Erbin gefallen, und da du meine Frau bist, sind es meine Schulden. Die Vorkehrungen sind bereits getroffen worden. Morgen früh wird der Gouverneur meinen Wechsel in den Händen halten.«

Melanie starrte ihn an. Dann reckte sie stolz das Kinn in die Luft und sagte: »Damit stehe ich in deiner Schuld. Greenlea ist weit mehr als diesen Betrag wert, aber ich werde es dir so bald wie möglich überschreiben.«

»Das ist nicht nötig«, meinte er und schüttelte lächelnd den Kopf. »Als ich dich geheiratet habe, ist dein Besitz an mich gefallen. Falls du jedoch immer noch entschlossen bist, mich für meine Ausgaben zu entschädigen, kann ich mir vergnüglichere Mittel vorstellen, die Schulden zu begleichen.«

Melanie sah ihm forschend ins Gesicht, als er sich vom Schreibtisch abstieß und auf sie zukam. Der Schimmer, den sie in seinen Augen sah, ließ sie abwehrend die Hand ausstrecken. »Das ... das ist ja furchtbar«, stammelte sie entrüstet und bekümmert darüber, daß er ihr Angebot so leichthin zurückweisen konnte.

»Furchtbar? Wenn man bedenkt, wie wenig Zeit wir noch haben, halte ich das doch für ein großzügiges Angebot. Es gibt nicht viele Frauen, die von sich behaupten können, eine einzige Nacht mit ihnen sei so viel wert.« Der Spott und die Erwartung vermischten sich so unentwirrbar in seinen Augen, daß Melanie nicht sicher sein konnte, ob er scherzte.

»Ich denke gar nicht daran ...« setzte sie an, doch es war schon zu spät. Seine Lippen küßten sie in einer Form, die keinen Zweifel daran offenließ, daß er zumindest in einer Hinsicht jedes Wort ernst meinte.

Eine einzige Nacht. Das war alles, was ihnen vor seiner Abreise noch blieb. Das Dampfschiff, das ihn flußabwärts führen würde, lag bereits im Hafen von Natchez und würde mit der aufgehenden Sonne auslaufen. Sein Gepäck war bereits an Bord und stand in seiner Kabine. Jetzt lag nur noch die Nacht vor ihnen, und dann würde er seine letzte persönliche Habe zusammenpacken, und sie würde ihm zum Abschied zuwinken. Bald schon würde er aus ihrem Leben verschwunden sein. Greenlea würde wieder ganz allein ihr gehören, ebenso wie ihr Bett. Dann hatte sie ihre Ruhe. Ob es wochenlang, monatelang oder für immer so bleiben würde, wußte sie nicht, und sie wollte es auch gar nicht wissen.

Eine einzige Nacht. Der Morgen ging vorüber und wurde zum Nachmittag. Und früher als vermutet senkte sich die Dunkelheit herab, sie hatten zu Abend gegessen, und es war an der Zeit, daß sie sich in ihr Schlafzimmer zurückzogen.

Melanie stand am Fenster und schaute in die Nacht hinaus, als sie sich das lange Haar bürstete, das ihr wie ein schimmernder Umhang rotgolden über die Schultern fiel. Die Freiheit war jetzt so nahegerückt, daß sie in ihrer Vorfreude fröhlich und bester Laune hätte sein müssen. Statt dessen war sie melancholisch gestimmt. Mit ungläubigem Erstaunen stellte sie fest, daß sie sich ähnlich fühlte wie zu den Zeiten, als ihr Großvater in den Krieg gezogen war. Es war die gleiche abgestumpfte Verzweiflung, weil sie allein zurückblieb.

Sie redete sich ein, daß sie kindisch sei. Wenn sie jetzt kurz vor den Tränen stand, dann nur deshalb, weil sie an ihren Großvater dachte. Es war erst kurze Zeit vergangen, seit sie ihn verloren hatte, das war alles, und seitdem war so viel passiert. Es war wirklich nicht verwunderlich, daß sie ihre Gefühle nicht vollauf im Griff hatte. Sie bewegte die Bürste langsamer. Mit dem Handrücken einer Hand wischte sie sich die Nässe von den Wimpern.

Sie hatten gerade ein genüßliches Bad genommen, und jetzt konnte sie in der spiegelnden Fensterscheibe Roland sehen, der sich ein Handtuch um die Hüften geschlungen hatte und sich rasierte. Sein breiter Rücken lief in schmalen Hüften aus, und sie beobachtete sein Muskelspiel. Es dauerte eine ganze Weile, bis Melanie erkannte, daß er sie in dem kleinen Spiegel über der Marmorplatte ihrer Frisierkommode ebensogut sehen konnte wie sie ihn in der Fensterscheibe.

Abrupt wandte sie sich ab und ging zum Bett. Als sie sich zugedeckt hatte, warf Roland einen Blick in ihre Richtung, warf seinen Rasierer hin, wischte sich die Seifenreste vom Gesicht, kam zum Bett und blies die Nachttischlampe aus. Er knotete das Handtuch auf und ließ es auf den Boden fallen.

Melanie beobachtete ihn, wie er im flackernden Feuerschein auf sie zukam. Es mochte eine Täuschung des Lichts sein, aber ihr schien, als stünde ein gepeinigter Ausdruck in seinen Augen, ein Ausdruck des Leidens, den er sich nie gestattet hätte, wenn er geglaubt hätte, sie könnte es sehen. Dieser Anblick ging ihr seltsam nah und vermischte sich irgendwie mit ihren Verlustgefühlen. Sie dachte darüber nach, wie merkwürdig es war, daß er ihr angeboten hatte, die Schulden ihres Großvaters abzubezahlen. Weder vor noch nach der Heirat hatte er diesen Umstand je erwähnt, und vielleicht hätte er ihr nie etwas davon gesagt, wenn sie die Information nicht aus dem Anwalt herausgepreßt hätte – und ebenso hatte er auch gewußt, daß sie kein Geld hatte und vollkommen abhängig von ihm war, ohne es je anzusprechen. Natürlich war das keine ungewöhnliche Situation, aber sie hätte viel eher damit gerechnet, daß er sich damit brüsten und es ihr vorhalten würde. Statt dessen hatte er vor ihr geheimgehalten, was er wußte. Eine solche Großzügigkeit – nicht finanziell, sondern die Art, wie er diese Dinge handhabte – verdiente gerechterweise wirklich eine Entschädigung. Sie wußte, welches Zahlungsmittel ihm das liebste war; hatte er sich dazu etwa nicht klar geäußert? Damit ihr Gewissen ihr nicht sagte, daß sie das Andenken an ihren Großvater verriet, versicherte sie sich eindringlich, daß es nicht frei von jedem Nutzen war, wenn sie ihm ihre Gunst erwies. Es wäre gut, wenn sich Rolands unbestreitbares Verlangen nach ihr in dieser letzten gemeinsamen Nacht verstärken ließ, damit er die Erinnerung an eine so heftige Leidenschaft mit sich nahm und sich nach ihr sehnen würde, wenn er weit fort war.

Die Matratze bildete einen Wulst zwischen ihnen, als er sich auf die Seite legte. Er streckte eine Hand nach ihrer Schulter aus und fragte im Dunkeln mit leiser, tiefer Stimme: »Was ist? Warum weinst du?«

»Ich weine nicht«, antwortete Melanie.

Er seufzte tief. »Du hast wohl allen Grund dazu.«

»Ich habe dir doch gesagt, daß ich nicht weine«, meinte sie trotzig, und sein Mitgefühl rührte sie. Ohne jede bewußte Überlegung zog sie die Hand unter der Decke hervor und umschlang seine Finger.

Er blieb still liegen, schien sogar den Atem anzuhalten. Bisher war sie ihm nie auch nur im entferntesten entgegengekommen, hatte es immer passiv über sich ergehen lassen, wenn er sie liebte, und hatte sich keineswegs erfreut darüber gezeigt. Daher war ihm diese kleine Geste, die ein Versprechen auszudrücken schien, suspekt.

Behutsam glitten seine Finger von ihrer Schulter auf die zarte Fülle ihrer von Seide verhüllten Brüste. Ohne jedes Zögern ließ sie seine Hand los und gestattete ihm ungehinderten Zugang zu ihrem Körper. Er nahm es wahr, und seine Bewegungen wurden kühner, und seine Finger machten sich flink an den Knöpfen ihres Nachthemds zu schaffen. Nachdem er den Stoff auseinandergezogen hatte, legte sich sein Mund auf die warme Wölbung, die er freigelegt hatte.

Ein heftiges Gefühl durchzuckte sie, und Melanie hielt den Atem an. Sie nahm all ihren Mut zusammen, legte die Hand auf sein krauses, gewelltes Haar, ließ die Finger über seinen Nacken auf die kräftigen Muskeln seiner Schulter gleiten und spürte, wie diese Muskeln sich unter der Haut bewegten, als er die Hand auf ihre schmale Taille gleiten ließ. Ganz langsam glitt seine Hand tiefer, strich über ihre Rundungen und glitt liebkosend über sie. Plötzlich packte ihn die Ungeduld, und er rückte von ihr ab, um den Seidenstoff ihres Nachthemds unter ihren Hüften nach oben über ihren Kopf zu ziehen. Einen Moment lang war sie in den Stoffalten gefangen, und dann war sie nackt und kostete trotz der kühlen Nachtluft im Zimmer das Gefühl ungehemmter Freiheit aus. Roland legte das Nachthemd zur Seite und zog die Decke über sie. Unter diesem Zelt, das sie umhüllte, und in der süßen Anonymität des Dunkels drehte sich Melanie mit ausgebreiteten Armen zu ihm um. Er zerrte sie an sich und hielt sie mit stählernem Griff; ihre Brüste preßten sich an seine Brust, und sie spürte die starre Glut seines flammenden Verlangens. Er verschlang ihre Lippen mit einem Kuß. Ihre Lippen brannten, als sie sie auf seinen Mund preßte. Sie wanden sich und wälzten sich und waren bemüht, ihre Körper zu einem verschmelzen zu lassen. Jeder Gedanke und jede Vernunft flohen vor dem Ansturm der Sinne, der in Melanie aufwogte. Tief in ihren Lenden begann sich ein Verlangen zu regen und zu verstärken, das dringlicher war als alles, was sie je erlebt hatte, ein Verlangen, das von den Bewegungen seiner Hand auf ihren Hüften und den zarten Innenseiten ihrer Oberschenkel immer mehr entfacht wurde. Sie stieß einen kleinen kehligen Laut aus und rieb sich an ihm, als der Kontakt ihrer Körper immer intimer und glühender wurde. Sie fühlte sich, als stünden ihre Sinne in Flammen, und ihre Haut fieberte unter seinen Berührungen. Sie umklammerte seine Schultern, weil sie ihm näher sein wollte, ihm näher sein mußte, und immer noch näher.

Er zog sich auf einen Ellbogen. Langsam und sicher drang er in sie ein und erfüllte sie mit einer intensiven Lust, die sich ausbreitete. Sie atmete schwer, und ihre Finger gruben sich in seine Unterarme, um Halt in ihrer Welt zu finden, die sich schwindelerregend drehte. Nichts ließ sich dagegen tun. Es waren innere Turbulenzen, ein uralter, unkontrollierbarer Aufruhr, der in ihrem Blut rauschte und sich mit jeder Bewegung seines eindringlichen Rhythmusses steigerte und heftiger pulsierte. Sie waren miteinander verschmolzen, unzertrennlich, und doch wollte sie ihn noch tiefer in sich aufnehmen, denn nur so konnte er möglicherweise einen uralten, inneren Schmerz lindern. Wie im Traum spürte sie, wie die Tränen, die sie so lange zurückgehalten hatte, aus ihren Augen rannen, und sie spürte die zerreißende innere Explosion der Ekstase, die abebbte und ein Gefühl schmelzender Hingabe in dieser Unterbrechung hinterließ, und daher preßte sie ihn an sich, drängte ihn, sich in die Stille zu vertiefen, eine Stille, die Frieden über ihre Seele kommen ließ.

Noch lange lagen sie ineinander verschlungen da, während ihr Keuchen und ihr schwerer Atem sich legten und sie wieder gleichmäßig atmeten. Nach einer Weile spürte Melanie seine Hände auf ihrem Haar, spürte, wie er ihr Haar unter seinem Ellbogen herauszog. Er preßte sie an sich, drückte die Lippen auf ihre Stirn und küßte sie dann zart auf die Lider. Er zog den Kopf etwas weiter zurück und legte seine Lippen, die feucht von ihren salzigen Tränen waren, auf ihre.

»Und jetzt, weinst du jetzt?« murmelte er.

Sie schüttelte sachte den Kopf. »Nein«, flüsterte sie, »nicht jetzt.«

Endlich war er fort. Melanie brachte ihn zum Crescent Moon, dem Dampfschiff, weigerte sich jedoch bis zum letzten Moment beharrlich, mit ihm an Bord zu gehen, um sich dort von ihm zu verabschieden. Es hatte einen Moment gegeben, in dem sie geglaubt hatte, er würde nicht fortgehen, eine endlose Zeit, in der er sie anscheinend unentschlossen angestarrt hatte, und sein Widerwille spiegelte sich sogar in seinen grünen Augen. Und dann hatte ihnen Jeremy vom Deck des Dampfers aus zugerufen. Roland hatte flatternd die Lider gesenkt, und der Ausdruck war aus seinen Augen gewichen. Ein unbeschwertes Lächeln spielte um seinen Mund, als er sie an sich zog, um ihr einen letzten glühenden Abschiedskuß zu geben. Dann wandte er sich abrupt ab und schritt über die Gangway, ohne sich auch nur noch einmal umzusehen. Melanie blieb am Kai stehen, bis das Schiff hinter der ersten Flußbiegung verschwunden war.

In den allerersten Tagen war sie so beschäftigt, daß sie kaum dazu kam, an Roland zu denken, und nur manchmal fragte sie sich in einem kurzen Anflug von Neugier, wo er wohl war und was er tat. In dem alten Haus gab es so viel zu tun. Wie so oft in der zweiten Januarhälfte und in den ersten Februarwochen, wurde es warm. Es war eine so gute Gelegenheit, mit dem Frühjahrsputz zu beginnen, daß man sie sich einfach nicht entgehen lassen durfte. Die Wollteppiche wurden zusammengerollt und vor dem Haus ausgeklopft. Die Böden wurden geschrubbt und mit frischem Bienenwachs poliert. Der Geruch nach Zitronenöl hing in der Luft, als alle Möbelstücke abgewischt und dann auf Hochglanz gebracht wurden, was die Patina der Jahre nur noch unterstrich. Der Boden der Veranda bekam einen neuen Anstrich, ebenso die Ställe und der Schuppen für die Kutsche.

Erst als sie beobachtete, wie die Gebäude repariert und getüncht wurden und wieder ihre ursprüngliche Gestalt annahmen, wurde Melanie bewußt, wie lange es schon her war, daß man sich in Greenlea um solche Kleinigkeiten gekümmert hatte. Das ließ sie schlußfolgern, daß das Kapital für solche Dinge zu Lebzeiten ihres Großvaters nicht zur Verfügung gestanden hatte. Roland war es gewesen, der vorgeschlagen hatte, diese Dinge jetzt in Angriff zu nehmen, und all das wurde von seinem Geld bezahlt. Wie in jeder anderen Hinsicht war er auch in diesem Punkt erstaunlich großzügig gewesen und hatte ihr nicht nur für die Dauer seiner Abwesenheit Haushaltsgeld zur Verfügung gestellt, sondern auch Geld für Kleider. Nicht daß sie während der Trauerzeit etwas Neues gebraucht hätte, aber sie hatte wirklich nicht so recht gewußt, wovon sie die schwarzen Kleider bezahlen sollte, die sie vor der Hochzeit bestellt hatte. Zwischen Roland und ihr war kein Wort über das Thema Geld gefallen. Turnbull, der Anwalt, hatte ihr erklärt, welche Regelungen vorsorglich für sie getroffen worden waren, und welche Summe sie monatlich abheben konnte, und er nannte ihr auch einen enormen Betrag, der für Notfälle auf ihren Namen hinterlegt worden war. Melanie konnte sich nur deshalb dazu durchringen, das Geld anzurühren, weil sie darin eine Entschädigung sah, die er aus seinem Schuldbewußtsein heraus angeboten hatte.

Nur langsam trafen Nachrichten über die Männer ein, die sich Lopez angeschlossen hatten. Ein- oder zweimal war Eliza Quitman, deren Mann die Reise in den vergangenen Wochen mehrfach unternommen hatte, so freundlich, ihr mitzuteilen, was sich tat. Es schien, als hätte Roland den Rang eines Lieutenant Colonel verliehen bekommen und sei für das Rekrutieren von Männern für den Feldzug zuständig. Er hatte sich mit einer Uniform ausstaffiert und war auf dem besten Weg, schnell einer von General Lopez' liebsten Offizieren zu werden. In New Orleans brodelte die Begeisterung über den Kuba-Feldzug, und im Stabsquartier des Generals in der Magazine Street gingen tagein, tagaus schillernde Persönlichkeiten ein und aus, und unter den Männern waren viele Veteranen des Mexikofeldzuges, wie Roland und Jeremy. Nicht wenige von ihnen waren Offiziere gewesen. Diese Männer kämpften jetzt untereinander um die Ehre, Regimenter zu bilden, um mit Lopez zu kämpfen. Von dem Geld, das ihm seine Anhänger in Mississippi und Louisiana zur Verfügung gestellt hatten, hatte Lopez zwei Schiffe gekauft, ein Dampfschiff mit dem Namen *Creole* und ein dreimastiges Segelschiff, die *Georgina.* Ein Zweimaster mit dem Namen *Susan Loud* war ebenfalls für den Feldzug gespendet worden, von einem der höheren Offiziere, Colonel Robert Wheat. Gouverneur Quitman hatte entscheidend daran mitgewirkt, in seinem Heimatstaat Gelder aufzutreiben, und es wurde gemunkelt, er stünde mit Washington in Kontakt, was die Möglichkeit betraf, eine Truppe der Vereinigten Staaten unter seinem Kommando hinzuschicken und zu intervenieren, wenn sich in Kuba die Splittergruppe erhob, die für die Annexion war, und sich Lopez anschloß.

Von Roland persönlich hatte sie nichts gehört. Das machte ihr natürlich nichts aus. Sie hatte nicht wirklich damit gerechnet. Seine neuen Pflichten ließen ihm kaum Zeit für Korrespondenzen; das hatte ihr Großvater ihr immer wieder klar gemacht, wenn sie ihn schalt, weil er ihr nicht geschrieben hatte. Außerdem waren sie keine Liebesehe eingegangen, in der sich jeder vor Sorge verzehrte, wenn ihm nicht immer wieder bestätigt wurde, daß alles in Ordnung sei. Die theoretische Möglichkeit, ihr eine Nachricht zuzusenden, bestand durchaus. Aber nichts dergleichen geschah.

Aus Natchez erfuhr sie genauso wenig wie aus New Orleans. Bis auf die gelegentlichen Mitteilungen von der Frau des Gouverneurs mußte sich Melanie, wenn sie etwas über das Alltagsgeschehen und ihre früheren Freunde und Nachbarn erfahren wollte, auf Cicero verlassen, der einmal in der Woche zum Einkaufen nach Natchez fuhr und dort die Nachrichten, die unter den Sklaven kursierten, erfuhr. Niemand besuchte sie, und sie erwartete inzwischen auch keine Besucher mehr. Es war eine Überraschung, als sie an einem strahlend schönen Morgen die Räder einer Kutsche auf der Auffahrt hörte.

Es war Chloe Clements in einem offenen zweirädrigen Einspänner mit roten Ledersitzen und roten Rädern. Sie trug ein Kleid aus weißer Musseline mit roten Punkten und einem unglaublich weiten, bauschigen Rock. Auf ihrem hochgesteckten Haar saß ein winziger weißer Strohhut mit roten Bändern und Kirschen darauf. Die Sonne schien zwar, doch ihr zitronengelbes Licht strahlte noch nicht die Hitze aus, die in wenigen Wochen zu erwarten war. Chloe war nicht nur unpassend für die Fahrt in einem Einspänner gekleidet, den sie selbst lenkte, sondern sie war auch den Jahreszeiten um einiges voraus. Es hatte ihr schon immer Spaß gemacht, als erste die schweren Winterstoffe abzulegen; für ein Mädchen mit ihrem hellen Haar und ihrem bleichen Teint waren die leichteren Frühjahrs- und Sommerstoffe schmeichelhafter. Diesmal hatte sie sich jedoch verrechnet. Sie flog regelrecht die Stufen von Greenlea hinauf und rannte zitternd ins Haus, als Cicero die Tür öffnete.

Melanie hatte ihr Eintreffen durch die Fenster des Salons beobachtet. Jetzt begab sie sich in die Eingangshalle, um Doms Schwester zu begrüßen. In ihrem Trauerkleid aus schwarzem, steifem wollseidenem Stoff fühlte sie sich wie eine Krähe neben einem Kardinalsvogel.

»Melanie!« rief Chloe aus, als hätten sie sich vor einer Stunde das letzte Mal gesehen und seitdem hätte sich nichts Ungewöhnliches ereignet. »Bring mich zu einem Feuer, sei so nett. Ich kann dir sagen, ich bin vielleicht steifgefroren. Und wenn du mich mit einer Tasse Tee wiederbeleben könntest, hättest du meine ewige Dankbarkeit.«

»Gewiß«, stimmte Melanie zu und sah Cicero an, der nickte, sich verbeugte und sich eilig entfernte. Melanie wies auf die Wohnzimmertür und fuhr fort: »Komm rein. Im Salon brennt ein kleines Feuer, das genau richtig für dich sein wird.«

Chloe betrat vor ihr den Raum, eilte zum Feuer, hielt die Hände darüber und schauerte übertrieben zusammen. Dann drehte sie sich mit großen, forschenden Augen zu Melanie um. »Was auf Erden hast du dir bloß angetan?« erkundigte sie sich. »Du siehst wirklich aus wie eine alte Hexe.«

»Danke«, erwiderte Melanie. »Es ist immer wieder erfrischend, die Wahrheit zu hören.«

Chloe lachte albern und spreizte die Hände. »Das war nicht nett von mir, oder? Ich habe es nicht so gemeint. Ich war nur einfach total schockiert darüber, wie sehr du dich verändert hast.«

»Du warst also schockiert? Und ich hätte geglaubt, daß du genau das und nichts anderes erwartet hast. Man geht doch immer davon aus, daß Ausschweifungen und Zügellosigkeit Menschen ermatten.«

»Meine liebe Melanie, schlag bei mir bitte nicht diesen Ton an. Ich hoffe, ich bin vernünftig genug, dir nicht vorzuhalten, daß du meinen Bruder in Verlegenheit gebracht hast. Wenn ich dir grolle, dann nur, weil du dir den faszinierendsten Mann der Ballsaison geschnappt hast, ehe ich auch nur Gelegenheit hatte, ihn kennenzulernen. Was die Vorfälle vor deiner Heirat angeht, weigere ich mich kategorisch zu glauben, daß du etwas wirklich Schlimmes getan hast. Ganz gleich, was die Leute sagen, ich weiß, daß deine Prinzipien es dir nicht erlauben würden. Dom wollte mir nicht sagen, was du ihm erzählt hast, aber ich vermute, wenn man dich unbekleidet vorgefunden hat, dann mußt du gegen deinen Willen entkleidet worden sein. Habe ich recht?«

Die brennende Neugier in Chloes Augen war so deutlich zu erkennen, daß Melanie sich fragte, warum Chloe sich dessen nicht schämte und errötete. »Tut mir leid«, antwortete sie. »Darüber möchte ich lieber nicht reden.«

»Natürlich nicht. Wie dumm von mir«, meinte Chloe entschuldigend und schlug die dünnen blonden Wimpern nieder. »Laß uns über etwas anderes reden, ja? Soweit ich gehört habe, ist dein frischgebackener Ehemann nach New Orleans gefahren, um sich dem Freibeuter Lopez anzuschließen. Du kannst dir nicht vorstellen, wie erleichtert ich war, als ich das gehört habe. Ich hatte solche Angst, er und Dom könnten einander hier in der

Stadt begegnen. Das wäre eine Katastrophe geworden, denn ich bin so gut wie sicher, daß Dom vorhat, Roland Donavan zum Duell herauszufordern. Er hat sich täglich im Pistolenschießen geübt. Du könntest Roland warnen, damit er sich vorsieht, falls er in der nächsten Zeit zurückkommt.«

Aus unverständlichen Gründen ärgerte sich Melanie über diese Andeutung, Roland hätte bei einem Duell mehr zu befürchten als Dom. »Darüber würde ich mir keine Sorgen machen. Mein Mann und Dom sind einander bereits begegnet. Dom hatte bei diesem Treffen Gelegenheit, ihn zum Duell herauszufordern, und er hat es nicht getan. Ich sehe keinen Grund, weshalb er es zu einem späteren Zeitpunkt noch tun sollte.«

»Ach? Tja, dann vielleicht nicht, aber Männer sind ja manchmal merkwürdig. Sie grübeln an Dingen herum, und dann explodieren sie plötzlich. Frauen sind wesentlich direkter, und wenn sie es unklug finden, direkt vorzugehen, schlägt ihre Rache gewöhnlich gewundene Pfade ein.«

Da Cicero gerade mit dem Teetablett eintrat, erübrigte es sich für Melanie, etwas darauf zu antworten. Sie warf jedoch einen forschenden Blick auf das Mädchen, denn ihr fiel wieder ein, daß Dom ihre Motive noch am ehesten verstanden hatte.

In Natchez war das Teetrinken eine alte Tradition, die direkt aus England stammte. Zwar war die Gegend zu Anfang des achtzehnten Jahrhunderts von Franzosen besiedelt, dann war das Ostufer des Mississippi doch bald an England abgetreten worden. Die britische Krone hatte in ihren Bemühungen, eine Bastion am Fluß zu errichten, große Gebiete fruchtbaren Bodens zur Verfügung gestellt, um Männer von Rang und Einfluß als dauerhafte Siedler anzulocken. Zu diesen ursprünglichen Kolonialisten war eine große Anzahl von Tories hinzugekommen, Männer und Frauen, die England die Treue gehalten hatten und während des Unabhängigkeitskriegs gezwungen gewesen waren, die Staaten an der Ostküste zu verlassen. In späteren Jahren hatten die Spanier die Gegend eingenommen, und sie waren gezwungen worden, ihre Beute an die amerikanische Regierung abzutreten. Dennoch herrschten hier weiterhin die englischen

Bräuche: der Nachmittagstee, Reels und Kotillons bei Bällen und Hunderennen an kühlen Herbsttagen. Ehe Melanie den Tee in einem georgianischen Silberservice reichen konnte, mußte sie ihn daher überbrühen. Zu dem Zweck nahm sie einen kleinen Schlüssel von der Chatelaine, der dort friedlich mit ihrer Stickschere und einem leeren Fläschchen Riechsalz vereint war, und ging zu einer Kommode, die an der Wand stand. Als sie die Kommode aufschloß, entströmte dieser nicht nur der Duft von importierten Teeblättern, sondern auch die Gerüche von Muskat, Koriander und Ingwer, denn in dieser Kommode wurde außer dem Tee eine Vielzahl von Gewürzen aufbewahrt, die als zu wertvoll galten, um sie offen herumliegen zu lassen. Der Tee und die Gewürze waren zwar nicht mehr ganz so kostspielig wie früher einmal, doch das Ritual aus jenen Zeiten hatte sich bis heute erhalten.

Nachdem sie die Kommode wieder abgeschlossen hatte, kehrte Melanie mit den Teeblättern zum Tisch zurück, maß sie sorgsam ab und warf sie ins kochende Wasser. Während der Tee zog, sprachen die beiden Frauen über Mode und die Sachen, die sie bei den letzten gesellschaftlichen Ereignissen der Saison getragen hatten.

Als Chloe sich vorbeugte, um ihre Teetasse aus Melanies Händen entgegenzunehmen, sagte sie: »Du fragst dich doch bestimmt, warum ich heute morgen hergekommen bin. Ich bin sicher, daß du keinen anderen Besucher weniger erwartet hast als mich.«

»Ganz und gar nicht«, entgegnete Melanie höflich.

»Also, es war so. Ich habe mich gestern abend lange mit Eliza Quitman unterhalten. Wir haben gemeinsam beschlossen, daß jemand mit dir reden und dir sagen sollte, daß deine Freunde hinter dir stehen werden, wenn das Trauerjahr vorbei ist und du anfangen kannst, wieder Boden unter die Füße zu kriegen.«

»Das war ... sehr rücksichtsvoll.« Es erschien ihr wahrscheinlicher, daß der Vorschlag von Eliza gekommen war, obwohl sie ihn mit Sicherheit delikater formuliert hätte. Die Frau des Gouverneurs war eine kleine, stille Person, aber auf ihre eigene Art hatte sie einen festen Willen und erwies allen, die ihre Freundschaft oder Liebe errungen hatten, eine immense Loyalität, allen anderen voran ihrem Mann.

»Ganz und gar nicht«, erwiderte Chloe. »Das ist das mindeste, was diejenigen unter uns tun können, die immer noch an dich glauben.«

Ihre Worte suggerierten, daß die Anzahl derer, die ihr noch ergeben waren, keineswegs groß war; dennoch war Melanie bereit, diesen Hinweis zu übergehen. »Ich bin euch wirklich dankbar.«

Chloe lächelte kurz, schüttelte den Kopf und fuhr fort. »Du kommst nie darauf, was Eliza vorhat. Sie hat angekündigt, wenn der Gouverneur sich Lopez anschließt, wird sie die Kinder mit Hauslehrern und ihren Kindermädchen auf Monmouth lassen und mit ihm nach New Orleans gehen. Auf die Art wird ihnen die Zeit der Trennung nicht so lange vorkommen. Ist das nicht reizend? Die beiden lieben einander bis zum Wahnsinn, meinst du nicht auch? Ich habe nie erlebt, daß ein anderer Mann eine Frau derart anbetet wie der Gouverneur Eliza anbetet.«

Wieder ein verborgener Stachel, diesmal in Form der Unterstellung, daß Melanie sich nicht gerade viel aus ihrem Mann machte, und er sich nicht aus ihr, da sie sonst versucht hätten, zusammenzusein. »Doch«, antwortete sie und zwang sich zu einem Lächeln. »Diese Zuneigung ist ergreifend.«

Chloe nickte nachdrücklich. »Natürlich wird Eliza nicht allein sein. Vielleicht weißt du es nicht, aber Dutzende von Männern aus Natchez gehen nach New Orleans, und mehr als eine Ehefrau zieht mit ihrem Mann flußabwärts. Wenn alle in New Orleans sind, wird es hier betrüblich langweilig werden. Es heißt, dort würde für Unterhaltung im großen Stil gesorgt, Dutzende von Partys und Bällen werden veranstaltet. Dort ist so viel los, daß es einem fast vorkommt, als sei wieder Karneval. Wenn ich nicht fürchtete, daß Dom Roland dort unvermeidlich über den Weg laufen würde – oder ihn gar bewußt aufsuchen würde –, dann würde ich meinen Bruder überreden, auch mit mir hinzufahren, nur um der vielen Veranstaltungen willen.«

Melanie kostete es Mühe zu lächeln. »Du stellst alles so reizend dar, daß ich fast in Versuchung bin hinzureisen, um auch mit meinem Mann zusammenzusein.«

»Genau!« rief Chloe aus. »Das heißt, wenn es dein Ernst ist. Ich wollte dich nicht aus der Fassung bringen, aber es heißt, der arme Roland weiß überhaupt nicht so recht, was er mit sich anfangen soll, daß er in seiner Freizeit ständig in den Theatern rumhängt. Vom St. Charles fühlt er sich angeblich am meisten angelockt. Dort tritt eine französisch-irische Schauspielerin auf, die sich Colleen Antoinette Dubois nennt. Im vergangenen Winter war sie der Star der Saison.«

»Ich bin sicher, daß es in New Orleans eine große Anzahl üblerer Orte gibt, die er aufsuchen könnte«, bemerkte Melanie. Versuchte Chloe tatsächlich anzudeuten, Roland habe ein gewisses Interesse an dieser Schauspielerin? Es war unglaublich, und doch hatte ihr Tonfall Böses ahnen lassen.

»Ja, allerdings, und zwar viel üblere Orte«, stimmte Chloe ihr kichernd zu. »Aber Dom hat sie gesehen, als er vor ein paar Wochen dort war. Er sagt, sie sei zwar schön, aber sie hat es nicht nötig, ihre Reize zur Schau zu stellen, um ihr Publikum zu bezaubern. Ich vermute, sie muß wirklich begabt sein, denn sie hat gerade erst vor kurzem viel Erfolg bei einem Engagement in Kalifornien gehabt, genauer gesagt, in der Oper von San Francisco.«

»Ach, wirklich?« Mehr fiel Melanie dazu nicht ein.

»Ich habe Dom gesagt, das klinge ganz so, als habe er eine Grundlage, um Vergleiche anzustellen, und ich habe ihn gebeten, mir zu schildern, welche Sorte von Frauen er sonst noch gesehen hat, als er in der Stadt war. Das hat er mir natürlich nicht gesagt, ebensowenig, wie er mir sagen wollte, ob er in dem Viertel mit den Nachtclubs war.« Sie seufzte und stellte ihre Teetasse hin. »Seit du dort warst, verzehre ich mich einfach danach, ins River Rest zu gehen, aber Dom weigert sich schlichtweg, mich mitzunehmen. Ich platze vor Neid, weil du dort warst und ich nicht. Bitte, bitte, Melanie, erzähl mir doch, wie es dort ist.«

Melanie zog eine geschwungene Augenbraue hoch. »Ich habe keine Ahnung, wovon du sprichst.«

»Komm schon, Melanie, du mußt doch wissen, was ich meine. Hast du dort irgendwelche Frauen gesehen? Hast du gesehen, wie sie waren oder was die Männer mit ihnen gemacht haben?«

»Ich glaube, wenn du es wirklich so dringend wissen willst«, äußerte Melanie bedächtig, »dann solltest du ohne Dom hingehen.«

»Also, wirklich Melanie, als ob ich etwas derart Dummes täte! Oh, verzeih mir! Ich meinte das nicht so, wie es geklungen hat.«

»Wirklich nicht?« fragte Melanie mit einem gepreßten Lächeln. »Aber du hast schon recht; es ist eine Dummheit, das zu tun. Ich kann es nicht empfehlen, es sei denn, eine Frau ist in einer hoffnungslosen Lage.«

Als die Bedeutung dieser zweideutigen Bemerkung bei Chloe ankam, strömte ihr das Blut bis zum Haaransatz, und ihr Gesicht nahm ein stumpfes Purpurrot an. »Wenn das als Beleidigung gedacht ist...«, setzte sie an.

Melanie riß die Augen weit auf und erwiderte: »Wie kannst du so etwas nur denken! Es war ebensowenig böse gemeint wie das, was du vorher gesagt hast.«

Chloe starrte sie aus zusammengekniffenen Augen an. Dann lachte sie schrill. »Ich verstehe. Ich muß mich mehr in acht nehmen, stimmt's? Du verzeihst mir gewiß, wenn ich nicht länger bleibe. Ich habe einen Termin bei der Schneiderin für die Anprobe eines neuen Kleides. Die Farbe nennt sich Ohnmachtsblau. Ein tiefes Himmelblau mit einem leichten Stich Mauve. Es würde sich prächtig zu deinen Augen machen, meine liebe Melanie. Ich vermute, wenn man es nicht zu genau nimmt, könntest du das tragen, wenn die Trauerkleidung abgelegt wird. Pedanten beharren immer noch auf Lavendel, wenn man erstmals wieder farbige Kleidung trägt, aber ich würde sagen, es hängt von der Tiefe der Gefühle ab.«

Mit einem steifen Lächeln überging Melanie diesen letzten Stachel. Sie trat zum Klingelzug und läutete nach Cicero, und als er kam, ließ sie ihn ihren Gast zur Tür begleiten.

Der Vorschlag, Roland nach New Orleans zu folgen, war gar nicht der schlechteste. Nachdem sie sich drei Tage lang Gedanken darüber gemacht hatte, beschloß Melanie, daß eine solche Reise beträchtliche Vorteile mit sich bringen würde. Erstens einmal käm sie auf die Art aus Natchez heraus, aus einer Gegend, in der jeder ihrer Schritte zur Kenntnis genommen und beurteilt wurde. Außerdem hätte sie dort endlich etwas zu tun, statt auf Greenlea Mängel zu entdecken. Je mehr sie an den Trubel flußabwärts dachte, desto lieber wollte sie daran teilhaben. Sie hatte den Berichten ihres Großvaters über Feldzüge immer gebannt gelauscht, und als Kind hatte sie sich oft gewünscht, sie könnte als Erwachsene ein Mann werden und diese Dinge mitmachen. Es war ungerecht, daß die Männer die Frauen von so vielen Dingen ausschlossen.

Außerdem fürchtete sie in der letzten Zeit, wenn sie noch lange von Roland getrennt war, würden sich ihre Rachegelüste legen. Schon jetzt wurde die scharfe Klinge ihrer Entschlossenheit stumpfer. In den wenigen Tagen, die sie gemeinsam verbracht hatten, hatte sie wenig erreicht, es sei denn, Rolands plötzlicher Entschluß, sich den Freibeutern anzuschließen, ließ sich möglicherweise auf ihre Taktiken zurückführen. Ein einfühlsamer Mann hätte es vielleicht vorgezogen, sie zu verlassen, als ihre widerwilligen Umarmungen und ihre ewige Kälte zu ertragen. Nun, fast immer widerwillig und fast immer kalt. Die Schwierigkeiten, auf die sie gestoßen war, da sie nicht immer kalt bleiben konnte, hatten sie einen anderen Ansatz in Erwägung ziehen lassen. Schon ehe Roland nach New Orleans aufgebrochen war, hatte sie sich mit der Idee herumgeschlagen, ob sie nicht versuchen sollte, ihn in sich verliebt zu machen. Wie vernichtend wäre es doch, wenn sie ihn, falls er ihr erlag, auslachen und einen Narren nennen konnte. Das würde ihn im Herzen und in seinem Stolz treffen, jene beiden verletzbarsten Punkte, die beiden, an denen ihr Großvater am tiefsten getroffen worden war. Sie würde sich vorsehen müssen. Es war zwar ein verlokkender Plan, aber er war nicht frei von Gefahren. Aber er ließ sich nicht in die Tat umsetzen, solange sie in Natchez blieb.

Was sie tun würde, wenn sie nach New Orleans kam, hing von ihrem Mann ab. Es sollte ihnen doch möglich sein, sich für die restliche Zeit, ehe sie aufbrachen, eine Unterkunft zu suchen. Zweifellos würden sie sich nur ein kleines Häuschen suchen; es bestand keine Notwendigkeit, außer Glory noch jemanden mitzunehmen. Aus naheliegenden Gründen würden sie nicht mit dem Dampfschiff reisen. Mit der Kutsche würden sie einige Tage mehr brauchen, doch dagegen ließ sich nichts machen. Mit dem Kutscher und ein oder zwei Stallknechten zu ihrem Schutz liefen sie keine große Gefahr. Wenn sie Roland keine Nachricht schickte, dann konnte er ihr gar nicht erst erlauben oder verbieten, zu ihm zu kommen. Selbst wenn er sie dort nicht bei sich haben wollte, würde er das Beste daraus machen müssen, wenn sie erst mit Sack und Pack in seiner Unterkunft stand. Sowie sie erst einmal dort auftauchte, würde es ihm tatsächlich Schwierigkeiten bereiten, sie wieder loszuwerden.

»Glory!« rief Melanie, und ihre Augen waren vor Aufregung dunkelblau, als sie zu dem Mädchen stürzte, das in dem Wäscheraum neben der Küche stand und Bettzeug bügelte. »Laß augenblicklich alles stehen und liegen und fang an zu packen. Wir fahren nach New Orleans.«

Glory stellte das Bügeleisen auf das Gitter. »Miss Melanie«, entrüstete sie sich, denn so redete sie, wie auch alle anderen Sklaven auf Greenlea, Melanie aus Gewohnheit immer noch an, »sind Sie verrückt geworden?«

»Nein«, rief Melanie aus, während sie um das Bügelbrett herumging und die ältere Frau am Arm packte, um sie zur Eile anzutreiben. »Wir fahren zu Roland und schauen uns das Freibeuterheer an.«

»Wußte ich es doch. Wußte ich doch gleich, daß Sie diesen Mann vermissen, ihn schrecklich vermissen. Man kommt leicht ohne Pfirsiche aus, wenn man nie einen gekostet hat, aber sowie man einmal in einen reingebissen hat, will man dicht neben dem Baum stehenbleiben.«

»Nichts dergleichen!« rief Melanie hitzig aus. »Ich will nur weg von hier.« An dem, was Glory gesagt hatte, war kein Funken Wahrheit, nicht ein einziger Funken. Sie war bereit zuzugeben, daß sie keine ganz so große Abneigung dagegen gehabt hatte, ihr

Bett mit Roland Donavan zu teilen, wie sie es vorher erwartet hatte, vor allem nach diesem ersten Mal im River Rest. Sie war sogar bereit, sich einzugestehen, daß sie sich manchmal selbst über die Macht der Glut gewundert hatte, die er in ihr entflammte, aber sie vermißte ihn nicht und konnte ihn in absolut keiner Hinsicht gebrauchen. Glory verstand das eben nicht. Das war nicht weiter verwunderlich, da Melanie sich ihr nicht anvertraut hatte.

»Wie Sie wollen«, sagte die rundliche grauhaarige Frau und musterte Melanie mit unverhohlener Ungläubigkeit. Sie hob das Bügeleisen auf und testete, wie heiß es war, indem sie erst eine Fingerspitze auf die Zunge legte und dann auf das Eisen. Als es zischte, murmelte sie noch einmal: »Wie Sie meinen.«

Das Packen erwies sich als weitaus anstrengender als Melanie erwartet hatte. Nicht etwa, weil ihre Garderobe so umfangreich gewesen wäre. Das Problem bestand darin, sich ein Bild von der Situation zu machen, die sie dort vorfinden würde, zu entscheiden, wie lange sie vermutlich fort sein würde und in welchem Maß sie und Glory sich um die Ausstattung des Haushalts kümmern mußten. Bettzeug war zweifellos erforderlich, ebenso Tischdecken und allerlei Handtücher, aber würde sie Porzellan, Kristallgläser und Silberbesteck brauchen? Kochutensilien und Putzsachen?

Aber alle diese Überlegungen erwiesen sich als zwecklos. Noch ehe die Kutsche vorgefahren und das erste Paket aufgeladen war, traf die Nachricht ein, Lopez sei mit seinen Männern in See gestochen.

Daraufhin wurden alle Vorbereitungen für die Reise abgebrochen. Da der General mit seinen Männern losgezogen war, war die Aussicht, in die Stadt zu fahren, irgendwie nicht mehr halb so verlockend. In New Orleans mußte zwangsläufig enttäuschte Stimmung herrschen, und in der vergangenen Woche war der Karneval auch noch zu Ende gegangen, was die Fastenzeit nach sich zog. In dieser katholischen Stadt würde bis nach Ostern sehr wenig los sein. Natürlich würde es Spaß machen, dort zu sein, wenn die Siegesmeldung eintraf, aber das konnte noch Monate dauern, und es war zu bezweifeln, daß das hieß, die Männer würden mit dem General aus Kuba zurückkehren. Insbesondere die Offiziere würden dort gebraucht werden, um im Land eine Militärregierung zu bilden. Außerdem hatte man Soldaten und Offizieren gleichermaßen für ihre Teilnahme am Staatsstreich Land angeboten. Keiner würde es riskieren wollen, abwesend zu sein, wenn die Aufteilung dieser Kriegsbeute vorgenommen wurde.

Da Natchez allmählich Feuer fing und sich vom Begeisterungstaumel in New Orleans anstecken ließ, trafen auch häufiger Nachrichten ein. Jedes Dampfschiff, das vom Delta flußaufwärts fuhr, brachte Neuigkeiten über Lopez' Heldentaten mit. Ciceros neue Aufgabe bestand darin, täglich zur Anlegestelle in Natchez zu fahren und Informationen einzuholen. Die Truppe, die eine Stärke von rund sechshundert Mann hatte, hatte sich vor der Küste der Halbinsel Yucatan auf den Inseln Mugeres und Contoy versammelt. Dort waren die Schiffsladungen gelöscht worden, und die Rekruten waren gemeinsam mit einer kleinen Schar kubanischer Patrioten, die sich ihnen dort angeschlossen hatten, in Kompanien aufgeteilt worden, und Waffen und Munition waren ausgegeben worden. Darauf folgten einige Wochen Training und Exerzieren, und Mitte Mai ging die Truppe dann an Bord des Dampfschiffs *Creole*. Die beiden anderen Schiffe, die *Susan Loud* und die *Georgina* wurden zurückgelassen und mit ihnen vierzig Männer, die sich weigerten, weiterhin mitzumachen.

Falls die Entscheidung dieser vierzig von einer Vorahnung ausgelöst wurde, es käme zu einer Katastrophe, dann sollten sie sich als die wahren Propheten erweisen. Lopez plante einen nächtlichen Angriff auf den kubanischen Hafen Cárdenas, denn er wollte die spanische Garnison dort überrumpeln. Doch als sie in der Dunkelheit versuchten, ohne einen Lotsen in den Hafen einzulaufen, lief die *Creole* einen Steinwurf von den Kais von Cárdenas entfernt auf Sandbänken auf. Nach ausgiebigen Verzögerungen und großer Verwirrung gelang es schließlich, anzulegen, doch sie hatten den Überraschungseffekt eingebüßt. Lopez stürmte die Kaserne und den Bahnhof, doch dabei wurden so viele seiner Männer getötet und verwundet, daß es ihm unmöglich war, einen Sieg zu erringen und ins Inland vorzudringen, da es ihm an der nötigen Truppenstärke fehlte. Wenn er blieb, wo er war, würden seine Männer jedoch von spanischen Verstärkungstruppen niedergemetzelt. Ihm blieb keine andere Wahl, als sich wieder auf das Dampfschiff zurückzuziehen. Er ließ die Verwundeten an Bord bringen und das Schiff ablegen und fuhr so schnell wie möglich zur Ostküste der Insel, weil er hoffte, dort Hilfe und zusätzliche Männer zu bekommen, um sein Regiment mit kubanischen Rebellen wieder zu vergrößern. Er schaffte es nicht. Am Vormittag kreuzte das spanische Kriegsschiff *Pizarro* seinen Weg und nahm die Verfolgung auf. Die *Creole*, die nur eine kleine Kanone auf dem Bug hatte, war gezwungen, die Flucht zu ergreifen und schleunigst Kurs auf die Küste von Florida zu nehmen. Gerade noch rechtzeitig konnte sie sich im Hafen von Key West in Sicherheit bringen und dort Deckung suchen, wo die *Pizarro* ihre Kanonen nicht einsetzen konnte.

Die vierzig Männer, die auf der Insel Contoy zurückgelassen worden waren, entgingen dem Tod dennoch nicht. Durch kleine Fischerboote hatte die spanische Regierung von ihrem Verbleib erfahren und sandte Kriegsschiffe aus, um sie zu holen. Ihnen hatte zwar die Möglichkeit offengestanden, nach New Orleans zurückzukehren, doch sie hatten ihren Aufbruch zu lange hinausgezögert. In Havanna wurden sie in die Kerker der Morro-Festung geworfen und zum Tod durch Hängen verurteilt.

Lopez wurde wie ein Held empfangen, als er schließlich nach New Orleans zurückkehrte. Ein Fackelzug wurde veranstaltet, und öffentliche Reden wurden gehalten, bei denen Lopez proklamierte, sein erster Feldzug hätte allein der Erkundung der Gegebenheiten gedient, und innerhalb kurzer Zeit sei er bereit, seinen Hauptangriff gegen die spanischen Unterdrücker auf der Insel Kuba vorzunehmen.

Die Feierlichkeiten waren kaum vorbei, als die Regierung der Vereinigten Staaten einen überraschenden Schritt unternahm, der die Bürger von Louisiana und Mississippi schockierte, und General Narciso Lopez gemeinsam mit seinem prominentesten

Hintermann, Gouverneur John Quitman, anklagte, gegen das Neutralitätsabkommen von 1818 verstoßen zu haben.

Melanie hatte es ausschließlich Eliza Quitman zu verdanken, daß sie erfuhr, ihr Mann sei lebendig und unverletzt mit dem General zurückgekehrt. Die Frau des Gouverneurs war Melanie in schlechten Zeiten eine so gute Freundin gewesen, daß sie jetzt nicht übersehen konnte, welche Katastrophe über Eliza hereingebrochen war. Melanie hatte ihr bestes schwarzes Ripsseidenkleid angezogen und war selbst nach Monmouth gefahren. Als sie sah, wie viele Kutschen auf der Auffahrt vor dem Haus standen, hätte sie der Mut fast verlassen. Dann reckte sie das Kinn in die Luft, stieg aus und ging auf die Haustür zu.

Sie hatte noch kein halbes Dutzend Schritte zurückgelegt, als ein Mädchen um das Haus herum auf sie zugeeilt kam. »Hier entlang, wenn Sie so liebenswürdig wären, Mrs. Donavan. Kommen Sie mit mir.«

Für einen Sekundenbruchteil fragte sich Melanie, ob man ihr den Zutritt zum Haus verweigere, ob ihr das Mädchen vielleicht eine Nachricht in die Hand drücken würde, in der sie ersucht wurde, zu einem anderen Zeitpunkt wiederzukommen, wenn sich weniger Gäste im Haus aufhielten. Im nächsten Moment schüttelte sie den Kopf. Das hätte Eliza nicht getan. Sie hatte nie zu denen gehört, die sich katzbuckelnd den gesellschaftlichen Formen beugten oder es bewunderten, wenn andere es taten.

Melanie hatte recht. Das Mädchen führte sie um das Haus herum, die Hintertreppe hinauf und in das Schlafzimmer der Frau des Gouverneurs. Als die Tür geöffnet wurde, wandte sich eine kleine dunkelhaarige Frau vom Fenster ab.

»Meine Liebe«, rief Eliza Quitman, die mit ausgestreckten Händen auf Melanie zukam. »Als ich Ihren Wagen gesehen habe, habe ich mich so sehr darüber gefreut, daß Sie sich hergewagt haben, um mich zu besuchen, und deshalb habe ich Sie holen lassen, obwohl John mich gerade nach oben geschickt hat, damit ich mich ausruhe.«

»Ich hätte mir denken können, daß Sie von Besuchern überrannt werden«, erwiderte Melanie. »Ich habe mir vorher gar keine Gedanken darüber gemacht. Ich verspreche, daß ich nicht lange bleiben werde.«

»Nein, nein, machen Sie sich deshalb keine Sorgen. Es geht schon den ganzen Morgen so zu, und es wird bis zum Einbruch der Dunkelheit so weitergehen, nehme ich an. John empfängt die Leute im Salon – und hat seinen riesigen Spaß daran. Was er auch meint, ist, daß ich jemanden brauche, mit dem ich reden kann, jemanden, bei dem ich mich darauf verlassen kann, daß er etwas Vernünftiges sagt, statt immer wieder auszurufen, wie gräßlich das alles ist und was für eine entsetzliche Ungerechtigkeit hier vorliegt.«

Melanie zog sich den Stuhl vor dem Sekretär näher an die Chaiselongue. »Dann legen Sie sich hin«, antwortete sie, »und ich bleibe hier sitzen und versuche, mir etwas Intelligentes zu überlegen, was ich dazu sagen kann. Ich habe allerdings das Gefühl, ich sollte Sie warnen, denn mit den Gesetzen zur Einhaltung der Neutralität kenne ich mich nicht aus.«

»Dem Himmel sei Dank, daß Sie es zugeben«, antwortete Eliza. »Die Hälfte aller Männer, die sich unten aufhalten, tun so, als wüßten Sie darüber Bescheid, und das zieht nichts weiter nach sich als blanken Unsinn und Verwirrung. Um es einfach auszudrücken: Es geht darum, daß ein Land, das nicht in einen Konflikt zwischen anderen Nationen hineingezogen wird, als neutral gilt. Länder, die die Neutralität wahren, können ihre normalen Handelsbeziehungen mit den Ländern aufrechterhalten, die im Krieg miteinander liegen, vorausgesetzt, sie unterstützen keine Seite mit Waffengewalt oder Kriegsmaterial. Tun sie es doch, so wird das als ein Verstoß gegen die Neutralität angesehen, und die gegnerische Partei kann ihre Schiffe und sogar ihre Küsten angreifen. Im Falle von General Lopez und John stellt unsere Regierung somit jede Verbindung zu ihnen und ihrem unseligen Feldzug in Abrede, um in der kubanischen Revolte gegen Spanien eine neutrale Position zu bewahren.« Mit trockenem Tonfall fügte Eliza dann hinzu: »Es hätte reichlich anders ausgesehen, wenn der versuchte Staatsstreich erfolgreich verlaufen wäre.«

»Dann hat der Gouverneur also nicht das Gefühl, er hätte etwas getan, was eine Anklage rechtfertigt?«

»Ganz und gar nicht. Er vergleicht es mit der Einmischung der Franzosen in den amerikanischen Unabhängigkeitskrieg. Wo wären wir jetzt, wenn Frankreich bei den ersten Anzeichen auf eine Niederlage seine Truppen zurückgezogen und den Marquis de Lafayette wegen eines Verstoßes gegen die Neutralität verhaftet hätte?«

»Und was wird jetzt geschehen? Was werden sie mit ihm tun?« fragte Melanie.

Ein besorgter Ausdruck trat auf Elizas Gesicht. »Ich weiß es nicht. John weigert sich, von seinem Standpunkt abzurücken. Er hat sich schon immer für die Rechte der Einzelstaaten eingesetzt. Er behauptet, als Gouverneur des Staates Mississippi ist er in Wirklichkeit das Oberhaupt eines souveränen Staates, und die Regierung der Vereinigten Staaten hätte keine Machtbefugnis, ihn zu verhaften, falls er nicht zur Verhandlung erscheint. Er sagt, selbst wenn er erscheint, wird die öffentliche Meinung die Geschworenen für den General und für sich selbst einnehmen, vor allem, da die Verhandlung im Bundesbezirksgericht in New Orleans abgehalten werden soll. Daher wird man die Anklage zwangsläufig zurückziehen.«

»Was ist mit den anderen Männern, die sich Lopez angeschlossen haben? Werden sie ebenfalls davon betroffen sein?«

»Ich glaube nicht«, sagte Eliza mit einem verständnisvollen Lächeln. »Sie brauchen sich keine Sorgen um Ihren gutaussehenden Mann zu machen. Ich vermute, Sie können es kaum erwarten, ihn wiederzusehen, stimmt's? Ich habe zwar gehört, daß Lopez bereits seine nächste Invasion plant, aber im Moment wissen seine Männer nicht so recht, was sie mit sich anfangen sollen, und sie haben jede Menge Zeit für ... private Interessen. Aller Wahrscheinlichkeit nach werden John und ich bald nach New Orleans fahren. Es würde uns freuen, wenn Sie auf dem Dampfschiff mit uns fahren würden.«

Melanie zögerte nur einen Augenblick lang. »Ich weiß Ihr freundliches Angebot zu schätzen, aber ich habe bereits andere

Vorkehrungen für die Reise getroffen.« Es schadete gar nichts, wenn die Leute glaubten, sie könne es kaum erwarten, ihren Mann wiederzusehen. Das war nicht der schlechteste Vorwand für ihre Reise.

»Und schnellere, vermute ich, wenn ich auch hoffe, daß Sie nicht vorhaben, allein aufzubrechen?«

»O nein, meine Zofe Glory wird mitkommen, und dann natürlich John, der Kutscher, und noch zwei Stallknechte, die neben uns herreiten.«

»Sie haben doch nicht etwa vor, mit der Kutsche hinzufahren? Das ist viel zu gefährlich, meine Liebe.«

»Meine Sklaven werden bewaffnet sein, und ich ebenso. Es kann jedenfalls nicht gefährlicher sein als auf einem Flußschiff, nur unbequemer und ermüdender.«

Eliza Quitman starrte sie an. »Ach, ich hatte es ganz vergessen. Es tut mir leid.« Die Frau des Gouverneurs war sich Melanies Ängste durchaus bewußt. Melanies Mutter war ihre engste Freundin gewesen; sie waren in derselben Ballsaison in die Gesellschaft eingeführt worden, und es hatte genug Männer gegeben, die um sie beide geworben und ihnen beiden Anträge gemacht hatten. Sie hatten miteinander um die Ehre gewetteifert, wer von ihnen die meisten Heiratsanträge bekam, bis beiden plötzlich Anträge gemacht worden war, die sie beim besten Willen nicht ablehnen konnten. »Seien Sie trotzdem vorsichtig, ja, und schärfen Sie Ihren Sklaven ein, daß sie die Augen weit offenhalten.«

»Ja, ganz gewiß«, stimmte Melanie ihr zu und begann von anderen Dingen zu sprechen, um den Rest der angemessenen halben Stunde auszufüllen, bis es an der Zeit war, daß sie sich verabschiedete.

8. Kapitel

Der Entschluß, augenblicklich nach New Orleans aufzubrechen, stand fest, und Melanie begann sofort mit den entsprechenden Vorbereitungen. Vor Ablauf der Woche war ihr Koffer wieder gepackt und auf die Kutsche geschnürt. Allmählich glaubte sie sogar, die Stadt rechtzeitig zu erreichen, um den Gouverneur und seine Frau bei deren Ankunft dort begrüßen zu können. So sollte es nicht kommen. Zwei Tage bevor der Koch von Greenlea die Kuchen und Brote gebacken, die Schinken gegart, die Hühner gebraten und die Apfel- und Pfirsichtorten zubereitet hatte, die sie auf die Reise mitnehmen wollte, trat John Quitman von seinem Amt zurück und nahm das Dampfschiff flußabwärts, um sich dort als Privatbürger der Rechtsprechung des Bezirksgerichts zu unterwerfen. Am Abend vor seinem Aufbruch wurde ein Fackelzug veranstaltet. Melanie konnte auf Greenlea hören, wie fünfzehn Schüsse für Quitman abgefeuert wurden, für die fünfzehn Südstaaten, und dann die gewaltige Salve, die signalisierte, daß Natchez geschlossen hinter seinem liebsten Sohn stand.

Melanie brach in der frühen Morgendämmerung auf, denn der Sommer war schon fortgeschritten, und es war das beste, die kühlen Morgenstunden zu nutzen, wenn schon nicht um der Passagiere, so doch um der Pferde willen. Sie strich ihre Röcke glatt und lehnte sich gegen den blauen Samt. Ihr gegenüber versuchte Glory, den Schlaf nachzuholen, der ihr durch die hektischen Aktivitäten der letzten Tage verlorengegangen war. Melanie wünschte, sie hätte dem Beispiel ihrer Zofe folgen können, aber sie stand unter einer zu großen nervlichen Anspannung. Es würde keine kurze Reise werden, und auch keine einfache. Sie mußten damit rechnen, je nach Witterungsverhältnissen bis zu einer Woche unterwegs zu sein. Die Fahrt auf dem Dampfschiff hätte im Gegensatz dazu nicht mehr als vierundzwanzig Stunden gedauert. Eine erstaunliche Tatsache, wenn man bedachte, daß die Quitmans in New Orleans eintreffen würden, ehe sie die Reise auch nur richtig angetreten hatte.

Nach dem ersten heißen und staubigen Reisetag nahmen sie die Gastfreundschaft eines Pflanzers an, von dessen großem Haus aus man einen Ausblick auf den Mississippi hatte. Zum Dank für die Übernachtung konnte Melanie die neuesten Nachrichten über Lopez' Fehlschlag und den Rücktritt des Gouverneurs weitergeben, was der Pflanzerfamilie sehr willkommen war, da sie in den langsam vorübergehenden Sommermonaten regelrecht von der Umwelt abgeschnitten war. Nur widerstrebend ließ man sie weiterreisen, nachdem die Familie darauf beharrt hatte, ihr noch ein Stück Kuchen aufzudrängen, noch eine Scheibe Schinken, noch eine Tasse Kaffee oder Tee, ein Glas Muskatellerwein oder ein Stück geeiste Melone, und die Sonne näherte sich bereits dem Zenit, als die Kutsche endlich über die eichengesäumte Auffahrt rollte und wieder auf die Straße fuhr. In der zweiten Nacht erging es ihnen nicht ganz so gut. Ihr Zimmer war winzig und spartanisch eingerichtet, aber immerhin sauber. Die Witwe, die es vermietete, war freundlich, und ihre üppige Körperfülle wies auf die Deftigkeit der Mahlzeiten hin, die sie zubereitete.

Als sie am dritten Morgen erwachten, regnete es in Strömen. Trotz des Drängens der Witwe und der Einwände, die Glory erhob, entschied Melanie sich dafür, weiterzufahren. Sie betonte, Sommerregen hielte selten lange an. Schon ein paar Meilen weiter könnten sie den Regen vielleicht hinter sich gelassen haben. Glory murmelte etwas von Pfirsichbäumen vor sich hin, gab endlich auf und erhob keine weiteren Einwände mehr. Sie brachen auf.

Der Sturm wurde schlimmer. Wind peitschte die Kutsche, und sie schwankte derart auf ihrer Federung, daß einem übel davon werden konnte. Der Regen trommelte gegen die lackierten Seitenwände und sickerte durch die Ritzen neben den Fenstern. Der Himmel wurde so dunkel, daß Melanie Glorys Züge kaum noch erkennen konnte. Auf dem Kutschbock hatte John Mühe mit den Pferden, an denen kleine Zweige und Laub hängenblieben, die der Sturm durch die Luft wehte, und bei jedem Blitzstrahl scheuten sie, aber auch bei jedem Donnern. An genau diesem Streckenabschnitt schienen keine Plantagen zu liegen, keine kleinen Ortschaften, überhaupt keine Häuser. Der Morgen schritt immer weiter voran, und die Straße wurde immer schmaler, bis sie kaum mehr als ein Pfad war. Melanie sagte sich immer wieder, sie könnten ebensogut weiterfahren, und es sei zwecklos umzukehren. Damit würden sie nur kostbare Zeit vergeuden, und irgendwo vor ihnen mußten sie alle doch ein Dach über dem Kopf finden. Aber falls sie an einem schützenden Unterschlupf vorbeikamen, dann übersahen sie ihn in dem undurchdringlichen regnerischen Dunkel.

Allmählich wurde die Straße zum Sumpf. Wasser blieb in den Fahrrinnen stehen und verbarg die Schlaglöcher, durch die sie schlingerten. Mehr als einmal stießen Melanie und Glory, die in der Kutsche herumgeschleudert wurden, mit den Köpfen aneinander und prallten mit den Schultern gegen die Kutschenwände. Oft blieben sie im Schlamm stecken, und die Stallknechte mußten von ihren Pferden steigen und die Kutsche auf den Schultern herausziehen. Eine Zeitlang blockierte ihnen ein Baum, der über die Straße gestürzt war, den Weg. Er mußte mit einer Axt in Stücke gehackt werden, ehe sie ihn entfernen und weiterfahren konnten. Als es am Nachmittag immer noch in Strömen goß, schien es dafür nur noch eine Erklärung zu geben. Sie mußten in die Ausläufer eines Orkans vom Golf gekommen sein, der ins Inland weitergezogen war. Sie kamen im Schneckentempo voran, und als die Nacht anbrach, hielt es Melanie für unwahrscheinlich, daß sie mehr als fünfzehn oder zwanzig Meilen zurückgelegt hatten. Mehr als einmal kam sie auf den Gedanken, sie könnten an einer Abzweigung in die falsche Richtung weitergefahren sein, doch John schwor, das sei ausgeschlossen. Als es allmählich ganz so aussah, als müßten sie die Nacht am Straßenrand in der Kutsche verbringen, kam ihr die Unterkunft bei der Witwe im nachhinein wie der Komfort eines Palastes vor.

»Ein Licht, Miss Melanie!« rief John. »Weit hinter den Bäumen.«

»Gott sei gelobt«, seufzte Glory.

»Wir können nicht sicher sein, daß man uns dort aufnehmen wird«, warnte Melanie, während alle anderen jubilierten.

Ihre Befürchtungen schienen also grundlos zu sein. Doch als die Kutsche anhielt und sie ausstieg, wußte sie nicht, was sie von dem, was sie sah, halten sollte. Das Gebäude vor ihr war eine verschachtelte Holzbaracke ohne Anstrich, und über der Tür war ein Schild genagelt, das von einer Blechlaterne angeleuchtet wurde und das Haus als ein Gasthaus auswies, das Real Inn. Der Name, der zu besagen schien, daß sie noch auf dem Camino Real waren, gab ihr Zuversicht, aber das war auch schon alles. Vor dem Haus war eine riesige Schlammpfütze, in der jeder erdenkliche Unrat herumtrieb. Als sie alle auf das Haus zugingen, scheuchten sie die Schweine und die Hühner auf, die unter der Veranda Schutz vor dem Regen gesucht hatten.

Als sie näherkamen, wurde die Haustür in ihren rostigen Angeln quietschend aufgerissen. Ein Mann schaute heraus. Dann wandte er sich um und rief über die Schulter: »Hier sind Leute, Ma. Zahlende Kunden!«

Die warme Luft, die aus dem Haus drang, roch nach altem Holzrauch, nassen Hunden und dem Mann, der die Tür aufhielt, sein Körpergeruch erinnerte an ein Raubtier. Hinter ihm war ein riesiger Lehmziegelkamin zu sehen, dessen Einfassung regelrecht mit Tabaksud verkrustet war. Über den glühenden Kohlen hing ein schwarzer Topf, in dem ein Gericht kochte, vom Geruch her ein Eintopf mit Eichhörnchen- oder Hasenfleisch. Daneben wurde eine Wildbretkeule auf einem Spieß gebraten. Beidseits des Kamins standen lange selbstgezimmerte Bänke. An einem ebenso lieblos gefertigten Tisch saßen auf klobigen Stühlen drei Männer, die die Brüder desjenigen hätten sein können, der in der Tür stand, wenn es auch schwierig war, unter dem Bartgestrüpp ihre Züge zu erkennen. Ihre Füße waren so schlammverkrustet wie der ganze Holzfußboden überall dort, wo nicht Felle von Bären, Wölfen oder Rotwild lagen. Biberfelle mit Tatzen hingen statt Gemälden an den Wänden, und die Sitzfläche des einzigen Stuhls im Raum, der von einem Möbelschreiner stammen mußte, ein Schaukelstuhl, war mit Waschbärfellen gepolstert.

Melanie sah Glory an. Sie persönlich hätte es bei weitem vorgezogen weiterzufahren, als auch nur mit dem Gedanken zu spielen, die Nacht hier zu verbringen, doch die Pferde waren ermattet, und sie konnte nicht von ihren Sklaven verlangen, daß sie sich dem Wind und dem Regen noch länger aussetzten. Es konnte sein, daß nichts anderes als Schlamm und Regen vor ihnen lag und daß sie keinen anderen Unterschlupf finden würden. In einer Weile würde die Nacht pechschwarz sein, und sie würden kaum die Straße sehen, selbst dann, wenn die Kutschenlampen nicht vom peitschenden Wind ausgelöscht wurden.

Glory schüttelte den Kopf. »Ich weiß nicht recht, Miss Melanie«, meinte sie tonlos. »John und die Jungen würden jederzeit unter der Kutsche schlafen. Sie könnten es sich unter einer warmen Decke behaglich machen.«

In dem Moment tauchte eine Frau in der Tür auf, die zu den hinteren Räumen führte. Sie war vielleicht Ende vierzig und hatte sich das graue Haar zu einem Knoten aufgesteckt. Ihr Gesicht war faltig, ihre Schultern waren gebeugt, und sie hatte abgearbeitete rote Hände. Ihre tiefliegenden Augen mochten früher einmal schön gewesen sein, aber jetzt lagen Argwohn und Verschlossenheit darin. Ihr Lächeln war wachsam und versöhnlich, fast unterwürfig.

»Das ist ja eine Dame«, rief sie aus und wischte sich die Hände an ihrer schmuddeligen Schürze ab. »Sie will bestimmt nicht hierbleiben.«

»Oh, doch, das will sie, Ma«, entgegnete der Mann, der die Tür geöffnet hatte. »Ganz gewiß. Sag du ihr, daß wir sie aufnehmen. Sag es ihr nett, damit sie bleibt.«

Einer der Männer am Tisch lehnte sich zurück. »Genau, Ma. Fordere sie sehr freundlich auf, ins Haus zu kommen und hierzubleiben«, rief er, und seine Augen leuchteten über dem struppigen Bart fast zu hell.

Die Frau warf einen nervösen Blick auf die beiden Männer. Geistesabwesend strich sie sich mit den Händen die Schürze glatt und ging auf Melanie zu. »Guten... guten Abend, Ma'am«, begrüßte sie sie. »Wollten Sie ein Bett für die Nacht?«

»Ich weiß es nicht«, antwortete Melanie schroff. »Könnten Sie uns sagen, wie weit es bis zur nächsten Stadt ist?«

Die Frau fuhr sich mit der Zunge über die Lippen und sagte: »Nicht weit.« Hinter ihr ertönte ein Murren, und sie fügte hinzu: »Das heißt, an einem schönen Tag. Bei diesem Wetter würden Sie es kaum vor dem Morgengrauen schaffen. Ich... ich heiße Bascom, aber meistens nennen die Leute mich Ma. Und der, der Sie reingelassen hat, ist mein Sohn Buck. Die anderen sind Bart, Billy und Burt. Wir... wir würden uns freuen, wenn Sie bei uns blieben. Wir sind es nicht gewohnt, feine Leute im Haus zu haben, wie Sie sich sicher denken können, aber wir geben Ihnen gern das beste Zimmer, das wir haben.«

Hinter ihr nickte ihr Sohn, doch es war unmöglich zu sagen, ob er damit seine Zustimmung ausdrücken oder die Ansprache seiner Mutter würdigen wollte. Melanie kam es so vor, als hinge eine gewaltige Drohung in der Luft, als würde die arme Frau, die so demütig vor ihnen stand, dafür büßen müssen, wenn ihre Bemühungen scheiterten.

»Ich bin nicht sicher...« setzte Melanie an.

»Sagen Sie nicht nein«, bat die Frau, und ein gehetzter Blick trat in ihre Augen. »Lassen Sie mich Ihnen Ihr Zimmer zeigen. Es ist sauber, das versichere ich Ihnen.«

Die Frau nahm eine Talgkerze, zündete sie an der Lampe an und führte Melanie in ein Schlafzimmer, das neben dem Hauptraum des Hauses lag. Melanie bemerkte, daß die Tür innen einen kräftigen Holzriegel hatte, wenn auch zwischen der Tür und dem Rahmen ein Spalt von einem guten Zentimter aufklaffte. Die Einrichtung bestand aus einem selbstgezimmerten Bett und einer Maishülsenmatratze und Steppdecken und einem Waschtisch aus einem Baumstumpf mit einer Platte, die daraufgenagelt war. Ein Nachttopf aus emailliertem Blech stand auffällig in einer Ecke, da das Bett zu niedrig war, um ihn darunter zu verbergen.

»Was meinen Sie?« erkundigte sich die Frau hoffnungsvoll. »Für Ihre Zofe könnte ich einen Strohsack auf den Boden legen. Die Sklaven können draußen im Heuschober schlafen. Dort sind sie wenigstens im Trockenen. Und Ihre Pferde können wir auch versorgen. Wir haben zwar keinen Hafer und kein Getreide, aber es gibt reichlich frisches Heu.«

Die Steppdecken sahen tatsächlich sauber aus, und das Handtuch schien in der Sonne gebleicht und unbenutzt zu sein. Das Trommeln des Regens und das Pfeifen des Windes in den Bäumen waren zu hören. Es war ein harter Tag gewesen, und selbst wenn der Regen im Lauf der Nacht nachließ, hatten sie morgen einen ebenso harten Tag vor sich. Sie mußten sich unbedingt ausruhen. Ihr paßte das ganze Haus nicht, ebenso wenig wie die Frau und ihre Söhne, aber es konnte ihr wohl kaum etwas passieren. John und die anderen Männer waren bewaffnet; dafür hatte sie gesorgt, und sie hatte selbst ihre Pistole bei sich. Es war unwahrscheinlich, daß diese Leute versuchen würden, ihnen etwas anzuhaben.

»Bitte, sagen Sie nicht nein«, flüsterte die Frau und umklammerte Melanies Arm. Ihre Stimme war fast ein Wimmern. »Bitte. Wenn Sie weiterfahren, wird es mir schlecht ergehen. Meine Jungs wollen das Gasthaus ausbauen, für feine Leute wie Sie. Aber heute fahren die meisten mit dem Dampfschiff, bis auf die wenigen, die zu arm sind, um den Preis zu zahlen – oder zu geizig. Es sieht so aus, als bekämen wir nie die Gelegenheit, uns zu verbessern.«

»Einverstanden«, meinte Melanie und zog ihren Arm zurück. In ihrem Innern rangen Abscheu und Mitleid miteinander. »Wir werden bleiben.«

»Gott segne Sie«, rief die Frau aus. »Ich kann Ihnen gar nicht sagen, wie stolz ich bin. Das Abendessen ist gleich fertig. Ich sage Ihnen dann Bescheid, aber wenn es Ihnen lieber ist, kann ich es auch ins Zimmer bringen.«

»Danke«, sagte Melanie und wechselte noch einen Blick mit Glory, »aber wir haben unsere eigene Verpflegung dabei.«

Daraufhin sagte Glory: »Richtig, aber John und die Jungen

wären sicher sehr froh, wenn sie eine warme Mahlzeit bekommen.«

»Ja, da hast du bestimmt recht«, stimmte Melanie ihr zu und schaute mit einer hochgezogenen Augenbraue ihre Gastgeberin an.

Die Frau nickte. »Ich sorge dafür. Wenn Sie sonst noch etwas brauchen, dann rufen Sie mich.«

»Ein heißer Kaffee wäre einfach prächtig«, warf Glory ein.

Das Gesicht der Frau verfinsterte sich. »Ich glaube, wir haben keinen«, setzte sie an, und dann hellten sich ihre Züge auf. »Aber ich kann Ihnen beiden einen Grog machen, damit Ihnen wärmer wird.«

Glory mußte das kühle, feuchte Wetter und die letzten drei Tage, die sie in der Kutsche durchgeschüttelt worden waren, bis tief in die Knochen spüren. Melanie warf sich vor, daß sie nicht eher daran gedacht hatte. »Ich glaube, ein Grog ist genau das, was wir brauchen.«

Melanie und Glory holten sich ihr eigenes Bettzeug aus der Kutsche und bezogen die Matratze und den Strohsack und die Decken. Sie nahmen auch die Dinge mit ins Haus, die sie für die Nacht brauchen würden. Dann breiteten sie auf Glorys Strohsack aus, was sie noch an Brot und Schinken und Apfelkuchen übrig hatten, aßen zu Abend und spülten das Essen mit dem Grog runter, der ihnen in Blechkrügen gebracht worden war.

Der Grog war hochprozentig. Der wilde Honig, mit dem er gesüßt worden war, überdeckte zum Teil die Whiskeymengen, die dem heißen Wasser beigemischt waren. Es dauerte nicht lange, bis Melanie gähnte. Sie suchte ihr Nachthemd, fand es aber nicht. Zweifellos war es am Morgen in eine andere Tasche gepackt worden. Sie wollte lieber im Hemd schlafen, als sich noch einmal dem Regen auszusetzen. Es reichte ihr zwar nur bis auf die Oberschenkel, doch das hatte zu genügen. Außer Glory sah sie niemand, und weshalb hätte sie Scheu vor der Frau haben sollen, die sie von frühester Kindheit an betreut hatte? Glory, die ihren Krug bis auf den letzten Tropfen geleert hatte, ließ sich vollständig angekleidet auf ihren Strohsack fallen und zog sich eine Decke über den Kopf, machdem sie Melanie beim Auskleiden geholfen hatte.

Die Maishülsen in der Matratze raschelten bei der kleinsten Bewegung und bei jedem Atemzug. Diese Geräusche hielten Melanie noch eine Zeitlang wach. Der Regen hatte allmählich nachgelassen, wenn er auch immer noch aufs Dach trommelte und aus den Regenrinnen rann. Sie konzentrierte sich auf dieses Plätschern und die tiefen, gesenkten Stimmen hinter ihrer verriegelten Tür, bis ihre Lider endlich schwer wurden. Kurz vor dem Einschlafen ließen sie noch einmal Hufschläge hochschrecken, die auf den Lehm trommelten. Die Geräusche kamen näher und verlangsamten sich, als sie auf das Gasthaus zukamen. Sie lag da und lauschte und erinnerte sich besorgt an ein anderes Mal, als sie Hufe in der Nacht gehört hatte. Damals war sie nicht allein gewesen. Kopfschüttelnd verbannte sie solche Gedanken aus ihrem Kopf und fragte sich, weshalb ein Reiter in einer solchen Nacht wohl unterwegs sein könnte. Sie rechnete damit, ihn weiterreiten zu hören; aber dazu kam es nicht. Er schien sich dem Gebäude vorsichtig zu nähern, ehe er vor der Veranda anhielt. Das Pferd wieherte. Die Tür des Gasthauses öffnete sich quietschend in ihren widerspenstigen Angeln. Es schien, als hätten die Frau und ihre Söhne einen weiteren zahlenden Gast bekommen. Melanie drehte sich um und schlief ein.

Sie wurde davon wach, daß hinten im Haus eine Tür zugeschlagen wurde. Gesenkte Stimmen und das Tappen von schleichenden Füßen ließen sie hellwach werden. In der Ecke des Zimmers konnte sie Glorys leises Schnarchen hören, wenn es auch so dunkel war, daß sie sie nicht sehen konnte. Melanie stützte sich auf einem Ellbogen auf, starrte die Tür an und fragte sich, ob ihre Einbildung ihr einen Streich gespielt hatte. Sie hielt den Atem an und lauschte, konnte aber nur das Rascheln der Maishülsen und das Pochen ihres eigenen Herzens hören. Und dann hörte sie direkt vor ihrer Tür ein ersticktes Lachen. Darauf folgte ein scharrendes Geräusch. Einen Moment lang glaubte sie, es könnte ihre Gastgeberin sein, die ihre Aufmerksamkeit auf sich lenken wollte, ohne den gesamten Haushalt aufzuwecken, und dann hob sich der Holzriegel ein wenig, ehe er wieder herunterfiel. Ein erstickter Fluch drang durch die Tür, und dann fiel Licht durch den Spalt neben der Tür, als sei im Wohnzimmer eine Lampe angezündet worden. Melanie ließ diesen hellen Streifen nicht aus dem Auge, während ihre Hand unter ihr Kopfkissen glitt und die Pistole herauszog. Dann setzte sie sich auf und wartete.

Wieder ertönte das scharrende Geräusch, und durch den Spalt glitt die schimmernde Klinge eines Messers. Diese legte sich unter den Holzriegel und fing an, ihn langsam anzuheben.

Kaum war der Riegel aus der Verankerung gehoben, wurde die Tür aufgerissen. Gröhlend und plärrend stürmten die Brüder Bascom ins Zimmer. Sie machte sich nicht die Mühe zu zielen. Mit beiden Händen hielt sie die Pistole und drückte auf die Schar ab.

Der Schuß hallte durch das Zimmer. Die Brüder blieben abrupt stehen, als einer von ihnen schreiend zu Boden fiel und das Jagdmesser klappernd über die Dielen glitt. Glory setzte sich auf und fing an zu schreien. Ihre Augen waren weit aufgerissen und starrten in das Licht, das durch die Tür fiel.

Mit einem kehligen, raubtierhaften Laut stürzte Buck Bascom vor. Er riß Melanie die rauchende Pistole aus den Händen und warf sie durchs Zimmer. Melanie wälzte sich zur anderen Bettkante und wollte aufspringen. Buck machte einen Satz, packte sie am Haar und riß sie zurück. Sie fiel auf das Bett, und seine Hände zogen an ihrem Haar und es kam ihr vor, als würde es an den Wurzeln ausgerissen. Vor lauter Schmerz liefen ihr Tränen aus den Augen. Bucks Nägel gruben sich in die zarte Haut ihres Armes. Mit der freien Hand griff er nach dem Ausschnitt ihres Hemds, zerriß den dünnen Stoff und entblößte eine weiße Brust.

»Kommt schon, Jungs«, krächzte er. »Packt ihre Beine. Spreizt sie weit auseinander und haltet sie gut fest. Und vergeßt nicht, daß ich als erster dran bin.«

Die anderen stolperten über den gestürzten Bruder, der sich am Boden wand und kamen näher. Ihre Augen glitzerten, und ihre Münder schoben sich wollüstig vor, als sie den weißen

Marmorschimmer von Melanies entblößten Schenkeln und Hüften anstarrten, während sie sich in der Umklammerung des Mannes wand, der sie festhielt. Ihre seidige Haarpracht breitete sich um ihren Kopf aus, schimmerte im Lampenschein und verbarg und enthüllte abwechselnd das matte Perlweiß ihrer Schultern über dem zerrissenen Hemd. Niemand bemerkte den letzten Mann, der sich ins Zimmer schlich, ein großer Schatten, der sich lautlos bewegte. Niemand außer Glory, die abrupt verstummte, als der Mann sich dem Licht zudrehte.

»Das genügt jetzt. Laßt sie los.«

Die Stimme war fest, und in ihrer Tiefe klang sie gebieterisch und deutete auf tödliche Gefahr hin. Die Bascoms drehten sich um, und das Erstaunen verlieh ihren Gesichtern einen dämlichen und animalischen Ausdruck, als sie durch den Pistolenrauch blinzelten und den Blick auf die Waffe hefteten, die auf sie gerichtet war. Melanie keuchte schluchzend, und in ihren weitaufgerissenen violettblauen Augen stand Ungläubigkeit.

»Die Waffe, die ich in der Hand halte«, gab Roland mit ruhiger Stimme zu verstehen, »ist ein sechsschüssiger Revolver, den man nicht nachladen muß. Wenn ihr nicht wollt, daß die ganze Familie Bascom hier und jetzt ausstirbt, tut ihr, was ich sage. Laßt sie los.«

Buck Bascom, der seine Körperfülle soweit wie möglich hinter Melanie in Sicherheit brachte, schaute sehnsüchtig auf die Klinge des Jagdmessers, die dort schimmerte, wo es seinem Bruder aus der Hand gefallen war. Er konnte es unmöglich erreichen. Daher holte er tief Atem und zwang sich zu einem Lächeln. »Wir machen ein Geschäft mit Ihnen und beteiligen Sie an der ganzen Geschichte. Die Sklaven, die wir draußen in der Scheune gefesselt haben, sind jeder vier-, vielleicht sogar fünfhundert wert, wenn wir sie unter der Hand an einen Mann am anderen Flußufer verkaufen, den wir kennen und der keine Fragen stellt. Dann kommt noch das Mädchen dazu, das bringt noch mal drei- oder vierhundert. Selbst wenn wir durch fünf teilen, ist das noch ein hübsches Sümmchen. Und was die feine Dame angeht, für die gibt es schließlich auch einen Markt, wenn wir erst mit ihr fertig sind. In New Orleans gibt es Häuser, die sie mit Freuden nehmen würden, wenn sie erst einmal gelernt hat, den Mund zu halten und nicht auf nette Herren zu schießen, die in ihr Zimmer kommen. Wenn Sie keine Lust auf sie haben, ist mir das auch recht. Sie können sich hinsetzen und zuschauen, wie ich und die Jungs unseren Spaß mit ihr haben. Wenn Sie dann doch noch Lust kriegen mitzumachen, dann kommen Sie einfach her, und ran geht's.«

»Nein, danke. Ich teile nicht, was mir gehört. Nimm die Finger von meiner Frau.«

»Ihrer Frau?«

Einen Augenblick lang war er derart überrumpelt, daß Melanie sich aus seinen Händen losreißen und einen Satz machen konnte. Als Buck hinter ihr herstarrte, ertönte ein Schuß. Der älteste der Brüder Bascom schlug sich die Hände auf die Brust, fiel zurück und stürzte mit einem Knall auf den Boden, der das Haus wackeln ließ. Er rührte sich nicht mehr. Mit erhobenen Händen wichen die beiden anderen zurück und schüttelten die Köpfe, als der Lauf von Rolands Revolver sich auf sie richtete.

»Fessele sie!« brachte Roland barsch heraus.

Melanie schnappte ihren Morgenmantel und zog ihn über, ehe sie schleunigst gehorchte. Mit Glorys Hilfe riß sie die Bettücher in Streifen, band ihnen die Arme auf dem Rücken zusammen und knotete den Stoff fest zu. Der Mann, auf den Melanie geschossen hatte, war nicht ernstlich verletzt. Bald lag er neben den anderen auf dem Fußboden. Als sie damit fertig waren, überprüfte Roland ihr Werk und nickte. »In Ordnung. Und jetzt laßt uns von hier verschwinden. Glory, geh in die Scheune, und binde die Männer los. Sag ihnen, sie sollen mit den Pferden kommen und sie vor die Kutsche spannen. Bis du zurückkommst, sollten wir bereit zum Aufbruch sein.«

Noch nie in ihrem Leben hatte sich Melanie so schnell angezogen und sich so wenig Gedanken darüber gemacht, wie das Ergebnis aussehen könnte. Sie kehrte den Männern, die wie Brathähnchen am Spieß auf dem Boden lagen, zwar den Rücken zu, doch sie konnte spüren, wie ihre Augen sich in sie bohrten, als sie den Strumpfhalter und die Strümpfe anzog, sich in ihre Petticoats und das Kleid wand und ihr Haar tief im Nacken zu einem Knoten schlang. Sie war nur froh, daß ihr Reisekostüm vorn geknöpft wurde und sie keine Hilfe brauchte, am allerwenigsten die des Fremden, mit dem sie verheiratet war. Als sie ihre Habe zusammenpackte, wurde ihr Gesicht glutrot. Wie mußte sie in ihrem Hemd ausgesehen haben, das ihr bis zur Taille hochgerutscht war? Schon der Gedanke war ihr unerträglich. Sie warf Roland zwar schnell einen dankbaren Blick zu, als er zwischen sie und die Gefangenen trat, um ihnen den Blick auf sie zu verstellen, aber genauso dankbar war sie dafür, daß er die Männer auf dem Boden im Auge behalten mußte und ihr nicht seine gesamte Aufmerksamkeit widmen konnte.

Als sie fertig war, klemmte er sich ihren Weidenkorb unter einen Arm. Melanie, die das Bündel mit den Kissen und dem restlichen Bettzeug trug, stieg erschauernd über Buck Bascoms Leiche und ging vor Roland aus der Tür.

Im Wohnzimmer blieben sie stehen, als Ma Bascom wie ein Gespenst in einem Nachthemd aus grauem Flanell und einem ausgeblichenen Morgenmantel, der bei der Wäsche eingegangen war und ihr nur noch bis auf die Knie reichte, auf sie zukam.

»Ich habe gesehen ... ich habe gesehen, was Sie getan haben«, flüsterte sie. »Ich kann es Ihnen nicht vorwerfen. Ich wollte nicht, daß sie das mit einer anständigen Dame machen, und ich wollte ihnen nicht helfen, aber sie haben mich dazu gezwungen. Sie sind widernatürlich, meine Söhne, widernatürlich. Wenn ich nicht tue, was sie sagen, stellen sie mich in die Kälte hinaus. Meine Schuld. Es ist alles meine Schuld, weil ich ihren Vater geheiratet habe.«

Impulsiv sagte Melanie: »Kommen Sie mit uns nach New Orleans. Vielleicht können Sie dort Arbeit finden.«

»Niemand will eine alte Frau. Hier bin ich zu Hause. Das hier ist alles, was ich habe. Nein! Nein! Ich bin zu alt. Was könnte ich schon tun? Aber wenn Sie mir helfen wollen, dann fesseln Sie mich auch. Fesseln Sie mich, damit die Jungs sehen, daß ich ihnen auch nicht hätte helfen können.«

Melanie probierte es noch einmal, doch es war zwecklos. Wenn sie sich auch noch so elend fühlte, konnte sich Ma Bascom doch nicht dazu durchringen, von hier fortzugehen. Mit fest zusammengebissenen Zähnen fesselte Melanie die Frau in sitzender Haltung an den Schaukelstuhl. Sie ließen sie dort sitzen und in die graue Asche im Kamin starren. Sie hatte nicht eine einzige Träne um ihren toten Sohn vergossen und sich auch nicht erboten, dem Verletzten zu helfen. Melanie bemitleidete sie zwar aufrichtig, war aber doch froh, daß ihre großzügige Geste nicht angenommen worden war. Nur ungern hätte sie den Platz in ihrer Kutsche für die restliche anstrengende Strecke, die noch vor ihnen lag, mit dieser Frau geteilt.

Es hatte aufgehört zu regnen. Das Wasser tropfte noch von den Bäumen, aber der Himmel war jetzt so klar, daß eine silberne Mondsichel tief am westlichen Himmel zu sehen war. Die Kutsche, die im Schein ihrer Lampen vor Nässe glitzerte, stand vor dem Haus. Die Pferde waren angeschirrt, und ein weiteres Pferd war hinten an der Kutsche angebunden. Melanies Blick glitt von dem Pferd zu Rolands Sattel, der mit ihren Koffern auf die Gepäckablage geschnallt worden war, und sie spürte, wie ihre Bauchmuskulatur sich anspannte. Es sah so aus, als würden sie doch noch Gesellschaft in ihrer Kutsche haben.

Glory, die in der Kutsche saß, nahm das Bündel und den Korb entgegen, als Melanie und Roland ihr die Sachen reichten, und packte beides auf den Sitz neben sich. »Mr. Roland«, rief sie inbrünstig, »ich war noch nie in meinem ganzen Leben so froh, jemanden zu sehen. Ich habe gehört, was der Mann gesagt hat, und mir graut bei der Vorstellung, was aus uns allen geworden wäre, wenn Sie nicht genau in dem Moment gekommen wären, in dem sie gekommen sind. Sie muß gewiß Gott geschickt haben, und ich wollte nur sagen, daß ich Ihm dankbar dafür bin!«

Roland lächelte die Frau grimmig an. »Eigentlich hat mich Gouverneur Quitman hergeschickt, Glory, aber es freut mich trotzdem, daß du es zu schätzen weißt.«

Er ließ sich neben Melanie auf das Polster fallen und schlug die Tür zu. John trieb das Gespann augenblicklich an, und mit einem

Ruck setzte sich die Kutsche in Bewegung und rollte auf die schlammige Straße.

»Das kann man wohl sagen, Mr. Roland, das kann man wohl sagen.« Glorys weise alte Augen sahen Roland in dem schwachen Licht forschend ins Gesicht, ehe sie Melanie anschaute, die dasaß und aus dem Fenster ins Dunkel starrte. Sie nickte und lehnte sich zurück. Ihre Lider schlossen sich, und als die Kutsche voranholperte, nahm ihr Körper das knochenlose Aussehen eines Menschen an, der von einem Moment zum nächsten einschlafen kann.

Melanie warf einen argwöhnischen Blick auf ihre Zofe und musterte dann ihren Mann aus dem Augenwinkel. Er wirkte so wütend, daß es schon furchteinflößend war. Und doch gab es keinen Grund, sich vor ihm zu fürchten. So gnädig wie möglich gab sie zu: »Glory hat recht. Wir sind dir wirklich Dankbarkeit schuldig.«

»Du auch?«

»Ja, natürlich«, erwiderte sie und war entschlossen, über seinen verletztenden Tonfall nicht wütend zu werden.

»Obwohl es dir derart schwerfällt, es zuzugeben? Wie bist du bloß auf den Gedanken gekommen, an einem solchen Ort Rast zu machen oder auch nur ohne männliche Begleitung von Natchez aufzubrechen?«

»Ich hatte Begleiter«, entgegnete sie trotzig und reckte das Kinn in die Luft.

»John und die Stallburschen? Und was haben sie dir genutzt? Sie haben gefesselt in der Scheune gelegen. Ich bin sicher, daß es tapfere Kerle sind, aber du mußt doch daran gedacht haben, daß sie dir nachts nie nah genug sein können, um dich auch nur im geringsten zu beschützen.«

»Leider haben mir keine anderen Personen zur Verfügung gestanden, da mein Mann nicht zu Hause war und ich keine männlichen Verwandten habe.«

Er warf ihr einen strengen Blick zu, als sie seine Abwesenheit erwähnte. »Gouverneur Quitman und seine Frau haben dir ihre Begleitung angeboten, aber du hast abgelehnt.«

»Sie sind mit dem Dampfschiff gefahren«, erwiderte sie und nahm zu ihrem Verdruß wahr, daß sie sich verteidigte.

»Das stimmt, und sie sind unbeschadet und innerhalb kürzester Zeit angekommen, was sich von dir und deiner Überlandroute nicht gerade behaupten läßt.«

Melanie wandte den Blick ab. »Ich habe versucht, es dir zu erklären, aber du verstehst das nicht.«

»Ich verstehe sehr gut, was dir jeden Moment hätte zustoßen können, auch, wenn es dir nicht klar zu sein scheint.«

»Ich weiß sehr gut, was sie vorhatten«, rief sie aus.

»Dann wirst du zugeben müssen, daß diese Gefahr nicht gerade die kleinere war.«

»Also gut! Ich gebe es zu«, willigte sie ein und drehte sich zu ihm um. »Aber schließlich war ich in Gefahr, und deshalb sehe ich nicht ein, warum du derart wütend bist. Ich habe dich bestimmt nicht aufgefordert, mir entgegenzureiten!«

»Nein, das hast du nicht getan, das kann man wohl sagen. Du hast dir noch nicht einmal die Mühe gemacht, mir mitzuteilen, daß du dich auf den Weg nach New Orleans machst. Wenn der Gouverneur und seine Frau nicht gewesen wären, hätte ich erst erfahren, was du vorhast, wenn es schon zu spät gewesen wäre, und was wäre dann aus dir geworden?«

Ihre violettblauen Augen sprühten Funken, als Melanie fragte: »Warum sollte ich mir die Mühe machen, dich über meine Vorhaben zu informieren, wenn du nie auch nur eine Zeile geschickt hast und ich seit Monaten nicht wußte,was du tust? Ich hätte nie gewußt, daß du noch am Leben bist, wenn unsere gemeinsamen Informanten nicht gewesen wären, die Quitmans.«

»Woher hätte ich wissen sollen, daß es dich überhaupt interessiert? Ich habe deinem Schweigen entnommen, daß dich nur eine Nachricht interessiert, nämlich meine Todesanzeige.«

Sekundenlang starrte sie ihn wortlos an. Es gehörte nicht zu ihren Plänen, jetzt mit ihm zu streiten. Dazu kam noch, daß sie ihm tatsächlich dankbar für sein Erscheinen im rechten Augenblick war. »Wenn du das wirklich geglaubt hast«, sagte sie schließlich, »dann tut es mir leid.«

Jeder Ausdruck schwand von seinem Gesicht, und in dem bleichen flackernden Licht wirkte es wie eine Maske. Er sah ihr fest in die Augen, und in den dunkelgrünen unergründlichen Tiefen stand ein forschender Blick. Abrupt streckte er die Arme nach ihr aus, riß sie an sich und verschlang ihre Lippen mit einer leidenschaftlichen Gier, und dabei preßte er sie immer enger an sich, bis sie glaubte, ihr würden die Rippen brechen, und der Druck seines glühenden Kusses schmerzte auf ihren Lippen. Ohne einen bewußten Willensakt schlangen sich ihre Hände hinter seinem Kopf zusammen. Sie spürte, wie sich irgendwo in ihrem Innern eine stark unterdrückte Angst auflöste. Sie merkte, daß sie sich mehr gefürchtet hatte, als ihr klar gewesen war. Und als sie jetzt seine Arme um sich spürte, wußte sie, daß sie in Sicherheit war. Das mußte es sein. Sie hatte keine andere Erklärung für das Gefühl der Wärme und des Wohlbehagens, das sie beschlich.

Seine Umklammerung löste sich, und seine Lippen bewegten sich zu ihrem Mundwinkel; dann schmiegte er seine Wange an ihre. »Wenn ich mir dich in den Händen von Männern wie den Bascoms vorstelle, drehe ich einfach durch. Ich sage mir immer wieder, ich hätte etwas unternehmen müssen, ehe sie dich auch nur angerührt haben, aber mir ist nicht rechtzeitig klar geworden, was sie vorhatten. Es tut mir leid, meine süße Melanie.«

Sie schüttelte kurz den Kopf. »Es genügt schon, daß du überhaupt gekommen bist. Es war wie ein Wunder. Ich kann mir beim besten Willen nicht vorstellen, wie du mich gefunden hast.«

»Ich bin inmitten eines tropischen Unwetters in New Orleans aufgebrochen und habe den Dampfer bis Francisville genommen, da ich mir nicht vorstellen konnte, daß du dort schon durchgekommen bist. Dann bin ich dem Camino Real gefolgt. Ich stand schon kurz davor aufzugeben und mir einzugestehen, daß du besser vorangekommen bist, als ich erwartet hatte, als ich deine Kutsche vor dieser Räuberhöhle entdeckt habe. Du hattest dich schon schlafen gelegt. Ich habe mich entschieden, dich nicht zu wecken, denn ich war nicht allzu sicher, wie du mich aufnehmen würdest, obwohl du vermutlich nach New Orleans kommen wolltest, um bei mir zu sein. Das gab mir Hoffnung, daß du meine Begleitung für den Rest der Reise nicht ablehnen würdest.«

»O Roland«, flüsterte sie und wollte den Kopf zurückbiegen. Aber er ließ sie nicht los, wollte sie nicht in sein Gesicht sehen lassen.

»Man hatte dir das beste Bett im Real Inn gegeben, das einzige freie Zimmer«, fuhr er fort und strich ihr mit der Handfläche über den Rücken. »Ich habe eine Schale Eintopf zum Abendessen gegessen und mit meinen Gastgebern etwas getrunken, und dann habe ich mir auf einer der Bänke neben dem Kamin das Bett gemacht. Ich habe die Brüder Bascom gehört, als sie aus dem Haus gegangen sind und deine Sklaven gefesselt haben, aber ich hatte keine Ahnung, daß sie mehr als einen Toilettenbesuch vorhatten. Sie sind wieder ins Haus gekommen, und drei von ihnen haben weitergetrunken, während einer, der jüngste, sein Jagdmesser rausgezogen hat und zu deiner Tür gegangen ist. Als mir klar geworden ist, was er da tut, und ich nach meinem Revolver gegriffen habe, hatte er die Tür schon geöffnet.«

»Du warst dicht hinter den anderen«, sagte sie. »Ich hätte dich treffen können, als ich geschossen habe.«

Bei diesem Gedanken überlief sie ein kleiner Schauer. Roland, der es spürte, ließ zu, daß ein Lächeln seine Mundwinkel verzog. »Du könntest mir gesunden Menschenverstand zugute halten, weil ich nicht als erster durch die Tür gekommen bin, da ich deinen Hang zu Schußwaffen kenne. Aber was ist denn hier los? Es ist doch noch gar nicht so lange her, daß es dein glühendster Wunsch war, mir eine Kugel in den Kopf zu jagen. Haben sich die Dinge etwa derart geändert, daß diese Vorstellung keinen Reiz mehr für dich hat?«

Trotz des Anflugs von Humor, den sie aus seiner Stimme heraushörte, konnte Melanie die Spannung seiner Arme spüren, als er ihre Antwort erwartete. »Ja, tatsächlich«, gab sie zu und zwang sich, ebenfalls einen belustigten Eindruck zu machen, »oder wenigstens für den Moment. Du könntest *mir* gesunden Menschenverstand zugute halten, weil ich dich jedem dieser Brüder Bascom und erst recht ihnen allen vorziehe.«

Er atmete tonlos und doch schnaubend aus. »Ich denke, das ist doch schon etwas«, meinte er. Dann zog er seine Arme zurück, lehnte sich an die Samtpolster und streckte die Beine vor sich aus.

Melanie warf einen schnellen Blick auf ihn, als sie die Hände hob, um sich das Haar glattzustreichen und einen Teil ihrer Haarnadeln wieder zu befestigen. Der Knoten in ihrem Nacken war nie allzu stabil gewesen, und die Umarmung, die sie gerade über sich hatte ergehen lassen, hatte ihm den Rest gegeben. Roland schien über ihre indirekte Antwort auf seine Frage nicht verärgert zu sein. Doch während sie sich an ihrem Haar zu schaffen machte, dachte sie, es sei das beste, ihm nicht die Zeit zu lassen, diesem Thema auf den Grund zu gehen.

»Was ist mit den Bascoms?« fragte sie und hatte den Kopf vorgebeugt, um die Nadeln in ihr seidiges Haar zu stecken. »Was wirst du jetzt tun?«

»Falls du fürchtest, sie könnten gefesselt dort liegenbleiben und verhungern, brauchst du dir keine Sorgen zu machen. Sie haben sich wahrscheinlich jetzt schon wieder befreit.«

Sie warf ihm einen entrüsteten Blick zu, weil er ihr nicht zutraute, Bettzeugstreifen zu verknoten. »Ich dachte an den, den du getötet hast. Erzähl mir bloß nicht, daß dir dieser Umstand schon entfallen ist!«

»Nein, ebenso wenig, wie dir der Mann entfallen sein kann, den du blutend auf dem Boden hast liegen lassen. Ich kann nicht behaupten, daß mir sein Tod leidtut. Trotzdem vermute ich, daß ich irgendwo Rechenschaft dafür ablegen muß. Ich denke, der Sheriff von St. Francisville sollte genügen. Buck Bascom wußte so genau, was er mit deinen Sklaven und mit dir vorhatte, daß ich kaum glaube, daß du das erste Opfer dieser Bande warst. Möglicherweise wird sich der Sheriff mehr als nur ein wenig für ihre Machenschaften interessieren. Aber wenn das wahr ist, wird er wahrscheinlich eine leerstehende Hütte vorfinden, wenn er ausreitet, um die Brüder Bascom zu verhören.«

»Die arme Mrs. Bascom.«

»Du brauchst kein Mitleid mit ihr zu haben. Sie hat dieses Natterngezücht schließlich großgezogen, sie lebt mit ihnen zusammen, und es würde mich nicht wundern, wenn sie manchmal bei ihren Verbrechen Beihilfe geleistet hat. Ich würde ungern darauf wetten, daß ihre vorgespiegelte Unschuld nicht nur ein Schutzschild ist, eine sorgsam durchdachte Masche, wie der zweite Fluchtweg aus der Höhle eines Drachens.«

Er schaute sich an, wie sie sich mit ihrem Haar abkämpfte, und schlug abrupt vor: »Komm, laß dir von mir helfen.«

Melanie ließ die Arme sinken. Sie schmerzten jetzt schon von dem Versuch, das seidig glatte Haar zu befestigen, während die Kutsche schaukelte und schwankte. Sie spürte Rolands Hände warm auf ihrem Hals, als sie sich mit flinken Bewegungen in ihr zartes Haar gruben. Erst spürte sie das Ziehen einer schlechtplazierten Nadel nachlassen, dann das einer zweiten, doch das Gefühl von Halt trat nicht ein.

»Nein«, rief sie aus, aber es war schon zu spät. Der Knoten löste sich, und das Haar fiel ihr auf den Rücken. Roland zog es ihr über eine Schulter nach vorn und strich es über eine Brust.

»Ist das nicht gleich viel bequemer?« erkundigte er sich, und sein jadegrüner Blick war verschleiert, als er eine Locke nahm und sie durch seine Finger gleiten ließ.

Seine Nähe übte eine seltsame Wirkung auf ihre Sinne aus. Sie war sich des Drucks seiner Schulter an ihrer unglaublich bewußt, und ebenso deutlich fühlte sie den Druck seines festen, muskulösen Schenkels an ihrem. Ihr Unwille legte sich und wurde von einem Gefühl der Zufriedenheit abgelöst. Ein träges Lächeln spielte um ihren Mund, und ein schelmischer, fast fragender Ausdruck trat in ihre Augen. »Ja«, sagte sie leise, »ich glaube, so ist es besser.«

Roland atmete hörbar ein, und sein Blick heftete sich auf den klaren, verlockenden Schnitt ihres Mundes. Er schloß sie wieder in seine Arme und hielt mit einer stählernen Hand ihren Unterarm gepackt. In dem Moment schniefte Glory und fing an, leise und gleichmäßig zu schnarchen.

Roland seufzte tief, und seine Umarmung lockerte sich, als er Melanies Arm zart, fast brüderlich, tätschelte. Er schmiegte sich in eine Ecke der Kutsche, zog sie mit sich und preßte ihren Kopf an seine Schulter. »Schlaf ein«, beruhigte er sie, und seine Stimme klang rauh, als er seine Wange an ihr Haar schmiegte.

Es war schwer zu sagen, ob seine Worte für sie bestimmt waren, oder ob er sie an sich selbst gerichtet hatte. Ein Lächeln spielte noch einmal um Melanies Lippen, ehe sie die Augen schloß.

9. Kapitel

Am späten Vormittag erreichten sie St. Francisville. Die Stadt war zwar kleiner als Natchez, aber sie hatte einen ähnlichen Charakter, da sie in einer welligen Hügellandschaft über dem Mississippi lag und man in der Ferne das flache Ufer von Louisiana sah. Die Häuser einiger Plantagenbesitzer zierten die Gegend, und ihr Land, das zur Baumwollblüte unter der Augustsonne weiß schimmerte, erstreckte sich vom Fluß bis an die Ufer des Bayou Sara. St. Francisville hatte seine Existenz in erster Linie dem Dampfschiff zu verdanken, das dort anlegte, um die Baumwollballen nach New Orleans und von dort aus zu den Spinnereien in den Nordoststaaten und nach Großbritannien zu bringen, denn dort war man begierig auf das langfaserige weiße Gold.

Und irgendwann im Lauf des furchtbaren Vortags hatten sie die Staatsgrenze von Mississippi überquert und waren jetzt in Louisiana. Sie hatten zwar weniger als ein Drittel der Wegstrecke nach New Orleans zurückgelegt, fühlten sich jedoch schon näher, da sie die Staatsgrenze überschritten hatten. Melanie hätte die Reise gern nach einem möglichst kurzen Aufenthalt im Büro des Sheriffs fortgesetzt; Roland wollte es anders. Sie seien alle zu sehr erschöpft, äußerte er. Sie bräuchten eine gute, nahrhafte Mahlzeit, ein Bad und eine Nacht, in der sie ungestört schlafen konnten. Sie mußten auch an die Pferde denken. Dazu kam noch, daß er Zeit brauche, um sich herzurichten, ehe er den Sheriff aufsuchte, denn schließlich wollte er nicht selbst für einen Desperado gehalten werden. Die Sache mit den Bascoms durfte nicht überstürzt werden; es stand zu bezweifeln, ob man ihn vor dem späten Nachmittag weiterziehen lassen würde. Nein, es sei wesentlich besser für sie alle, wenn sie in einem Hotel Rast machten. In der Stadt gab es ein ausgezeichnetes Wirtshaus, in dem sich die Verheerungen der letzten Tage beheben lassen konnten. Am nächsten Morgen könnten sie dann in aller Frische aufbrechen. Da Glory ihre Herrin im Stich ließ und sich ganz und gar hinter Rolands Vorschlag stellte, blieb Melanie nicht viel anderes übrig, als einzuwilligen.

Sie hatten das Frühstück ausfallen lassen. Zum Ausgleich nahmen sie mittags eine deftige Mahlzeit ein, die aus zahlreichen Gängen bestand und so schmackhaft war, daß Melanie allmählich glaubte, Roland hätte vielleicht doch recht gehabt; trotzdem schimpfte sie über die Verzögerung. Nach dem Essen nahm sie ein ausgedehntes heißes Bad, doch Roland war selbst dann noch nicht zurückgekehrt, als ihr Haar bereits wieder trocken war. Sie beschloß, sich kurz unter dem Moskitonetz schlafen zu legen.

Als die Sonne sich gen Westen wandte, wurde es immer wärmer im Zimmer, und Melanie rann derart der Schweiß runter, daß sie sich seufzend aufsetzte, sich den Morgenmantel auszog und sich nackt auf das Bett fallen ließ. Das war schon besser, und noch besser wurde es, als sie ihr schweres heißes Haar zur Seite strich und über die Bettkante hängten ließ.

Offensichtlich hatte Roland eines der hübscheren Hotelzimmer gemietet. Die Möbel waren von dem Kunsttischler Seignouret aus New Orleans handgeschnitzt worden, und die Gardinen vor den Fenstern, die Teppiche auf den Böden, die Spiegel, die Lampen und die Porzellanfigürchen waren so edel, wie man sie kaum in einem Privathaushalt vorfand. Zweifellos war das das Hotel, in dem Plantagenbesitzer von auswärts und ihre Familien abstiegen, wenn sie in die Stadt kamen und dort die Ankunft der Dampfschiffe erwarteten, die sie flußabwärts brachten. Es dauerte nicht mehr lange, bis die jährliche Pilgerfahrt in die kreolische Stadt einsetzen würde, wenn sich, wie jeden Herbst, diejenigen versammelten, die reich genug waren, um die Reise zu unternehmen, und die die nötigen Vorwände gefunden hatten, um sich einzureden, die Reise sei notwendig, denn dann begann dort die sogenannte *Saison des visites*, die elegante

Wintersaison. Dieses Jahr würde auch sie sie dort verbringen. Das hieß, falls Lopez nicht schon vorher zu seinem zweiten Feldzug aufbrach, falls Roland je vom Sheriff zurückkehrte, und falls es ihr je gestattet würde, St. Francisville zu verlassen.

Ein fernes Klopfen weckte sie. Sie schlug die Augen auf und lag einen Moment lang verwirrt da. Sie fühlte sich schläfrig und benommen, und ihr Körper war vor Mattigkeit schwer. Erst als ein zweites Mal angeklopft wurde, war sie plötzlich auf der Hut. Sie glitt vom Bett, griff nach ihrem Morgenmantel und tappte zur Tür.

»Glory?« rief sie mit gesenkter Stimme.

»Roland«, kam die leise Antwort.

Sie hüllte sich eilig in ihren Morgenmantel, drehte den Schlüssel im Schloß um und trat zur Seite.

Als er eintrat und die Tür hinter sich schloß, lächelte sie ihn an. »Es tut mir leid, daß du warten mußtest. Ich muß wohl eingeschlafen sein.«

Sein Blick heftete sich voller Wohlgefallen auf ihre taufrische Haut, ihre schweren Lider und das schimmernde Haar, das wie ein Wasserfall bis unter ihre Taille fiel. »Ich wünschte, das hätte ich gewußt«, gab er ungezwungen zu. »Dann hätte ich versucht, meine Angelegenheiten schneller zu erledigen.«

»Ist... ist alles in Ordnung?« fragte Melanie, die sich abwandte, weil sein Blick sie beunruhigte.

»Ich werde als ein Wohltäter angesehen, der der Gemeinde einen guten Dienst erwiesen hat«, erklärte er. »Wie ich vermutet habe, hatte der Sheriff das Real Inn schon eine ganze Zeitlang im Auge. Natürlich liegt es außerhalb seines Zuständigkeitsbereiches, und er hatte keine Beweise, die er einem Marshall der Vereinigten Staaten hätte vorlegen können. Er verspricht, Ermittlungen durchzuführen, obwohl er auch nicht mehr Hoffnung hat als ich, daß er die Bascoms noch dort vorfinden wird.«

»Ich verstehe. Aber wenigstens wirst du deswegen keinen Ärger bekommen.«

»Nein«, antwortete er, während er von hinten auf sie zuging und seine Hände auf ihre schmale Taille legte, »doch deine Sorge rührt mich, ja, sie fasziniert mich sogar. Ich frage mich, ob auch das ein Zeichen deiner Gunst ist?«

»Mir wäre es lieber, wenn ich dich nicht für etwas hängen sehe, was du um meinetwillen getan hast, wenn du das meinst.«

»Es ist zwar nicht direkt das, was ich gemeint habe«, entgegnete er, »aber es freut mich trotzdem.«

Einen Moment lang schwieg er, während sich seine Hände um ihren Körper spannten, der nicht von einem Mieder eingeschnürt war, und dann zum Ansatz ihrer vollen Brüste hinaufglitten. »Mich hat mehr interessiert, ob du auf mich gewartet hast, als du eingeschlafen bist, und ob du dieses schickliche Kleidungsstück anhattest.«

Er wußte, daß sie unter ihrem Morgenmantel nackt war. Er wollte tatsächlich andeuten, sie hätte seine Rückkehr eifrig erwartet. »Sei nicht albern«, fauchte sie.

»Albern nicht«, murmelte er an ihrem Nacken, als er ihre Hände, die den Morgenmantel zuhielten, zart, aber entschieden entfernte und seine Finger unter den dünnen, spitzengesäumten Stoff gleiten ließ, »nur hoffnungsvoll. Ich hatte gestern nacht – oder war es heute morgen? – den Eindruck, du warst froh, mich zu sehen, aber ich muß dennoch sagen, daß mir Glory weit mehr als du das Gefühl gegeben hat, willkommen zu sein – bis jetzt.«

Der Anflug von Humor in seinem Tonfall, das sanfte Beharren seiner Hände, als sie ihr warmes Fleisch entblößten, und dazu noch der unerfreuliche Verdacht, er könnte recht haben, all das setzte Melanie auf ganz merkwürdige Art zu. Die Gereiztheit darüber, daß sie so lange allein gelassen worden war, fiel von ihr ab. Sie verspürte nicht mehr das geringste Bedürfnis, sich mit ihm zu streiten. Statt dessen spürte sie eine Sehnsucht nach etwas erwachen, was niemals sein durfte, eine Sehnsucht, in ihrer Wachsamkeit nachzulassen, ihre Zurückhaltung aufzugeben und ihm offen gegenüberzutreten. Er hatte so viel für sie getan, daß sie tief in seiner Schuld stand. Dieser Umstand erschwerte es ihr, in Verbindung mit der Wirkung, die seine Gegenwart und seine Berührungen auf sie ausübten, an ihren Racheplänen festzuhalten oder auch nur, sich immer wieder zu sagen, wie sehr sie ihn haßte.

»Ich ... ich war froh, dich zu sehen«, murmelte sie.

Er schlang die Arme eng um sie und preßte sie an sich. Unbewußt wurde sie geschmeidig, lehnte sich an seinen kräftigen Körper und ließ den Kopf auf seine Schulter sinken. Seine Hand glitt höher über ihren schmalen, geschwungenen Hals und unter ihr Kinn, das er nach oben bog. Sein Mund suchte ihren, und er verschmolz ihre Lippen mit seinen zu einer tiefen süßen Erkundung, die kein Ende fand. Ihre Lippen waren immer noch aufeinandergeheftet, als er ihren geschmeidigen Körper zu sich drehte und sie an sich zog, bis sich ihre festen Brüste an seine Brust preßten und sie spüren konnte, wie sich seine Hemdknöpfe in ihre Haut gruben. Unter ihrem Morgenmantel bewegten sich seine Hände über ihren Rücken und auf ihren Hüften und zwangen sie, das Ausmaß seines Verlangens nach ihr zu erkennen. Als die Glut ihrer Körper sich steigerte, stieg der Duft der Rosenseife, die sie benutzt hatte, auf und umgab sie mit seiner betörenden Süße. Das seidige Material ihres Morgenmantels glitt von ihren Schultern und fiel zu Boden.

Es hatte etwas Beunruhigendes an sich, nackt in seinen Armen zu stehen, während er vollständig angekleidet war. Es war, als sei sie die Bittstellerin, die ihn in Versuchung führte, sich ihr zu nähern. Vielleicht ließ sich das in einen Vorteil für sie verkehren. War es bei einem Mann wie Roland nicht ein entscheidender Bestandteil, sein Vertrauen und seine Liebe zu gewinnen, wenn sie sein körperliches Verlangen befriedigte? Als er ihr endlich wieder das Atmen ermöglichte, senkte sie den Kopf, ihre Stirn streifte sein Kinn, und mit zitternden Fingern begann sie, seine Krawatte aufzuknoten. Er erstarrte; der Atem stockte in seiner Kehle, und er half ihr nicht, hielt sie aber auch nicht zurück, als die losen Enden seiner Krawatte baumelten und sie sich den Knöpfen seiner Weste zuwandte. Als sie damit fertig war und seine Weste offenstand, schien es keinen Grund zu geben, der rechtfertigte, daß sie jetzt aufhörte, doch als seine Hände wieder begannen, ihren Rücken zu kosen, wünschte sie, sie hätte einen

Grund gefunden. Sie hatte nie vorgehabt, mit seinen Hemdknöpfen weiterzumachen, doch es schien, als erwartete er das, als drängte er sie mit seinen Berührungen und den zarten Küssen, die er auf ihren Haaransatz drückte, das Werk zu vollenden, das sie begonnen hatte.

Sie konnte es nicht. Als der letzte Knopf aus dem Knopfloch sprang und sein Hemd das Haar auf seiner Brust erkennen ließ, ließ sie die Hände unter sein Hemd gleiten, spreizte die Finger auf seinen Rippen, hob einen Arm und schlang ihn um seinen Nacken. Dann stellte sie sich auf die Zehenspitzen und preßte ihre nackten Brüste an ihn.

Mit einem erstickten Keuchen preßte er sie noch enger an sich und grub seine Finger in ihr Haar, um ihren Kopf zurückzuziehen und sie heftig zu küssen. Mit schwindelerregender Plötzlichkeit hatte er sie losgelassen, sie auf seine Arme gehoben und sie zum Bett getragen.

Roland riß sich die Weste und das Hemd herunter und warf beides auf den Boden, und kurz darauf folgten seine Stiefel und seine Hose. Sein geschmeidiger nackter Körper, der von Wochen unter der tropischen Sonne braungebrannt war, legte sich neben sie unter den durchsichtigen weißen Baldachin des Moskitonetzes.

In seinen Augen brannte grünes Feuer, als er die Arme nach ihr ausstreckte. Sie dachte gar nicht daran, Widerstand zu leisten. Das Verlangen, an ihn geschmiegt zu werden, ließ ihre Haut prickeln. Die Intensität ihres Sehnens war beängstigend, aber sie stieß die Angst weit in ihren Hinterkopf zurück, als sie sich an ihm rieb, und im lavendelfarbenen Dämmer ihrer Augen stand ein stummes Flehen.

Die Zeit existierte nicht länger. In dem langsamen und köstlichen Zauber der Trance kamen sie zusammen, und ihr Blut rauschte, und die Wärme des sommerlichen Nachmittags, die wie flüssiges Gold auf sie traf, bedeckte ihre Körper mit Juwelen aus Feuchtigkeit. Gezügelte Kraft und duftende Zartheit schmiedeten miteinander das Band begeisterter Lust, zogen die zärtliche Marter in die Länge und zögerten die endgültige Ekstase mit rasenden Herzen hinaus, denn sie waren nicht willens, dem Ende entgegenzueilen. Dann würden sich ihnen wieder Probleme aufdrängen, und andere Menschen würden wieder existieren. Und dann, als sie spürte, wie er die Grenzen seiner Selbstbeherrschung erreichte, spreizte Melanie unaufgefordert die Schenkel noch weiter und wölbte sich seinen tiefen Stößen entgegen, und ihre Augen waren weit aufgerissen und von Kummer erfüllt, über den sich ein Schleier der Verwunderung zog, und ihr Mund bebte, als sie in sein Gesicht starrte. Was sie in dem Moment erlebten, war der ewig alte Zauber des Stillstands, die Gabe des Unsterblichen an die Menschen, zeitloser als die Flüsse, weiter als das weite Land, ewig sich erneuernd wie die Jahreszeiten. In der explosiven Erfüllung gab es keine Verpflichtungen, und sie versprach auch nichts weiter als den Augenblick. Und dieser Augenblick Unendlichkeit war wie Anfang und Ende von allem.

Am folgenden Morgen wurden sie in der Dämmerung von einem gutgelaunten Diener mit einem Frühstückstablett und einem Krug heißem Wasser geweckt. Sie empfand ein solches Wohlbehagen, daß sie sich genüßlich streckte und vor sich hinlächelte, als sie sich die leere Tasse über den Kopf hielt. Bei der Bewegung glitt die Decke tiefer und legte ihre milchweißen Brüste frei. Roland, der in seinen Rasierspiegel schaute, stieß plötzlich einen Ausruf aus und preßte seinen Finger auf eine rote Stelle in dem weißen Schaum auf seinem Gesicht.

»Hast du dich geschnitten?« fragte sie.

»Nur eine kleine Schramme«, gab er zu. »Du solltest dich besser von der Stelle rühren, wenn du dieses Bett heute noch verlassen willst.«

»Ach?« erkundigte sie sich und verschränkte die Hände hinter dem Kopf. »Höre ich die Andeutung einer Drohung?«

»Allerdings.«

»Dann habe ich vielleicht gar nicht vor aufzustehen.«

»Wie du meinst. Für mich macht es keinen Unterschied, ob wir heute, morgen oder gar nicht von hier aufbrechen.«

»Oh, doch, es macht einen großen Unterschied!« rief sie höhnisch. »Du weißt nur zu gut, daß du es nicht erwarten kannst, wieder nach New Orleans zu kommen und zu sehen, wie es dem Gouverneur bei seiner Verhandlung ergeht, und um für Lopez da zu sein, denn du glaubst doch bestimmt, daß er ohne dich nicht auskommt.«

»Da könntest du recht haben, aber es ändert wirklich wenig, ob wir eine Stunde früher oder später fahren, solange die Zeit für einen guten Zweck verwandt wird.« Mit ein paar flinken Bewegungen beendete er seine Rasur, beugte sich über das Becken und fing an, die Seife von seinem Gesicht zu spülen.

»Und was würdest du als einen guten Zweck ansehen?«

Er nahm ein Handtuch und trocknete sich das Gesicht ab. Dann schlang er sich das Handtuch um den Nacken und ging auf das Bett zu. »Ich glaube, meine Frau glücklich zu machen, könnte unter diese Kategorie fallen.«

Melanie war sofort bestürzt über die Wirkung ihrer scherzhaften Worte, und sie setzte sich im Bett auf und sprang eilig von der Matratze auf. »Ich ... ich bin glücklich genug«, entrüstete sie sich.

»Bist du sicher?« fragte er und kam um das Bett herum.

»Ziemlich ... ziemlich sicher«, meinte sie und schätzte mit Blicken die Entfernung zwischen dem Fußende des Bettes und der Wand ab und fragte sich, ob sie durch diesen Spalt schlüpfen konnte, ehe er sie erwischte.

Sie schaffte es nicht. Die Reichweite seiner Arme war so groß, wie sie befürchtet hatte, und er packte sie.

»O Roland«, hauchte sie und protestierte lachend.

»O Melanie«, ahmte er sie nach, während er auf sie herablächelte und sie in seinen Armen wiegte.

Seine Haut hatte den frischen Geruch von Wasser und Seife, und sein kantiges Kinn war angenehm glatt, als er es an ihre Stirn preßte.

»Nur ziemlich sicher?« flüsterte er.

»Vielleicht doch nicht ganz so sehr«, murmelte sie.

Er seufzte tief. »Wenn ich nicht so müde wäre, und wenn der Tag nicht schon so weit fortgeschritten wäre, würde ich etwas daran ändern. Aber ich habe eine anstrengende Nacht hinter mir und rechne damit, daß mir ein ebenso anstrengender Tag bevorsteht.«

Ihre Erleichterung war nicht so groß, wie sie erwartet hatte. »Ja«, sagte sie, und als sie ausatmete, war es ein unbewußtes Stöhnen.

Mit einem seltsamen Schimmer in den Augen ließ er sie los und wandte sich ab, um sein Hemd anzuziehen. Einen Moment lang stand er mit dem Hemd in der Hand da, und seine Finger gruben sich so fest in das Hemd, daß der Stoff Falten bekam. Dann gab er sich einen Ruck und steckte die Arme in die Ärmel. Seine Kiefermuskulatur war angespannt, und sein Nacken wirkte verkrampft, doch er schaute Melanie nicht an, als sie nackt und anmutig zum Schrank lief.

Sie öffnete die Spiegeltür und starrte unwillig das Kleid an, das im Schrank hing. Es war aus stumpfschwarzem Baumwollpikee und hatte die kurzen Ärmel, die dem warmen Wetter entsprachen, doch es hatte einen weißen Einsatz mit einem hochgeschlossenen Kragen und einem schmalen schwarzen Band, und es war fürchterlich zurückhaltend, fast schon prüde. Ihr blieb jedoch nichts anderes übrig, als es anzuziehen. Da sie gewußt hatte, daß sie nur für eine Nacht im Hotel blieben, hatte Glory nur das eine Kleid gebügelt. Alles andere war noch in ihren Koffern verpackt, die in einer Ecke des Zimmers standen. Sie hätte Glory rufen und sich ein anderes Kleid bügeln lassen können, aber ihr fiel keines ihrer Trauerkleider ein, das sie lieber angezogen hätte.

»Du hast das Schwarz jetzt schon satt?« fragte Roland.

Es war eine klare Beobachtung, die so genau stimmte, daß Melanie das unbehagliche Gefühl beschlich, ihm entginge wenig, wenn er mit ihr zusammen war, und sie glaubte, allmählich sei er dabei, sie zu gut kennenzulernen. »Es sind schon volle acht Monate!« antwortete sie.

»Ach, wirklich? Das scheint mir kaum möglich zu sein.«

Sie hatte recht. Acht Monate waren seit dem Tod ihres Großvaters vergangen, acht Monate weniger einer Woche, seit sie verheiratet waren, und acht Monate weniger drei Wochen, seit er fort mußte. Ohne etwas darauf zu antworten, griff Melanie in den

Schrank und zerrte das Kleid von seinem Bügel. Sie warf es auf das Bett und machte sich auf die Suche nach Strümpfen und Unterwäsche.

Sie frühstückten im Hotelrestaurant. Während sie eine Mahlzeit aus Schinken und Eiern, französischem Brot, Bratäpfeln mit Sahne und starkem heißem Kaffee zu sich nahmen, wurden ihre Koffer und Truhen nach unten gebracht und auf die Kutsche geladen.

Endlich waren sie soweit. Melanie ging mit ihrer Handtasche voraus durch das lange schmale Hotelfoyer und trat durch die imposante Eingangstür. Dort blieb sie stehen und schaute nach allen Richtungen. Von der Kutsche war nichts zu sehen, und auch John und die Stallknechte von Greenlea sah sie nirgends.

Glory, die schon eher gegessen und sich um das Packen gekümmert hatte, während sie frühstückten, erhob sich von einer Bank neben der Tür. Sie sah Melanie fragend an. Dann fiel ihr Blick auf Roland, der gerade durch die Tür kam, und eine Anschuldigung trat in ihre dunklen Augen. Langsam und würdig ging sie auf die beiden zu.

»Glory«, rief Melanie, »warum haben die Männer die Kutsche nicht vorgefahren?«

»Das haben sie getan, Miss Melanie«, antwortete die Zofe und warf noch einen Blick auf Roland, ehe sie ihre Herrin wieder ansah.

»Was?«

»Sie sind mit der Kutsche vorgefahren. Und dann sind sie mit der Kutsche abgefahren.«

»Mit ihr abgefahren? Was soll das heißen?« Melanie hätte gern über Glorys unheilvollen Gesichtsausdruck gelächelt, doch irgend etwas hielt sie davon ab.

»Sie hatten Anweisung, nach Greenlea zurückzufahren und die Pferde in kleinen Etappen nach Natchez zurückzubringen, aber sie sollten früh verschwinden, ehe Sie aus Ihrem Zimmer kommen.«

Es dauerte einen Moment, bis Melanie den Mund aufmachte. »Wer hat diese Anordnungen erteilt?«

»Ich«, sagte Roland.

Sie hatte es gewußt; sie konnte sich nur einfach nicht dazu durchringen, es zu glauben. Es gab niemand anderen, der das getan hätte, keinen, der so etwas hätte tun können. Und er war schon aus dem Zimmer gegangen, ehe sie mit dem Ankleiden fertig war. Er hatte gesagt, er würde das Frühstück schon bestellen. Offensichtlich hatte er sich nicht nur um das Frühstück gekümmert, sondern auch noch einiges andere erledigt.

»Warum hast du das getan?« fragte sie, und Zorn blitzte in ihren tiefblauen Augen auf, als sie zu ihm herumwirbelte. »Und wer hat dir erlaubt, meinen Dienstboten Befehle zu erteilen?«

»Dazu brauchte ich keine Erlaubnis«, antwortete er leise, »denn, wie wir schon einmal festgestellt haben, was dir gehört, gehört auch mir. Warum ich es getan habe? Weil wir keine Kutsche mehr brauchen.«

»Was willst du damit sagen? Was glaubst du wohl...« Sie unterbrach sich abrupt und wurde bleich.

»Unser Gepäck ist an die Anlegestelle gebracht worden. Inzwischen sollte es in unserer Kabine auf der *Delta Princess* sein, die in einer halben Stunde nach New Orleans fährt. Ich schlage vor, wir folgen unserem Gepäck an Bord.«

»Du mußt verrückt sein!« rief sie aus. »Du weißt, was ich über Dampfer denke. Und außerdem haben wir keine Fahrkarten. Wie könnten wir unter den Umständen eine Kabine haben?«

»Die *Delta Princess* bringt uns so schnell und so mühelos wie kein anderes Verkehrsmittel nach New Orleans. Ich habe die Entscheidung getroffen, als ich das Büro des Sheriffs verlassen hatte und gehört habe, daß sie gestern nachmittag einlaufen sollte. Die Passage habe ich gestern gebucht.«

Seine Worte gingen im Dröhnen einer Dampfpfeife an der Anlegestelle nahezu unter, keine zwei Kreuzungen weiter, am Ende der Straße, an der das Hotel stand. Melanies Nerven spielten ihr übel mit, und ihre Stimme wurde schärfer. »Wenn du in diese Todesfalle gehen willst, na bitte, mach schon. Aber du wirst allein fahren. Ich setze keinen Fuß auf dieses Schiff.«

»Miss Melanie«, protestierte Glory. »Wir haben keine Kleider und keine Kutsche. So kommen wir nicht nach Hause.«

Melanie würdigte sie kaum eines Blicks. »Unsere Sachen können abgeladen werden. Wir können hier im Hotel bleiben, bis wir von jemandem hören, der entweder nach New Orleans oder zurück nach Natchez fährt – oder bis wir John und den Männern eine Nachricht schicken können, daß sie wieder herkommen.«

Der Triumph, den sie empfand, als sie diese Pläne schnell entwarf, war kurzlebig. »Nein«, sagte Roland. »Das wirst du nicht tun. Ich habe nicht die Absicht, dich noch einmal allein über Land reisen zu lassen oder mir Sorgen zu machen, daß du dich mit dem erstbesten vorzeigbaren Fremden einläßt, der dir ein Plätzchen in seiner Kutsche anbietet.«

»Als ob ich das täte!« entrüstete sich Melanie und schaute sich mit bitterer Verachtung um. »Ich wüßte allerdings nicht, wie du mich davon abhalten könntest.«

»Ach, nein?« erkundigte er sich, und in seiner leisen Stimme schwang etwas Bedrohliches mit.

Sie entschied sich, diese Warnung zu ignorieren. »Nein, ganz bestimmt nicht. Ich habe gesagt, daß ich nicht mit dem Schiff fahre, und ich meine es genauso, wie ich es gesagt habe!«

»Miss Melanie . . .« setzte Glory an.

»Selbst«, fragte Roland, »wenn es dich in Verlegenheit bringen könnte, an deinen Worten festzuhalten? Ich gestehe dir zu, daß es nicht ganz einfach sein wird, eine Frau in einer Krinoline zu tragen, aber ich denke schon, daß es sich machen läßt.«

»Das tätest du nie«, sagte sie, und ihre Augen forschten in seinem hageren Gesicht.

Er antwortete nicht darauf, sah ihr aber fest in die Augen, während er dastand und ihre Entscheidung abwartete.

Sie hatte die falsche Taktik angewandt, und das wußte sie auch ohne den besorgten Ausdruck auf Glorys Gesicht. Es war dumm von ihr gewesen, es zu einem Punkt kommen zu lassen, an dem sie ihre Kräfte mit ihm messen mußte. Sie war ihm bei weitem nicht gewachsen. Daher schluckte sie schwer und sagte: »Ich kann nicht, Roland. Ich kann es wirklich nicht! Schon allein der

Gedanke daran macht mich ganz krank.« Da er zu zögern schien und unter seiner Bräune grau wurde, legte sie eine Hand auf seinen Arm. »Es ist nicht nur Sturheit, wirklich nicht. Manche Leute fürchten sich vor Höhe oder vor geschlossenen Räumen. Es macht sie krank, und sie geraten in Panik. Bei mir sind es nun einmal Dampfschiffe. Mir ist die Vorstellung unerträglich, auch nur einen Fuß an Bord eines Schiffs zu setzen.«

»Ängste lassen sich besiegen, wenn man es versucht«, beruhigte er sie. »Ich dachte immer, wenn es dir an etwas ganz bestimmt nicht fehlt, dann an Mut.«

»So einfach ist das nicht«, rief sie aus, und ihre Finger gruben sich so fest in seinen Arm, daß ihre Nägel sich bogen.

»Woher weißt du das? Du hast es nicht mehr probiert, seit du ein kleines Kind warst.«

»Ich weiß es«, beharrte sie.

»Dann zeig es mir.«

Der Augenblick, in dem er sich fast hätte erweichen lassen, war vorübergegangen. Er blieb ungerührt, ließ sich weder durch Forderungen noch durch ihr Flehen erweichen. Sie konnte tun, was er vorgeschlagen hatte, oder sie konnte sich ihm widersetzen und würde dann die Folgen tragen müssen. Etwas anderes blieb ihr nicht übrig. Die Klugheit gebot ihr den einen Weg, der Stolz den anderen. Aber was nutzte ihr der Stolz ohne die Kraft, an ihm festzuhalten? Was nutzte ihr der Stolz, wenn er nur nach sich zog, daß sie sich lächerlich machte und gedemütigt wurde? Sie begriff, was sie zu tun hatte, aber so schnell würde sie es Roland Donavan nicht vergessen, daß er sie zu dieser Entscheidung gezwungen hatte.

Sie ließ seinen Arm los und trat zurück. Dann reckte sie das Kinn in die Luft, wandte sich ab und lief auf dem hölzernen Bürgersteig zur Anlegestelle.

Ihre Schritte verlangsamten sich, als sie die höchste Stelle erreicht hatte. Vor ihr lag die *Delta Princess*, deren weiße Farbe in der Sonne schimmerte und aus deren beiden schwarzen Schornsteinen blauer Rauch in den Morgenhimmel aufstieg. Zwischen den beiden Schornsteinen hing etwas Glänzendes, eine gemalte goldene Krone. Das Boot schwankte sachte auf der Strömung, und die letzten Baumwollballen wurden gerade aufgeladen. Auf dem Überdeck flanierten Damen, die sich bei Herren eingehängt hatten, und sie begrüßten einander mit freundlichen, unbeschwerten Stimmen. Aus dem Schiffsinneren stieg ein tiefer Laut auf, wie das warnende Knurren eines Wachhundes. Die Pfeife, die wieder ertönte, klang wie ein Schmerzensschrei.

Melanie blieb abrupt stehen. Roland nahm ihren Arm und drängte sie voran, und sie sah ihn aus Augen an, die vor Entsetzen weit aufgerissen waren. »Ich kann nicht«, flüsterte sie durch steife Lippen. »Ich kann nicht.«

»Du hast den Gefahren des Camino Real getrotzt und dich seelenruhig in einer berüchtigten Diebeshöhle schlafengelegt. Willst du etwa behaupten, einem Dampfschiff seist du nicht gewachsen?« Sein Mund verzog sich zu einem aufmunternden Lächeln, doch in seinen Augen stand weiterhin ein wachsamer Ausdruck.

»Ich habe doch versucht, es dir zu erklären«, rief sie und umklammerte ihre Handtasche, während ihr Blick über seine Schulter fiel.

»Ja, das hast du getan. Ich finde jedoch, wir sollten dich auf die Probe stellen.«

Ehe sie dahinterkam, wie er das meinte, ehe sie ihre vor Furcht starren Glieder bewegen konnte, bückte er sich, legte einen Arm unter ihre Knie und hob sie hoch.

»Nein!« schrie sie verzweifelt aus und ließ ihre Handtasche fallen, während sie an seiner Jacke zerrte und sich wand, um sich aus seiner eisernen Umklammerung zu lösen. Der Drang, mit ihren Nägeln auf ihn loszugehen und sein Gesicht in Fetzen zu reißen,war übermächtig. Sie hätte nicht sagen können, was sie davon abhielt.

»Es wäre ein Jammer, wenn wir beide in den Fluß fallen würden«, murmelte er mit starrem Gesicht.

Bei diesen Worten sah sie die Gangway vor ihnen. Sie erstarrte, und das Blut zog sich aus ihrem Gesicht zurück, als sie das Schwanken spürte, und ihre letzte Anstrengung, die Selbstbeherrschung zu bewahren, betäubte und lähmte sie. Es schien, als könnte sie die Explosionen von Dampf und Feuer hören. Durch einen Schleier früheren Grauens, an das sie sich jetzt wieder erinnerte, hörte sie, wie Roland mit einem uniformierten Offizier sprach, und sie sah die belustigten und besorgten Gesichter von Menschen, die sich ihnen zuwandten.

Sie hatten ihre Kabine gerade erreicht, als der nächste Pfiff ertönte und das Schiff sich in Bewegung setzte. Roland trat vor das Bett, ein prächtiges Möbelstück, das sich in nichts von den Betten in Privathäusern unterschied, und legte Melanie auf die Tagesdecke.

Melanie wand sich aus seinen Armen. Sie hatte die Augen fest zusammengekniffen, und sie zitterte so heftig, daß ihre Zähne klapperten. Ihr war so übel, daß sie sich die Hand vor den Mund schlug, die Knie anzog, sich zusammenrollte und das Gesicht in den Kissen begrub, auf denen sie lag.

»Mein armes Kleines«, stöhnte Glory, die mitten in der Kabine stand und hilflos die Hände rang.

»Hol ein Glas Wein oder Schnaps oder irgendwas«, fauchte Roland über die Schulter.

Als sei sie froh, daß sie etwas zu tun hatte, eilte Glory aus der Kabine. Als sie die Tür hinter sich geschlossen hatte, setzte sich Roland auf das Bett, zog Melanie an sich und zwang sie, sich auf seine Schenkel zu setzen. »Es tut mir leid, Melanie, Liebes«, flüsterte er in ihr Haar, als er sie in seinen Armen wiegte. »Es tut mir leid.«

Melanie hörte ihn wie aus weiter Ferne. Die Schauer, die sie wellenförmig überliefen, waren schmerzhaft und rieben ihre Knochen und ihre Nerven auf. Der Morgen war schon ziemlich warm, und doch fror sie, und kalter Schweiß stand auf ihrer Stirn. Die Wärme seines Körpers tat ihr wohl, und jetzt preßte sie sich so entschlossen an ihn, wie sie ihn noch vor wenigen Augenblicken von sich gestoßen hatte. Er schmiegte sie an sich, als seien ihm ihre Bedürfnisse klar, und er wiegte sie sachte.

Die Tür ging auf. Glory kam mit einem Glas herein, das sie

behutsam auf einem Tablett balancierte. Darin war eine dunkelgoldene Flüssigkeit.

»Stell es hin«, sagte Roland leise. »Hier, in Reichweite. Und dann sei so nett und geh. Ich werde dich rufen, wenn ich dich brauche.«

»Oh, aber, Mr. Roland ...«

»Ich weiß, Glory, aber es gibt nichts, was du tun kannst. Wenn du etwas tun kannst, rufe ich dich ganz bestimmt.«

Kurz darauf entfernten sich Glorys Schritte langsam. Die Tür wurde geschlossen.

»Trink das«, bat Roland sie, und Melanie spürte, wie der Rand eines Glases an ihre Lippen gepreßt wurde. Sie schüttelte den Kopf, doch das nutzte ihr nichts; das Glas blieb, wo es war, und der Geruch von Schnaps stieg ihr in die Nase. »Trink«, beharrte er.

Melanie holte tief Atem und ließ ein paar Tropfen, die ihre Lippen anfeuchteten, in ihren Mund vordringen. Bourbon, aromatisch und hochprozentig, brannte in ihrer Kehle, als Roland das Glas schräg hielt.

Sie glaubte, sie würde entweder ersticken oder ihr würde übel werden. Tränen der Anspannung stiegen in ihre Augen und drangen durch geschlossene Lider. Flatternd öffneten sich ihre Lider, und matt, aber vorwurfsvoll und unwillig schaute sie ihren Mann an. Seine Arme schlangen sich fester um sie, als er die Macht des Bebens wahrnahm, das sie durchzuckte; dennoch besaß er die Frechheit zu lächeln.

»So ist es schon besser, Liebling«, sagte er. »Es muß ein gutes Zeichen sein, wenn du die Kraft hast, mich wieder zu hassen.«

Sie versuchte, sich von ihm zu lösen, aber das wollte er nicht zulassen. Statt dessen trat er sich die Stiefel von den Füßen, legte Melanie wieder auf die Kissen und streckte sich neben ihr aus. Dann zog er sie wieder an sich, und seine Hand strich sachte über ihren Rücken.

Ganz langsam legte sich ihr Zittern. Sie fing an, sich zu entspannen. Ihre Finger lösten sich, und sie öffnete die Lider. Ihr Atem ging so langsam und gleichmäßig, als schliefe sie. Sie spürte nicht, wie Rolands Lippen zart ihre Stirn berührten, und sie hörte auch nicht seinen Seufzer der Erleichterung.

Am späten Nachmittag erwachte sie. Es war zwar warm in der Kabine, aber ein angenehmer Luftstrom wehte hinein und ließ die Bettvorhänge flattern, die um sie herum zugezogen waren. Als sie den Kopf umdrehte und den Vorhang zur Seite zog, sah sie Roland neben der offenen Tür sitzen und die neuesten Meldungen lesen. Hinter ihm war das gelblich braune Wasser des Flusses zu sehen und das Grün des Urwalds am Ufer, das an ihnen vorbeiglitt.

Als sie sich bewegte, hob er den Kopf. Er lächelte. »Es ist aber auch an der Zeit, daß du wach wirst. Du hast das Mittagessen verpaßt, und ich dachte schon, das Abendessen würdest du auch verpassen. Das tut man auf der *Delta Princess* nicht. Sie ist für ihren Küchenchef berühmt.«

Melanie antwortete nicht. Sie hatte keinen Hunger, aber ihre Kehle war trocken und brannte. Auf dem Tisch neben dem Bett stand ein Wasserkrug aus Steingut mit einem Becher. Sie stützte sich auf und streckte die Hand danach aus.

Roland sprang augenblicklich auf, nahm die Karaffe, schenkte ihr Wasser ein und drückte ihr den Becher in die Hand.

»Danke«, murmelte sie, ohne ihn anzusehen. Sie trank den Becher aus, stellte ihn hin und legte sich wieder aufs Bett zurück. Durch die Matratze unter ihr konnte sie das Pochen der Dampfmaschine hören, aber jetzt fürchtete sie sich nicht mehr, sondern war nur sehr müde.

Roland kehrte nicht zu seinem Stuhl zurück, sondern blieb neben ihr stehen und schaute sie nachdenklich an. »Möchtest du gern aufstehen und an Deck gehen? Die frische Luft wird dir guttun.«

»Ich vermute«, erwiderte sie in einem Tonfall, der ihren Widerwillen ausdrückte, »du hältst dich für eine Autorität auf dem Gebiet, was gut für mich ist?«

»Ich halte das, was ich getan habe, für gerechtfertigt, falls du das meinst.«

»Und glaubst du, daß ich auf Dauer geheilt bin? Es ist ein

wenig... anstrengend, diese Prozedur jedesmal durchzumachen, wenn ich eine Reise machen möchte.«

»Das kann ich noch nicht sagen, aber ich sehe keinen Grund, warum es beim nächsten Mal nicht leichter für dich sein sollte.«

»Wenn das alles ist, was du mir versprechen kannst, dann sollte ich diese Gelegenheit vielleicht doch besser nutzen«, gab sie unwillig zu.

Anstelle einer Antwort ging er zur Tür und schloß sie. Als sie ihn fragend ansah, meinte er lediglich: »Du willst dich doch sicher zurechtmachen.«

Das war richtig, wenn diese Erkenntnis bei Melanie auch nur den Wunsch weckte, sie hätte eine Chance, ihm in das lächelnde Gesicht zu schlagen. »Ja«, stimmte sie zu. »Würdest du Glory holen lassen?«

Lange glaubte sie, er würde sich weigern. Dann warf er einen Blick auf ihr zerknittertes Kleid, das dringend gebügelt werden mußte, ehe sie darin wieder vorzeigbar war. Er nickte und ging.

Sie schlenderten über die Decks, nickten den Männern und Frauen, den Kindern und ihren Kindermädchen zu, die ihnen begegneten. Sie trafen niemanden aus Natchez, und Melanie war froh darüber. Als sich ihre Angst gelegt hatte, sah sie sich mit größerem Interesse um.

Die *Delta Princess* fuhr an zahllosen Morgen rauschenden Zuckerrohrs vorbei, die wogten wie ein bläulich grünes Meer. Dazwischen standen die Häuser der Zuckerpflanzer, große Häuser mit französischem und spanischem Einfluß und einem Anschein von Tropen, denn auf allen Seiten hatten sie weite Galerien, und die Flügeltüren waren überall weit geöffnet.

Sie waren nicht allein auf dem Fluß. Als New Orleans näherkam, begegneten sie den verschiedensten Schiffen auf dem breiten Wasserlauf. Als die Dämmerung hereinbrach, wurden Lampen angezündet, und die großen Schiffe wurden zu Palästen des Lichts. In den großen Räumen vorbeifahrender Schiffe konnte man sehen, wie die Passagiere umherliefen, miteinander plauderten, weiterliefen und in der Abendluft flanierten, ehe sie sich zum Essen versammelten. Sie erschienen unreal, diese Menschen,

Traumgestalten oder die Geister derer, die in ausgebrannten Schiffsrümpfen gestorben waren, in Wracks, die auf Sandbänken aufgelaufen waren oder dicht am Ufer unter den Ästen von Bäumen verborgen waren. Der niedrige Wasserstand des Spätsommers zeigte, daß es nicht gerade wenige Schiffswracks waren.

Sie saßen noch am Eßtisch, als sie um eine Flußbiegung fuhren und die Lichter von New Orleans ihnen durch das Dunkel entgegenschwammen. Die Stadt, die sich an dem gewundenen Flußufer entlangzog, schien vor Leben zu sprühen, wenn auch dazwischen unbeleuchtete Gegenden in geheimnisvollem Dunkel lagen.

Die Anlegestelle für Dampfschiffe war dort, wo die Hauptstraßen des älteren Teils der Stadt, als *Vieux Carré* bekannt, an den Fluß grenzten. Drei Schiffe waren bereits für die Nacht an dem hohen, mit Bäumen bepflanzten Flußufer vertäut. Beim Anlegen wurde mühsam manövriert, damit die Strömung des Flusses sie nicht mit den anderen Schiffen zusammenstoßen ließ.

Melanie sah durch das Fenster zu, solange sie es ertragen konnte. Dann wurden ihr die Spannung, die Gesprächsfetzen um sie herum am Tisch, das Dröhnen, die Hitze und die erstickenden Gerüche nach Essen und heißem Öl in den Kristall- und Messingleuchtern über ihr zuviel. Sie stieß den Stuhl zurück, murmelte eine Entschuldigung und floh.

Draußen auf dem Deck schlug ihr die kühle Nachtluft entgegen, die Unmengen von Gerüchen mit sich trieb, die sie nicht kannte. Sie hörte, wie auf einem Klavier geklimpert wurde, das Rascheln der glasigen Blätter der Orangenbäume und das ferne Läuten einer Kirchenglocke. Sie konnte die Umrisse der drei spitzen Türme der St. Louis Kathedrale sehen, Palmwedel und die Ränder von Hausdächern aus Tonkacheln.

Die Motoren wurden ausgeschaltet. Das Dampfschiff erschauerte und verstummte. Männer sprangen von Deck, um die Seile am Bug und am Heck zu vertäuen. Die *Delta Princess* lag sicher im Hafen von New Orleans und schwankte sachte.

Schritte auf den Deckplanken kündigten Rolands Nahen an. Er blieb neben ihr stehen, und sein Arm berührte ihren, als er sich an die Reling lehnte. Mit gesenkter Stimme fragte er: »Ist alles in Ordnung mit dir?«

»Ja«, erwiderte sie. »Es ist alles in Ordnung – jetzt schon.«

10. Kapitel

Das Haus, das Roland gemietet hatte, lag in der Rampart Street, am äußeren Rand des französischen Viertels. Es lag direkt an der Straße, ein einfaches Häuschen, dessen Palmdach über einen schmalen Säulengang ragte. Die Fassade war lachsfarben verputzt, und beiderseits der Doppeltür und vor den Flügeltüren zur Galerie hatte es grüne Jalousien.

Melanie und Roland ließen ihre Mietkutsche auf der Straße stehen und stiegen vor Glory, die etwas zurückblieb, die Stufen hinauf. Roland zog einen Schlüssel aus der Tasche und schloß das Haus auf. Er fluchte leise vor sich hin, während er im Dunkeln eine Lampe suchte und sie ansteckte. Als das Licht in das Wohnzimmer fiel, drehte er sich zu Melanie um und schaute ihr ins Gesicht.

Sie nahm wahr, daß er sie forschend ansah, fand jedoch keinen Grund dafür, als sie sich umsah. Das Zimmer hatte ausgewogene Proportionen und war in einem dunklen Rosé und in Weizengold gehalten. Irgendwie war es hier gelungen, Behaglichkeit mit einem erstaunlichen Gefühl von Luxus zu verbinden. Der Teppich unter ihren Füßen war weich. Der Kronleuchter, der klirrte, weil es durch die offene Tür zog, war aus edelstem Kristallglas. Ein satinbezogenes Sofa mit einer geschwungenen Lehne stand vor zwei Flügeltüren. Auf dem Kaminsims aus Carraramarmor stand eine Uhr aus Onyx und Goldbronze mit nackten Nymphen, die von Satyren gejagt wurden. Melanie riß den Blick von diesen merkwürdigen Gestalten los und schaute ihren Mann an.

»Das ist ein ... ein hübsches Haus«, gestand sie, »aber bist du sicher, daß die Adresse stimmt? Es sieht so aus, als seien die Besitzer eben erst zur Tür hinausgegangen.«

»So verhält es sich gewissermaßen auch. Das Haus gehört

einem jungen Kreolen in meinem Regiment. Wenn ich es richtig verstanden habe, war es ein Geschenk seines Vaters zu seinem einundzwanzigsten Geburtstag. Da er es vorgezogen hat, sich Lopez anzuschließen, statt einen eigenen Haushalt zu führen, hat er mir das Haus zur Verfügung gestellt. So wie es aussieht, würde ich sagen, hat er seine Leute wohl hergeschickt, damit sie alles für uns zurechtmachen.«

»Wie nett und rücksichtsvoll von ihm.«

»Ja«, stimmte er zu. Er wandte sich abrupt ab, schaute sich schnell in den anderen Zimmern um und kehrte dann ins Wohnzimmer zurück. »Es scheint alles in Ordnung zu sein. Wenn ihr euch umsehen möchtet, du und Glory, dann werde ich mich um das Abladen eurer Koffer kümmern.«

Das Haus hatte keine Eingangshalle. Alle sechs Zimmer, das Wohnzimmer, das Frühstückzimmer, das Eßzimmer, die Anrichte, die beiden Schlafzimmer, waren miteinander verbunden. Sämtliche Zimmer waren vergleichbar luxuriös eingerichtet, geschmackvoll und farblich sorgsam aufeinander abgestimmt.

Glory zog eine Augenbraue hoch und schürzte die Lippen, als sie die Statue eines unbekleideten Amors sah. »Miss Melanie«, setzte sie an.

»Ja, ich weiß«, antwortete Melanie. »Ich nehme an, das entspricht dem kreolischen Geschmack. Ich denke, wir werden uns mit der Zeit daran gewöhnen.«

Hinter dem Haus war ein kleiner ummauerter Hof mit einem Brunnen und einer Zisterne. Dahinter lagen die Dienstbotenunterkünfte, die Küche und die Waschküche. Nachdem sich Melanie und Glory alles angesehen hatten, war der erste Koffer schon ins Schlafzimmer gebracht worden. Sie holten frisches Bettzeug heraus und bezogen das Bett. Es war schon spät am Tag. Jetzt schon waren die Fenster der Häuser, die sie in der Straße sehen konnten, dunkel. Melanie bestand darauf, sie sollten bis zum Morgen mit dem Auspacken der Koffer warten. Dann wünschte sie Glory entschieden eine gute Nacht und tat so, während sie ein Gähnen unterdrückte, als sähe sie das vielsagende Lächeln der älteren Frau nicht.

Als Glory die Tür hinter sich geschlossen hatte, schlenderte Melanie durch das Schlafzimmer. Der große Kleiderschrank, der den Hauptteil einer der Wände einnahm, stand leer, wenn auch in seinen Tiefen ein schwacher Duft nach süßen Verbenen zu hängen schien. In diesem Zimmer gab es außer dem hohen Himmelbett auch noch eine Tagesliege, die mit fliederfarbener Seide bezogen war, und auf einem Marmorsockel stand eine Statue von einem Mann und einer Frau, die einander eng umschlungen hielten, ein Moment der Ekstase, der in schimmerndem Marmor eingefangen war.

Melanie drehte sich um, als die Tür hinter ihr geöffnet wurde. Roland betrat das Zimmer; er hielt eine Karaffe aus geschliffenem Glas in der einen Hand und zwei Cognacgläser in der anderen. Er schaute sich schnell im Zimmer um und sagte dann mit einem seltsamen Ausdruck in seinen grünen Augen: »Du hast die Dienstbotenunterkünfte hinter dem Hof gefunden?«

»Ja – ich hoffe, die Koffer stören dich nicht«, sagte sie und wies auf das Gepäck, das noch mitten im Zimmer auf dem Fußboden stand. »Ich fand, da es schon so spät ist, könnten wir ebensogut erst morgen früh auspacken.«

»Mich stört das überhaupt nicht, solange du hast, was du brauchst.« Er trat vor die Frisierkommode, stellte die Gläser ab und zog den Stöpsel aus der Karaffe in seiner Hand.

»Ich habe alles, was ich brauche«, antwortete Melanie. »Aber was ist mit dir?«

»Mit mir?«

»Es hängt nichts im Kleiderschrank, ich meine, nichts von deinen Sachen.«

Er deutete auf die beiden Satteltaschen, die neben einem ihrer Gepäckstücke auf dem Boden lagen. »Das Wichtigste ist da drin. Meine übrige Habe ist noch in der Kaserne, die für Lopez' Männer bereitsteht. Ich werde mich morgen um den Transport kümmern, nachdem ich mich beim General gemeldet habe. Du brauchst dir keine Sorgen zu machen. Du mußt nicht allein hierbleiben.«

Er schenkte gut zwei Zentimeter Schnaps in jedes Glas. Melanie, die den Hauch von Ironie aus seinem Tonfall heraushörte und sah, wie der Schein der Lampe auf seinem maskenhaften braungebrannten Gesicht spielte, fiel augenblicklich wieder der Grund ein, aus dem sie nach New Orleans gekommen war. Sie holte tief Atem und sagte: »Gut. Das freut mich.«

Roland warf einen schnellen Seitenblick auf sie, ehe er die Gläser in die Hand nahm und langsam auf sie zuging. »Soll das heißen«, fragte er und reichte ihr ein Glas, »daß mir der heutige Morgen verziehen ist?«

Sie konnte seinem festen Blick nicht standhalten. Verwirrt senkte sie die Lider und schaute die Flüssigkeit in dem Glas an, das sie in der Hand hielt. »Was ist das?«

»Es ist kein Bourbon, falls du das glaubst. Es ist Cognac, den ich gerade eben aus der Speisekammer geholt habe. Ich dachte, er könnte zu deiner Beruhigung notwendig sein. Anscheinend habe ich mich getäuscht.«

Melanie zwang sich zu einem Lächeln. »Nicht ganz. Whiskey und Cognac an einem Tag. Ich nehme an, dir ist klar, daß ich bis heute noch nie etwas Stärkeres als ein Glas Wein getrunken habe?«

»Da du eine wohlerzogene junge Dame bist, hatte ich den Verdacht.«

»Ich bin nicht sicher, ob ich für das, was ich tue, noch die Verantwortung tragen kann, wenn ich so weitermache.«

»Die Verantwortung übernehme ich«, versprach er und senkte seine leise Stimme noch mehr, »insbesondere dann, wenn es mir eine wahrheitsgemäße Antwort auf meine erste Frage einbringt.«

Ohne bewußte Überlegung hob Melanie ihr Glas und trank. Der Schnaps war so scharf, daß ihr der Atem stockte und Tränen in ihre Augen traten. Mit gewaltigen Mengen von Selbstbeherrschung schluckte sie die Flüssigkeit, ohne zu husten, obwohl sie so keuchend nach Luft schnappte, daß ihr das Unbehagen deutlich anzumerken war. Als die Alkoholdämpfe ihr zu Kopf stiegen, spürte sie, wie ununterdrückbare Heiterkeit in ihr aufkam. Sie schaute ihren Mann aus nassen, lachenden Augen an und sagte: »Dampfschiffe und hochprozentige Getränke. Was muß ich noch alles verkraften, um bei dir zu sein?«

Sein Blick war wachsam, als er den Rand seines Glases an die Lippen führte und es bis auf den letzten Tropfen leerte. Dann stellte er es auf den Sockel hinter ihr, nahm ihr das Glas aus den Fingern und stellte es daneben. »Das«, flüsterte er, nahm sie in die Arme und legte seinen Mund auf ihre Lippen.

Lange Zeit ließ er sie nicht los, und auch dann nur, um die Flügeltüren zu schließen. Langsam und sorgfältig zog er sie aus, und sein Gesichtsausdruck war ernst und vertieft. Es war fast so, als vollzöge er ein Ritual, einen Akt der Anbetung, den er in seiner Vorstellung tausendfach geprobt hatte. Er löschte das Licht nicht. Als er sie auf das Bett legte und stehenblieb und auf ihre elfenbeinerne Nacktheit hinunterschaute, hätte das breite weiße Bett ein heidnischer Altar sein können. Nachdem er selbst seine Kleider abgelegt hatte und sich zu ihr legte, war er Neophyt und Hohepriester zugleich. Als sie in seine grünen Augen sah, in denen ein ganz seltsamer Ausdruck stand, fürchtete sich Melanie einen Moment lang. Das Lampenlicht tanzte über ihr und ließ eine winzige goldene Flamme in ihren lavendelblauen Augen leuchten, glitt über die Rundungen ihres Körpers und ließ die Vertiefungen in geheimnisvolle Schatten tauchen. Als er die Hand ausstreckte, um sie zu berühren, erfuhr sie den Fatalismus des Opfers, das hinnimmt, daß es geopfert werden wird. Es änderte nichts, daß sie all das selbst eingefädelt hatte, von dem Moment an darauf zugeeilt war, als sie Natchez verlassen hatte, wenn nicht schon länger, nämlich seit der Nacht, in der sie die Hintertreppe im River Rest Hotel hinaufgestiegen war. Er nahm und nahm von ihr und dachte kaum daran, ihr dafür auch etwas zu geben. Als sein Körper ihren bedeckte, spürte sie, wie sie sich in ihm verlor, und dann, als sie seine Glut spürte, die in sie eintauchte, schoß ihr plötzlich ein Gedanke durch den Kopf. Sie hatte ihm eines nicht gewährt – ihre Vergebung. Wenigstens so viel Integrität hatte sie bewahrt. Und wenn sie ihm auch gestattete, ihren Körper nach Lust und Laune zu benützen, und wenn sie ihn auch anlächelte, dann gab es doch etwas in ihr, was er nicht berühren konnte, einen Teil von ihr, den kein Mann kennenlernen würde, solange sie es nicht wollte.

Dann lagen sie nebeneinander, und die Hitze ihrer Körper war in dem geschlossenen Raum so intensiv, daß es das beste war, einander nicht zu berühren. Die Minuten vergingen; ihr Atem ging langsamer. Melanie, die die Augen geschlossen hatte, konnte nicht sagen, ob das Gefühl der Entfremdung wirklich zwischen ihnen zunahm, oder ob es nur von dem Gefühl herrührte, daß sie sich zurückzog. Um das auf die Probe zu stellen, streckte sie die Hand aus und legte sie auf seine. Augenblicklich drehte er die Handfläche nach oben und umschlang ihre Finger. Sie seufzte leise. Im nächsten Moment sprach sie mit ihm. »Weißt du, Roland Donavan, du beharrst zwar darauf, daß man dir beteuert, wie willkommen du bist, aber trotzdem hast du mir noch nicht gesagt, ob du dich über mein Kommen freust.«

»Ich dachte, das hätte ich dir deutlich genug gezeigt.«

»Schon möglich«, gestand sie ihm zu, »aber es schadet nicht, die Worte auszusprechen. Wenn ich an all die Monate des Schweigens denke, daran, wie all die anderen Männer, die bei Lopez sind, ihre Ehefrauen und ihre Schätze nachkommen lassen...«

»Also gut«, erklärte er und stützte sich auf einen Ellbogen, damit er in ihr Gesicht mit der rosigen Röte auf den Wangenknochen hinunterschauen konnte, »mir wäre es lieber gewesen, wenn du nicht gerade zur Zeit der Cholera und des Gelbfiebers hergekommen wärst, aber solange du hier bist, freut es mich, sogar sehr.« Mit dem Daumen liebkoste er ihren Handrücken zart und sachte.

»Es gibt Fälle von Cholera und Gelbfieber in der Stadt?«

»Um diese Jahreszeit immer, wenn bislang auch noch keine Epidemie ausgebrochen ist.«

»Das glaube ich nicht, denn sonst hätten wir doch in Natchez etwas davon gehört«, überlegte sie. »Es hätte in der ganzen Stadt von Flüchtlingen gewimmelt. Nein, ich bin keineswegs sicher, ob ich dir auch nur ein Wort von dem glauben kann, was du sagst. Es würde mich nicht wundern, wenn ich erführe, daß du deine Frau gern in Sicherheit weiter oben am Fluß wüßtest. Dann hättest du die Freiheit, nach Belieben mit deiner Schauspielerin zu tändeln.«

»Schauspielerin?« Seine Stimme war ziemlich fest, aber die Bewegung seines liebkosenden Daumens hörte abrupt auf, und der Druck auf ihren Fingern nahm zu.

Sie wußte wirklich nicht, was sie dazu gebracht hatte, dieses Thema anzuschneiden. Eine bewußte Entscheidung war es nicht gewesen. Da sie nun schon einmal damit angefangen hatte, blieb ihr nichts anderes übrig, als weiterzumachen. »Miss Dubois, so wird sie, glaube ich, genannt. Chloe Clements war so freundlich, mir zu sagen, du seist regelmäßig Gast im Theater gewesen, als sie im letzten Frühjahr dort aufgetreten ist.«

»Ja, eine charmante Frau und eine ausgezeichnete Schauspielerin. Ich habe sie mehrfach gesehen. Sie hat eine Benefiz-Veranstaltung für die Okkupation gegeben.«

»Das wußte ich nicht«, räumte Melanie ein.

»So ist es. Es war ein beträchtlicher Erfolg, der eine große Geldsumme eingebracht hat. Meines Wissens hat sie die Absicht, zu Beginn der Herbstsaison dasselbe noch einmal zu tun.«

»Wie ... wie nett von ihr«, war alles, was Melanie dazu einfiel.

»Ja, der Meinung bin ich auch. Aber was mich interessiert, ist, wie all das zeitlich zusammenhängt«, sagte Roland in einem versonnenen Tonfall. »Hatte Chloes Information irgend etwas mit deinem plötzlichen Entschluß zu tun, mich aufzusuchen?«

Es hätte sie nicht wundern sollen, daß er Doms Schwester bei ihrem Vornamen nannte. Schließlich waren Dom und er Freunde gewesen, und daher mußte er auch Chloe gekannt haben. Als sie über diese Möglichkeit nachdachte, entging ihr fast, was er soeben eigentlich gesagt hatte. Sie wandte den Kopf zu ihm um, starrte ihn an und fragte: »Willst du etwa andeuten, ich sei eifersüchtig?«

»Der Gedanke ist mir durchaus gekommen.«

»Dann kannst du ihn gleich wieder vergessen.«

»Bist du sicher?« fragte er. »Es war eine sehr reizvolle Vorstellung.«

»Ich wüßte nicht, warum«, entgegnete sie. »Ich bin nach New Orleans gekommen, weil...«

»Ja? Weil?«

»Weil ich es satt hatte, in Greenlea Trübsal zu blasen, und weil es ganz so klang, als machte es dir viel zuviel Spaß, ein Freibeuter zu sein, auch ohne die Gesellschaft deiner Schauspielerin, um nach Natchez zurückzukommen.«

»Spaß?« erkundigte er sich, als hätte er das Wort noch nie gehört. »Wir haben in Kuba fast zweihundert Männer verloren, und halb so viele sind verwundet worden.«

»Ich meinte nicht die Kämpfe«, erklärte Melanie und schlug die Wimpern nieder. »Ich weiß – ich meine, ich habe mich gefragt, wie das wohl sein mag.«

Einen Moment lang glaubte sie, er würde nichts dazu sagen; dann kam sein Atem wie ein leises Stöhnen heraus. »Es war von Anfang bis Ende eine unselige Geschichte, eine Fehlplanung. Wie sich herausstellte, war der Mann, der uns in den Hafen von Cárdenas lotsen sollte, bis dahin nur in einem Paddelboot darin herumgerudert. Er hat sich keine Vorstellung von der Wassertiefe gemacht, die ein Dampfschiff von der Größe der *Creole* braucht, und er wußte nichts über die Untiefen im Hafen und über die Auswirkung der Gezeiten auf die Sandbänke. Wir sind auf Grund gelaufen. Nicht wenige der Verwundeten sind ertrunken, weil niemand sie bei Dunkelheit und in diesem Durcheinander retten konnte. Wir waren von Anfang an zu wenige; danach war es aussichtslos. Ja, wir haben die Bahnstation besetzt und die Kaserne gestürmt, beides überwältigende Siege, aber wir konnten die Stadt unmöglich gegen die Verstärkung der Spanier aus Havanna halten. Wir sind zur *Creole* zurückgeschwommen. Endlich ist es uns gelungen, sie wieder in Gang zu bringen. Lopez war sicher, wir könnten uns den kubanischen Aufständischen auf der anderen Seite der Insel anschließen, aber das war, ehe die *Pizarro* gesichtet wurde. Wenn man noch nie auf einem kleinen zu vollen Schiff in der Sommerhitze gefahren ist, während die Verwundeten stöhnen und ihre Verletzungen in der Hitze eitern und die langen Kanonen eines spanischen Kriegsschiffes auf einen gerichtet sind, dann könnte man eventuell glauben, es könnte Spaß machen, Freibeuter zu sein.«

Melanie preßte die Lippen zusammen. »Aber du bist immer noch bei General Lopez; du bist in seinem Heer Lieutenant Colonel?«

»Ich habe mich für den Kuba-Feldzug verpflichtet. Ich werde ihn bis zum Ende durchstehen.«

»Warum? Ich meine, warum hast du dich verpflichtet? Das habe ich nie verstanden. O ja, ich weiß, was du gesagt hast, aber es muß doch andere Dinge gegeben haben, die du hättest tun können, ohne gleich in den Krieg zu ziehen.«

»Was zum Beispiel?« erkundigte er sich.

»Ich weiß es nicht«, erwiderte sie, doch sein ironischer Tonfall beunruhigte sie. »Du hättest Land kaufen und es bestellen können, oder du hättest in Eigentum investieren können; alles andere, nur nicht wieder den Beruf als Soldat aufnehmen, etwas, was du offensichtlich verabscheust.«

»Willst du wirklich wissen, warum?« fragte er und legte seine Finger auf ihre gerunzelte Stirn, ließ sie über ihre kleine gerade Nase und über ihre Lippen gleiten, über ihr Kinn und den sanften Schwung ihres Halses in den Spalt zwischen ihren Brüsten.

»Ich habe dich doch schon danach gefragt, oder nicht?« sagte sie, während sie beklommen zur Kenntnis nahm, was er tat.

»Ja, das hast du getan. Erstens einmal war da Jeremy, der mir die Aussicht schmackhaft gemacht hat, eine kubanische Zuckerrohrplantage zu besitzen. Dann hat es noch einen anderen Grund gegeben, weswegen ich den Vorschlag reichlich unwiderstehlich fand: Ich hatte kein Geld.« Sein Finger hatte begonnen, eine ihrer Brüste zu umkreisen und immer engere Kreise zu ziehen.

»Was?« fragte sie.

»Ich hatte kein Geld«, wiederholte er.

»Aber du mußt doch Geld gehabt haben! Du hast die Schulden meines Großvaters bei dem Gouverneur bezahlt und Instandsetzungen in Greenlea veranlaßt. Und dann war da noch das Geld, das du für mich bereitgestellt hast.«

Er seufzte. »Ja, wahrhaft großzügige Gesten. Dafür ist mein letztes Geld aus Kalifornien draufgegangen.«

Melanie setzte sich im Bett auf, und sein Finger rutschte von ihrer Brust. »Alle haben behauptet, du hättest in Kalifornien dein Glück gemacht; deshalb seist du zurückgekommen – weil du reich warst.«

Er sah bekümmert von seiner Fingerspitze auf die rosige Brustwarze, die sich seinem Zugriff im letzten Moment entzogen hatte. »Hast du je von jemandem gehört, der reich genug war oder aus einem anderen Grund Goldfunde nicht bis zur Neige ausgeschöpft hätte? Ich hatte eine kleine Goldmine, aber dieses Gold ist abgebaut. Ich bin zurückgekommen, weil ich gehört hatte, meinem Vater ginge es nicht gut. Ich dachte, er könnte vielleicht Hilfe gebrauchen.« Roland unterbrach sich und sprach dann achselzuckend weiter. »Wie dem auch sei, wenn du geglaubt hast, du hättest einen reichen Mann geheiratet, dann muß ich dich enttäuschen.«

»Du ... du hast alles für Greenlea und für mich ausgegeben?«

»Ich fürchte, abgesehen von einer kleinen Investition in die Okkupation ist das richtig.«

»Aber warum?«

»Es schien mir zu dem Zeitpunkt das einzig Richtige zu sein.«

»Wegen meines Großvaters?« fragte sie, und die Worte rutschten ihr heraus, ehe sie sie zurückhalten konnte.

Er sah ihr in die Augen, und ein Schatten lauerte in den grünen Tiefen seines Blicks. »Zum Teil, wenn auch nicht so, wie du es meinst. Als dein Ehemann fiel das schließlich unter meine Verantwortung.«

»Du ... du hast mir gesagt, ich soll das Geld für Greenlea ausgeben, für die Instandsetzung. Das war Wahnsinn, wenn du es in diesen letzten Monaten für die Lebenshaltungskosten hättest aufwenden können.«

»Für meine Lebenshaltungskosten ist man aufgekommen.«

Er hatte ihr damals geraten, auf Greenlea zu warten und sich darauf zu freuen, daß sie abkassieren konnte, wenn er umkam. Schon damals mußte er gewußt haben, daß es nichts abzukassieren gab, ebenso, wie er gewußt hatte, daß sie nichts von ihrem Großvater erben würde. Was für einen makabren Sinn für Humor mußte dieser Mann besitzen, den sie geheiratet hatte, wenn er solche Dinge sagte? »Du glaubst doch nicht im Ernst, ich hätte dich wegen deines Geldes geheiratet, oder? Zu dem Zeitpunkt gab es wesentlich dringlichere Gründe.«

Jetzt war er an der Reihe, den Blick abzuwenden. »Ja, ich weiß«, antwortete er. »Vergiß, daß ich das gesagt habe. Vergiß am besten auch gleich, daß ich überhaupt das Thema Geld angeschnitten habe. Wir sind nicht direkt verarmt, und diese Zuckerrohrplantage könnte ich mir immer noch aneignen. Aber im Moment steht eine dringendere Entscheidung an.«

»Ach, ja?« fragte Melanie, die auf der Hut war, weil etwas in seiner Stimme sie warnte; auch die Art, wie er sich vorbeugte, um ihr eine Hand auf das Knie zu legen, war ihr suspekt.

Als seine warmen Finger ihre Kniekehle berührten, sagte er: »Ich muß wissen, ob du lieber jetzt schlafen willst oder erst morgen früh.«

Melanie spürte ihren inneren Aufruhr. Sie wußte kaum noch, was sie denken sollte oder was sie empfand. Sie biß sich auf die Unterlippe, als sie seinen schlanken Körper betrachtete, der ausgestreckt vor ihr lag, das Spiel seiner Schultermuskulatur, als er zart ihren Oberschenkel knetete, seine kräftigen langen Beine, die weiße Linie, die die Stelle anzeigte, wo seine Hose die Sonne von seinem Körper ferngehalten hatte. Vielleicht wußte sie nicht, was sie von ihm halten sollte, aber sowohl seine Nähe als auch seine Berührungen und das Versprechen, das in seinen Worten enthalten zu sein schien, blieben keineswegs ohne Wirkung auf sie. Aus irgendwelchen merkwürdigen Gründen, vielleicht, weil sie nahezu aufrichtig miteinander geredet hatten, war sie jetzt empfänglicher für die Vorstellung, in seinen Armen zu liegen, als sie es noch vor wenigen Minuten gewesen war.

Sie holte tief Atem und sagte: »Ich glaube, ich bin im Moment kein bißchen schläfrig.«

Im düsteren Halbdämmer des Morgengrauens schlüpfte Roland aus dem Bett. Melanie nahm wahr, daß er nicht mehr neben ihr lag, nahm wahr, daß er seine Kleider aufhob und das Zimmer verließ, nahm wahr, daß er die Tür geräuschlos öffnete und schloß. Als sie wenige Minuten später im Innenhof das Plätschern von Wasser hörte, schlug sie ihre Decke zurück und trat an die Flügeltüren, um nachzusehen. Roland stand auf dem Hof und wusch sich unter der Pumpe über der Zisterne. Er hatte sich die Hose und die Stiefel angezogen, doch sein Hemd lag neben ihm. Sein dunkles Haar, das sich über der Stirn und bis tief in den Nacken lockte, war tropfnaß. Die Nässe ließ seine Schultern und seinen Oberkörper glänzen und wie frisch gegossene Bronze erscheinen – bis auf einen blaßrosafarbenen Fleck hoch oben auf dem Muskel seines rechten Arms, die Narbe, die die Kugel ihres Großvaters hinterlassen hatte. Er hatte kein Handtuch mitgenommen, sondern klopfte sich nur flüchtig mit den Händen das Wasser von seinem Oberkörper und strich sich das Haar zurück. Dann nahm er sein Hemd, zog es über und knöpfte es zu, als er wieder zum Haus ging. Dann verschwand er aus ihrer Sicht. Es mußte ein Gang vom hinteren Teil des Hauses auf die Straße führen, denn er kehrte nicht in ihre höhergelegenen Räume zurück, und Melanie bekam ihn für den Rest des Tages nicht mehr zu sehen.

Melanie legte sich noch eine Zeitlang in das Bett mit den Vorhängen aus purpurner Seide, aber sie war zu unruhig, um länger dort zu bleiben. Als die heiße subtropische Sonne in den vorderen Teil des Hauses fiel, war sie aufgestanden und angekleidet. Auf der Suche nach einer Tasse Kaffee fand sie Glory in der Küche auf der anderen Seite des Innenhofs vor. Sie hatte ein Feuer im Kamin angezündet, aber weiter waren ihre Vorbereitungen für das Frühstück noch nicht gediehen.

Glory drehte sich schwerfällig um, als Melanie eintrat. »Miss Melanie, ich habe in dieser Küche nichts weiter gefunden als ein Faß Mehl, Zucker, der härter als ein Fels zusammengekrustet ist, Maismehl mit Maden und eine Handvoll vertrocknete Rosinen. Ich habe einfach keine Ahnung, was wir Mr. Roland zum Frühstück vorsetzen sollen.«

»Darüber brauchen wir uns keine Sorgen zu machen. Er ist bereits aus dem Haus gegangen.«

»Ohne einen Bissen zu essen?«

»Ich vermute, er wird mit seinen Männern frühstücken. Es müssen irgendwelche Vorkehrungen getroffen worden sein, um so viele Männer zu verpflegen.«

Glory nickte. »Aber Sie brauchen trotzdem etwas, Schätzchen, und wir müssen uns auch Gedanken über die warmen Mahlzeiten machen. Irgendwie müssen wir in dieser Küche etwas finden, woraus sich etwas kochen läßt.«

Melanie hatte noch eine beträchtliche Summe von ihrem Haushaltsgeld der letzten Monate übrig. »Du hast recht«, stimmte sie zu. »Wir werden auf den französischen Markt gehen.«

Der französische Markt war eine Institution, die fast jede Familie im französischen Viertel täglich aufsuchte. Er war nicht weit von der Anlegestelle am Mississippi gelegen und in länglichen Pavillons mit stämmigen gemauerten Säulen und Schieferdächern untergebracht. Dort wurde so ziemlich alles verkauft, was irgendwie eßbar war. Um diese Jahreszeit gab es an den Gemüseständen Zwiebeln, Knoblauch und Paprika an langen, geflochtenen Schnüren und eine verlockend arrangierte Auswahl an Jamswurzeln, Blattgemüse und Kürbissorten. An anderen Ständen gab es Birnen, frisch geerntete Pekannüsse, Kakifrüchte, Granatäpfel, Bananen und andere tropische Obstsorten, die gerade erst von den Schiffen gelöscht worden waren. Von diesen Schiffen kamen auch die leuchtend bunten Vögel mit dem blauen, gelben, grünen und roten Gefieder und den heiseren ungewohnten Rufen, Gewürze und Tee, Kaffeebohnen und Vanilleschoten und Olivenöl in Tongefäßen, die wie Schnecken geformt waren. Lebende Enten und Gänse und Truthähne wurden neben den Kadavern von Rindern, Schweinen und Lämmern vermarktet. Und dann kamen die Meeresfrüchte: die verschiedensten Fische, Austern und Krabben, alles auf Eisblöcken ausgebreitet, die in Sägemehl steckten. Eis, das in der zunehmenden Hitze des fortschreitenden Tages schnell schmolz; Eis, das aus gefrorenen Teichen und Seen in den nördlichen Staaten geschnitten, eingelagert und so schnell wie möglich mit dem Dampfschiff flußabwärts gebracht worden war. Ebenso faszinierend wie die gewaltige Auswahl an Lebensmitteln war die Vielfalt der Menschen, die den Markt besuchten. Melanie wußte kaum noch, wohin sie zuerst sehen sollte.

Mit ihren Einkäufen beladen, machten sich Melanie und Glory durch die schmalen Gassen auf den Rückweg zu ihrem neuen Haus. Auf weiten Strecken schützten sie Balkone mit schmiedeeisernen Verzierungen gegen die Sonne, und dieser Schutz war ihnen sehr willkommen, denn die Schwüle hatte inzwischen schon unglaubliche Ausmaße angenommen. Daran schienen sich jedoch die wenigsten zu stören. Auf den Straßen wimmelte es von Menschen. Ein Priester in seiner wehenden schwarzen Soutane begegnete ihnen, ebenso ein Kindermädchen mit seinen bleichen großäugigen Schützlingen im Schlepptau. Kreolische Gentlemen zogen die Hüte und traten zur Seite, wenn sie vorübergingen. Junge Mädchen und ihre Mütter mit ihren Hüten starrten Melanies leuchtende Haarpracht an, die von keinem Hut und keinem Sonnenschirm geschützt wurde, da sie Glory half, die zahllosen Päckchen zu tragen, mit denen diese allein nicht fertig geworden wäre. Schon das war auffällig, denn die meisten Damen hätten nie etwas Schwereres als ein Handtäschchen und einen Sonnenschirm in die Hand genommen. Es trieben sich aber auch Matrosen und Soldaten auf den Straßen herum, und von letzteren trugen viele die rotblauen Uniformen des Lopez-Feldzugs.

Sie hatten das Haus in der Rampart Street erreicht und stiegen gerade die Stufen hinauf, als auf der gegenüberliegenden Straßenseite ein Kreole in kanariengelben Kniebundhosen und einem flaschengrünen Frack stehenblieb und sie anstarrte. Er steckte sich den mit Ordensbändern geschmückten Stock unter den Arm und hielt sich den hohen, breitkrempigen Hut ein Stück weit über den Kopf, als er über die Pflastersteine der Hauptverkehrsstraße auf sie zuging.

Melanie schaute ihn an und staunte darüber, wie er so unverschämt sein konnte, sie unverhohlen anzustarren. In dem Moment machte er eine tiefe Verbeugung vor ihr.

»Ma belle!« rief er zu ihr hinauf. »So eine wie Sie habe ich noch nie gesehen. Ihr prachtvolles Haar mit den feurigen Funken und die Reinheit Ihres Teints sind einfach unglaublich. Sagen Sie, welcher Mann darf Sie die seine nennen?«

Melanie war bei seinen Worten instinktiv stehengeblieben. Da sie jetzt erkannte, worauf er hinauswollte, wandte sie sich abrupt um und ging mit forschen Schritten auf die Haustür zu. Sie hatte gehört, daß Männer in New Orleans, wie auch ihre europäischen Gegenstücke, sich nicht an die Anstandsformen hielten, wenn sie eine Frau attraktiv fanden, aber das ging zu weit – sie auf der Straße anzusprechen und in aller Öffentlichkeit Annäherungsversuche zu machen. Noch erstaunlicher war es, da er sich gedacht haben mußte, daß sie verheiratet war. Das war schließlich aus seinen Worten hervorgegangen.

Sowie sie im Haus war, lugte sie durch die Jalousien. Der Mann hatt seinen Hut wieder aufgesetzt und lief weiter, doch er blieb mehr als einmal stehen und schaute zurück. Sein Gesichtsausdruck war so gebannt, daß sie sich unwillkürlich fragte, ob er sich einprägte, wo sie wohnte.

Als kurze Zeit später Rolands Gepäck eintraf, vergaß Melanie den Zwischenfall sofort, und sie dachte an das Auspacken, das auch ihr noch bevorstand. Sie und Glory stürzten sich eifrig auf diese Aufgabe und nahmen sie gemeinsam in Angriff. Im Lauf des Nachmittags hatten sie nicht nur alles verstaut und die Gepäckstücke in das leerstehende Schlafzimmer gebracht, sondern Glory hatte auch schon die gesamte schmutzige Wäsche gewaschen und zum Trocknen in dem sonnigen Innenhof aufgehängt. Während sie mit dieser Aufgabe beschäftigt war, hatte Melanie im ganzen Haus Staub gewischt und den Schmutz von den Teppichen gekehrt, den sie ins Haus getragen hatten, und sie hatte die eine oder andere Statue und sogar ein oder zwei Gemälde entfernt, die in ihren Augen, welche an englische Jagddrucke und verschwommene Turner-Landschaften gewohnt waren, bedenklich erschienen, was die Frage des guten Geschmacks betraf.

Als der Abend allmählich anbrach und der Geruch nach frischgebackenem Brot, Braten und Fischsuppe mit Okraschoten aus der Küche drang, ging Melanie ins Freie, um die Wäsche zu retten, ehe sie in der feuchten Abendluft wieder naß werden konnte. Als sie Rolands Hemden von der Leine nahm, fielen ihr fehlende Knöpfe auf, ein langer Riß in einem Ärmel und ein ausgezackter Riß in einem anderen Hemd. Sie brachte die übrige Wäsche zum Bügeln in die Waschküche und nahm die Hemden mit den Schäden mit ins Haus. Dann zündete sie im Wohnzimmer eine Lampe an, holte ihr Nähkörbchen und setzte sich hin, um die kleinen Flickarbeiten an der Kleidung ihres Gatten vorzunehmen und sich die Zeit zu vertreiben, bis er nach Hause kam und das Abendessen serviert werden konnte.

Das Nähen gehörte zu den wenigen Dingen, die Melanie vor dem Tod ihrer Großmutter von dieser gelernt hatte. Seitdem hatte sie viele Winterabende mit Nadel und Faden bei Stickereien zugebracht. Wenn ein Stickmuster oder ein zerrissenes Kleidungsstück seine Gestalt wieder annahm, übte das eine beruhigende Wirkung auf sie aus. Sie konnte sich mühelos so sehr in diese Beschäftigungen vertiefen, daß sie kaum noch wahrnahm, was um sie herum geschah.

Die Nacht brach an, und die unbeleuchtete Straße vor dem Haus wurde in Schwärze getaucht. Ein Nachtfalter flatterte um sie herum, denn der Schein der Lampe hatte ihn durch die Tür angelockt, die offenstand, um die kühle Abendluft hereinzulassen. Als er sich auf ihre Hand setzte, pustete sie, bis er wieder fortflog. Sie hielt den Falter für eine Motte, und sie wußte, daß Motten Eier in Kleidungsstücke legten, und daß aus den Eiern Tiere ausschlüpften, die Löcher in Wollsachen fressen konnten, doch die Vorstellung, diese kleinen Tiere zu töten, war ihr unerträglich.

Als in der Tür jemand hörbar einatmete, weckte das ihre Aufmerksamkeit. Eine großgewachsene Gestalt in einer blauroten Uniform stand dort. Es dauerte einen Augenblick, bis sie Roland in dieser ungewohnten Aufmachung erkannte, und noch länger dauerte es, bis sie sich zu einem Lächeln durchringen konnte. Sie wußte nicht, wie lange er schon dort gestanden hatte, dachte sich jedoch, daß er nicht erst in diesem Augenblick gekommen war. In seinen Augen stand ein nachdenklicher Ausdruck, als sein Blick von ihrem Gesicht auf das Hemd glitt, das sie in den Händen hielt. Sie hatte das unangenehme Gefühl, etwas falsch gemacht zu haben, dabei ertappt worden zu sein, wie sie in seinen Sachen herumschnüffelte, sich in Dinge einmischte, die sie nichts angingen.

Doch schon im nächsten Augenblick war dieser Eindruck verflogen. Ein Lächeln zog Rolands Mundwinkel hoch, als er auf sie zukam und sich vorbeugte, um sie auf die Lippen zu küssen. »Du bist großartig«, rief er. »Rieche ich da etwa das Abendessen? Ich hoffe es sehr, denn ich bin völlig ausgehungert.«

Die darauffolgenden Tage unterschieden sich kaum von dem ersten. Melanie verbrachte ihre Zeit damit, auf dem Markt einzukaufen, das Haus sauberzuhalten, ein wenig zu nähen, und manchmal half sie Glory auch bei der Zubereitung des Abendessens. Da sie nur drei Personen waren, stellte sie fest, daß das Geld, das sie bei sich hatte, eine ganze Weile reichen würde, solange sie sich bei ihren Einkäufen in acht nahm und für einfache, aber herzhafte Mahlzeiten sorgte.

Sie hätte nicht behaupten können, daß sie bei ihren Bemühungen, Roland in sich verliebt zu machen, Fortschritte erzielte. Seine Pflichten hielten ihn so oft fern von ihr, daß sie wenig Gelegenheit dazu hatte. Sie lächelte ihn über den Eßtisch hinweg an, war dahintergekommen, was er besonders gern aß, und achtete darauf, daß diese Gerichte oft serviert wurden. Hinterher, wenn sie sich in ihr Schlafzimmer zurückzogen, war sie zugänglich. Dafür bekam sie von Roland unbedeutende Komplimente und wurde freundlich von ihm behandelt, und in der samtigweichen Wärme der Nacht wandte er sich ihr zu, nahm ihre Großzügigkeit als das hin, was ihm sowieso zustand, und befriedigte immer wieder an ihr seine Leidenschaft. Aber wenn er auch zärtliche Liebkosungen murmelte, sie in seinen Armen hielt und ihr die zerzauste Haarpracht streichelte, dann hatte sie doch nie das Gefühl, daß sein Lechzen nach ihr sich seiner Kontrolle entzog, oder daß es verheerend für ihn wäre, wenn sie für immer aus seinem Leben verschwinden würde.

Im Lauf der Tage hörte sie mehr als einmal Weinen aus dem Haus auf der anderen Straßenseite. Die einzigen Menschen, die dort ein und aus gingen, waren ein Dienstmädchen und ein Herr, seinem Aussehen nach ein kreolischer Gentleman, wenn er auch kein junger Mann mehr war. Manchmal sah sie die Frau auch mit einem kleinen Kind und nahm an, sie hörte den Säugling weinen, wenn das Weinen auch nicht immer nach einem kindlichen Weinen klang.

An jenem bestimmten Abend kam Roland noch später als üblich nach Hause. Es war Essenszeit. Allmählich leerten sich die Straßen, und der abendliche Frieden senkte sich herab. Melanie legte ihr Nähzeug zur Seite und schlenderte in den Säulengang vor dem Haus. Am Himmel waren noch die letzten Strahlen der untergehenden Sonne zu sehen. Im Westen war der Horizont violett, orange und golden gestreift. Melanie lehnte den Kopf an den Eckpfeiler der Galerie und schaute, wie die Abendsonne die Unterseite der ausgebreiteten Flügel der dahinfliegenden Vögeln rötlich färbte.

Sie hatte gerade die Hand ausgestreckt, um eine der duftenden weißen Mondwinden zu pflücken, die sich an der Säule hochrankten, als ein Schrei die Stille zerriß. Es war nicht das Klagen eines Kindes, sondern der lautstarke Entsetzensschrei einer Frau. Ehe Melanie sich von der Stelle rühren konnte, wurde im oberen Stockwerk des Hauses auf der anderen Straßenseite die Tür aufgerissen, und eine Frau, deren gelöstes Haar hinter ihr herwehte, kam schreiend auf den Balkon gerannt. Sie hielt sich am Geländer fest und sackte in sich zusammen. Ein Mann in Hemdsärmeln betrat ebenfalls den Balkon. Langsam und bedrohlich pirschte er sich an die Frau heran. Das Gemeine daran war, daß sie von dort nicht weiter flüchten konnte, und das wußte er. Als er dicht vor ihr stand, streckte er die Arme aus und umklammerte ihren Unterarm. Er riß sie zu sich, zog die Hand zurück und schlug ihr fest ins Gesicht. Dann ohrfeigte er sie mit dem Handrücken. Die Frau holte keuchend und schluchzend Atem. Sie versuchte, etwas zu sagen, doch ehe ihr die Worte über die Lippen kamen, schlug er sie ein weiteres Mal, dann noch einmal.

Die Schläge und das Flehen der Frau hallten über die Straße. Durch die Tür hinter den beiden kam das Kind aus dem dunklen Haus und weinte, während es mit unsicheren Schritten auf seine Mutter zuwankte. Als es taumelnd neben dem Mann stand, der weiterhin die Frau schlug, hielt Melanie es nicht mehr aus.

»Sie da!« schrie sie, als sie auf die Stufen zuging. »Hören Sie sofort damit auf!«

In ihrer Hast stolperte sie fast über ihre Röcke. Sie überquerte die schlammige Durchfahrtsstraße, ohne auch nur einen Blick nach rechts oder links zu werfen. Ihr Reifrock hing im Schlamm, als sie unter der Galerie des gegenüberliegenden Hauses stehenblieb.

Der Mann hatte aufgehört, die Frau zu schlagen, und er hatte sich umgedreht, um Melanie anzusehen, die näherkam, als sei er erstaunt über ihre Verwegenheit. Mit flammenden Augen schrie Melanie ihn an: »Ich habe gesehen, was Sie Ihrer armen Frau angetan haben, Sie Unmensch. Man sollte Sie auspeitschen, und wenn es nach mir ginge, geschähe das sofort.«

Der Mann warf den Kopf zurück und lachte laut. »Frau!« rief er. »Sie sind eine Närrin! Gehen Sie lieber wieder in Ihr Haus, und machen Sie die Tür zu, ehe Ihr Mann heimkommt und Sie genauso behandelt, wie ich diese Schlampe behandele.«

»Mein Mann hat noch nie seinen Zorn an mir ausgelassen. Er ist ein Gentleman, was man von Ihnen nicht behaupten kann!«

»Ist das wahr?« erkundigte sich der Mann in einem anmaßenden Tonfall, doch die Adern auf seiner Stirn schienen anzuschwellen. »Dann schätzen Sie sich glücklich, denn wenn Sie mir gehörten, würde ich Sie nackt ausziehen und Sie schlagen, bis Sie um Gnade winseln. Ich würde Sie festbinden und mit meiner Peitsche Striemen in die weiße Haut Ihres Hinterteils schlagen, bis Sie gelernt haben, den Mann zu respektieren, der Ihr Herr ist.

O ja, ich habe Sie ein und aus gehen sehen. Ich weiß, wie schön und bleich Sie sind, wie weiß Ihre Haut ist, viel weißer als ich es jemals zuvor gesehen habe. Ich weiß nicht, woher Sie kommen, aber es gibt noch einige andere Dinge, die ich gern mit Ihnen machen würde, wenn ich erst meine Peitsche zur Seite gelegt hätte.«

Melanie war derart schockiert, daß es ihr die Sprache verschlug, doch schon im nächsten Moment packte sie eine Wut, wie sie sie noch nie in ihrem Leben verspürt hatte. Sie hätte nicht sagen können, was sie im nächsten Augenblick getan oder gesagt hätte, denn die Frau trat einen Schritt näher an das Geländer, schaute auf Melanie herunter und streckte abwehrend eine Hand aus. »Nicht, reizen Sie ihn nicht noch mehr. Sie können mir nicht helfen. Mir kann niemand helfen. Bitte, gehen Sie. Bitte, denn Sie machen alles nur noch schlimmer.«

Das Haar wehte der Frau wie eine dunkle Wolke von zarten Ringellöckchen um die Schultern. Ihre Haut hatte einen schwachen gelblichen Schimmer; ihre Augen waren groß und schwarz und feucht. Es dauerte einen Moment, bis Melanie, die ihr ins Gesicht schaute, die Wahrheit erkannte. Sie war eine Terzeronin, eine Frau, die zu drei Vierteln weiß war, aber ein Viertel Negerblut hatte, das Kind einer Mulattin und eines weißen Mannes, und der Mann, der sie nach wie vor brutal umklammert hielt, glaubte, auch Melanie gehörte zu dieser Kategorie.

Mit zusammengekniffenen Lippen und glühenden Augen rief Melanie: »In Ordnung. Ich gehe jetzt. Aber damit ist der Fall noch nicht abgeschlossen. Ich bin die Frau von Lieutenant Colonel Roland Donavan, eine ehrbare Frau, und ich gelobe Ihnen, daß Sie noch von mir hören werden.«

Als Roland endlich nach Hause kam, war Melanie immer noch derart außer sich, daß sie nicht stillsitzen konnte, als sie ihm erzählte, was vorgefallen war. Sie lief im Zimmer auf und ab und blieb dann vor ihm stehen.

»Dieser Mann hat Dinge zu mir gesagt, die schlimmer waren als alles, was ich je zu einem Sklaven sagen würde. Er hat mich für eine Terzeronin gehalten, Roland! Eine Mätresse, einen Mischling!«

»Das ist mir nur zu klar. Unklar ist mir dagegen, was dich dazu gebracht hat, dich in die Streitigkeiten anderer Leute einzumischen.«

»Streitigkeiten? Sie haben nicht gestritten – er hat sie geschlagen. Diese Frau stand einfach nur da und hat sich von ihm schlagen lassen, ohne eine Hand zu ihrer Verteidigung zu heben, und dieser Unmensch wußte, daß sie sich nicht wehren wird, daß sie es nicht wagen wird. Und während all dem ist das Baby zwischen den Füßen des Mannes rumgekrochen, und sein Vater hat sich nicht eine Bohne dafür interessiert, ob er es zertrampelt!«

»Mir ist immer noch nicht klar, wieso du dir eingebildet hast, du könntest etwas dagegen tun.«

»Mir auch nicht, aber ich konnte doch nicht einfach dastehen und zusehen. Das ist alles schon schlimm genug, aber es ist noch nicht das Schlimmste. Dieser Mann hat mich für eine Terzeronin gehalten, und das ohne ersichtlichen Grund, wohl nur, weil ich gegenüber in derselben Straße wohne. Was ist das hier für eine Gegend, Roland? In was für ein Haus hast du mich gebracht?«

Er zögerte nur einen Augenblick. »Das Viertel ist genau das, wofür du es hältst«, antwortete er dann.

Sie hatte es gewußt; sie hatte es nur einfach nicht glauben können. Die feurigen Terzeroninnen waren seit fast einem Jahrhundert traditionell die Mätressen kreolischer Herren, ob jung oder alt. Im allgemeinen waren sie freigelassene Sklavinnen, deren Schönheit, Geburt und Hautfarbe ihnen kaum eine andere Wahl ließ, als sich von irgendeinem Mann aushalten zu lassen. Es gab spezielle Bälle, die diese Mädchen allein besuchten oder auf die sie von ihren Müttern gebracht wurden, die selbst ein solches Leben geführt hatten, und zu ihrer Sicherheit und der eventueller Kinder wurde eine Summe ausgesetzt. Manchmal stammten die Frauen von einem weißen Herrn und einer Sklavin ab, und auf dem Ball wurden sie direkt von ihrem Besitzer gekauft, der unter Umständen auch ihr Vater war. Oft hielten Verbindungen, die unter diesen Bedingungen eingegangen wurden, für das ganze Leben und brachten viele Kinder hervor, während der Mann möglicherweise gleichzeitig seine legitime Familie hatte. Die gängigste Praxis bestand jedoch darin, daß ein junger Mann für ein oder zwei Jahre eine solche Beziehung führte und das Verhältnis dann bei seiner Eheschließung auflöste. Die Damen von Natchez hatten sich selbst immer wieder dafür beglückwünscht, daß diese Praxis sich in dieser anständigen englischen Gemeinde nicht so hatte durchsetzen können wie im französisch-spanischen New Orleans.

Melanie fand es einfach unglaublich, daß man sie irrtümlich für eine solche Frau halten konnte, doch wenn sie zurückdachte, wurde ihr klar, daß es nicht zum ersten Mal passiert war. Da war dieser andere junge Mann gewesen, der sie auf der Straße angesprochen hatte. Jetzt war ihr der Grund für seine plumpe Vertraulichkeit nur zu klar.

Sie schaute aus besorgten blauen Augen zu ihrem Mann auf und fragte: »Warum? Warum hast du mich hierher gebracht?«

»In allen Hotels und Pensionen der Stadt wimmelt es von Soldaten und deren Familien, und dazu kommen noch die Freunde und Nachbarn von Gouverneur Quitman. Dieses Haus mag zwar nicht ideal sein, aber es ist sauber und behaglich und halbwegs praktisch. Es tut mir leid, Melanie, aber ich hätte dich nirgends sonst unterbringen können. Wenn ich etwas mehr Zeit gehabt hätte, wenn du mir ein wenig eher Bescheid gegeben hättest, hätte ich vielleicht etwas Besseres finden können. So, wie die Dinge standen, war ich froh, daß ich überhaupt irgendeine Unterkunft für dich gefunden habe.«

»Ich verstehe.« Ihre Kehle war nicht mehr ganz so zugeschnürt. Die Vorstellung hatte sie verletzt, Roland könnte sie, ohne darüber nachgedacht zu haben, hierher gebracht haben, weil ihre Gefühle ihn nicht interessierten.

»Es tut mir leid, daß du beleidigt worden bist«, fuhr Roland fort, »aber ich wäre im Traum nicht darauf gekommen, daß du mit anderen Leuten in diesen Häusern in Berührung kommen könntest. Es schien mir keinen Grund dafür zu geben, daß du auch nur irgend etwas mit ihnen zu tun hast.«

Melanie schaute die Nymphen und Satyre auf dem Kaminsims an und wandte dann den Blick wieder ab. Jetzt erklärten sich gewisse Einrichtungsgegenstände in diesem Haus nur zu leicht. »Leider ist es zur Kontaktaufnahme gekommen. Solange ich hier wohne, ist mir der Gedanke unerträglich, daß dieser abscheuliche Mann gegenüber diese arme Frau mißhandelt, wer oder was sie auch sein mag. Es muß etwas geschehen.«

»Ich bin deiner Meinung.«

Melanie schaute ihn überrascht an. Sie hatte nicht erwartet, daß er sich so einsichtig erweisen würde. »Was hast du gesagt?«

»Ich habe gesagt, ich bin deiner Meinung, wenn auch nicht um dieser Frau, sondern um deinetwillen.«

»Um meinetwillen? Das verstehe ich nicht.«

»Kein Mann droht meiner Frau, ganz gleich, weshalb. Solange hier ein Mißverständnis vorliegt oder die Möglichkeit besteht, du könntest dich wieder einmischen, wenn du das nächste Mal einen Schrei hörst, kann ich nicht tun, was ich tun muß, wenn ich weiß, daß du hier allein bist.«

»Er würde es nicht wagen, mich anzurühren.«

»Kann sein, aber wenn du dich wieder einmischst, könnte er sich unter Umständen nicht rechtzeitig daran erinnern, daß du eine respektable Frau bist. Schließlich hält er es für sein Recht, diese Frau zu behandeln, wie er will.«

»Ich habe immer noch meine Pistole.«

»Deine Pistole? Die du aber heute abend zufällig nicht bei dir getragen hast? Soweit ich bisher sehen konnte, hast du wenig damit erreicht, bei keinem der beiden Anlässe, bei denen du sie in meinem Beisein benutzt hast.«

Das war nur allzu wahr und ließ sich nicht bestreiten. »Was schlägst du denn vor?«

»Dinge wie betrunkenes Auftreten in der Öffentlichkeit und grobe Mißhandlung von Sklaven werden von den Kreolen nicht gern gesehen. Sie haben ihre Methoden, damit umzugehen. Wenn dieser Mann sich auch nur im geringsten für seinen Status in der Gesellschaft interessiert, wird er sich der Stimme der Vernunft beugen. Wenn nicht, dann gibt es andere Mittel.«

Andere Mittel. Die Kreolen von New Orleans waren dafür bekannt, daß sie sich nur zu schnell auf das Feld der Ehre begaben. »Doch nicht etwa ... ein Duell? Doch nicht wegen so etwas?«

»Mir fällt wenig ein, was ein Duell eher rechtfertigen würde«, gab er kurz und bündig zu.

Das war sein letztes Wort zu diesem Thema. Melanie bemühte sich zwar, ihn zu überreden, daß er ihr alles erzählte, was er vorhatte, doch sie konnte ihm nichts entlocken. Als sie am nächsten Abend hörte, wie eine Kutsche draußen auf der Straße anhielt, trat Melanie gerade noch rechtzeitig ans Fenster, um zu sehen, wie eine Delegation von Männern ausstieg und auf die Haustür gegenüber zuging. Männer, die den unverwechselbaren Stempel von Macht und Einfluß trugen. Männer, die ebenfalls französischer und spanischer Abstammung waren. Sie blieben nicht allzu lang, kaum eine halbe Stunde. Was auch geredet worden sein mochte, es schien wirksam gewesen zu sein. In den Tagen darauf drangen keine weiteren Schreie aus dem düsteren Haus auf der anderen Straßenseite. Und doch legten sich Melanies Sorgen nicht. Wenn sie mit Glory aus dem Haus ging, um auf den Markt zu gehen, oder wenn sie von einem Bummel durch die Straßen zurückkamen, um auf der Place d'Armes Luft zu schnappen, fühlte sie sich beobachtet. Dieser Eindruck war so stark, daß sie die Flügeltüren, die zur Straße führten, nicht mehr offen ließ, es sei denn, die Jalousien waren vorgezogen. Wenn sie das Bedürfnis verspürte, sich den Sonnenuntergang oder den Himmel im Zwielicht der Dämmerung anzusehen, dann tat sie das in der Abgeschiedenheit der Galerie hinter dem Haus oder auf dem Innenhof, denn nur dort fühlte sie sich sicher.

11. Kapitel

Ganz langsam wurden die Tage kühler. Die dunkelgrünen Palmwedel im Hof hingen schlaff nach unten, und die breitblättrigen Bananenbäume wurden vom Wind eingerissen und zerzaust. In einer Ecke begannen die Blätter der Feigensträucher gelb zu werden und abzufallen. Wolken brauten sich im Südosten zusammen, und die abkühlenden, alles aufweichenden und anscheinend endlosen Herbstregenfälle setzten ein.

Die Vorhersage, die Gouverneur Quitman Monate zuvor in Natchez gemacht hatte, bewahrheitete sich. Bei der Verhandlung gegen General Lopez und ihn konnten sich die Geschworenen nicht auf einen Urteilsspruch einigen. Die Regierung, die einsah, daß sich die gewünschte Verurteilung nicht durchsetzen ließ, veranlaßte draufhin, die Anklage fallen zu lassen. Der frühere Gouverneur von Mississippi und der General waren frei. Das Los der vierzig Männer von der Insel Contoy, die noch im Morro Castle festgehalten wurden, war noch ungewiß. Ihre Gefangenschaft war zu einer *cause célèbre* geworden, und der Präsident der Vereinigten Staaten intervenierte, um sich für die Männer einzusetzen. Amerikanische und spanische Behörden verhandelten miteinander, und doch schien sich so schnell nichts zu tun. Die Tage zogen dahin, einer nach dem anderen.

Melanie saß eines Morgens auf der Veranda hinter dem Haus und betrachtete, wie der Regen in silbernen Strömen vom Dach rann, als Glory aus dem Haus kam. Ihr Gesicht war vor Sorge verzerrt, und in ihren Augen stand ein bedrückter Ausdruck.

»Sie haben Besuch, Miss Melanie.«

Da um sie herum überall der Regen prasselte, hatte Melanie keine Kutsche gehört. »Wer ist es denn?« fragte sie.

»Es ist Mr. Dom. Soll ich ihn hereinbitten?«

Dom. In New Orleans. Was dachte er sich dabei, um diese Morgenstunde zu Besuch zu kommen? Er mußte wissen, daß Roland seinen Pflichten nachging und nicht zu Hause sein würde. Vielleicht war er sich über diesen Umstand nicht nur im klaren, sondern hatte sich entschlossen, ihn bewußt für sich zu nutzen. »Ist er allein?«

»Ja, Ma'am«, antwortete Glory und verzog mißbilligend die Lippen.

Es wäre das beste gewesen, ihn einfach fortzuschicken. Er konnte kaum etwas zu sagen haben, was sie sich gern angehört hätte. Andererseits war es ein langer und trister Morgen gewesen, und es sah ganz danach aus, als verliefe der Nachmittag ebenso. Es bestand immer noch die Möglichkeit, daß er Neuigkeiten aus Natchez mitbrachte, oder nicht? »Führ ihn ins Wohnzimmer, und biete ihm etwas zu trinken an. Ich werde gleich bei ihm sein.«

»Miss Melanie, glauben Sie, daß das richtig ist? Was wird Mr. Roland dazu sagen?«

»Ich bezweifle, daß es ihn interessiert. Wenn er mehr Zeit hier und weniger Zeit mit seinem ewigen Soldatenleben verbrächte, wäre er jetzt zu Hause. Und in dem Fall hätte er keine Ursache, sich zu beklagen.«

Kopfschüttelnd ging Glory, um Melanies Anweisungen zu befolgen. Melanie stand auf und betrat von der Galerie aus ihr Schlafzimmer, um sich ein wenig zurechtzumachen. Sie hatte Glory durchaus die Wahrheit gesagt. Rolands übertriebener Pflichteifer fing an, ihr gewaltig auf die Nerven zu gehen. Ihr war klar, daß sie unaufgefordert nach New Orleans gekommen war, sich selbst eingeladen hatte, doch sie fand, er hätte sich trotzdem bemühen können, mehr Zeit mit ihr zu verbringen. Vor Anbruch der Dunkelheit bekam sie ihn kaum je zu sehen, und dann war er so erschöpft, daß er selten zu mehr in der Lage war, als zu Abend zu essen und ins Bett zu fallen. Sein körperliches Verlangen nach ihr hatte nicht nachgelassen, aber sie war es allmählich müde, ihre Tage ausschließlich auf das Stillen seiner Gelüste aufzubauen.

Dom stand im Wohnzimmer vor der Flügeltür, als sie eintrat. Melanie blieb stehen, um ihn zu betrachten. Er kam ihr dünner vor als beim letzten Mal, als sie ihn gesehen hatte, und wenn sie sich nicht täuschte, war seine Haltung strammer, sein Kinn höher in die Luft gereckt. Er hatte die Jalousien schräggestellt, um hinausschauen zu können. Da etwas auf der Straße seine Aufmerksamkeit in Anspruch nahm, bemerkte er sie nicht, als Melanie auf ihn zuging und neben ihm stehenblieb. Als sie auch auf die Straße schaute, sah sie das Dienstmädchen aus dem Haus gegenüber eilig in Richtung Zentrum laufen; die Frau hatte den Kopf gegen den strömenden Regen gesenkt.

»Manche Menschen sind einfach rücksichtslos«, bemerkte sie.

Dom drehte sich abrupt um. »Melanie«, rief er überrascht, und dann wiederholte er in einem zarteren und herzlicheren Tonfall: »Melanie.«

Sie gab ihm die Hand, lächelte ihn an und war entgegen ihrer Erwartungen von dem Gefühlsüberschwang in seiner Stimme berührt. »Wie geht es dir, Dom?«

Anstelle einer Antwort meinte er: »Du bist noch schöner als früher.«

»Du schmeichelst einer verheirateten Frau«, erinnerte sie ihn, und ihr Lächeln wirkte warnend.

»Deshalb ist es nicht weniger wahr«, gab er zurück.

Sie entzog ihre Hand seinen Fingern, die sie festzuhalten versuchten, und wies mit einer Kopfbewegung auf das kleine Sofa. »Wollen wir uns setzen? Ich hoffe, Glory hat dir eine Erfrischung angeboten?«

»Das hat sie getan, ja, aber ich wollte nichts als dich sehen. Ich wollte wissen, wie es dir geht, und wie Roland dich behandelt.«

»In dem Punkt kann ich nicht klagen«, erwiderte Melanie, die sich auf einen Stuhl vor dem Kamin setzte und auf das Sofa neben sich wies.

»Dir war es schon immer verhaßt zuzugeben, daß du Hilfe gebrauchen könntest, ganz gleich, von wem. Wie kann ich sicher sein, daß du nicht nur die Tapfere spielst?«

Sie warf einen schnellen Seitenblick auf ihn und war überrascht über seine Einsicht. »Ich vermute, du kannst nie sicher sein«, entgegnete sie nach einem Moment. »Du wirst meinen Worten eben glauben müssen. Aber du hast mir noch nicht erzählt, wie es dir ergangen ist.«

»Bei mir ist alles gut gelaufen.«

»Und Chloe, wie geht es ihr?« Melanie wünschte, er würde sie nicht derart anstarren. Sie hatte das Gefühl, daß er nach Worten suchte und bemüht war, etwas zu äußern, was ihm offensichtlich wichtig erschien, wofür er aber noch nicht die richtige Ausdrucksform gefunden hatte. Sie war keineswegs sicher, ob sie hören wollte, was er zu sagen hatte.

»Meiner Schwester geht es recht gut.«

»Ist sie mit dir nach New Orleans gekommen?«

»Ja – ja, sie ist mitgekommen. Eigentlich war es sogar ihre Idee, die Reise zu unternehmen. Sie beharrte darauf, daß alle, die etwas auf sich hielten, hier seien.«

»Das dachte ich mir schon. Vor einer Weile, ehe ich aus Natchez aufgebrochen bin, hat sie mir gegenüber schon geäußert, möglicherweise hierherfahren zu wollen.«

»Ach, ja? Ich wußte nicht, daß ihr beide euch seit... daß ihr euch seit deiner Hochzeit noch einmal gesehen habt.«

Das war nicht weiter verwunderlich. »Chloe schien das Gefühl zu haben, daß du Roland immer noch grollst. Da du hergekommen bist und dich in seinem Haus aufhältst, verlasse ich mich darauf, daß das nicht länger wahr ist.«

»Mich verbindet zwar keine Freundschaft mehr mit Roland«, bemerkte Dom bedächtig, »aber andererseits grolle ich ihm auch nicht mehr. Sein Benehmen gegenüber der Frau, die meine Verlobte war, kann man zwar nicht gerade als gentlemanlike bezeichnen, aber er war ja auch provoziert worden.«

»Ja«, antwortete Melanie mit gepreßter Stimme und schaute auf ihre Hände, die sie im Schoß umklammerte. Es stimmte alles, aber trotzdem machte es ihr keinen Spaß, sich diese Dinge unter die Nase reiben zu lassen.

»Ich hoffe nur, daß Roland meine Lage versteht«, wandte Dom ein.

Es dauerte einen Moment, bis Melanie begriff, worum es ging. Er wollte wissen, wie Roland zu ihm stand. Er wußte natürlich nicht, daß Melanie in Cottonwood die Begegnung zwischen ihm und ihrem Ehemann mitangesehen hatte. Um seines Stolzes willen war sie froh darüber. Das erleichterte ihr auch das Antworten. »Ich wüßte keinen Grund, warum er etwas gegen dich haben sollte. Ich meine, wenn hier jemand geschädigt worden ist, dann doch wohl am ehesten du.«

»Das freut mich«, rief Dom und stützte sein knochiges Handgelenk auf die Sofalehne, als er sich zu ihr vorbeugte. »Mir wäre die Vorstellung verhaßt, daß es mir verwehrt würde, dich zu sehen, und sei es nur in Form von Anstandsbesuchen. Ich glaube nicht, daß ich eine so große Strafe verdient hätte.«

»Dom, bitte«, warnte Melanie.

Es nutzte nichts. »Ich bin schon genug bestraft worden«, fuhr er fort. »Wegen der Sünde der Selbstsucht und der Aufgeblasenheit habe ich dich verloren. Das war eine schwere Lektion, aber ich habe einiges daraus gelernt. Ich habe gelernt, daß die Meinung anderer Leute sehr wenig zählt. Daß die Leute viel zu schnell bei der Hand sind, andere für Taten zu verdammen, die zu begehen ihnen der Mut fehlt. Daß es letztendlich keinerlei Rolle spielt, welche Maßstäbe man anlegt, solange man tut, was einem das Herz und das Gewissen vorschreiben.« Er wandte den Blick ab. »Ich wünschte, ich könnte die Dinge rückgängig machen, die ich zu dir gesagt habe. Es gibt vieles, was ich gern rückgängig machen würde. Aber das geht nicht. Manchmal frage ich mich, ob ich mit diesem Wissen weiterleben kann. Nicht immer, aber manchmal.«

»Dom, ich ...«

»Nein, du brauchst nichts zu sagen. Es war nett von dir, daß du mir zugehört hast. Ich hoffe, du hast Verständnis dafür, wenn ich noch ein oder zwei Dinge anspreche? Zuerst einmal geht es um Chloe. Sie würde dich gern besuchen, falls du sie empfängst. Aus irgendwelchen Gründen glaubt sie, daß du sie nicht wiedersehen möchtest.«

Als sie einander das letzte Mal gesehen hatten, dachte Melanie, war Chloe aus Loyalität gegenüber ihrem Bruder so beleidigend gewesen. Natürlich konnte sie diese geschwisterlichen Gefühle verstehen und verzeihen. »Ja, selbstverständlich. Es würde mich freuen, sie zu sehen.«

»Ich wußte, daß du das sagen würdest. Jetzt noch eines. Eliza Quitman bedauert, daß ihr, du und Roland, keine der Einladungen angenommen habt, die an euch ergangen sind. Sie bittet mich, dich ganz ausdrücklich von ihr zu grüßen und dir nahezulegen, daß ihr zu einem Theaterfest kommt, das sie in dieser Woche gibt. Falls du dich einverstanden erklärst, wird sie eine *loge grille* mieten, eine der Logen, die Schutz vor den Blicken der Neugierigen bieten. Die Kreolinnen mieten sie in der Trauerzeit und in den letzten Monaten der Schwangerschaft. So handhabt man das hier. Niemand wird sich etwas dabei denken. Und außerdem verspricht Eliza, daß sie nicht Roland in der Kaserne über den Zeitpunkt benachrichtigt, sondern dir eine Einladung überbringen läßt.«

»Das klingt wunderbar«, freute sich Melanie. »Für Roland kann ich nicht zusagen, aber wenn Eliza die Einladung schickt, werde ich ihr selbstverständlich auf die eine oder andere Art eine offizielle Antwort zukommen lassen.« War es möglich, daß Roland Einladungen zu einigen Galaveranstaltungen in der Stadt abgelehnt hatte, ohne sie auch nur darüber zu informieren? Sie konnte sich nicht vorstellen, warum er so etwas hätte tun sollen, aber sie war fest entschlossen, das herauszufinden.

»Ich hoffe, du versuchst zu kommen. Chloe und ich werden dort sein. Es findet im St. Charles statt, und der Anlaß für das Fest ist die Rückkehr der französisch-irischen Schauspielerin Madame Dubois, die zur Wintersaison ihren lange erwarteten zweiten Benefiz-Auftritt zugunsten des Feldzugs gibt.«

Das war der Name der Frau, von der Chloe angedeutet hatte, Roland fände sie so attraktiv. Argwohn loderte in Melanie auf, doch ihre Neugier war ebenso groß. »Wie faszinierend«, antwortete sie. »Selbstverständlich werde ich versuchen, dorthin zu kommen.«

»Was wirst du versuchen?«

Diese Stimme, die von kalter Wut gefärbt war, gehörte ihrem Mann. Melanie schnappte nach Luft, als sie sich umdrehte. Roland stand in der Tür, hielt seinen aufgeweichten Hut in der Hand, und das Wasser tropfte von seinem Ölzeug auf den Boden. Das Tosen des Sturms hatte sein Eintreffen übertönt. Melanie war so verblüfft und überrascht, daß sie sich unwillkürlich fragte, wieviel er mitangehört hatte, und eine schuldbewußte Röte stieg in ihre Wangen auf.

»Roland!« rief sie so gefaßt aus, wie es ihr nur irgend möglich war. »Wieso bist du um diese Tageszeit hier? Ist etwas passiert?«

»Ich bin nicht sicher«, schnaubte er. »Man hat mich benachrichtigt, meine Frau empfinge einen fremden Mann.«

Die Anschuldigung in seiner Stimme und die Pose des hintergangenen Ehemannes waren vollkommen unangebracht. Melanie sprang auf. Sie reckte den Kopf hoch in die Luft und erwiderte: »Wie du sehen kannst, ist das ein Irrtum. Ich empfange einen alten Freund von uns beiden. Ich wollte gerade nach Glory läuten, damit sie uns eine Tasse Tee serviert. Willst du dich nicht zu uns setzen?« Als ihr ein anderer Gedanke durch den Kopf ging, fuhr sie fort: »Und während wir auf den Tee warten, kann Dom dir von einer Einladung erzählen, die Eliza Quitman an uns ausgesprochen hat. Es erstaunt mich zu hören, daß du so schnell über meine Aktivitäten unterrichtet worden bist, da es scheint, als seien eine Menge Einladungen zu den verschiedensten Veranstaltungen verloren gegangen, die man dir in die Kaserne geschickt hatte.«

»Tja«, meinte Dom und stand ebenfalls auf. »Ich glaube nicht, daß ich jetzt einen Tee trinken möchte. Vielleicht ein anderes Mal.«

Roland ließ Melanie nicht aus den Augen, als er antwortete: »Ja, ein anderes Mal. Da dieses Mißverständnis jetzt geklärt ist, muß ich mich wieder auf den Weg machen. Wenn du soweit bist, Clements, begleite ich dich zu deiner Kutsche.«

»Das ist nicht nötig«, erklärte Melanie. Zu einem anderen Zeitpunkt hätte Rolands Entschlossenheit, Dom aus dem Haus zu treiben, sie belustigt, aber nicht jetzt.

»Oh, doch, ich glaube schon«, entgegnete Roland und läutete nach Glory. Er stand angespannt da und wartete, bis das Mädchen Doms Hut und Stock brachte.

»Auf Wiedersehen, Melanie«, verabschiedete sich Dom. »Oder vielleicht sollte ich sagen *au revoir*, denn schließlich sind wir in New Orleans. Chloe wird in ein oder zwei Tagen bei dir vorbeikommen. Es ist nett von dir, daß du bereit bist, sie zu empfangen.«

»Das ist doch selbstverständlich«, antwortete Melanie.

Dom verbeugte sich und verließ das Zimmer. Roland warf einen letzten Blick auf Melanie, trat durch die Tür und schloß sie hinter sich. Seine Augen hatten eine Kampfansage ausgedrückt. Nun gut. Wenn er die Klingen mit ihr kreuzen wollte, dann sollte er schleunigst wieder nach Hause kommen. Sie war nur zu bereit, ihm diesen Gefallen zu tun.

Der Regen fiel immer noch in steter Monotonie, als die Dämmerung anbrach. Roland, der endlich zurückkam, schien den größten Teil des Tages im Freien zugebracht zu haben, denn er war bis auf die Haut durchnäßt und bis zu den Augenbrauen voller Schlamm. Er knurrte eine kurze Begrüßung und machte sich sofort auf den Weg zur Küche, um sich Badewasser zu organisieren. Da Glory noch mit den Vorbereitungen für das Abendessen beschäftigt war, machte er sich das Wasser selbst warm und trug es die Hintertreppe zu ihrem Schlafzimmer hinauf. Melanie hörte nichts mehr von ihm, bis das Essen auf dem Tisch stand. Dann tauchte er in einer Lederhose und einem frischen weißen Hemd und mit nassem Haar auf.

Sowohl Melanie als auch Roland hatten gelernt, ihre Streitigkeiten nicht vor den Dienstboten auszutragen. Für Melanie gehörte Glory zwar eher zur Familie, und sie wußte nur zu gut, wie klar der alten Frau war, daß etwas nicht stimmte, und wahrscheinlich wußte sie auch schon genau, um was es ging. Dennoch würde Roland kein Wort sagen, solange die Zofe beim Servieren ein und aus ging. Na und wenn schon, sagte Melanie sich. In der letzten Zeit wies Glory einen beklagenswerten Hang auf, sich auf Rolands Seite zu stellen.

Als sie gegessen hatten, half Melanie Glory beim Abräumen des Tisches. Hinterher machte sie sich mit kriegerischem Blick und einem flauen Gefühl in der Magengrube auf die Suche nach ihrem Mann. Er war weder im Salon noch im Wohnzimmer aufzufinden. Widerstrebend wandte sie sich dem Schlafzimmer zu.

Die Flügeltüren waren trotz der feuchten Nacht geöffnet. Durch sie drang ein Wind, der Dunst und die Geräusche plätschernden Regens mit sich trug und die Palmwedel unten im Hof rascheln ließ. Roland lehnte an der Tür und starrte hinaus. Hinter ihm stand die Wanne, in der er gebadet hatte, doch jetzt enthielt sie nur noch kaltes Seifenwasser. Seine nasse Kleidung lag auf dem Teppich neben der Wanne, und seine feuchten Handtücher waren über das Fußende des Bettes gehängt.

Melanie riß das erste Handtuch vom Bettende und inspizierte das Holz auf Wasserschäden. Es schien nichts passiert zu sein. Mit einem erleichterten Seufzer wandte sie sich Rolands nassen Kleidungsstücken zu.

»Laß das«, befahl er über die Schulter hinweg. »Glory wird sich darum kümmern, oder ich tue es selbst.«

»Der Teppich...« setzte sie an.

»So schnell modert er nun auch nicht. Wir haben einiges miteinander zu bereden.«

Sein harter Tonfall war herausfordernd. Melanie warf das Handtuch über den Wannenrand und drehte sich zu ihm um. Mit einer Hand auf der Hüfte sagte sie: »Ich glaube, du hast recht. Sollen wir vielleicht damit anfangen, warum ich nicht über die Einladungen informiert worden bin, die wir erhalten haben?«

»Erstens einmal hatte ich wenig Zeit, mir Gedanken über solche Dinge zu machen...«

»Der General muß die Zeit gehabt haben, denn ich bin sicher, daß eine große Reihe der Veranstaltungen ihm zu Ehren stattgefunden haben.«

»...und außerdem«, fuhr er fort, als hätte sie kein Wort geäußert, »bist du noch im Trauerjahr, oder hast du das vergessen? Ich nahm an, du hättest wenig Interesse an Festen.«

»Bloß weil ich trauere, bin ich doch nicht tot!« rief sie aus. »Selbst, wenn ich nicht die Absicht gehabt hätte, Einladungen anzunehmen, wüßte ich doch gern, was vorgeht. In der letzten Zeit war mein Leben nicht gerade sehr aufregend, und ich hätte ein wenig Interesse von außen sehr genossen, damit ein wenig Leben in meinen Alltag kommt.«

»Ich verstehe. Es tut mir leid, daß du dich gelangweilt hast, Madame Donavan. Ich persönlich habe unsere ruhigen Abende genossen.«

»Das liegt daran, daß du den ganzen Tag unter Leuten bist, mit denen du dir über eure Ausbeute den Mund zerreißen kannst, über den Lohn, der euch erwartet, wenn ihr wieder nach Kuba kommt, und ihr plant wahrscheinlich, wie ihr die Spanier, die seit Generationen in Kuba gelebt haben, überredet, aus ihren Häusern auszuziehen. Warum sollte dir etwas Frieden zwischendurch nicht behagen?«

Seine Augen wurden so hart wie Jade. »Das glaubst du also? Dann schlage ich vor, daß du eines Tages auf den Exerzierplatz mitkommst und dir ansiehst, was dort geschieht. Du wirst dort nichts anderes als einen Haufen harter Arbeit sehen. Aber wenn ich es mir genauer überlege, dann vergiß es am besten gleich wieder. Wahrscheinlich wird dich das Zusehen langweilen.«

»Wenn das, was du sagst, wahr ist«, gab Melanie zurück und warf den Kopf in den Nacken, »dann würde es mich wohl wirklich langweilen!« Sie hätte ihre unbedachten Worte über seine Arbeit gern zurückgezogen, aber da sich das nicht machen ließ, war sie nicht bereit, auch nur einen Millimeter von ihrem Standpunkt abzurücken.

Die Finger seiner rechten Hand ballten sich langsam zur Faust, als er sagte: »Heute morgen ist es mir so vorgekommen, als seist du alles andere als gelangweilt. Ich frage mich, ob du mir von dem Besuch deines früheren Verlobten erzählt hättest, wenn ich nicht eine so gelegene Warnung erhalten hätte.«

»Ich bin nicht sicher«, entgegnete Melanie und schürzte nachdenklich die Lippen. »Vielleicht wäre es aufregender gewesen, es vor dir geheimzuhalten.«

»Was hat er sich dabei gedacht, in meiner Abwesenheit herzukommen? Was wollte er?«

Bei diesen Worten trat Roland zwei Schritte näher an sie heran. Sein Körper drückte von Kopf bis Fuß gebändigte Wut aus. Sie war nicht bereit, sich einschüchtern zu lassen. »Soweit ich es verstanden habe, wollte er drei Dinge. Ertens wollte er sich erkundigen, ob ich gesund und glücklich bin. Sebstverständlich habe ich ihm versichert, daß beides der Fall ist. Zweitens hat Eliza ihn gebeten, die Einladung auszusprechen, was er auch getan hat. Und schließlich war er interessiert daran zu erfahren, ob du ihn sofort zum Duell aufforderst, wenn er dir unter die Augen kommt, obwohl ich beim besten Willen nicht verstehe, wie er auf den Gedanken kommt, du könntest es tun.«

»Ach, nein?« erkundigte er sich und zog eine Augenbraue hoch. »Das ist ja etwas ganz Neues.«

Trotz des beißenden Sarkasmus, der in seiner Erwiderung lag, hatte Melanie das Gefühl, daß er in Gedanken nicht bei der Sache war. »Möglich. Da du nicht die Absicht zu haben scheinst, meine Frage zu beantworten, muß ich den Schluß ziehen, daß es nichts mit mir zu tun hat. Wenn doch, dann muß Dom als der Geschädigte angesehen werden, oder nicht? Somit müßte er die Aufforderung zum Duell aussprechen. So, wie die Dinge stehen ...«

»Mach dir deshalb keine Sorgen. Das ist nicht wichtig. Was jetzt zählt, ist, warum du diesen Mann in meinem Haus empfangen hast.«

Melanie wandte sich abrupt ab und antwortete ihm über die Schulter. »Ich dachte, das hättest du dir bereits zu deiner vollständigen Zufriedenheit zusammengereimt.«

Er streckte die Hand aus und drehte sie wieder zu sich um. »Allerdings«, antwortete er, »aber dazu wird es nicht noch einmal kommen. Hast du mich verstanden? Wenn du Aufregung haben willst, dann wirst du sie bei mir finden.«

Er riß sie gewaltsam in seine Arme. Lange Zeit sah er ihr fest in die Augen. Die ausdruckslose Härte war verflogen, und in den kristallklaren Tiefen sah sie Wut und Schmerz. In dem Moment ging ihr auf, daß das, was ihn zu einem solchen Zorn veranlaßte, durchaus Eifersucht sein konnte; daß der Schmerz, den seine Augen ausdrückten, der Furcht entspringen konnte, sie zu verlieren. Dieser Streit hatte ihr einiges gebracht: die Entdeckung, daß ihr der Weg zum Sieg offenstand, daß ihr Plan, ihn in sie verliebt zu machen, sich bewährte. Es wäre ein gewaltiger Jammer gewesen, wenn sie jetzt etwas getan hätte, was ihren Sieg gefährden könnte.

Als seine Lippen sich auf ihren Mund legten, gab sie sich ihm vollkommen hin. Sie hob die Arme und schlang sie ihm um den Nacken. Das Blut rauschte in ihren Adern, als sie einander auszogen und sich hinlegten. Voller Wildheit und Zärtlichkeit bewegten sie sich miteinander, und jeder von ihnen wollte sich alles nehmen, das Äußerste, was der andere zu geben hatte, und in der süßen Lust fanden sie den Ersatz für die zarteren Gefühle, die keiner von beiden wahrhaben wollte oder konnte. Und doch war Melanie hinterher immer noch sicher, daß der Sieg in ihrer Reichweite lag. Daher war es merkwürdig, daß sie, als sie dalag und dem Regen lauschte, nichts anderes als erschöpfte Verzweiflung empfand.

Chloe kam. In einem Reigen aus rostrot und grün karierten Taftvolants brach sie über das Haus in der Rampart Street herein. Ihr schrilles Lachen hallte durch die Räume, und von dem Zeitpunkt, zu dem sie durch die Haustür eintrat, bis zu dem Moment, in dem sie das Haus durch dieselbe Tür wieder verließ, schwieg sie fast keine Sekunde. Ihre Äußerungen über New Orleans und ihre Berichte über das gesellschaftliche Treiben, das sie seit ihrer Ankunft hier erlebt hatte, waren wie immer schalkhaft und amüsant, wenn auch gehässig. Falls sie neugierig war, was Melanie und Roland und das Haus und den Stadtteil anging, in dem sie wohnten, dann strengte sie sich an, es nicht zu zeigen. Sie nahm an, als ihr eine Tasse Tee angeboten wurde, sie blieb die halbe Stunde, die der Anstand vorschrieb, und dann verabschiedete sie sich wieder.

Damit war es jedoch keineswegs ausgestanden. Am nächsten Tag kam Doms Schwester wieder, und immer noch lächelte sie, immer noch war sie amüsant, und immer noch redete sie wie ein Wasserfall, als fürchte sie, wenn sie sich unterbrach, könnte Melanie Fragen stellen, die sie nicht zu beantworten beabsichtigte, oder als könnte sie auf ein Thema zu sprechen kommen, das sie nicht anzuschneiden wünschte. Als ihre Ängste sich nicht zu bewahrheiten schienen, machte es den Eindruck, als entspanne sich Chloe ein wenig. Ihr Wortschwall versiegte allmählich. Als sie in der Tür stand, sich die Handschuhe glattstrich und sich zum Aufbruch bereitmachte, schlug sie abrupt vor: »Meine liebe Melanie, ich überlege mir die ganze Zeit, daß du durch dein Trauerjahr und deine Pflichten als Ehefrau einfach nicht oft genug aus dem Haus kommst. Was würdest du dazu sagen, wenn wir heute nachmittag eine Spazierfahrt miteinander machen? Wir könnten einkaufen gehen oder, wenn es dir lieber ist, ein paar Runden um die Place d'Armes drehen, vor der Kathedrale. Genau das tut man hier doch, oder zumindest habe ich das gehört. In New Orleans gibt es noch ein paar reizvolle europäische Bräuche, und die Place d'Armes sieht genauso aus wie ein alter Hauptplatz in einer spanischen Ortschaft. Junge Damen im heiratsfähigen Alter werden dort von ihren Mamas oder ihren Gouvernanten spazieren geführt, und schlichtweg jeder, der etwas sehen oder gesehen werden will, taucht am Nachmittag dort auf.«

»Ja, das habe ich auch gehört«, antwortete Melanie.

»Sollen wir hingehen und uns die Leute anschauen? Ich habe meinen Einspänner aus Natchez kommen lassen. Wir brauchen weder einen Kutscher noch einen Begleiter oder eine Anstandsdame. Mein Mädchen kann deinem einen Besuch abstatten, während wir beide ausfahren. Zu zweit wahren wir auch ohne Begleiter den Anstand. Wenn du einverstanden bist, komme ich vorbei und hole dich ab. Sagen wir mal, etwa zur Zeit des Sonnenuntergangs?«

Melanie zögerte nur einen Moment, ehe sie einwilligte. Eine Ausfahrt, um am frühen Abend Luft zu schnappen, wäre das mindeste an Abwechslung, was sie gebrauchen konnte. Chloe konnte eine unterhaltsame Begleiterin sein, wenn sie wollte, und das Mädchen machte sich solche Mühe, ihre frühere Freundschaft wiederherzustellen, daß es ihr kleinlich erschienen wäre, ihr nicht auf halbem Weg entgegenzukommen. Außerdem war Melanie keineswegs abgeneigt, sich das Leben in der französisch-kreolischen Stadt etwas näher anzusehen.

Von dem Moment an, in dem sie aufbrachen, wurde offensichtlich, daß Chloe sich für eine geschickte Kutscherin hielt. Peitscheschwingend saß sie auf dem roten Ledersitz in einem tiefblauen Militärstoffkostüm, dessen Mieder doppelreihig mit goldenen Tressen verschnürt war, und goldene Epauletten saßen auf den Schultern. Auf dem Kopf trug sie eine Bogenschützenkappe aus Filz, mit goldenen Litzen verziert. Die Straßenecke, die zum Place d'Armes führte, nahm sie auf einem der rotverzierten Räder der Kutsche. »Ich bin ja so froh, daß du dich entschlossen hast mitzukommen«, frohlockte sie mit erhobener Stimme. »In New Orleans gibt es nicht viele alleinstehende Mädchen in meinem Alter, und ich kann Dom auch nicht ständig meine Gesellschaft aufdrängen. Selbst das hat seine Grenzen. Und er fährt ohnehin nicht gern mit mir.«

Melanie lächelte gepreßt und konnte nur mit großer Mühe ihre Hand lockern, mit der sie sich am Sitz festklammerte. Vor ihnen fuhr ein Landwirtschaftsfahrzeug, das hoch mit bläulichem Zukkerrohr bepackt war. Als sie sah, daß sie jetzt langsamer fahren mußten, hob sie ihre Handtasche vom Boden auf und strich die Röcke ihres wollseidenen Kleides glatt. »Das kann ich mir wirklich nicht erklären«, erwiderte sie.

Chloe warf einen schnellen Blick auf sie. »Oh, du ziehst mich auf«, rief sie. »Meine Güte, wie sehr habe ich doch deinen verschrobenen Humor vermißt. Wir müssen wirklich ein paar Dinge planen, damit wir öfter etwas gemeinsam unternehmen können.«

»Ja, natürlich«, antwortete Melanie. »Ich nehme an, du hast vor, zu Eliza Quitmans Theaterfest zu gehen?«

»Das würde ich mir im Traum nicht entgehen lassen. Du bist eingeladen worden?«

»Gouverneur Quitmans Diener hat die Einladung heute nachmittag ins Haus gebracht.«

»Ich hoffe wirklich, daß du kommen wirst. Es wäre äußerst betrüblich, wenn du nicht kämst«, meinte Chloe.

»Da Eliza mir versprochen hat, mir eine *loge grille* zu mieten, sehe ich keinen Grund, warum ich nicht hingehen sollte.«

»Du mußt dafür sorgen, daß Roland seine Uniform trägt. Schließlich ist es eine Benefiz-Veranstaltung, und es sollten so viele Uniformen wie möglich zu sehen sein, meinst du nicht auch?«

Melanie warf einen Blick auf Chloe, doch das Mädchen konzentrierte sich ganz darauf, den Wagen mit dem Zuckerrohr zu überholen. Sie entschied sich, nicht einzugestehen, daß Roland ihr noch nicht mitgeteilt hatte, ob er das Fest zu besuchen gedachte, und daher murmelte sie zustimmend.

»Kennst du den Place d'Armes gut?« erkundigte sich Chloe.

»Ja. Glory und ich kommen auf dem Weg zum französischen Markt oft dort vorbei.«

Chloe drehte sich um und starrte sie überrascht an. »Du gehst selbst auf den Markt? Wie reizvoll. Dom und ich wohnen bei Freunden der Familie im amerikanischen Viertel der Stadt, nur ein paar Kreuzungen von den Quitmans. Ich genieße das enorm, denn als Gast bin ich von allen Haushaltspflichten befreit. Nicht daß ich je mehr getan hätte, als das Menü zu planen und den Zimmermädchen auf die Finger zu schauen, sie zu kontrollieren, nachdem sie Staub gewischt haben. Aber was sage ich da? Ach ja, der Exerzierplatz. Wenn du ihn kennst, dann hast du die phantastischen neuen Wohnhäuser gesehen, die sie auf der anderen Seite gebaut haben. Die Baronesse von Pontalba hat sie im französischen Stil errichten lassen. Es heißt, es seien die ersten ihrer Art in der Neuen Welt, und sie sollten zum Jahresanfang bezugsbereit sein. Das wird eine der exklusivsten Adressen werden. Manche der besten Familien bereiten sich jetzt schon auf den Einzug vor. Die Baronesse hat fast allen Berühmtheiten, die die Stadt besuchen, eine Unterkunft für die Saison angeboten, damit ihre Investitionen abgesichert sind. Soweit ich gehört habe, hat sie eine der besten Wohnungen, die bereits fertiggestellt sind, Madame Dubois angeboten.«

»Ach, wirklich«, war alles, was Melanie dazu einfiel.

Chloe nickte. »Ich hätte meinen rechten Arm dafür gegeben, dort zu wohnen. Es heißt, daß die Baronesse noch in der Stadt ist und täglich auf die Baustelle geht, um die Arbeiten zu überwachen. Ich habe versucht, Dom dazu zu überreden, ein Treffen mit ihr zu vereinbaren, weil ich fragen wollte, ob wir in einer der Wohnungen unterkommen könnten, aber er hat sich geweigert. Es sind grandiose Gebäude, findest du nicht auch?«

»Das kann man wohl behaupten«, stimmte Melanie zu, die nur mit Mühe ein Lächeln unterdrücken konnte. »Ich bin schon richtig vernarrt in Schmiedeeisen, vor allem,wenn es sich gegen diese roten Backsteine absetzt. In der Zeitung habe ich gelesen, daß die Baronesse entschlossen ist, die alten Pappeln auf dem Place d'Armes fällen zu lassen und einen gepflegten Garten anzulegen, den ein schmiedeeiserner Zaun umgeben soll und der nach dem Helden der Schlacht von New Orleans benannt werden soll, Andrew Jackson.«

»Nach allem, was bei den Bauarbeiten angerichtet worden ist, wird man allerdings einiges unternehmen müssen.«

So ging es weiter, bis sie ihr Ziel erreicht hatten. Dann fuhr Chloe in die Chartres Street und an dem Regierungsgebäude aus spanischen Zeiten vorbei, das Cabildo genannt wurde, an den hohen Kirchtürmen der St. Louis Kathedrale und an dem Presbyterianerkloster, das ursprünglich als Unterkunft für die Geistlichen erbaut worden war. Sie ließ ihr Pferd langsamer laufen, bis es majestätisch trabte, und die Peitsche hielt sie in einem eleganten Winkel.

»Wenn du nichts dagegen hast«, schlug Doms Schwester vor, »werden wir ein paar Runden durch die Straßen drehen, die den Exerzierplatz eingrenzen.«

»Wie du willst«, stimmte Melanie ihr zu. Aber Chloe, die sich den Hals verrenkte, um sich die Paare anzusehen, die promenierten, während sie anderen Leuten in vorbeifahrenden Kutschen zunickte, schenkte ihrer Antwort so wenig Beachtung, daß Melanie zu dem Schluß kam, sie hätte den Vorschlag aus reiner Höflichkeit gemacht.

Das Geschehen, das sich um sie herum abspielte, war interessant – das ließ sich nicht bestreiten. Herren im Frack und mit hohen Biberpelzmützen und den weichen Schnurrbärten junger Männer schlenderten vorbei, wirbelten ihre Stöcke oder benutzten sie, um jeden forschen Schritt zu betonen. Damen mittleren Alters spazierten bei ihren Männern eingehängt mit einer solchen Anmut vorbei, daß ihre vollen Röcke kaum in Bewegung gerieten. Vor ihnen marschierten, in reinstes Weiß gekleidet, ihre Töchter einher, manchmal eine, oft aber auch drei oder vier, und hinter ihnen folgten die übrigen Familienmitglieder. Die Mädchen, die vorausgingen, hatten ausnahmslos das Haar aufgesteckt, was darauf hinwies, daß sie im heiratsfähigen Alter waren. Diejenigen, die hinter den Eltern herliefen, hatten noch lange Zöpfe über die Schultern hängen. An den Ecken standen die Pralinenverkäuferinnen, alte Negerinnen in sauberen weißen Schürzen und mit *tignons* oder Kopftüchern. Neben ihnen standen die Blumenverkäufer mit ihren Sträußen aus Margeriten oder Chrysanthemen, den Herbstblumen, um deren Stiele Silberpapier gewickelt war. Die Abendbrise ließ das Laub der Pappeln rauschen. Vom Fluß hörte man das Stampfen eines Dampfschiffs.

»Dort ist M'sieur de Marigny«, stellte Chloe fest, »und dort drüben, das ist, glaube ich, James Gallier, der Architekt, der die Pontalba-Wohnungen entworfen hat.« Sie nannte weitere Passanten bei ihren Namen und erzählte Melanie, wer wer war, bis diese gezwungen war, sich zu fragen, wie das andere Mädchen die Bevölkerung von New Orleans in so kurzer Zeit so gut hatte kennenlernen können. Sie vermutete, daß sich dieses Phänomen auf Interesse zurückführen ließ. Chloes Hauptinteresse galt Menschen und deren Aktivitäten, um nicht zu sagen, daß das im Grunde genommen ihr einziges Interesse war.

»Möchtest du aussteigen und einen Spaziergang machen?« fragte Chloe. »Um diese Tageszeit ist das so angenehm. Ich versichere dir, daß es keine Schwierigkeiten machen wird. In dem Augenblick, in dem ich am Bürgersteig anhalte, werden definitiv Horden von kleinen Iren und Negerjungen auftauchen, die das Pferd gern festhalten.«

»Wie es dir lieber ist«, erwiderte Melanie.

»Dort sehe ich eine Lücke«, sagte Chloe. Dann beugte sie sich vor und schaute durch die Bäume auf den Place d'Armes. »Oh! O Melanie! Das ist ja entsetzlich. Ich hätte im Traum nicht geglaubt...«

»Was ist?« Melanie sah in ihre Blickrichtung. Sie hätte nicht sagen könne, was sie erwartet hatte, aber in ihrer kühnsten Phantasie hätte sie sich nicht das ausgemalt, was sie jetzt sah. Roland schlenderte groß und aufrecht in seiner Uniform unter den Pappeln umher. An seinem Arm hatte er eine Frau. Sie war schlank und dunkelhaarig und hielt sich gut. Auf die Entfernung war es schwierig, ihr Gesicht zu sehen. Sie trug ein laubgrünes Kostüm und einen riesigen Hut mit einer Pfauenfeder.

»O Gott«, murmelte Chloe, »das wollte ich unter gar keinen Umständen. Es tut mir ja so leid, Melanie, so furchtbar leid. Aber wer hätte sich gedacht, daß er sich mit ihr in der Öffentlichkeit zeigt, am hellichten Tag vor aller Augen mit ihr auftritt. Wir können nur hoffen, daß sie uns nicht bemerkt haben.« Statt am Randstein anzuhalten, gab Doms Schwester ihrem Pferd die Peitsche, und sie ließen den Place d'Armes eilig hinter sich.

Melanie sah noch einmal über die Schulter und sagte: »Ich glaube, ich verstehe nicht, was hier vorgeht. Wer war diese Frau?«

»Soll das etwa heißen, daß du es nicht weißt? Das war die Schauspielerin, von der ich dir im letzten Frühjahr erzählt habe, diejenige, die wir in zwei Tagen im St. Charles sehen werden. Das war Colleen Antoinette Dubois.«

Chloe murmelte immer noch Entschuldigungen vor sich hin, die irgendwie nicht wahr klangen, während sie auf direktem Weg zu dem Haus in der Rampart Street fuhr. Melanie war wild entschlossen, die Anstandsformen zu wahren, und daher lud sie Chloe zum Tee ein, doch das Mädchen lehnte ab. Sie verabschiedeten sich auf der Straße vor dem Haus. Chloe fuhr gleich weiter. Melanie blieb auf der Straße stehen und sah ihr stirnrunzelnd nach, bis der Einspänner aus ihrer Sicht verschwunden war.

Als Roland am Abend zurückkam, sprach sie diesen Zwischenfall nicht an. Sie zögerte, weil sie unsicher war, wie sie es anfangen sollte. Es erschien ihr am weisesten zu sein, erst einmal zu ergründen, wie sich diese neue Wendung auf ihr Verhältnis zu ihrem Mann und auf ihre Zukunftspläne auswirkte. Als sie ihre Gefühle behutsam unter die Lupe nahm, stellte sie fest, daß sie wütend war, wenn auch in erster Linie, beteuerte sie sich selbst, weil ihr Mann den Gelübden, die sie abgelegt hatten, so wenig Achtung erwies, und sich vor aller Augen mit seiner Geliebten zeigte. Sie hatte geglaubt, wenn sie sich auf etwas verlassen könnte, dann darauf, daß Roland sich körperlich zu ihr hingezogen fühlte. Soweit sie das sagen konnte, hatte diese Anziehungskraft keine Spur nachgelassen, aber das würde sicher mit der Zeit kommen. Und was wurde dann aus ihren grandiosen Plänen? Ihre Gewißheit, daß er sich allmählich immer mehr aus ihr machte, schien verfrüht gewesen zu sein. Wenn er sie weder liebte noch begehrte, dann hatte sie verloren. Sie mußte ihre Niederlage akzeptieren oder ein anderes Mittel finden, sich an ihm zu rächen.

Sie durfte nichts überstürzen. Es war immer noch möglich, daß ein Irrtum vorlag, daß es sich bei dem Treffen auf dem Platz nur um eine zufällige Begegnung gehandelt hatte. Roland hatte seine Bewunderung für die Schauspielerin eingestanden; es wäre nicht verwunderlich gewesen, wenn er stehen geblieben wäre, um ein paar Worte zu ihrem Auftritt für Lopez zu äußern. Nein. Es wäre ein zu großer Zufall gewesen, wenn sie und Chloe rein zufällig in dem Moment dazugestoßen wären, in dem diese zufällige Begegnung stattfand. Dann war auch noch Chloes Haltung zu berücksichtigen. Melanie hätte sich nicht gewundert, wenn sie erfahren hätte, daß Doms Schwester damit gerechnet hatte, die beiden miteinander dort anzutreffen.

Wenn sie es sich genauer überlegte, schien es das beste zu sein, wenn sie einfach abwartete. Das Theaterfest der Quitmans stand bevor. Dort würde sie sich Madame Dubois genauer ansehen können, und vielleicht wurde ihr dann klarer, woran sie war. Bis dahin konnte sie nichts dagegen tun, daß sie sich Roland gegenüber kühl verhielt, wenn es auch unklug war. Als sie sich ins Bett zurückzogen, lag sie steif da und rückte so weit von ihm ab, wie es nur irgend ging, wenn sie nicht Gefahr laufen wollte, von der Matratze zu fallen. Als sie spürte, daß er die Arme nach ihr ausstreckte, kehrte sie ihm den Rücken zu und streckte sich so träge, als sei sie furchtbar müde. Seine Hand strich über ihre schmale Taille und legte sich auf ihre Brust. Sie reagierte nicht darauf. Einen Moment später zog er die Hand zurück und legte sich seufzend auf den Rücken. Melanie seufzte tonlos. Es war kein Ausdruck der Erleichterung. Nachdem sein Atem schon längst tief und gleichmäßig ging, lag sie schlaflos da und starrte mit weit aufgerissenen, brennenden Augen in die Dunkelheit.

Melanie kleidete sich mit größter Sorgfalt für das Theaterfest. Es war eine Frage des Stolzes, wenn sie so gut wie möglich aussehen wollte, sagte sie sich; es ging ganz und gar nicht darum, mit der französisch-irischen Frau zu konkurrieren, die auf der Bühne stehen würde. Schon am Morgen wusch sie sich das Haar und trocknete es in der Sonne, und dann bürstete sie es, bis die rötlicheren Stellen im Kastanienbraun wie Juwelen funkelten. Nach einem genüßlichen Bad, bei dem sie ihre Rosenseife großzügig verwendete, setzte sich Melanie hin und ließ sich von Glory eine Frisur machen. Die Zofe, die Melanies Stimmung wahrnahm, überbot sich selbst in ihren Bemühungen.

Vor Monaten hatte Melanie bei der Auswahl ihrer Trauerkleider für Anlässe, bei denen sie still zu Hause Gäste empfangen würde, auch ein Abendkleid ausgewählt. Jetzt lag es auf dem Bett, und die Falten aus schwarzem Seidentaft schimmerten im Lampenlicht. Es war schlicht geschnitten und hatte einen vollen Rock und ein enges Oberteil mit einem runden Ausschnitt. Der schwarze Spitzenkragen, der ihr bis auf die Ellbogen fiel, wirkte wie ein Umhang. Auch über dem Taftrock war noch eine etwas kürzere Spitzenschicht angebracht. Dazu würde sie schwarze Seidenstrümpfe und schwarze Satinschuhe tragen. Stirnrunzelnd strich Melanie mit einem Finger über den steifen Taft. Ausgerechnet heute abend hätte sie ein wenig Farbe gut gebrauchen können. Aber das ließ sich beim besten Willen nicht machen.

Als sie das Kleid und die langen Handschuhe aus schwarzer Spitze angezogen hatte, drehte sich Melanie um, um sich in dem Spiegel über der Frisierkommode zu betrachten. Gegen den glänzenden schwarzen Stoff nahm sich ihre Haut milchweiß und so zart wie Magnolienblüten aus. Das Blau ihrer Augen und der kastanienbraune Ton ihres Haares wurden dadurch unglaublich hervorgehoben. An ihrem Hals und an den Ohren schimmerten die Perlen ihrer Großmutter, und sie war gezwungen zuzugeben, daß sie auch ohne den Effekt von etwas Farbe so gut wie selten in ihrem Leben aussah.

Die Dunkelheit brach herein. Melanie saß im Wohnzimmer und hatte ihren Umhang aus grauem Samt, ihr Opernglas und ihr perlenbesticktes schwarzes Handtäschchen bereitliegen. Der Zeitpunkt, zu dem sie und Roland die anderen im Theater treffen sollten, rückte immer näher. Roland hatte vorgehabt, früher nach Hause zu kommen, um ein Bad zu nehmen und noch einen Happen zu essen, ehe er seinen großen Dienstanzug anlegte. Die Uhr auf dem Kaminsims tickte unablässig. Der vereinbarte Zeitpunkt kam und ging vorüber, und Roland war immer noch nicht nach Hause gekommen.

Melanie sprang auf und lief auf dem Teppich auf und ab. Wo konnte er bloß stecken? Er hatte doch gewiß die Absicht, das Fest zu besuchen; das mußte er fast tun, nachdem er ihr erlaubt hatte, Eliza eine schriftliche Zusage zu schicken. Es war eine schmerzliche Erkenntnis, daß er seine Pflichten zwar vernachlässigen konnte, um mit einer Schauspielerin über den Place d'Armes zu schlendern, sich aber nicht rechtzeitig loseisen konnte, um eine Verabredung mit seiner Ehefrau einzuhalten. Sie fand einen gewissen Trost in der Vorstellung, daß Roland jetzt unmöglich mit dieser Frau zusammen sein konnte, da sie sicherlich bereits im St. Charles Theater war.

Was würde sich Eliza denken, wenn sie nicht dort erschienen? Oder Dom? Und Chloe? Wie lange würde es noch dauern, bis alle wußten, wie wenig sie dem Mann bedeutete, den sie geheiratet hatte?

Ihr Mann hätte ihr zumindest eine Nachricht zukommen lassen können, in der er ihr die Verspätung erklärte und sich dazu äußerte, ob er überhaupt noch die Absicht hatte, nach Hause zu kommen. Wenn sie bloß gewußt hätte, wie sie hinkommen sollte, wäre sie ohne ihn hingefahren; aber da sie keinen Wagen hatten, hatte Roland vorgehabt, eine Mietkutsche zu nehmen und sie gleich mitzubringen, wenn er nach Hause kam. Natürlich konnte man auch laufen. Genau das hatten sie und Glory und auch Roland bisher getan; aber wenn sie das heute tat, würde sie so zerzaust und atemlos ankommen, daß sie ein jämmerlicheres Bild geboten hätte als das, das entstand, wenn sie überhaupt nicht kam.

Die Geräusche einer Kutsche, die draußen vorfuhr, riß sie aus ihren traurigen Gedanken auf. Selbst in der Dunkelheit konnte sie erkennen, daß der Mann, der abstieg, nicht Roland war. Er kam die Stufen hinaufgestiegen, und da Melanie wußte, daß Glory in der Küche auf der anderen Seite des Innenhofs war, ging sie selbst an die Tür, als angeklopft wurde.

Dom stand in der Tür. Er zog lächelnd den Hut. »Ihre Kutsche erwartet Sie, Mylady.«

»Meine Kutsche?«

»Als du nicht aufgetaucht bist, hat sich Eliza Sorgen gemacht. Sie hat gesehen, wie General Lopez ins Theater gekommen ist, und sie hat jemanden hingeschickt, damit er sich erkundigt, ob ihm ein Grund dafür bekannt ist, aus dem ihr euch verspäten solltet, du und Roland. Der General hat ihr mitteilen lassen, daß Roland noch dabei ist, Waffen und Munition abzuladen. Die Lieferung ist heute am Spätnachmittag gekommen, und er kann nicht gehen, ehe alles abgeladen ist und die Munition hinter Schloß und Riegel im Waffenarsenal in Sicherheit gebracht worden ist.«

»Ich verstehe. Es war nett von dir, daß du hergekommen bist, um mir das zu sagen.«

»Das ist nicht der einzige Grund, aus dem ich hier bin. Eliza dachte, du kämst vielleicht gern jetzt gleich ins Theater, und Roland könnte später nachkommen, nachdem er seine Pflichten erledigt hat. Ich habe mich angeboten, dir die Nachricht zu überbringen und mich dir als Begleiter zur Verfügung zu stellen.«

»Das war äußerst rücksichtsvoll von Eliza ... und dir«, sagte sie. Zu jedem anderen Zeitpunkt hätte sie das Angebot möglicherweise abgelehnt und es vorgezogen, auf Roland zu warten. Im Moment war sie nicht abgeneigt, derart konventionell vorzugehen. Anscheinend hatte er in der letzten Zeit keinerlei Rücksicht auf ihre Gefühle genommen; warum hätte sie Rücksicht auf seine Gefühle nehmen sollen?

»Man ist nicht nur nett, wenn man etwas tut, was einem selbst großes Vergnügen bereitet«, erwiderte Dom.

Melanie bedachte ihn mit ihrem freundlichsten Lächeln. »Warte nur, bis ich Glory Bescheid gesagt habe«, bat sie ihn. »Dann komme ich gern mit dir.«

Vor dem St. Charles Theater hatte sich eine unglaubliche Menschenmenge versammelt. Die Gaslaternen, die davor brannten, zeigten eine Masse von Kutschen und Menschen, die aus allen Richtungen zu Fuß zusammenströmten. Innen herrschte die Pracht eines europäischen Opernhauses. Es gab ein Parkett und Privatlogen dicht an der Bühne und Ränge bis zur Decke. Die Ränge waren wie Arkaden von korinthischen Säulen gesäumt und hatten kunstvoll verzierte Balustraden. Überall waren vergoldete Holzschnitzereien zu sehen. Die *loges grilles* befanden sich in der Mitte des zweiten Rangs, und dort war man hinter fein ziselierten Holzschirmen vor den Blicken Neugieriger sicher.

Als Dom und Melanie eine dieser Logen betraten, drehte sich Eliza Quitman lächelnd um. »Melanie, meine Liebe, wie schön, dich wiederzusehen. Du bist zu einem günstigen Zeitpunkt gekommen. Das Melodrama ist schon vorbei, aber das Drama hat noch nicht begonnen, wenn auch jetzt jeden Augenblick der Vorhang hochgehen wird.«

Melanie erwiderte ihr Lächeln und bedankte sich bei ihrer Gastgeberin dafür, daß sie die Kutsche geschickt hatte, ehe sie sich abwandte, um die anderen zu begrüßen. Der Gouverneur, wie ihn trotz seines Rücktritts vom Amt nach wie vor alle nannten, schien bester Laune zu sein. Mit seinem üppigen Schnurrbart, dem dichten dunklen Haar und dem gutgeschnittenen Abendanzug wirkte er äußerst distinguiert, die Verkörperung von Vertrauenswürdigkeit und Gutwilligkeit. Chloe, die gegenüber von Eliza zu seiner Linken saß, schien im Gegensatz dazu mit der Situation gar nicht zufrieden zu sein. Sie nahm Melanies Erscheinen so beiläufig wahr, daß es schon an Unhöflichkeit grenzte. Als sie den schmollenden Ausdruck auf dem Gesicht des Mädchens sah, das in ein prachtvolles Gewand aus roséfarbenem Satin gehüllt war, fragte sich Melanie, ob Chloe vielleicht etwas dagegen hatte, ihre strahlende Schönheit hinter einem Holzschirm verbergen zu müssen. Ein weiterer Faktor könnte der Mangel an einem Publikum sein, das sie entsprechend würdigte. Der Mann zu ihrer Linken war General Lopez, der in seiner Uniform blendend aussah. Nachdem er aufgestanden war und sich vor Melanie verbeugt hatte, setzte er sich wieder und nahm sein unterbrochenes Gespräch mit dem Gouverneur wieder auf, und dabei beugte er sich über Chloe.

Die einzigen Sitzplätze, die noch frei waren, waren zwei Plätze ganz vorn, die zweifellos für Melanie und Roland reserviert worden waren. Da der General anscheinend nicht bemerkte, daß er Doms Sitz beschlagnahmt hatte, begleitete Dom Melanie in die vorderste Reihe und setzte sich dann mit einem angedeuteten Achselzucken neben sie.

Eliza beugte sich vor, um Melanie ein Kompliment zu ihrem Aussehen zu machen und sich wieder einmal darüber zu beklagen, daß Roland aufgehalten worden war. Melanie kam gerade noch dazu, sich leise zu bedanken, als auch schon die Lichter ausgingen, das Publikum verstummte und der Vorhang sich vor der Bühne teilte.

Das Stück, das zu ihrer Unterhaltung aufgeführt werden sollte, war *Camille*, die englische Version des Stücks von Alexandre Dumas *fils*, das den Originaltitel *La Dame aux Camélias* getragen hatte. Es war die Geschichte einer wunderschönen Angehörigen der Demimonde von Paris, die ihren aristokratischen Liebhaber um seinetwillen aufgibt und dann an Schwindsucht und gebrochenem Herzen stirbt. In New Orleans war es seit Jahren ein Lieblingsstück des Theaterpublikums. Als Colleen Antoinette Dubois die Bühne betrat, schien sie perfekt für diese Rolle geeignet zu sein. Sie trug ein prächtiges weißes Gewand und hatte die weißen Kamelien, nach denen die Figur, die sie spielte, benannt war, in ihr dunkles Haar gesteckt, und sie wirkte lebhaft und ätherisch, fröhlich und verletzbar zugleich. Als sie sie ansah, nahm Melanie wahr, daß sich ihre Brust zusammenschnürte. Die Frau strahlte Gelassenheit aus und zog ihr Publikum zugleich magnetisch an. Jede ihrer Bewegungen war überzeugend und doch natürlich. Sie beherrschte ihr Handwerk derart meisterlich, daß Melanie ihr Opernglas herausholte, um diese Frau näher zu betrachten. Dabei machte sie eine erstaunliche Feststellung. Trotz der Bühnenschminke und ihrer schlanken Anmut war die Schauspielerin älter als sie wirkte. Es war durchaus möglich, daß sie etliche Jahre älter als Roland war. Der junge Mann, der ihren Geliebten spielte, war ebenfalls herausragend. Es war ein Franzose, der auf gewohnte Art gut aussah und dessen Name im Programm als Jean-Claude Belmont angegeben wurde, und er ließ so viel Feuer und Gefühl in seine Rolle einfließen, daß Melanie sich unwillkürlich fragte, ob sich nicht darin seine wahren Gefühle für die Schauspielerin ausdrückten.

Leise Geräusche im Hintergrund der Loge schreckten Melanie aus ihrer detaillierten Musterung der Schauspieler auf der Bühne auf. Als sie sich umwandte, sah sie ihren Mann eintreten und die Tür hinter sich schließen. Er schaute sie mit einem grimmigen Lächeln an, ehe er sich mit ein paar schnellen Worten an seine Gastgeberin wandte.

In dem Augenblick mußte es dem General gedämmert sein, daß er einen der Plätze besetzt hatte, die diese Gruppe für sich reserviert hatte. Er sprang auf und setzte zu Entschuldigungen an. Roland schüttelte den Kopf und bedeutete dem älteren Mann, seinem Befehlshaber, er solle sich wieder setzen. Dann verschränkte er die Arme und lehnte sich an die Rückwand der Loge. Melanie wandte sich wieder dem Theaterstück zu, konnte sich aber nicht mehr so recht darauf konzentrieren. Es erschien ihr, als könnte sie spüren, wie sich die Augen ihres Mannes in sie gruben, aber auch in den Mann, der neben ihr saß.

Als die Pause endlich kam, war das nur zu willkommen. Oder zumindest glaubte sie es, bis Roland auf sie zu kam, sich über sie beugte und ihre Hand keineswegs sachte nahm.

»Sollen wir draußen einen Spaziergang machen, meine Liebe?« fragte er in einem unterkühlten Tonfall.

Melanie spürte, daß eine Art Panik in ihr aufkam. Sie warf ihm einen schnellen Blick zu und entgegnete: »Meinst du, das wäre gut? Ich dachte, der Zweck dieser Loge sei in erster Linie der, sich abzuschirmen?«

»Im allgemeinen verhält es sich so, aber ich denke, da dein Trauerjahr schon so kurz vor dem Ende steht, können wir eine Ausnahme machen.«

»Nun gut.« Der Druck seiner Finger, die sie zum Aufstehen drängten, ließ ihr kaum die Wahl, etwas anderes darauf zu erwidern.

In dem schmalen Gang vor den Logen legte Roland ihre Hand in seine Armbeuge und setzte sich mit gemächlichen Schritten in Bewegung.

»Ich kann mir nicht vorstellen, was Eliza sich gedacht haben mag, daß wir die Loge einfach so verlassen«, meinte Melanie schließlich.

»Sie wird sich denken, daß ich ungestört mit meiner Frau reden will, und diese Annahme ist richtig.«

»Ich wüßte nicht, was es zu sagen gäbe, was du nicht auch in der Loge hättest sagen können.«

»Ach, nein? Ich gestatte mir, das zu bezweifeln. Du glaubst doch wohl nicht wirklich, ich würde kein Wort darüber verlieren, daß du mit Clements durch die ganze Stadt fährst, und wenn ich dann herkomme, auch noch feststellen muß, daß er es sich auf meinem Platz an der Seite meiner Frau gemütlich gemacht hat?«

Melanie drehte abrupt den Kopf um, um ihn anzustarren. »Du hast uns gesehen?«

»Als ich ankam, bist du gerade aus dem Haus gegangen. Mir war der erbauliche Anblick vergönnt, wie er seine Lippen auf deine Hand gepreßt hat, ehe er dir beim Einsteigen in die Kutsche geholfen hat.«

»Du warst wirklich da? Ich hoffe, du ziehst mich nicht für die Galanterien zur Verantwortung, die ein Herr mir zu zollen beschließt. Ich habe gelernt, daß es ungehörig ist, einem Mann ins Gesicht zu schlagen, daß es immer besser ist, ihm durch stille Abneigung zu zeigen, wie wenig man von seinem Vorgehen hält. Genau das habe ich getan, wenn du es vielleicht auch nicht gesehen hast.«

»Bei manchen Männern genügt ein stummer Protest nicht. Sie lassen sich von nichts anderem als einem Schlag ins Gesicht entmutigen.«

»Ja«, fauchte sie. »Diese Sorte kenne ich durchaus.«

Deutlicher hätte sie nicht machen können, daß sie sich auf sein Benehmen in jener Nacht im River Rest bezog. Melanie verspürte keine Gewissensbisse wegen dieser Bemerkung. Es erzürnte sie maßlos, daß er ihr die kurze Fahrt zum Theater in Doms Kutsche vorwarf, nachdem er sich selbst so schamlos mit der Schauspielerin gebärdet hatte.

»Wir haben gerade von deiner Taktlosigkeit in bezug auf Dominic Clements geredet«, erwiderte Roland, und seine Züge waren finster.

»Ach, ja? Dann laß dir sagen, daß Eliza die Kutsche geschickt hat, und daß Dom sich freiwillig erboten hat, mich abzuholen und mich sicher zum Theater zu bringen.«

»Daß er sich freiwillig anerboten hat, ist mir klar«, gab Roland zurück.

»Ja, und ich war froh darüber. In einer Menschenmenge ist es manchmal nützlich, einen Mann an seiner Seite zu haben, und aus irgendwelchen merkwürdigen Gründen stand mein Mann nicht zur Verfügung, und ich hatte keine Ahnung, wann oder ob er überhaupt auftauchen würde.«

»Ich habe wichtigere Aufgaben und Pflichten als einen Theaterbesuch.«

»Du meinst wohl, wichtiger, als mich ins Theater zu begleiten! Deine Aufgaben und Pflichten sind mir durchaus bewußt, und sie sind mir absolut nicht recht, und schon gar nicht, seit ich dich vor zwei Tagen auf dem Place d'Armes bei der Ausübung von mindestens einer deiner Pflichten gesehen habe.«

»Was sagst du da?«

»Ich habe dich Arm in Arm mit Madame Dubois auf dem Place d'Armes gesehen. Das war gewiß eine sehr angenehme Pflicht. Du schienst deine helle Freude daran zu haben.«

Er blieb stehen und schaute finster auf sie herunter. »Das läßt sich leicht erklären.«

»Gut«, meinte sie, und in ihren blauen Augen stand eisige Verachtung. »Dann tu es doch bitte.«

Eine seltsame Unschlüssigkeit, die ganz und gar untypisch für ihn war, zog über sein Gesicht. Als er sprach, hatten seine Worte den steifen Klang einer Halbwahrheit. »Madame Dubois war am Vormittag mit dem Dampfschiff angekommen. Wir wußten nicht, daß sie kommt, und daher war niemand dort, um sie abzuholen. Ich wollte sie warnen, weil Lopez' Männer vorhatten, am Abend vor ihrem Fenster ein spontanes Willkommensfest zu feiern, samt Ständchen und Blumensträußen. Falls du die Zeitungen gelesen hast, mußt du wissen, was für ein Aufstand das gewesen ist.«

»Du verzeihst mir doch sicher, wenn ich dir das nicht glaube?« entgegnete sie mit einem strahlenden Lächeln.

»Nein, aber ich würde sagen, wir sind quitt, denn ich glaube dir auch kein Wort von dem, was du gesagt hast.«

»Du brauchst ja nur Eliza Quitman zu fragen.«

»Kann sie mir sagen, wie du dich auf dem Weg zum Theater in der Kutsche benommen hast, oder wie oft du Dominic Clements schon empfangen hast, wenn ich nicht zu Hause war, oder was ihr beide tut, wenn ihr allein miteinander seid?«

Melanie war weiß bis in die Lippen. »Du hast eine widerliche, dreckige Phantasie. Ich denke gar nicht daran, mich von dir beleidigen zu lassen.«

»Nein«, erwiderte er, »und schon gar nicht mit der Wahrheit, wenn ich auch absolut nicht verstehe, was in Gottes Namen du mit einem Mann zu tun haben willst, der dich sitzengelassen hat, als du seine Hilfe gebraucht hättest. Aber eines verspreche ich dir: Solange ich dein Mann bin, gebe ich dich nicht frei, um seine Frau zu werden.«

»Wenn du glaubst, damit könntest du mir eins auswischen«, fauchte sie, und ihre Stimme bebte vor Zorn, »dann täuschst du dich. Aber wenn ich nie frei sein werde, dann wirst du es auch nicht sein. Wollen wir sehen, ob Haß eine Ehe zusammenhält?«

Er sah lange starr auf sie herunter, und hinter seinen grünen Augen stand ein Schatten. Dann wandte er sich abrupt ab und ging.

Melanie drehte sich um. Sie dachte nicht daran, ihm nachzuschauen. Sie reckte das Kinn in die Luft und lief ein Stückchen weiter durch den Gang. Sie konnte sich nicht gleich wieder den anderen anschließen. Sie brauchte ein paar Minuten für sich, um ihre Fassung wiederzuerlangen; noch waren ihre Wangen stark gerötet, und ihre Hände zitterten.

Sie war erst ein halbes Dutzend Schritte gegangen, als sie ein Mann von hinten überholte. Sie glaubte, er würde weitergehen, doch er blieb an ihrer Seite. »Guten Abend, Mrs. Donavan«, begrüßte er sie. »Sie sind doch Mrs. Donavan?«

Melanie sah sich im Korridor um. Bis auf ein Grüppchen von Männern am hintersten Ende war niemand zu sehen, und somit bemerkte niemand, daß sie von diesem fremden Mann angesprochen wurde. Als sie ihn genauer ansah, stellte sie fest, daß es sich um einen älteren Gentleman mit grauen Strähnen im dunklen Haar, einem gefurchten Gesicht und einem kleinen Spitzbart handelte. Sein Abendanzug war tadellos geschnitten, und auf der Brust trug er ein Ordensband.

»Ja«, antwortete sie schließlich. »Ich bin Madame Donavan. Und wer sind Sie?«

»Gestatten Sie mir, daß ich Ihnen meine Karte gebe«, bat er sie mit einem ausgeprägten Akzent. Aus der Tasche seines Fracks holte er einen Kartenhalter aus getriebenem Silber, ehe er ihr seine Karte in die Hand drückte.

Der Name war ihr aus den Tagesmeldungen nicht unbekannt. »Der spanische Botschafter«, äußerte sie verwirrt.

»Exakt, Madame. Ich gehe ein gewisses Risiko ein, wenn ich mit Ihnen rede, nicht wahr? Aber ich bin ein Mann, der an das Schicksal glaubt. In meiner Vorstellung war es kein bloßer Zufall, daß ich gerade Ihre Unstimmigkeiten mit Ihrem Mann belauscht habe.«

»Tatsächlich?« fragte Melanie steif.

»Aber ja, Madame. Mir ist aufgegangen, daß es vorteilhaft für mich sein könnte, Ihre Bekanntschaft zu machen, wenn Sie sich wirklich nichts aus dem Mann machen, mit dem Sie verheiratet sind, und wenn Ihnen so wenig gefällt, was er tut.«

»Ich glaube kaum ...« setzte Melanie an.

»Nein, nein, überstürzen Sie nichts. Hören Sie mir nur einen Moment zu, wenn Sie so freundlich wären. Meine Regierung, die des Königreichs Spanien, hat großes Interesse an den Aktivitäten der Freibeuter, an Lopez und seinen Männern. Wir wären dankbar, zutiefst dankbar, für jede Information, die wir bekommen können. Für jede Kleinigkeit. Die Anzahl der Männer, die sich unter dem Banner zusammengeschlossen haben, die Pläne für ihr Vorgehen, wenn sie erst einmal in Kuba eingetroffen sind, Tag und Zeit ihres Aufbruchs von hier, Art und Menge der Munition, die sie an sich gebracht haben, einfach alles.«

Melanie drückte ihm die Karte wieder in die Hand. »Ich habe keinerlei derartige Informationen, und ich werde sie wohl kaum je bekommen.«

Sachte preßte ihr der Spanier seine Karte wieder in die Hand. »Man weiß nie, wann man solche Dinge erfahren könnte. Falls Sie etwas herausfinden sollten, wird es sich gewinnbringend für Sie auswirken, mich unter dieser Adresse zu kontaktieren. Ich bitte Sie, es sich noch einmal zu überlegen, Mrs. Donavan. Und jetzt wünsche ich Ihnen noch einen schönen Abend.«

Benommen und bestürzt sah Melanie ihm nach. Sie konnte einfach nicht glauben, daß ein solches Ansinnen wirklich an sie herangetragen worden war.

»Melanie?«

Es war Dom, der weiter unten im Gang durch die Tür ihrer Loge kam. Sorge stand in seinen braunen Augen, als er auf sie zukam. Sie schaute erst ihn an und dann wieder die Karte, die sie noch in der Hand hielt.

»Der Vorhang wird gleich wieder hochgehen«, erklärte er, als er näherkam. »Wo ist Roland – Melanie, meine Liebe, stimmt etwas nicht?«

»Du kommst nie darauf, was mir passiert ist«, meinte sie mit stockender Stimme. »Ich bin aufgefordert worden, Roland und den Feldzug zu verraten.«

Sie reichte ihm die Karte und erzählte ihm, was sich abgespielt hatte. Als sie ausgeredet hatte, gab er ihr die Karte zurück.

»Das ist ja abscheulich«, entrüstete er sich. »Du hast doch nicht etwa vor, darauf einzugehen?«

»Nein, natürlich nicht!« erwiderte sie hitzig. Sie sah sich nach einer Möglichkeit um, sich der Karte zu entledigen, aber da sie nirgends etwas sah, steckte sie sie mit zitternden Händen in ihre Tasche. »Aber das ist doch wirklich außerordentlich, meinst du nicht auch?«

»Ich würde es an deiner Stelle schnell wieder vergessen«, schlug Dom vor, der ihr den Arm reichte und sie zur Loge zurückführte. In der Tür entschuldigte er sich und ließ sie allein eintreten. Was er auch vorgehabt haben mochte, er war nur für ein paar Minuten verschwunden. Als der Vorhang wieder aufging, war er bereits in die Loge geschlüpft und hatte sich auf seinen Platz neben seine Schwester gesetzt, den der General in der Pause geräumt hatte.

Roland schloß sich ihnen erst gegen Ende des letzten Akts wieder an. Inzwischen waren der Champagner, die *Pâté de foie gras*, die Austern und ein halbes Dutzend anderer heißer und kalter Köstlichkeiten serviert worden. Er nahm sich nur einen kleinen Happen von den Delikatessen, stand hinten in der Loge und plauderte mit Chloe, die plötzlich lebhaft wurde. Sobald der Vorhang herunterging, verabschiedete er sich von den anderen unter dem Vorwand, er müsse am Morgen schon früh arbeiten, und er führte Melanie aus der Loge.

Sie fuhren schweigend nach Hause, stiegen die Stufen zu dem Haus in der Rampart Street stumm hinauf und machten sich wortlos auf den Weg ins Schlafzimmer. Melanie zog ihren Umhang aus und legte ihn auf die Liege. Mit dem Rücken zu Roland öffnete sie ihr Täschchen in der Absicht, sich die Karte noch einmal anzusehen, die ihr der spanische Botschafter gegeben hatte, doch wenn sie das perlenbestickte schwarze Täschchen auch noch so gründlich durchsuchte und seinen Inhalt sogar auf die Bettdecke aus fliederfarbenem Satin leerte, so half ihr das doch nichts. Sie mußte die Karte fallen gelassen haben, als sie sie einstecken wollte, denn sie war fort.

12. Kapitel

Nachdem sie die Verhandlungen hinter sich gebracht hatten, entwickelten sich die Pläne von Quitman und Lopez für die Invasion Kubas schnell weiter. Ehe die Woche nach dem Theaterfest vorüber war, hatte der frühere Gouverneur von Mississippi mit Roland als Begleitung die Stadt verlassen, um in Texas und anderen Gegenden Männer zu rekrutieren. Melanie war nur froh darüber, daß ihr Mann fort war. Seit dem Streit hatte sie ihn selten zu sehen bekommen, und sie hatten nicht mehr als ein halbes Dutzend Worte miteinander gewechselt. Er hatte sich angewöhnt, das Haus in der Rampart Street kaum höher als einen Schlafplatz anzusehen, und er nahm alle Mahlzeiten mit den Männern ein. Er war immer später nach Hause gekommen und immer früher aufgestanden. Die letzten drei Tage vor dem Aufbruch hatte er sich in dem leerstehenden Schlafzimmer zwischen den Kisten und Koffern, die dort aufbewahrt wurden, schlafengelegt. Melanie nahm an, er täte es, um sie nicht zu stören, und doch fragte sie sich unwillkürlich, ob er es nicht auch tat, um ihr aus dem Weg zu gehen. Sie wußte nicht, ob er sich mit der Schauspielerin traf oder nicht, und sie redete sich ein, es sei ihr gleichgültig.

Da es ihr lieber war, als allein zu sein, nahm Melanie Eliza Quitmans Einladung an, in der Abwesenheit ihrer Männer bei ihr einzuziehen. Die beiden machten sich schöne Tage, plauderten miteinander, gingen vergnüglich einkaufen und besuchten Teegesellschaften bei den Frauen der anderen Offiziere. John Quitman war ein unermüdlicher Briefschreiber, und Eliza berichtete Melanie häufig, was in seinen Briefen stand, vielleicht, weil es von Seiten ihres Mannes auffällig an Nachrichten fehlte. Wenn sie das bisher auch keineswegs vorgehabt hatte, begann

Melanie jetzt doch, die Strategie von Lopez' zweitem Feldzug zu durchschauen.

Sie würden sich in drei Armeen aufteilen, jede etwa fünfhundert Mann stark. Ein Drittel dieser fünfzehnhundert Männer befand sich derzeit in New Orleans; ein Drittel würde Gouverneur Quitman im Südwesten anwerben, um später den Befehl über die Männer zu übernehmen; das dritte Drittel würde unter General Ambrosio Gonzales im Südosten versammelt werden. General Narcisco Lopez würde natürlich als Oberbefehlshaber sämtlicher Armeen fungieren, doch er hatte nicht die Absicht, diesmal eine aktive Rolle zu übernehmen. Die Ehre, die Angriffsspitze zu führen, wurde zuerst Jefferson Davis angeboten, einem Veteranen des Krieges gegen Mexiko, der ein Senator der Vereinigten Staaten aus Mississippi war. Als er ablehnte, überließ man sie Major Robert E. Lee vom Heer der Vereinigten Staaten. Als auch der Major ablehnte, ging der Posten schließlich an Robert Wheat, einen Offizier, der auf dem ersten Feldzug verwundet worden war, und an Colonel John Crittenden, dessen Onkel John Jordon Crittenden Justizminister der Vereinigten Staaten war. Wenn sich die Truppen unter Wheat und Crittenden erst verschanzt hatten, würden die Männer unter General Gonzales an der Nordostküste von Kuba einen Brückenkopf bilden und dann ins Inland marschieren, um sich den anderen anzuschließen und die revolutionären Kräfte im Land zur Verstärkung ihrer Truppe heranziehen. Dann sollte Gouverneur Quitman Havanna angreifen, das Morro Castle einnehmen und die Gefangenen von Contoy befreien, den Generalgouverneur von Kuba gefangennehmen und Kuba von spanischen Beamten säubern und von der spanischen Unterdrückung befreien. Der Plan konnte nicht scheitern; jedenfalls war General Lopez absolut zuversichtlich, daß nichts schiefgehen konnte. Er gab nicht nur Anleihen aus, die nach der Invasion in Kuba wieder einlösbar waren und die öffentlichen Ländereien der Insel als Sicherheit boten, sondern er versprach auch jedem gemeinen Soldaten fünftausend Dollar, wenn der Sieg errungen war, und allen Offizieren bot er den doppelten Betrag und zusätzlich eine der konfiszierten Zuckerrohrplantagen an. Der einzige Haken an diesen grandiosen Plänen war, daß man die Gefangenen doch nicht retten konnte, denn nach monatelangem besorgtem Warten und diplomatischen Manövern waren sie endlich freigelassen worden.

Weihnachten kam. John Quitman konnte sich von seinen Pflichten freimachen und zurückkehren, doch Roland kam nicht. Melanie verbrachte das Fest auf Monmouth bei den Quitmans, in Natchez. John Quitman versprach Melanie, in weniger als einem Monat sei ihr Mann wieder in New Orleans. Er hielt sein Wort, doch als Eliza und Melanie die Reise flußabwärts hinter sich gebracht hatten, war Roland schon wieder aufgebrochen, diesmal, um sich General Gonzales in Alabama anzuschließen. Vielleicht war es ein bloßer Zufall, daß auch Madame Dubois, die Schauspielerin, zu der Zeit die Stadt verließ, da sie ein Engagement in Mobile angenommen hatte.

Während der Zeit in Natchez jährte sich der Todestag ihres Großvaters. Als sie in Greenlea die Zimmer lüftete und sich ansah, wie die Dinge in ihrer Abwesenheit im Haus standen, hatte Melanie ihre farbigen Kleider eingepackt und sie nach New Orleans transportiert. Dort begann sie, unauffällig und mit Maß, ihre Trauerkleidung abzulegen.

Da der Gouverneur da war, fühlte sich Melanie als Gast unwohl, wenn die ältere Witwe, mit der zusammen sie als Logiergäste untergebracht worden waren, auch nicht freundlicher hätte sein können. Lächelnd, aber beharrlich, kehrte sie mit Glory in das Haus in der Rampart Street zurück.

Oft war es beängstigend, nachts allein im Haus zu sein. Mehr als einmal glaubte Melanie, jemanden auf der Straße herumschleichen zu hören. Wenn sie die Lampe im Wohnzimmer gelöscht hatte und hinausschaute, sah sie manchmal den Mann im Haus gegenüber auf dem Balkon stehen und ihre Fenster beobachten. Einmal glaubte sie mitten in der Nacht, jemanden in ihrem Innenhof zu hören. Als sie das Fenster erreichte, sah sie die Gestalt eines Mannes im Hof. Die Pistole lag unter ihrem Kopfkissen. Als sie ans Fenster zurückkam, war der Mann die Hintertreppe hinaufgestiegen und ging auf die Flügeltüren des Eßzimmers zu. Es kostete Melanie ihren gesamten Mut, die Flügeltüren zu öffnen, die ihm Zugang zum Haus gewährt hätten.

Sie brauchte keinen Schuß abzugeben. Das Schnappen des Türriegels und das Klicken des Abzugs ließen den Mann abrupt stillstehen. Einen Moment lang erstarrte er, und dann sprang er in einem Satz zur Treppe und die Stufen hinunter. Als Melanie am Geländer stand, war er über die Hofmauer gestiegen und hatte sich auf der anderen Seite fallengelassen. Die Laute seiner Schritte verhallten in der Nacht. Sie hatte wenig Zeit und noch weniger Licht gehabt, und doch war sich Melanie nahezu sicher, daß es sich um ihren kreolischen Nachbarn aus dem Haus gegenüber handelte.

Als Melanie ihr von diesem Vorfall berichtete, stieß Eliza einen Entsetzensschrei aus. Sie tat alles, um Melanie dazu zu bewegen, sie sollte wieder zu ihr und John ziehen, doch als sie in diesem Punkt unnachgiebig blieb, erklärte Eliza, es müsse etwas unternommen werden, damit Melanie nicht ohne Schutz blieb, solange ihr Mann in offiziellen Angelegenheiten unterwegs sei. Die Frau des Gouverneurs mußte sich direkt zu Lopez begeben haben, denn an jenem und an jedem folgenden Abend tauchte ein Soldat vor Melanies Haus auf und patrouillierte dort in seiner rot und blau gemusterten Uniform mit dem Gewehr im Anschlag bis zur Morgendämmerung.

Der Karneval begann, und ein Fest jagte das andere. Jede Gastgeberin wollte Lopez, den wagemutigen Abenteurer und Freibeuter, bei sich zu Gast haben. Der General störte sich keineswegs an seiner Beliebtheit. Den Herren gegenüber zeigte er sich enthusiastisch und zuversichtlich und erzählte ihnen, welche Reichtümer sie erwarteten, und wieviel ihnen die Anleihen einbringen würden, die sie bei ihm gekauft hatten. Die Damen behandelte er höflich und zuvorkommend. Bald schon sah man ihn gern auf jedem Empfang, denn er war immer schnell mit einem Kompliment zur Hand, bewegte sich gewandt auf dem Tanzboden und unterließ es nie, mit der Tochter des Hauses oder mit einer unauffälligen Cousine zu tanzen.

Melanie, die im Lauf der Wochen, die vergingen, immer häufiger ausging, tanzte selbst einige Male mit dem General. Sie fand seine Art einnehmend, seine Begeisterung ansteckend. Sie besuchte zwar die meisten Veranstaltungen mit Eliza und John, doch gelegentlich war es praktischer für die beiden, wenn sie einen Begleiter hatte. Manchmal übernahm Jeremy Rogers diese Aufgabe; öfter jedoch war es Dom. Er hatte bisher nie die Grenze dessen überschritten, was sich einer verheirateten Frau gegenüber gehörte. Außerdem war er so beharrlich, daß es schwierig war, ihm immer wieder einen Korb zu geben. Wenn ihr Gewissen sie plagte, fragte sie sich, was dagegen einzuwenden sei. Schließlich war er ein alter Freund, und da er die Wahrheit über ihre Eheschließung kannte, brauchte sie ihm nichts vorzumachen und hatte auch nicht das Gefühl, ständig Ausflüchte für die fortwährende Abwesenheit ihres Mannes finden zu müssen.

Am Faschingsdienstag endete der Karneval mit einem großen Ball. Am nächsten Tag war Aschermittwoch, der Beginn der Fastenzeit, in der es für einige Wochen still werden sollte. Melanie kam das gelegen. Sie trug das blaue Seidenkleid, das sie vor so langer Zeit an jenem Januarabend getragen hatte, an dem sie Roland zum ersten Mal begegnet war, doch schon lange vor Mitternacht, dem offiziellen Ende der Wintersaison, hatte sie genug. Sie schob Kopfschmerzen vor und bat Dom, sie nach Hause zu bringen.

Es war dunkel im Haus, als die Kutsche vorfuhr. Das war ungewöhnlich, denn Glory wartete im allgemeinen, bis Melanie zurückkam. Noch ungewöhnlicher war der Umstand, daß an jenem Abend kein Wachposten auf dem Bürgersteig vor ihrem Haus stand. Dom stieg aus der Kutsche und war ihr beimAbsteigen behilflich. Melanie starrte verblüfft das Haus an und erwartete fast, daß sich der Wachposten aus der Dunkelheit materialisierte. So war es jedoch nicht. Sie lüpfte ihre Röcke und nahm den Arm, den Dom ihr reichte.

»Heute nacht ist es aber auffallend ruhig«, bemerkte Dom, als sie die Stufen hinaufstiegen.

»Ja«, stimmte Melanie mit gesenkter Stimme zu.

»Nach all dem Lärm und dem ständigen Kommen und Gehen ist es fast friedlich. Ich vermute, für manche Leute ist die Fastenzeit bereits angebrochen; der Tag ist vorbei, sie haben sich schlafen gelegt, und wenn sie wach werden, ist die Zeit des Fastens und der Buße angebrochen. Würdest du Anstoß daran nehmen, Melanie, wenn ich sagte, daß ich für dieses Jahr und noch mehr gebüßt habe, daß ich mir nie verzeihen kann, was ich dir und meinem eigenen Glück angetan habe?«

»Bitte, Dom. Ich nehme keinen Anstoß daran, aber es ist sinnlos, solche Dinge auszusprechen. Dadurch kann sich nichts ändern.« Sie hob die Hand und klopfte an die Tür, ein leises Pochen, damit Glory sie einließ.

»Bist du sicher? Du kannst nicht so tun, als sei zwischen dir und Roland alles so, wie es sein sollte. Mir scheint, seine Teilnahme an diesem Kuba-Feldzug beweist, daß er nicht die Absicht hat, dir ein Ehemann zu sein. Schließlich ist er nicht bei dir und beschützt dich nicht.«

»Du verstehst das nicht«, bemerkte Melanie.

»Ich glaube, wenn hier jemand etwas nicht versteht oder nicht verstehen will, dann bist du das. Dieser Mann ist ein Einzelgänger, ein Abenteurer, der keine familiären Bande gebrauchen kann. Er will und braucht niemanden außer sich selbst.«

Melanie klopfte noch einmal an die Türfüllung und griff nach dem Türknopf. Die Tür war nicht verschlossen. Das war merkwürdig, denn Melanie war sicher, daß Glory den Riegel hinter ihr zugeschoben hatte, als sie am Abend fortgegangen war.

Dom merkte ihr etwas an. »Wo steckt Glory heute abend? Sie ist doch nicht etwa krank?«

»Als ich fortgegangen bin, hat ihr nichts gefehlt.«

»Laß mich lieber erst nachschauen. Ich gehe voran.« Dom trat in das dunkle Wohnzimmer. Nichts rührte sich. Kein Laut war zu hören. Als er weiterging, folgte ihm Melanie. Auch im Eßzimmer war kein Mensch, und in der Speisekammer rührte sich nur eine Maus, die in eine dunkle Ecke floh. In den Unterkünften der Dienstboten brannte Licht, und Melanie sah Glorys vertraute rundliche Gestalt an einem der Fenster vorübergehen.

»Es ist alles in Ordnung«, seufzte Melanie. »Glory ist da. Ich vermute, sie hat einfach nicht damit gerechnet, daß ich schon so früh zurückkomme.«

»Ja, das kann gut sein«, erwiderte Dom, »aber das mit dem Wachposten wundert mich immer noch. Du solltest es morgen früh lieber melden. Fühlst du dich ohne ihn sicher genug? Ich könnte bleiben, wenn du magst.«

»Das ist ein nettes Angebot von dir, aber es besteht keinerlei Notwendigkeit«, entgegnete Melanie.

»Bist du ganz sicher?«

»Ganz sicher.« Melanie nahm ihn in der Dunkelheit neben sich auffallend deutlich wahr. Sie wünschte, sie hätte sich die Zeit gelassen, eine Lampe anzuzünden. Ihr gefiel die Intimität nicht, die sich zwischen ihnen auszubreiten schien, und wenn sie wieder an die Bemerkungen dachte, die er am früheren Abend geäußert hatte, dann fühlte sie sich plötzlich unbehaglich. Dom hatte nie versucht, sich ihr aufzudrängen, doch jetzt war der Wachposten fort, und Glory hatte sich zurückgezogen, und sie war erstmals ganz allein mit ihm.

»Vielleicht sollte ich mich lieber doch in den Schlafzimmern umsehen«, schlug Dom vor.

»Das halte ich nicht für notwendig«, antwortete Melanie mit kühler, fester Stimme, als sie sich wieder zum Wohnzimmer begab. »Du hast schon genug für mich getan, denn es war nett von dir, mich nach Hause zu begleiten. Und jetzt würde ich mich gern von dir verabschieden, wenn es dir nichts ausmacht. Ich bin sehr müde.«

In der Tür versuchte Dom es noch einmal. »Melanie«, setzte er an.

»Bitte, Dom, nicht heute abend. Gute Nacht.« Sie trat von der Tür zurück und schloß sie vor seiner Nase.

Sie blieb still stehen, bis sie seine Kutsche abfahren hörte; dann seufzte sie und tastete sich durch das dunkle Wohnzimmer zur Tür und in ihr Schlafzimmer. Dort legte sie ihren Schal, den sie als Stola benutzt hatte, und ihr silbernes Handtäschchen auf das Bett und gähnte, ehe sie einen Blick auf die Flügeltüren warf. Ein langer Lichtstreifen fiel zwischen den Vorhängen hindurch. Da er sie anlockte, zog sie die schweren Seidenvorhänge zurück und ließ den Mondschein ins Zimmer fallen.

Der Innenhof unter ihr war in Silber getaucht. Nichts rührte sich, noch nicht einmal der Schatten eines Blattes. Gegenüber gingen bei Glory die Lichter aus. Melanie wartete, denn sie glaubte, die ältere Frau hätte sie kommen gehört und sei auf dem Weg zu ihr. Glory kam jedoch nicht. Vielleicht hatte sie den Riegel vor der Tür offen gelassen, weil sie übermäßig müde war und selbst früher ins Bett gehen wollte. Das sah ihr nicht ähnlich, aber Melanie hatte sie mehrfach gedrängt, nicht aufzubleiben und auf sie zu warten. Zweifellos hatte Glory sie endlich einmal beim Wort genommen. Das freute sie. Es wäre ihr verhaßt gewesen, wenn sie das Gefühl gehabt hätte, die ältere Frau um ihren Schlaf zu bringen. Es gab tatsächlich nur wenig, was sie nicht allein gekonnt hätte, und sie besaß nur einige Kleidungsstücke, die sie nicht ohne Hilfe an- oder ausziehen konnte.

Sie bog die Hände auf den Rücken und begann, schnell und gekonnt die Knöpfe ihres Kleides zu öffnen. Als sie damit fertig war, zog sie sich das Kleid über den Kopf und trat ans Bett, um es über die Truhe am Fußende des Bettes zu hängen. Die Krinoline und die Petticoats folgten, dann die knielange Hose und das Korsett. Sie hielt sich an einem Bettpfosten fest, während sie sich die Schuhe von den Füßen trat und ihre Strümpfe auszog.

Sie hielt ihr Unterkleid am Saum fest und blieb unentschlossen stehen. Sie war so müde, daß sie versucht war, so ins Bett zu steigen und ihre Sachen bis zum Morgen liegen zu lassen. Wenn sie das tat, mußte sie vor Glory aufstehen und die Sachen wegräumen, denn andernfalls würde Glory sie ausschelten und in dem Moment hinter ihr herräumen, in dem sie mit dem Frühstückskaffee ins Zimmer kam. Vielleicht war Ruhe am Morgen doch besser, als jetzt ihren Frieden zu haben.

Seufzend hob Melanie die Arme und fing an, sich die Nadeln aus dem Haar zu ziehen und den Kopf zu schütteln, bis das Haar ihr wüst um die Schultern und auf den Rücken fiel. Dann trat sie vor die Frisierkommode, legte die Nadeln auf die kalte Marmorplatte und tastete nach den Schwefelstreichhölzern in der Schachtel aus getriebenem Silber. Sie fand sie, zündete ein Streichholz an und griff dann nach der Lampe, die neben der Streichholzschachtel stand. Erst als der Docht Feuer fing und sie das Streichholz schüttelte, um es auszulöschen, fiel ihr auf, daß sich die Lampe in ihrer anderen Hand noch warm anfühlte, als sei sie erst vor kurzem ausgelöscht worden.

»Schade, daß du jetzt aufhörst, wenn ich die Vorstellung auch sehr genossen habe und nur zu gern an dieses blaue Kleid denke, das du anhattest. So, wie du im Moment dastehst, habe ich dich seit jener Nacht im Real Inn tausendmal vor mir gesehen, seit damals die Bascoms in dein Zimmer vorgedrungen sind.«

Die Lampe fiel Melanie aus der Hand, und der runde Glasschirm zersplitterte. Sie wirbelte herum. »Roland!« rief sie aus.

Er hatte sich auf der Liege ausgestreckt, lehnte an der Kopflehne und hatte einen Fuß im Stiefel auf dem fliederfarbenen Satinbezug stehen und ein Handgelenk auf sein Knie gelegt. Mit zusammengekniffenen Augen betrachtete er ihr kurzes Gewand, ihre weißschimmernden Gliedmaßen und den Kupferschimmer ihres Haars im Lampenlicht. »Ja«, bemerkte er gedehnt, »der umherstreunende Ehemann ist zurückgekehrt.«

»Was … was hast du hier zu suchen?« fragte sie und meinte damit, warum er im Dunkeln dasaß, wenn es auch nicht in der Form herauskam.

»Ich wohne hier, falls du dich noch erinnerst«, entgegnete er gepreßt und sprang leichtfüßig auf. »Der Gouverneur hat mir von den Problemen berichtet, die du mit Herumtreibern hattest. Es erschien mir daher klug, ein Gesuch um Rückversetzung einzureichen und meinen rechtmäßigen Platz als dein Beschützer wieder einzunehmen. Glory hat mich vor einer Weile hereingelassen, und das ist auch nur gut so, scheint es.«

»Ich vermute, du willst mit dieser Bemerkung etwas sagen«, erkundigte sich Melanie, und die Farbe strömte heiß in ihr Gesicht, als sie sah, wie er langsam auf sie zukam. Sein Mund war bedrohlich verkniffen, und in seinen Augen brannte grünes Feuer.

»Ich wollte damit sagen, daß es so aussieht, als endete dein Bedarf an einem Beschützer nicht vor der Türschwelle. Ich habe gehört, wie Clements dir angeboten hat, über Nacht hier zu bleiben.«

»Dann hast du auch gehört, daß ich das abgelehnt habe«, widersprach sie und reckte das Kinn in die Luft.

»Ja, aber wenn eine Situation schon an einen Punkt gelangt ist, an dem ein Mann es wagt zu fragen, dann kann man nicht wissen, wie lange die Dame ihn noch abweisen wird.«

»Ich bin ganz sicher, daß du dich auf dem Gebiet bestens auskennst«, warf ihm Melanie an den Kopf und gab sich so, als wollte sie sich abwenden.

Er streckte die Hand aus und packte ihren Arm, um sie zurückzuhalten; seine Finger gruben sich in ihr zartes Fleisch. »Bleib stehen«, bat er mit rauher Stimme. »Oder du zerschneidest dir die Fußsohlen.«

»Ach, wirklich? Das kann dir doch egal sein.«

»Es ist mir genauso egal, wie die Tatsache, daß du keine Möglichkeit hast, dich deinem galanten Kavalier Dom hinzugeben.«

»Das weißt du auch schon?«

»Genug, um mein Interesse zu wecken, was du darauf antworten könntest. Als ich die Lampe gelöscht habe, habe ich nicht damit gerechnet, daß mir vor dem Schlafengehen noch ein so faszinierendes Schauspiel geboten wird. Aber ich hätte es um keinen Preis verpassen wollen.« Er trat dicht an sie, schlang seine Arme um sie und preßte sie schmerzhaft eng an sich, um auf sie herabzuschauen. »Mein Gott, bist du schön«, flüsterte er. »Ich habe versucht mir vorzumachen, ich bräuchte dich nicht, aber es war zwecklos. Du spukst durch meine wachen Stunden und durch meine Träume, und wenn ich auch weiß, daß meine Seele verloren ist und daß ich verdammt bin, wenn ich bei dir bleibe, kann ich mich nicht von dir fernhalten. Also komm jetzt, und laß mich in deinen verhexenden Engelsaugen ertrinken. Manches, was man sich teuer erkauft, ist seinen Preis wert.«

Sein Mund forderte glühend ihre Lippen. Seine Finger gruben

sich in ihr zartes, duftendes Haar und schränkten sie in ihren Bewegungen ein. Sein anderer Arm hielt sie wie ein eisernes Band und preßte sie an ihn, als wollte er sie nie mehr loslassen. Seine Worte waren so seltsam, und es war so lange her, seit er ihr nah gewesen war, daß ihre Sinne in Aufruhr gerieten. Lange Zeit klammerte sie sich an ihn, lange genug, um ihn spüren zu lassen, wie sie in seiner Umarmung kapitulierte. Triumphierend hob er sie auf seine Arme. Als er mit ihr auf das Bett zuging, knirschte das zerbrochene Glas, das er mit seinen Stiefeln in den Teppich trat.

Dieses Geräusch der Scherben brach den Bann. »Nein«, flüsterte Melanie, und dann rief sie lauter aus: »Nein!«

In dem Moment, in dem sie das Bett unter sich spürte, entwand sie sich ihm und rollte an die hintere Bettkante. Er folgte ihr mit einem Satz, schlang einen Arm um ihre Taille und riß sie wieder an sich. Sie holte nach ihm aus und versetzte ihm mit der Hand einen Schlag auf den Hals. Er warf sich auf ihr Becken und packte erst ein Handgelenk, dann das zweite und hielt sie neben ihrem Gesicht fest.

»Was soll das heißen?« schnaubte er, und sein Gesicht war finster.

»Für wen hältst du dich eigentlich?« keuchte sie. »Glaubst du, du könntest deine Affäre mit einer anderen Frau öffentlich zur Schau stellen und ihr nachlaufen wie ein zahmer Hund und dann zurückkommen und da weitermachen, wo du aufgehört hast? Nein, nicht, solange ich noch atme.«

»Ich habe keine Affäre gehabt. Ich habe schon versucht, dir das zu sagen, aber du willst es ja nicht glauben. Dann denk doch, was du willst, verdammt noch mal. Du bist meine Frau. Du bist die Frau, die ich mehr als jede andere begehre, und ich werde dich nehmen. Täusch dich in dem Punkt bloß nicht.«

Melanies Brust schnürte sich zusammen, bis sie zu ersticken glaubte, und Röte brannte bis hinauf zu ihren Wangenknochen, als sie den festen Blick sah, der aus glühenden Augen auf sie fiel. Es stand außer Zweifel, daß er ernst meinte, was er sagte. Sie schluckte schwer. »Und damit gibst du dich zufrieden?« fragte sie mit einer Stimme, die kaum mehr als ein Flüstern war.

»Nein«, antwortete er, und seine Qual ließ seine Augen dunkler werden, während ein Lächeln an seinen Mundwinkeln zog, »aber es ist immerhin etwas. Früher hast du dich mir einmal für eine kurze Zeit hingegeben. Was deine Gründe auch gewesen sein mögen, aber du bist in meine Arme gekommen, du hast auf meine Berührungen reagiert und dich mit mir bewegt. Ich kann immer noch hoffen, daß du deine Wachsamkeit aufgibst und daß dieses Wunder noch einmal passiert.«

Seine Worte und das Timbre seiner Stimme schienen ihr jeden eigenen Willen zu rauben. Um dieser Schwäche zu trotzen, warnte sie ihn durch zusammengebissene Zähne: »Dazu wird es nicht kommen.«

»Probieren wir es doch«, schlug er vor und senkte seine Lippen auf ihren Mund.

Er war nicht sanft. Sein Kuß war gierig und wild. Sie versuchte, den Kopf abzuwenden, um sich zu befreien, doch das wollte er nicht zulassen. Tief in ihrem Innern regte sich eine Ablehnung, ein Abscheu gegen seine anmaßende Herrschaft und seinen Glauben, er hätte das Recht, über ihr Leben und ihre Lust zu gebieten. Die Vorsicht drängte sie zu behutsamem Widerstand. Mit List und Tücke konnte man es gegen körperliche Kraft aufnehmen. Als er ihr Handgelenk losließ und seine Hand auf die runde Wölbung ihrer Brust legte, das Hemd zur Seite zog, um ihre weiße Haut freizulegen, machte sie keine abrupte Bewegung. Sein Mund löste sich von ihrem, um flüssiges Feuer auf ihre Wange zu pressen, und langsam bewegten sich seine Lippen dahin, wo schon seine Hand lag. Zögernd hob sie die Finger und legte sie auf sein Haar. Seine Zunge bewegte sich warm auf ihr. Melanie gestattete sich eine Bewegung, und ein matter Laut stieg tief aus ihrer Kehle auf. Seine Hand schlich sich tiefer, glitt unter den Saum ihres kurzen Unterkleids und strich sinnlich und ausdauernd über ihren flachen Bauch.

Als Reaktion darauf spannten sich ihre Muskeln an. In dem Augenblick grub sie ihre Finger in sein Haar und zog, riß ihm den Kopf zurück und warf sich gleichzeitig gegen ihn. Er kam aus dem Gleichgewicht. Ehe er sich wieder gefaßt hatte, wand sie sich unter ihm heraus und rutschte zur Bettkante, und ihr war gleichgültig, ob sie herunterfiel, solange sie ihm nur entkam.

Mit der Geschmeidigkeit einer Katze warf er sich ihr nach, und seine Hand krallte sich in den Seidenbatist ihres Hemds. Der Stoff zerriß. Augenblicklich packte er sie so, daß sich die Träger in ihre Schultern schnitten, und zog sie zurück. Ehe sie sich gefangen hatte, packte er ihren Arm und umfaßte dann mit den Händen ihre Hüften, um sie wieder an sich zuziehen.

Ihre Beine verschlangen sich mit seinen, und sie umklammerte mit den Armen seine Taille und wälzte sich mit ihm herum, bis er auf dem Rücken lag. So wollte sie sich losreißen, doch er sah, was sie vorhatte. Seine Arme schlossen sich fest um sie, und sie fiel auf seine Brust, wurde von Kopf bis Fuß an seinen langen, muskulösen Körper gepreßt. Sie zog sich auf einen Ellbogen, warf sich mit einer Kopfbewegung das Haar aus dem Gesicht und starrte auf ihn herunter. Sie spürte, wie die Knöpfe seiner Uniform sich in sie gruben, und sie spürte auch die Macht seines Verlangens. Das Blut rauschte vor Anstrengung in ihren Adern. Sie verspürte den Drang, mit ihren Nägeln auf ihn loszugehen oder ihren Mund mit einer solchen Glut auf seine Lippen zu pressen, daß der Schmerz ihren Verstand verstummen ließ.

Rolands smaragdgrüne Augen beobachteten sie aufmerksam. Er schien ihre Unentschlossenheit wahrzunehmen, den Augenblick zu erkennen, in dem sie sich entschloß, ihrem dringenden Verlangen zu widerstehen. Abrupt warf er sie auf den Rücken. Einen Moment lang bekam sie vor Wut keine Luft, aber auch, weil sein Gewicht auf ihre Brust drückte. In dieser kurzen Verschnaufpause streifte er mit ein paar schnellen Bewegungen seine Uniform ab, und dann spürte sie wieder die Festigkeit seines männlichen Körpers, der sich an sie preßte. Mit stählernem Griff hielt er sie fest, und sie erduldete es, daß er sich die Lust verschaffte, die sie ihm nicht bereiten wollte. Er zerstörte ihr Unterkleid vollends, als er es ihr vom Leib riß und die Honigsüße ihrer weiblichen Gestalt suchte; keine empfindsame Stelle ließ er unberührt. In den hintersten Winkeln ihres Bewußtseins trotzte sie ihm, untersagte sich jede Reaktion und zog sich in sich selbst zurück, doch ihre Lenden prickelten und machten sie angreifbar. Eine zunehmende Glut durchströmte sie, und sie ballte die Hände zu Fäusten und wartete mit angehaltenem Atem auf den Augenblick, in dem er in sie eindringen würde. Der Moment kam. Steif und pulsierend versenkte er sich in sie. Gemartert und verzückt spürte sie den eigentlichen Antrieb seiner Kraft, nahm die Verzweiflung wahr, die sein Verlangen entfachte, sah, wie schmal der Grat zwischen Barbarei und leidenschaftlicher Zärtlichkeit war, den er beschritt. In diesem Augenblick der Transzendenz, der Klarheit der Ekstase, blitzte die Wahrheit vor ihr auf. Sie waren ein Paradoxon, sie und der Mann, mit dem sie verheiratet war. Zwar mochte sie ihm innerlich mit unversöhnlicher Härte begegnen, doch ihr Körper war weich und nachgiebig; und wenn er ihr auch mit roher Gewalt zusetzte, so waren doch die Gefühle, die er für sie empfand, nicht gerade abwehrend. Noch prägnanter und wesentlicher war die Einsicht, daß eine solche Erkenntnis nicht das Geringste nutzte. Sie waren nach wie vor gleichwertige Gegner. Solange nämlich keiner in der Umklammerung des anderen einen Sieg sah, brauchte sich auch keiner eine Niederlage einzugestehen. Und daher konnten sie den Kampf wieder und immer wieder von neuem antreten, bis Lopez endlich zu seinem nächsten Feldzug aufbrach.

Es war ein warmer Sommerabend, tiefschwarz und samtig, an dem die letzte Gala für Lopez und seine Männer veranstaltet wurde. Sie wurde im amerikanischen Viertel der Stadt abgehalten, und der Veranstalter war ein Geschäftsmann, der sich wachsenden Reichtum davon erhoffte, wenn er den spanischen General unterstützte. Als Melanie an Rolands Arm den Ballsaal der prachtvollen Villa im klassizistischen Stil betrat, sah sie in einem Ballkleid aus aquamarinblauem Seidentüll ganz bezaubernd aus und wußte nicht, daß das das letzte Ereignis der Saison sein würde. Sie wußte nur, daß das Gaslicht in dem gewaltigen Kronleuchter über dem polierten Fußboden heller als sonst zu strahlen schien, daß jedes Lächeln außergewöhnlich freundlich wirkte und daß der Strauß-Walzer *Southern Roses* ihr den Wunsch einflößte, dazu zu tanzen. Aus irgendwelchen Gründen, die sie gar nicht erst näher zu ergründen suchte, fühlte sie sich unbeschreiblich wohl. Überrascht stellte sie fest, daß sie glücklich war. Instinktiv wandte sie sich zu ihrem Mann um, doch in dem Moment hatten sie Eliza und John Quitman erreicht. Die beiden Männer drückten einander die Hände und unterhielten sich mit gesenkten Stimmen. Melanie und Eliza begrüßten einander weniger zurückhaltend und tauschten Komplimente aus. Sie standen da, plauderten unbeschwert miteinander und äußerten sich zu den Gewändern anderer Frauen oder winkten Freunden zu, darunter auch Dom und Chloe.

Der Gouverneur gab auf dem Tanzboden keine gute Gestalt ab, aber er war sich dessen auch voll bewußt. Nachdem Roland mit Melanie einen lebhaften Kotillon getanzt hatte, führte er Eliza auf das gebohnerte Parkett. Währenddessen nahm Melanie Jeremy Rogers Aufforderung zu einem Walzer an.

»Roland ist wirklich zu beneiden«, bemerkte Jeremy, als sie sich auf der Tanzfläche drehten.

»In welcher Hinsicht?« erkundigte sich Melanie.

»Natürlich, weil er Sie hat, aber ich glaube, daß er sich darüber selbst im klaren ist.«

»Das möchte ich doch hoffen«, gab Melanie zurück.

»Ich meine es ernst. Ich habe noch nie einen Mann gesehen, der so hart dafür arbeitet, einer Frau etwas zu bieten.«

»Ich wünschte, er täte es nicht.«

»Mir wäre es auch lieber, denn dann stünde ich nicht so schlecht da«, erklärte Jeremy mit einem verschmitzten Grinsen. »Ich schätze, wenn ich jemanden wie Sie hätte, würde ich mich mehr anstrengen und vielleicht sogar verbissener kämpfen, wenn wir erst in Kuba sind.«

»Ich dachte, die Zuckerrohrplantage sei ein ausreichender Anreiz«, scherzte Melanie, in deren Augen ein Lachen tanzte.

»Anscheinend ja. Ich sage Ihnen eins, ich kann es nicht erwarten, Sie in Havanna zu sehen. Das wird ein Spaß werden. Versprechen Sie mir, daß Sie mir für den ersten Ball einen Tanz reservieren, wenn Lopez zum Gouverneur von Kuba ausgerufen worden ist?«

»Ich verspreche es«, willigte Melanie ein, die sich gegen ihren Willen von seiner Begeisterung anstecken ließ.

»Ja, das wird wundervoll sein«, schwärmte Jeremy, und ein entrückter Ausdruck trat in seine unschuldigen blauen Augen.

Jetzt wurde es voll auf der Tanzfläche. In der ohnehin schon warmen Augustnacht und dem Gedränge so vieler Körper, während das Gaslicht von oben zusätzlich wärmte und das Tanzen in der Hitze fast anstrengend wurde, wurde Melanie ganz heiß. Dankbar nahm sie Jeremys Angebot an, ihr ein Glas Champagner zu besorgen, und ließ sich an einer Wand des Ballsaals auf eine Bank sinken, um auf seine Rückkehr zu warten. Sie hatte nicht bemerkt, daß sie dicht neben einer Nische saß, bis sie die Stimmen hörte, die durch die Abschirmung aus Farn und Palmen in großen Töpfen drangen.

»Sie sind also entschlossen, es durchzuführen?«

»Aber, ja, mein Freund. Ich sehe keinen Grund für einen weiteren Aufschub. Meine Männer werden ungeduldig und haben keine Lust mehr, auf die Truppen zu warten, die Sie und General Gonzales rekrutieren. Was wird aus mir, wenn sie mir abtrünnig werden? Außerdem müssen Sie zugeben, daß die Öffentlichkeit gerade sehr positiv unserer Sache gegenübersteht. Da sich die Kubaner in Puerto Principe und in der Provinz Trinidad erheben, werden die Spanier, wenn wir nicht aufpassen, schon ins Meer getrieben, ehe wir auch nur einen Schritt unternommen haben.«

Melanie zuckte zusammen, als ihr klar wurde, daß der erste der Männer, der das Wort ergriffen hatte, Gouverneur Quitman war, der zweite General Lopez. Sie hatten sich zwar in die Nische zurückgezogen, doch sie war sich nicht sicher, ob sie sich unter vier Augen unterhalten wollten oder nur einen ruhigen Ort gesucht hatten, um miteinander reden zu können, ohne schreien zu müssen. Als sie Jeremy sah, der am anderen Ende des Saals zwei Gläser hochhielt und sich am Rand des Saals entlang einen Weg zu ihr bahnte, blieb sie einfach dort sitzen.

»Ich fürchte«, äußerte der Gouverneur bedächtig, »daß ich wenig Vertrauen in diese Berichte setze, die von großen revolutionären Truppen sprechen. Mir scheint, ähnliches ist schon einmal behauptet worden, und doch haben auch Sie nicht an solche Aktivitäten geglaubt.«

»Sie haben recht, mein lieber Quitman«, erwiderte Lopez. »Aber man muß zugeben, daß ich damals nicht lange genug auf der Insel war, um selbst etwas von einem Aufstand zu bemerken. Und ich halte die Quelle dieser speziellen Nachricht für absolut zuverlässig.«

Der Gouverneur murrte etwas vor sich hin, was Melanie nicht verstehen konnte, und Lopez lachte. »O nein, ich halte mein Urteil nicht für unfehlbar. Zuversichtlich stimmt mich jedoch die Massenversammlung, die letzte Woche abgehalten worden ist. Dort waren alle der Meinung, daß wir unbedingt zuschlagen müßten. Jeder Zeitungs- und Zeitschriftenredakteur äußerte, der richtige Zeitpunkt sei jetzt gekommen. Die Kubaner warten, meine Männer warten, und die Geschäftsleute, die ihr Geld in mein Unternehmen investiert haben, warten. Ich darf sie nicht enttäuschen.«

»Ich rate nicht zu einem unbegrenzten Aufschub«, entgegnete der Gouverneur. »Was machen schon ein oder zwei Wochen aus, wenn ein Erfolg dann um so sicherer wäre und wir unseren Plan, nämlich einen Angriff an drei Fronten, dann durchführen könnten? Warum in Gottes Namen, Sir, müssen Sie morgen mit nur einem Drittel der Truppenstärke, die wir ins Feld schicken könnten, Segel setzen, wenn wir wenige Wochen später alle zusammen angreifen könnten?«

Die Stimme des Spaniers klang hörbar eingeschnappt, als er antwortete. »Aus den Gründen, die ich bereits umrissen habe, Gouverneur Quitman, und weil ich meine Offiziere bereits diesbezüglich informiert habe. Ich werde keine Unsicherheit an den Tag legen, indem ich diesen Befehl im letzten Moment zurückziehe.«

»Möglicherweise wäre es ein Zeichen von Weisheit, diese Pläne zu verwerfen.«

»Möglich. Ich frage mich jedoch auch, ob es sein könnte, daß Sie mir Ihre Strategie nur deshalb aufdrängen wollen, weil sie es Ihnen erlaubt, Ihre Truppe im Westen in den Kampf zu führen und so am einzigen Ruhm dieses Feldzugs teilzuhaben?«

»Das, Sir, ist eine Beleidigung!«

»Entschuldigen Sie, bitte, Sir«, entgegnete General Lopez, »aber mir erscheint die Angelegenheit zu wichtig, um die Anstandsformen zu beachten.«

Es dauerte einen Moment, bis der Gouverneur etwas darauf erwiderte, und dann äußerte er bedächtig: »Sie haben recht, General. Daher gestatte ich mir, Ihnen mitzuteilen, daß ich es für eine außerordentliche Torheit halte, all den Beifall, den Ihnen die Zeitungen derzeit spenden, als bare Münze zu nehmen. Um in Kuba den Sieg davonzutragen, ist mehr als nur ein Mann erforderlich, wenn er auch ein noch so großer Mann sein mag.«

»Ich werde mich bemühen, mir das zu merken«, schnauzte General Lopez. Die barsche Äußerung war kaum über seine Lippen gekommen, als er auch schon die Nische verließ. Er warf keinen Blick in Melanies Richtung, als er sich steif entfernte.

Melanies Hochstimmung war verflogen, als sei sie nie dagewesen. Sie lächelte Jeremy an und nahm das Getränk entgegen, das er ihr geholt hatte, doch sie war nicht bei der Sache. Warum hatte Roland ihr nicht gesagt, daß sie morgen früh zu dem Feldzug aufbrechen würden? Sie hätte wetten können, daß die Ehefrauen der anderen Offiziere, die heute abend anwesend waren, nicht im Dunkeln tappten. Vertraute Roland ihr nicht, oder glaubte er schlichtweg, es sei ihr ganz egal? Er hatte sie auch vor dem ersten Feldzug nicht über seine Abreise verständigt, doch diesmal war es etwas anderes. Diesmal war sie hier, um sich von ihm zu verabschieden.

»Jeremy«, äußerte sie plötzlich und fiel ihm ins Wort. »Haben Sie Roland gesehen?«

»Ich glaube, er stand vor ein paar Minuten noch drüben an der Tür zum Garten, aber was wollen Sie von ihm, wenn Sie mich haben?« fragte er und spielte den Beleidigten.

»Mir ist nur gerade etwas eingefallen, was ich ihn dringend

fragen muß«, antwortete sie und lächelte bemüht. »Würden Sie mich zu ihm bringen?«

Melanie sah Roland schon aus der Ferne, eine große, breitschultrige Gestalt in seiner gutgeschnittenen Uniform, und sein dunkles welliges Haar schimmerte unter dem Gaslicht nahezu blauschwarz. Er hatte den Kopf gesenkt, als er mit der Frau redete, die neben ihm stand, und seine Hand lag beschützend, fast vertraulich, unter ihrem Ellbogen. Die Tanzenden bewegten sich und verstellten ihr den Ausblick. Als Melanie das nächste Mal aufblickte, hatte sich die Frau umgedreht. Sie hatte eine elegante Frisur, ihr Ballkleid aus goldener Seide stammte zweifellos aus Paris, und an ihren Ohren funkelten Smaragde. Die Frau, die neben ihrem Mann stand, die Frau, die er gerade zart auf die Stirn küßte, war Colleen Antoinette Dubois.

Melanie blieb abrupt stehen. Jeremy, der dadurch ebenfalls stehenbleiben mußte, neigte den Kopf und schaute in ihr bleiches Gesicht. »Was ist?« fragte er.

In dem Moment schaute Roland in ihre Richtung. Lächelnd sagte er ein paar Worte zu seiner Begleiterin, und dann kam er mit der Schauspielerin an seinem Arm auf Melanie und Jeremy zu.

Melanie fühlte sich, als sei ihr Herz in einen Schraubstock eingezwängt. Lähmende Eifersucht empfand sie, als ihr aufging, daß ihr Mann sich wahrscheinlich von Madame Dubois verabschiedet und sie wegen seiner bevorstehenden Abreise getröstet hatte. Als er bemerkte, daß Melanie die beiden zusammen gesehen hatte, beschloß er, seine Taktlosigkeit auf die feine Art abzutun, indem er seiner Frau in aller Öffentlichkeit seine Mätresse vorstellte. Es war ihr unerträglich; das machte sie nicht mit! Ihre blauen Augen funkelten, und ihr hübscher Mund war zu einem dünnen Strich zusammengekniffen, während sie zusah, wie die beiden näherkamen.

»Da bist du ja, Melanie«, meinte Roland und sah sie mit einem Ausdruck stiller Freude in seinen Augen an. »Ich hatte mich schon gefragt, wo du wohl steckst. Madame Dubois, ich möchte Ihnen meine Frau vorstellen ...«

»Tut mir leid«, entgegnete Melanie mit einer Stimme, die klar und kalt und deutlich vernehmbar war, als sie ihn übertönte. »Ich habe nicht den Wunsch, deiner *chère amie* vorgestellt zu werden. Ich grüße keine Huren, ganz gleich, wo ich sie treffe oder welchen Mann sie sich zulegen!«

Melanie wartete eine Erwiderung ihres Mannes gar nicht erst ab. Sie mißachtete die verblüfften Gesichter der Umstehenden, lüpfte ihre Röcke und bahnte sich über die Tanzfläche einen Weg zum Eingang. Sie hatte keine Ahnung, wohin sie gehen sollte. Sie wollte lediglich vor der unmöglichen Szene fortlaufen, die sie sich selbst zuzuschreiben hatte. In der großen eleganten Eingangshalle blieb sie stehen. Sie würde nach Hause fahren. Die Mietkutsche konnte schließlich kehrtmachen und Roland abholen, falls er überhaupt vorhatte, nach Hause zu kommen.

»Ja, Madam?«

Als sie sich umdrehte, sah sie den Butler, der in seinem schwarzen Frack majestätisch auf sie zukam. Sie nannte ihren Namen und bat ihn, ihre Kutsche vorfahren zu lassen, und dann fügte sie hinzu: »Ich... ich fühle mich nicht gut. Könnte ich mich vielleicht irgendwo hinsetzen... an einem ruhigen Ort... solange ich warte?«

»Gewiß, Madam.« Er öffnete eine Tür und trat zur Seite.

Melanie murmelte leise ihren Dank und trat in das Frühstückszimmer der Dame des Hauses. Mit einer Verbeugung schloß der Butler die Tür hinter sich. Sie war kaum ins Schloß geschnappt, als sie auch schon wieder aufgerissen wurde. Als sie sich umdrehte, sah sie Roland in der Tür stehen. Mit gemessenen Schritten trat er ein und schlug dem erstaunten Butler die Tür vor der Nase zu.

»Warum bist du weggelaufen und hast dich versteckt?« fragte er, während er noch eine Hand auf dem Türknopf liegen hatte. »Warum bist du nicht dageblieben und hast dir die Folgen dessen angesehen, was du angerichtet hast?«

»Ich verstecke mich nicht«, warf sie ihm an den Kopf. »Ich bin gegangen, weil ich keine Lust hatte, mich noch länger öffentlich demütigen zu lassen.«

»Du und gedemütigt? Du? Seit Monaten versuche ich, Colleen zu überreden, daß sie deine Bekanntschaft macht, und das ist alles, was du dazu zu sagen hast? Ich hätte im Traum nicht geglaubt, daß du eine derart puritanische Tugendhaftigkeit an den Tag legen könntest.«

»Tugendhaftigkeit?« schrie sie. »Weil ich mich geweigert habe, mich deiner Mätresse vorstellen zu lassen, deinem Liebchen, mit dem du durch ganz New Orleans flanierst, seit ich im letzten Herbst gekommen bin, und vorher auch schon?«

Die Wut, die in seinem Gesicht aufloderte und in seinen grünen Augen brannte, war so immens, daß Melanie gegen den Drang ankämpfen mußte, vor ihm zurückzuweichen. »Genau das glaubte ich gehört zu haben«, brachte er zähneknirschend heraus, »aber ich konnte einfach nicht glauben, daß du es wirklich gesagt hast. Diese Frau ist nicht meine Mätresse, wenn ihr auch meine Liebe und meine größte Hochachtung gelten. Ehe du dich in eine gehässige, gemeine Hexe verwandelt hast, habe ich versucht, dir zu sagen, daß diese Frau, Colleen Antoinette Dubois, um sie bei ihrem Bühnennamen zu nennen, meine Mutter ist.«

Melanie starrte ihn an, und jede Farbe wich aus ihrem Gesicht. »Deine Mutter«, flüsterte sie.

»Sie war Schauspielerin, ehe sie meinen Vater kennengelernt hat, und selbst damals ist sie schon unter dem Mädchennamen ihrer Mutter aufgetreten. Ihr Vater war ein Ire, der aus einer berühmten Schauspielerfamilie stammte. Sie waren auf einer Tournee durch die Vereinigten Staaten, als sie meinen Vater kennengelernt hat.«

»Das wußte ich nicht.«

»Als sie meinen Vater vor so vielen Jahren verlassen hat, hat er getan, als sei sie eine Tote. Um seinet- und um meinetwillen hat sie es vorgezogen, es dabei zu belassen. Aber du hast nicht abgewartet, mir gar nicht erst zugehört. Du kommst noch nicht einmal auf den Gedanken, daß ich dich nie in eine solche Lage gebracht hätte, wenn das, was du geglaubt hast, wahr gewesen wäre. Du hast an niemanden als an dich selbst gedacht, an deine eigenen Gefühle und an deinen persönlichen Stolz.«

»Warum auch nicht?« brauste sie auf. »Was habe ich denn sonst? Ich habe keine Familie. Mein Charakter ist in Fetzen gerissen worden. Um mein Auskommen zu haben, bin ich von einem Mann abhängig, der mich aus reinem Pflichtbewußtsein und aus Wollust geheiratet hat, von einem Mann, der sich so wenig aus mir macht, daß er mich über die Tatsache im unklaren läßt, daß er morgen früh fortgeht, um in den Krieg zu ziehen. Was hattest du vor – wolltest du, daß ich es erst herausfinde, wenn du morgen abend nicht nach Hause kommst?«

»Ich hatte vor, es dir heute abend zu sagen, nach dem Fest. Was ich nicht verstehe, ist, wie du dahintergekommen bist.«

»Das spielt keine Rolle. Ich weiß es, und eben nicht von dir.«

»Du hast recht, es spielt keine Rolle. Das Wichtigste ist jetzt, daß du in Ordnung bringst, was du angerichtet hast. Wir werden jetzt wieder in den Ballsaal gehen. Ich werde dich Madame Dubois noch einmal vorstellen. Du wirst dich für deinen Ausbruch entschuldigen und dich von deiner charmantesten Seite zeigen.«

»Ich bin jederzeit bereit, mein Bedauern über dieses Mißverständnis zu bekunden, wenn du sie hierher holst, aber ich gehe nicht in den Saal zurück.«

»Du wirst zurückgehen, und wenn ich dich tragen muß. Du hast sie öffentlich in diese peinliche Lage gebracht, und deshalb wirst du es öffentlich wiedergutmachen. Soviel bist du ihr schuldig. Gehen wir?«

Einerseits war ihr klar, daß sein Standpunkt gerechtfertigt war, doch andererseits haßte sie ihn dafür. Er war arrogant und diktatorisch. Er brachte kein Verständnis und keine Rücksicht für ihre Gefühle auf, sondern nur für die Gefühle der Frau, die ihn geboren hatte. Der unseligste Abend ihres Lebens war ein ebensolcher Ball gewesen, auf Monmouth, als sie ihn zum ersten Mal gesehen hatte.

Mich hocherhobenem Kopf lief sie vor ihm her. In ihren Augen stand eine fiebrige Glut, und ihre Wangen waren stark gerötet, als sie in den Ballsaal rauschte. Die Schauspielerin, Rolands Mutter, war von einem Kreis von Bewunderern umgeben, ausschließlich Offiziere. Melanie kleisterte sich ein anmutiges Lächeln auf die Lippen und ging auf sie zu. Sie hielt ihr die Hand hin und sagte: »Meine liebe Madame Dubois, Sie müssen mir verzeihen. Mein Mann hat mir gerade alles erklärt, und ich sehe ein, daß es nichts weiter als ein dummer Irrtum meinerseits war. Ich kann Ihnen gar nicht sagen, wie leid es mir tut.«

Falls die Frau überrascht war, zeigte sie es nicht. Mit überlegener Selbstsicherheit lachte sie unbefangen. »Denken Sie sich nichts dabei, meine Liebe. Vorhin waren Sie so herrlich aufrichtig, wie Sie jetzt anmutig sind. Ich persönlich hasse es derart, zuzugeben, wenn ich mich getäuscht habe, daß ich andere bewundere, die das so freundlich und ohne Groll schaffen. Ich fürchte, ich hätte eher mißmutig geschmollt.«

»Sie, Madame Dubois«, rief einer der jüngeren Offiziere aus. »Niemals!« Und jetzt setzten Komplimente ein, die Melanie die Notwendigkeit ersparten, das Thema weiterzuverfolgen.

Roland, der ihr gefolgt war, trat jetzt neben sie. »Gut gemacht«, meinte er leise. Melanie antwortete nicht darauf, doch der Blick, mit dem sie ihn bedachte, triefte vor bitterer Herablassung. Mit ungerührtem Gesicht verbeugte er sich und ging.

Melanie wechselte ein paar Worte mit seiner Mutter. Sie bemühte sich, so freundlich wie möglich zu sein, und sie lud sie sogar zum Tee ein und wußte nicht, ob sie sich freuen oder es bedauern sollte, als die Schauspielerin die Einladung annahm. Melanie fiel es immer noch schwer, sich diese strahlende, fröhliche Frau mit dem jugendlichen Aussehen alt genug vorzustellen, um Rolands Mutter sein zu können.

Es waren erst wenige Minuten vergangen, als Madame Dubois sich entschuldigte und in den Armen eines der Männer über die Tanzfläche glitt, und für den nächsten Tanz forderte sie kein anderer als der Gastgeber auf. Damit war zur Genüge bewiesen, wie sehr man sie akzeptierte, und daher hielt Melanie ihre Pflicht für erfüllt. Sie schaute sich nach Roland um und erspähte ihn am anderen Ende des Saals. Bewußt schlug sie die entgegengesetzte Richtung ein und ging auf die Türen zu, die aus dem Ballsaal führten.

Der Butler war nirgends zu sehen, als sie durch die große Eingangshalle lief. Sie öffnete die schwere Haustür und schlüpfte in die Nacht hinaus. Da sie keine Anweisung gegeben hatte, die Kutsche doch nicht vorfahren zu lassen, stand diese vor der Haustür, und der Kutscher saß auf dem Kutschbock. Als sie das sah, seufzte sie erleichtert auf. Dann eilte sie die hohe Treppe vor dem Haus hinunter.

Als sie hörte, wie hinter ihr eine Tür geöffnet wurde und schnelle Schritte die Stufen herunterkamen, begann ihr Herz wild zu schlagen, doch sie blieb nicht stehen und sah sich auch nicht um. Sie rannte fast, als sie hörte, wie sie bei ihrem Namen gerufen wurde.

»Melanie, warte!«

Der Kutscher, der sie kommen sah, war abgestiegen, um ihr die Tür aufzuhalten und ihr beim Einsteigen behilflich zu sein. Mit einem Fuß auf dem Trittbrett sah sie sich um. Die Stimme, die ihren Namen rief, war nicht diejenige, die sie erwartet hatte.

Dom kam mit Sorgenfalten auf der Stirn auf sie zugelaufen. »Was ist passiert?« fragte er. »Wohin willst du so eilig?«

»Nach Hause«, antwortete sie schroff.

»Jetzt? Allein?«

»Jetzt. Allein«, erwiderte sie und ließ sich auf den Sitz sinken. Dom hatte dem Kutscher den Weg vertreten und ihm den Türgriff aus der Hand genommen. Wenn sie ihm die Tür nicht regelrecht aus der Hand riß, gab es wenig, was sie tun konnte, um ihren Aufbruch zu beschleunigen. Sie warf einen Blick zurück auf das Haus und rechnete jeden Moment damit, Roland zu sehen. Mit einem flehentlichen Ausdruck in ihren verschleierten Augen rief sie: »Ich bin wirklich sehr müde.«

»Dennoch solltest du nicht allein fahren. Ich werde mit dir kommen, wenn du nichts dagegen hast. Ich wollte schon seit Wochen mit dir reden, aber Roland hat dich seit seiner Rückkehr nicht mehr aus den Augen gelassen, und ich hatte daher keine Gelegenheit dazu.«

Zu jedem anderen Zeitpunkt hätte sie seine angespannte Haltung und den unheilvollen Klang seiner Stimme deutlich wahrgenommen. Jetzt wollte sie nur möglichst schnell verschwinden, und wenn Roland erfuhr, wen sie sich als Begleiter ausgewählt hatte, na, bitte. Ihr war das gleich. Sie kniff die Lippen zusammen und rutschte auf dem Sitz beiseite, um Dom Platz zu machen.

Als die Kutsche ein gutes Stück vom Haus entfernt war, wandte sich Dom an sie. »Du bist sehr schön heute abend. Mir scheint es, als würdest du jedesmal, wenn ich dich sehe, schöner. Ich bin überreichlich für die Dinge bestraft worden, die ich an jenem Tag auf Greenlea zu dir gesagt habe. Ich habe mir tausendmal gewünscht, ich könnte die Zeit zurückdrehen und diesen Nachmittag noch einmal erleben. Wenn ich das könnte, dann fiele meine Antwort anders aus, das verspreche ich dir. Wir wären jetzt verheiratet. Vielleicht hätten wir sogar ein Kind.«

Melanie schaute ihn entgeistert an und wandte dann den Blick schnell wieder ab. »All das ist vorbei«, behauptete sie streng. »Was geschehen ist, läßt sich nicht ungeschehen machen.«

»Das mag sein, aber ich will, daß du weißt, wie sehr ich dich liebe. Falls Roland bei dem bevorstehenden Feldzug etwas zustoßen sollte oder falls du dich je entschließen solltest, ihn zu verlassen, werde ich es als eine Ehre ansehen und stolz darauf sein, dich zur Frau nehmen zu dürfen.«

»Es... es ist nett von dir, daß du das sagst«, murmelte sie hilflos.

Er streckte den Arm aus und legte seine Hand auf ihren Unterarm, ließ die Hand darüber gleiten und umklammerte dann ihre Hand. »Ich habe das nicht aus Freundlichkeit gesagt. Ich habe es gesagt, weil es mein Ernst ist. Was glaubst du denn, warum ich sonst hier in New Orleans geblieben bin und gewartet habe, meine Anwaltskanzlei und alles vernachlässigt habe, wenn nicht, um in deiner Nähe zu sein, wenn der Feldzug beginnt und das Schiff in See sticht?«

»Dann weißt du es also auch. Es scheint, als hätten es alle außer mir gewußt.«

»Was gewußt?« fragte er.

»Natürlich, daß Lopez und seine Männer morgen früh abreisen. Du hast gesagt...«

»Nein, das wußte ich nicht. Hier in der Stadt sind bislang kaum fünfhundert Männer. Ich hatte den Eindruck, sie wollten sich mit einer weit größeren Truppenstärke einschiffen.«

»Lopez glaubt, seine Truppe sei stark genug, wenn man bedenkt, welche Unruhen auf der Insel ausgebrochen sind.«

»Ich verstehe. Dann brauche ich vielleicht nicht ganz so lange auf meine Antwort zu warten.«

»Wie meinst du das?« fragte Melanie und entzog ihm ihre Hand.

Dom zog die Stirn in Falten. »Es besteht durchaus die Möglichkeit, daß Roland nicht zurückkommt. Darüber mußt du dir im klaren sein. Diese Männer spielen ein gefährliches Spiel. Wenn sie eine Niederlage erleiden, ist es mehr als wahrscheinlich, daß es zu großen Verlusten kommt, und wenn sie gefangengenommen werden, ist es unwahrscheinlich, daß die Regierung der Vereinigten Staaten intervenieren wird, wie sie es im Fall der Gefangenen von Contoy getan hat. Da bekannt ist, daß ihr Land sich nicht hinter sie stellen wird, und da ebenfalls bekannt ist, daß es für viele, wenn nicht die meisten der Männer, der zweite Angriff auf Kuba ist, wird die spanische Regierung dort nicht gerade mild gestimmt sein.«

»Ja«, flüsterte Melanie. »Ich nehme an, du hast recht.«

»Ich möchte dich nicht drängen«, fuhr Dom fort, »aber ich will, daß du weißt, daß ich immer da sein und warten werde. Falls es zum Schlimmsten kommt, wirst du nicht allein dastehen.«

Die Kutsche hielt vor dem Haus an. Melanie unterdrückte einen Seufzer der Erleichterung, als sie sich an den Mann wandte, der neben ihr saß. »Ich weiß zu schätzen, was du mir sagen willst, Dom, ich weiß es wirklich zu würdigen. Da ich weiß, wie du früher über dieses Thema gedacht hast, finde ich es sehr edel von dir. Aber ich glaube nicht, daß du wirklich eine geschiedene Frau heiraten willst, denn das zöge einen gewaltigen Skandal nach sich, und ich fürchte, Roland Donavan ist kein Mann, der leicht umzubringen ist, ob im Krieg oder als Privatbürger.«

Dom nickte steif. »Wirst du trotzdem daran denken?«

»Ich werde es mir merken«, antwortete Melanie.

Dom stieg aus der Kutsche und half Melanie dann beim Aussteigen. Im Haus brannte eine Lampe, ein Hinweis darauf, daß Glory wach war. Melanie lehnte Doms Angebot ab, sie an die Haustür zu begleiten. Sie bat ihn, mit der Mietkutsche zur Gala zurückzufahren, damit sie Roland für seinen Gebrauch zur Verfügung stand, und dann wandte sie sich ab und stieg die Stufen hinauf. Bei jedem Schritt, den sie machte, konnte sie Doms Blicke spüren. Er rührte sich nicht vom Bürgersteig, bis sie das Haus betreten und die Tür hinter sich geschlossen hatte.

Melanie wich Glorys Fragen aus, indem sie behauptete, sie hätte Kopfschmerzen und wolle sofort ins Bett gehen, doch sie schlief nicht. Ihre Gedanken drehten sich im Kreise. Sie brachte den Mut auf, an die Nacht zurückzudenken, in der alles begonnen hatte. Seitdem war so viel passiert, so vieles hatte sich verändert, Kleinigkeiten und auch Wesentliches. Wild entschlossen war sie auf Rache aus gewesen. Wohin waren ihre Wut und ihre Blutrünstigkeit entschwunden? Als Roland all die langen, einsamen Monate fort gewesen war, hatte sie ihn vermißt und es sich selbst nicht eingestanden. Sie hatte sich eingeredet, sie wolle nur wieder mit ihm zusammen sein, um ihn für das büßen zu lassen, was er ihr angetan hatte, doch damit hatte sie schließlich nur sich selbst Leid und Demütigungen zugefügt. Vor vielen Monaten hatte Roland sie der Eifersucht bezichtigt, und er hatte recht gehabt. Nur aus rasender Eifersucht heraus hatte sie heute abend die Schauspielerin attackiert. Die Wahrheit über diese Frau, nämlich, daß sie Rolands Mutter war, hatte sie verletzt und in Verlegenheit gebracht: Sie war verletzt, weil er es ihr nicht eher anvertraut hatte, und ihr furchtbarer Irrtum war ihr peinlich. Sie hatte sich bemüht, es wiedergutzumachen, und dann war sie fortgegangen. Warum? Warum war sie davongelaufen? Eine klarere Antwort hätte es nicht geben können. Aus Angst: Angst, ihre Sache nicht gut genug gemacht zu haben, als sie sich entschuldigt hatte; Angst, Roland würde ihr nicht verzeihen; Angst, er würde die Eifersucht erkennen, die sie verzehrte; Angst, er würde die Ursache hinterfragen und über sie Bescheid wissen.

Sie liebte ihn. Einen größeren Verrat hätte sie nicht am Andenken ihres Großvaters und an ihrer eigenen Ehre begehen können, und ein schmählicheres Ende hätten ihre unseligen Rachepläne nicht finden können! Und doch ließ es sich nicht leugnen. Was für ein erbärmliches Geschöpf sie doch war. Sie hatte nichts dafür getan, seine Liebe zu gewinnen, doch alles, damit er sie verabscheute. Mit ihrer Kälte und ihrer Verachtung hatte sie sogar das einzige, was er für sie empfand, zu einem langsamen Erstickungstod verdammt, nämlich sein glühendes Verlangen. Warum hatte sie so lange gebraucht, um das zu erkennen? Wie kam es, daß es erst jetzt in ihrer Macht stand, in ihrem eigenen Herzen zu lesen, jetzt, da er sie und das Kind verließ, das in ihr wuchs, und sich in Gefahr begab?

Sie hörte ihn kommen, hörte seine langsamen Schritte im Wohnzimmer. Sie biß sich auf die Unterlippe und warf ihre Bettdecke zurück. Sie hatte sich derart im Bett herumgewälzt, daß ihr Nachthemd hoch auf ihre Oberschenkel gerutscht war und sich um ihre Hüften spannte. Sie zog es nicht hinunter. Dann breitete sie ihr gelöstes Haar um sich aus, legte sich auf das Kissen zurück und stellte sich schlafend, atmete so tief und gleichmäßig, daß eine ihrer Brüste aus dem schief sitzenden Ausschnitt ihres Nachthemds herauszurutschen drohte.

Durch ihre fast geschlossenen Lider nahm sie den Schein der Lampe wahr, der ins Zimmer fiel. Roland stieß die Tür auf und blieb stehen; er hielt die Lampe aus dem Wohnzimmer in der Hand. Die Sekunden vergingen. Ob er sich rührte und ob er atmete, hätte sie nicht sagen können. Schließlich seufzte er tief. Es wurde dunkler, als er zurücktrat und die Tür hinter sich schloß.

Melanie riß die Augen auf. Sie hob eine Hand und preßte sich den Handrücken auf den Mund, während sie tief und bebend Atem holte. Als sie langsam ausatmete, strömten die salzigen Tränen aus ihren Augenwinkeln und rannen naß in ihr Haar.

Melanie war derart erschöpft vom Ringen mit ihren Gefühlen, daß sie erst spät wach wurde. Als sie endlich erwachte, schien die Sommersomme grell durch den Spalt zwischen den Gardinen, und die Hitze machte sich schon im Zimmer breit. Sie strich sich das wirre Haar aus dem Gesicht und schlüpfte aus dem Bett. Mit Fingern, die ein wenig zitterten, griff sie nach ihrem Morgenmantel und steckte die Arme in die Ärmel. Es war still im Haus, zu still, als sie durch das Wohnzimmer tappte. Niemand war im Salon, niemand im Eßzimmer. Vor der Tür zu dem leerstehenden Schlafzimmer blieb sie mit der Hand auf dem Türgriff stehen. Dann reckte sie resolut das Kinn in die Luft, öffnete die Tür und trat ein.

Das ungemachte Bett wies deutlich darauf hin, daß Roland die Nacht dort verbracht hatte, und in der Schale auf der Frisierkommode war der Seifenschaum auf dem schnell abkühlenden Wasser erstarrt. Ebenso klar war zu erkennen, daß er fortgegangen war. Nicht nur das Bett war leer, sondern auch die Schubladen der Frisierkommode und der Kleiderschrank an der Wand gegenüber waren ausgeräumt. Seine zusätzliche Uniform und seine Hemden, sein Rasierzeug und der Krimskrams, den er im Laufe der Zeit in diesem Zimmer zusammengetragen hatte – all das war fort. Am Rand der Platte auf der Frisierkommode lag ein Knopf, ein Messingknopf von einer seiner Uniformen. Melanie nahm ihn in die Hand und preßte die Finger zusammen, bis sie spürte, wie sich der Knopf in ihre Handfläche bohrte.

»Er ist fort, Miss Melanie.«

»Ja, ich weiß, Glory«, flüsterte Melanie und schaute ihre Zofe an, die hinter ihr in der Tür stand. »Er hat sich noch nicht einmal von mir verabschiedet.«

»Ich habe ihm gesagt, ich würde Sie wecken, aber er hat nein gesagt, das sollte ich nicht tun, damit würde ich mich nur unbeliebt machen. Wenn Sie sich beeilen, könnten Sie ihn gerade noch erwischen.«

Melanie schaute die Frau an und wandte den Blick dann wieder ab. Ein schiefes Lächeln verzog ihre zitternden Lippen. »Nein. Nein, damit würde ich mich nur unbeliebt bei ihm machen.«

Etwa eine Stunde später kam die Nachricht. Melanie hatte sich angezogen und sich das Haar zu einem schlichten Knoten im

Nacken hochgesteckt und setzte sich gerade auf dem Balkon hinter dem Haus an einen kleinen Tisch, um eine Tasse Kaffee zu trinken und ein Beignet mit Puderzucker zu essen. Glory öffnete die Tür, als sachte angeklopft wurde, und dann brachte sie Melanie das zusammengefaltete Sendschreiben auf die Terrasse.

»Es war ein Junge, Miss Melanie. Er hat gesagt, ein Gentleman hätte ihm auf der Straße ein Fünfcentstück dafür gegeben, daß er Ihnen diese Nachricht überbringt.« Als Melanie aufblickte und der älteren Frau in die Augen sah, schüttelte diese langsam den Kopf. »Es war nicht Mr. Roland. Der Junge hat gesagt, er sei klein und grauhaarig gewesen und hätte Zivilkleidung getragen, keine Uniform.«

Melanie zog das Blatt aus dem versiegelten Pergamentumschlag. Aus irgendwelchen Gründen, die sie nicht hätte erklären können, widerstrebte es ihr, den Brief auseinanderzufalten. Dann schalt sie sich für ihre Albernheit und breitete das Blatt auf dem Tisch aus.

Sehr geehrte Madame, las sie. *Ihre Nachricht von gestern abend haben wir dankend empfangen. Sicher freut es Sie zu hören, daß ein Dampfschiff mit bekanntermaßen hoher Geschwindigkeit diese Stadt vor Mitternacht verlassen hat und die Nachricht über das erwartete Eintreffen der von Ihnen erwähnten Gäste überbringen wird. Ich sehe keinen Grund, aus dem es meinen Landsleuten nicht möglich sein sollte, diese Gäste derart überwältigend willkommen zu heißen, daß sie uns höchstwahrscheinlich nie mehr verlassen werden. Meine Karte lege ich bei. Das Symbol in der linken oberen Ecke wird Ihnen, sollten Sie in meinem Büro vorsprechen, den sofortigen Zutritt sichern, damit wir uns unter vier Augen über eine Entschädigung unterhalten können, die dem Wert der großen Dienste entspricht, die Sie uns erwiesen haben.*

Der Brief war nicht unterschrieben, doch die erwähnte Karte lag bei. Auf diesem kleinen Rechteck aus Pappe war der Name des spanischen Botschafters eingraviert.

Sie hatte dem spanischen Konsul keine Nachricht geschickt. Sie hatte seit jenem Abend im Theater, als er sie angesprochen hatte, nicht mehr an den spanischen Botschafter gedacht. Sie konnte sich nicht erklären, was es zu bedeuten hatte, daß er diesen Brief an sie richtete – es sei denn, jemand hatte ihm die Information, die er haben wollte, zukommen lassen, und zwar unter ihrem Namen, jemand, der niemals damit gerechnet hatte, daß der Gentleman, um den es hier ging, den Empfang bescheinigen würde. Bei dieser Person konnte es sich nur um jemanden handeln, der an diesem Abend mit ihr zusammen gewesen war und der wußte, daß der Vertreter der spanischen Regierung sich an sie gewandt hatte. Jemandem, dem aufgefallen war, daß sie die Karte in ihrer Hast fallengelassen hatte, als sie sie einstecken wollte. Es konnte nur Dom gewesen sein.

Und die Nachricht, wenn sie auch noch so kurz und noch so kryptisch war, konnte nur eines bedeuten, nämlich, daß der Botschafter erfahren hatte, daß die Freibeuter heute aufbrachen, und daß er diese Information in der vergangenen Nacht nach Kuba weitergeleitet hatte. Das hieß tatsächlich, daß General Lopez und Roland und die fünfhundert Männer, die bei ihnen waren, in eine Falle gingen.

Melanie sprang so schnell auf, daß sie den Tisch umstieß und der Kaffee auf die Untertasse schwappte. Sie stieß ihren Stuhl zurück und rannte zur Tür.

»Miss Melanie! Was ist passiert?«

»Es ist eine Falle, Glory. Ich muß Roland warnen!«

»Was für eine Falle? Wovon reden Sie? Was für eine Falle?«

Melanie, die schon durch das Eßzimmer ins Wohnzimmer gelaufen war, antwortete nicht. Sie eilte die Stufen zur Straße hinunter. Die Straße war menschenleer. Kein Fahrzeug war zu mieten, und niemand war da, den sie hätte bitten können, sie ein Stück mitzunehmen. Sie kniff die Lippen grimmig zusammen und rannte los.

Sie war noch keine drei oder vier Kreuzungen weit gelaufen, als sie in der Ferne leise Jubelrufe hörte. Vielleicht wurden Reden gehalten, ehe sie abfuhren. Sie betete, es möge sich um langatmige Reden halten. Warum sonst hätte sich der General entschließen sollen, am hellichten Tag aufzubrechen, wenn nicht, weil er wollte, daß sich zu seiner bejubelten Abreise eine Menschenmenge einfand? Ein paar Kreuzungen weiter kamen ihr Menschen entgegen, Gruppen von Menschen, die lächelten und miteinander redeten, Menschen aller Rassen und Schichten, die von der Anlegestelle her kamen. Sie starrten sie seltsam an, als sie sich einen Weg durch die Menge bahnte. Ein Mann streckte die Hand aus, um sie zurückzuhalten, doch sie schüttelte sie ab, und in ihren Augen stand eine solche Verzweiflung, ein derart gepeinigter Ausdruck, daß er es nicht noch einmal versuchte.

Vor ihr lagen die langen Arkaden des französischen Markts, und dahinter ragten die Schiffsmasten auf. Sie hatte Seitenstechen, und sie war in eine Pfütze getreten, der Saum ihres Kleids war naß, und in den Schuhen hatte sie Wasser und kleine Steinchen, doch sie konnte nicht stehenbleiben. Hier war der Damm hoch, und sie konnte unmöglich hinaufsteigen. Dahinter lag der Fluß, der derzeit einen tiefen Wasserspiegel hatte, und daher konnte sie unmöglich erkennen, ob die Schiffe schon abgefahren waren. Aber vor ihr lag die Anlegestelle mit ihren hölzernen Stufen und den Warteräumen für die Passagiere und den Lagerhäusern für die Baumwolle. Melanie schleppte sich matt die Stufen hinauf und blieb still stehen. Keuchend sog sie Luft in ihre brennende Lunge. Schweiß glänzte auf ihrem Gesicht, das vor Anstrengung gerötet war, und die heiße Sommersonne, die auf sie schien, verwandelte ihr Haar in ein Flammenmeer.

Vor ihr lag der Fluß, breit und gelblich braun verschlammt, und das Wasser glitzerte, während es sich sichelförmig zum Golf wälzte. Nichts rührte sich auf der Flußbiegung, kein Ruderboot, kein Floß. Von dem Dampfschiff *Pamper*, das so lange an der Anlegestelle vertäut gewesen war, war nichts mehr zu sehen. Es war fort, und zurückgeblieben war nur eine schwarze Rauchfahne, die sich wie ein Trauerschleier vor das Blau des Himmels zog.

Zweiter Teil

13. Kapitel

Zu spät. Melanie war in das Haus in der Rampart Street zurückgekehrt, denn irgendwie mußten die Männer gewarnt werden. Dort hatte sie sich mit der Nachricht und der Karte des spanischen Botschafters hingesetzt und einen Brief an Gouverneur Quitman geschrieben. Sie wußte zwar nicht, was er tun könnte, aber wenn die Möglichkeit bestand, ein schnelleres Dampfschiff hinter Lopez herzuschicken, oder falls er wußte, daß die Männer vorhatten, dicht vor Kuba anzuhalten und die Waffen auszuteilen wie vor dem ersten Angriff, dann mußte diese Chance genutzt werden. Da sie keinen Beweis für seine Schuld hatte, erwähnte sie Dom nicht, sondern schrieb nur, sie fürchte um die Sicherheit der Männer und bäte ihn um seine Meinung zu dem Schreiben und der Visitenkarte, die sie erhalten habe. Während sie die Nachricht verfaßte, schickte sie Glory aus dem Haus, um einen Boten zu suchen, jemanden, dem ein Verkehrsmittel zur Verfügung stand und der bereit war, ihren Brief in das Haus zu bringen, in dem der Gouverneur und Eliza derzeit wohnten. Sie hätte eine Kutsche mieten und selbst hinfahren können, aber das hätte zu lange gedauert. Jede Minute zählte.

Als Glory zurückkam und der Brief unterwegs war, wartete Melanie besorgt auf ein Zeichen des Gouverneurs, mit dem er ihr zu verstehen gab, er hätte auf ihre Informationen hin etwas unternommen. Nichts kam. Zwei Tage vergingen. Melanie hielt es nicht mehr aus. Sie mietete eine Kutsche und fuhr selbst mit Glory zu dem Privathaus, in dem die Quitmans wohnten.

Die Frau, die Melanie ja schon kannte, als sie kurz dort gelebt hatte, eine nette ältere Witwe, begrüßte Melanie herzlich. Es würde ihr außerordentlich leid tun, aber der Gouverneur wohne nicht mehr bei ihr, sei seit fast drei Tagen fort – waren es nicht schon drei? Ja, sie glaube, sich zu erinnern, daß eine Nachricht für John Quitman abgegeben worden sei. War das Schreiben nicht von einem Kutscher gebracht worden? Sehr merkwürdig. Der Gouverneur und seine liebe Frau seien etwa eine Stunde vor dem Eintreffen der Nachricht ausgezogen. Sie hatten schon früh am Morgen ihre Sachen gepackt und sie zum Dampfschiff vorausgeschickt, während sie noch mit Freunden gegessen hatten. Ihr Butler, ein ganz gewissenhafter Kerl, habe ihr das Schreiben überreicht, doch bis sie verstanden habe, was eigentlich los sei, war der Kutscher bereits abgefahren. Meine Güte, sie hoffe nur, es sei nichts Wichtiges gewesen. Seitdem seien noch zwei oder drei Briefe für die Quitmans gekommen, Einladungen, vermute sie, und sie habe vorgehabt, sie nach Natchez weiterzuleiten, habe aber bisher noch nicht die Zeit dazu gefunden.

Melanie versicherte der älteren Frau, sie werde selbst in ein oder zwei Tagen nach Monmouth reisen und die Nachrichten persönlich überbringen.

»Dann ist ja alles in Ordnung«, rief die Gastgeberin der Quitmans strahlend. Sie ging zum Sekretär, suchte den Brief heraus, den Melanie geschickt hatte, brachte ihn und drückte ihn Melanie in die Hand.

Natürlich war nichts in Ordnung. Nachdem die anderen einen so gewaltigen Vorsprung hatten, war es jetzt ausgeschlossen, daß eine Warnung Lopez und seine Männer noch erreichen konnte. Melanie blieb nichts weiter übrig, als auf Nachrichten über die bevorstehende Katastrophe zu warten.

Sie hatte nicht gelogen, als sie geäußert hatte, sie habe vor, nach Natchez zurückzukehren. Roland hatte sich schon vor Wochen von ihr versprechen lassen, daß sie um ihrer eigenen Sicherheit willen nach seiner Abreise nicht länger in New Orleans bleiben werde. Sie war jetzt schon länger hiergeblieben als geplant. Es tat ihr nicht leid, aus New Orleans fortzugehen. Die sommerliche Hitze war nahezu unerträglich, und noch schlimmer machten es die häufigen Regenfälle, nach denen die Stadt dampfte. Ein Schiff, das von der afrikanischen Küste kam, hatte das Gelbfieber eingeschleppt, und es hieß gerüchteweise, daß es sich im irischen

Teil der Stadt in rasender Geschwindigkeit ausbreite. Auf Greenlea würde eine Brise über die Veranda wehen, und das Laub der Bäume, in deren Schatten das alte Haus stand, würde rascheln. Im Garten würden die Margeriten und die Lilien blühen. Wenn sie schon auf schlechte Nachrichten wartete, dann doch lieber auf Greenlea, denn dort würde sie sie leichter verkraften können.

Das einzige, was Melanie davon abhielt, sich Hals über Kopf in die Vorbereitungen für ihre Abreise zu stürzen, war eine Nachricht ihrer Schwiegermutter. Madame Colleen Antoinette Dubois wollte sie am kommenden Nachmittag besuchen kommen, um Dinge zu besprechen, die sie beide betrafen. Diese Frau zu treffen, war im Moment das letzte, was Melanie sich wünschte. Das Wissen um ihre Existenz hatte ihr bisher nur Kummer bereitet und am Ende fast einen Skandal. Zwar waren sie nach ihrer ersten Begegnung trotz allem freundschaftlich auseinandergegangen, doch nach einer Wiederholung war ihr kaum zumute, und schon gar nicht jetzt, wo sie wußte, daß sie indirekt die Schuld am Tod von Madame Dubois' Sohn tragen könnte. Es schien sich jedoch nicht verhindern zu lassen. Grimmig bereitete sie sich auf ihre Besucherin vor.

Obwohl sie es nicht im entferntesten vorgehabt hatte, ertappte sich Melanie dabei, daß sie sich besondere Mühe dabei gab. Sie ließ im Wohnzimmer putzen und abstauben und Blumen aufstellen und die Galerie und die Treppe fegen. Natürlich würde sie Tee servieren, und Glory würde einen Kuchen backen und ein paar ihrer köstlichen gedeckten Obsttörtchen zubereiten. Melanie mußte sich das Haar waschen, sich die Hände eincremen, ihre Nägel feilen und dafür sorgen, daß ihr Nachmittagskleid aus weißem Voile mit blauen Vergißmeinnicht gebügelt und bereitgelegt wurde.

Im letzten Moment, als Melanie gerade damit begonnen hatte, sich anzukleiden, kam Glory in ihr Schlafzimmer geeilt, um ihr mitzuteilen, sie hätten so gut wie keinen Tee mehr.

Melanie sah selbst nach und gab einen bestürzten Ausruf von sich. Der Tee reichte kaum noch für eine Tasse, von einer vollen

Kanne ganz zu schweigen. In der letzten Woche war es so heiß gewesen, daß sie ihre abendliche Tasse Tee nicht getrunken hatte. Daher war ihr entgangen, wieviel Tee noch im Haus war. Sie mußte ihrem Gast etwas anbieten können. Es blieb ihr nichts anderes übrig, als Glory loszuschicken, damit sie frischen Tee kaufte.

Glory wollte schon aus dem Haus gehen, als Melanie noch etwas anderes einfiel. Sie hielt sich den Morgenmantel zu und lief aus dem Schlafzimmer ins Wohnzimmer und von dort aus auf die Galerie vor dem Haus. »Glory!« rief sie und beugte sich über das Geländer. »Sieh zu, ob du auch eine Limone findest, ja?« Sie selbst trank zwar keinen Tee mit Zitrone, aber viele andere tranken ihn so. Eine Schauspielerin, die immer für exotische Neuheiten aufgeschlossen war, würde wahrscheinlich erwarten, daß zum Tee Zitrone serviert wurde.

»Ja, Miss Melanie, das mache ich«, meinte Glory und lief weiter.

Melanie schaute ihr nach und wünschte, sie wäre bei dieser Hitze nicht so schnell gelaufen. Sie hätte ihr noch einmal nachgerufen, wenn sie geglaubt hätte, es könnte etwas nützen. Da Melanie Glory in die wahre Identität der Frau eingeweiht hatte, die zu Besuch kam, war Glory mindestens so besorgt wie Melanie, wenn nicht noch mehr, einen guten Eindruck zu machen. Wenigstens brauchte die alte Frau nicht bis zum französischen Markt zu laufen. Ein paar Kreuzungen weiter gab es ein kleines Geschäft, das solche Delikatessen führte.

Als Melanie das Geländer losließ, um wieder ins Haus zu gehen, lenkten Bewegungen im Haus gegenüber ihre Aufmerksamkeit auf sich. In der Tür im oberen Stock stand der Mann, der sich die Terzeronin hielt. Es war eine ganze Weile her, seit sie ihn das letzte Mal gesehen hatte; seit Rolands Rückkehr im Frühjahr hatte er sich verdächtig zurückgehalten. Sie hatte schon begonnen, die Hoffnung zu hegen, er habe seine Mätresse und sein Kind im Stich gelassen. Jetzt schien es, als seien die beiden leider nicht so glücklich dran.

Der Mann starrte sie gebannt an; er hatte sich die Fäuste in die

Hüften gestemmt und stand mit weit gespreizten Beinen da. Einen Moment lang kam es Melanie vor, als könnte sie seine Abneigung und seinen Groll, aber auch sein lüsternes Interesse an ihrer Aufmachung geradezu spüren. Sein Blick schien sich auf ihr Haar zu heften, das ihr um die Schultern und auf den Rücken fiel, aber auch auf ihren dünnen Morgenmantel, der sich bei jeder Bewegung an ihren Körper schmiegte. Es war ein derart unangenehmes Gefühl, daß sie erschauerte. Eher hastig als würdig machte sie auf ihren nackten Fersen kehrt, eilte ins Haus zurück und schloß die Jalousien hinter sich.

In ihrem Schlafzimmer bürstete sie sich das Haar und begann, sich zu frisieren. Glory würde ohnehin spät zurückkommen, und sie würde gezwungen sein, sich bei ihrem Gast dafür zu entschuldigen, daß sie nicht gleich Erfrischungen servieren konnte.

Sie hatte gerade ihren Handspiegel an seinem silbernen Griff genommen und wollte sich ihre Frisur betrachten, als sie einen Laut hörte. Glory konnte noch nicht zurückgekommen sein, und doch hätte sie schwören können, daß die Stufen vor dem Haus geknarrt hatten. Wieder vernahm sie ein Geräusch, diesmal das Schlurfen von Schritten in dem Säulengang vor dem Haus. Mit dem Spiegel in der Hand verließ Melanie langsam das Schlafzimmer.

Im Wohnzimmer waren die Jalousien geschlossen, und es war still und drückend im Raum. Eine Fliege surrte an der Wand. Sonst rührte sich nichts. Durch die Schlitze der Jalousien konnte sie einen Teil der Galerie sehen, auf deren Boden die schräg einfallenden Strahlen der untergehenden Sonne fielen. Nichts regte sich in dieser goldenen Hitze. Dennoch biß sich Melanie auf die Unterlippe, als sie die Jalousien anstarrte. Weder die Jalousien noch die Flügeltüren waren abgeschlossen. Auf Greenlea waren die Türen niemals abgeschlossen worden, auch nachts nicht. Solange Roland fort gewesen war, hatte sie immer darauf geachtet, schon vor dem Zwischenfall mit dem Mann, der sich in den Hof geschlichen hatte. Doch nachdem er zurückgekehrt war, hatte sie diese Gewohnheit wieder abgelegt. Solange er im

Haus war oder sie wußte, daß er am Abend heimkommen würde, hatte sie sich sicher gefühlt. Jetzt verspürte sie den Drang, die Riegel sofort zuzuschieben. Sie hätte nicht sagen können, warum sie sich jetzt bedroht fühlte, während sie in zahllosen Nächten seelenruhig bei weit geöffneten Türen eingeschlafen war, doch es schien ihr, als hinge eine derartige Bedrohung in der Luft, daß eine Gänsehaut über ihre Arme lief.

Einbildung, redete sie sich nachdrücklich ein. Es war gut, daß sie dieses Haus und die Erinnerungen daran bald zurücklassen würde. Sie schüttelte kurz den Kopf, drehte sich um und ging wieder in ihr Schlafzimmer. Beim Laufen hob sie den Spiegel hoch, um ihre Frisur noch einmal zu überprüfen.

Sie blieb abrupt stehen. Hinter ihr hatte sich etwas bewegt, in dem leerstehenden Schlafzimmer. Als sie sich umdrehte, sah sie den Mann aus dem Haus gegenüber in der Tür stehen. Hinter ihm stand die Flügeltür offen, die auf die Galerie vor dem Haus führte. Er trug ein Hemd ohne Knöpfe, das bis zur Taille aufgesprungen war, und eine schwarze Hose über Stiefeln. Auf seinem ausgeprägten dunklen Gesicht stand ein brutales Lächeln, und er hielt eine dünne, biegsame Peitsche in der Hand.

»Was haben Sie hier zu suchen?« fragte Melanie barsch.

»Wir haben noch eine Rechnung miteinander zu begleichen, du und ich. Ich habe lange Zeit auf diesen Augenblick gewartet; gewartet und dich beobachtet und mir ausgemalt, wie es sein wird. Und jetzt ist dein Soldat fort, und mein Warten ist vorbei. Jetzt sind nur noch wir beide da, du und ich.«

Seine Blicke glitten über sie, als er langsam auf sie zukam. Dann kehrte sein Blick wieder zu ihrem Gesicht zurück, und er ließ die Peitsche durch die Luft zischen.

Melanie preßte die Lippen zusammen. »Im Moment sind wir allein, aber mein Mädchen kommt gleich zurück, und ich erwarte einen Gast.«

»Mit deinem Mädchen werd ich fertig. Und was deinen Gast angeht, sollte mir bis zu seinem Erscheinen noch genug Zeit für meine Zwecke bleiben, wenn ich bedenke, daß du noch nicht angezogen bist.«

Melanie starrte ihn an und begriff, daß es um so besser war, wenn er glaubte, sie erwarte einen Mann zu Besuch. »Wie kommen Sie darauf, daß ich mich überhaupt anziehen will?« fragte sie verbissen lächelnd.

»So steht es also?« höhnte der Mann. »In dem Fall werde ich mich eben beeilen müssen – und dein Gast wird dich noch leichter bekleidet vorfinden, als er es erwartet hat.«

Bei jedem seiner Worte kam er näher. Noch zwei Schritte, und sie war in der Reichweite seiner Peitsche, die er in der Hand hielt. Melanie wollte ihm den Spiegel, den sie immer noch in der Hand hatte, an den Kopf werfen. Er wich aus, und der Spiegel segelte an ihm vorbei und zerbrach an der Wand, doch inzwischen war Melanie um das kleine Sofa herumgelaufen und stürzte zu den Jalousien vor den Flügeltüren.

Ihre Hand lag auf dem Türknopf und zog daran, als er sie von hinten packte. Als er sie zurückriß, sprangen beide Flügel bebend auf und schwangen langsam auseinander. Ein Schrei löste sich aus ihrer Kehle und hallte durch die Luft. Sie trat um sich und wehrte sich, um durch die geöffnete Flügeltür zu entkommen. Der Mann zog die Hand zurück und versetzte ihr einen Schlag, der ihren Kopf dröhnen ließ. Er nutzte ihren Schock, um sie zu packen und sie quer durch das Zimmer zu werfen. Sie prallte heftig gegen das Sofa. Sofort stürzte er sich auf sie, und seine brutalen Hände zerrissen ihren Morgenmantel, als er ihn von ihren Schultern zerrte.

Melanie war außer sich vor Wut. Sie richtete sich kreischend auf, und blaues Feuer stand in ihren Augen, als sie mit den Nägeln auf sein Gesicht losging. Er wich mit einem Ruck zurück, der ihm das Augenlicht bewahrte, aber nicht verhindern konnte, daß sich rote Striemen über seine Backen zogen. Einen Moment lang war er derart überrascht und verwirrt, weil sie es gewagt hatte, sich zu wehren. Diesen Augenblick nutzte Melanie, um wieder um das Sofa zu laufen, ihren Morgenmantel zusammenzuraffen und sich mit rasenden Blicken nach einer Waffe umzusehen.

»Du kleines Miststück«, knurrte der Mann, der sich ins Gesicht faßte und das Blut auf seinen Fingern anstarrte. Er packte seine Peitsche fester und setzte ihr nach.

Eine Onyxstatue, die eine Nymphe und einen Satyr darstellte, knallte gegen seine Rippen. Ächzend preßte er die Hand auf die getroffene Stelle, während die Statue klappernd über den Boden rollte. Dann machte er mit einem mordlüsternen Blick in seinen gelbbraunen Augen einen Satz.

Die Peitsche traf sie, als sie gerade die zweite Statue warf. Sie brannte sich durch den Stoff ihres Morgenmantels, und Melanie ächzte vor Schmerz, während ihr Wurfgeschoß sein Ziel verfehlte. Der Schürhaken war greifbar. Sie packte ihn, schwang ihn mit beiden Händen und holte heimtückisch nach seinem Kopf aus. Er riß den Arm hoch und fing den Schlag mit dem Handgelenk ab. Als sie ein zweites Mal ausholte, riß er seine Peitsche hoch und ließ sie auf ihre Arme sausen. Trotz ihrer rasenden Schmerzen holte sie zu einem zweiten Hieb aus, und zu ihrer Zufriedenheit hörte sie das Geräusch, mit dem der Schürhaken auf seinen Schädel krachte. Ihre Kraft reichte jedoch nur dazu aus, ihn in Raserei zu versetzen, und außer sich vor Wut entriß er ihr den Schürhaken und hieb mit der Peitsche auf sie ein. Melanie wand sich und versuchte, ihr Gesicht zu schützen, während sie rückwärts wankte. Die Schmerzen waren unerträglich. Sie konnte nichts tun, um sich gegen die beißenden Hiebe zu schützen. Voller Entsetzen hörte sie, wie ihr Morgenmantel über ihren Schultern in Fetzen riß, und sie spürte die Nässe des Blutes über ihre Arme und ihren Rücken rinnen. Übelkeit stieg in ihr auf. Schauer überliefen sie, und ihre Knie wurden weich.

Wie durch einen Dunstschleier sah sie ihn über sich aufragen, spürte seine Hände auf ihrem Morgenmantel, als er ihn aufriß, um ihre runden Brsüte mit den rosigen Brustwarzen freizulegen, die sich vor Schmerz zusammengezogen hatten. Er zerrte ihr den Ausschnitt über die Schultern herunter, ließ ihre Arme aber in den Ärmeln stecken, damit sie weniger Bewegungsfreiheit hatte. Dann ließ er die Peitsche fallen und zog sie an sich, und seine Hände zerquetschten roh ihr Fleisch, als er sie nach hinten bog.

Sein übelriechender Atem traf auf ihr Gesicht. Seine glitschigen Lippen glitten über ihre Wange und suchten ihren Mund. Doch als der Schmerz nachließ, fand sie ihren klaren Verstand wieder. Da er sicher war, sie gebändigt zu haben, hatte sich sein Griff gelockert. Melanie ließ sich nach hinten sinken, als würde sie ohnmächtig. Als er in seinem Triumph anzüglich kicherte, zog sie ihr Knie zwischen seine weitgespreizten Beine. Ihm stockte der Atem, und er krümmte sich, und in dem Moment riß sie sich los und rannte fort, wenn auch ihr Morgenmantel in seinen Händen zurückblieb.

Hinter ihr auf dem Fußboden lag der Schürhaken. Als er sah, was sie vorhatte, setzte er ihr nach. Gemeinsam stürzten sie sich auf die schwere Waffe. Melanie verlor das Gleichgewicht. Der Mann ließ den Schürhaken liegen, schlang einen Arm um ihre Taille und zerrte sie zum Sofa. Dort warf er sie hin und preßte ein Knie gegen ihre Brust, bis ihr der Atem stockte. Er packte sie an einem Handgelenk, damit sie sich nicht verteidigen konnte. Dann schlug er ihr ins Gesicht. Als sie benommen dalag, krallten sich seine Finger um ihren Unterarm, und die andere Hand steckte er zwischen ihre Beine. Während sie keuchend nach Luft schnappte, ächzte er und wälzte sie auf den Bauch. Einen Moment lang stand er da und schaute triumphierend ihren nackten weißenKörper an, der ausgestreckt vor ihm lag. Dann bückte er sich, um seine Peitsche aufzuheben.

Melanie beobachtete ihn benommen, sah, wie er sich aufrichtete, sah das grausame Lächeln, das seine Mundwinkel verzog, als er sich die Stelle aussuchte, der er die erste der roten Striemen verpassen würde, die er ihr vor Monaten schon angedroht hatte. Er überprüfte noch einmal die Geschmeidigkeit der Peitsche in seinen Händen, ehe er sie langsam und zielstrebig über seinen Kopf hob.

Melanie dachte keinen Moment lang daran, sich zu ergeben. Niemals wieder würde ein Mann sie gegen ihren Willen berühren oder nehmen. Sie wälzte sich vom Sofa und warf sich auf die Beine des Mannes. Sie erwischte seine Knie mit einem Stoß, und er knallte auf den Boden. Sie zog sich auf Hände und Knie, doch ehe sie entkommen konnte, packte er sie am Haar. Er drehte die

Hand um und zog fest an ihrer Mähne, und Tränen traten Melanie in die Augen, als sie sich wand und um sich trat, und er sie doch unter sich ziehen konnte. Er hatte ihr einen Arm auf den Rücken gebogen und hielt den anderen mit seinem spitzen Ellbogen auf dem Fußboden fest. Seine Beine nahmen ihr die Bewegungsfreiheit, und seine Männlichkeit preßte sich in ihre Seite. Der Trotz glänzte immer noch in ihren violettblauen Augen, als sie zu ihm aufstarrte und sah, wie er die gefletschten Zähne zu ihrer bebenden Brust hinsenkte.

»Henri! Nein!«

Der Schrei kam aus der offenen Tür, in der die fassungslose Gestalt einer Frau schwankend stand. Die Mätresse des Mannes, der Melanie festhielt, schlug mit beiden Händen auf ihren Geliebten ein, zerrte ihn von ihr, warf ihn auf eine Seite.

Er zog sich auf einen Ellbogen und schaute finster zu ihr auf. »Verschwinde, du Schlampe. Um dich kümmere ich mich später.«

»Nein! Das wirst du nicht tun, Henri. Du bist mein Mann, und ich lasse es nicht zu!« Sie rannte wieder zu ihm und zerrte an seinen Armen.

Der Mann ballte die Hand zur Faust und schlug sie ihr in den Bauch. Die Terzeronin fiel nach hinten, krümmte sich und preßte sich die Hände auf den Bauch, während sie keuchende Laute ausstieß.

Melanie wand sich und versuchte, sich unter dem Mann herauszuwinden, doch er packte sie wieder und ignorierte seine Mätresse. Er nahm eine andere Lage ein, damit sie die Beine stillhalten mußte, und dann lachte er hämisch, und seine Hand glitt in einer intimen Liebkosung tiefer, die das Blut in ihren Ohren rauschen ließ. Plötzlich sperrte er den Mund auf. Er gab einen erstickten Laut von sich, ließ Melanie los und versuchte, sich zwischen die Schulterblätter zu greifen. Die Kraft und die böse Zielstrebigkeit verließen ihn, und seine Augen blickten starr und ungläubig. Langsam fiel er nach vorn, auf Melanie. Aus seinem Rücken ragte der Griff eines Messers mit funkelnden Steinen.

Im ersten Moment blieb Melanie still liegen. Dann erschauerte sie vor Entsetzen, stieß ihn von sich und glitt unter ihm hervor. Kniend schaute sie die Terzeronin an, die auf der anderen Seite des Mannes kauerte, der ihr Geliebter gewesen war. Die Augen der Frau waren vor Schmerz stumpf, und sie hielt sich zwar immer noch dort den Bauch, wo der Tote sie geschlagen hatte, doch sie litt keine körperlichen Qualen. Ihr Gesicht war so bleich wie Wachs, und sie schien in demselben Maße wie der Mann, der auf dem Bauch zwischen ihnen lag, das Atmen eingestellt zu haben.

Plötzlich schluchzte die Terzeronin abgehackt und warf sich über die Leiche ihres Mannes. Sie umklammerte ihn und ließ ihrem tiefen Schmerz und der Verzweiflung ihren Lauf. Melanie saß betäubt da und beobachtete sie.

Sie konnte nicht wissen, wie lange sie so regungslos dort gesessen hatte. Schritte rissen sie aus ihrer Benommenheit, Schritte auf der Treppe vor dem Haus, die näherkamen. Sie zog sich auf die Füße, stand wankend da und sah sich nach den Fetzen ihres Morgenmantels um. Als sie ihn sah, war es schon zu spät. Menschen standen dicht gedrängt in der Tür. Es dauerte einen Moment, bis sie klar sehen konnte, bis sie erkannte, daß die Person, die im Gegenlicht dastand, Madame Dubois war. Hinter ihr stand Glory, die mit schockiertem und besorgtem Gesicht die Verwüstungen im Zimmer betrachtete.

Die Schauspielerin fand als erste ihre Fassung wieder. »Gütiger Himmel«, hauchte sie, ehe sie sich umdrehte, Glory ins Haus zog und die Jalousie schloß. Mit raschelnden Röcken und flinken Bewegungen ging sie dorthin, wo Melanies Morgenmantel lag, bückte sich, hob ihn auf und schüttelte ihn auseinander. Ihr Gesicht wurde bleich, als sie die Risse im Rücken und an den Seiten sah. Dennoch ging sie zu Melanie und half ihr in den Morgenmantel.

Dann trat die Schauspielerin zurück und äußerte: »Ich bin nicht sicher, was hier passiert ist, aber ein oder zwei Dinge scheinen auf der Hand zu liegen. Hast du ihn getötet, oder war sie es?«

Melanies Peitschenstriemen fingen jetzt an zu brennen, als sei sie mit einem glühenden Eisen versengt worden. Sie wurde von einem heftigen Zittern gepackt, und als sie versuchte zu sprechen, klapperten ihre Zähne derart, daß sie sich nur mit Mühe verständlich machen konnte. Schließlich flüsterte sie: »Ich war es nicht.«

»Ist das ein Landstreicher, oder was?« fragte Madame Dubois und bedeutete Melanie, sich auf das Sofa zu setzen.

»Nein. Er ... er wohnt im Haus gegenüber.«

Die Augen der Schauspielerin wurden schmaler, als ihr Blick auf die Terzeronin fiel, die immer noch schluchzte. »Allmählich verstehe ich«, sagte sie. »Gibt es irgendwo in diesem Haus zufällig Schnaps?«

Glory war hinter das Sofa getreten und hatte ihre zarten braunen Finger auf Melanies zerzaustes Haar gelegt. Jetzt sah sie auf. »Ja, Ma'am«, sagte sie. »Ich werde ihn holen.«

Madame Dubois stand da und schaute auf Melanie herunter. Dann faßte sie abrupt einen Entschluß, legte ihren Fächer und ihre Handschuhe hin und setzte sich neben Melanie. »Dieser Mann«, bemerkte sie mit einer knappen, vielsagenden Geste, »der scheint eine reichlich brutale Bestie gewesen zu sein.«

»J-ja«, antwortete Melanie schlicht.

»Nur dir gegenüber?«

Melanie schüttelte den Kopf. »Sie, seine Mätresse, hat er auch schlecht behandelt, und sein Kind auch.«

»Dann wäre es doch ein gewaltiger Jammer, wenn jemand dafür leiden müßte, daß er gestorben ist.«

Langsam wandte sich Melanie der Schauspielerin zu und sah sie aus tiefblauen Augen an. »Wie meinen Sie das?«

»In deinem Fall wären die Behörden nachsichtig, sogar mitfühlend. Es ist unwahrscheinlich, daß sie die Frau dort, von der ich annehme, daß es sich um seine Mätresse handelt, in einem ähnlichen Licht sehen werden. Wenn es solchen Frauen erlaubt wäre, die Männer, die sie aushalten, zu töten, wenn diese ihnen Unrecht tun, dann könnte jeder zweite Mann in dieser Stadt seines Lebens nicht mehr sicher sein. Es steht so gut wie fest, daß sie sie hängen werden.«

»Oh, nein! Aber … aber es war nicht ihre Schuld, und sie hat ein Kind, fast noch ein Baby. Was wird aus ihm?«

»Manchmal dient man der Gerechtigkeit am ehesten, indem man das Gesetz und die Männer, die es machen, meidet.«

Melanie schaute der Frau, die neben ihr saß, forschend ins Gesicht. »Was schlagen Sie vor?«

»Erstens finde ich, wir müssen etwas für dieses Mädchen tun, und dann habe zumindest ich die Absicht, ein Glas Schnaps zu trinken, um wieder ruhiger zu werden. Hinterher, wenn wir alle wieder etwas bessere Nerven haben, können wir vielleicht entscheiden, was geschehen sollte.«

Schließlich war Glory diejenige, die am hilfreichsten war. In der Küche stand ein großer Korb, den sie für das Feuerholz benutzt hatte. Wenn sie schnell vorgingen, paßte ebensogut ein Mann in den Korb. Es war grausig, als sie ihn an den Knöcheln und den Schultern packten und versuchten, sich nicht mit seinem Blut zu beschmieren. Seine Arme mußten sie regelrecht in den Korb hineinzwängen. Die Terzeronin, die, wie sie inzwischen wußten, Elena hieß, wollte ihnen helfen, aber sie konnte es nicht, ebensowenig, wie sie den Tränen Einhalt gebieten konnte, die ihr über das Gesicht strömten, und ebensowenig, wie sie die instinktiven Ausrufe ersticken konnte (sie sollten ihm nicht wehtun), als sie den Leichnam in den Korb stießen, zwängten und preßten.

Die drei Frauen ruhten sich ein paar Minuten aus, und dann zerrten sie den Korb vom Wohnzimmer ins Eßzimmer, von dort aus auf die Galerie und dann die Stufen hinunter in den Hof. Dort stießen sie den Korb in den Gang, der durch die unteren Räume auf die Straße führte, und ließen ihn dort stehen.

Madame Dubois inspizierte sich und ihre Kleidung auf Blutflecken. Dann sammelte sie ihre Sachen zusammen, zog sich die Handschuhe an und ging gleichzeitig mit Melanie die Einzelheiten durch, was sie zu tun hatte. Als sie alles zu ihrer Zufriedenheit arrangiert hatten, stieg sie mit einem ausgeglichenen Lächeln im Gesicht die Stufen zu ihrer Kutsche mit dem wartenden Kutscher hinab, und alle Welt hätte geglaubt, sie hätte nichts weiter hinter sich gebracht als genüßlich zu plaudern.

Sowie sie gegangen war, begleitete Glory Elena in das Haus auf der anderen Straßenseite. Während sie sich um das Baby kümmerten und die Habe der Terzeronin einpackten, zog Melanie ihre Koffer aus dem leerstehenden Schlafzimmer und fing an zu packen.

Es war erstaunlich, wieviel sich in kürzester Zeit erreichen ließ, wenn es notwendig war. Als die Dunkelheit hereinbrach und wieder die Räder von Madame Dubois' Kutsche zu hören waren, waren die Vorbereitungen für die Abreise nicht nur abgeschlossen, sondern Melanie hatte auch noch die Zeit gefunden, ihre Peitschenstriemen zu spülen und sich von Glory mit einer Heilsalbe einreiben zu lassen, ehe sie ihr Reisekostüm anzog.

Als Melanie die Schauspielerin hereinließ, war Madame Dubois jedoch nicht allein. Mit ihr war der Schauspieler gekommen, der auf der Bühne ihren Geliebten gespielt hatte. Der große Mann stand still da und lächelte und wartete darauf, vorgestellt zu werden.

»Melanie, meine Liebe, schau mich nicht so an!« rief Madame Dubois aus. »Das ist Jean-Claude Belmont, den du vielleicht aus *Camille* wiedererkennst. Als Schauspieler hat er wenig Respekt vor den Behörden, und als Franzose hat er viel Mitgefühl für eine hübsche Frau. Sieh in ihm, wenn du willst, einen starken Rücken, der die schweren Dinge trägt, die eine Frau zu sehr belasten, und außerdem kann er uns an gefährlichen Orten beschützen.«

Die beiden Frauen sahen einander an und waren sich einig. Melanie wandte sich an den jungen Mann. »Wenn das so ist, sind Sie uns eine sehr willkommene Bereicherung«, bemerkte sie und hielt ihm die Hand hin.

Sein Lächeln war charmant, wenn auch ein wenig vielsagend, als er den Oberkörper zu einer Verbeugung neigte. Als er sich äußerte, stand Bewunderung in den Tiefen seiner sherrybraunen Augen. »Es ist mir ein Vergnügen. Damen in Bedrängnis üben eine unwiderstehliche Anziehungskraft auf mich aus.«

»Benimm dich, Jean-Claude«, schalt ihn die Schauspielerin. »Ich glaube, ich sagte dir bereits, daß diese Dame mit meinem Sohn verheiratet ist.«

»Du sagtest es, aber du siehst einfach zu jung aus, um so etwas wie einen Sohn im heiratsfähigen Alter zu haben, und daher entfällt mir dieser Umstand immer wieder.«

»Das merke ich. Machen wir uns an die Arbeit? Was hier gebraucht wird, ist deine Muskelkraft, nicht deine Schmeicheleien.«

»Meine grausame Colleen«, murmelte er und zuckte leicht die Achseln, während er Melanie anlächelte.

Der Durchgang war ein enger Tunnel, der ihre schlurfenden Schritte gespenstisch hallen ließ, als sie sich mit dem Korb zur Straße begaben. Draußen war kein Mensch auf der Straße, und in der mitternächtlichen Stille lagen die anderen Häuser unbeleuchtet da. Die Kutsche, in der Jean-Claude und Madame Dubois gekommen waren, war ein vierrädriger Zweispänner, dessen Bauart man schon ansah, wie flink er war. Unter enormen Mühen trugen sie den Korb zum Wagen. Dann hob sich der Schauspieler den Korb auf die Schulter und hievte ihn hinauf. Fast wäre er umgekippt, doch Jean-Claude packte ihn und stopfte eilig wieder das Bettzeug hinein, das herausgequollen war.

Sie ließen Glory bei Elena und dem schlafenden Baby, und mit Jean-Claude auf dem Kutschbock brachen Melanie und Colleen zum Stadtrand auf und fuhren auf die gewundene Straße, die am Mississippi entlangführte.

Sie kamen erst am Morgen zurück, und es war Mittag, ehe sie alles zusammengepackt und auf eines der Schiffe hatten bringen lassen. Da die Freibeuter jetzt aufgebrochen waren, verließen große Scharen von Frauen die Stadt. Niemand zeigte das geringste Interesse an der Abreise von ein paar weiteren Frauen. Sie konnten ohne jeden Zwischenfall an Bord gehen und begaben sich direkt in ihre Kabinen. Elena, die als Zofe der Schauspielerin auftrat, bekam für sich und ihr Kind einen kleinen Raum neben Madame Dubois' Kabine. Melanie nahm, da sie diesmal allein reiste und ihr Geld knapper geworden war, eine weniger luxuriöse Kabine als die, die Roland für ihre Reise von St. Francisville nach New Orleans gemietet hatte. Da die Kabine kein Ehebett, sondern mehrere Schlafkojen hatte, konnte auch Glory dort einziehen.

Zwischendurch sah es so aus, als würde das Dampfschiff nicht vor dem nächsten Tag abfahren – es schien Probleme mit der Fracht zu geben. Als sie diese Nachricht hörte, schwang sich Madame Dubois in ein verwegenes Kleid aus dreißig Metern femininer, anmutig flatternder gelber Musseline mit apfelgrünen Bändern. Der Kapitän war kein unvernünftiger Mann, und er war auch nicht immun gegen Schönheit. Er hatte Madame Dubois in *Camille* gesehen und war begeistert von ihr gewesen, und es schmeichelte ihm, daß sie sich sein Schiff für die Reise ausgesucht hatte, und, ja, er verstand voll und ganz, wie wichtig es war, daß sie zu ihren Engagements rechtzeitig erschien. Wenn Madame Dubois ihm die Ehre gäbe, beim Abendessen zu seiner Rechten zu sitzen, könne er versprechen, daß die *Southern Belle* innerhalb der nächsten Stunde auslaufen würde.

Erst als das Dampfschiff schon weit draußen auf dem Fluß war und gegen den Strom fuhr, stellte Melanie fest, daß sie überhaupt keine Angst gehabt hatte. Zuviel anderes war passiert, und sie hatte viel zu viele andere Sorgen gehabt, um einem so alten, längst überholten Entsetzen zu erliegen. Sie war geheilt. Würde Roland sich freuen, wenn er es erfuhr? Oder würde er es teilnahmslos mit einem Achselzucken abtun?

Melanie stand an der Reling und fragte sich, wo Roland jetzt wohl sein mochte. Stand auch er an Deck eines Schiffes? Dachte er an sie?

Ihre Hand schloß sich fester um die Reling. Plötzlich wünschte sie sich inbrünstig, sie hätte Roland gesagt, daß sie ein Kind von ihm bekam. Hätte das Gefühle bei ihm ausgelöst? Wäre er froh gewesen, oder hätte es ihm leid getan? Wäre er dann vielleicht geblieben, oder hätte es ihn nur in seiner Entschlossenheit bestärkt, der Insel Kuba etwas von großem Wert zu entringen?

Das grüne Ufer trieb vorbei. Die Sonne ging langsam unter, und ihre goldenen Strahlen fielen schräg auf das Wasser und verliehen ihm einen Opalschimmer. Bald würden sie über Nacht anlegen, aber morgen abend um diese Zeit würden sie sich Natchez nähern. Dort würde sie der Beschäftigung nachgehen, in der sie so gut war: Warten. Sie würde auf Nachrichten über den Feldzug warten, auf die Geburt ihres Kindes, auf die Zeit, daß sich ihr Schuldbewußtsein und ihre Gewissensbisse über ihren Beitrag zu dem Lopez-Feldzug gelegt hatten. Und was dann? Was war, wenn sie Witwe würde? Nein, daran wollte sie gar nicht erst denken. Irgendwie würde sie weiterleben, ja, und sie würde das Kind großziehen, das sie in sich trug. Irgendwie würde sie vergessen – aber wollte sie das überhaupt? In den letzten Monaten hatte es Zeiten gegeben, die es wert waren, sich daran zu erinnern, Augenblicke, in denen es den Anschein hatte, als kämen sie und Roland einander näher. Einige der Dinge, die er gesagt hatte, fielen ihr jetzt wieder ein, und unwillkürlich glaubte sie, daß seine Gefühle ihr gegenüber zumindest bei diesen Gelegenheiten dieselben Gefühle gewesen waren, die sie jetzt für ihn empfand. Was wäre wohl aus ihnen geworden, wenn sie sich unter anderen Umständen kennengelernt hätten, wenn die Tragödie des Todes ihres Großvaters nicht zwischen ihnen gestanden hätte, wenn nicht der Krieg solche Forderungen gestellt hätte, wenn sie nicht seine Beziehung zu Madame Dubois so falsch beurteilt hätte, wenn all die Dinge nicht gewesen wären, die ihre gemeinsamen Zeiten derart belastet hatten? Es gab keine Antworten. Was passiert war, ließ sich nicht rückgängig machen, ebensowenig, wie Lopez zurückgerufen werden konnte, und ebensowenig, wie sich Doms Verrat rückgängig machen ließ.

Wie sollte sie Dom gegenübertreten, wenn sie ihn das nächste Mal traf, und dazu würde es ja gewiß kommen? Schließlich verdächtigte sie ihn. Seine Schuld war nicht erwiesen, soviel stand fest; und doch diente die Tatsache, daß sie nichts mehr von ihm gehört hatte, seit die Männer zu ihrem Feldzug aufgebrochen waren, dazu, diesen Verdacht in ihrer Vorstellung zu bestätigen. Selbst, wenn er und Chloe New Orleans gleichzeitig mit den Quitmans verlassen hätten, erschien es unwahrscheinlich, daß er abgereist wäre, ohne sich zu verabschieden, es sei denn, es gab einen Grund dafür. Die Indizien, die gegen ihn sprachen, waren überwältigend. Er war der einzige gewesen, der von ihrer Unterhaltung mit dem spanischen Beamten gewußt hatte. Er hegte einen persönlichen Groll gegen Roland, und in der Nacht, ehe die Männer zu ihrem Feldzug aufgebrochen waren, hatte er ihr gegenüber die Möglichkeit erwähnt, Roland könnte umkommen. Dennoch wünschte sie, sie hätte einen Beweis für ihre Verdächtigungen gehabt. Es könnte interessant sein, sich anzusehen, wie Dom reagierte, wenn sie ihn offen anschuldigte. Dennoch wußte sie nicht, was sie tun würde, wenn sich seine Schuld tatsächlich herausstellen sollte. Wenn man bedachte, wie dubios es um die Rechtmäßigkeit dieses Feldzuges stand, dann konnte man ihn wohl kaum wegen Verrats anklagen. Unter den gegebenen Umständen könnte die amerikanische Regierung sogar in Versuchung sein, ihn lobend zu erwähnen, ihn auszuzeichnen. Wenn bekannt geworden wäre, welchen Schritt er unternommen hatte, dann hätte ihn das in der Gegend, in der er lebte, unbeliebt gemacht. Aber konnte sie ihn der Verachtung seiner Freunde und Nachbarn aussetzen, wenn sie wußte, daß zwar die Schuld an dem, was er getan hatte, nicht einfach auf sie zurückfiel, sie jedoch der Kern des Ganzen war?

Solche Überlegungen waren jetzt nutzlos. Was sie tun und was sie sagen würde, das mußte warten bis zu dem Zeitpunkt, wenn sie Dom wiedersehen würde.

14. Kapitel

»Hier treibst du dich also herum! Dein Mädchen hat mir gesagt, daß du Luft schnappen wolltest, aber ich hätte nie damit gerechnet, dich in der lautesten Ecke des ganzen Schiffes zu finden.«

Melanie drehte sich zu Madame Dubois um und lächelte sie an, als die Frau in ihrem wehenden gelben Gewand auf sie zukam. »Hier gefällt es mir. Ist... ist alles in Ordnung, Madame Dubois?«

»Es würde mich freuen, wenn du mich Colleen nennst. Wie du weißt, bin ich empfindlich, wenn es darum geht, daß ich einen Sohn habe, von einer Schwiegertochter ganz zu schweigen. Ja, alles ist in bester Ordnung. Schau doch bitte nicht so gequält. Vielleicht ist es noch zu früh, um es mit Sicherheit zu sagen, aber ich glaube, wir sind heil davongekommen.«

Melanie konnte den Schauer nicht unterdrücken, der sie durchlief. Vor ihrem geistigen Auge sah sie immer noch den Korb, wie er die Flußböschung hinunterrollte, sich überschlug und gräßliche gluckernde Laute erzeugte, als er unter der Wasseroberfläche versank. Es war entsetzlich gewesen, sich so einen Menschen vom Hals zu schaffen, als sei er nichts weiter als eine tote Katze oder ein Stück Abfall, etwas Verderbliches. Trotz allem, was Henri ihr angetan hatte und ihr noch angetan hätte, wenn es dazu gekommen wäre, hatte sie das Gefühl, sie hätten seine Leiche weniger schmählich behandeln sollen. Sie empfand nichts für ihn als Mann. Es war nur so, daß es ihr schien, als hätten sie durch ihr Vorgehen die Würde allen Lebens verletzt.

Melanie zwang sich zu einem Lächeln und meinte: »Wenn wir ungeschoren damit davonkommen, dann ist das deiner Geistesgegenwart zu verdanken. Wir alle, Glory und ich, Elena und ihr Baby, sind dir eine Menge Dank schuldig.«

»Also, bitte, du bist mir überhaupt nichts schuldig. Ich war froh, daß ich dir in irgendeiner Form helfen konnte, nachdem ich dich derart verletzt habe.«

»Mich verletzt? Aber keineswegs.«

»Ich rede von meinem Beharren, meine Identität geheimzuhalten. Ich dachte, so sei es das beste, nicht nur um meiner Karriere willen, sondern auch um Rolands willen. Er hat mir ein dutzendmal geschworen, ihm mache es nichts aus, daß seine Mutter auf der Bühne steht, daß ich eine dieser ruchlosen Frauen bin, die ihren Mann und, das muß ich wohl zugeben, auch ihr Kind verlassen haben. Dennoch habe ich lange genug gelebt, um zu wissen, daß solche Dinge etwas ausmachen. In gewissen Kreisen, wie zum Beispiel im sittenstrengen Natchez mit seiner Begeisterung für die englische Oberschicht und dem Hang, die Sitten und Bräuche von London nachzuäffen, spielt das eine große Rolle. Bis er nach Mobile gekommen ist, um mir zu erzählen, was du dir zusammengereimt hast, und um mich zu bitten, daß ich es mir anders überlege, habe ich es für möglich gehalten, daß es dir lieber sein könnte, wenn dein Mann einer gewissen Schauspielerin eine gewisse Bewunderung zollt, als zu wissen, daß die Großmutter deiner Kinder eine sittenlose Schauspielerin und eine Ehebrecherin ist.«

Melanie schüttelte den Kopf. »Das hätte nichts geändert.«

»Möglicherweise nicht, aber ich kann dir versichern, daß es manchen Menschen sehr viel ausmachen würde.«

Melanie mußte in aller Aufrichtigkeit zugeben, daß das wahr war. Noch vor eineinhalb Jahren hätte es ihr etwas ausgemacht. Aber wenn man selbst Fehler machte und sich außerhalb der Grenzen dessen wiederfand, was als akzeptables Benehmen galt, dann hatte das eine ganz beträchtliche Wirkung auf die Toleranz, die man anderen in derselben Lage entgegenbrachte, so schien es zumindest.

»Jedenfalls«, fuhr Colleen Dubois fort, »wollte ich mich dafür entschuldigen, daß ich der Grund für Spannungen zwischen dir und Roland war.«

»Wenn es dir recht ist, vergessen wir es doch einfach. Ich war blödsinnig eifersüchtig – und dir gegenüber verletzend. Ich kann nicht daran denken, ohne mich innerlich vor Scham zu winden.«

Wie aus einem Impuls heraus legte die andere Frau eine Hand auf ihren Arm, der auf der Reling lag. »Wenn du nichts dagegen hast, würde ich dir gern erzählen, wie es dazu kam. Um meiner Enkel willen.«

Melanie sah sie an und schaute forschend und tief in die dunkelgrünen Augen, die Rolands Augen so sehr ähnelten. »Du weißt es?« fragte sie.

»Du strahlst etwas Blühendes aus, eine Frische und eine Schönheit, all das ist kaum zu übersehen. Und gestern, als ich hereinkam und dieses Schwein auf dem Boden gelegen hat, war dein Gesicht zerschrammt, und deine Arme und Schultern waren mit roten Striemen überzogen, und doch hattest du dir die Hand schützend auf den Bauch gelegt. Eine solche Geste sagt viel, vor allem einer Schauspielerin, die solche kleinen Einzelheiten wahrnimmt und sich merkt. Es ist seltsam, daß Roland nichts davon erwähnt hat. Ich frage mich immer wieder, ob er es überhaupt weiß?«

»Nein«, flüsterte Melanie kopfschüttelnd. »Ich habe es ihm nicht gesagt.«

»Es gibt andere Arten, das zu merken«, sagte Rolands Mutter, und ein Stirnrunzeln zog ihre dunklen, geschwungenen Augenbrauen zusammen. »Er ist ein Dummkopf, wenn er sich nicht genauer nach der Gesundheit und dem Wohlbefinden seiner Frau erkundigt. Ich muß mit ihm reden, das muß ich wirklich, wenn ich mich vielleicht auch nicht wundern dürfte. Sein Vater war genauso.«

Als sie nicht weitersprach, meinte Melanie: »Ich habe Rolands Vater kurz nach der Hochzeit kennengelernt. Er ist alles andere als gesund.«

»Das hat mir Roland schon gesagt. Ich wünschte, ich könnte mir etwas daraus machen, aber ich kann es nicht. Was zwischen uns auch war, es ist vor langer Zeit gestorben, und es läßt sich nicht wieder zum Leben erwecken. Ich wollte dir doch gerade davon erzählen, stimmt's?«

Colleen Antoinette Dubois drehte sich um und schaute auf das Wasser hinaus, das sich schnell dunkler färbte. Es dauerte so lange, bis sie anfing zu reden, daß Melanie schon glaubte, sie hätte es sich anders überlegt. Sie rührte sich nicht, sondern stand stumm da und wartete.

»Für mich war es kein Zufall«, begann die Frau schließlich, »daß ich Schauspielerin geworden bin; die Familie meines Vaters war am irischen Theater schon lange berühmt. Mein Vater und schon vor ihm sein Großvater waren auf den Bühnen von Dublin, London, Glasgow, Paris und vielen anderen Städten sehr bekannt. Meine Mutter war ebenfalls eine Schauspielerin von Format, wenn sie auch von ihrer Familie verstoßen worden war, weil sie einen derart unehrenwerten Beruf ergriffen hatte. Sie hat meinen Vater kennengelernt, als er in Frankreich aufgetreten ist, und sie haben innerhalb von einer Woche geheiratet. Ein Jahr später ist sie gestorben, und mein Vater ist nie mehr der alte geworden. Er hat mich jedoch immer mitgenommen, wohin er auch gegangen ist. Als ich zwölf war, stand ich auf der Bühne und benutzte den Nachnamen, den meine Mutter vor ihrer Heirat getragen hatte. Dann, als ich gerade siebzehn wurde, starb mein Vater. Im selben Jahr ist die Truppe, mit der ich aufgetreten bin, für eine Amerikatournee gebucht worden. Wir sind in New Orleans aufgetreten, und im Publikum saß ein schlaksiger Baumwollpflanzer. Er fand mich wunderschön, ein engelsgleiches Wesen von Sternenstaub umhüllt. Ich empfand ihn als gutaussehend und sehr männlich. Ohne meinen Vater fühlte ich mich einsam, und Robert Donavan repräsentierte Sicherheit, etwas, was ich nie gehabt hatte. Ich muß zugeben, daß es zwischen uns auch sofort prickelte. Es ist doch seltsam, nicht wahr, wie man das bei manchen Männern spürt und bei anderen überhaupt nicht? Wie die Berührung eines Mannes berauschend sein kann, wogegen die eines anderen keinerlei Reaktion wachruft oder gar aktiven Abscheu auslöst?«

Melanie murmelte etwas Zustimmendes. Hinter ihr wurden im Speisesaal des Dampfschiffes die Lichter angezündet. Bald würden sie zum Abendessen gerufen werden.

Die Schauspielerin seufzte. »Robert und ich heirateten, und er brachte mich in seine winzige Hütte – einen beschönigenderen Namen kann ich ihr nicht geben – auf seiner Plantage im Herzen des heißen verseuchten Deltagebietes am Fluß. Ich war enttäuscht, und ich fürchte, ich habe mir meine Enttäuschung anmerken lassen. Ich wurde sofort schwanger, und das brachte all die üblichen Wehwehchen und Reizbarkeiten dieses Zustands mit sich. Sein zerbrechlicher, liebreizender Engel verwandelte sich in ein aufsässiges, streitlustiges Mädchen, das die Ehe von ganzem Herzen satt und fürchterliches Heimweh nach Irland hatte. Er dagegen verwandelte sich in einen gebieterischen Ehemann, der eine sanftmütige und unterwürfige Frau haben wollte, die kochen und putzen und nähen und ihm helfen sollte, sein Baumwollimperium aufzubauen, während sie gleichzeitig die Erben gebar. Ich habe ihn verlassen und bin nach Irland zurückgekehrt, um dort mein Kind zu bekommen.« Sie zuckte die Achseln. »Alles in allem war das von meiner Seite aus ein kluger Schritt. Dumm war, was ich hinterher getan habe. Robert wollte seinen Sohn und Erben haben, und daher hat er sich eingeredet, er liebe mich. Er ist mir nachgereist und war so überzeugt davon, daß er auch mich überzeugen könnte. Alles würde ganz anders werden, behauptete er. Er würde mir ein Haus bauen, das einer Königin gemäß wäre, und dort würde nur ich herrschen. Es war ein schönes Bild. Die Wirklichkeit war weit weniger schön. Diesmal hielt ich es drei Jahre aus, bis nach der Geburt eines zweiten Kindes, diesmal ein Mädchen, das starb. Ich glaubte, zu dem Zeitpunkt waren wir beide nicht ganz bei klarem Verstand. Als ich ihm gesagt habe, daß ich fortgehe, wurde er wahnsinnig zornig. Robert hat geschworen, ich würde niemals mit meinem Kind fortgehen können, er würde sich seinen Erben nicht nehmen lassen, nur weil ich mich nach dem ausschweifenden Leben einer Schauspielerin verzehrte. Er hat mich beschimpft, übelst und sehr verletzend, und das machte mir bewußt, was er von meiner Mutter, von meinem Vater, von ihrer Lebensweise und von mir hielt. In meiner ungeheuren Wut glaubte ich, eine Möglichkeit gefunden zu haben, wie ich mein Kind behalten konnte.

Ich sagte ihm, Roland sei nicht sein Sohn, ich sei schon schwanger gewesen, als wir geheiratet hätten.«

Melanie gab einen Laut von sich, der ihren Schock und zugleich ihr Verstehen verriet. Das war also die Erklärung für die bitteren Worte, die Rolands Vater ihm an den Kopf geworfen hatte. Jetzt war alles einleuchtend, wenn es auch tragisch war.

»Ich sehe dir an, was du jetzt denkst, und du hast recht«, fuhr Colleen fort. »Es war ein Fehler. Er hat mir geglaubt, aber sein Stolz war derart verletzt, und sein Verlangen, sich dafür zu rächen, wie ich ihn seiner Meinung nach ausgenutzt hatte, war so groß, daß er dennoch entschlossen war, mir Roland wegzunehmen. Ich bin zu einem Anwalt gegangen, doch das Gesetz stand auf der Seite meines Mannes. Ich hatte kein Recht auf das Kind, das ich geboren hatte. Mein Sohn sollte von Negerammen und Dienern großgezogen werden, und wenn ich nicht zu Robert zurückkehren würde, dürfte ich ihn nie wiedersehen.«

»Wie furchtbar«, hauchte Melanie.

»Ja«, sagte Colleen. »Mir blieb nur noch eines übrig, und genau das habe ich getan. Ich habe mein eigenes Kind geraubt. Ich bin ins Haus gegangen, während sein Vater auf den Feldern war. Roland hat im Freien gespielt, und ich habe ihn hochgehoben und ihn in meine Kutsche gesetzt und bin mit ihm fortgefahren. Ich habe ihn nach Irland mitgenommen und bin dort wieder zum Theater gegangen. Ich hatte ihn immer in meiner Nähe und bin in Kleinstädten und Dörfern in ganz Großbritannien und Europa aufgetreten. Aber allmählich wurde ich bekannt. Es kam zu wohlwollenden Besprechungen und Zeitungsberichten. Als Roland acht war, haben Roberts Männer mich ausfindig gemacht, und sie haben meinen schreienden Sohn aus meiner Garderobe im Drury Lane Theater in London gezerrt. Ich bin in die Vereinigten Staaten zurückgekehrt, bin zu Robert gegangen und habe ihn auf Knien angefleht, mir meinen Sohn zu überlassen. Er hat sich geweigert. Er hat einen Gerichtsbeschluß erwirkt, laut dem es mir verboten wurde, in den Staaten aufzutreten, bis Roland die Volljährigkeit erreicht hat. Als ich sah, daß es zwecklos war, versuchte ich, meinem Mann klarzumachen, daß ich ihn belogen hatte, daß Roland wirklich sein Sohn sei. Er wollte mir nicht glauben. Er dachte, ich versuche nur, mich herauszureden. Er glaubte immer noch, Roland sei das Kind eines anderen Mannes, und er hatte ihn mir nicht aus Liebe weggenommen, sondern aus dem Bedürfnis heraus, zu strafen. Ich mußte fortgehen und meinen Sohn dort lassen. Zehn Jahre lang habe ich ihn nicht wiedergesehen, erst wieder als jungen Mann, der nicht mehr zu Hause wohnte und eine Militärschule besuchte. Aber er konnte sich noch an mich und an unsere gemeinsamen Zeiten erinnern. Er ist gern und freudig zu mir gekommen. Und da wir auseinandergerissen worden sind, und da wir beide unter seinem Vater gelitten hatten, haben wir heute ein enges Verhältnis zueinander, das ich kaum erklären kann.«

Melanie lächelte, und ihre violettblauen Augen schimmerten feucht. »Ich glaube, du hast es erklärt«, gab sie bewegt zu verstehen.

»Das freut mich, aber siehst du jetzt auch, warum es mir Sorge macht, daß zwischen dir und meinem Sohn Spannungen bestehen? Ich weiß, daß harte und verletzende Worte viel zerstören können, daß Mißverständnisse ein Leben ruinieren können, und ich wünsche mir so sehr, daß Roland glücklich ist. Das hat er wirklich verdient nach all der Zeit.«

»Ja«, erwiderte Melanie, »es scheint so.« Was hätte sie sonst noch sagen können? Sie konnte Rolands Mutter schlecht erzählen, daß ihr Sohn in dieser Ehe niemals glücklich werden würde, weil er höchstwahrscheinlich nicht lange genug leben würde, um diese Ehe jemals fortzusetzen. Und selbst wenn er zurückkehrte, dann war es unwahrscheinlich, daß er an der Seite einer Frau sein Glück fand, die von dem Wissen geplagt wurde, daß sie möglicherweise dazu beigetragen hatte, daß viele andere Männer den Tod gefunden hatten. Die Qual solcher Überlegungen mußte sie allein tragen, mit sich selbst abmachen.

»Ich bin sicher, daß Roland nie irgendwo sein Glück finden wird, wenn er es bei einem Mädchen wie dir nicht kann.«

»Das ist ... nett von dir, aber du bist mir gegenüber ohnehin die personifizierte Güte. Ich habe mich noch gar nicht genug für deine Hilfe gestern abend bedankt. Ich bin nicht sicher, was aus uns allen geworden wäre,wenn du nicht in dem Moment aufgetaucht wärst, in dem du aufgetaucht bist.«

»Unsinn«, erwiderte Colleen. »Ich bin nur zu froh, daß ich da war. Ich hätte es mir nie verzeihen können, wenn du in eine so abscheuliche Angelegenheit hineingezogen worden wärst, wie sie es zu werden versprach, und ich hätte solange seelenruhig in meinem Zimmer gesessen und nichts davon gewußt. Roland hätte mir das nie verziehen, und er hätte auch sich selbst nie verziehen, daß er dich einem solchen Mann und der üblen Lage, in der du warst, auf Gedeih und Verderb ausgeliefert hat. Laß uns diese Dinge ganz aus unserem Gedächtnis streichen. Und wenn du mit mir in meine Kabine kommst, werden wir sehen, was sich machen läßt, um auch die sichtbaren Erinnerungen daran zu vertuschen. Die Kunst, die Jahre und andere Makel des Gesichts mit Rouge und Puder zu vertuschen, ist meine Spezialität, und ich glaube, ich kann viel dazu beitragen, alles zu überschminken, wenn du es mir erlaubst.«

Der Tag dämmerte strahlend und klar. Ehe die Sonne den Dunst über dem Fluß aufgelöst hatte, bahnte sich die *Southern Belle* wieder ihren Weg nach Norden gegen den Strom. Melanie hatte nicht gut geschlafen, obwohl das Schiff am Ufer sachte in den Wellen geschaukelt hatte. Sie war schon auf und stand auf dem Deck, als die Pflanzer, die Handlungsreisenden und die Spieler nach ihrem allnächtlichen Pokerspiel aus dem Rauchzimmer kamen. Die Männer verbeugten sich und legten die Hand an den Hut, machten aber keine Annäherungsversuche. Von ihr ging eine Distanz aus, eine versonnene Zurückhaltung, die jede Vertraulichkeit mit dem simplen Mittel abwies, daß sie sich geweigert hätte, sie als solche anzuerkennen.

Da sie appetitlos war und sogar ein wenig Übelkeit verspürte, ging sie nicht frühstücken. Sie trank nur eine Tasse Kaffee auf dem Sonnendeck und schaute aufs Ufer hinaus, als sich Schritte näherten. Ein Mann blieb neben ihrem Stuhl stehen.

»Darf ich mich Ihnen anschließen?«

Als Melanie aufblickte, sah sie Jean-Claude, den Schauspieler, der mit Colleen reiste. Sie sah, daß er mit lässiger Eleganz gekleidet war. Er lächelte offen, und sein Benehmen deutete an, daß er augenblicklich verschwunden wäre, wenn sie ihm die Bitte abschlug. Melanies Gedanken waren so unerfreulich, daß ihr die Zerstreuung nur recht war.

»Ja, gewiß«, erwiderte sie.

»Ich möchte mich nicht aufdrängen«, entschuldigte sich der Schauspieler und zog sich einen Stuhl neben sie, »aber ich kann nichts dafür. Sie faszinieren mich einfach. Ich glaube fest daran, daß Frauen wunderbare Wesen sind. Je mehr ich von ihnen zu sehen bekomme, desto klarer wird mir das.«

»Ich bitte um Verzeihung.«

»Sie wirken so hilflos und zerbrechlich, oder etwa nicht? Man muß sie beschützen, ihnen beim Aussteigen aus Kutschen die Hand reichen, ihnen Türen aufhalten, ihnen auf Treppen den Arm reichen, und doch – wohin wendet sich ein Mann, wenn er Aufregung oder Trost sucht? Ihr nehmt die Leidenschaften und den Zorn der Männer in euch auf, ihr bringt unter großen Mühen die Kinder zur Welt. Manche schlagen sich, wie Colleen, in einer Welt durch, in der man sie für hilflose Kinder hält. Und lächeln dennoch. Wenn Sie es mir gestatten, persönlich zu werden, Mrs. Donavan, möchte ich mich über Sie äußern. Wenn ich nicht wüßte, daß Sie vor ganz kurzer Zeit geschlagen worden sind, einen Mord mitangesehen haben, geholfen haben, die Leiche des Toten fortzuschaffen, daß Ihr Mann Sie sitzengelassen hat, um ins Verderben zu rennen, Sie mit dem Wissen alleingelassen hat, daß Sie demnächst von ihm ein Kind bekommen werden, dann würde ich niemals einen Verdacht schöpfen. Sie wirken ruhig und schön, unberührt und unberührbar.«

»So komme ich Ihnen vor? Dann muß ich mich dafür bedanken, daß Sie es mir gesagt haben, denn es entspricht nicht im entferntesten dem, was ich fühle. Ich glaube, Ihre Bewunderung für mein Geschlecht muß Ihrer Bekanntschaft mit Colleen entspringen.«

»Ah, ja, sie ist phantastisch, finden Sie nicht auch? Eine ganz großartige Frau. In Dingen, die weit mehr als Äußerlichkeiten sind, sind Sie beide einander sehr ähnlich. Auch sie hat diese große Leidensfähigkeit.«

»Kennen Sie sie schon lange?« erkundigte sich Melanie, eher, um etwas zu sagen, als weil sie neugierig war, wie die Beziehung zwischen den beiden wohl aussehen mochte.

»Ein paar Monate, mehr nicht. Und in den beiden letzten Tagen habe ich mehr über sie erfahren als in all den langen Wochen zuvor. Ich wußte nie, daß sie einen Sohn hat, und mir war nie klar, daß sie alt genug sein könnte, um einen so reifen Sohn zu haben. Mir ist immer noch unbegreiflich, daß sie fast so alt wie meine eigene Mutter ist. Sie ist unglaublich. Sie ist einfach unglaublich!«

Melanie sah darin kein Thema, das sie tiefer ergründen wollte. Sie wollte gerade den Mund öffnen, um das Gespräch in andere Bahnen zu lenken, als ihre Aufmerksamkeit von einem Dampfschiff in Anspruch genommen wurde, das sie mit hoher Geschwindigkeit überholte. Sie wandte sich wieder an ihren Begleiter. »Soweit ich gehört habe, haben Colleen und Sie weiter im Norden Engagements?«

»Ja, in St. Louis, in Cincinnati, in Baltimore, in einem Dutzend von Städten. Unser Terminkalender ist dicht gedrängt, aber Colleen ist es lieber, beschäftigt zu sein und nicht in New Orleans zu sitzen und auf Nachrichten zu warten. Sie läßt es sich zwar nicht anmerken, aber sie hat Angst um ihren Sohn auf dieser heißen, dürren Insel. Und ich glaube nicht, daß sie sich grundlos ängstigt.«

Jean-Claude unterbrach sich, als das Dampfschiff, das auf einer Höhe mit ihnen war, die Pfeife ertönen ließ. Das Schiff, auf dem sie waren, nahm die Herausforderung an, und beide legten an Geschwindigkeit zu. Menschen strömten aus dem Speisesaal und drängten sich an der Reling.

»Sie meinen doch nicht...?« setzte Melanie an.

»O doch, Madame Donavan«, antwortete Jean-Claude, der sich vorbeugte. Aus seiner Stimme war Aufregung herauszuhören. »Es ist ein Rennen!«

Über ihnen stießen die Schornsteine dichten schwarzen Rauch aus, als die Mannschaft Kisten mit ranzigem Schweinefett ins Feuer warf. Die wenigsten schienen den gräßlichen Gestank wahrzunehmen, der sie einhüllte. Die Morgensonne, die am Himmel höher stieg, spiegelte sich in den Scheiben des anderen Schiffs und ließ das Messing golden funkeln. Auch die jubilierenden Gesichter der Passagiere waren verblüffend klar zu erkennen, als sie in ihrer Begeisterung auf die Reling schlugen und einander auf den Rücken klatschten.

Melanie stand auf. Tief in ihrem Innern spürte sie ein Beben. Die Farbe wich aus ihrem Gesicht, und ihre Handflächen wurden feucht. Es schien ihr, als hätte sie dort, wo sie stand, schon einmal gestanden, hätte dieselben anfeuernden Rufe und die Wetten gehört, die die Herren miteinander abschlossen, dasselbe angestrengte Dröhnen der Motoren, dieselben Vibrationen im Deck schon einmal gespürt. Die Vorahnung der Katastrophe kam aus ihrem tiefsten Innern, aus einer Erinnerung an ihre früheste Kindheit, und doch war sie qualvoll stark.

»Nein«, flüsterte sie, doch niemand hörte sie durch den Jubel und die Schreie. Sie wurde mitgerissen, bis sie an der Reling stand. Mit wilden Blicken sah sie um sich und dachte an Glory und Colleen und Elena und das Baby. Wo steckten sie bloß? Waren sie noch in ihren Kabinen? Sie wandte sich in diese Richtung, von etwas getrieben, was sie nicht hätte benennen können.

»Sie sollten die Sicherheitsventile schließen«, äußerte ein Mann an Melanies Ellbogen.

»Du kannst wetten, daß sie das längst getan haben«, antwortete ein anderer. »Captain Standish läßt sich nicht gern schlagen, ganz gleich, von wem.«

In dem Moment fiel Melanies Blick auf Colleen. Sie stand fast in der Mitte des Decks. Ihre Augen glänzten vor Spannung, und sie hatte sich bei Elena eingehängt. Die Terzeronin, die ihr Kind auf der Hüfte sitzen hatte, strengte sich ebenfalls an, etwas zu sehen.

Als die Schiffspfeife wieder ertönte, stiegen Melanie die Tränen in die Augen, und sie lief auf die anderen Frauen zu, stieß in ihrer rasenden Eile andere Leute aus dem Weg.

»Colleen!« schrie sie. »Hierher!«

Beim Klang ihres Namens drehte sich die Schauspielerin um, und ein Lächeln spielte um ihren Mund, als sie Melanie sah. Der liebevolle Ausdruck schwand von ihrem Gesicht, als Melanies Hand mit der Kraft der Verzweiflung ihren Arm umklammerte.

»Hier entlang«, rief Melanie. »Ihr müßt in diese Richtung laufen, alle!«

»Was ist?« fragte Colleen, deren Stimme im Aufschrei der Umstehenden nahezu unterging, als das andere Schiff wieder Vorsprung gewann. Die Schauspielerin schaute Elena hilflos an, als sie fortgezerrt wurde, und nach einem kurzen Zögern folgte die Terzeronin.

»Ihr dürft nicht in der Mitte des Decks bleiben«, keuchte Melanie, die sich einen Weg an einem unglaublich dicken Mann vorbei bahnte, der dastand und mit seinem Spazierstock auf das Deck pochte. »Dort sind die Kessel. Wenn sie explodieren...«

Es war kaum zu bezweifeln, daß die anderen ihre letzten Worte gehört hatten. In dem Moment fing das Baby in Elenas Armen an zu weinen. Ein dröhnendes Beben durchzuckte das Boot, und dann spie das Schiff dort, wo Colleen eben noch gestanden hatte, eine zischende Wolke kochenden Dampfs und zersplitternden Holzes aus. Die Explosion ließ Leichen durch die Luft fliegen. Gepeinigte Schreie zerrissen die Luft, während Menschen lebendig gesiedet wurden. Und dann, als die Echos der Explosion über dem Wasser verhallt waren, hörte man das unheilvolle Knistern der Flammen.

Melanie wurde nach vorn geworfen und prallte voll auf das Deck. Erst an der Reling blieb sie still liegen. Ihre Schmerzen waren so heftig, daß die Schreie und das Beten um sie herum weit entfernt zu sein schienen. Sie lag still, in sich zusammengerollt, und der Atem stockte in ihrer Kehle, während sie darauf wartete, daß diese Qual endete.

Das Dampfschiff, das fast ausschließlich aus Holz gebaut war, würde wie Zunder brennen. Alle an Bord wußten es, und nicht einer hatte nicht schon Tausende von Horrorgeschichten über den Tod auf dem Fluß gehört. Demzufolge brach die Hölle aus. Männer trampelten Frauen und Kinder nieder, während sie versuchten, die beiden Beiboote ins Wasser zu lassen. Die ärmeren Passagiere auf dem unteren Deck, die wußten, daß für sie keine Hoffnung auf Rettung bestand, verließen einer nach dem anderen das Schiff. Sie warfen Fässer, Kästen und Lattenkisten ins Wasser – alles, was schwimmen könnte – und stürzten sich selbst hinterher. Und das andere große weiße majestätische Boot, dessen Passagiere erstarrt und stumm vor Entsetzen an der Reling standen, ließ eilig das brennende Wrack und die Überlebenden hinter sich zurück und fuhr weiter flußaufwärts.

Melanie biß die Zähne zusammen und zog sich hoch. Rauch wirbelte um sie herum. Eine Frau, die noch im Nachthemd war, rannte mit einem Schmuckkasten an ihr vorbei. Ein älterer Mann, auf dessen rußigem Gesicht Tränen Spuren hinterlassen hatten, kam vorbei und rief nach einer Frau, die Martha hieß. Sonst war lange Zeit niemand zu sehen, und dann kam aus den dunklen Rauchwolken, die sich über das Deck wälzten, ein Mann mit einer Frau auf den Armen auf sie zu. Jean-Claude. Er war von Kopf bis Fuß mit Ruß bedeckt, und aus einer Wunde an seiner Stirn tropfte Blut auf seine helle Krawatte. Als er Melanie sah, blieb er stehen.

»Madame Donavan«, rief er laut, »können Sie aufstehen?«

»Ich ... glaube schon.«

»Dann kommen Sie zur Treppe. Wir haben keine Zeit zu verlieren.«

»Ist ... ist Colleen ... ist sie am Leben?«

Sein Gesicht zuckte einen Moment lang heftig. »Ich weiß es nicht«, seufzte er über die Schulter, während er wieder im Rauch verschwand.

Melanie zog sich auf die Füße und folgte ihm in die Richtung, die er eingeschlagen hatte, und sie umklammerte die Reling auf dem Weg zur Treppe. Einmal warf sie einen Blick auf das Wasser, aber keinen zweiten. Dort trieben Trümmer, Frachtgut, glimmende Balken, Leichen und Menschen, die sich im Wasser abmühten und um Hilfe schrien. Sie waren viel zu nah, als sie hätten sein dürfen, denn das Schiff war im Begriff unterzugehen, weil durch das Loch in seinem Rumpf Wasser eindrang. Wie ein verwundetes Tier, das auf die Knie gezwungen wird, erschauerte das Schiff, und seine Balken ächzten.

Auf der Treppe blieb Melanie stehen und schaute nach unten. Das Wasser war schon bis auf die untersten Stufen gestiegen. Die Reling des unteren Decks wurde bereits von gluckerndem Wasser umspült. Wenn sie die restlichen Stufen hinunterstieg und sich in die gierigen Fluten warf, konnte sie womöglich mit dem Boot untergehen.

Sie machte kehrt und rannte wieder über das schlingernde Deck zur Reling. Ohne sich Zeit zum Nachdenken zu lassen, stieg sie über die Balustrade, hielt sich an einer der geneigten Säulen fest, bis sie das Gleichgewicht gefunden hatte, und sprang dann.

Das warme Wasser des Mississippi umschloß sie wie eine Umarmung. Ihre Röcke bauschten sich und ließen sie eine Zeitlang treiben. Eine Kiste stieß gegen ihre Schulter, dem ranzigen und salzigen Geruch nach eine leere Kiste Schweineschmalz. Das spielte keine Rolle. Sie packte die Kiste, als der Fluß sie unter Wasser zu ziehen drohte. Einen Moment lang fand sie keinen Halt, und dann fanden ihre Finger eine Schnur als Griff. Melanie strich sich das Haar aus den Augen, schaute sich um und versuchte, durch die Rauchschwaden, die über dem Wasser hingen, das Ufer zu sehen. Als sie etwas zu sehen bekam, was sie für das nächste Ufer hielt, war es so weit weg, daß ihr Herz schwer wie Blei wurde. Wohin Jean-Claude gegangen war, wußte sie nicht. Um sie herum war nichts, was sich rührte, nichts, was am Leben war. Ihr ging eine alte Weisheit durch den Kopf, die die Neger verbreiteten, die am Fluß lebten. Ein Mann trieb mit dem Gesicht nach unten auf dem Wasser, behaupteten sie, eine Frau mit dem Gesicht nach oben. Daher war es immer einfach, bei einer Leiche, die zu lang im Wasser gelegen hatte, das Geschlecht zu erkennen. Sie irrten sich, sah Melanie, und wie sie sich irrten. Und dann, als sie paddelte und um sich trat und verzweifelt versuchte, über Wasser zu bleiben, spürte sie einen tiefen Schmerz in ihrem Bauch. Er wurde immer stärker und breitete sich immer mehr aus, bis er sie ganz und gar verschlang. Eine gewaltige Dunkelheit hing über ihr und wartete nur darauf, sich herabzusenken. Die Zeit war ein grenzenloses Zwielicht, von Feuer und Blut gefärbt, und das einzig Reale, was in dieser Zeit existierte, war ihre Hand, die den Griff der fettigen Holzkiste mit dem Schweineschmalz umklammerte.

Hände, schmerzhaft, die an ihr zogen. Sie war so schwer. Aus ihren durchnäßten Röcken strömte Wasser. Der Fluß hatte keine Hände. Die Sonne brannte sich heiß und hell in ihre Augen. Leise, freundliche Stimmen. Ein rauhes Laken. Und über ihr die Blätter eines Baumes, die sich in der Brise bewegten und die Sonne in tausend winzige Fünkchen zersplittern ließen, die leuchteten und ausgingen, als die Nacht verfrüht hereinbrach.

Melanie schlug die Augen auf. Die graublauen Schatten des Abends umgaben sie, waren weit in das Zimmer gerückt, in dem sie lag. Sie lag in einem Bett und trug ein kunstvoll besticktes Nachthemd mit Spitzenärmeln, das nicht ihr gehörte. Sie fühlte sich seltsam benommen, und ihr Körper unter der Decke, die bis an ihre Taille hochgezogen war, war dünner, als sie ihn in Erinnerung hatte. Sie fühlte sich behaglich und schmerzfrei, und doch lauerte irgendwo das Gefühl, daß sie gerade noch furchtbare Qualen erlitten hatte.

Sie drehte den Kopf ein wenig und sah sich um. Nichts in diesem Schlafzimmer kam ihr vertraut vor. Sie glaubte nicht, daß sie es je zuvor betreten hatte.

Am anderen Ende des Raumes nahm sie eine Bewegung wahr. Vor einem hohen Fenster stand eine Frau, eine schlanke Gestalt mit steifem Rücken und in dem matten Licht nicht deutlich zu erkennen, und doch war Melanie fast sicher, daß sie sie kannte.

»Colleen?« fragte Melanie, und das Wort kam kaum hörbar heraus.

Die Schauspielerin drehte sich abrupt um und kam schnell

auf das Bett zu. »Melanie? Hast du etwas gesagt? Warte, laß mich die Lampe anzünden.«

Als auf dem Tisch neben dem Bett Licht aufflackerte, zuckte Melanie etwas zusammen, weil es ihr zu hell war. Dann richtete sich ihr Blick auf das Gesicht der Frau, die jetzt neben ihr stand. Es war Colleen Antoinette Dubois. In dem Punkt hatte sie recht gehabt, wenn auch Colleens Gesicht auf einer Seite verbrannt und bläulich war und etwas von gekochtem Fleisch hatte. »Colleen«, hauchte sie noch einmal.

»Endlich bist du wach. Gott sei Dank«, entfuhr es Rolands Mutter.

»Habe ich ... habe ich lange geschlafen?«

»Du hast nicht geschlafen. Du warst krank. Es sind fast zwei Wochen seit der Explosion des Dampfschiffes vergangen. Erinnerst du dich noch daran?«

Das Dampfschiff. Melanie schloß die Augen. »Ja, ich erinnere mich«, flüsterte sie. Ihre dichten Wimpern hoben sich. »Wo ... wo sind wir jetzt?«

»Die Überlebenden sind von einem Schiff aufgenommen worden, das flußabwärts fuhr, und sie sind nach New Orleans zurückgebracht worden, damit sie dort die ärztliche Behandlung bekommen, die so viele brauchten. Du bist jetzt in einem kleinen Haus, das ich gemietet habe. Du solltest hier eine Zeitlang in einem Krankenhaus bleiben, aber ich war nicht mit der Behandlung einverstanden. Eine Frau zur Ader zu lassen, damit ihr Fieber heruntergeht, nachdem sie gerade eine Fehlgeburt hatte, schien mir der Gipfel der Dummheit zu sein, und ich hatte keine Skrupel, das den Ärzten gegenüber zu äußern. Sie wußten auch nicht mehr über die möglichen Ursachen des Fiebers als ich, und daher habe ich dich hierher bringen lassen. Bis das Fieber gestern nacht heruntergegangen ist und du in einen natürlichen Schlaf gesunken bist, warst du im Delirium und hast so ziemlich nichts und niemanden um dich herum wahrgenommen.«

»Eine Fehlgeburt?« erkundigte sich Melanie leise.

»Es tut mir leid, es tut mir furchtbar leid, aber es ist so. Du hast dein Baby verloren.«

Melanie schluckte schwer, als die Tränen in ihrer Kehle aufstiegen. »Ich ... ich verstehe. Und du hast mich in all der Zeit gepflegt, obwohl du selbst verletzt warst. Ich muß dir wirklich danken.«

»Heb dir das für Elena auf. Sie hat sich in den ersten, ganz entscheidenden Stunden um uns beide gekümmert.«

Elena, die Terzeronin. Colleen stellte es ganz so hin, als hätte sie die beiden kranken Frauen allein gepflegt. Aber das konnte nicht sein. Es sei denn ... »Glory?«

»Das läßt sich nicht genau sagen. Sie war nicht unter denjenigen, die ans Flußufer gebracht worden sind. Jean-Claude schwört, daß er, als er in dem Boot der Plantage, in deren Nähe das Schiff untergegangen ist, zum Schiff zurückgefahren ist, jedesmal auf Glory geachtet hat. Er hat sie nicht gesehen. Sie ist aber auch später nicht gefunden worden, war auch nicht unter denen, die von anderen Booten ans Ufer gebracht worden sind. Es war keine einfache Aufgabe, das herauszufinden. Du wußtest von nichts, weil du zum Glück bewußtlos warst, aber viele, die noch am Leben waren, hatten so schlimme Verbrennungen und Verbrühungen und derartige Schmerzen, daß Mehlfässer von der Plantage aufgebrochen und Menschen im Mehl gewälzt worden sind, um ihre Schmerzen zu lindern und die Schmeißfliegen von ihren Verletzungen fernzuhalten. Ich danke dem Himmel dafür, daß es mir nicht so übel ergangen ist. Das habe ich dir zu verdanken, Melanie. Wenn du mich nicht von der Stelle fortgezogen hättest, an der ich gestanden habe, wäre ich bestimmt vor Schmerzen gestorben oder so furchtbar entstellt worden, daß ich gewünscht hätte, ich wäre tot.«

Melanie schüttelte den Kopf. Es fehlte immer noch eine der Personen. »Und Elenas Kind, der kleine Henri?«

»Elena hat nichts von dem Dampf abgekriegt, vielleicht, weil sie näher an der Wand stand oder vielleicht auch nur durch einen bloßen Zufall. Als Kind hatte sie im Fluß schwimmen gelernt, und daher hat sie sich nicht vor dem Wasser gefürchtet. Mit dem Baby im Arm ist sie vom oberen Deck gesprungen. Doch als sie vom Schiff fortgeschwommen ist, hat jemand ein Faß ins Wasser geworfen. Sie ... sie ist sich nicht sicher, ob es das Baby tatsächlich getroffen hat, oder ob sie es verloren hat, als das Faß sie auf die Schulter des Arms getroffen hat, in dem sie das Baby hielt. Jedenfalls hat sie es nicht wiedergefunden.«

»Wie furchtbar für sie«, klagte Melanie. Ein geliebtes Kind zu verlieren, das man gestillt und gebadet und das Laufen gelehrt und tausenfach geküßt hatte, mußte weit schlimmer sein, als ein Kind zu verlieren, das nie wirklich gelebt hatte.

Als die Tränen der Schwäche und des Leids in Melanies Augen stiegen, schüttelte Colleen den Kopf. »Ich hatte nie vor, dir all das zu erzählen. Nicht jetzt, nicht so bald. Ich werde mir nie verzeihen, wenn du wieder krank wirst.«

»Nein, es ist schon in Ordnung. Ich mußte es wissen. Und ... ich bin nicht sicher, ob es nicht noch schlimmer gewesen wäre, es nicht zu wissen.«

»Ich hoffe, du hast recht. Das hoffe ich wirklich«, meinte Colleen besorgt. »Aber für jetzt ist es genug. Wir müssen sehen, was wir tun können, damit du wieder gesund wirst. Du hast in den letzten Tagen so wenig gegessen, daß du nur noch aus Haut und Knochen bestehst. Laß dir etwas Nahrhaftes von mir zum Abendessen zubereiten. Etwas Brühe und ein Stückchen Hühnerbrust.«

Colleen war schon auf dem Weg zur Tür, als Melanie noch ein ganz anderer Gedanke durch den Kopf ging. Sie zog sich mühsam auf die Ellbogen und rief: »Warte.«

Rolands Mutter blieb stehen und drehte sich um. »Ja, meine Liebe? Möchtest du vielleicht lieber etwas anderes haben?«

»Nein, aber wenn so viel Zeit vergangen ist, dann müssen doch Neuigkeiten über den Feldzug eingetroffen sein.«

Colleens Lächeln schien auf ihrem Gesicht zu erstarren, doch ihre Stimme blieb unverändert. »Ja, aber wir wissen noch nicht viel«, antwortete sie. »Sollen wir später darüber reden, nachdem du etwas gegessen hast?« Sie drehte sich um und ging wieder zur Tür.

»Nein, Colleen, bitte. Ich muß es wissen.«

Die Schauspielerin blieb mit der Hand auf dem Türknopf

stehen. Lange stand sie still da und hatte den Kopf gesenkt. Schließlich antwortete sie. »Ein Schiff ist heute morgen von Havanna gekommen. Alle Berichte lauten, daß Lopez die spanischen Truppen dort am zwölften August angegriffen hat. Er ist geschlagen worden, und mehr als die Hälfte seiner Männer sind umgekommen, darunter auch die meisten seiner Offiziere. Es scheint, als seien Gerüchte über eine Revolution erfunden und bewußt in Umlauf gesetzt worden, um Lopez zu einem Angriff herauszufordern, ehe die beiden anderen Truppen ins Feld geführt werden konnten. Hinzu kommt noch, daß die Spanier über seinen bevorstehenden Angriff informiert waren. Sie haben ihn schon erwartet. Es war ein regelrechtes Massaker.«

»Und Roland?« flüsterte Melanie.

»Wir haben keine Nachrichten über ihn, aber er taucht auch auf keiner Liste von Toten und Verwundeten auf. Es scheint, als hätte sich Lopez geweigert zu kapitulieren. Er und seine überlebenden Männer haben den Rückzug angetreten, sich in den Bergen verstreut. Die Spanier nehmen mit Hunden ihre Fährten auf, und es scheint, als hätten sie kaum Zweifel daran, daß sie im Laufe der Zeit jeden einzelnen der Männer finden und ins Verlies des Morro Castle werfen werden.«

15. Kapitel

Melanie und Colleen schritten den gewundenen gepflasterten Pfad entlang, der im Schatten von alten Ulmen und Platanen dalag. Um sie herum erstreckte sich eine gepflegte Vollkommenheit der parkartigen Anlage von White Sulphur Springs. Im Herbst 1851 war der Ferienort, der im westlichsten Zipfel von Virginia in den Ausläufern der Allegheny Mountains lag, einer der beliebtesten Badeorte auf Erden. Er war nach dem Vorbild europäischer Kurorte gestaltet, vor allem hatte Bath in England als Vorbild gedient, und er war berühmt für seine Dampfbäder, die wirksam gegen Rheumatismus und Knochenleiden waren, für seine Trinkhalle, in der sich Besucher über ihren Gläsern mit warmem schwefelhaltigem Mineralwasser zusammensetzen und über ihre Krankheiten reden konnten, für seine vielen Spazierwege, die denjenigen zur Verfügung standen, die die morgendlichen und abendlichen Gesundheits- und Verdauungsspaziergänge zum Ritual erhoben, und für seine Ballsäle, in denen bis weit in die Nacht hinein Musik spielte und Fröhlichkeit herrschte, die selbst den Gebrechlichsten ihre Leiden und Beeinträchtigungen vergessen ließ. Das gesellschaftliche Leben, das somit entstand, war nicht der geringste der Anreize, wenn es galt, den Ort aufzusuchen. Es gab viele, die in erster Linie deshalb kamen, doch sie blieben auch wegen der beruhigenden und wohltuenden Atmosphäre und weil die Tage hier so mühelos vorübergingen.

Mitte September herrschte nicht gerade Hochsaison; die brach im Sommer an, wenn viele Städte im Süden von Infektionen heimgesucht wurden, die das kühle und bekömmliche Klima der Berge um so verlockender erscheinen ließen. Zwar verlor die Sonne jetzt schon an Kraft, und das Laub an den Bäumen wies erste Spuren von Gelb und Orange auf. Aber erst zu Beginn der Wintersaison in den Städten würde sich der Trubel in White Sulphur Springs legen.

Melanie wohnte seit fast einer Woche bei Colleen, und auch Elena und Jean-Claude waren dort untergebracht. Es war Colleens Idee gewesen, herzukommen. Sie wollte nichts davon hören, daß Melanie allein nach Natchez zurückging. In diesen Zeiten bräuchten sie einander, behauptete sie, und dazu käme noch, daß Melanies Genesung nicht so schnell voranschritt, wie die Schauspielerin es für wünschenswert erachtet hätte. Ein Tapetenwechsel würde ihr bestimmt guttun, aber auch die Stille und die Heilkraft des Wassers von White Sulphur Springs. Auch für ihre Entstellungen galt das Wasser als Heilmittel, wenn für sie auch Ruhe im Moment wichtiger war. Sie hatte alle Engagements abgesagt und hatte nicht vor, wieder auf eine Bühne zu treten, solange ihr Gesicht nicht vorzeigbar war, wenn auch fürs erste unter einer Schicht Fettschminke. Die Ärzte in New Orleans und im Kurbad waren in dem Punkt nicht optimistisch gewesen. Colleen hatte dazu nur gelächelt und eine Kräutermixtur hergestellt, die sie allabendlich auftrug. Ihre Haut verheilte von Tag zu Tag besser. Die Schauspielerin gab sich sechs Wochen, bis sie wieder in *Camille* auftreten würde.

Ein weiterer Grund für den Aufenthalt war, daß der Kurort nicht weit von Washington entfernt lag, der Hauptstadt. Dort hatte Colleen viele Freunde und nicht gearde wenige Bewunderer. Sollte es dazu kommen, daß Rolands Name auf der Liste derer auftauchen sollte, die man gefangengenommen und in Havanna eingekerkert hatte, dann konnte sie von dort aus dem Außenministerium derart lange Druck machen, daß man etwas tat, um seine Freilassung zu bewirken. Wenn daraus nichts werden sollte, erfuhr sie zumindest, wie es ihm ging, und vielleicht konnte sie auch dafür sorgen, daß ihm Geld und das Notwendigste zukamen, um die Härten seiner Gefangenschaft zu mildern. Sie hatten zwar einen kurzen Ausflug in die Hauptstadt unternommen, ehe sie in den Kurort gekommen waren, doch bis heute hatten sie keine Neuigkeiten erfahren.

»Elena hat heute morgen etwas ganz Seltsames zu mir gesagt«, bemerkte Colleen nachdenklich, als sie spazierengingen. »Sie hat gesagt, manchmal glaube sie, der Fluß habe sich das Leben ihres Kindes und deines Kindes und Glorys Leben geholt, um sich für die Beleidigung zu rächen, die wir ihm alle zugefügt haben, indem wir den Toten in sein Wasser geworfen haben.«

»Diese Vorstellung wäre mir verhaßt«, erwiderte Melanie.

»Mir auch«, gab Colleen zu und runzelte die Stirn, »und doch mache ich mir manchmal Gedanken über solche Dinge. Ich frage mich, ob diese furchtbare Ungewißheit über Rolands Verbleib, die mich wahnsinnig macht, nicht meine Strafe ist. Wenn ich Robert nie verlassen und nie mit ihm um meinen Sohn gekämpft hätte, wäre das vielleicht nie passiert.«

»Solche Gedaken sind zwecklos«, entgegnete Melanie. »Falls überhaupt jemanden die Schuld trifft, dann bin das ich.« Es kostete sie große Mühe, diese Worte auszusprechen, aber es fiel ihr nicht annähernd so schwer, wie es ihr noch vor einem Monat gefallen wäre. In den letzten Wochen hatte sich ein tiefes Verständnis zwischen Rolands Mutter und ihr herausgebildet. Die Vorfälle, zu denen es gekommen war, hatten sie einander nähergebracht. Sie fühlten sich eher wie Schwestern, nicht wie Schwiegermutter und Schwiegertochter.

»Das ist Unsinn. Du weißt nicht, was du sagst.«

»Ach, nein?«

Der Weg, auf dem sie liefen, hatte sie über eine Holzbrücke zu einem abgelegenen kleinen Sommerhaus geführt. Melanie wies auf die Bänke, die im Innern des luftigen Gebildes standen und bat: »Komm, setz dich, und ich werde es dir erzählen.«

Als Melanie die Abfolge der Ereignisse geschildert hatte, das Duell, die Nacht im River Rest, ihre Heirat mit Roland und alles, was sich hinterher zugetragen hatte, seufzte Colleen tief. »Ich bin ja so froh, daß du mir diese Geschichte anvertraut hast. Ich wußte, daß dir etwas Sorgen macht, etwas, was mit Roland zu tun hat, aber ich wußte nicht, was es war. Als du krank warst, hast du manchmal im Delirium geredet oder herzerweichend geweint.«

»Wirklich? Ich finde das nicht weiter verwunderlich.«

»Nein, keineswegs. Ich habe mir so oft gewünscht, ich könnte dir helfen, aber Roland hat mir von sich aus nie etwas über seine Ehe oder die Gründe für die Heirat erzählt.«

Wenn Melanie Colleen auch noch so sehr mochte und respektierte, war es doch ein gutes Gefühl, zu wissen, daß Mutter und Sohn nicht über sie geredet hatten. »Wenn doch nur ...« setzte sie an.

»Nutzlose Worte, meine Liebe. Sei so lieb, und quäle dich nicht damit. Was auch passiert ist – es ist passiert, und daran läßt sich nichts mehr ändern. Die größten Sorgen macht mir diese Geschichte mit deinem Großvater. Mir ist klar, daß ich voreingenommen bin, aber ich würde sagen, daß es Roland überhaupt nicht ähnlich sieht, die Ehre deines Großvaters hinterhältig in den Schmutz zu ziehen, indem er Gerüchte in Umlauf setzte. Er war immer für direkte Lösungen, ist immer gleich zum Kern der Sache gekommen.«

»Ja, so scheint er mir heute auch. Ich habe mich gefragt, ob nicht ein Mißverständnis vorgelegen hat, ob Roland meinen Großvater nicht vielleicht in einer Situation erlebt hat, die einen ganz schlechten Eindruck machte, wenn sie vielleicht auch völlig harmlos war, und ob er nicht vielleicht mit jemandem darüber geredet hat, und dann ist die Geschichte immer mehr aufgebauscht worden, während sie sich ausgebreitet hat, bis sie schließlich in Natchez anlangte, weil Männer von den anderen Regimentern sie bei ihrer Rückkehr aus dem Krieg mitgebracht haben. Falls Roland klar war, daß seine übereilten Anschuldigungen die Grundlage der Gerüchte gewesen sein könnten, dann würde das erklären, warum er bei dem Duell nicht gezogen hat, als wolle er damit seine Schuld eingestehen, und warum er sich von meinem Großvater eine Kugel in den Arm hat schießen lassen.«

»Ich nehme an, alles mögliche ist denkbar«, räumte die Schauspielerin ein, »aber ich gebe mich nicht zufrieden, solange ich es nicht selbst von ihm gehört habe.«

Melanie wandte den Blick ab. »Ich mich auch nicht«, erklärte sie schließlich.

»Heißt das, daß du nicht mehr glaubst, er könnte deinem Großvater vorsätzlich geschadet haben, oder willst du damit nur dein Gefühl ausdrücken, er hätte genug für seine Fehler gebüßt, und du hättest nicht mehr das Bedürfnis, Rache an ihm zu üben?«

Melanie drehte abrupt den Kopf um und starrte die Frau an, doch die Notwendigkeit einer Erwiderung blieb ihr erspart. Sie waren nicht länger ungestört. Über die Brücke kam ein junges Paar auf sie zu, das einen Kinderwagen mit einem schlafenden Säugling vor sich herschob. Melanie stand auf. Im Eingang des Sommerhäuschens blieben sie und Colleen stehen und lächelten das junge Paar zur Begrüßung an. Schnell wandten sie ihre Blicke von dem schlafenden Kind in dem Wagen ab, und als sie gingen, hallten ihre Schritte hohl auf der Holzbrücke nach.

Es schien gefühllos zu sein, wenn sie tanzen gingen, solange es ungewiß war, ob Roland noch lebte, doch Colleen bestand darauf. Sie bräuchten Ablenkung, betonte sie. Sie dürften jetzt nicht den Kopf hängen lassen und Trübsal blasen. Jean-Claude würde sie beide begleiten. Wenn sich Colleen trotz ihrer merklichen Verletzungen in einem Ballkleid in der Öffentlichkeit zeigen wollte, dann konnte Melanie es ihr nicht abschlagen.

Jean-Claude war ein ausgezeichneter Tänzer und ein charmanter Begleiter. Er hatte viel dazu beigetragen, die letzten Wochen erträglich zu gestalten. Es war nett von ihm gewesen, daß er bei ihnen geblieben war; er hätte ebensogut fortgehen und sie sich selbst überlassen können, um an seiner Karriere weiterzuarbeiten. Natürlich stimmte es, daß seine Auftritte automatisch dasselbe Los erlitten hatten, als Colleen jedes Engagement abgesagt hatte. Aber es gab noch andere Theaterstücke, andere Rollen und andere Theater, an denen man ihn gern willkommen geheißen hätte. Anfangs hatte Melanie seine Loyalität seiner Beziehung zu Colleen zugeschrieben, doch als die Zeit verging, wurde das immer ungewisser. Die Komplimente, die er ihr machte, wurden kühner. Sein Blick glitt oft mit der Wärme einer Liebkosung über sie. Und als sie einmal mit ihm spazierengegangen war, während Colleen ruhte, hatte er eine späte Rose gepflückt und sie ihr mit einer derart huldigenden Ansprache überreicht, daß seine Bewunderung nicht länger mißzuverstehen war.

»Heute abend sind Sie *ravissante, chérie*«, flüsterte er, als er sie bei einem langsamen Walzer führte. »Sie werden von Tag zu Tag hübscher. Sie blühen sichtlich auf. Das Lavendelblau Ihres Kleides ist vollkommen, als sei es für Sie allein gemacht.«

»Danke, Jean-Claude«, entgegnete sie, und ihr Lächeln war freundlich und sonst gar nichts, während sie sich bemühte, einen unverfänglichen Tonfall anzuschlagen. »Das Kleid sollte Ihnen allerdings gefallen, denn schließlich haben Sie es ja für mich ausgesucht.« Das war nur allzu wahr. Jean-Claude, der die typische ungehemmte Art eines echten Franzosen besaß, hatte Colleen und Melanie auf ihren Einkaufsbummeln begleitet, um ihre Garderobe wieder zu ersetzen, die mit der *Southern Belle* gesunken war. Sie waren stillschweigend übereingekommen, kein Schwarz zu kaufen, obwohl sie täglich damit rechnen mußten, Trauerkleider anzulegen.

»Dann bin ich wohl ein Genie, stimmt's? Aber wenn das Kleid auch noch so hübsch ist, wäre es doch nicht halb so wirkungsvoll ohne die Dame, die es trägt.«

»Noch einmal herzlichen Dank, mein Herr. Und jetzt sagen Sie mir, aus welchem Theaterstück dieses Zitat stammt. Es kommt mir bekannt vor, aber ich kann es im Moment nicht ganz einordnen.«

»Sie verletzen mich, *chérie*. Ich habe jedes Wort ernst gemeint.«

»Ja, und ich bin sicher, daß Sie diese Worte jedesmal ernst meinen, wenn Sie sie sagen«, versicherte ihm Melanie, die einen entschiedenen Zug um den Mund hatte, wenn ihre Augen auch lachten.

»Sie bringen mich um den Verstand! Wie kann ich Sie davon überzeugen, daß ich Sie attraktiv finde, daß ich für Sie etwas fühle, was ich noch nie für eine andere Frau gefühlt habe? Sie verhexen mich mit Ihrem Lächeln, und dann treiben Sie mich mit Ihrer Kälte in die Verzweiflung.«

»O Jean-Claude! Sie wissen selbst, daß das nicht wahr ist. Sie trödeln hier herum und haben nichts zu tun, und ich bin zu einem Zeitpunkt da, zu dem Colleen wenig Zeit für Sie hat und seltener an Sie denkt, weil sie sich Sorgen um ihren Sohn macht und damit zu tun hat, ihr Äußeres wiederherzustellen. Das ist alles.«

»Nein, das stimmt nicht, ich sage es Ihnen! O ja, ich gebe zu, daß unsere Gefühle, meine und Colleens, sich seit New Orleans etwas abgekühlt haben. Glauben Sie etwa, mir hat es Spaß gemacht, daß sie mich verspottet und die Wahrheit über ihre Vergangenheit für sich behalten hat? Ihr Alter spielt dabei keine große Rolle. In meinem Land werden reife Frauen sehr bewundert. Aber mir die Wahrheit vorzuenthalten! Hat sie sich geschämt? Hat sie so wenig Glauben in mein Verständnis gesetzt?« Er zuckte die Achseln. »Das spielt jetzt auch keine Rolle mehr. Wie ich bereits zu sagen versuchte, geht es mir darum, wer Sie sind, und was ich in Ihnen sehe. Das hat nichts mit irgend jemandem sonst zu tun.«

»Bitte«, wies sie ihn zurecht. Über seine Schulter konnte sie Colleen am Arm des Mannes sehen, der den Ball organisierte. Die Schauspielerin lächelte zwar, doch in ihren Augen stand ein scharfsinniger Ausdruck, als wüßte sie genau, was sich zwischen ihrer Schwiegertochter und dem Mann abspielte, der ihr Geliebter gewesen war und es vielleicht auch noch war.

»Ist das alles, was Sie zu sagen haben, wenn ich mich Ihnen erkläre? Bitte!«

Sie zog den Kopf zurück, um ihn anzusehen, und ihre violettblauen Augen schauten ihm unbeirrt ins Gesicht. »Ja, das ist alles«, antwortete sie.

Er seufzte. »Ah, diese konventionellen Frauen. Und wenn Sie wüßten, daß Sie verwitwet wären, würden Sie mich dann anhören?«

Ein Schatten zog über Melanies Gesicht. »Ich glaube nicht, daß ich das beantworten muß«, erklärte sie mit gesenkter Stimme, »denn dazu wird es nicht kommen.«

Es war schon spät, als sie in ihr Hotel zurückkamen. Melanie legte sich sofort ins Bett. Sie rechnete nicht damit, daß sie nach den beunruhigenden Dingen, die Jean-Claude zu ihr gesagt hatte, schnell einschlafen würde, aber sie war anscheinend schwächer und leichter zu ermüden, als ihr bislang klar gewesen war. In dem Moment, in dem sie die Augen schloß, schlummerte sie sofort ein.

Sie wurden von dem Zimmermädchen geweckt, das ihr das Frühstück brachte, ein Luxus, den Colleen Melanie und sich selbst allmorgendlich verordnet hatte. Melanie setzte sich auf und stellte sich das kleine Tablett auf den Schoß. Wie immer stand auch eine frische Blume darauf, heute morgen eine rote Nelke, Jean-Claudes Beitrag zu dem Frühstücksritual. Sie zog die Stirn in Falten und beugte sich vor, um den würzigen Duft einzuatmen. Dann reichte sie dem Zimmermädchen kopfschüttelnd die Kristallvase, damit sie sie auf die Frisierkommode stellte. Als das Mädchen zu seiner Zufriedenheit festgestellt hatte, daß Melanie alles hatte, was sie brauchte, nahm es die Münze, die Melanie ihr hingelegt hatte, machte einen Knicks und verließ das Zimmer.

Es war ein gehaltvolles Frühstück, und die neueste Zeitung aus der Hauptstadt lag täglich daneben auf dem Tablett. Melanie legte sie zur Seite und fiel über ihre Mahlzeit her. Sie wußte zwar, daß sie die nahrhafte Kost wahrscheinlich brauchte, um das Gewicht wieder zu bekommen, das sie verloren hatte, doch der Gedanke setzte ihr ein wenig zu, daß Colleen, die das Frühstück bestellt hatte, wahrscheinlich zu ihrem Kaffee lediglich eine Scheibe Toast knabberte.

Schließlich tupfte sich Melanie mit der Serviette die Lippen ab, ließ sie auf ihren Teller fallen und griff dann nach der Zeitung. Die Farbe wich aus ihrem Gesicht, als ihr ein Name ins Auge sprang. Sie las den Bericht über die Gefangennahme, den Prozeß und die Hinrichtung des Freibeuters General Narciso Lopez am letzten Augusttag in Kuba. Die Todesart, die man verhängt hatte, um den früheren spanischen Soldaten hinzurichten, war die Garrotte, ein Halseisen, das um die Kehle gelegt und mit einer Schraube langsam zugezogen wurde, bis es zu einer Erdrosselung kam. Der britische Konsul hatte den Generalgouverneur von Kuba überredet, ihm die Männer zu übergeben, die beweisen konnten, daß sie Bürger Großbritanniens waren. Die übrigen einhundertfünfzig Männer hatte man auf ein Schiff nach Spanien gesteckt, damit sie dort inhaftiert wurden. Es folgte eine Liste dieser Gefangenen. Melanie überflog sie immer wieder mit brennenden Augen, doch der Name Roland Donavan tauchte nicht auf.

Sie ließ die Zeitung fallen, lehnte sich auf ihr Kissen zurück und schloß die Augen. Von fünfhundert Männern hatten einhundertfünfzig überlebt, damit man sie dann mit Spürhunden jagte, sie gefangennahm und nach Spanien schickte. Dann mußten dreihundertfünfzig Männer tot sein, und Roland war unter ihnen. Während sie gelächelt und getanzt und das Leben in den letzten Wochen genossen hatte, hatte er leblos auf dieser tropischen Insel gelegen. Hatten die Sieger in dieser von Anfang an unausgewogenen kriegerischen Auseinandersetzung ihn begraben? Hatten sie einen Gottesdienst für ihn abgehalten? Hatten sie ihn in eine Grube geworfen und ihn mit Erde zugeschüttet? Oder lagen seine Knochen jetzt noch in der bleichenden Sonne?

Brennende salzige Tränen stiegen in ihre Augen und rannen langsam über ihre Wangen. Bis zu diesem Augenblick war ihr nicht klar gewesen, wie sehr sie sich auf seine Rückkehr verlassen hatte, wie sehr sie davon abhängig war, daß sie wieder als Mann und Frau zusammenleben würden. Sie hatte vorgehabt, in irgendeiner Form zu dem Geheimnis vorzudringen, was sich zwischen Roland und ihrem Großvater abgespielt hatte, und wenn ein Irrtum vorlag, wollte sie versuchen, es zu verstehen und ihm zu verzeihen. Jetzt konnte es dazu niemals mehr kommen. Nie wieder würde sie sein Lächeln oder den Schimmer in seinen grünen Augen sehen, nie mehr seine Berührungen oder die Wärme seiner Arme spüren. Sie war verwitwet, und keine der Warnungen, die sie erhalten hatte, keine der Andeutungen, die man ihr gemacht hatte, daß das passieren könnte, hatten sie auf diesen trostlosen Zustand vorbereitet. Sie war eine Witwe, eine kinderlose Witwe, und das schien ihr im Moment die größte Grausamkeit zu sein.

Es wurde angeklopft. Melanie wischte sich das Gesicht mit der Serviette ab und griff nach ihrem Morgenmantel, ehe sie aus dem Bett aufstand, um die Tür zu öffnen. Draußen im Gang stand Colleen. Ihre Augen waren rotgerändert, doch sie trug ein Reisekostüm aus grauem Stoff mit grünen Besätzen. Sie trat eilig vor, zog Melanie einen Moment lang in ihre Arme und trat dann ein und schloß die Tür hinter sich.

»Wie ich sehe, hast du die Zeitung auch gelesen«, sagte die Schauspielerin, die in ihrer Handtasche nach einem Taschentuch suchte. »Wir dürfen nicht verzweifeln. Es besteht immer noch die Möglichkeit, daß ein Irrtum vorliegt. Ich nehme heute morgen den Zug nach Washington. Ich weigere mich, mich meinem Kummer hinzugeben und mich in Tränen aufzulösen, solange ich nicht jede Informationsquelle ausgeschöpft habe. Im Außenministerium wird man die Möglichkeit haben, den Kontakt mit den Männern herzustellen, die gefangengenommen wurden. Es besteht die Möglichkeit, daß einer von ihnen etwas über Roland weiß, ob es nun gute oder schlechte Nachrichten sind. Manche Leute würden vielleicht sagen, es sei dumm, sich an solche Hoffnungen zu klammern, aber ich habe noch nie etwas ganz aufgegeben, solange ich nicht dazu gezwungen war. Kummer werden wir immer wieder haben, ob wir ihn uns wünschen oder nicht; wenn man sich freuen will, dann kostet das schon etwas mehr Anstrengung.«

»Wenn du wartest, komme ich mit dir«, erklärte Melanie.

Colleen lächelte sie durch Tränen an. »Das ist ganz reizend von dir, aber laß es sein. Mein Zug fährt in einer halben Stunde. Ich muß mich ohnehin schon beeilen, wenn ich ihn noch erwischen will. Und außerdem muß ich so viele Orte aufsuchen und so viele Menschen treffen, daß ich nicht sicher bin, ob du schritthalten könntest. Ich weiß, daß das Warten die härteste Aufgabe ist, aber im Moment bleibt dir nichts anderes übrig.«

In einem Rauschen von Röcken verschwand sie, und die Absätze ihrer Schuhe klapperten durch den Korridor. Langsam wandte sich Melanie wieder dem Bett zu und öffnete die Perlmuttknöpfe ihres Morgenmantels. Sie hatte die voluminösen

Falten auf spitzengesäumter roséfarbener Seide noch nicht von ihren Schultern gezogen, als wieder an ihre Tür geklopft wurde. Sie hatte nicht gehört, wie Colleen umgekehrt war, und doch glaubte Melanie, da sie gerade eben erst gegangen war, die Schauspielerin müßte etwas vergessen haben, eine Anweisung oder eine Information, die sie ihr noch hatte geben wollen.

Als sie öffnete, stand Jean-Claude in der Tür. Seine dunklen Augen drückten Mitgefühl aus, und auf seinem Gesicht stand ein ernster Ausdruck. »Melanie, *chérie*«, äußerte er bedauernd, als er in ihr Zimmer trat und die Tür hinter sich schloß, »ich bin gekommen, um dich zu trösten.«

Fast brüderlich zog er sie in seine Arme und drückte ihr einen keuschen Kuß auf die Wange. Seine Arme spannten sich fester um sie, als drücke sich darin die Stärke seines Mitleids aus, und seine Hände strichen ihr behutsam über den Rücken, und dann legte er kopfschüttelnd den Mund auf ihre Lippen und zog sie eng an sich. Sein Kuß veränderte sich, wurde tiefer.

Melanie hielt still. Die Arme, die sie hielten, und der Kontakt mit einem warmen menschlichen Körper boten ihr einen gewissen Trost, wie er es ihr zugesichert hatte, und gleichzeitig bekam sie die Bestätigung, daß es zwar viele Tote gegeben hatte, sie selbst aber noch am Leben war. Noch etwas ließ sie regungslos verharren. Ihr Kummer war so überwältigend, daß sie den Impuls verspürte, die Liebe zu leugnen, der er entsprang, den Wert und die Beständigkeit dieser Liebe an den Zärtlichkeiten eines anderen Mannes zu messen.

Als sie sich nicht augenblicklich wehrte, wurde Jean-Claude kühner. Seine Hand glitt auf ihre Brust, und seine Zunge stieß sich durch ihre matten Lippen und suchte mit Geschick und Verwegenheit, ihr eine Reaktion zu entlocken.

Er bekam seine Reaktion. Eine Woge des Ekels brach über Melanie herein. Sie hob die Hände, um sie in den Stoff seiner Jacke zu graben, und dann stieß sie ihn mit einer solchen Gewalt von sich, daß er mit einem verständnislosen Ausdruck im Gesicht rückwärts wankte.

»Nein, rühr mich nicht an«, schrie sie. »Es ist mir unerträglich!« Sie hob den Handrücken an ihre Lippen und wischte sie ab, als wollte sie etwas Widerliches abreiben.

Jean-Claude fand die Fassung wieder und kam auf sie zu. »Aber, Melanie, meine Liebe, *ma chérie*, komm und laß uns miteinander reden.«

»Nein!« Sie streckte die Hand aus und legte die Fingerspitzen auf seine Hemdbrust, um ihn abzuwehren. »Deine Form von Trost kann ich nicht gebrauchen. Es tut mir leid, wenn du auf andere Gedanken gekommen bist, aber du mußt jetzt gehen, und du darfst mir nie mehr zu nahe kommen.«

»Das ist nicht dein Ernst«, rief er, und sein Gesichtsausdruck wirkte verletzt und hatte etwas von dem Schmollen eines kleinen Jungen.

»Es ist mein Ernst. Deine Gesellschaft ist mir angenehm, und ich werde dir immer sehr dankbar dafür sein, daß du mich aus dem Fluß gezogen hast, aber ich habe nicht die Absicht, in eurer *ménage à trois* die Dritte zu sein, und ich fürchte, das ist eine akkurate Beschreibung.«

»Aber, *chérie*, wenn ich dich haben könnte, gäbe es keine andere.«

»Ist das dein Ernst?« fragte Melanie neugierig, und dann beantwortete sie sich ihre Frage selbst. »Ich vermute, im Moment meinst du es ernst. Aber das ändert nichts. Ich empfinde nichts für dich, nichts. Wenn du mich aufrichtig liebst, und sei es auch nur ein wenig, dann bedaure ich es, dich verletzen zu müssen, aber es gibt nichts, was du tun könntest, damit ich es mir jemals anders überlege.«

Er starrte sie lange an. Dann neigte er den Kopf zu einer steifen Verbeugung. »Ich habe nicht die Gewohnheit, meine Aufmerksamkeiten dort aufzudrängen, wo sie nicht erwünscht sind. Ich hatte es noch nie nötig, mich einer Frau aufzudrängen. Was ich für Sie empfunden habe, Madame Donavan, war, glaube ich, weniger Liebe als Faszination, das glühende Verlangen zu sehen, ob ich Sie aus Ihrem Schneckenhaus herauslocken kann. Sie sind eine wunderschöne Frau, aber Sie sind kühl und reserviert. Ich sehe in Ihnen das Potential, sich zu einem prachtvollen, grandiosen Geschöpf zu entwickeln, ließe es sich bloß herausholen und sich durch Liebe von seiner Genügsamkeit befreien.« Er zuckte die Achseln. »Es tut mir leid, daß das nicht in meiner Macht steht. Was für ein Jammer es doch sein wird, wenn das nie mehr in der Macht eines Mannes stehen sollte.«

Ehe Melanie etwas sagen konnte, ehe sie auch nur beginnen konnte, sich eine Erwiderung zurechtzulegen, machte er auf dem Absatz kehrt, verließ ihr Zimmer und schloß leise die Tür hinter sich.

Drei Tage vergingen bis zu Colleens Rückkehr. In dieser Zeit zog sich Melanie in ihrem Zimmer zurück, nahm die Mahlzeiten im Hotelrestaurant zu unüblichen Tageszeiten ein und unternahm einsame Spaziergänge. Jean-Claude sah sie nicht wieder. Es war ein bloßer Zufall, daß sie an seinem Zimmer vorbeikam und begriff, daß er abgereist war, denn sie sah einen älteren Mann, der gerade mit großen Gepäckmengen einzog. Als sie sich an der Rezeption erkundigte, erfuhr sie, daß er am Vormittag abgereist war und nicht zurückerwartet wurde.

Melanie war unterwegs, als Colleen eintraf. Sie hatte die Leihbücherei besucht und sich dann in den Garten hinter der Trinkhalle neben den Brunnen gesetzt, um dort ihr Buch zu lesen. Als sie in ihr Zimmer zurückkehrte, erwartete sie bereits eine Nachricht, in der stand, sie solle so bald wie möglich in die Suite gleich nebenan kommen, die die Schauspielerin gemietet hatte. Sie legte ihr Buch zur Seite und trat vor den Spiegel, um ihre Frisur zu überprüfen. Dann zwang sie sich zu einem Lächeln und kam der Aufforderung nach.

Rolands Mutter hatte ihr Reisekostüm abgelegt. Sie kam in einem Morgenmantel aus smaragdgrünem moiriertem Taft an die Tür. Ihr kluger Blick glitt über Melanies Gesicht und sank dann auf das blaßblaue Nachmittagskleid, das sie trug. »Melanie, meine Liebe, komm rein«, begrüßte sie sie. »Wie ich sehe, trägst du noch kein Schwarz. Ich auch nicht, trotz allem nicht. Ich hege diese abergläubische Furcht, wenn wir jetzt Trauerkleidung anlegten, verringerten wir dadurch Rolands Chancen, noch am Leben zu sein. Es ist albern, aber so ist es nun einmal.«

Melanie trat ins Zimmer. »Trotz... allem?« wiederholte sie.

»Alles und nichts. Die Männer in den Büros und Amtsstuben in der Landeshauptstadt räuspern sich und drucksen herum und streichen sich die Schnurrbärte glatt, aber in Wahrheit wissen sie kaum mehr über die ganze Geschichte, als man in den Zeitungen lesen kann. Ich habe ein halbes Dutzend Versprechen bekommen, daß man Erkundigungen einziehen wird, aber das ist auch schon alles. Kurz gesagt, meine Reise war unendlich frustrierend und vollkommen sinnlos. Ich weiß jetzt auch nicht mehr als vorher.«

»Ich verstehe«, meinte Melanie, und ihr Seufzen drückte Enttäuschung und Erleichterung zugleich aus.

»Ja«, äußerte Colleen, deren Seufzer ein Echo von Melanies Seufzer war. »Aber das ist noch nicht alles, was ich dir sagen wollte. Ich habe auch noch Nachrichten aus einer anderen Ecke bekommen. Es scheint, meine Liebe, als könnten wir uns zwar weiterhin weigern, daran zu glauben, daß du verwitwet bist, aber fest steht, daß ich verwitwet bin.«

Ihre Stimme war so spröde, und die Worte kamen so schnell heraus, daß es einen Moment dauerte, bis Melanie begriff, wovon sie sprach. »Du meinst...«

»Ich meine, daß Robert Donavan, Rolands Vater, tot ist. Er ist vor neun Tagen auf Cottonwood begraben worden. Diese Nachricht habe ich bei meiner Rückkehr hier vorgefunden.«

»Das tut mir leid«, bedauerte Melanie.

»Ach, wirklich? Dann muß er zu dir freundlicher gewesen sein, als er es zu mir je gewesen ist. Nichtsdestotrotz hat er mir einen großen Gefallen getan. Es scheint, als hätte Jean-Claude es auf sich genommen, meine Nachrichten abzuholen und sie zu lesen, denn ich habe sie hier in meinem Zimmer vorgefunden, und alle waren geöffnet. In dem Moment, in dem ihm klar geworden ist, daß ich jetzt frei bin, hat Jean-Claude sich aus dem Staub gemacht.«

Melanie starrte den steifen Rücken der Schauspielerin an, als die Frau sich von ihr abwandte und mit einer lässigen Haltung zu ihrem Sekretär lief und die Papiere durchblätterte, die auf der polierten Platte lagen. Melanie schluckte schwer. »Seit deiner Abreise habe ich mich weitgehend zurückgezogen, aber ich fand es merkwürdig, daß ich ihn nie gesehen habe. Willst du etwa sagen, es stört dich nicht, daß er gegangen ist?«

Colleen lächelte mit gesenktem Kopf. »Jean-Claude war ein charmanter Taugenichts, der Frauen in jeder Hinsicht außerordentlich zu würdigen verstand. Trotzdem konnte er zeitweilig ein wenig kindisch sein, und seine Selbstsicherheit, was seine Erfolge bei Frauen angeht, wurde mir allmählich lästig. Manchmal ist es eine Erleichterung, wenn eine Beziehung endet, ehe einer die schwierige Aufgabe übernehmen muß, sie aktiv zu beenden. Ich verlasse mich darauf, daß du ihn nicht über Gebühr vermissen wirst?«

Melanie war in Gedanken derart mit der Frage beschäftigt, ob Colleen ihre Gefühle akkurat schilderte oder ob sie lediglich ihre Situation gekonnt überspielte, daß sie die letzte zögernde Frage beinahe überhört hätte. »Nein, ich glaube nicht, daß er mir fehlen wird, obwohl ich ihm immer für seine Hilfe dankbar sein werde, die er uns nicht nur in New Orleans hat zukommen lassen, sondern auch später noch.«

»Das freut mich«, meinte Colleen. »Er war in den letzten Wochen ein wenig verärgert, weil ich ihm nicht genug Aufmerksamkeit gewidmet habe. Kein Wunder, daß er seine Gefühle anderen zuwandte. Ich hatte nur gefürchtet, er könnte dich mit seiner koketten Art aus der Fassung bringen. Aber warum stehen wir eigentlich? Komm rein und setz dich ans Fenster. Wir müssen Entscheidungen treffen.«

»Entscheidungen?« erkundigte sich Melanie, nachdem sie sich auf einen der grünen Samtstühle gesetzt hatte, die beiderseits eines Tisches unter dem Fenster des Zimmers standen.

»Ja, allerdings. Dir muß klar sein, daß Robert Donavans Tod auch dich etwas angeht«, sagte Colleen, die die Hände auf ihre Stuhllehne stützte und sich vorbeugte.

»Inwiefern? Ich fürchte, das verstehe ich nicht.«

Colleen holte tief Atem, und ein Schleier zog vor ihre Augen. »Da ich zum Zeitpunkt seines Todes immer noch Roberts Ehefrau war, erbe ich jetzt nach dem Recht des Staates Louisiana die Hälfte seines Vermögens. Die andere Hälfte fällt an unsere Kinder, in dem Fall an Roland. Falls er doch nicht aus Kuba zurückkehren sollte, dann würdest du, meine Liebe, gemeinsam mit mir zu seiner Erbin. Cottonwood würde dann uns beiden gehören.«

»Ich glaube, ich verstehe, was du sagst«, bemerkte Melanie zögernd, »aber das heißt doch gewiß nicht, daß sich an unseren Plänen etwas ändert?«

»Doch, ich fürchte, ja. Verstehst du, die Baumwolle auf den Feldern ist noch nicht geerntet. Jemand muß hinfahren und die Ernte überwachen. Ja, sicher, wir könnten an die Anwälte schreiben und es ihnen übertragen, aber das ist nicht dasselbe. Um solche Geschäfte sollte man sich persönlich kümmern.«

»Dann willst du also nach Natchez fahren?« fragte Melanie.

»Nicht direkt. Ich habe das Gefühl, ich sollte meine Nachforschungen in Washington noch fortsetzen, wenigstens noch für ein paar Wochen. Ich habe gedacht, du könntest hinfahren, Melanie. Du bist dort zu Hause. Du kennst die Situation und bist mit den Problemen nicht ganz unvertraut. Du könntest dafür sorgen, daß die Ernte ordentlich eingebracht wird, damit möglichst wenig zerstört wird, und du müßtest die Schritte bis zur Lieferung an Roberts Abwickler in New Orleans überwachen.«

»So etwas habe ich noch nie getan«, protestierte Melanie. »Ich hätte nicht die leiseste Ahnung, wie ich das anfangen soll.«

»Natürlich weißt du das. Dazu braucht man nichts weiter als gesunden Menschenverstand«, beharrte Colleen unbeirrt. »Du wirst es schon sehen, du wirst deine Sache gut machen. Und falls ... falls meine Bemühungen hier fruchtlos bleiben, werden Elena und ich in ein paar Wochen nachkommen.«

16. Kapitel

Melanie klatschte ihrem Pferd die Zügel in die Flanke und lenkte den Einspänner von der Fähre über den Mississippi. Sie winkte dem Fährmann zum Abschied zu und brach eilig nach Cottonwood auf. Da sie sich ganz auf das Kutschieren konzentrierte, dachte sie keinen Moment lang an den Umstand, daß sie ohne eine Spur von Furcht den Fluß überquert hatte. Sie verschwendete auch keinen Gedanken daran, daß sie die Seereise von Virginia nach New Orleans und von dort weiter nach Natchez ebenso mühelos zurückgelegt hatte wie die Überfahrt mit der Fähre, und das trotz des zweiten Unglücks, der Katastrophe auf dem Fluß. Ihre Angst zu überwinden, war nicht das einzige, was sie erreicht hatte. Sie hatte außerdem gelernt, einen Einspänner zu lenken, sich aus den Zahlen und Fakten einen Sinn zusammenzureimen, die Anwalt Turnbull ihr vorlegte, zu erkennen, wann die Feldarbeit eines Tages soweit war, daß ein vernünftiger Prozentsatz der Ernte eingebracht werden konnte, und sich um den Transport und die Kommissionsbedingungen der Ernte zu kümmern, die sie jetzt endlich als ihre eigene ansah, zumindest teilweise.

Endlich war diese Aufgabe erledigt. Die Baumwollballen waren auf dem Weg nach New Orleans um die Flußbiegung verschwunden. In der letzten Zeit hatte sie sich viele Gedanken über die Lebensumstände der Sklaven auf Cottonwood gemacht. Sie lebten in beklagenswerten Verhältnissen. Colleen hatte ihr bei einem Anwalt eine Vollmacht erteilt, die es Melanie erlaubte, über ihren Besitzanteil an dem Anwesen zu verfügen. Mit diesem Schreiben in der Hand, hatte Melanie auf die Gelder zurückgegriffen, die Robert Donavan über Jahre mit seinem Geiz beiseite geschafft hatte, und davon hatte sie die Hütten für die Sklaven umbauen lassen. Außerdem hatte sie dafür gesorgt, daß der Arzt herauskam, um den Skorbut und die Krätze zu behandeln, die sie neben vielen anderen Krankheiten vorfand, die auf Fehlernährung zurückzuführen waren. Sie hatte kleine Gärten für die Sklaven eingezäunt und jeder Familie ein paar Hühner und Schweine besorgt, damit die Leute, wie es auf den meisten Plantagen üblich war, einen Teil ihrer Nahrung selbst anbauen konnten und tierische Produkte zur Verfügung hatten. Sollten die Sklaven nach einer Weile Überschuß produzieren oder Tiere übrig haben, so stand es ihnen frei, sie zu verkaufen und den Gewinn selbst einzustecken. Sie hatte auch die Möglichkeit angesprochen, daß die Männer ihre Arbeitskraft, wenn sie wollten, für den Rest der Erntezeit und über den Winter anderen anbieten könnten. Die Zufriedenheit, die heute auf Cottonwood herrschte, war Lohn genug für ihre Mühen.

Heute hatte sie hinten im Wagen Säcke mit Orangen geladen, Säcke mit Samen für Gemüse und Fässer mit Melasse, um den Speiseplan derer, die von ihr abhingen, ein wenig zu erweitern. Sie hatte vor, etwas später im Jahr mit den Männern Pekannüsse zu pflücken und ihnen beizubringen, wie man sie zersplitterte, und sie wollte Kakisuchen im Wald organisieren.

Bisher hatte sie ihre Aufmerksamkeit noch nicht den Mängeln am Haupthaus zugewandt. Solange dort niemand wohnte, wäre das Geldverschwendung gewesen. Sie persönlich hatte nicht die Absicht, Greenlea zu verlassen, und sie bezweifelte, daß Colleen sich in irgendeiner Form zu der Plantage hingezogen fühlte. Die Entscheidung, ob das Haus frisch gestrichen und repariert werden sollte, mußte eben bis zum Eintreffen der Schauspielerin warten.

Solche Zukunftspläne erschienen Melanie inzwischen vollkommen normal. Als die Wochen vergingen und sie nichts Neues von Roland hörte, hatte sie allmählich begonnen, sich mit der Tatsache abzufinden, daß er tot war. Es war ihr nicht leicht gefallen; sie konnte sich immer noch nicht dazu durchringen, Trauerkleidung zu bestellen. Und doch gewöhnte sie sich langsam an die Vorstellung, daß es nötig werden würde.

Es war ein warmer Tag, aber nicht zu warm. Die Luft war so trocken und weich und staubig wie ein alter Wein, den man aus dem Keller holt. Noch blühten die Blumen und Sträucher üppig am Wegesrand, doch das Jahr neigte sich so unumstößlich seinem Ende zu wie die Zeit, die sie als Roland Donavans Frau verbracht hatte.

Auf Cottonwood kamen die Negerkinder aus den Hütten gerannt, um sie mit fröhlichem Gelächter zu begrüßen. Sie reichte ihnen die Sachen herunter, die sie geladen hatte, und erteilte ihnen strikte Anweisungen, sie direkt in die Küche zu bringen. Gleichzeitig gab sie ihnen die Erlaubnis, jeder dürfe sich eine der Orangen nehmen, die ganz frisch mit dem Schiff aus New Orleans gekommen waren. Kopfschüttelnd wunderte sie sich über ihre grenzenlose Energie, als die Kinder davontollten. Dann wandte sie sich dem Einspänner wieder zu. Vom Sitz nahm sie einen Kranz aus zartroten und weißen Rosen, die aus gefärbtem Wachs geformt waren. Das Grab von Rolands Vater wirkte so trostlos. Dieses Jahr hatte es im Herbst noch nicht geregnet, und das Gras war nicht so wie sonst gewachsen. Sie wußte nicht, mit welchen Worten man den Mann bei seinem Begräbnis bedacht hatte, aber wenn jemand auch nur eine Blume auf sein Grab gelegt hatte, dann war davon nichts mehr zu sehen. Diese kleine Geste des Respekts hatte sie schon seit ihrer Rückkehr vor, aber bisher hatte sie zuviel anderes zu tun gehabt.

Das kleine Stück Land, das der Familie als Friedhof diente, lag auf einem Hügel und war von einem weißen Lattenzaun umgeben, und mehr als drei Gräber gab es dort nicht. Eines war das eines Mannes, der, wie die Neger behaupteten, vor Jahren an Lungenentzündung gestorben war, als er gerade erst zu ihnen gestoßen war. Ein zweites war das Grab eines Kindes, des Mädchens von Robert und Colleen Donavan. Das letzte war die Ruhestätte von Rolands Vater.

Das Tor des weißen Lattenzauns quietschte, als es sich hinter Melanie schloß. Eine Heuschrecke gab einen schnalzenden Laut von sich, als sie im trockenen Gras unter ihren Füßen mit einem Satz fortsprang. Über den Baumwollfeldern stieg das rauhe

Krächzen einer Krähe auf, und über dem Friedhof kreiste ein einsamer Habicht, der regungslos in dem tiefblauen Himmel zu hängen schien. Es war ein derart stiller Morgen, daß Melanie das Rascheln ihres Kleides bewußt wahrnahm, als sie sich hinkniete, um ihren Kranz auf das Grab zu legen. Sie zögerte einen Moment lang, und dann zog sie eine hellrote Rosenknospe aus dem Kranz und beugte sich vor, um sie auf das Grab des kleinen Mädchens zu legen, das Rolands Schwester gewesen wäre. Sie kauerte still da und schaute das Grabmal des Kindes an, und sie nahm eine schmerzhafte Leere in sich wahr, von der es schien, als könne sie durch nichts je gefüllt werden.

»Was für ein ergreifender Anblick. Ich hätte mir denken können, daß du es nicht vergißt, dich, wie man es erwartet, um die Toten zu kümmern.«

Melanie drehte ihren Kopf zu den Bäumen hin, aus deren Richtung die Stimme zu kommen schien. Sie hielt sich die Hand gegen die grelle Sonne über die Augen, kauerte immer noch da, atmete kaum, und ein Teil ihres Verstandes war ungläubig erstarrt. Und dann trat die große Gestalt eines Mannes aus dem Schatten, kam den Hang hinauf und stieg über den Zaun. Die Sonne schien auf sein dunkles Haar und betonte den matten Glanz des Schweißes auf seiner Stirn.

»Roland«, flüsterte sie, und dann sagte sie lauter: »Roland!«

Sie sprang auf. Sie machte einen Schritt, und dann rannte sie. Sie schleuderte sich mit aller Kraft gegen ihn. Seine Arme schlossen sich um sie, und er preßte sie an sich. Sie spürte, wie ihre Füße vom Boden abhoben, als er sie herumwirbelte, und dann fand sein Mund ihre Lippen zu einem Kuß, der in seiner gierigen Suche nie zu enden schien. Schließlich hob er den Kopf und drückte sie wieder an sich. Er atmete ihren Duft nach gelben Rosen tief ein, an den er sich so lange nur erinnert hatte, und er sog den süßen Duft ihres Körpers in sich auf, und dann beugte er sich herunter, als könnte er nicht länger an sich halten, und hob sie auf seine Arme, um sie eilig in den kühlen, stillen Wald zu tragen.

Ohne Worte kamen sie zusammen, und Worte waren auch

nicht nötig, als sie einander berührten und einander hielten, in den Qualen einer Seligkeit, an die sie sich so gut erinnerten und die sie so dringend brauchten. Sie lagen auf ihrem weitausgebreiteten Petticoat, als sie zusammenkamen, ihre nackten Körper sich vereinten und sie einander in die Augen starrten und die Freude am Leben feierten. Er hatte sich über ihr aufgerichtet, und seine Arme zitterten vor Verlangen, als er sich mit immer schnelleren Bewegungen in sie preßte. Sie öffnete ihre Schenkel, weil sie ihn tiefer und immer noch tiefer in sich fühlen wollte, bis sie eins waren, zwei Teile eines Ganzen. Der wundersame Zauber des Augenblicks brach über sie herein, explodierte als ein pulsierendes, zersplitterndes Wunder, etwas von unbändiger Schönheit, die die Sinne erweiterte, bis sie alles Lebende umfaßten, jede Schönheit, jeden Glauben, und nur den Tod leugneten.

Ihr Atem ging wieder ruhiger. Eine Brise ließ das Laub über ihnen rascheln und strich über die feuchte Haut ihrer Körper. Melanie bewegte sich träge, seufzte und drehte sachte eine Locke um ihren Finger, die ihm in die Stirn gefallen war. Er bog das Kinn nach oben, um ihren zarten weißen Knöchel mit seinen Lippen zu streifen.

»Ich könnte fast glauben«, bemerkte er zögernd, »daß du dich gefreut hast, mich zu sehen.«

»Wirklich? Ich glaube, es kommt daher, daß ich dachte, ich würde dich nie wieder sehen. Weißt du, daß Colleen und ich mehr als fünf Wochen gefürchtet haben, du seist tot? Daß wir davon ausgehen mußten, dein Geist sei für immer an diese tropische Insel gekettet, die dich so sehr fasziniert hat?«

»Und doch«, fügte er sanft hinzu, »trägst du kein Schwarz.«

»Nein. Das wird sich jetzt als äußerst wirtschaftlich erweisen, meinst du nicht auch?«

»Beweist es auch nicht, daß du die Hoffnung nicht aufgeben wolltest?«

Inzwischen hatte sich der Schock gelegt, den sein Anblick bei ihr ausgelöst hatte, und Melanie erinnerte sich wieder daran, wie sie auseinandergegangen waren, und wieviel noch ungeklärt war und zwischen ihnen stand. »So muß es wohl sein«, gab sie zu. »Es zeigt aber auch meine Zuversicht in deine Fähigkeiten, wenn es darum geht, aus einem Gefängnis zu entkommen. In dem Punkt hast du mehr Erfahrung als die meisten anderen.«

»Ja«, stimmte er ihr zu, und seine Stimme verlor ihren sanften Tonfall und klang jetzt düster.

Melanie spürte, wie sich eine Kälte um ihr Herz breitmachte. »Du mußt mir erzählen, wie du das bewerkstelligt hast«, fuhr sie fort, »denn offensichtlich war dem Außenministerium in Washington nichts von diesem Trick bekannt. Soweit Colleen und ich erfahren konnten, waren die einzigen Männer, die die Insel lebend verlassen haben, die Gefangenen, die nach Spanien geschickt worden sind. Dein Name war nicht darunter.«

»Es gab noch eine zweite Gruppe«, erklärte er. »Die Männer aus Großbritannien. Vielleicht ist dir das nicht bewußt, aber ich bin in Irland geboren worden und habe somit die Staatsbürgerschaft beider Länder, falls ich sie in Anspruch nehmen will. So, wie die Dinge standen, schien es mir klug zu sein, genau das zu tun.«

»Aber es ist Ewigkeiten her, seit die britischen Gefangenen freigelassen worden sind.«

»Ja, ich weiß. Man ging davon aus, wir britischen Staatsbürger wollten natürlich nach Hause zurück. Man hat uns nach England transportiert und uns erst dort freigelassen. Die Regierung Großbritanniens, personifiziert durch Ihre Majestät Königin Victoria, hat die Verantwortung dafür von sich gewiesen, wie diejenigen unter uns, die außerhalb von Großbritannien leben, nach Hause kommen sollten. Wenn es auch noch so viele Unannehmlichkeiten gab, dann hatten wir doch im Vergleich zu den meisten anderen großes Glück. Jeremy Rogers ist angeschossen worden, als wir gefangengenommen wurden. Sie haben uns in einem Zuckerrohrfeld geschnappt. Er ist in Havanna im Gefängnis gestorben.«

Der arme Jeremy mit seinen Träumen vom Reichtum und von konfisziertem Land. »Ich habe gesehen, daß auch sein Name nicht unter denjenigen aufgeführt war, die nach Spanien geschickt worden sind«, fiel ihr ein. »Es tut mir so leid. Es tut mir ja so leid.«

»Ja, mir auch«, seufzte Roland. »Ich nehme an, er ist einer dieser angeketteten Geister, von denen du vorhin gesprochen hast – irgendwie wünschte ich, du hättest das nicht gesagt.«

Melanie atmete hörbar ein und unternahm dann eine tapfere Anstrengung, das Gespräch fortzusetzen. »Dann hast du all die Zeit in England verbracht?«

»Ja, und auf den Bahamas. Von dort habe ich ein Schiff nach New Orleans bekommen, und von dort bin ich nach Cottonwood gekommen.«

Melanie setzte sich auf und begann, sich nach ihrer Unterwäsche umzuschauen. »Deine Mutter wird sehr glücklich sein. Ich muß ihr sobald wie möglich Bescheid geben.«

»Ihr Bescheid geben? Wo ist sie?«

»In White Sulphur Springs«, antwortete Melanie und erzählte ihm dann, warum sie dort gewesen waren, und warum Colleen noch dort geblieben war. Ein paar Einzelheiten ließ sie aus, darunter den Zwischenfall mit Jean-Claude. Es war zu unbedeutend, zu schnell vergangen. Es hätte zu nichts geführt, die Sache anzusprechen.

»Ich nehme an«, äußerte er, als sie ausgeredet hatte, »daß du das Baby verloren hast?«

Sie erstarrte und klammerte die Hände in den Reifrock auf ihrem Schoß. Der Schmerz über diesen Verlust war mit der Zeit verblaßt, aber in dem Moment empfand sie ihn wieder so stark, wie in dem Augenblick, in dem sie von dem Verlust erfahren hatte. Sie hatte diesen Unglücksfall in ihrer Erzählung nicht erwähnt, denn sie hatte es als zwecklos angesehen, ihn damit zu belasten. »Du wußtest es also«, hauchte sie.

»Es gibt gewisse Dinge, die sich schwer vor einem Mann verbergen lassen, der nahe mit einem zusammenlebt. Ich dachte bis zum letzten Moment, du würdest es mir noch sagen, ehe ich aufbreche, aber du hast es nicht getan.«

»Wenn ich es dir gesagt hätte, wärst du dann trotzdem fortgegangen?«

Er wandte das Gesicht ab. »Ja, ich denke schon.«

»Wozu hätte ich es dir dann sagen sollen?« fragte sie, und die alte Bitterkeit schwang wieder in ihrem harten Tonfall mit.

»Du hättest ein wenig Rücksicht auf meine Gefühle nehmen können.«

»Warum, wenn du so wenig Rücksicht auf meine Gefühle genommen hast?«

»Ich habe versucht, etwas für dich zu erwerben, und für unser Kind, das du in dir getragen hast.«

»Willst du damit etwa sagen, das sei der Grund, weswegen du nach Kuba gegangen bist? Wenn ja, dann glaube ich dir kein Wort. Du bist hingegangen, weil du Ruhm auf dich häufen und deinen Spaß haben wolltest. Wenn du mich schon belügen mußt, dann belüge dich wenigstens nicht!« Sie zog sich den Reifrock über den Kopf, schnürte die Bänder zu und griff dann nach ihrem Petticoat, an dem sie so fest zerrte, daß Roland, der auf der Seite lag, auf den Rücken rollte.

»Da wir gerade von Einstellungen sprechen, kann ich mir vorstellen, daß deine eine dramatische Wandlung durchgemacht hätte, wenn wir in Kuba gewonnen hätten. Wenn ich dir die Einkünfte aus einer reichen Plantage zu Füßen legen könnte, wärst du nur allzu gern bereit anzuerkennen, wie begründet der Ehrgeiz von Lopez war, und daß er im Grunde genommen mit seinen Versuchen richtig gelegen hat. Vielleicht würdest du sogar anfangen, den Feldzug zu unterstützen, statt ihm mit selbstgerechter Geringschätzung gegenüberzustehen.«

»Ich habe nie Geringschätzung dafür empfunden«, rief sie aus. »Ich habe nur angesichts der Truppenstärke und der Gerissenheit der Spanier Zweifel am Ausgang gehabt, und ich hatte recht!«

»Ja, du hattest recht«, knurrte er und schnappte seine Hose. »Jemand hat bestens dafür gesorgt, daß du recht hattest, indem er dafür gesorgt hat, daß die Spanier uns bereits mit den Waffen im Anschlag erwarteteten.«

»Wirfst du mir das etwa vor?« rief sie aus und spürte die Tiefe ihrer Schuldgefühle.

Er hatte seine Hose angezogen und zog sich gerade das Hemd über. Ehe er den zweiten Arm in den Ärmel steckte, hielt er inne. »Nein«, antwortete er, »obwohl mir der Gedanke kommt, daß du früh genug im Besitz der notwendigen Informationen warst und sie hättest nutzen können.«

»Aber das habe ich nicht getan.« Melanie konnte selbst hören, wie gepreßt ihre Stimme klang, doch sie konnte nichts dagegen tun. »Es gibt jede Menge Leute, die genauso viel wie ich gewußt haben.«

»Möglich, doch die Mehrheit dieser Leute stand entschieden hinter diesem Feldzug und hätte daher keine Indiskretion begangen.« Während er das sagte, steckte er sich das Hemd in die Hose und sah sie nicht an.

»Es ist abscheulich von dir, so etwas zu sagen«, flüsterte sie.

»Ach, wirklich? Das frage ich mich. Ich habe in der letzten Zeit reichlich Gelegenheit gehabt, mir darüber Gedanken zu machen, und mir gefällt nicht, wohin mich meine Überlegungen geführt haben. Sag mir eines: Siehst du Dom öfter?«

Dieser Themenwechsel war beunruhigend und gleichzeitig vielsagend. »Warum?« fragte sie barsch, und ihre Stimme war gedämpft, da sie sich das Kleid über den Kopf zog, um den Unwillen auf ihrem Gesicht zu verbergen.

»Weil wir noch eine Rechnung miteinander zu begleichen haben.«

Sie stellte sich mühsam auf die Füße. Die Tatsache, daß er ihr keine Hilfe anbot, trug zu ihrem Gefühl bei, schlecht behandelt zu werden. »Warum?« fragte sie noch einmal gereizt. »Dein Vater ist jetzt tot. Cottonwood gehört dir und noch dazu ein großer Teil des Geldes, das dein Vater in all den Jahren angehäuft hat. Wir können einen Teil davon wieder in die Plantage stecken, dem Land geben, was es braucht, zusehen, wie es wieder reich wird – darüber hast du doch vor Monaten schon geredet. Genügt das denn nicht? Mußt du jetzt zu irgendeinem gräßlichen Rachefeldzug aufbrechen?«

»Erzähl mir bloß nicht«, erwiderte er leise, »daß Rache für dich den Reiz verloren hat.«

Sie reckte das Kinn in die Luft und entgegnete: »Ich habe gelernt, daß Rache nicht so befriedigend ist, wie man gemeinhin glaubt, und daß sie oft Kummer nach sich zieht.«

»Eine rührende Vorstellung, aber ich glaube, du wirst dir etwas Besseres einfallen lassen, wenn du Dominic Clements schützen willst.«

»Ihn schützen?« wiederholte sie wie ein Echo.

»Auf dem Dampfschiff hierher hatte ich Glück, mit einem Herrn aus Natchez ins Gespräch zu kommen. Mir wurde berichtet, Dom sähe man selten ohne die Gesellschaft einer hübschen jungen verheirateten Frau, die Melanie Johnston Donavan heißt. Und daß es allen interessierten Beobachtern ganz so vorkommt, als erwarte dieses Paar auffallend freudig deinen Status als Witwe.«

»Du hast also geschnüffelt, was?« brauste Melanie auf. »Ich hoffe, es hat dich nicht allzu sehr überrascht, wenn man an die näheren Umstände unserer Eheschließung denkt.«

»Nein«, antwortete er, und sein grüner Blick glitt über die klaren Linien ihres klassisch geschnittenen Gesichts, blieb auf der Zornesröte auf ihren Wangenknochen und auf dem stürmischen Violettblau ihrer Augen haften. Ein Muskel neben seinem Mund zuckte, und eine Hand ballte sich langsam zur Faust. »Nein«, wiederholte er, »es hat mich nur enttäuscht.«

Er wandte sich abrupt von ihr ab, zog unter einem Ast den Kopf ein und lief in die Richtung, aus der sie gekommen waren. Melanie unterdrückte den Drang, in Tränen der Wut auszubrechen, und rief aus: »Wohin gehst du?«

Er blieb stehen und drehte sich um. »Nach Cottonwood, denn dort bin ich zu Hause, wenn du es auch anscheinend nicht bist.« Seine Augen glitten unmißverständlich und vorsätzlich über sie und die Lichtung, auf der sie zusammen gelegen hatten. »Falls du Lust hast, zu mir zu kommen, ist es dir gestattet. Ich habe nichts dagegen einzuwenden, aber ich verspreche dir auch nichts, und schon gar nicht, wenn es um Dom geht.« Mit einer spöttischen Verbeugung lief er weiter und verschwand zwischen den Bäumen.

Daraufhin war ihr das natürlich nicht mehr möglich. Melanie brachte ihr Äußeres wieder halbwegs in Ordnung, knöpfte ihr Kleid zu, strich die Falten aus ihren Röcken, kämmte sich mit den Fingern das Laub aus dem Haar und schlang es wieder zu einem Knoten in ihrem Nacken zusammen. Dann machte sie sich mit besorgten Augen und nachdenklicher Miene auf den Rückweg zu dem Einspänner, der vor der Treppe von Cottonwood stand, stieg ein und fuhr los. Erst, als sie die Fähre über den Mississippi erreicht hatte, fielen ihr die Sachen in der Küche der Plantage wieder ein, die sie in der Absicht mitgebracht hatte, sie unter den Sklaven aufzuteilen.

17. Kapitel

Melanie konnte nicht abstreiten, daß sie Dom in der letzten Zeit häufig gesehen hatte. Gleich nach ihrer Rückkehr von Virginia hatte er sie aufgesucht. Sie hatte ihn empfangen, weil sie unbedingt herausfinden mußte, ob er tatsächlich in ihrem Namen den spanischen Botschafter unterrichtet hatte. Ihre Fragen hatten mehr ans Licht gebracht, als sie erwartet hatte. Dom hatte sich mit Schnaps auf das Treffen eingestimmt. Bei ihren anklagenden Worten war er zusammengebrochen und hatte geweint. Er habe damit nur erreichen wollen, daß sie dadurch von Roland loskäme, erklärte er. Er hätte nie gewollt, daß so viele deshalb sterben mußten.

Er hatte noch mehr geäußert, was in dieselbe Richtung ging, doch die alarmierendste Enthüllung machte er ihr, als er, endlich gefaßt und vermutlich wieder nüchtern, in der Tür stand. »Wir stecken gemeinsam in dieser Geschichte, Melanie, meine Liebste, denn schließlich warst du diejenige, die mir die Information gegeben hat, mit der sich Roland in den Tod schicken ließ. Aber das ist unser Geheimnis, deines und meines. Du brauchst keine Angst zu haben, ich könnte es auch nur einer lebenden Seele verraten. Bei mir ist es sicher, solange du trauerst, und wenn die Trauerzeit vorbei ist, wenn wir endlich Mann und Frau sind, dann wird dieses Geheimnis für immer in unseren Herzen begraben sein.«

In der Form hatte Dom sie von seinen Plänen unterrichtet. Seitdem hatte er sie mehrfach näher ausgeführt, wenn er gekommen war, um sie zu den verschiedensten Veranstaltungen zu begleiten. Manchmal brauchte Melanie ihren gesamten Erfindungsreichtum, um ihn davon abzuhalten, daß er vor anderen über sie beide sprach, insbesondere dann, wenn er unter dem

Einfluß von Alkohol stand, was häufig der Fall war. Sie lebte schon länger in der Angst, er würde etwas sagen, womit er sie beide verriet, und sie hatte schon fast begonnen zu glauben, daß sie ebensoviel Schuld trug wie er.

Rolands Rückkehr würde Dom schockieren; er ging schon zu lange fest von seinem Tod aus, als daß es anders hätte sein können. Wie er es aufnehmen würde, wußte sie nicht. In der letzten Zeit war absolut nicht mehr absehbar, wie Dom sich verhalten würde.

Aber die Antwort auf ihre Überlegungen ließ nicht lange auf sich warten. Doms Kutsche stand vor den Stufen von Greenlea, als sie in die Auffahrt einbog; sein Hut und sein Stock lagen auf dem Tisch in der Eingangshalle. Als sie die Haustür öffnete und wieder schloß, kam er aus dem Wohnzimmer.

»Melanie, endlich«, rief er und prostete ihr mit einem Glas Cognac zu, das er in der Hand hielt. »Man hat mir gesagt, du seist nach Cottonwood gefahren. Ich wünschte, ich hätte gewußt, daß du hinfährst. Dann hätte ich dir Gesellschaft geleistet.«

Melanie rang sich zu einem gepreßten Lächeln durch, als sie die Handschuhe auszog und sie neben seinen Hut warf. »Ich denke, es war nur gut, daß du das nicht getan hast.«

»Was soll das heißen?« fragte er und schaute sie an. »Stimmt etwas nicht? Du wirkst ein wenig gerötet, und du hast Grashalme auf deinem Rock.«

»Ja«, erwiderte sie. »Ich glaube, man könnte sagen, daß etwas passiert ist. Laß uns ins Wohnzimmer gehen, und dort erzähle ich es dir.«

Als sie ihren Bericht beendet hatte, ließ sich Dom auf einen Stuhl sinken. Der Cognac, den er in der Hand hielt, schwappte über seine Finger, doch er schien es nicht zu bemerken. »Roland lebt. Ich kann es nicht glauben«, flüsterte er.

»Ich versichere dir, daß es wahr ist.«

»Er hatte schon immer ein teuflisches Glück.«

Melanie erwiderte nichts darauf. Sie trat ans Fenster, hob den Vorhang an und schaute hinaus. Hinter sich hörte sie, wie das Glas an Doms Zähne stieß, als er in dem Cognac in seiner

Verzweiflung Hilfe suchte. Die Erinnerung an die Tage vor ihrer Abreise aus New Orleans beschlich sie wieder, als sie sich so sehr auf die Stille und den Frieden von Greenlea gefreut hatte, sich nach dem langsamen Vorübergehen der Tage hier gesehnt hatte. Jetzt schien es, als sei nirgends Frieden zu finden. Mit der Ruhe war es für immer aus.

Dom setzte sich anders hin. »Was hast du jetzt vor?« fragte er.

»Nichts«, antwortete sie. »Was könnte ich schon tun?«

»Du weißt, wovon ich spreche«, wies er sie zurück, und seine Stimme klang barsch. »Hast du vor, mit ihm zusammenzuleben?«

»Für den Moment nicht«, gab sie zu verstehen, und ihre Hand umklammerte die Falten der Gardine, bis die Messingstange über ihr unter der Spannung zu quietschen begann.

Sie hörte das Rascheln von Kleidung, als Dom aufstand. »Du liebst ihn also nicht? Ich gestehe, daß ich mich das ein- oder zweimal gefragt habe. Glaubst du, er weiß, daß die Männer verraten worden sind?«

»Er weiß es.«

»Aber er verdächtigt mich doch nicht, oder? Er hat keinen Grund dafür.«

»Keinen, wenn man von der Abneigung und dem Mißtrauen absieht, die ihr füreinander hegt. Und das ist etwas, worüber ich mir immer wieder Gedanken gemacht habe, Dom. Warum war es nach Mexiko mit der Freundschaft zwischen euch beiden aus? Du kannst mir das doch bestimmt sagen, da wir jetzt ohnehin ... Verbündete sind?«

»Es war eine Privatangelegenheit«, erklärte Dom eilig. »Nichts, was irgend etwas mit unserem derzeitigen Problem zu tun hätte.«

»Bist du ganz sicher?« erkundigte sie sich und wandte sich langsam zu ihm um. »Unser derzeitiges Problem, wie du es nennst, ist tief verwurzelt. Bist du ganz sicher, daß dein Streit mit Roland nicht doch etwas mit meinem Großvater und den Gerüchten über den Mexikofeldzug zu tun hatte?«

Er starrte sie lange an und schüttelte dann den Kopf und trat näher. »Melanie, meine Liebste. Wie kannst du so etwas nur denken? Dein Großvater hat mir vertraut, hast du das denn ganz vergessen? Ich will, daß du mir auch vertraust. Ich will, daß wir zusammen von hier fortgehen. Es gibt Orte weiter im Westen, in denen uns niemand je finden würde, und dort bräuchte auch niemand je zu erfahren, daß du vor mir schon einen anderen Mann gehabt hast.«

Er nahm ihre Hände und hielt sie fest. Melanie verspürte den starken Drang, sie ihm zu entreißen, doch sie hielt still, wenn es sie auch große Anstrengungen kostete. »Hast du vor, mich zur Bigamistin zu machen, Dom? Oder gar zu etwas noch Schlimmerem?«

»Ich bitte dich nur, mit mir fortzugehen und ein neues Leben aufzubauen und alles andere zurückzulassen.«

»Alles?«

»Ja, alles.«

»Dein Zuhause, Chloe, all deine Freunde, deine Anwaltskanzlei?«

»Das alles zählt nicht«, bemerkte er eilig.

»Doch, ich glaube, schon«, widersprach Melanie und entzog ihm sachte ihre Finger. »Ich weiß, wie sehr ich an Greenlea hänge. Und an Natchez. Ich könnte es nicht verlassen, um an einen fremden Ort zu gehen und unter fremden Menschen zu leben.«

Er wich zurück, und seine dünnen Lippen zogen sich zu einem Strich zusammen, während seine braunen Augen aufloderten. »Nein? Selbst dann, wenn die Leute hier nichts mehr mit dir zu tun haben wollten?«

Sie gab sich gelassen. »Es stand ohnehin schon kurz davor, weil wir so häufig miteinander gesehen worden sind, während ich noch verheiratet bin und mein Mann in Kuba vermißt wurde. Jetzt, nach seiner Rückkehr, wird mehr denn je darüber geklatscht werden.«

»Ein Grund mehr, um von hier fortzugehen. Ich liebe dich, Melanie, und ich will mit dir zusammen sein. Ich verspreche dir, daß es dir nie an etwas fehlen wird, solange ich lebe.«

Vielleicht wäre diese Ansprache ihr näher gegangen, wenn

seine Worte nicht derart miteinander verschliffen gewesen wären. Er versuchte noch einmal, ihre Hände zu nehmen, doch sie wich ihm aus und tat so, als hätte sie seine ausgestreckten Arme nicht gesehen, ehe sie sich abrupt abwandte. »Ich finde, wir sollten abwarten«, schlug sie vor, »und sehen, was Roland vorhat, ehe wir übereilte Schritte unternehmen. Für den Moment ist er in Cottonwood eingezogen, und ich bin hier. Wenn die Leute in der Stadt nichts von dieser Lösung halten, so ist mir das auch vollkommen gleichgültig.«

Dom verzog das Gesicht, als würde er gleich weinen. »Roland wird als Held dastehen. Du wirst es ja selbst sehen. Ein Held, der nie etwas Falsches tut. Wenn er auch nur andeutet, Lopez sei verraten worden, dann könnten sich die Leute einige Gedanken machen.«

»Unsinn«, fauchte Melanie. »Die Leute sind nicht hellseherisch. Sie werden gar nichts ahnen, solange du es nicht ausplauderst, weil du einen im Tee hast.«

»Melanie, sprich nicht so mit mir«, bat er flehentlich.

Aber Melanie war mit ihrer Geduld am Ende. »Dominic Clements, sprich überhaupt nicht mehr mit mir!« rief sie aus und rannte aus dem Zimmer.

Melanie hatte Roland zwar mitgeteilt, wo sich seine Mutter aufhielt, aber sie war nicht sicher, ob er vorhatte, Kontakt zu ihr aufzunehmen, denn schließlich hatte sie gesagt, sie würde sie verständigen. Da sie das Gefühl hatte, sie müsse sie unbedingt von seiner Rückkehr unterrichten, setzte sie sich hin und schrieb an Colleen und erklärte ihr die Lage. Ihr wurde klar, daß die Dinge, die sie in ihrem Brief weggelassen hatte, sehr vielsagend waren; aber dagegen ließ sich nichts machen. Wenn Colleen kam – falls sie kam –, würde sie selbst sehen, daß die Dinge zwischen ihr und ihrem Sohn alles andere als normal standen. Es hatte keinen Sinn, ihr etwas vorzumachen.

Sie mußte sich jedoch eingestehen, daß sie ziemlich gut darin war, anderen etwas vorzumachen. Als sie drei Tage nach Rolands Rückkehr an Doms Arm zu einem Ball erschien, nahm sie die plötzliche Stille wahr, die bei ihrem Erscheinen entstand. Köpfe wandten sich in ihre Richtung und wandten sich dann ebenso schnell wieder ab, als sie den Gästen, die sie anstarrten, fest in die Augen sah. Einen Moment lang empfand sie Panik, blanke Panik, die sie durchdrang. Als sie das Zucken der Nerven in Doms Arm spürte, legte sich ihre Angst. Sie verzog die Lippen zu einem Lächeln und schritt erhobenen Hauptes voran; mit dem Druck ihrer Finger auf seinem Arm zerrte sie Dom nahezu hinter sich her. Sie begrüßte ihre Gastgeberin mit ein paar höflichen Worten, wenn sie sich auch später nicht daran erinnern konnte, was sie gesagt hatte. Es gelang ihr sogar, eine Spur von Mitleid für die arme Frau aufzubringen, der nicht klar gewesen war, wie gewaltig sich der Ruf ihres Gastes in der allerletzten Zeit verschlechtert hatte. Ein oder zwei der steiferen älteren Frauen kehrten ihr den Rücken zu; die anderen schnitten sie nicht offenkundig, sondern ignorierten sie lediglich, weigerten sich, ihr in die Augen zu sehen.

Melanie war nie der Typ Frau gewesen, der etwas gegen Frauenfreundschaften gehabt hätte. Jetzt stellte sie zu ihrer Beunruhigung fest, daß sie nur noch die Aufmerksamkeit der Männer auf sich lenkte, verstohlen und mit einem Anflug von Lüsternheit. Noch verräterischer war der Umstand, daß keiner der Ehemänner und Kavaliere, die soviel Interesse an ihrem Äußeren zeigten, es wagte, unter den mißbilligenden Blicken ihrer Begleiterinnen ihr näherzukommen.

Auf die härteste Probe wurde sie gestellt, als sie sich auf den Weg nach oben machte. Die Tür zu dem Schlafzimmer, das den Damen zum Ausruhen zur Verfügung stand, war nicht ganz geschlossen. Als Melanie näherkam, hörte sie Stimmen aus dem Zimmer dringen, und als sie die Hand auf den Türgriff legte, hörte sie ihren Namen.

»Es ist eine Schande, eine wahre Schande. Ich hätte im Traum nicht geglaubt, die Enkelin von Colonel Ezell Johnston könnte sich derart schamlos benehmen. Wie sie sich mit Dominic Clements zeigt, das ist eine Schande. Sie hat ihn schon fast ruiniert. Seine Schwester sagt, er läßt seine Kanzlei vollkommen im Stich, um seine Zeit mit Melanie Donavan zu verbringen.«

Eine freundlichere Stimme verschaffte sich Gehör. »Ihr müßt zugeben, daß sie Grund zu der Annahme hatte, ihr Mann sei tot.«

»Das ist keine Entschuldigung«, erklärte die erste Frau. »Wenn sie ihn für tot gehalten hätte, dann hätte sie Trauerkleidung anlegen und sich vollständig zurückziehen sollen. Sie hätte die Gesellschaft von Männern meiden müssen, statt Köder auszuwerfen, um sich einen neuen Ehemann zu angeln.«

Eine dritte Frau mischte sich in das Gespräch ein. »Zweifellos«, erklärte sie, und ihre Stimme war selbstgefällig und klang nach einem bösen Omen, »kommt es daher, daß sie mit Schauspielerinnen befreundet ist. Ihr wißt ja, wie die sind. Ich habe es von einer Freundin gehört – unsere gute Melanie ist in White Sulphur Springs in Gesellschaft von keiner anderen als Colleen Antoinette Dubois gesehen worden, der Schauspielerin, die in der letzten Saison im St. Charles in New Orleans soviel Eindruck gemacht hat. Sie waren in Begleitung eines gutaussehenden jungen Schauspielers, der auf erstaunlich vertrautem Fuß mit Lieutenannt Colonel Donavans Frau zu stehen schien.«

»Was Sie nicht sagen«, rief die erste Dame aus.

»So ist es in der Tat. Man kann sich denken, daß Roland gute Gründe dafür hat, getrennt von ihr zu leben.«

»Wenn ich mich recht erinnere, war Roland auch nie ein Engel, ehe er nach Mexiko in den Krieg gezogen ist. Habt ihr bedacht, daß Melanie sich vielleicht nur so verhält, um es ihm mit gleicher Münze heimzuzahlen?« fragte die Frau mit der leiseren Stimme.

»Das mag sein, aber selbst wenn es so ist, dann sehe ich darin eine extreme Dummheit. Schließlich heißt es, daß Roland viel von seinem Vater vermacht bekommen hat. Der ältere Mr. Donavan mag zwar wie ein Geizhals gelebt haben, aber er hat einige gute Jahre gehabt. Die Summe, die er seinem Sohn und Erben hinterlassen hat, soll ganz beträchtlich sein, wenn man den Zustand bedenkt, in dem die Plantage ist.« In der schneidenden Stimme der ersten Frau schwang etwas mit, was andeutete, weder Robert Donavan noch seinem Sohn stünde Reichtum zu.

»Aber Roland bekommt nicht alles«, äußerte sich die zweite Frau. »Der Mann war verheiratet.«

»Seine Frau ist doch sicher schon lange tot?«

»Nein, ich glaube nicht. Wie war das noch mit ihr? Ich kann mich nicht recht erinnern ...«

Melanie hatte genug gehört. Sie stieß die Tür weit auf und betrat das Zimmer. »Guten Abend, meine Damen«, rief sie fröhlich und lächelte das ruhiger wirkende Mitglied dieses Dreiergespanns an, eine Frau, in der sie eine Freundin von Eliza Quitman wiedererkannte. »Sie halten wohl einen netten Plausch miteinander ab? Wie nett für Sie. Das Leben wäre ja so langweilig, wenn wir nichts hätten, worüber wir miteinander reden könnten, meinen Sie nicht auch?«

»Mein liebes Mädchen, ich weiß nicht, wovon Sie reden«, sagte die Frau mit der tragenden Stimme. Der braunrote Satin spannte sich alarmierend über ihrer Brust.

»Ach, nein?« erkundigte sich Melanie mit einem spitzbübischen Lächeln. Sie trat vor die Frisierkommode und drehte sich vor dem Spiegel nach allen Seiten. »Vielleicht habe ich das Ganze falsch verstanden«, bemerkte sie über die Schulter, »aber ich hatte schon den Eindruck, mein Mann und ich seien das Gesprächsthema gewesen, ehe ich eingetreten bin.«

»Sie haben gelauscht!« klagte sie die zweite Dame an, eine Person mit einem griesgrämigen Gesicht, die einen unvorteilhaften Grünton trug.

»Oh, nein! Wie können Sie so etwas sagen? Ich hatte mich Ihrem trauten kleinen Kreis nur noch nicht angeschlossen. Aber ich habe fast das Gefühl, es ärgert Sie, daß ich Sie gestört habe, als sich gerade alles so gut entwickelt hat. Es tut mir leid! Ich hätte vorher nachdenken sollen. Da Sie so wohlerzogen sind, jede von Ihnen durch und durch eine Dame, können Sie nicht in meinem Beisein über mich reden, stimmt's? Vielleicht sollte ich wieder gehen, damit Ihnen wohl dabei zumute ist, wenn Sie sich hinter meinem Rücken über meinen Charakter auslassen und mich in der Luft zerreißen können.«

Sie verabschiedete sich mit einem spöttischen Knicks von

ihnen allen und ließ ihren Worten Taten folgen, als sie aus dem Zimmer rauschte. Als sie die Treppe hinabstieg, erwartete Dom sie schon, doch die zornige Röte auf ihren Wangenknochen und der kämpferische Blick in ihren Augen waren so einschüchternd, daß er nichts sagte, als er ihr den Arm reichte.

Melanie hatte erwartet, Roland würde ebenfalls auftauchen. Als der Abend voranschritt und er immer noch nicht kam, erschien ihr der Ball unerträglich stumpfsinnig. Die Tatsache, daß es ihr zum ersten Mal in ihrem Leben an Tanzpartnern mangelte, hätte etwas damit zu tun haben können. Sie konnte sich schließlich nicht unbegrenzt oft von Dom auf die Tanzfläche führen lassen. Nicht nur, daß seine Hände feucht waren und er sie zu besitzergreifend in seinen Armen hielt, aber im Laufe des Abends wurden auch seine Schritte immer unsicherer. Sie hatte den Verdacht, daß er in seiner Kutsche eine Flasche Whisky aufbewahrte, denn mehr als einmal war er nirgends zu sehen gewesen, wenn sie nach ihm schaute. Wenn er dann wieder auftauchte, roch sie unter den schnell gekauten Nelken Schnaps in seinem Atem.

Eine weitere Person, die nicht anwesend war, war Doms Schwester.

»Wo steckt Chloe heute?« fragte Melanie.

Dom schaute sich nach allen Seiten um. »Ich weiß es nicht«, stellte er langsam fest. »Sie sagte, sie käme mit einem Freund.«

»Vielleicht hast du sie mißverstanden. Das ist nicht das einzige Fest, das heute abend stattfindet.«

Dom nickte zustimmend, doch zwischen seinen braunen Augen war seine Stirn in Falten gezogen.

Ein Paar, das spät erschien, waren Eliza und John Quitman. Als der Blick der Frau des Gouverneurs auf sie fiel, lächelte Melanie und nickte ihr zu, doch sie drängte sich nicht mit den anderen um das Paar. Ihr war bewußt, daß sie die alte Freundin vernachlässigt hatte. Sie war zwar einmal auf Monmouth gewesen, doch Eliza war zu dem Zeitpunkt nicht zu Hause gewesen, und Melanie hatte ihr keinen zweiten Besuch abgestattet. Sie hatte zuviel mit der Ernte auf Cottonwood zu tun gehabt. Sie hatte nicht in Zeiten aufdringlich sein wollen, die schwierig sein mußten, denn schließlich hatte der Gouverneur seinen Posten verloren, und seine Träume von Kuba waren ebenfalls zerschlagen worden. Sie wollte es sich zwar nicht gern eingestehen, doch die Wahrheit war, daß sie nicht an die Ereignisse in New Orleans erinnert werden wollte und noch weniger geneigt war, darüber zu reden.

Sie hätte wissen müssen, daß es dabei nicht lange bleiben konnte. Kurze Zeit später, als sie mit Dom dastand, kam Eliza Quitman auf sie zu.

»Melanie, meine Liebe, wie hübsch du heute in deinem apricotfarbenen Seidenkleid aussiehst. Es steht dir wirklich sehr gut.«

Melanie murmelte die entsprechenden Dankesworte und erkundigte sich nach Elizas Gesundheit und der ihrer Familie.

»Uns geht es allen bestens. Ich bedanke mich trotzdem für die Nachfrage. Meine Sorge gilt jedoch dir.« Die Frau des Gouverneurs warf einen Blick auf Dom und fuhr fort: »Dominic, ich frage mich, ob Sie es mir wohl gestatten würden, Melanie allein zu sprechen?«

»Selbstverständlich«, erwiderte Dom, doch seine Verbeugung war steif, als er sich entfernte. Melanie sah ihm mit großen Befürchtungen aus dem Augenwinkel nach, als er auf die Bibliothek zuging. Von dort aus, wo sich die Männer, die nicht tanzten, an Kartentischen versammelt hatten, gelangte man zu den Kutschen.

Schließlich wandte Melanie der älteren Frau ihre Aufmerksamkeit zu und fragte mit einem schiefen Lächeln: »Was wollten Sie mir sagen, was Sie nicht in Doms Beisein sagen konnten?«

Eliza Quitman schaute auf ihre Hände hinunter, die in Spitzenhandschuhen steckten. »Ich bin nicht sicher, wie ich anfangen soll«, erklärte sie. »Ich habe die beunruhigendsten Gerüchte gehört. Ich bin sicher, daß nichts Wahres daran ist, aber ich bin trotzdem besorgt um dich und deine Zukunft.«

»Falls Sie von dem Umstand sprechen, daß Roland zurückgekommen ist...«

»Nicht wirklich, obwohl es auch um ihn geht. Aber hier können wir nicht darüber reden. Würdest du morgen mit mir ausfahren?«

»Ja, natürlich mache ich das. Aber wenn ich auch dankbar dafür bin, glaube ich doch gewiß, daß Ihre Sorge grundlos ist.«

»Das hoffe ich, meine Liebe«, antwortete Eliza Quitman. »Das hoffe ich sogar sehr.«

Die Kutsche der Quitmans rollte langsam vor sich hin. Es war fast ein wenig zu kühl. Das Wetter war über Nacht umgeschlagen, und heute morgen machte sich das Nahen des Herbstes noch bemerkbarer. Nach den Förmlichkeiten, die sie zur Begrüßung ausgetauscht hatten, herrschte jetzt eine Stille, die einer gewissen Verlegenheit zu entspringen schien.

»Es war ganz reizend von dir, heute mitzukommen, obwohl du mich für jemanden halten muß, der sich in anderer Leute Angelegenheiten einmischt«, begann Eliza schließlich.

»Dafür habe ich Sie nie gehalten«, gab Melanie freundlich zurück.

»Ich könnte es dir nicht vorwerfen, aber du brauchst auch nicht zu glauben, du würdest mich los, indem du ja und amen sagst. Die Sache ist so ernst, daß wir darüber reden müssen.«

Melanie brachte trotz der Sorge, die sie bestürmte, ein Lächeln zustande. Konnte es möglich sein, daß Eliza auf die Wahrheit gestoßen war, was Lopez' Niederlage ausgelöst hatte? Oder hatte sie etwas über den Tod von Elenas Geliebtem in der Rampart Street gehört? »Unbedingt«, bemerkte sie.

»Es geht um diese Geschichte mit Dom. Ich weiß, daß die Begleitumstände deiner Eheschließung nicht gerade ideal waren, aber ich dachte, zwischen dir und Roland stünden die Dinge jetzt besser. In New Orleans ist es mir zumindest zeitweilig so vorgekommen, als paßtet ihr nahezu perfekt zusammen, und ich habe mir oft überlegt, was für ein Jammer es ist, daß ihr beide euch nicht auf die übliche Art kennenlernen und heiraten konntet. Es betrübt mich, dich jetzt allein zu sehen, und ich fürchte, wenn diese Regelung des Getrenntlebens fortgesetzt wird, werdet ihr eure Schwierigkeiten miteinander nie lösen. Ja, ich weiß, daß ich sentimental bin, wenn es um die Ehe geht. Da ich selbst so glücklich bin, möchte ich alle anderen auch gern glücklich sehen. Aber es gibt vereinzelte Paare, die so richtig füreinander geschaffen sind, daß ich kaum mitansehen kann, wenn dort etwas schiefgeht.«

»Es ist wirklich nett von Ihnen, daß Sie sich Sorgen um mich machen«, erwiderte Melanie und senkte die Wimpern, um sich nicht in die Augen schauen zu lassen, »vor allem jetzt. Sie haben doch so viel anderes im Kopf, die Kinder und die Wahlkampagne des Gouverneurs für den Senat. Aber die Dinge, die zwischen Roland und mir stehen, lassen sich nicht mit ein oder zwei Worten aus dem Weg räumen.«

»Ich weiß, meine Liebe, und ich wollte auch nicht den Eindruck erwecken, als hielte ich es nur für eine Frage der Sturheit. Ich muß jedoch darauf beharren, daß es nur wenige Probleme gibt, die sich nicht lösen lassen, wenn zwei Menschen genügend Interesse daran haben, es zu versuchen. Das ist die Frage. Willst du die Probleme lösen?«

»Selbst wenn ich es wollte, müßten wir, wie Sie selbst zugegeben haben, beide diesen Wunsch hegen, um dieses Wunder zu bewirken.«

»Woher weißt du, daß Roland es nicht will? Hast du ihn gefragt? Es klingt vielleicht aufdringlich, aber so viele Menschen glauben, sie könnten einander ohne Worte verstehen. Oft liegen sie ganz und gar daneben, wenn sie glauben zu wissen, was der andere empfindet, oder sie gelangen nur zu einer Halbwahrheit. Aufrichtigkeit und Liebe können viele Hindernisse überwinden, aber vorher muß jemand den Mut aufbringen, seinen Mund aufzumachen.«

Aufrichtigkeit? Davon konnte zwischen Roland und ihr wohl kaum die Rede sein. Liebe? Das würde alles ändern, wenn es beidseitig wäre. »Was ist«, meinte sie schließlich, »wenn die Gefühle, von denen Sie sprechen, einseitig sind? Dann würde Aufrichtigkeit doch nur Leid nach sich ziehen.«

»Zumindest weiß man dann, woran man ist.«

»Ich habe den Eindruck, man sollte nicht immer alles wissen wollen«, gab Melanie bedächtig zu verstehen. »Manchmal ist es besser, sich noch eine kleine Hoffnung zu bewahren.«

»Es erfordert Mut, seine Hoffnung gegen die Möglichkeit einzutauschen, das Glück zu finden«, antwortete Eliza Quitman leise.

Der Kutscher schrie seinem Pferdegespann etwas zu, und die schwere Kutsche schlingerte an den Straßenrand. Eliza wurde gegen Melanie geschleudert, die sich gegen eine Seitenwand stemmte.

Nachdem sie sich aufgerichtet und ihren Hut wieder zurechtgerückt hatte, öffnete Eliza das Fenster. »Jackson!« rief sie zum Kutschbock hinauf. »Was ist passiert?«

Eine Antwort war nicht erforderlich. Ehe die Worte aus ihrem Mund gekommen waren, hörten sie das schnelle Nahen einer anderen Kutsche. Die Pferde waren glasäugig, und ihre Mähnen flogen hinter ihnen her, als die Kutsche vorbeifuhr. Es war ein offener Zweispänner. Auf dem Kutschbock saß eine Frau in einem rosenroten Reitkostüm und einen Umhang, der mit weißem Satin gefüttert war und von ihren Schultern flatterte. Der Wind und die Aufregung hatten ihr Gesicht gerötet, und wenn es auch so schien, als hätte sie ihr Gespann keineswegs unter Kontrolle, so war doch deutlich zu erkennen, daß sie keinerlei derartige Befürchtungen hatte. Ihre Aufmerksamkeit galt ausschließlich dem Mann, der neben ihr saß, und sie bemerkte noch nicht einmal die Kutsche, die ihr den Weg freigemacht hatte.

Atemlos vor Staunen erkannte Melanie die Frau. Es war Chloe Clements, und der Mann, der neben ihr saß, war kein anderer als Roland. Er hatte eine Hand vorsichtshalber auf den Zügeln liegen, saß da und lachte das blonde Mädchen an. Seine Schulter lehnte an ihrer, und ihre Röcke waren über seinen Beinen ausgebreitet.

Im nächsten Moment waren sie vorübergefahren. Melanie merkte, daß sie sich vorgebeugt hatte, um die beiden anzustarren. Jetzt lehnte sie sich zurück, faltete die Hände auf dem

Schoß und schaute starr vor sich hin, als die Kutsche der Quitmans sich wieder in Bewegung setzte.

»Es tut mir leid, daß du das sehen mußtest«, sagte Eliza schließlich.

»Ach, wirklich? Mir nicht«, fauchte Melanie und dachte wieder daran, daß sowohl Roland als auch Chloe gestern abend auf dem Ball seltsamerweise nicht erschienen waren.

»Du bist verletzt und wütend, und wer könnte dir das vorwerfen? Aber du mußt dir überlegen, daß es Roland vielleicht genauso ergangen ist, als er zurückkam und erfahren hat, daß du Dom ermutigst.«

Melanie erwiderte nichts darauf und schaute aus dem Fenster.

Eliza fuhr unbeirrt fort. »Ich habe mir den Kopf darüber zerbrochen, warum du Dom nicht fortschickst und ihm sagst, er soll sich um seine eigenen Angelegenheiten kümmern, aber mir ist keine Antwort eingefallen. Es wäre ein großer Schock für mich, wenn ich erfahren müßte, daß du auch nur irgend etwas für ihn empfindest – oder je empfunden hast, es sei denn Mitleid. Es kann dir nicht darum gehen, deinen Mann eifersüchtig zu machen, da du diesen engen Kontakt zu Dom schon aufgenommen hast, als Roland noch fort war. Ich habe mich gefragt, ob es – wenn ich so taktlos sein darf – vielleicht eine Geldfrage ist. Ob du in dem Glauben, Roland sei tot, vorhattest, Dom zu heiraten, um finanzielle Sicherheit zu haben. Aber dann konnte ich gar nichts mehr begreifen, als Roland zurückgekommen ist und ihr euch nicht wieder zusammengetan habt und Dom dir weiterhin den Hof gemacht hat.«

»Ich wünschte, ich könnte es Ihnen erklären, Eliza. Ich wünschte es wirklich, aber ich kann es nicht.«

»Ich versichere dir, daß es mir darum nicht geht. Du bist mir keine Erklärung schuldig. Die Tatsache, daß du das Gefühl hast, du könntest nicht darüber reden, macht mir zwar Sorge, aber du wirst schon selber wissen, was du tust. Nein, ich wollte dich nur warnen, dich nicht in etwas hineintreiben zu lassen, was du in Wirklichkeit gar nicht willst. Laß dein Leben nicht von anderen Menschen, ob Männern oder Frauen, zu sehr beeinflussen.

Wenn du zu einer Schachfigur wirst, die sie nach Belieben manipulieren, und wenn du dir die Dinge nehmen läßt, die dir am meisten bedeuten, dann bist du selbst schuld daran. Um die Dinge so zu gestalten, wie du sie haben willst, brauchst du nicht mehr als ein wenig Entschlossenheit.«

»Ist Entschlossenheit in dem Fall ein anderes Wort für Mut?« erkundigte sich Melanie, und der Ausdruck in ihren Augen war spöttisch, aber liebevoll.

»Ja, ich vermute, schon«, gab Eliza zu.

»Ich werde versuchen, mir zu merken, was Sie gesagt haben, aber ich glaube, es könnte noch etwas anderes erforderlich sein.«

»Ach?«

»Eine gehörige Portion Glück«, antwortete Melanie.

18. Kapitel

Nachdem die Ernte eingebracht worden war und die Nächte kühler wurden, begann die Saison der Fuchsjagden. Auf den Straßen und Wegen donnerten Hufe, und man konnte die Hunderudel auf den Hügeln und Weiden und zwischen den Baumwollstengeln sehen, und die Reiter folgten ihnen direkt auf den Fersen.

Die Neuigkeit, daß Roland diesen Sport betrieb, weckte Melanies Interesse. Sie hatte sich Gedanken über die Dinge gemacht, die Eliza gesagt hatte, und jetzt machte sie sich mit einem Funkeln in den Augen daran, entsprechend zu handeln.

Als erstes suchte sie die Schneiderin auf und bestellte ein prächtiges Reitkostüm aus königsblauem Samt mit Satin am Revers und an den Manschetten. Außerdem bestellte sie eine weiße Seidenbluse und einen breitkrempigen Seidenhut mit einem dichten pastellblauen Schleier. Als sie den Laden mit ihren Einkäufen verließ, ließ sie alles auf eine Rechnung setzen und sie an ihren Mann schicken.

Eliza Quitman half ihr nicht nur mit einem Reitpferd aus und lud sie zu einer Jagd ein, sondern stellte ihr auch noch in Person ihres jungen Cousins einen Begleiter zur Verfügung. Es war eine ganze Weile her, seit Melanie zum letzten Mal geritten war. Seit jener dunklen, regnerischen Nacht, in der sie das River Rest Hotel aufgesucht hatte, hatte sie auf keinem Pferd mehr gesessen. Das Reiten auf einem Damensattel hatte man ihr im Pensionat beigebracht, aber seitdem hatte sie wenig Gelegenheit gehabt, das Gelernte anzuwenden. Sie machte nicht den Fehler, von einem Tag zum anderen wieder zu reiten, sondern sie ritt vor der Jagd mehrfach aus. Nach einer Woche hatte sie endlich das Gefühl, wieder mithalten zu können.

Als sie aufbrach, hing ein feiner Nieselregen in der Morgenluft. Es war genau das richtige Wetter für eine Jagd. Turner, Elizas Cousin, ein junger Mann von achtzehn Jahren, holte Melanie erst spät ab. Als sie die Plantage erreichten, auf der die Jagd stattfinden sollte, hatten sich die übrigen Gäste schon versammelt, und die Hunde veranstalteten ein Höllenspektakel. Als das Jagdhorn ertönte, trat abrupt Ordnung ein. Melanie konnte den anderen Frauen der Gesellschaft nur zunicken und ihre dürftigen Reaktionen zur Kenntnis nehmen, als das Jagdhorn schon ein zweites Mal ertönte und die Hunde losgelassen wurden.

Turner schien ein tollkühner Reiter zu sein. Er ließ Melanie in seinem Eifer, unter den ersten zu sein, gleich hinter sich zurück. Melanie ritt in einem gleichmäßigen Tempo und hielt sich in der Mitte, drängte nicht nach vorn und fiel auch nicht zurück. Sie hatte Roland schon vor dem Aufbruch gesehen, glaubte aber nicht, daß er ihr Eintreffen bemerkt hatte. Jetzt ritt er direkt vor ihr her, saß aufrecht im Sattel und wechselte ab und zu ein paar Worte mit dem Mann links neben ihm, schien aber keinen speziellen Begleiter zu haben. Als Melanie sich entschlossen hatte, ihren Feldzug bei der Jagd zu beginnen, hatte sie dabei auch in Erwägung gezogen, daß Chloe keine Reiterin war.

Sie ritten durch wassergefüllte Gräben, donnerten über Felder, durchquerten Bäche und galoppierten über aufgeweichte Wiesen, auf denen sie sich gründlich mit Schlamm bespritzten. Einmal hatte Melanie den Eindruck, Roland hätte sich umgesehen, doch falls er sie erkannt hatte, ließ er es sich nicht anmerken. Der Himmel über ihnen wurde dunkler, und es fing stärker an zu regnen. Im Lauf des Morgens schied ein Reiter nach dem anderen aus. Als Roland auf ein paar Bäume zuritt, tätschelte Melanie ihrem Pferd den Nacken und folgte ihm.

Er schaute sich um, als sie neben ihm anhielt. Sein Gesicht war verschlossen. Er lächelte nicht, zog aber auch die Stirn nicht in Falten. Er erwiderte ihre Begrüßung nicht gerade begeistert, aber halbwegs höflich.

»Ein schönes Tier reitest du da«, begann Melanie. »Ich nehme an, du hast es dir erst kürzlich gekauft?«

»Ja«, antwortete er. »Ich glaube nicht, daß dein Pferd aus dem Stall von Greenlea stammt.«

»Nein. Dieses schöne Tier habe ich ausgeliehen.«

»Von dem Mann, der mit dir zusammen gekommen ist?«

Er hatte ihr Eintreffen mit Turner also doch bemerkt. »Als Mann kann man ihn wohl kaum bezeichnen«, äußerte sie leichthin. »Er ist ein Cousin von Eliza. Er hat gerade nichts zu tun und vertrödelt seine Zeit, bis seine Muter findet, er sei alt genug, um ins Jefferson College zu gehen.«

»Sie kann von Glück sagen, wenn er sich nicht vorher schon das Genick bricht«, warnte er und warf einen Blick auf die Reiter, die gerade über einen Hügel verschwanden.

»Vielleicht ist er ein wenig leichtsinnig, aber er ist ein guter Reiter«, verteidigte ihn Melanie.

»Du reitest auch gut«, erwiderte er. »Ich wußte gar nicht, daß du reiten kannst.«

Sie schaute ihn direkt an, und die violette Tönung ihrer Augen wirkte in dem grauen Licht dunkler als sonst. »Ich glaube, es gibt vieles, was wir nie voneinander gewußt haben.«

»Dieses Reitkostüm steht dir gut«, bemerkte er nach einer langen Pause.

»Es freut mich, daß du dieser Meinung bist, denn es wird nicht mehr lange dauern, bis du die Rechnung dafür zugeschickt bekommst.«

Seine Blicke glitten über sie. »Ich vermute, ich werde sie bezahlen müssen, da ich das Vergnügen hatte, dich in diesem Kostüm zu sehen.«

Melanie lächelte und nahm sich seinen trockenen Tonfall nicht zu Herzen. »Ja«, schmunzelte sie, »ich fand, das hättest du wenigstens verdient.«

»Du überwältigst mich«, sagte er.

»Noch nicht«, antwortete Melanie und zog eine Augenbraue hoch, als sie ihm in die zusammengekniffenen Augen sah.

Der Regen ließ das Laub der Eiche rascheln und tropfte um sie herum. Als hätte sie nicht gerade etwas Herausforderndes geäußert, fuhr Melanie fort: »Soweit ich weiß, hast du auch einen neuen Zweispänner gekauft. Ich muß schon sagen, ein beeindruckendes Fahrzeug. Kürzlich hast du Eliza und mich damit an den Straßenrand getrieben, damit wir nicht überrollt werden.«

»Ach, ja?«

»Oh, ich spreche dich davon frei, ein schlechter Kutscher zu sein. Chloe Clements hielt die Zügel in der Hand.«

»Ach, ja, ich glaube, ich erinnere mich an den Vorfall.«

»Ich erinnere mich ganz gewiß«, bemerkte sie, und gegen ihren Willen schlich sich ein zynischer Tonfall in ihre Stimme. »Ich muß sagen, es hat mich schon überrascht, dich mit ihr zu sehen. Ich hätte nicht geglaubt, daß sie deinem Geschmack entspricht.«

»Meinem Geschmack? Willst du damit sagen, daß Chloe über dem Durchschnitt dessen liegt, womit ich mich früher abgegeben habe, denn den hältst du doch bestimmt für niedrig? Oder willst du damit sagen, daß Chloe sich nicht an dir messen kann?«

»Keines von beidem«, antwortete sie, obwohl ihr eine heftige Röte ins Gesicht stieg. »Aber ich hätte gewettet, daß ihr Lachen dich innerhalb einer Stunde zu einem Mord treibt.«

»Da ist etwas dran«, gab er zu und wandte den Blick ab. Ein schiefes Grinsen zog so schnell über sein Gesicht, daß Melanie nicht sicher sein konnte, ob sie es wirklich gesehen hatte.

»Warum dann?« fragte sie. »Chloe ist flatterhaft und leicht zu beeindrucken, und ihre Loyalität führt manchmal dazu, daß sie alles andere als nett ist, aber sie tut niemandem etwas Böses. Sie hat es nicht verdient, unnötigerweise verletzt zu werden.«

»Und wie kommst du auf den Gedanken«, fragte er ruhig, »daß ich etwas Derartiges vorhabe?«

»Ich weiß es nicht. Vielleicht möchte ich es einfach nur gern glauben. Aber vielleicht liegt es auch daran, daß ich dich selten grundlos handeln gesehen habe.«

»Dieses Eingeständnis birgt so viele Möglichkeiten, daß ich verwirrt bin«, gab er bedächtig zu verstehen. »Außerdem sehe ich mich gezwungen, mich zu fragen, was du genau vorhast.«

Melanie legte den Kopf auf eine Seite, und ein unschuldiger Ausdruck trat auf ihr Gesicht. »Ich versuche nur dahinterzukommen, warum du Umgang mit Chloe Clements pflegst.«

»Ich könnte es dir sagen, aber ich bezweifle, daß du es glauben würdest, und selbst, wenn du es glaubtest, bezweifle ich, daß du es billigen würdest.«

»Du könntest es ja ausprobieren.«

Er schüttelte den Kopf. »Das könnte ich tun«, antwortete er, »aber ich glaube nicht, daß ich es tun werde. Ich ziehe es vor, statt dessen hinter die genauen Gründe für dein Interesse zu kommen.«

»Laß mich überlegen«, meinte Melanie und tat so, als dächte sie nach. »Wie wäre es mit der besorgten Ehefrau?«

»Ich glaube nicht, daß ich diese Erklärung hinnehmen kann.«

»Ich frage mich, warum nicht. Schließlich bin ich immer noch deine Frau.«

»Du bist ein hinterhältiges Biest, das es auf etwas abgesehen hat – mal wieder. Ich bin nicht der einzige, der ein Interesse an den Clements hat. Hat Dom vielleicht etwas gegen meinen Umgang mit seiner Schwester einzuwenden? Wenn ja, dann soll er selbst zu mir kommen und es mir sagen.«

»Willst du das wirklich?« erkundigte sich Melanie.

»Ich habe nicht die Absicht, dir das zu beantworten, es sei denn, du möchtest gern deine Seele erleichtern und mir sagen, warum du zuläßt, daß Dom in Greenlea ein und aus geht. Ohne hier die Frage deines Geschmacks erörtern zu wollen, hätte ich gewettet, daß er dich innerhalb von Stunden dazu bringt, daß du vor Langeweile laut schreist.«

In dem Moment ertönten ein Horn, Stimmengewirr und lautes Gebell und Wiehern. »Meine Güte«, rief Melanie, die ein wenig blaß geworden war, obwohl sie sich bemühte, einen Tonfall anzuschlagen, der verärgert klang. »Es sieht ganz so aus, als hätten wir das Ende der Jagd verpaßt. Ich hoffe, es macht dir nichts aus.«

»Nein«, gab er bedächtig zu. »Es macht mir nicht das geringste aus.«

»Sollen wir uns den anderen wieder anschließen? Wenn wir uns beeilen, werden sie gar nicht merken, daß wir nicht dabei waren.« Ohne seine Antwort abzuwarten, gab sie ihrem Pferd die Sporen und ritt unter den Bäumen heraus.

Eine üppige Mahlzeit, bei der es außergewöhnlich zwanglos zuging, erwartete sie. Nasse Jacken wurden ausgezogen und in die Wäscherei geschickt, damit sie vor dem Kamin halbwegs trocknen konnten. Die Herren und Damen setzten sich gleichermaßen in Hemdsärmeln an einen Tisch, der mit Schinken, Wurst, Speck, Truthahn, Hähnchen und Beefsteak beladen war. Es gab aber auch Eier in jeder Form und deftige Kuchen und Torten. Zu trinken gab es Champagner, aber auch eiskalte Milch und dampfend heißen Kaffee. Der Tisch war mit feinstem Porzellan, Silber und Kristallgläsern gedeckt.

Die stille kleine Frau, die ihre Gastgeberin war, wirkte so gehetzt wie jemand, der sich an etwas gewagt hat, was eine Nummer zu groß für ihn ist, und mehr als einmal warf sie einen anklagenden Blick in Melanies Richtung, als fühle sie sich im Recht, Melanie wenigstens für einen Teil ihrer Sorgen verantwortlich zu machen. Aus ihrer Unsicherheit heraus, wie sie ein Ehepaar plazieren sollte, das verheiratet war, aber nicht zusammenlebte, hatte sie sich schließlich zu dem Kompromiß durchgerungen, die beiden einander gegenüber mitten an den Tisch zu setzen und die hohe, vollgefüllte Obstschale zwischen sie zu stellen. Wenn Roland nicht ganz so groß gewesen wäre, hätten sie einander nicht sehen können. So, wie die Dinge standen, sah Melanie ihn mit einem belustigten Blick an, ehe sie sich an den Mann zu ihrer Linken wandte.

Die Anzahl der Damen am Tisch war im Vergleich zu der der Männer so klein, daß sie anscheinend wahllos verteilt worden waren. Wenn man davon ausging, wieviel Aufmerksamkeit die anderen Frauen Melanie zuwandten, hätte sie ebensogut unsichtbar sein können. Einige der Frauen waren älter und sportlich und hatten braungebrannte ledrige Gesichter, doch die meisten waren in Melanies Alter. Sie hatten als Kinder auf Geburtstagsfeiern miteinander gespielt, waren als junge Damen zu Teegesellschaften gegangen und hatten später gemeinsam Bälle besucht. Jetzt schauten die jungen Frauen, die vorwiegend verheiratet waren, durch sie hindurch und wandten sich ab. Seit fast zwei Jahren gehörte sie nicht mehr zu diesem Kreis, das stimmte, aber in einem Ort wie Natchez hätte es von brennendem Interesse sein sollen, daß sie zurückgekehrt war, und man hätte ihr unzählige Fragen stellen müssen. Daran fehlte es bedenklich. Man zeigte ihr, wovor Eliza sie schon gewarnt hatte: daß ihr anscheinend loses Leben von der guten Gesellschaft nicht geduldet wurde. Roland dagegen wurde mit Aufmerksamkeit überhäuft. Die Damen ringten sich um ihn, sagte sich Melanie erbost, als sei er ein armer kleiner Waisenjunge, den man ohne Essen ausgesetzt hatte.

Da Melanie nichts anderes übrigblieb, als mit den Herren zu reden, tat sie genau das. Mit strahlenden Augen beschloß sie, charmant und amüsant zu sein. Es gelang ihr so gut, daß an dem Ende des Tischs, an dem sie saß, viel los war, und mehr als ein verdrossener Blick wurde in ihre Richtung geworfen, als die Herren sich die Hälse verrenkten, um ihr jedes Wort von den Lippen abzulesen.

Es machte Melanie nicht gerade beliebt bei den anderen Frauen, daß sie sich anscheinend nichts aus der Mißbilligung machte, mit der sie allseits bedacht wurde. Als die Mahlzeit endlich vorüber war und die Männer in kleinen Gruppen zusammenstanden, schlossen sich die Frauen zusammen und ließen Melanie stehen.

So etwas war ihr in ihrem ganzen Leben noch nicht passiert. Die Tatsache, daß sie wußte, warum, half ihr auch nicht weiter. Es war gräßlich, geächtet zu werden, ein furchtbares Gefühl. Dennoch würde sie sich nicht demütigen lassen und den Frauen auch nicht in der Hoffnung folgen, daß einige von ihnen sich erweichen ließen. Mit hocherhobenem Kopf ging sie auf eine Flügeltür zu, die auf einen Innenhof führte. Sie öffnete einen Flügel der Doppeltür und atmete die frische, feuchte Luft tief ein, als sei das ihr einziges Anliegen, ehe sie den Rock ihres Reitkostüms lüpfte und ins Freie trat.

Ihr war nicht klar gewesen, wie heiß ihr war, bis sie die kühle Luft auf ihrem Gesicht spürte. Der Regen fiel in grauer Monotonie. Seufzend lehnte sich Melanie an eine der hohen weißen Säulen und verschränkte die Arme vor der Brust. Sie würde ein paar Minuten warten und dann wieder ins Haus gehen. Wenn die Situation unverändert war, würde sie den jungen Turner suchen und sich von ihm nach Hause bringen lassen.

Hinter ihr öffnete sich die Tür noch einmal. Sie nahm Roland von dem Augenblick an wahr, als er aus dem Haus trat, wenn sie auch so tat, als hätte sie ihn nicht bemerkt. Er kam mit leichten Schritten auf sie zu. Als er neben ihr stehenblieb, schaute sie ihn kurz lächelnd an und wandte den Blick dann wieder ab.

»Ich würde gern sagen, das hast du dir selbst zuzuschreiben, aber ich weiß, daß das nicht wirklich der Wahrheit entspricht.«

»Nein«, gab Melanie zu, die sich gar nicht erst die Mühe machte, so zu tun, als wüßte sie nicht, wovon er sprach. »Wirklich nicht. Es ist eine ganze Weile her, daß ich seriös genug war, um mich dem Reigen der Frauen dort anschließen zu können.«

»Das ist nur schade für die anderen«, antwortete er. »Du brauchst nicht verbittert zu sein.«

»Ich bin es nicht, nur enttäuscht. Aber deine tröstlichen Worte tun mir trotzdem gut.«

Er schaute auf sie herunter, als verspüre er den Impuls, etwas zu sagen, was er hinterher bereuen könne. Nach einem Moment wandte er den Blick ab. »Ich wollte mit dir über Cottonwood reden«, erwähnte er dann beiläufig, fast so, als wählte er seine Worte rein zufällig. »Du hast es phantastisch geschafft, die Ernte einzubringen. Ich habe das Gefühl, für die Arbeit, die du hineingesteckt hast, bin ich dir etwas schuldig, und ich würde dich gern dafür entschädigen.«

»Das ist nicht nötig.«

»Doch, ich finde schon«, beharrte er. »Wenn du aber lieber nicht darüber reden willst, spreche ich mit dem Anwalt. Er soll dir wieder Gelder zur Verfügung stellen. Ich hatte ganz vergessen, wie knapp du bei Kasse sein mußt, bis du dein Reitkostüm erwähnt hast.«

»Das hatte ich nicht damit beabsichtigt«, erklärte sie steif.

»Soviel steht für mich fest. Trotzdem glaube ich, du kannst nicht leugnen, daß du das Geld brauchst.«

Sie konnte es nicht. »Das ist nett von dir, und erst recht unter den gegebenen Umständen.«

»Unter den gegebenen Umständen«, entgegnete er schroff, »ist das das mindeste, was ich tun kann. Mir ist durchaus bewußt, daß deine Umstände anders wären, wenn ich nicht wäre. Du stündest als die Frau eines aufstrebenden Anwalts und Politikers gut und gesichert da und könntest ein oder zwei Kinder auf deinen Knien schaukeln.«

Melanie zog die Schultern hoch und wandte sich schnell von ihm ab. Das Schweigen dehnte sich aus. Dann legte er die Hand auf ihren Arm. Seine Finger waren warm und fest, als er sie zu sich umdrehte und die andere Hand über den Seidenärmel auf ihrem Unterarm gleiten ließ.

»Ich wollte dich nicht verletzen, Melanie. Ich wollte dir noch nie wehtun.« Sein grüner Blick glitt forschend über das Oval ihres Gesichts und blieb auf ihren geteilten Lippen liegen.

Melanie schaute zu ihm auf, und ihre Brust schnürte sich vor Spannung zu. Seine Finger schlossen sich fester um ihre Arme. Sein Gesichtsausdruck änderte sich, wurde sehnsüchtig. Sie wankte ihm entgegen.

»Mrs. Donavan? Oh, ich bin ja so froh, daß ich Sie gefunden habe. Ich habe meinem Vater versprochen, nicht lange hier zu bleiben. Er schaut sich die Pferde immer gern genau an, wenn ich sie zurückbringe. Er glaubt, in keinem anderen Stall als seinem kann man die Pferde ordentlich abreiben, und er fürchtet, einer seiner kostbaren Hengste könnte lahmen.«

Bei seinen ersten Worten hatte Roland seine Hände von Melanies Schultern sinken lassen. »Ja«, erwiderte Melanie. »In Ordnung, Turner.« Sie zögerte einen Augenblick und wartete auf ein Zeichen, das ihr sagte, Roland wolle, daß sie noch blieb. Er gab ihr kein Zeichen. Ihr Mann unternahm keinen Schrit, um sie zurückzuhalten, als sie ihn stehenließ und ging.

Es regnete immer noch, als Melanie sich an jenem Abend ins

Bett legte. Sie lag lange da und lauschte dem Regen, während sie an ihre Begegnung mit Roland dachte. Er empfand etwas für sie; das wußte sie. Was stand bloß zwischen ihnen? War sie vorsätzlich blind, wenn sie glaubte, es seien keine Einflüsse von außen, keine andere Person und keine Tragödie, sondern etwas, was in Roland selbst steckte? Sie hatte so oft an ihr Treffen beim Friedhof von Cottonwood gedacht. Je länger sie sich Gedanken darüber machte, desto sicherer war sie, daß die letzte verletzende Herausforderung, die er ihr an den Kopf geworfen hatte, die spöttische Einladung, sich ihm als seine Frau anzuschließen, dazu gedacht war, sie zu vertreiben, sie davon abzubringen, daß sie in dieser Eigenschaft mit ihm lebte, und keineswegs, um sie dazu zu ermutigen. Warum? Nach dem heutigen Tag konnte sie nicht mehr glauben, daß es etwas mit Chloe zu tun hatte. Dann mit Dom? Dieser Gedanke löste erschreckende Vorstellungen in ihr aus.

Es war warm im Haus. Melanie hatte ihr Fenster geöffnet, damit Luft hereinkam. Der aufkommende Wind bauschte die Gardinen. In weiter Ferne hörte sie Donnergrollen. Seltsam. Es erinnerte eher an stürmisches Frühlingswetter. Der Herbstregen war hier selten warm und selten von lautem Wind und Gewittern begleitet. Im Herbst fiel der Regen gewöhnlich still, wie die Tränen eines alten Schmerzes.

In der zarten und zerbrechlichen Konsistenz eines Traumes drehte sich Melanie um, und Roland war bei ihr, rief ihren Namen, und seine Stimme war sanft und liebevoll. Sein Körper war warm und pulsierte vor Verlangen. In einer windgepeitschten Leere, in der helles Licht leuchtete, hielt er sie in seinen Armen. Melanie schmiegte sich enger an ihn und hob die Lider, um ihm ins Gesicht zu sehen.

Sie erwachte abrupt. Roland war bei ihr, er war wirklich da, und sein Körper war an ihren gepreßt. Ein blauweißer Blitz erhellte das Zimmer, und sie starrte ihm in die Augen, sah die quälende Hilflosigkeit seines Verlangens. Sein Haar war naß vom Regen, und seine Haut hatte einen grauen Ton. Die Hand, die auf ihrer Taille lag, umklammerte sie fest und starr vor

Verlangen, während er mit Gewißheit an ihre Weigerung glaubte, es zu stillen.

»Du bist einmal aus dem Regen zu mir gekommen«, erinnerte er sie, und seine Stimme klang zart und bebte ein wenig. »Jetzt komme ich zu dir.«

Über ihnen grollte der Donner. Melanie kam ihm entgegen. Mit einem freudigen Lächeln schmiegte sie sich an den Mann, mit dem sie verheiratet war, streckte die Arme aus, um sie um seinen Hals zu schlingen, zog seinen Kopf zu sich herab. Aus einem inneren Quell sprudelte die Leidenschaft, um sie zu überfluten. Sie zog sich eilig das Nachthemd über den Kopf und half ihm, sich auszuziehen. Dann zog sie ihn verzückt zwischen ihre gespreizten Schenkel und nahm ihn tief in sich auf. Sie bog sich ihm glühend entgegen, und sie ließen sich mit dem Sturm treiben.

Ganz langsam legte sich der Sturm. Vor dem Fenster fiel der Regen, ein sattes, zufriedenes Geräusch. Melanie ließ ihre Handfläche über seine Brust und seinen flachen, muskulösen Bauch gleiten.

»Warum?« flüsterte sie. »Warum bist du gekommen?«

»Weil«, sagte er mit bebender Stimme, »ich mich nicht von dir fernhalten konnte. Ich konnte es noch nie.«

Zufrieden schmiegte Melanie ihr Gesicht an seinen Hals. Sie spürte seine Hände auf ihrem Haar, als sie einschlief.

»Miss Melanie! Miss Melanie, Sie haben Besuch!«

Melanie erwachte schlagartig. Sie fing an, sich zu strecken, und neben sich entdeckte sie einen langen, schlanken Körper, der sich an ihren Rücken schmiegte. Lächelnd drehte sie den Kopf um und sah Roland in die wachen grünen Augen.

»Miss Melanie?« Auf den Ruf folgte ein Klopfen. Es war das Mädchen, das seit Melanies Rückkehr sein Bestes tat, um ihr Glory zu ersetzen.

Melanie stützte sich auf einen Ellbogen. »Was ist?« rief sie.

»Ich habe gesagt, daß Sie Besuch haben, Miss Melanie. Es ist Mr. Dom. Er wartet im Wohnzimmer auf Sie.«

»Um diese Tageszeit?«

»Es ist schon spät am Morgen, Miss Melanie. Ich habe ihm

gesagt, daß Sie noch im Bett liegen, aber er hat gesagt, er würde warten. Und er wartet jetzt schon fast eine Stunde unten.«

»In Ordnung. Ich komme in ein paar Minuten.«

»Wollen Sie keine Hilfe beim Ankleiden?« fragte das Mädchen durch die geschlossene Tür.

»Ich komme schon zurecht«, rief Melanie. »Sag Cicero, er soll sich darum kümmern, daß dem Herrn etwas zu trinken serviert wird.«

»Das ist schon geschehen, Miss Melanie. Er hat sich selbst etwas kommen lassen.«

Roland nahm seine Hand von Melanies Hüfte, schlang die Decke zurück und glitt aus dem Bett. Wortlos fing er an, seine Hose anzuziehen.

Melanie setzte sich auf und beobachtete ihn, als er sich unwirsch die Stiefel anzog. Das lange kastanienbraune Haar fiel über sie und verbarg ihre vollen rosigen Brüste, ohne sie wirklich zu verstecken. »Gehst du?« fragte sie schließlich.

Er warf einen Blick auf sie und schaute dann schnell wieder weg. »Wenn Clements sich inzwischen derart heimisch hier fühlt, dann ist hier kein Platz für mich.«

»Das ist nicht wahr!«

Er blieb nicht lange genug, um das auszudiskutieren. Er zog sein Hemd an, stopfte es in den Hosenbund, beugte sich vor, um ihr einen festen Kuß auf die Lippen zu drücken, und dann durchquerte er mit eiligen Schritten das Zimmer. Melanie sah zu, wie er durch die weit offene Flügeltür trat, und dann saß sie da und hörte, wie sich seine Schritte entfernten. Sie konnte hören, daß er sich zur Dienstbotentreppe begab, und so mußte er wohl auch ins Haus gekommen sein.

Als die Geräusche verhallt waren, schwang sie die Beine aus dem Bett, trat vor ihren Kleiderschrank und zog das erstbeste Kleid heraus. Ihre Lippen waren grimmig zusammengepreßt, als sie ihre Unterwäsche anzog, sich in das Kleid aus blauer Musseline zwängte und sich das Haar zu einem Knoten auf den Kopf steckte. Mit rauschenden Röcken verließ sie ihr Zimmer und stieg die Treppe hinunter.

Dom stand am Wohnzimmerfenster und schaute hinaus. Er drehte sich bei ihrem Eintreten zu ihr um, und zwischen seinen braunen Augen war seine Stirn gerunzelt. Er kippte seinen Drink, den er in der Hand hielt, hinunter, und stellte das Glas auf einen Beistelltisch, ehe er etwas sagte.

»Ich habe gerade einen Mann auf einem Pferd um das Haus herum auf die Einfahrt reiten gesehen. Wer war das?«

»Ein Besucher«, antwortete Melanie kurz angebunden.

»Ach? Ich dachte, du hättest noch im Bett gelegen.«

»Das stimmt auch.«

»Der Mann«, äußerte Dom langsam, und die Falten in seiner Stirn wurden tiefer, »hat erstaunliche Ähnlichkeit mit Roland gehabt.«

»Na und?« fragte Melanie und reckte das Kinn in die Luft. »Er ist mein Mann.«

Dom starrte sie an, und eine stumpfe Röte stieg in sein Gesicht. »Was willst du damit sagen? Du hast doch nicht etwa vor, dich wieder mit ihm zusammenzutun? Was ist mit unseren Plänen?«

»Deinen Plänen, Dom, nicht meinen.«

»Was ... was ist mit dem, was wir getan haben, du und ich. Wir müssen uns gegenseitig schützen. Es gibt keinen anderen Menschen, dem wir trauen können.«

»Was wir getan haben? Ich habe nichts getan. Mein einziger Fehler war der, dir zu vertrauen. Du hast dieses Vertrauen mißbraucht. Du hast das, was du von mir gehört hast, dazu benutzt, einen Traum zu zerstören, mehr als dreihundert Männer zu töten und viele andere zu verwunden. Und das Schlimmste daran ist, daß dir der Mut gefehlt hat, es in deinem eigenen Namen zu tun. Du hast mich vorgeschoben, dich hinter meinen Röcken versteckt.«

Melanie lauschte den erbitterten Worten, die über ihre Lippen strömten, als hörte sie eine Fremde reden. Sie hatte nicht vorgehabt, solche Dinge zu sagen. Mit seinem Verhalten hatte Dom den dünnen Faden ihrer Selbstbeherrschung zerreißen lassen – er war ungeladen in ihr Haus gekommen, hatte ihre Dienstboten herumkommandiert und sie in eine Lage gebracht, die sich vor Roland schlecht rechtfertigen ließ.

»Ja, das habe ich getan«, antwortete Dom auf ihre Anklagen. »Ich habe deinen Namen benutzt, denn ich wußte, daß ich das getan habe, was du wolltest. Du konntest dich nur nicht dazu überwinden, es selbst konsequent durchzuführen. Ich habe es für dich getan.«

»Für mich? Redest du dir das ein, um dein Gewissen zu beschwichtigen? Vielen Dank, aber ich kann mich nicht erinnern, je dazu befragt worden zu sein, und ich weigere mich, die Schuld für deine Taten auf mich zu nehmen.«

Dom starrte sie an. »Du bist in Roland verliebt, stimmt's? Das hat das alles also zu bedeuten. Ich habe mich schon gefragt, warum du es eingerichtet hast, auf die Jagd zu gehen, ohne mir etwas davon zu sagen. Ich bin gekommen, weil ich wissen wollte, was du dir dabei gedacht hast. Ich konnte es nicht glauben, als ich gehört habe, daß du gestern mit ihm zusammen warst. Jetzt verstehe ich dich. Du bist wie eine läufige Hündin hinter ihm hergerannt, während ich dich wie eine Kostbarkeit behandelt habe, die Frau, mit der ich mein Heim zieren und von der ich meine Kinder haben wollte. Du bist hechelnd hinter diesem Deckhengst hergerannt, der dich unverheiratet genommen hat und dich seitdem ausnutzt, wie es ihm paßt. Ich frage mich, was er sich denken würde, wenn ihm zu Ohren käme, daß du diejenige warst, die mit dem spanischen Botschafter verhandelt hat, die gesehen wurde, als sie im Theater mit dem Mann geredet hat?«

Melanie starrte ihn an, und ihre blauen Augen waren vor Verachtung eisig. »Warum sagst du es ihm nicht – falls dir etwas einfällt, wie du das bewerkstelligen kannst, ohne dich selbst mit hineinzuziehen? Oder sind Gerüchte eher dein Fall? Ich würde dir zur Vorsicht raten, denn Roland ist hartnäckig, und er wird mit größter Sicherheit darauf bestehen, sich die Geschichte aus erster Hand bestätigen zu lassen. Ich glaube, du hättest größte Schwierigkeiten, ihm zu erklären, woher du soviel weißt. Und ich kann dir versichern, daß ich persönlich zu diesem Thema nicht den Mund halten werde. Ich frage mich, wem von uns Roland wohl eher Glauben schenkt.«

»Selbst wenn Roland dir glaubt, bin ich bereit zu wetten, daß niemand sonst in der Stadt dir glauben wird, und schon gar nicht jetzt«, erklärte er und kam mit einem hämischen Lachen auf seinen dünnen Lippen auf sie zu.

»Vielleicht hast du recht, aber ich persönlich glaube, daß die Leute eher geneigt sein werden, einer Frau zu glauben, deren Mann bereit ist, für ihre Ehre zu kämpfen. Wie würdest du auf eine solche Herausforderung reagieren, Dom? Meinst du, meinen Namen anzuschwärzen und einen Keil zwischen mich und Roland zu treiben, ist es wert, dein Leben in Gefahr zu bringen? Ganz gleich, was passiert, bei mir wirst du niemals eine Chance haben. Nie!« Sie war sich keineswegs sicher, ob sie eine solche Geste von Roland erwarten konnte, doch das wußte Dom ja nicht.

Ein gelber Glanz trat in seine Augen. »Dann sollte ich mir vielleicht am besten das nehmen, worauf ich jetzt schon so lange gewartet habe. Wenn wir hier in diesem Zimmer gegessen und miteinander geplaudert haben, habe ich oft mit dem Gedanken gespielt, dich auf das Sofa zu werfen und dir die Röcke über den Kopf zu ziehen.«

»Ach, tatsächlich?« erkundigte sich Melanie und verzog die Lippen, als sie den Whisky in seinem Atem roch und seiner Stimme die Großspurigkeit des Betrunkenen anhörte. »Du wirst feststellen, daß das nicht so einfach ist, wie du glaubst. Wenn du mich auch nur anrührst, werde ich das ganze Haus zusammenschreien. Cicero ist vielleicht langsam, aber er wartet vor der Tür, und ich glaube fest daran, daß ich es schaffe, jeden deiner Annäherungsversuche zunichte zu machen, bis er mir helfen kann. Wenn du dich zu einem Zeitpunkt stören lassen willst, zu dem es dir höchst ungelegen kommt und äußerst peinlich wäre, dann mach schon, aber ich würde dir raten, dir einen besseren Zeitpunkt und einen besseren Ort auszusuchen, ehe du solche Drohungen ausstößt.«

Er schaute ihr ins Gesicht, als könnte er ihren gefaßten und höhnischen Trotz nicht verstehen. »Aus dir ist ein schamloses und unverfrorenes Flittchen geworden«, warf er ihr an den Kopf.

»Es gibt Dinge, die einer Frau zustoßen und das aus ihr machen können«, gab Melanie zurück und sah ihn aus blauen Augen fest an, »und ich bin mir nicht sicher, ob das schlecht ist, wenn es mir erlaubt, mir das anzuhören, was du gesagt hast, ohne in Ohnmacht zu fallen, ein hilfloses Opfer, das dir zu Füßen liegt.«

»Ich glaube, ich behalte dich lieber so in Erinnerung, wie du warst, als wir noch miteinander verlobt waren – still, reizend und sanft.«

Sie reckte das Kinn in die Luft. »Zweifellos, und wenn du auf diese Zeit zurückblickst, kannst du bedauern, daß du mich nicht damals auf das Sofa geworfen und genommen hast. Zu der Zeit wäre das höchstwahrscheinlich eine allzu leichte Eroberung für dich gewesen.«

»Melanie«, setzte er an.

Sie hob eilig eine Hand. »Kein Wort mehr. Ich muß dich bitten zu gehen. Es wäre mir lieb, wenn du nicht wieder ungeladen auf Greenlea erscheinen würdest. Von heute an werde ich nicht zu Hause sein, wenn du allein herkommst.«

Er bedachte sie mit einem Blick, der an Haß grenzte, als sie zurücktrat, um ihm den Weg zur Tür freizumachen. Mit widerstrebenden Schritten setzte er sich in Bewegung, blieb aber vor der Tür noch einmal stehen und drehte sich abrupt zu ihr um. »Du ... du weißt nicht, was du mir angetan hast«, flehte er, und in seinen Augen stand ein wilder Blick. »Du hast mein Leben ruiniert. Du hast mich um meinen guten Ruf gebracht, um meine Anwaltskanzlei, und du hast mir meinen Ehrgeiz, meine Hoffnung und sogar meine Ehre genommen, und du hast mir nichts dafür gegeben. Was soll ich jetzt tun? Was bleibt mir noch übrig?«

Seine Worte lösten im ersten Moment Mitgefühl bei Melanie aus. Dann schüttelte sie den Kopf und entgegnete: »Du kannst damit anfangen, den Schuldigen zu suchen, statt mir vorzuwerfen, ich hätte dir die Dinge genommen, die du so hoch schätzt.

Ich habe dir gar nichts genommen. Du hast alles selbst weggeworfen, aus Stolz und Angst und Schuldbewußtsein heraus, weil du weißt, welches Unrecht du anderen angetan hast.«

»Du weißt es«, flüsterte er. »Ich hatte Angst, du würdest es herausfinden, Angst, du würdest dich gegen mich stellen.« Sein Gesicht verzog sich, und in seine Augen trat ein leerer Ausdruck. Dann wandte Dom sich ab, riß die Tür auf und stürzte aus dem Haus.

Melanie starrte hinter ihm her und zog die Stirn in verblüffte Falten.

Was hatte er damit gemeint? Natürlich wußte sie von seinem Verrat an Lopez und den Männern. Das hatten sie schon vor langem ausgefochten. Es wäre unsinnig gewesen, das jetzt wieder auszuführen. Somit mußte sie vermuten, daß das nicht das einzige Unrecht war, das Dom angelastet werden konnte. Plötzlich fiel ihr diese seltsame Auseinandersetzung zwischen Dom und Roland auf Cottonwood vor vielen Monaten wieder ein. Als Dom von ihrer Eheschließung erfahren hatte, hatte er versucht, diesen Schlag mit Alkohol zu betäuben, und dann war er nachts nach Cottonwood geritten. Roland hatte über ihm auf der Treppe gestanden und mit ihm geredet. Sie konnte sich jetzt nicht mehr an die genauen Worte erinnern, die gesagt worden waren, aber Roland hatte Dom etwas übermittelt, etwas ausgedrückt, was dazu geführt hatte, daß Dom seine Aufgeblasenheit und seinen verletzten Stolz vergaß, etwas, was ihn dazu gebracht hatte, den Schwanz einzuziehen und wegzulaufen. Was war das nur gewesen? Ihr war nur ein vager Eindruck geblieben, eine Erinnerung an den Tonfall beider und daran, wie sie einander angesehen hatten. Was es auch war, auf Doms Gesicht hatte an jenem Abend derselbe betroffene Ausruck wie gerade eben gestanden, dieselbe trostlose und verzweifelte Angst.

19. Kapitel

Madame Colleen Antoinette Dubois stieg schwarzgekleidet aus ihrer Kutsche. Melanie, die in etwa das Datum ausgerechnet hatte, an dem die Schauspielerin eintreffen würde, hatte den Kutscher in den vergangenen drei Tagen jedesmal losgeschickt, wenn ein Dampfschiff aus New Orleans gekommen war. Dennoch hatte sie keine große Hoffnung gehabt, Colleen vor Ende der Woche zu sehen. Sie sortierte die Bettwäsche, als das Zimmermädchen angerannt kam und ihr mitteilte, diesmal hätte Jim Fahrgäste mitgebracht. Ohne sich auch nur die Schürze auszuziehen, eilte Melanie die Treppe hinunter. Sie erreichte die Veranda im richtigen Moment, um Rolands Mutter mit einer schnellen Umarmung zu begrüßen, als sie die Stufen heraufkam.

»Colleen, wie schön, dich wiederzusehen«, begrüßte sie sie. »Und dich auch, Elena«, fügte sie hinzu und hielt der dunkelhaarigen Terzeronin die Hand hin, die der Schauspielerin folgte. »Kommt ins Haus, alle beide.«

Elena lächelte und murmelte eine leise Begrüßung. Dann wandte sie sich, als sei sie entschlossen, sich in ihrer Eigenschaft als Colleens Zofe nützlich zu machen, an Cicero, der neben der Tür stand, und sprach mit ihm ab, daß Colleens Koffer nach oben gebracht werden sollten.

Melanie warf einen schnellen Blick auf die Trauerkleidung der Schauspielerin. »Colleen, du hast meinen Brief doch bekommen?« fragte sie.

»Ja, meine Liebe«, antwortete Colleen, und ihre Augen wurden feucht. »Allerdings, und Rolands Nachricht habe ich ebenfalls erhalten. Also, ich hatte ja wirklich nicht vor, mich in Tränen aufzulösen und mich an deiner Schulter auszuweinen, aber ich bin ja so glücklich.« Sie zog ein Taschentuch aus ihrer

Handtasche, tupfte sich die Augen ab, lachte kurz und schaute den schwarzen Rand des Taschentuchs an. Dann stieß sie einen Ausruf aus. »Ach so, du meinst, weil ich Schwarz trage. Ich bin doch schließlich verwitwet, meine Liebe. Ich habe lange gezögert, ehe ich die Trauerkleidung gekauft habe, aber dann habe ich wieder daran gedacht, wie konventionell es in Natchez zugeht, und ich dachte mir, solange ich um der Toten willen von den Toten auferstehe, sollte ich der Rolle gerecht werden, auch äußerlich.«

»Ja, natürlich«, gab Melanie ihr recht. »Es tut mir leid. Ich habe mir solche Sorgen gemacht, du könntest nicht wissen, daß Roland noch am Leben ist. Darüber habe ich ganz vergessen, daß du noch einen weiteren Grund zum Kummer hast.«

»Das verstehe ich gut, und damit du mich nicht als Heuchlerin bezeichnest, muß ich dir sagen, daß ich weniger um Robert trauere, sondern viel mehr um den Tod der Liebe, die einmal zwischen uns bestanden hat.«

Melanie bestellte Getränke, die im Salon serviert werden sollten, und sie gingen hinein und redeten ausgelassen über die lange Seereise von Virginia nach New Orleans und die anschließende Flußfahrt. Als sie sich auf das Sofa gesetzt hatten, fragte Colleen: »Und wo ist mein Sohn? Warum ist der Halunke nicht hier, um mich zu begrüßen?«

»Er ... er ist in Cottonwood«, antwortete Melanie.

»Na, sowas, wie kann er einfach verschwinden und arbeiten, wenn er wissen müßte, daß ich jetzt jeden Tag ankommen kann. Darüber werde ich noch ein Wörtchen mit ihm reden. Ich nehme an, ich kann mich glücklich schätzen, daß ich dich zu Hause vorfinde, Melanie. Ich war mir unschlüssig, ob ich herkommen oder gleich nach Cottonwood fahren soll, bis mir wieder eingefallen ist, daß letzten Monat in deinem Brief stand, wie übel die Zustände sind, die dort herrschen.«

Melanie holte tief Atem. »Möglicherweise möchtest du trotzdem nach Cottonwood weiterfahren. Roland arbeitet nicht nur dort. Er lebt dort.«

Colleen schaute sie kritisch und prüfend an. »Ach, ja? Du weißt, daß ich deine Privatsphäre akzeptiere, meine Liebe, aber dabei kann ich es nun doch nicht belassen. Du mußt mir erzählen, wie es zu dieser Regelung gekommen ist.«

Es war außerordentlich schwierig, das zu erklären. Ihre Vorwände dafür, daß sie getrennt voneinander lebten, klangen hohl, selbst in ihren eigenen Ohren.

Colleen hörte ihr geduldig zu. Dann sagte sie mit einem versonnenen Ausdruck in den Augen: »Es scheint mir, als müßte ich mit meinem Sohn reden. Sobald ich mich hier eingerichtet habe, werde ich ihm morgen einen Besuch abstatten.«

Melanie schaute auf ihre Hände hinunter. »Soweit ich weiß, ist es auf Cottonwood inzwischen ganz gemütlich. Roland hat seit seiner Rückkehr einiges in Angriff genommen. Wenn er mit seinen Arbeiten fertig ist, sollte es wieder ein wohnliches Haus sein, nur nicht gerade an den heißesten Tagen.«

»Ich weiß zu schätzen, was du damit auszudrücken versuchst«, antwortete Colleen lächelnd. »Aber ich glaube nicht, daß ich mich dort je wohlfühlen könnte, ganz gleich, wie weit er das Haus hergerichtet hat. Nein, wenn du mich nicht unbedingt loswerden willst, bleibe ich viel lieber hier bei dir.«

»Ich hatte gehofft, daß du das sagen würdest«, meinte Melanie schlicht und einfach. Als die Tür hinter ihr aufging, drehte sie sich um. »Ach, da ist ja Cicero. Und während ich uns jetzt eine Kanne heißen Tee überbrühe, kannst du anfangen, mir zu erzählen, was du inzwischen getan hast und wie deine Pläne aussehen.«

Colleen besuchte Roland, wie sie es geplant hatte. Was sich zwischen den beiden abspielte, wußte Melanie nicht, und sie fragte auch nicht danach, doch die Schauspielerin kam in einer nachdenklichen Stimmung zurück und wirkte fast ein wenig besorgt.

Melanie erschien es ganz selbstverständlich, daß sie Colleen zu Eliza Quitman mitnahm. Als sie Colleen die Regelung erklärt hatte, die sie mit Roland getroffen hatte, hatte sie zwangsläufig nicht darüber hinweggehen können, ihren derzeitigen gesellschaftlichen Stand anzusprechen und das vollkommene Ausbleiben von Besuchern zu erklären, die sie Colleen in ihrer Trauerkleidung hätte vorstellen können. Sie war schon froh, daß sie Colleen in ein Haus einführen konnte, in dem sie sicher sein konnte, daß man sie willkommen hieß. Eliza kannte Colleen natürlich und hatte sie in New Orleans auf der Bühne gesehen, und bei der mißglückten letzten Galavorstellung vor Lopez' Feldzug hatten die beiden kurz miteinander geredet. Anfangs waren Eliza und Colleen beide auf der Hut, doch schon nach einer Weile plauderten sie wie alte Freundinnen miteinander. Eliza, die sich keine warnenden Ratschläge anhören wollte, ließ sich nicht davon abbringen, Pläne für eine kleine Esseneinladung zu schmieden, die sie für Madame Dubois organisieren wollte, um sie einigen ihrer Freundinnen vorzustellen.

Sie hatten Eliza in ihrem Garten hinter dem Haus vorgefunden, und als Colleen sich die knospenden Kamelien anschauen ging, die die schwarze Mauer umsäumten, hatte Melanie die Gelegenheit ergriffen, ihrer Gastgeberin eine Frage zu stellen. »Eliza«, fing sie an, »sind Sie ganz sicher, daß Sie das tun wollen? Ich meine, wollen Sie wirklich diese Esseneinladung aussprechen? Ich hätte größtes Verständnis dafür, wenn Sie im Gespräch mit Ihren Freundinnen feststellen, daß viele es vorzögen, nicht zu einer Einladung zu erscheinen, bei der eine Schauspielerin und eine Frau, die von ihrem Mann getrennt lebt, anwesend sind. Außerdem kandidiert der Gouverneur für den Senat. Er könnte der Meinung sein, es sei seiner Wahlkampagne nicht gerade förderlich, zwei solche Frauen in seinem Haus zu empfangen.«

»Meine Liebe, wie schlecht du dich selbst und Madame Dubois machst. Das gibt mir ein köstlich bohemienhaftes Gefühl und bestärkt mich nur in meinem Entschluß, die Einladung wie geplant auszusprechen. Mir tut nur leid, daß der Tod deines Schwiegervaters mich daran hindert, eine aufwendigere Party zu geben, zum Beispiel eine Soirée oder einen Ball zu veranstalten. Dazu kommt, daß es mir großen Spaß macht, meinen Teil dazu beizutragen, daß man dich hier wieder aufnimmt. Natürlich werde ich Roland einladen, und ihr beide werdet mir den Gefallen tun, genauso nett zueinander zu sein wie vor ein paar Tagen bei dem Essen nach der Jagd.«

»Ich werde es versuchen«, antwortete Melanie. Sie hatte Eliza berichtet, was an diesem Tag geschehen war, als sie sie aufgesucht hatte, um sich für die Einladung zu der Jagdgesellschaft zu bedanken, die ihr Eliza verschafft hatte. Rolands späteren Besuch und den Bruch mit Dom hatte sie mit keinem Wort erwähnt. Dennoch brachte sie es fertig, das Gefühl zu vermitteln, sie hoffe, sie und Roland könnten sich einig werden.

»Ja, ich werde mich auch bemühen«, fuhr Eliza fort. »Eine Reihe von Leuten hat sich positiv dazu geäußert, daß er auf dich zugekommen ist. Ich glaube, wenn du auch nur ein wenig mitspielst, wirst du sehen, daß ich gesellschaftlich nicht ganz ohne Einfluß dastehe. Es gibt wenige Personen in Natchez, die es wagen würden, meinem Urteil darüber zu widersprechen, wer respektabel ist und wer nicht. Ich habe nur auf eine Gelegenheit gewartet, und ich gebe zu, auch auf die Aussicht einer Aussöhnung zwischen dir und deinem Mann, um in der Hinsicht für dich zu tun, was ich kann. Was John angeht, solltest du die Ursache dafür sein, daß er die Wahl zum Senator verliert, dann hast du meinen ganzen Segen. Ich habe es satt, meinen Mann mit dem öffentlichen Leben zu teilen, und ich wäre nur froh, wenn er wieder eine Privatperson wäre.«

Daraufhin blieb Melanie nichts anderes mehr übrig, als ihre Dankbarkeit auszudrücken und gemeinsam mit Eliza das bevorstehende Ereignis zu planen.

Der Abend der Einladung nahte schneller, als sie es für möglich gehalten hätten. Colleen, die in schwarzer Spitze und Smaragden großartig aussah, kam im selben Augenblick aus ihrem Schlafzimmer, in dem auch Melanie aus ihrem Schlafzimmer trat. Die Schauspielerin runzelte die Stirn, als sie das apricotfarbene Seidenkleid sah, das Melanie trug, eines der Kleider, die Colleen ihr in White Sulphur Springs gekauft hatte. Sie sagte nichts, doch ihre Haltung schien auszudrücken, jemand, wahrscheinlich Roland, hätte es schändlich unterlassen, ihr für diesen Anlaß ein neues Kleid zu kaufen. Die Kutsche stand schon vor der Tür, und ohne einen Begleiter brachen sie nach Monmouth auf.

Das große weiße Haus war hellerleuchtet. Als sie in die gewaltige Eingangshalle mit der seitlichen Treppe traten, dachte Melanie unwillkürlich wieder daran, daß an einem Abend wie diesem, an dem das Haus geschmückt war und das Summen von Stimmen und Gelächter in der Luft lag, alles begonnen hatte. Ihr blieb nicht viel Zeit, um darüber nachzudenken. Der Butler hatte ihnen gerade erst die Umhänge abgenommen, als Eliza ihnen schon entgegeneilte. In ihren Augen stand Sorge, und ihr Tonfall klang reumütig, als wolle sie sich entschuldigen.

»Es tut mir leid, Melanie, aber ich konnte nichts dagegen tun. John hat Dom und seine Schwester in Natchez auf der Straße getroffen. Er ist zu ungeduldig, um sich Gerüchte anzuhören, und daher steht er über solchen Dingen. Da er wußte, daß wir uns in New Orleans alle miteinander verstanden haben, hat er die beiden für heute abend eingeladen. Als ich das erfahren habe, schien es mir das beste zu sein, weit mehr Gäste einzuladen, weil ich hoffe, daß sie in der Menge untergehen.«

Melanie verbarg ihr Unbehagen hinter einem Lächeln. »Machen Sie sich keine Sorgen. Es wird schon alles klappen«, versuchte sie, sie zu beruhigen.

»Zum Essen sind achtundvierzig Gäste da, und ich habe ein Trio engagiert, das hinterher kommt und zum Tanz aufspielt. Ich würde John zu gern ermorden, aber nachdem er die beiden eingeladen hatte, ist mir nichts anderes mehr übriggeblieben.«

Colleen hatte die korrekte Antwort parat. »Machen Sie sich keine Sorgen. Das macht nicht das geringste. Diese beiden wollte ich mir schon länger einmal aus der Nähe ansehen. Falls wir einander in New Orleans vorgestellt worden sind, kann ich mich nicht daran erinnern. Und was die Anzahl der Gäste angeht, so störe ich mich keineswegs daran. Größere Menschenmengen, ob sie mir nun gewogen sind oder nicht, sind doch das, womit ich mich auskenne. Sollen wir hineingehen?«

Achtundvierzig Essensgäste waren nicht gerade wenig, aber es war auch keineswegs eine übertrieben große Anzahl. Es gab mehr als nur ein paar Gastgeberinnen in Natchez, die sich mit einem Service edelsten Porzellans brüsten konnten, um einen

Tisch für mehr als hundert Menschen damit zu decken. In Monmouth fanden mühelos achtzehn Leute am Eßzimmertisch Platz, doch wenn man ihn auszog und Zwischenbretter einlegte, ließen sich dort mehr als sechzig Personen bequem unterbringen.

Das Essen war ausgezeichnet, einfach, aber reichlich und lekker zubereitet. John Quitman trank Wasser, und doch floß der Wein in Strömen, das Personal war geschult und unaufdringlich, die Kronleuchter funkelten, und das Parfum der Damen konnte sich kaum gegen den Duft von den vielen Blumensträußen durchsetzen.

Das einzige, woran etwas auszusetzen war, waren die Gäste. Es war, als hinge ein Leichentuch über dem Tisch; die Gespräche stockten, und die Menschen waren gehemmt und ungeschickt. Nur John Quitman und Colleen schienen sich nichts daraus zu machen. Roland beobachtete genau, wie Colleen eine alte Jungfer auftaute, die nicht weit von ihr saß. Dom, der weit weg saß, räkelte sich mit finsterem Gesicht auf seinem Stuhl und griff zu oft nach seinem Weinglas. Chloe, die neben ihrem Bruder saß, lächelte Roland verstohlen an und versuchte immer wieder, mit ihren Blicken seine Aufmerksamkeit auf sich zu lenken. Ihre Versuche blieben weitgehend erfolglos, doch davon ließ sie sich nicht abschrecken.

Melanie erschien es als das vernünftigste, sich so natürlich wie möglich zu geben. Zu dem Zweck wich sie den Blicken ihres Mannes nicht aus und redete mit ihm über die einzelnen Gänge, die man ihnen vorsetzte, und über andere Kleinigkeiten, wie es jedes andere Ehepaar auch getan hätte. Wenn ihr gerade nichts einfiel, wandte sie sich an den Herrn auf ihrer anderen Seite. Elizas Achtsamkeit hatte sie es zu verdanken, daß es sich um Turner handelte, den jungen Cousin, der sie auf die Jagd begleitet hatte. Pferde, Hunde und die Jagd genügten, um seine Aufmerksamkeit zu fesseln, und mit seinem geschickten und unkomplizierten Beistand brachte sie die Mahlzeit gut hinter sich.

Das Ensemble, das Eliza auf die Schnelle hatte verpflichten können, spielte Klavier, Geige und Waldhorn, und die Musiker waren gründlich mit den Melodien vertraut, die sich für eine

Gesellschaft eigneten, bei deren Gästen es sich vorwiegend um ältere Ehepaare handelte. Colleen würde natürlich nicht tanzen, und Eliza, rücksichtsvoll wie immer, setzte sich mit ihr ans Ende des Saals, während der Gouverneur hinter dem Stuhl seiner Frau stehenblieb. Chloe, deren katzenhafte braune Augen funkelten, lüpfte ihre Röcke und bahnte sich über die Tanzfläche einen Weg zu Roland. Falls er sie kommen sah, ließ er es sich nicht anmerken. Er wandte ihr demonstrativ den Rücken zu und führte mit einer ironischen Verbeugung Melanie auf die Tanzfläche.

Sie tanzten, bis sie atemlos waren. Melanie ließ sich von der Stimmung anstecken; ihre Wangen waren gerötet, in ihren Augen stand ein Schimmer, der schon an Kühnheit grenzte, und sie schaute lachend zu ihrem Mann auf.

Turners helle Haut wies einen rötlichen Schimmer auf, als er es wagte, mit Melanie einen Walzer zu tanzen. Den nächsten Walzer tanzte sie wieder mit Roland. Für die Polka beschlagnahmte sie John Quitman ganz für sich. Er hätte zwar eher als jeder andere zugegeben, daß er nicht gerade der beste Tänzer war, doch die Polka tanzte er erstaunlich gewandt, vielleicht wegen seiner deutschen Abstammung. Nur widerstrebend überließ er Melanie dem Mann, der die Jagdgesellschaft veranstaltet hatte.

Danach mangelte es ihr nicht mehr an Partnern. Selbst die Frauen bemühten sich, die Lippen zum Anschein eines Lächelns zu verziehen. Schließlich schob Melanie Atemlosigkeit vor, verließ die Tanzfläche und setzte sich neben ihre Gastgeberin. »Meine Liebe«, freute sich Eliza, »ich glaube, wir haben es geschafft. Du warst großartig, und du hast genau das richtige Maß an Sorglosigkeit an den Tag gelegt. Ich habe schon immer behauptet, daß die Gesellschaft sich zu denen hingezogen fühlt, die zeigen, daß sie ihr nicht huldigen, und jene ausschließt, die ihr alles rechtmachen wollen.«

Impulsiv drückte Melanie der älteren Frau die Hand. »Danke, es ist ein wunderbarer Abend gewesen«, flüsterte sie und wandte sich lächelnd zu Roland um, als er sich neben ihren Stuhl stellte.

Einer der wenigen Männer, denen sie keinen Tanz gewährt hatte, war Dom. Er hatte mehrfach versucht, auf sie zuzugehen, doch sie war ihm immer entschlüpft, hatte die Aufforderungen anderer Männer angenommen, war an Rolands Seite zurückgekehrt oder hatte sich zu Colleen gesellt, damit ihr in ihrer zurückhaltenden Rolle nicht langweilig wurde. Roland hatte Chloe nicht immer ausweichen können, wenn Melanie auch nicht ganz sicher sein konnte, ob er sich wirklich angestrengt hatte. Es war eine harte Prüfung für Melanie gewesen, die beiden auf der Tanzfläche zu sehen. Das blonde Mädchen hatte sich in einer lachhaften Form an ihn geklammert, war in seine Arme gesunken, hatte mit den Wimpern geklimpert und die Lippen zu einem Schmollmund vorgeschoben, als wollte sie ihn auffordern, sie zu küssen. Die gehässigen Blicke, die sie Melanie zugeworfen hatte, wenn sie in Rolands Armen an ihr vorbeitanzte, hatten nicht gerade dazu beigetragen, Melanies Stimmung zu verbessern. Einmal ergab sich eine derart günstige Gelegenheit, daß Melanie sich fürchterlich zusammenreißen mußte, um dem Mädchen nicht auf den Rocksaum zu treten, was eine lange Warterei nach sich gezogen hätte, bis eines der Hausmädchen das Gewand geflickt hätte.

Die Kapelle spielte schon wieder einen Strauß-Walzer. Eliza machte eine lachende Bemerkung dazu. In dem Moment, in dem Melanie den Kopf umwandte, weil sie ihre Äußerung aufschnappen wollte, sah sie Dom auf sich zukommen. Seine Augen wirkten finster und vor Konzentration angespannt, und er wankte beim Laufen ein wenig. Neben ihm her lief seine Schwester und lächelte wie eine Katze, die sich gerade auf eine Maus stürzt. Es gab kein Entkommen. Melanie konnte nur sitzenbleiben und zusehen, wie Chloe ihre kleinen Hände mit den langen Nägeln um den Arm ihres Mannes schlang, während Dom sich vor ihr verbeugte.

»Dürfte ich das Vergnügen haben?« fragte Dom förmlich.

Melanie starrte ihn an und hatte seine Worte nur vage wahrgenommen, doch ihr war nur zu klar, was er wollte. Ehe sie eine Antwort formulieren konnte, sagte Roland: »Tut mir leid. Ich habe Melanie eben gerade versprochen, einen Moment mit ihr an die frische Luft zu gehen. Vielleicht ein anderes Mal.«

Melanie sprang augenblicklich auf. Als Roland seinen Arm aus

Chloes Krallen zog, hängte sich Melanie bei ihm ein. Sie nickte ihrer Gastgeberin zu und schaute Colleen mit einem mühsam unterdrückten Grinsen an und rauschte an der Seite ihres Mannes aus dem Saal.

Schweigend schlenderten sie durch den großen Ballsaal. Die willkommene Frische der kühlen Luft zeigte erst deutlich, wie stickig es im Saal geworden war. Roland legte die Hand auf einen Türknopf. Er führte Melanie in ein kleines unbeleuchtetes Wohnzimmer, das von der Eingangshalle abging. Nachdem er sie hineingezogen hatte, schloß er die Tür hinter sich.

»Was ist?« fragte Melanie, als sie dicht nebeneinander im Dunkeln standen. »Warum hast du mich hierher gebracht?«

»Darum«, antwortete er und zog sie in seine Arme. Sein Mund fand ihre Lippen, und endlose Zeit standen sie eng umschlungen da, und ihre Münder suchten und erkundeten einander. Ihre Herzen schlugen im Gleichklang. Melanies Brüste waren an seine Brust gepreßt, und seine Hände glitten über die Seide, die ihren Rücken und ihre Schultern bedeckte.

Endlich hob er den Kopf. »Ich hoffe, du wolltest nicht mit Dom tanzen. Mir war einfach nicht danach zumute, mir das anzusehen.«

»Nein«, rief sie. »Nein, ich wollte es absolut nicht. Und ich bin froh, daß du nicht bereit warst, noch einmal mit Chloe zu tanzen.«

Seine Finger schlossen sich fester um sie. Er drehte sich um und tastete sich einen Weg zum Sofa. Als er es gefunden hatte, setzte er sich und zog sie sich auf den Schoß. Sein Mund suchte erneut ihre Lippen, und seine Hand wanderte von ihrer Taille auf ihre Brust. Sie ließ die Finger über sein Gesicht gleiten, über seinen kräftigen Hals und unter sein Revers, bewegte sie liebkosend über das feine Leinen seines Hemdes. Roland ließ seine Hand über ihre Hüfte gleiten. Er traf auf die Falten ihres Rockes. Als seine Hand noch tiefer sank, fand er nur immer mehr Röcke und Petticoats, mehr und mehr davon.

Seufzend löste er sich von ihr. »Melanie, wollen wir uns lieben?« flüsterte er.

»Ja, Roland, ja. Laß uns nach Hause fahren, nach Greenlea.«

In der hellerleuchteten großen Eingangshalle zeigte sich, daß Melanies Lippen weinrot von seinen Küssen waren, und ihr Haar saß nicht mehr so perfekt wie vorher. Ein Lächeln verzog ihre Lippen, als Melanie sich von dem Spiegel der Flurgarderobe abwandte. »Ich glaube, ich sollte lieber in der Kutsche warten, während du dich in unserem Namen von Eliza verabschiedest und Colleen sagst, daß wir gehen wollen. Ich nehme an, deine Mutter kommt nur zu gern mit. Sie hat sich wunderbar gehalten, aber es war nicht gerade ein besonders aufregender Abend für sie.«

»Ja, in Ordnung. Wir werden nicht lange brauchen.« Er wandte sich ab und drehte sich dann noch einmal zu ihr um. »Hattest du einen Umhang dabei?«

»Ja. Colleen kann ihn mitbringen, wenn sie ihren holt, falls es ihr nichts ausmacht. Mir ist im Moment überhaupt nicht kühl.« Der Blick, den sie ihm unter den Wimpern zusandte, sprühte entschieden Funken.

Er erwiderte nichts darauf, doch der Ausdruck in seinen grünen Augen, ehe er sich wieder in den Ballsaal begab, genügte, um sie zufrieden vor sich hinlächeln zu lassen.

Der Butler war nirgends zu sehen. Zweifellos war er in die Bibliothek abkommandiert worden und kümmerte sich dort darum, daß die Herren mit Getränken versorgt wurden. Melanie schlüpfte aus dem Haus und lief über die Auffahrt zu den Kutschen, die neben dem Haus warteten. Sie sagte sich, daß Jim sicher auf dem Kutschbock schlief. Sie würde ihn wecken müssen. Dann konnte er die Kutsche von Greenlea schon vorfahren. Es war nicht nötig, daß Colleen diesen Weg im Dunkeln zurücklegte. Ihr persönlich machte das nichts aus. Sie war schon so oft in diesem Haus gewesen, daß sie den Schein der Lampe, die im Säulengang hing, wirklich nicht brauchte. Außerdem schien heute der Mond. Ein Vollmond, der hoch und golden am Himmel stand.

Da sie beim Laufen zum Himmel aufblickte, sah sie die dunkle Gestalt des Mannes nicht, der ihr den Weg vertrat, bis sie fast mit ihm zusammengeprallt war. Sie holte hörbar Atem und wich zurück. »Dom!« rief sie aus.

»Ja, ich bin es«, stimmte er zu und lachte, seltsam merkwürdig und spöttisch. »Dieses Mal hab ich das Glück auf meiner Seite. Als du mit Roland fortgegangen bist, bin ich euch gefolgt. Ja, ich bin euch gefolgt, so eifersüchtig war ich. Anfangs kam ich nicht dahinter, wohin ihr gegangen seid. Ich bin in der Eingangshalle auf und ab gelaufen und dann ins Freie gegangen. Ich habe beschlossen nachzusehen, ob eure Kutsche fort ist, und was finde ich vor? Dich. Allein. Ohne Hausangestellte, ohne Freunde, ohne Verwandte, ohne Ehemann. Nur dich.« Wieder lachte er. »Nun, Melanie, was hast du denn erwartet? Du warst doch diejenige, die mir gesagt hat, ich soll es noch einmal probieren.«

»Du bist ja betrunken!« warf ihm Melanie an den Kopf.

Er schüttelte benommen den Kopf. »Diesmal nicht, es sei denn, ich bin trunken von deiner Schönheit und meinem Verlangen nach dir. Es ist wirklich zu schade, daß ich nicht wußte, wie entgegenkommend du dich erweisen würdest, indem du das Haus allein verläßt. Da hätte ich mein Werk allein vornehmen können, ohne Hilfe anheuern zu müssen. Ein solcher Jammer, aber ich nehme an, sie haben sich ihren Lohn verdient. Her mit euch, Jungs, die hier ist es!«

Aus der Dunkelheit tauchten drei massige Gestalten auf. Melanie beobachtete starr vor ungläubigem Staunen, wie sie auf sie zukamen. Sie schaute Dom noch einmal an, doch er lächelte nur und sog die schlanken Formen ihres Körpers mit Vorfreude in den Augen in sich auf.

Sie machte abrupt kehrt und rannte los. Sie hatte noch keine drei Schritte gemacht, als sie von hinten festgehalten wurde. Als sie eine Hand auf ihrem Arm spürte, schrie sie vor Wut und Angst aus voller Kehle.

Dom hielt sie fest. Sie riß ihren Arm von ihm los und holte mit der Hand nach seinem Gesicht aus. Er fing den Schlag mit seinem Unterarm ab und schlang dann einen Arm um ihre Taille und wollte ihr die andere Hand auf den Mund pressen. Sie wand sich und wehrte sich und versuchte, in die zarte Haut seiner Handfläche zu beißen. »Hier«, hörte sie ihn keuchen, »packt sie an den Beinen.« Im nächsten Moment spürte sie, wie sie fest und unsanft gepackt und hochgehoben und mit schlurfenden Schritten zu einer geschlossenen Kutsche getragen wurde, die im Schatten der Bäume stand. Ein Mann öffnete die Tür und sprang dann auf den Kutschbock. Sie wurde hochgehoben und in die Kutsche gestoßen, nahezu hineingeworfen. Ihre Rippen stießen gegen die Sitzbank, und sie verfing sich in ihren Röcken und fiel auf den Boden der Kutsche. Ehe sie sich rühren konnte, ließ sich einer der Männer auf sie fallen und preßte die Luft aus ihrer Lunge, und ein anderer stellte einen Fuß auf ihre Hüfte. Die Tür wurde zugeworfen. Mit einem Ruck setzte sich die Kutsche in Bewegung.

Melanie blieb still liegen und versuchte, wieder Luft zu holen. Sie bemühte sich zu denken, während sich in ihrem Bewußtsein eine erschreckende Gewißheit festigte, bei der sie Übelkeit und Entsetzen befiel. Die Männer, die mit Dom zusammen waren, waren ihr nicht fremd. Sie hatte keine Ahnung, wie er auf sie gestoßen war, doch die bestialischen bärtigen Gesichter, der übelriechende Atem und das brutale Zugreifen von Händen – das waren Männer, die sie glaubte, vor langer Zeit am Camino Real in einem abgelegenen Gasthaus hinter sich gelassen zu haben. Es waren die Brüder Bascom.

Die Kutsche fuhr am Haus vorbei, bog um eine Kurve und holperte über die Auffahrt. Melanie glaubte, einen Ruf zu hören, war sich aber nicht sicher. Die Klänge eines Walzers, verhöhnend süß, wurden schwächer und verstummten ganz, und sie war nur noch von der Nacht umgeben, von dem Rütteln und Schütteln der Kutsche und den Händen der Männer, die sie festhielten.

»Dom« keuchte sie und setzte sich mühsam auf, als sie rauhe heiße Finger unter ihren Röcken auf ihrem Bein spürte. Sie preßte sich an die harte Kante der Sitzbank und erschauderte, während sie sich die Röcke um die Füße zog. Aus der Dunkelheit hörte sie ein anzügliches Lachen, und eine Hand schlich sich über ihren Hals und tauchte in den Ausschnitt ihres Kleides ein, um eine Brust zu packen.

Abrupt wurde die Hand zurückgerissen. »Das genügt, Jungs«,

herrschte Dom sie an. »Wir haben jede Menge Zeit, und es gibt einen Haufen geeigneterer Orte«, fügte er hinzu, als die Kutsche von der Auffahrt auf die Straße bog und er quer über Melanie geworfen wurde. Er richtete sich wieder auf, schlang einen Arm um ihre Schultern und zog sie an sich.

»Wir haben reichlich lang gewartet«, knurrte einer der Männer, der auf dem Sitz über Melanie saß.

»Ihr könnt auch noch ein bißchen länger warten«, fauchte Dom.

»Solange es bloß nicht mehr allzu lang dauert«, gab der Mann zurück, und sein Tonfall klang bedrohlich.

Als ihre Augen sich an das matte Licht gewöhnten, konnte Melanie die Bascoms sehen, die einander gegenüber saßen. In ihrer kauernden Haltung hatten sie etwas von Tieren an sich, die sich zum Angriff sprungbereit machen. Sie hätten um sie gekämpft wie Hunde um einen schmackhaften Knochen. Es mußte doch eine Möglichkeit geben, diese Uneinigkeit auszunutzen.

Sie holte zitternd Atem und legte ihre Hand auf Doms Ärmel. »Wo ... wo bringst du mich hin?« fragte sie.

»Spielt das eine Rolle?« fragte er.

Die bittere Ironie seiner Worte bot ihr wenig Hoffnung; sie mußte trotzdem weitermachen.

»Wer sind diese anderen Männer? Was haben sie hier zu suchen?«

»Erkennst du sie denn nicht? Sie waren sicher, du würdest sie wiedererkennen, denn du warst schuld am Tod ihres Bruders. Aber sie sind auch wegen ihrer Mutter schlecht auf dich zu sprechen. Es scheint, als hätte sie sich ertränkt, und all das nur deinetwegen. Du wirkst dich ungünstig auf das Leben anderer Menschen aus, Melanie, meine Liebe.«

»Nein«, flüsterte sie. »O nein!«

»O doch«, antwortete Dom, und seine Stimme klang zufrieden. »Wenn du wissen willst, warum sie hier sind – ich habe sie angeheuert. Ich hatte gehört, sie seien unten in Natchez, im schlechten Teil der Stadt. Dort haben sie nach dir gefragt und erzählt, was sie gern mit dir täten, wenn sie dich in die Finger bekämen. Ihre Vorstellungen entsprachen meinen Vorstellungen so vollkommen, daß ich dachte, das Schicksal muß es bestimmt haben, daß wir uns zusammentun. Wie ich bereits sagte, hätte ich im Traum nicht geglaubt, daß du mir so einfach in die Arme läufst. Ich hatte voll und ganz damit gerechnet, daß ich deine Kutsche aus einem Hinterhalt überfallen und mir deinen Kutscher vom Hals schaffen muß. Es bestand sogar die Möglichkeit, daß ich auch noch irgendwie mit Roland hätte fertig werden müssen. In gewisser Weise tut es mir leid, daß es dazu nicht gekommen ist. Das, was mit dir geschehen wird, hätte mir noch viel mehr Vergnügen bereiten können, wenn ich gewußt hätte, daß er nicht mehr in Form ist, genau das jemals wieder zu tun.«

»Du meinst...«

»Ja, allerdings. Zuerst bin ich dran, und wenn ich mit dir fertig bin, können die Bascoms dich haben.«

»Es... es scheint, du gibst dich mit sehr wenig zufrieden«, deutete sie an und strengte sich an, einen wehmütigen Tonfall anzuschlagen. »Früher einmal war dir ein ganzes Leben nicht genug mit mir.«

»Davon hast du mich geheilt.«

»Wenn mir das gelungen ist, dann kannst du nicht sehr viel für mich empfunden haben.« Sie konnte die Erregung spüren, die ihn packte, konnte aber nicht bestimmen, ob sie sich auf Zorn oder auf Vorfreude begründete.

»Nein, vielleicht nicht«, sagte er mit einem gepreßten Lachen. »Jedenfalls brauche ich nicht mehr an dich zu denken, wenn ich erst mit dir fertig bin. Dann brauche ich es nicht zu bedauern, daß es dich nicht mehr gibt. Du wirst mir noch nicht einmal fehlen.«

»Wenn es micht nicht mehr gibt?« erkundigte sie sich, und ihre Stimme bebte.

»Dazu haben die Bascoms ein paar kleine Vorstellungen. Im Nachtleben von New Orleans sind schon recht viele Frauen verschwunden, wenn sie auch glauben, daß man für eine wie dich den besten Preis von einem Kapitän erzielen kann, der an die Küste von Nordafrika segelt.«

»Das kannst du nicht tun. Dein Gewissen würde dich niemals zur Ruhe kommen lassen.«

Er lachte gepreßt. »Was für ein Gewissen? Ich habe keines. Hast du das noch nicht gewußt?«

»Das glaube ich dir nicht. Ganz gleich, was du auch getan hast, aber du bist ein Gentleman.«

Er holte tief Atem und schaute im Dunkeln auf sie herunter. »Ein Gentleman, Beschützer hilfloser Frauen?« fragte er leise. »Du willst wohl an meine besseren Seiten appellieren, verschlagene Melanie? Glaub mir, daraus wird nichts. Auch die besitze ich nicht. Ich habe nichts weiter als das Drum und Dran, den Namen und die leeren Versprechungen. Nein, ich bin kein Gentleman, wenn ich auch einer hätte sein können, wenn du eine Dame gewesen wärst.«

Melanie reckte ihr Kinn in die Luft »Was ich in deinen Augen auch sein mag, Dom, aber ich habe in mir nie etwas anderes als eine Dame gesehen.«

Die Bascoms fingen an zu fluchen. »Genug von dem Gequatsche«, murrte einer. »Mach dich lieber ran, Clements. Ich habe nicht vor, die ganze Nacht zu warten. Ich habe schon an viel übleren Orten Frauen besprungen. Im Moment fühle ich mich so geil wie ein Ziegenbock. Wenn du sie nicht nimmst und es hinter dich bringst, dann nehme ich sie eben.«

»Das wirst du nicht tun«, erwiderte Dom ausdruckslos. Er veränderte seine Haltung ein wenig und zog im Dunkeln etwas aus seiner Westentasche.

»Was du nichts sagst«, höhnte der Mann. Er streckte den Arm aus und packte Melanies Schulter. Die Seide riß, sie schrie leise auf und ihre Brüste waren freigelegt. Die Finger des Mannes bohrten sich in ihr zartes Fleisch, als er mit der anderen Hand ihre Schulter packte und sie neben sich auf den Sitz zerrte. Sein Bruder auf der Bank gegenüber lachte näselnd und fing an, ihn anzuspornen.

Melanie hob die Hände und ging mit den Nägeln auf das Gesicht des Mannes los, der sie festhielt, und sein gräßlicher Körpergeruch schien sie zu ersticken. Er knetete ihre Brust so, daß Wogen des Schmerzes in ihren Kopf aufstiegen, und sein Arm lag so fest um ihre Taille, daß sie glaubte, er bräche ihr das Kreuz. Ihr war schwarz vor Augen, doch sie wand sich und versuchte alles, um der schleimigen Nässe seiner Lippen zu entgehen, die über ihren Hals und ihre Schultern streiften.

Die Kutsche schwankte, als Dom aufstand, über dem Mann aufragte, der Melanie festhielt, und ihm die Faust auf den Schädel knallte. Melanie hörte ein Klicken und dann einen Schuß, der so dicht neben ihr ertönte, daß sie glaubte, fast taub zu werden.

Ihnen gegenüber sprang der andere Bascom-Bruder auf und rang mit Dom, weil er sehen wollte, was passiert war. Als sein Blick auf seinen Bruder fiel, der auf Melanie zusammengebrochen war und aus einem großen Loch im Kopf blutete, stieß er ein lautes Gebrüll aus und ging Dom an die Kehle. Dom drehte den Lauf seines Derringers, den er in der Hand hielt. Ein zweiter Schuß ging los, und der andere Mann sackte in sich zusammen. Dom ließ ihn auf den Sitz fallen; dann wandte er sich zu Melanie um. Sein Atem ging stoßweise, als er sie anstarrte, wie sie dalag und das Blut des Toten durch ihr Ballkleid sickerte. Dann streckte er die Hand aus, um sie unter der Leiche herauszuziehen. Sie nahm seine Hilfe an, doch in ihren Augen stand ein Ausdruck des Entsetzens. In dem Moment, in dem er sie hochgezogen hatte, ließ sie seine Hand los und sank auf den Boden der Kutsche. Mit zitternden Fingern bedeckte sie sich und hob dann den Saum ihres Kleids, um sich erschaudernd vor Ekel das Blut von den Schultern zu wischen.

Über sich konnte sie hören, wie der dritte Bascom-Bruder die Pferde anschrie, und sie spürten, wie die Kutsche langsamer fuhr. Er rief nach seinen Brüdern, und als er keine Antwort bekam, fuhr er noch langsamer.

Plötzlich rollte die Kutsche weiter und fuhr immer schneller. Kurz darauf hörte Melanie das irre Klappern einer anderen Kutsche, die schnell näherkam. Auch Dom hörte es. Er murmelte tonlos etwas vor sich hin, zerrte einen der Toten zur Seite und warf sich auf den Sitz, um aus dem Fenster hinter sich zu schauen.

Die Geräusche, mit der die Kutsche näherkam, wurden jetzt

lauter. Im nächsten Moment zog ein Zweispänner an ihnen vorbei. Auf dem Kutschbock saß Roland. Sein schwarzes Haar flatterte, und seine Pferde blickten wild und hatten Schaum vor den Nüstern. Mit Geschick stieß er exakt gegen ein Rad der schweren geschlossenen Kutsche. Der Mann auf dem Kutschbock war nicht besonders erfahren im Lenken eines so behäbigen Fahrzeugs. Die Kutsche kam vom Weg ab. Das erste Rad sank in den Straßengraben, und die Kutsche schrammte an der hohen Böschung entlang. An der Wurzel eines Baumes blieb sie hängen. Ein Rad brach in der Mitte durch, und die Kutsche machte einen Ruck. Die Pferde wieherten, als die Speichen zersplitterten. Der schrille Schrei eines Mannes ertönte gleichzeitig. Die Kutsche ruckte noch ein paarmal vorwärts und blieb dann still liegen, seitlich an die Böschung gelehnt.

Die Nachtluft war kühl und rein, und klarer Mondschein fiel auf Melanie, als die Tür aufgerissen wurde. »Gütiger Gott«, hörte sie Roland hauchen. Er stand still da, und sein Blick richtete sich auf die blutverschmierten Leichen, die auf den Boden zwischen den Sitzbänken gefallen waren und auf Melanies Seidenröcken lagen.

»Zum Glück«, brachte Dom gedehnt heraus, »ist deine Frau nicht tot, sondern nur ein wenig durchgeschüttelt.« Er erhob sich von seinem Sitz und stieg aus.

Melanie setzte sich auf, hielt das zerrissene Mieder ihres Kleides vor sich und streckte Roland eine Hand entgegen. Er zog sie auf die Füße, und seine Hand war warm und kräftig, als er sie aus der Kutsche hob.

»Ist alles in Ordnung mit dir?« fragte er mit ruhiger Stimme, als er ihr Gesicht im Mondschein ansah.

Sie nickte. Ehe sie etwas sagen konnte, stieß Dom einen erstickten Schrei aus. Um eine Kurve kam eine weitere Kutsche auf sie zu, der wiederum eine Kutsche folgte. Die erste Kutsche war Melanies Kutsche; Jim saß auf dem Kutschbock, und Colleen steckte den Kopf aus dem Fenster. Nach ihr hielt John Quitman an und sprang ab. Der Gouverneur warf nur einen schnellen Blick auf Melanie, ehe er auf die Köpfe der Pferde zuging, die sich aufbäumten und immer noch versuchten, das beschädigte Fahrzeug aus dem Graben zu ziehen. Im nächsten Moment stieß er einen Schrei aus. Unter den Hufen der Tiere, die vor Angst verrückt waren, lag die Leiche des letzten Bascom.

»Melanie, meine Liebe«, rief Colleen, als sie auf sie zugeeilt kam. »Was dir zugestoßen wäre, wenn dein Kutscher Jim nicht gesehen hätte, wie diese Männer dich entführt haben, darf ich mir gar nicht vorstellen.« Sie dachte immer an alles, und jetzt hielt sie Melanies Umhang in den Händen. Rolands Mutter hänge ihn ihr über die Schultern und legte dann einen Arm um sie.

Roland ließ Melanie los. »Geh mit Colleen«, bat er leise. »Fahrt nach Hause, nach Greenlea.«

Melanie ging auf die Kutsche zu und drehte sich dann noch einmal um. »Was ist mit dir?«

»Hier gibt es noch viel zu tun«, antwortete er und warf einen Blick auf Dom, der etwas abseits dastand und allen den Rücken zugekehrt hatte. »Ein Teil davon ist Aufgabe des Sheriffs. Aber es gibt hier noch etwas zu erledigen, was schon lange hätte geschehen sollen.«

Melanie schaute von einem Mann zum anderen und spürte eine entsetzliche Angst in sich aufsteigen. Sie hätte gern etwas gesagt, Fragen gestellt, gefleht, doch die Worte wollten einfach nicht herauskommen. Colleen, die neben ihr stand, zog sie zur Kutsche. Sie holte tief und abgehackt Atem, lüpfte ihre blutbeschmierten Röcke und lief über den staubigen Weg auf die Kutsche von Greenlea zu, auf deren Kutschbock Jim mit erhobener Peitsche wartete.

20. Kapitel

Colleen war besorgt, nachdem ihr Melanie auf der Heimfahrt von den Ereignissen des Abends berichtet hatte, und sie sorgte dafür, daß Melanie ein Bad nahm und etwas Hochprozentiges trank, sowie sie nach Greenlea zurückkehrten. In ihren Morgenmänteln saßen sie noch eine Zeitlang da und redeten miteinander. Als sie endlich die Gewißheit hatte, daß Melanie nicht unter üblen Nachwirkungen ihrer schlechten Behandlung durch Dom und die Brüder Bascom leiden würde, bekundete sie ihre Absicht, sich für die Nacht zurückzuziehen. In der Wohnzimmertür drehte sie sich um und schaute noch einmal Melanie an, die in ihrem weichen Morgenmantel dasaß; in ihren grünen Augen stand ein weiser Blick, als sie Melanies Haar betrachtete, das rötlich leuchtend um ihre Schultern fiel. Sie hatten es zwar mit keinem Wort erwähnt, doch Colleen war durchaus klar, daß Melanie hoffte, Roland würde, noch ehe die Nacht vorüber war, nach Greenlea kommen. Mit einem Lächeln und einer ermutigenden Geste verließ die Schauspielerin das Zimmer und schloß die Tür leise hinter sich.

Sowie sie allein war, spielte Melanie mit dem Gedanken, nach oben zu gehen und in ihrem Schlafzimmer auf Roland zu warten. Dann entschied sie sich dagegen. Es gab soviel, was sie ihm sagen wollte, soviel, was sie ihm erzählen mußte. Sie würde sich nicht soweit erniedrigen, seine Sinne anzusprechen, um ihn von der unerfreulichen Wahrheit abzulenken.

Da sie fröstelte, entfachte sie ein Feuer. Die Kohlen glühten bereits rot, als sie eine Kutsche in der Auffahrt hörte. Sie hatte Cicero ins Bett geschickt. Damit die Glocke ihn nicht weckte, eilte sie selbst zur Haustür und riß sie auf.

Von dem Gefährt, das vor der Treppe stand, stieg nicht etwa

Roland ab. Es war Chloe Clements. Sie trug immer noch das gleiche Kleid, das sie bei der Abendgesellschaft der Quitmans getragen hatte, doch als sie auf die Veranda kam und in den Lichtkegel trat, konnte Melanie sehen, daß die Freuden des Abends für Chloe zerronnen waren. Ihr Gesicht war bleich, ihre Augen hatten rote Ränder vom Weinen, und sie rang die Hände vor der Brust. Als sie Melanie sah, blieb sie stehen und riß die Augen weit auf; dann kam sie näher.

»Melanie, ich ... ich entschuldige mich dafür, daß ich so spät noch komme, aber ich muß mit dir sprechen. Es geht um Dom. Und um Roland.«

»Also, gut«, meinte Melanie und trat zurück. »Komm rein.« Sie wies auf das Wohnzimmer, ehe sie die Haustür schloß und der Frau in das Zimmer folgte.

»Melanie«, setzte Chloe an.

»Komm und setz dich ans Feuer«, schlug Melanie vor. »Nach der langen Fahrt mußt du durchgefroren sein.«

»Ich möchte lieber stehenbleiben«, entgegnete die Frau, wenn sie auch inzwischen zerstreut näher ans Feuer trat und die Hände ausstreckte, um sich daran zu wärmen. »Ich mußte dich sehen, Melanie – wegen der Vorfälle des heutigen Abends. Verstehst du ... es ist so, daß Roland Dom wegen dieser Geschichte zum Duell herausgefordert hat. Sie haben vereinbart, daß sie sich im Morgengrauen auf der Sandbank treffen.«

Melanie wandte sich ab und streckte die Hand aus, um sich an einer Ecke des Kaminsims festzuklammern. »Ich war nicht sicher«, antwortete sie, »aber ich dachte mir, daß es soweit kommen würde.«

»Du darfst das nicht zulassen!« rief Chloe. »Du mußt sie davon abbringen!«

»Ich?« Melanie wandte sich zu Chloe um. »Wie könnte ich sie davon abbringen? Auf mich hören sie nicht.«

»Und warum nicht?« fragte Chloe herausfordernd und richtete sich auf. »Schließlich duellieren sie sich deinetwegen.«

»Das ist nicht wahr. Sie kämpfen nicht um mich. Es geht um das Benehmen mir gegenüber, und das ist etwas anderes.«

»O ja, ich weiß, daß er sich nicht richtig verhalten hat. Aber ich weiß auch, daß du diejenige bist, die ihn dazu getrieben hat. Seit du Roland geheiratet hast, ist er nicht mehr so wie früher. Seit jenem Tag habe ich mitansehen müssen, wie mein Bruder langsam in die Trunksucht und in eine rasende Besessenheit zu dir hinabgesunken ist – er hat sich nach der Frau verzehrt, die eigentlich seine Frau hätte sein sollen. Er schläft nicht mehr, er ißt kaum noch etwas, er sitzt nur noch da und trinkt und starrt vor sich hin. Das Schlimmste daran ist, daß er weiß, was aus ihm geworden ist. Manchmal gibt er dir die Schuld, manchmal auch Roland, aber in erster Linie gibt er sich selbst die Schuld.«

»Es ist qualvoll, das weiß ich«, antwortete Melanie. »Aber trotzdem frage ich mich, warum du zu mir kommst. Warum redest du nicht selbst mit Dom?«

»Er hört mir nicht zu; der Punkt ist überschritten. Nach heute abend geht nur noch ein Gedanke durch seinen Kopf: Roland töten oder getötet werden. Für ihn gibt es nur das eine oder das andere und nichts dazwischen, und ich bin nicht sicher, ob es ihn wirklich interessiert, was von beidem eintrifft. Du brauchst mir gar nicht erst vorzuschlagen, ich sollte mit Roland reden. Ich komme gerade von ihm.«

»Ich verstehe«, meinte Melanie.

»Nein, du verstehst gar nichts, genausowenig wie ich es verstanden habe. O ja, ich bin ein solcher Einfaltspinsel, daß ich wirklich dachte, es hätte Schwierigkeiten gegeben, weil ich heute abend mit Roland geflirtet habe. Ich wußte nicht, daß du entführt worden bist. Ich dachte, Dom hätte Roland zum Duell herausgefordert und nicht umgekehrt. Auf Monmouth hatte niemand auch nur die leiseste Ahnung, was vorgefallen war, obwohl allen klar war, daß etwas nicht stimmte. Die meisten Gäste sind aus bloßem Anstand hinausgegangen und nach Hause gefahren. Ich wollte mich selbst gerade auf den Heimweg machen, als die Männer zurückkamen, Dom, Roland und Gouverneur Quitman, die sich augenblicklich in die Bibliothek zurückgezogen und die wenigen Herren zu sich gebeten haben, die noch anwesend waren. Natürlich haben sie die Einzelheiten des Duells besprochen, doch die Damen sollten nicht wissen, was vorging. Es war jedoch unmöglich, die Angelegenheit ganz und gar vor uns geheimzuhalten. Wir wußten, wer sich duellieren würde und wer die Sekundanten waren. John Quitman hatte sich bereiterklärt, sich Roland zur Verfügung zu stellen, und sie hielten es für das beste, wenn Roland über Nacht bei den Quitmans bleibt, damit die Chancen gleichstehen und er nach dieser langen Nacht nicht noch den weiten, anstrengenden Weg nach Cottonwood und wieder zurück hinter sich bringen muß. Als Roland die Bibliothek verlassen hat, hat er sich der Gesellschaft nicht mehr angeschlossen, sondern ist direkt zum Gästezimmer gegangen. Ich bin ihm gefolgt.«

Melanie ging vom Kamin zum Sofa und setzte sich. Mit gefalteten Händen saß sie da und wartete darauf, daß Chloe ihren Bericht fortsetzte.

Chloe schaute auf sie herunter; dann verzogen sich ihre Lippen zu einem kläglichen Lächeln. »Roland war gar nicht froh, mich zu sehen. Er ist sogar wütend geworden. Als ich versucht habe, mit ihm über Dom zu reden, hat er klargestellt, daß sein Streit mit meinem Bruder nichts mit mir zu tun habe. Er hat sich dafür entschuldigt, daß er bei mir den Eindruck hinterlassen habe, als hätte er Interesse an mir. Ohne es in Worte zu fassen, hat er mir zu verstehen gegeben, daß er mir in erster Linie Aufmerksamkeit geschenkt hat, um dich eifersüchtig zu machen, und in zweiter Linie, um Dom dazu zu bringen, daß er ihn zum Duell herausfordert. Das, was Dom dir antun wollte, hat Roland dann endlich den Vorwand geliefert, den er brauchte, um Dom selbst herauszufordern.«

Melanie starrte sie an und fragte: »Willst du damit sagen, in all der Zeit nach seiner Rückkehr aus Kuba hätte Roland sich bewußt bemüht, Dom zu einem Duell zu zwingen?«

»Ja, und genau dazu kommt es jetzt. Verstehst du, wenn er Dom tötet, dann ist das Mord. Du mußt es verhindern. Du bist die einzige, die das kann.«

Melanie machte eine hilflose Geste. »Wie kommst du auf den Gedanken, Roland würde sich danach richten, was ich sage?«

»Warum sollte er es denn nicht tun? Er muß dich unendlich lieben, denn sonst täte er das alles nicht.«

Liebte Roland sie tatsächlich? Er empfand etwas für sie, das wußte sie, doch sie konnte nicht sagen, ob es ein Begehren war, das schon länger bestand, ohne nachzulassen, oder ob es sich um zartere Gefühle handelte. Eines stand für sie jedoch fest: Hinter dem Duell zwischen den beiden Männern steckte noch mehr als das, was Chloe gesagt hatte. An jenem Tag in Cottonwood, als er als schon Totgeglaubter zurückgekehrt war, hatte Roland gesagt, er verdächtige Dom, hinter der Niederlage des Feldzugs zu stecken. Wußte Doms Schwester nichts von diesem Vorfall, oder versuchte sie nur, alles so hinzustellen, damit Melanie tat, was sie von ihr wollte?

»Selbst wenn er mich liebt«, meinte Melanie schließlich, »dann ist das keine Garantie dafür, daß er auf mich hören wird.«

»Vielleicht nicht, aber du mußt es versuchen«, rief Chloe aus. »Dom ist alles, was ich habe. Wenn ihm etwas zustößt, weiß ich nicht, was ich tun soll.«

Melanie fuhr sich mit der Hand über die Augen. »Dir wird bestimmt etwas einfallen, wie allen Frauen.«

»Sei nicht herzlos«, warf ihr Chloe ins Gesicht. »Vielleicht wird nicht Dom getötet. Ist es dir gleich, was aus Roland wird?«

»Nein ... nein, natürlich ist es mir nicht gleich.«

»Dann unternimm etwas! Du kannst doch nicht einfach tatenlos mitansehen, wie die beiden versuchen, einander umzubringen. Es sei denn, du willst, daß Roland Dom tötet? Ich glaube fast, du nimmst ihm so übel, was heute abend passiert ist, und daß er dich vor Monaten nicht heiraten wollte, daß du ihn jetzt gern tot sähst!«

»Das ist nicht wahr!«

»Nein? Dann beweise es. Gib zu, was du längst weißt, denn es ist wahr – daß dich die Schuld daran trifft, was aus Dom geworden ist –, indem du zu Roland gehst und es ihm sagst. Ich weiß, daß es vielleicht nichts nützt, daß sie sich trotzdem duellieren könnten, aber wenigstens könntest du Roland überreden, daß er ihn mit seinem Schuß nur verwundet und ihn nicht tötet.«

Dieses Argument war aufschlußreich und überzeugend. Melanie biß sich auf die Unterlippe. Sie schaute auf, und in ihren violettblauen Augen standen große Zweifel, während sie in Chloes braune Augen sah. »Und was ist mit Dom?« fragte sie. »Wenn ich mich verpflichte, mit Roland zu reden, wirst du dann mit Dom reden? Wirst du ihn dazu bringen, daß auch er es nicht darauf absieht, zu töten?«

»O ja, Melanie, das werde ich tun. Ich werde es wirklich tun.«

Melanie erreichte die Einfahrt von Monmouth. Da sie nicht vorhatte, das ganze Haus zu wecken, ritt sie nach ein paar Metern auf dem Rasen weiter, und das Gras dämpfte die Hufgeräusche, als sie um diese Säulenfestung von einem Gebäude ritt, das im Mondschein silbrigweiß schimmerte.

Das Gästehaus, das für Junggesellen reserviert war, war im Süden eine Tradition, denn die ausufernde Gastfreundschaft führte zu Festen, die monatelang dauerten. Wenn die jungen Herren abseits untergebracht waren, störten sie die älteren Leute nicht mit ihrem Kommen und Gehen zu den merkwürdigsten Tageszeiten, und die Mütter oder Anstandsdamen junger Mädchen im heiratsfähigen Alter konnten nachts in ihrer Wachsamkeit nachlassen. Das Gästehaus von Monmouth lag in einem kleinen Hain gegenüber dem großen Haus. Es war ein geräumiges Haus mit Dachgauben, in dem oben zwei und unten vier Schlafzimmer und außerdem ein Salon und ein Eßzimmer untergebracht waren.

Melanie sprang von ihrem Pferd und band es vor dem Haus fest. Wenn man an das Fest dachte, das die Quitmans an jenem Abend veranstaltet hatten, konnte sie nicht sicher sein, daß sie Roland allein vorfinden würde, aber es brannte nur eine Lampe im ganzen Haus. Der Schein drang durch die Fenster des Zimmers, das Melanie von seiner Lage her für das Wohnzimmer hielt. Sie hängte sich die weiten Falten ihres Reitrocks über einen Arm, stieg die Stufen hinauf, überquerte die lange Veranda vor dem Haus und klopfte an die Tür.

Die Tür wurde weit aufgerissen. Roland stand als Silhouette in der Türöffnung, und die Lampe hinter ihm hüllte seinen Umriß in einen goldenen Schein. Melanie konnte sein Gesicht nicht sehen, noch nicht einmal seine Züge erkennen, doch sie wußte, daß sie wie jemand vor ihm stand, der sich nicht sicher war, ob er willkommen geheißen würde.

»Du bist nicht nach Hause gekommen«, begann sie leise.

»Es ist spät geworden. Ich dachte, nach allem, was passiert ist, brauchst du Ruhe, und ich wollte dich nicht stören.«

Das klang plausibel. »Wie du siehst, habe ich die Ruhe nicht so dringend nötig.«

Er neigte den Kopf, um ihr ironisch zu verstehen zu geben, daß er es sah.

»Darf ich hineinkommen?« fragte sie.

Anstelle einer Antwort trat er zurück. Das Licht der Lampe, das auf sein Gesicht fiel, zeigte eine angespannte und beherrschte Maske. Er schloß leise die Tür und wandte sich dann zu ihr um, als sie ins Wohnzimmer trat. Da sie seinen prüfenden Blick deutlich wahrnahm, drehte sie sich nicht zu ihm um, sondern blieb stehen und sah sich um, nahm die Wucht der schweren männlichen Möbel wahr, die praktischen Braun- und Rottöne des Teppichs und den Sekretär mit den Schubfächern in einer Ecke. Die Lampe stand auf einer Ecke des Schreibtisches, und ihr Schein fiel auf die Papiere, die neben einem offenen Tintenfaß und einer Schreibfeder auf der Tischplatte verstreut waren. Da sie sich unter seinen forschenden Blicken gehemmt fühlte, trat sie näher an den Schreibtisch. Die Worte auf dem obersten Blatt schienen ihr ins Gesicht zu springen.

Ich, Roland Donavan, erkläre bei klarem Verstand ...

Sie erstarrte. Sein Testament. Er schrieb sein Testament. Langsam drehte sie sich zu ihm um. »Dann hat Chloe also doch recht gehabt. Du hast Dom zum Duell herausgefordert?«

»Ja«, antwortete er mit einer festen, klaren Stimme.

»Warum? Meinetwegen? Wegen der Vorfälle gestern abend?«

»Ja.«

»Nein«, widersprach sie ihm. »Chloe hat mir ihr Wort darauf gegeben, daß du das jetzt schon seit einer ganzen Weile vorhast, und ich neige zu der Auffassung, daß sie die Wahrheit gesagt hat.«

»Und wenn es so ist?« fragte er.

»Wenn es so ist, dann wüßte ich gern, warum.«

»Ich glaube, du kennst den Grund dafür.«

»Meinst du, weil du den Verdacht hast, er könnte etwas mit dem Verrat des Kubafeldzugs zu tun gehabt haben? Wenn ja, dann solltest du noch etwas anderes über die Vorfälle wissen, die dazu geführt haben.« Sie ersparte sich nichts und erzählte ihm ganz genau, wie es dazu gekommen war, wie der spanische Botschafter an sie herangetreten war, wie sie versehentlich mitangehört hatte, wann die Männer zu ihrem Feldzug aufbrechen würden, und wie sie es später an Dom weitergegeben hatte, wie sie hinter seinen Verrat gekommen war, und zuletzt erzählte sie ihm noch von ihren Versuchen, die Abreise der *Pampero* zu verhindern.

Während sie redete, wurden seine Züge immer härter. Als sie stockend innehielt, sah er sie mit finsterem Gesicht an. »Und ist das alles?«

»Ob das alles ist? Siehst du denn nicht, daß es meine Schuld ist? Wenn ich nicht gewesen wäre, hätte Dom die Informationen nicht bekommen, und er hätte auch nicht gewußt, was er damit anfangen sollte.«

»Sei da nicht so sicher. Es besteht Grund zu der Annahme, daß du keineswegs die einzige Person warst, an die der spanische Botschafter herangetreten ist. Außerdem hat die Information, die du Dom in die Hände gespielt hast, zwar vielleicht dazu gedient, das Ausrücken zu bestätigen, aber du kannst ganz sicher sein, daß die spanischen Beamten in New Orleans sich nicht auf die Aussage einer einzigen Person verlassen haben. Die Fallen waren sorgfältig aufgestellt. Es sind längerfristig Köder ausgelegt worden, Geschichten über revolutionäre Umtriebe in Kuba sind in Umlauf gesetzt worden, und es hat Berichte über die Schwäche der kubanischen Regierung und der dort stationierten spanischen Truppen gegeben, und es sind Lügen darüber verbreitet worden, wie bereitwillig die Kubaner Lopez als den Heiligen und Erlöser willkommen heißen würden. Nachdem der gerissene Generalgouverneur von Kuba solche verlockenden Meldungen in Umlauf gebracht hat, hätte kein Beamter des spanischen Konsulats es gewagt, eine so ausgefeilte und gründliche Planung aufs Spiel zu setzen, indem er Informationen übermittelt, die nicht sorgsam überprüft worden sind. Ich fürchte, wenn du dir die Schuld an der Niederlage von Lopez' Freibeutertruppen gegeben hast, hast du dir zuviel zugetraut.«

Melanie trat schnell einen Schritt vor. »Glaubst du das wirklich?« fragte sie, und Hoffnung und Zweifel rangen in ihren Augen miteinander.

»Ich weiß es«, antwortete er.

»Aber, Roland«, flehte sie und stützte ein Knie auf das Sofa, an dem er lehnte, ehe sie sich zu ihm vorbeugte. »Wenn du mich von dieser Schuld freisprechen kannst, dann...«

»Warum dann nicht Dom? Weil du mit dem, was du getan hast, nichts anrichten wolltest. Es mag dir zwar ein- oder zweimal durch den Kopf gegangen sein, daß es eine gerechte Buße für mich sein könnte, mich für alles, was ich dir angetan habe, den Spaniern zum Fraß vorzuwerfen, aber du hättest dich nie dazu durchringen können, die Informationen tatsächlich weiterzugeben. Dom dagegen hatte keine solchen Skrupel. Er hat nicht nur die Informationen weitergeleitet, sondern er hat auch noch nach Kräften dafür gesorgt, daß du jegliche Folgen zu verantworten hattest, die daraus hätten entstehen können. Ja, ich weiß, angeblich hat ihn seine Liebe zu dir dazu getrieben. Das war auch sein Vorwand dafür, daß er heute nacht über dich hergefallen ist. Ich sehe darin nur eines, nämlich, daß er getan hat, was er tun mußte, um zu bekommen, was er wollte. Aber das ist nicht alles, was zwischen Dom und mir steht, bei weitem nicht.«

»Nein. Ich habe mir schon oft gedacht, daß da noch etwas anderes ist«, bemerkte Melanie, die sich auf das Sofa setzte und ihre Hand auf die Lehne legte. »Es hat etwas mit meinem Großvater zu tun, stimmt's? Und mit Mexiko? Willst du mir denn nicht sagen, was es ist? Ich wollte dich schon so oft fragen, was sich dort abgespielt hat. Ich glaube, ich verliere den Verstand, wenn ich es nicht erfahre.«

Ein grimmiges Lächeln verzog seinen Mund. »Und du glaubst, das ist deine letzte Chance, es herauszufinden?«

»Nein«, flüsterte sie und schüttelte eilig den Kopf. »Das habe ich nicht gesagt.«

»Mach dir nichts daraus. Es könnte nur zu wahr sein. Da du den Mut aufgebracht hast, mir zu sagen, was du getan hast, nehme ich an, ich darf hoffen, daß du mir glauben wirst, was ich dir zu sagen habe. Glaub mir, daß es die Wahrheit ist.«

In seinen Augen stand ein versonnener, abschätzender Ausdruck. Melanie sagte nichts, weil sie fürchtete, sie könnte das zarte Band zerreißen, das sie zwischen ihnen geknüpft hatte. Sie lehnte sich ganz in eine Ecke des Sofas zurück und beobachtete Roland, als er umherlief, als wühlten ihn die Gedanken auf, die ihm durch den Kopf gingen.

Er hatte ihr den Rücken zugekehrt, als er zu reden begann. »Der lange Marsch nach Mexiko auf dem Landweg war für Colonel Johnston eine große Belastung. In seinem Alter konnte er die Hitze und den Staub und die langen Stunden im Sattel nicht mehr so gut wegstecken wie als jüngerer Mann. Sein Alter hat ihn auch in seinem Denken starr werden lassen, und er war nicht mehr in der Lage, einen Kompromiß zu schließen oder sich auf eine neue Situation einzustellen. Vorschläge seiner Untergebenen zum Alltagsablauf hat er entrüstet abgelehnt. Was die Strategie des Feldzugs anging, war er nicht mit den Angriffszielen oder den Mitteln einverstanden, die General Zachary Taylor einsetzen wollte. Er wollte in einem scharfen Galopp voranstürmen und die angeblich geschwächten mexikanischen Truppen über den Haufen reiten, die Hauptstadt einnehmen und die ganze Geschichte abschließen. Wir könnten innerhalb von sechs Wochen alle wieder in Natchez sein, behauptete er, wenn die Regierungsbeamten in Washington nur auf ihn hören würden.«

Er unterbrach sich, und als er sich zu ihr umdrehte, stand ein nachdenklicher Ausdruck in seinem Gesicht. Kopfschüttelnd fuhr er fort. »In vieler Hinsicht waren sich der Colonel und General Lopez ähnlich. Sie glaubten beide an den geballten Frontalangriff und waren derart von der eigenen Überlegenheit überzeugt, daß sie ihre Feinde immer wieder unterschätzten. Der Colonel hatte in einer Hinsicht recht. General Taylor fehlte es an Begeisterung für einen wirkungsvollen Einmarsch ins mexikanische Inland. Die Mittel, die dein Großvater einsetzte, um das zu ändern, waren dagegen falsch. Es war nach Buena Vista. Wir waren alle enttäuscht darüber, daß uns nicht befohlen wurde, ins mexikanische Inland vorzustoßen. Statt dessen fochten wir eine Reihe von Scharmützeln aus und zogen uns jedesmal zurück, statt den Feind zu verfolgen. Schließlich hatte Colonel Johnston genug davon. Er glaubte, wenn er und seine Truppe die fliehenden Mexikaner verfolgten, würden die restlichen Truppen aus reiner Begeisterung folgen, selbst wenn sie damit gegen ihre Befehle verstießen. Er hat sich geirrt.«

»Ja«, meinte Melanie, in deren Augen ein verträumter Blick getreten war. »Ich kann mir gut vorstellen, daß er genau so gehandelt hätte.«

Roland nickte. »Unsere Truppe war allein, als die Mexikaner umkehrten, uns den Weg abschnitten und viele abschlachteten. Diejenigen von uns, die noch am Leben waren, als die Fahne sank, wurden ins Landesinnere gebracht. Wie du weißt, waren der Colonel, Dom, ich und drei weitere die Gefangenen. Unsere Pferde hatte man unter uns zusammengeschossen oder sie uns weggenommen. Wir mußten viele Meilen marschieren. Man hat uns wenig Wasser und noch weniger zu essen gegeben. Als wir das Gefangenenlager erreichten, war es nicht mehr als eine umzäunte Lehmhütte. Dort waren nahezu fünfzig Männer untergebracht, von denen die übrigen in den früheren Monaten des Krieges gefangengenommen worden waren. Es gab keine sanitären Einrichtungen; die Hütte war von Flöhen und Ratten verseucht, und tagsüber herrschte dort eine höllische Hitze. Krankheiten, Fieber, die Hitze, all das forderte seinen Tribut. Als wir dort ankamen, war nur noch ein Bruchteil der Männer dort, die man ursprünglich dort gefangengehalten hatte. Der Rest war gestorben.«

Roland schaute Melanie an, die verständnisvoll nickte und sich darüber klar war, daß die schlichten Worte, die er wählte, nur einen Bruchteil des Grauens schildern konnten, das die Männer in der Gefangenschaft durchgemacht hatten.

»Der Colonel ist gleich nach unserer Ankunft zusammengebrochen. Nach ein oder zwei Tagen hat er ganz das Bewußtsein verloren und lag im Delirium. Es war leicht zu erkennen, daß er es nicht lange schaffen würde. Während des gesamten Fußmarsches hatte sich dein Großvater geweigert zuzugeben, daß er auch nur die geringste Verantwortung für den Tod seiner Männer trug, aber er hatte sich in den Kopf gesetzt, wir alle seien dieser Meinung. In gewisser Weise stimmte das auch, denn wir bewunderten irgendwie auch, was er versucht hatte, und wieviel Mumm und Schneid ihn dazu geführt haben mußte, diesen Befehl zu erteilen. Dem Colonel war nicht ein einziger Mann gefolgt, der nicht in Ehren hätte umkehren können, indem er schlichtweg gehorchte, als zum Rückzug geblasen wurde. Jedenfalls sahen wir, die fünf von uns, die noch von der Truppe übrig waren, daß etwas geschehen mußte. Wir beschlossen, den Mexikanern gegenüber Andeutungen fallen zu lassen, in denen es um den Einfluß ging, den der Colonel bei etlichen Kongreßabgeordneten hatte. Wir behaupteten, er sei den mexikanischen Zielen gewogen, obwohl er natürlich so tun müsse, als sei es nicht so. Wir gaben klar zu verstehen, daß es in Mexikos Interesse war, wenn Colonel Johnston nicht nur medizinisch behandelt würde, denn nur so könnte er wieder gesund werden, sondern es sei auch eine gute Idee, ihn sobald wie möglich auszutauschen.«

»Oh«, flüsterte Melanie. »Ich glaube, ich fange an zu verstehen.«

Roland fuhr sich mit der Hand durch das Haar und preßte sie dann auf seinen Nacken. »Ja. Also, es klappte. Der Colonel wurde in einem besseren Quartier untergebracht, und wir hörten, es ginge ihm gesundheitlich wieder besser. Kurz darauf wurde er freigelassen und wieder in die Vereinigten Staaten geschickt. Eine solche Vorzugsbehandlung war so ungewöhnlich, daß die anderen Gefangenen sie nicht einfach übersehen konnten. Sie reimten sich die einzig mögliche Erklärung zusammen. Wenn wir den anderen Männern jedoch gesagt hätten, was wir getan hatten, dann hätte das heißen können, daß etwas zum Kommandanten des Militärgefängnisses durchsickerte. Anfangs mußten wir an die Sicherheit und das Wohlergehen des Colonel denken. Später, als er nicht mehr da war, waren Dom und ich noch kräftig genug, um jede Strafe zu überstehen, die man hätte auferlegen können, aber zwei der Männer, die mit uns gefangengenommen wurden, hätten es nicht überlebt. Sie waren an fiebrigen Infekten erkrankt und lagen im Sterben, doch das wußten wir zu dem Zeitpunkt noch nicht. Der andere Mann war bereits tot, bei einem Fluchtversuch erschossen worden. Nach einer Weile schien es keine Rolle mehr zu spielen. Es sah ganz danach aus, als würden wir alle an Ort und Stelle sterben.«

Ja, dachte Melanie, die die wechselnden Gefühle beobachtete, die über Rolands braungebranntes Gesicht zogen. Es war nicht schwer zu verstehen, wie man so etwas in diesem Schmutz, in diesem Elend und in dieser Hoffnungslosigkeit übersehen konnte.

»Nach dem Fall von Mexiko City sind wir freigelassen worden. Nur Dom und ich waren noch am Leben. Unsere Militärzeit war vorbei, und es sah so aus, als würde in den nächsten Tagen ein Friedensvertrag unterzeichnet. Nichts hat mich nach Natchez gezogen, und eine Gruppe von Veteranen des Mexiko-Feldzuges ist nach Kalifornien aufgebrochen. Ich habe mich entschlossen mitzugehen. Dom hat sich auf den Heimweg nach Natchez gemacht. Ich hatte ein wenig Glück und habe ein bißchen Geld gemacht, als Gold entdeckt worden ist, und dann bin ich nach zwei Jahren der Wanderschaft nach Hause zurückgekehrt.«

»Du bist nach Hause gekommen«, äußerte Melanie, und ihre Augen waren dunkel vor Schmerz, »und mußtest feststellen, daß die Gerüchte mit der Rückkehr der anderen Gefangenen, vorwiegend Männern aus Louisiana und Mississippi, auf ihren Urheber zurückgefallen waren.«

»Das ist richtig«, gab er zu, »und mein guter Freund und Mitgefangener Dominic Clements hatte nichts unternommen, um reinen Tisch zu machen. Er hatte einfach den Mund gehalten und den Colonel sehen lassen, wie er selbst damit zurechtkam. Die Erklärung, auf die dein Großvater gekommen ist, war logisch. Er und ich waren im Einsatz halbwegs miteinander ausgekommen, und ich hatte großen Respekt vor ihm, aber es gab so einige Dinge, die wir sehr verschieden sehen. Ich weiß es nicht. Vielleicht hatte Dom dich damals schon kennengelernt und wollte sich hüten, seine Chancen bei dir zu zerstören, aber vielleicht hatte er auch Angst, der Colonel würde ihn dafür zur Rechenschaft ziehen. Vielleicht fand Dom sogar, ich hätte es verdient, denn es war ursprünglich meine Idee gewesen, den Charakter des Colonel anzuschwärzen, um ihm so das Leben zu retten. Welche Gründe er auch dafür gehabt haben mag, jedenfalls hat er mich zum Sündenbock gemacht, und diese Rolle hatte ich bereits, als ich von Kalifornien zurückkam.«

»Als mein Großvater dich auf Monmouth beschuldigt hat, hast du nichts zu deiner Verteidigung gesagt«, sagte Melanie.

»Das war das erste Mal, daß ich etwas von der ganzen Sache gehört habe. Ich war zu überrascht, um die Geschichte in diesen wenigen Sekunden klar zu durchdenken, aber es erschien mir ausgeschlossen, vor all diesen Menschen die Wahrheit herauszuschreien. Es hätte dem Colonel nicht geholfen, sondern ihn nur gedemütigt, wenn er vor aller Öffentlichkeit erfahren hätte, daß sein Leben zu einem so hohen Preis erkauft worden war. Ich dachte mir, ich könnte mit ihm unter vier Augen reden, während die Einzelheiten des Duells geregelt werden, aber er wollte sich nicht dazu bereiterklären.«

»Und daher bist du ihm im Duell gegenübergetreten und hast keinen Schuß abgegeben.«

»Ich hatte ihm bereits ein Unrecht angetan und ihm die Form von Leiden zugefügt, auf die du mich in jener Nacht auf Monmouth so deutlich hingewiesen hast. Wie hätte ich mich mit ihm duellieren können? Aber der Colonel konnte sich nicht damit zufriedengeben, daß nur Blut fließt.«

»Nein«, bemerkte Melanie. »Ich glaube nicht, daß er in seinen letzten Tagen noch wußte, was er gesagt oder getan hat. Er war von der Vorstellung besesen, dich tot zu sehen. Und daraus erklärt sich alles Weitere.«

»Ja, so erklärt sich alles Weitere. Ich bedaure meine Mitwirkung daran, den guten Namen des Colonel in den Schmutz zu ziehen, aber ansonsten bereue ich kaum etwas, was geschehen ist.«

Melanie schaute ihn aus ihren violettblauen Augen an. In seinen Augen brannte eine solche Smaragdglut, daß sie spürte, wie ihr das Herz in der Kehle schlug. Sie fuhr sich mit der Zunge über die Lippen. »Letztendlich hat das Duell zwischen dir und meinem Großvater nichts aus der Welt geschafft. Glaubst du wirklich, wenn du dich mit Dom duellierst, sind die Lügen aus der Welt geschafft, die zwischen euch stehen? Und würde es dir denn genügen, Blut zu sehen? Du hast ihm seine Verlobte weggenommen und die klaren Pläne vereitelt, die er für sein Leben geschmiedet hatte. Reicht das noch nicht?«

»Ich habe ihm seine Verlobte weggenommen und sie zu meiner Frau gemacht, zumindest leiblich«, antwortete Roland in einem grimmigen Tonfall. »Ich wollte nie, daß es so kommt, aber da es so gekommen ist, war ich dazu bereit, uns als quitt zu betrachten, Dom und mich. Dom war nicht dazu bereit. Er wollte es nicht dabei belassen. Er hat sein Bestes getan, damit ich in Kuba umkomme, und er hat sich bemüht, mir meine Frau wegzunehmen. Soll ich zulassen, daß diese Form von gefährlichem und brutalem Verrat weitergeht? Oder wäre es dir vielleicht lieber gewesen, wenn ich nicht aus Kuba zurückgekommen wäre? Wenn Dom dich auch noch so heimtückisch mißbrauchen wollte, wäre es dir vielleicht doch lieber gewesen, wenn ich heute abend nicht zu deiner Rettung gekommen wäre?«

»Nein, nein, überhaupt nicht«, rief Melanie und sprang auf.

»Nein? Warum bist du dann hier und setzt dich für ihn ein?«

»Das tue ich nicht«, entrüstete sie sich aufgebracht. »Ich setze mich für dich ein. Du bist es, von dem ich will, daß er lebt.« Sie ging die wenigen Schritte auf ihn zu und legte ihre Hand auf seinen Arm. »Du mußt mir glauben.«

Er legte seine Hand auf ihre Arme, ließ sie sachte auf ihre Schultern gleiten und packte sie. »Ich möchte dir gern glauben.«

»Oh, Roland«, seufzte sie und schaute forschend in sein hageres Gesicht, und ein heftiger Schmerz schnürte ihr die Kehle zu und hielt die Worte zurück, die wohl bewiesen hätten, daß sie die Wahrheit gesagt hatte.

»Wenn ich dir glauben könnte, wäre mir das mehr wert als mein Leben«, murmelte er, und sein grüner Blick ruhte auf den klaren Linien ihrer zitternden Lippen. »Ich halte es für möglich, daß du mich überzeugen könntest, wenn du es versuchen würdest. Wirst du versuchen, mich davon zu überzeugen, meine süße Melanie, und sei es nur für heute nacht?«

21. Kapitel

Mit Tränen in den Augen fiel Melanie ihm in die Arme. Sie legte ihre Hände in seinen Nacken und hob ihre weichen, geöffneten Lippen. Er packte sie mit der Heftigkeit eines Mannes, der etwas Kostbares in der Furcht umklammert, man könnte es ihm wegnehmen. Sein Mund zermalmte ihre Lippen mit inbrünstiger Glut, als sein Kuß tiefer wurde. Seine Zunge berührte ihre, und sie begegnete ihr erst zögernd und dann immer kühner. Ihre Arme schlangen sich fester um ihn, und sie zog sich auf die Zehenspitzen und preßte sich an ihn, ohne sich etwas daraus zu machen, daß ihre Rippen schmerzten und ihre Brüste an seiner harten Brust flachgedrückt wurden.

Das Zischen der Flamme, deren Docht herunterbrannte, ließ sie wieder zu sich kommen. Roland seufzte, ließ Melanie los, legte einen Arm um ihre Taille und ging mit ihr zur Tür.

Die Dunkelheit des Schlafzimmers wurde nur von der Helligkeit des Vollmondes durchdrungen, der durch das Fenster schien. Die schlichte Einrichtung des Zimmers, das Licht, das durch das Fenster fiel, die späte Stunde und die Tatsache, daß sie ihre Reitkleidung trug, lösten gemeinsam in Melanie das Gefühl aus, schon einmal hier gewesen zu sein. Es war, als gäbe man ihnen auf ganz merkwürdige Art noch eine zweite Chance, ihr und Roland. Gleichzeitig spürte sie die erdrückende Last einer sachten Melancholie, als hinge in der Stille der Herbstnacht eine Aura von Ende und Abschied.

Plötzliche Angst ergriff Melanie, als sie sich zu Roland umdrehte. Er schaute ernst auf sie herunter und fing dann an, ihr Reitkostüm sachte und geschickt aufzuknöpfen. Er zog sie mit der langsamen Behutsamkeit eines Mannes aus, der ein Ritual vollzieht, etwas, woran man sich bis in alle Ewigkeit erinnern kann, wenn es sein muß. Er zog die Nadeln aus ihrem Haar, ließ es in schimmernden Wogen über seine Hände fallen und strich ihr den seidigen Vorhang dann aus dem Gesicht und auf den Rücken.

»Meine schöne Melanie«, flüsterte er und legte die Hände auf ihre Wangen. Seine warmen Lippen legten sich auf ihre Stirn, auf ihre Augen, kosteten ihre Mundwinkel und sogen dann den süßen Nektar ihrer Lippen ein. Er hob den Kopf, atmete den Duft nach gelben Rosen tief ein, den er so gut von ihr kannte, ließ die Hände sinken und legte mit ein paar schnellen Bewegungen seine Kleidung ab, ehe er sie ins Bett zog.

Als er sie dicht an seinen Körper schmiegte, ohne sich zu rühren, spürte Melanie in der Gegend ihres Herzens einen Schmerz. Sie legte eine Hand auf sein Haar und ließ ihre Finger über seinen ausgeprägten Backenknochen und dann auf sein Kinn gleiten. Sie strich ihm über die Schulter und schöpfte aus diesem tastenden Streicheln ein tiefes und unerklärliches Wohlbehagen, während sie seine geschmeidigen Muskeln berührte und ihre Hand immer tiefer gleiten ließ. Sein Atem ging schneller, und ihr konnte nicht entgehen, daß sie seine Glut entfacht hatte. Er rückte ein wenig von ihr ab und streichelte sie ebenfalls zärtlich. Der warme Atem beider vermischte sich miteinander, als ihre Lippen sich fanden und nicht mehr voneinander ließen. In der samtigen Schwere der Nacht gab es keinen Grund zur Eile. Wenn überhaupt, dann verspürten sie eher den Drang, ganz langsam vorzugehen, die Verzückung bis an die Grenze zum Unerträglichen auszudehnen. Melanie spürte, wie ihre Leidenschaft auflebte. Aus ganzem Herzen gab sie sich ihm vorbehaltlos hin, enthielt ihm nichts vor. Als sie glaubte, es einfach nicht mehr aushalten zu können, ohne in den Wahnsinn abzugleiten, zog sich Roland auf sie. Sie führte ihn in sich und spürte den sinnlichen Genuß, der ihr den Atem verschlug, als ihr Körper den glühenden und pulsierenden Druck seines Körpers in sich aufnahm. Er hielt still, ließ sie in dieser nahezu mystischen Vereinigung verharren, bis sie einen kehligen Laut ausstieß und sich rührte. Dann fing er an, sich zu bewegen. Wogen der Lust überströmten sie und zogen prickelnd über ihre Haut, als er seinen Rhythmus beschleunigte. Ihre Sinne überhöhten sich, und sie versank in dem warmen männlichen Duft seines Körpers und dem würzigen Geruch von Pimentöl. Sie reagierte wollüstig auf seine Stöße und warf den Kopf von einer Seite auf die andere. Auf ihrem gemeinsamen Höhenflug, zu dem sie sich aufschwangen, erschien es, als könnte man die Welt und den kommenden Morgen in Schach halten, als könnten sie den drohenden Tod transzendieren, indem sie sich aneinander festhielten. Um so schmerzhafter war es, als die Ekstase ihr explosives Ende fand und die Leidenschaft abebbte. Dennoch ließen sie einander nicht los, sondern blieben eng aneinander geschmiegt liegen und starrten ins Dunkel, bis der Schlaf sie übermannte.

Melanie erwachte, als Roland sich aus ihren Armen löste und aufstand. Der Mond war untergegangen, und das Zimmer lag im Dunkeln, doch ein matter Lichtschimmer, der durch das Fenster drang, wies darauf hin, daß in spätestens einer Stunde der Morgen dämmern würde. Sie machte die Augen einen Spalt weit auf und sah zu, wie er seine Kleider aufsammelte und seinen Frack und seine Schleife von der Stuhllehne nahm, über der sie hingen, und das Schlafzimmer verließ.

Er ging. Nichts, was sie gesagt hatte, hatte ihn in irgendeiner Form beeindrucken können. Das wunderte sie nicht. Sie hatte von Anfang an gewußt, wie unwahrscheinlich es war, daß er sich von ihr beeinflussen lassen würde. Als sie seine vollständige Aufzählung der Sünden gehört hatte, die er Dom vorwarf, war sie sicher gewesen, daß sie nichts erreicht hatte. Trotz ihres Mißerfolgs war sie froh, daß sie hergekommen war. Sie bereute es nicht, denn sie hatte die Kraft gefunden, ihm zu erzählen, welche Rolle sie bei dem Scheitern von Lopez' Feldzug gespielt hatte, und er hatte sie mit seinen ernsthaften Worten von jeder Schuld freigesprochen. Sie hatte die bittersüße Wahrheit über ihren Großvater und die Gerüchte erfahren, die ihm seine letzten Tage verdorben hatten, und wenn sie auch nicht sicher war, ob er ihr geglaubt hatte, hatte sie Roland doch gesagt, daß sie sich einiges aus ihm machte. Dazu kam noch, daß sie ihn nicht hatte gehen lassen, ohne sich zu verabschieden. Es stimmte schon, daß es ein wortloser Abschied gewesen war, erfüllt von einer leidenschaftlichen Traurigkeit; und doch waren sich beide voll und ganz über die Bedeutung dieses Abschieds klar gewesen. Es hatte keinen Grund für einen letzten langen Kuß bestanden, ehe er von ihr fortgegangen war. Statt sie zu wecken und die Zeit ihrer furchtbaren Sorge zu verlängern, war er in dem Glauben fortgegangen, daß sie schlief, in dem Glauben, daß es vorüber sein würde, wenn sie wach wurde. Das war eine edle und großzügige Geste. Es war nicht seine Schuld, daß diese Geste umsonst war.

Melanie wartete, bis sie hörte, wie sich die Haustür hinter ihm schloß, und sie seine Schritte auf der Veranda hörte, bis das Gras sie dämpfte. Dann schlüfte sie aus dem Bett und zog sich eilig an. Mit gelüpften Röcken rannte sie aus dem Schlafzimmer. Im Wohnzimmer eilte sie an ein Fenster. In dem großen weißen Haus brannte eine Lampe, und zwei gesattelte Pferde wurden von einem Stallknecht langsam um das Haus herum auf die Auffahrt geführt. Ihr eigenes Pferd war noch vor der Tür des Gästehauses angebunden.

Sie konnte noch nicht aufbrechen. Sie würde warten müssen. Sie sorgte sich nicht etwa darum, was sich schickte. Ihr Ziel war es, den vereinbarten Treffpunkt zu erreichen, ohne aufgehalten zu werden. Wenn Roland und Gouverneur Quitman sie sahen, würden sie ihr zweifellos verbieten, dort zu erscheinen. Sie würde soviel Abstand zu ihnen einhalten müssen, daß keine Gefahr bestand, von ihnen gesehen zu werden.

Melanie steckte sich so eilig das Haar auf, daß es ihr wieder auf den Rücken fiel. Sie zog die Nadeln wieder heraus und legte sie auf den Schreibtisch. Dabei sah sie, daß Roland den Text, an dem er gestern abend gearbeitet hatte, beendet hatte. Das Blatt lag ordentlich zusammengefaltet da und wurde von dem Tintenfaß beschwert. Darauf stand Jackson Turnbulls Name, der Name des Mannes, der sowohl der Anwalt von Rolands Vater als auch der Anwalt ihres Großvaters gewesen war. Während sie ihr Haar zu einem Knoten im Nacken hochsteckte, starrte sie das Blatt an. Als sie die letzte Haarnadel angebracht hatte, streckte sie langsam die Hand nach dem Tintenfaß aus und stellte es zur Seite. Sie nahm das gefaltete Blatt in die Hand und zögerte einen Moment, ehe sie es auseinanderfaltete. Es war ein klares, übersichtliches Dokument. Bis auf den Anteil seines Besitzes, der an seine Mutter fallen mußte, hatte Roland seinen Anteil an Cottonwood und alles andere, was er besaß, ihr vermacht. Seiner geliebten Frau, Melanie Johnston Donavan.

Die Sandbank am Mississippi unterhalb von Natchez war ein beliebter Ort für Duelle, und das schon seit einer Reihe von Jahren. Es war neutraler Boden für beide Parteien, und der Ort lag nicht weit von der Stadt, was praktisch war, und war doch weit genug außerhalb, um die Neugierigen abzuschrecken, die vielleicht etwas von einem Duell vernommen hatten. Noch beliebter wurde dieses abgelegene Fleckchen, das von Wasser umgeben war, durch den Umstand, daß es nicht zum Zuständigkeitsbereich des Sheriffs gehörte, der sich hätte einmischen können, da Duelle gegen das Gesetz verstießen. Weiden und junge Zypressen mit Moosflechten wuchsen auf der Böschung im gehaltvollen Flußschlamm, doch in der Mitte war eine Lichtung, auf der hohes Gras wogte, und wo die Männer, die sich hier trafen, ihr tödliches Werk vollbringen konnten.

Die Sandbank konnte man nur mit einem Boot erreichen. Am Flußufer gab es Männer, die sich mit einem Boot und einem Paddel eine hübsche Summe verdienten, indem sie die Männer zur Sandbank beförderten und sie wieder zurückbrachten. Es waren dieselben Männer, die auch hinausruderten und im Fluß nach den Leichen suchten, derer sich Natchez-under-The-Hill allnächtlich entledigte. Manchmal kehrte ein verwundeter Duellant nicht von der Sandbank zurück, obwohl er sich auf den Rückweg zur Stadt gemacht hatte. Manchmal war der Verletzte leblos, wenn er das Flußufer erreichte, und aus geheimnisvollen Gründen fehlten seine Wertsachen. Es gab zwar auch ehrliche Männer unter den Schiffern, doch die Schwierigkeit war die, einen zu finden.

Statt sich auf ihr Glück zu verlassen, zog Melanie es vor, die Meinung des Mannes einzuholen, der für die Fähre zuständig war.

Er schickte sie zu einem freundlichen älteren Mann, der das verdrossene Gesicht eines Schotten hatte. Er hörte sich stumm an, was sie wollte, sah sie von Kopf bis Fuß an, spuckte auf den Boden und nickte dann bedächtig, als sie ihm sagte, sie werde ihm das Geld für die Überfahrt erst bezahlen, wenn sie wieder in Natchez sei.

Er hatte ein robustes Ruderboot, von dem die Farbe abblätterte, doch die Scharniere waren gut geölt, und es gab kein Leck. Der Mann redete kein Wort mit ihr, doch er wirkte zuverlässig. Melanie war ohnehin nicht dazu aufgelegt, sich über Banalitäten zu unterhalten.

Das Wasser, das um das Boot herumschwappte, war so grau wie der Himmel im Morgengrauen. Die Luft war kühl und feucht, und der Fluß roch nach Fisch und Schlamm und verfaulender Vegetation. Das Wetter würde bald umschlagen, aber heute sollte es noch einmal schön werden. Jetzt schon färbte sich der Himmel am östlichen Horizont rötlich.

Als sie der Sandbank näherkamen, die im Dunst dalag, sah Melanie, daß mehr Boote dort lagen, als sie erwartet hatte. Es schien, als seien doch Schaulustige erschienen, wenn sie sie auch durch die dichten Weiden nicht sehen konnte.

Der Mann sprang aus dem Boot, zog den Bug höher in den Sand und half Melanie beim Aussteigen. Ihr Gesicht war ernst und blaß, als sie ihn anstarrte.

»Sie warten doch auf mich?« fragte sie.

»Ja«, erwiderte er und spuckte aus, »aber es könnte sein, daß ich mal kurz fort bin, um mir anzusehen, was eine Dame wie Sie hierher führt.«

Melanie nickte, und zu zweit liefen sie auf den matschigen Trampelpfad, der zwischen den Weiden durchführte.

Drei Gruppen von Männern standen auf der Lichtung, die als Feld der Ehre diente. Abseits standen die Zuschauer; Dom und sein Sekundant standen an diesem Ende der grasbewachsenen Lichtung; Roland und Gouverneur Quitman standen am anderen Ende. Mit der schwarzen Tasche vor den Füßen und gefalteten Händen stand der Arzt ein wenig abseits bereit.

Roland unterhielt sich leise mit John Quitman. Am anderen Ende der Lichtung beklagte sich Dom lautstark über die Pistole, die man ihm gegeben hatte. Seine Stimme war überlaut und schroff und ließ klar erkennen, daß er Zuflucht zur Flasche genommen hatte, um sich für dieses Duell zu wappnen.

Melanie zögerte am Rand der Weiden. Nachdem sie jetzt hier angekommen war, war sie unsicher, wie sie vorgehen sollte. Roland hatte nicht auf sie gehört, als sie miteinander allein gewesen waren; es war noch viel unwahrscheinlicher, daß er in der Öffentlichkeit auf sie hören würde. Dom hätte sie überreden können, aber er war nicht der Herausforderer. Er konnte das Duell nicht ablehnen, ohne als Feigling dazustehen. All das hatte sie gewußt, als sie aus dem Gästehaus von Monmouth aufgebrochen war, und in Wirklichkeit erwartete sie eigentlich nicht, den Ausgang des Duells in irgendeiner Form beeinflussen zu können. Sie hatte sich einfach nur gezwungen gesehen, selbst dabei zu sein, es mit eigenen Augen anzusehen. Sie mußte wissen, was hier vorging. Ihr war der Gedanke unerträglich abzuwarten, bis jemand kam und ihr sagte, ob Roland tot oder am Leben war. Dennoch verspürte sie jetzt einen übermächtigen Drang, kehrtzumachen und zu fliehen. Sie war sich nicht mehr sicher, ob sie es aushalten würde, sich das Duell anzusehen, und sie fragte sich, ob sie nicht lieber so lange wie möglich hinauszögern sollte, das Endergebnis zu erfahren, denn schließlich konnte es ihren inbrünstigen Gebeten zuwiderlaufen.

Plötzlich wandte Dom den Kopf und sah ihr direkt ins Gesicht. »Melanie«, rief er, und aus seiner Stimme war das Erstaunen herauszuhören. »Melanie!«

Sie stand wie angewurzelt da, als alle Blicke sich auf sie richteten. Ihr blieb nichts anderes übrig, als fortzulaufen oder es tapfer durchzustehen und zu bleiben. Mit hocherhobenem Kopf trat Melanie vor.

»Bist du gekommen, um dir anzusehen, wie ich dich zur Witwe mache?« rief Dom und stieß ein unbekümmertes Lachen aus, das die Unbeherrschtheit des Wahnsinns zu enthalten schien. »Es ist aber auch an der Zeit, daß du endlich wieder frei bist. Es ist Zeit, daß du Bett und Tisch nicht mehr mit dem Mann teilen mußt, der mit seinen heimtückischen Lügen deinen Großvater getötet hat. Du weißt ja, daß ich dir gestern abend nichts Böses antun wollte. Du weißt, daß ich dich liebe. Schenk mir deine Gunst, und ich werde dein Ritter sein. Ich werde das Ungeheuer erschlagen, das dich gefangenhält, und dich von ihm befreien, und dann werden wir für den Rest unseres Lebens glücklich sein.«

Melanie antwortete erst, als sie so nah gekommen war, daß sie nicht zu schreien brauchte. Als sie sprach, war ihre Stimme fest und klar. »Ich habe dir keine Gunst zu schenken, Dom, denn all meine Gefühle gehören meinem Mann. Du bist hier derjenige, der lügt, denn du weißt, daß die Geschichten, die den mexikanischen Behörden unterbreitet worden sind, die Geschichten, die ihr in Umlauf gebracht habt, du und Roland und die anderen Mitglieder von Johnstons Freiwilligentruppe, wohltätige Lügen waren, die ihr ausgestreut habt, um einem alternden kranken Mann das Leben zu retten. Keiner von euch ist daran schuld, daß diese Geschichten ausgebreitet wurden und meinem Großvater seine letzten Tage vergällt haben. Aber du trägst eine Menge Schuld, Dom, denn du hast keine Erklärungen abgegeben, als die Zeit dafür gekommen war, und du hast zugelassen, daß die Gerüchte immer ausufernderen Verleumdungen gewichen sind, bis sie sich wie ein Geschwür in das Herz meines Großvaters gefressen haben, und du hast auch dafür gesorgt, daß die Schuld an dieser ungeheuerlichen Geschichte, die aus Erbarmen heraus in die Welt gesetzt worden ist, Roland zugeschoben wurde.«

»Dann hat Roland es dir also erzählt, stimmt's? Und jetzt ist er in deinen Augen ein Held, edelmütig und aufrecht, ein Held, der die Frau genommen hat, die ich hätte heiraten sollen.«

Melanie achtete nicht darauf, daß Bewegung unter den Zuschauern aufkam, und sie ignorierte auch Roland, der mit weißem Gesicht still am Ende des Duellplatzes stand. »Ich glaube, ich brauche dich nicht daran zu erinnern, daß du mich hättest heiraten können und es nicht getan hast. Aber was du anscheinend nicht verstehst, ist, daß ich dich selbst dann nicht heiraten werde, wenn du mich heute zur Witwe machst. Ich werde nie in meinem ganzen Leben deine Frau werden. Hast du mich verstanden?« Sie wandte sich zu Roland um. »Habt ihr beide mich verstanden? Mir ist klar, daß weit mehr als nur ich zwischen euch steht, aber falls einer von euch nur irgend etwas für mich empfindet, dann hört ihr auf der Stelle mit dem Unsinn auf. Ich will nicht, daß hier Blut vergossen wird.«

Stille senkte sich herab, als beide Männer sie anstarrten, und dann trat Gouverneur Quitman vor und legte ihr seine Arme auf die Schultern. »Komm schon, Melanie. Geh aus dem Weg. Es ist zu weit gegangen, und es läßt sich nicht mehr abwenden, verstehst du, und du lenkst Roland nur ab.«

»Oh, Gouverneur«, bat sie, und Tränen stiegen in ihre Augen. »Halten Sie sie davon ab.«

»Das kann ich nicht. Ich vermute, das kann niemand. Es ist eine üble Geschichte, aber es läßt sich nichts mehr daran ändern.«

Die beiden Männer stellten sich Rücken an Rücken. Nach zehn Schritten würden sie sich umdrehen und ihre Schüsse abgeben. Das Zählen hatte schon begonnen. »Fünf, sechs, sieben, acht...«

Dom drehte sich abrupt um. »Wenn ich sie nicht haben kann, dann sorge ich dafür, daß du sie auch nicht kriegst!« schrie er. Direkt nach diesen Worten gab er einen Schuß ab.

Melanie stieß einen Schrei aus. Unter den Männern um sie herum brach ein Tumult aus. Es war noch nicht bis zehn gezählt worden. Rolands Rücken war Dom noch zugekehrt gewesen. Bei Doms Schrei hatte er sich umdrehen wollen, und die Kugel aus der Duellpistole hatte ihn tief in die Seite getroffen, und sein Hemd färbte sich leuchtendrot. Er wankte und stürzte ins Gras.

Doms Sekundant stand benommen da, obwohl es seine Aufgabe war, den Duellanten unter diesen Umständen zurückzuhalten. Ehe sich auch nur einer der Männer rühren konnte, sprang Dom zu seiner Jacke, zog seinen Derringer heraus und wankte auf den Mann zu, der gestürzt war. »Ich werde dich töten!« schrie er. »Diesmal gehe ich auf Nummer sicher. Das wird nicht so wie in Kuba. Diesmal bleibst du tot!«

Melanie war auf Roland zugelaufen, als er stürzte, ebenso wie der Arzt und John Quitman. Der Augenblick bekam etwas Alptraumhaftes, denn es schien, als würde niemand Dom zurückhalten, als könnte niemand rechtzeitig zu Roland gelangen, um ihn zu schützen. Roland bewegte sich und sein Gesicht verzerrte sich vor Schmerz, aber es erschien ausgeschlossen, daß er die Pistole, die er noch in der Hand hielt, auf Dom richten, zielen und rechtzeitig abfeuern konnte.

»Nein«, schrie Melanie. »Nein!«

Auf ihren Schrei hin zögerte Dom, und ein gemarterter Ausdruck trat auf sein Gesicht, ehe sich seine Züge sofort wieder verhärteten.

Melanie blieb nicht stehen. Sie hatte die anderen weit hinter sich zurückgelassen. Jetzt legte sie die letzten Schritte zurück und warf sich neben ihren Mann zu Boden. Blut strömte aus seiner Wunde und verfärbte das Gras, auf dem er lag. Der Lauf der Pistole bebte, als sein Arm vor Anstrengung zitterte. Ihr blieb keine Zeit, ihm die Waffe wegzunehmen. Sie legte eine Hand auf Rolands Schulter, um ihn zu stützen, und mit der anderen umfaßte sie sein braunes Handgelenk, hielt es fest und zielte.

»Jetzt«, flüsterte sie schluchzend, und der Schuß ertönte dröhnend.

Dom, der praktisch über ihnen stand, riß die Arme in die Luft und fiel nach hinten; er blieb regungslos liegen. In der Brust hatte er ein gewaltiges Loch, aus dem das Blut strömte und in den Boden sickerte. Seine braunen Augen waren offen und sahen starr zum Himmel, und auf seinem hageren Gesicht stand plötzlich ein friedlicher Ausdruck. Eine Brise zerzauste sein blondes Haar und wehte den graublauen beißenden Pulverrauch fort, auf den Fluß hinaus.

Melanie schluckte schwer und schaute Roland an. Die Pistole war ihm aus der Hand gefallen, und er war mit geschlossenen Augen nach vorn gesackt.

»Lassen Sie mich mal sehen«, bat der Arzt.

»Ist er...?« Melanie konnte das Wort nicht aussprechen.

»Nein, nur bewußtlos, aber er verliert viel zu schnell Blut. Ich werde ihn provisorisch zusammenflicken, und dann müssen wir ihn nach Hause bringen. Es ist zu übel, daß Cottonwood so weit abgelegen ist.«

»Ich nehme ihn mit nach Greenlea«, meinte Melanie fest entschlossen.

»Sind Sie ganz sicher? Er wird eine ganze Weile ein kranker Mann sein. Er wird viel Pflege brauchen.«

»Ich bin ganz sicher«, antwortete Melanie und legte eine Hand schützend auf die Schulter ihres Mannes.

Bereitwillige Hände hoben Roland hoch und trugen ihn zur Anlegestelle. Der Arzt blieb noch einen Moment zurück, um Dom nach Lebenszeichen zu untersuchen. Er brauchte nicht lange für die Feststellung, daß keine vorhanden waren. Ehe sie Roland ins Boot legen konnten – das Boot, das Melanie gemietet hatte, denn es war das größte –, hatte sich der Arzt ihnen schon wieder angeschlossen und sorgte dafür, daß der Patient, dem er eventuell noch helfen konnte, so sanft wie möglich gebettet wurde. Als das geschehen war, setzte er sich neben Roland.

Der große, griesgrämige Schiffer spuckte über den Bootsrand, ehe er nach den Rudern griff. Melanie setzte sich in den Bug, und sie wurden ins Wasser gestoßen.

Das erste goldene Tageslicht zeichnete sich jetzt über den Bäumen ab und wurde heller, als es durch den Dunst über dem Fluß drang und das Wasser glitzern ließ. Sie waren auf dem Rückweg nach Natchez.

22. Kapitel

Die Lampe brannte schwach, eine Insel aus Licht in der Dunkelheit des Schlafzimmers. Melanie saß daneben und war über ihre Stickerei gebeugt, und das Licht fiel auf ihr Haar und ließ es wie einen lodernden Heiligenschein erscheinen. Ab und zu hielten ihre Hände still, und sie blickte auf, und ihr besorgter Blick fiel auf den Mann, der so still in dem Bett am anderen Ende des Zimmers lag. Sie war sicher, daß Roland nicht wach war, und doch war er unruhig. Sie hatte den Eindruck, daß sein Fieber stieg. Das war natürlich nicht erstaunlich. Der Arzt hatte sie schon im voraus gewarnt, daß es höchstwahrscheinlich dazu kommen würde. Dennoch machte es ihr Sorgen, weil sie sich so hilflos fühlte.

Der Arzt war schon vor Stunden gegangen. Er hatte die Kugel entfernt und triumphierend erklärt, sie hätte keine lebenswichtigen Organe getroffen. Roland sei ein gesunder und kräftiger Mann, hatte er gesagt. Es war davon auszugehen, daß er wieder gesund werde, wenn es nicht zu Komplikationen käme, doch über Nacht war natürlich nicht mit einer Besserung zu rechnen. Es war nicht ungewöhnlich, daß der Patient hohes Fieber bekam, während sein Gewebe überstürzt zum Heilprozeß ansetzte. Viele Ärzte empfohlen immer noch einen Aderlaß, um das Fieber zu senken, und diese Methode erwies sich zwar in vielen Fällen als wirksam, doch ihr Arzt war der Meinung, daß man den Patienten damit unnötig schwäche. Das beste war, ihn ganz und gar in Ruhe zu lassen. Sie sollte ihrem Mann Brühe und Flüssigkeit einflößen und ihm Laudanum gegen die Schmerzen geben, und wenn er danach verlangte, sollte sie ihm feste Nahrung vorsetzen; im übrigen konnte sie nichts anderes für ihn tun, als seine Heilung abzuwarten.

Die Worte des Arztes freuten sie und wirkten tröstlich, solange er im Haus war. Doch als er fortgegangen war und es auf Mitternacht zuging und Rolands Haut sich glühend heiß anfühlte und er sich im Bett herumwarf, halfen ihr diese Worte gar nichts mehr.

»Melanie?«

Als sie ihren Namen hörte, blickte sie wieder auf. Roland rief sie, und seine Augen glänzten vor Fieber. Sie sprang eilig auf und trat schnell ans Bett.

»Ja, Roland?« fragte sie und legte ihre kühlen Finger auf seine Hand. Sie war sengend heiß.

»Melanie?« rief er noch einmal, und seine leise Stimme drückte ein solches Erstaunen aus, daß sie spürte, wie die Tränen ihre Kehle zuschnürten.

»Ja, ich bin hier.«

Er schlang seine Finger um ihre Hand. Seine dunkelgrünen Augen glitten über das reine Oval ihres Gesichts, blieben auf ihrem Mund liegen und kehrten dann zum Violettblau ihrer Augen zurück. »Bleib bei mir«, flüsterte er.

»Ich bleibe bei dir«, antwortete Melanie.

»Ich will dich immer bei mir haben.«

»Ich werde immer bei dir sein«, antwortete sie mit einer zarten, festen Stimme.

Der Anflug eines Lächelns spielte um seinen Mund. Seine Lider fielen herunter, und seine Finger lockerten sich um ihre Hand. Trotzdem dauerte es noch lange, bis Melanie sanft seine Hand losließ und sich von seinem Bett entfernte.

Als sie sich wieder hinsetzte und ihre Nadel in die Hand nahm, spürte sie seine Schwäche wie einen Schmerz in ihrem Innern. In seiner Kraft war er immer so unangreifbar gewesen. Jetzt war er derart geschwächt, daß sie dasaß und ihn aus trockenen brennenden Augen beobachtete und furchtsam ihre qualvolle Nachtwache begann.

Das Fieber tobte mehr als drei Tage lang. Colleen, Elena und Cicero wachten abwechselnd bei ihm und achteten auf jede kleinste Veränderung. Aber nur Melanie konnte ihn mit ihren

Berührungen beschwichtigen, mit dem leisen Klang ihrer Stimme in das Unbehagen des Fiebers, das ihn quälte, vordringen. Sie war es, die bei ihm war, als der Schweiß aus seiner heißen Haut zu strömen begann, sein Haar klatschnaß machte und das Bettzeug und sein Nachthemd durchweichte. Als sie dafür gesorgt hatte, daß ihm wieder wohler wurde, versank er in einen ruhigen, natürlichen Schlaf.

Colleen war hinzugerufen worden, um ihr beim Wechseln des Bettzeugs und des Nachthemdes zu helfen. Als seine Brust sich im Schlaf gleichmäßig zu heben und zu senken begann, legte sie eine Hand auf seine kühle, feuchte Stirn.

»Gott sei Dank«, hauchte die ältere Frau.

»Ja«, murmelte Melanie, und Tränen der Ermattung und der Dankbarkeit stiegen in ihren Augen auf und rannen langsam über ihre Wangen.

»Jetzt wird er gesund werden«, versicherte Colleen.

»Ich weiß«, antwortete Melanie, aber sie konnte nicht aufhören zu weinen.

»Um dich mache ich mir allmählich Sorgen. Du bist erschöpft. Geh jetzt ins Bett, und ruh dich aus. Ich werde mich zu ihm setzen.«

»Ich fände keine Ruhe.«

»O doch, du wirst dich jetzt ausruhen«, beharrte Colleen. »Jetzt geh schon. Ich verspreche dir auch, daß ich dich rufe, wenn etwas sein sollte.«

»Versprichst du es wirklich?« fragte Melanie besorgt.

»Ehrenwort!«

Es ergab sich keine Notwendigkeit, sie hinzuzurufen. Roland schlief rund um die Uhr. Noch länger dauerte es, bis Melanie wieder wach wurde.

Danach erholte sich der Patient sichtlich. Anfangs schlief er die meiste Zeit, unterstützt von dem Laudanum, das ihm gegen die Schmerzen verabreicht wurde. Später lag er still da und beobachtete, wie die Sonne über die Wand zog, während die Tage vorübergingen, und sein Blick heftete sich auf Melanies Gesicht, wenn sie ihm die neuesten Nachrichten vorlas oder sich über ihn beugte, um ein Glas Wasser oder einen Löffel an seine Lippen zu führen. Doch ehe allzu viele Tage vergangen waren, wurde er unruhig. Er wurde grüblerisch und übellaunig. Er weigerte sich, die Laudanumtropfen zu nehmen, und eines denkwürdigen Morgens steigerte er sich in eine solche Wut hinein, daß er Cicero die Porzellantasse an den Kopf warf, als dieser versuchte, ihm Hühnerbrühe einzuflößen, und er drohte, die Schale mit dem Wasser, mit dem er rasiert werden sollte, durch das Zimmer zu werfen, wenn der Butler ihm nicht den Rasierer gäbe, damit er sich selbst rasieren könne.

Colleen hörte den Tumult und kam gerade noch rechtzeitig ins Zimmer, um das Nachthemd aufzufangen, das Roland durch die Luft warf. Bei ihrem Anblick seufzte Cicero erleichtert auf, nahm das Kleidungsstück aus ihrer Hand und verließ mit dankbarer Miene das Zimmer.

Was genau Colleen zu ihrem Sohn sagte, war nicht in Erfahrung zu bringen, aber er entschuldigte sich bei Cicero, und es kam zu keiner Wiederholung solcher Vorfälle. Dennoch ließ seine Niedergeschlagenheit nicht nach. Er aß, was man ihm vorsetzte, schien aber wenig Appetit zu haben. Die Vorstellung, ihn mit einem Kartenspiel zu beschäftigen oder ihm etwas vorzulesen, tat er schroff ab und starrte statt dessen stundenlang an die Decke. Er machte weitere Fortschritte. Erst konnte er sich im Bett aufsetzen, und dann hüllte er sich in den Morgenmantel, der Colonel Johnston gehört hatte, und lief steif zu einem Stuhl, der am Fenster stand. Und dann verlangte er eines Morgens nach seinen Kleidern.

Melanie und Colleen saßen im Wohnzimmer, als Cicero ihnen diesen Wunsch unterbreitete. Ein angespanntes Lächeln trat auf Melanies Gesicht, und sie warf einen Blick auf Colleen, ehe sie sich wieder an den Butler wandte.

»Glaubst du, er ist kräftig genug, Cicero?« fragte sie.

»Er glaubt es, Miss Melanie.«

»Ich weiß, aber das ist doch nicht dasselbe, oder?« meinte sie. »Ich frage mich, ob du wohl weißt, wozu er seine Kleider haben will.«

»Ich bin nicht sicher, Miss Melanie, aber ich glaube, er will nach Cottonwood zurückgehen. Er hat nach den Pferden gefragt, die im Stall stehen, und er wollte wissen, wer sich um sie kümmert, und er hat gesagt, er müßte von hier fortgehen.«

Melanie wich dem unausgeprochenen Mitgefühl aus, das sie in den freundlichen braunen Augen des Butlers sah. »Ich dachte mir schon, daß es darum gehen könnte. Sag ihm ... sag ihm, er kann seine Kleider morgen früh haben. Ich werde sie ihm bringen.«

»Sind Sie sicher, Miss Melanie? Ich sage es ihm, aber ich wünschte, ich bräuchte es nicht zu tun. Es wird ihm gar nicht recht sein, daß er so lange warten muß.«

Colleen stand auf. »Mach dir nicht die Mühe, Cicero«, riet sie. »Ich übernehme das. Es ist an der Zeit, daß ich selbst aufbreche, und ich will sehen, ob ich ihn damit ablenken kann, daß ich mich verabschiede.«

Als der Butler seine Dankbarkeit ausgedrückt und sich mit Verbeugungen zurückgezogen hatte, wandte sich Melanie an die Schauspielerin. »Das ist doch nicht dein Ernst, oder? Ich meine, daß du fortgehen willst?«

»Doch, ich glaube, schon, meine Liebe. Ich möchte zwar für nichts auf Erden diese Zeit missen, in der ich dich kennengelernt habe, und ebenso wichtig ist es mir, daß wir diese letzten Wochen miteinander verbracht haben, in denen ich dich näher kennenlernen konnte, aber ich habe das Gefühl, es ist an der Zeit, daß ich mein eigenes Leben wieder aufnehme. Mein Gesicht ist so vollständig verheilt, wie es nur verheilen konnte, und bis auf die Röte, die noch verblassen wird, ist nicht mehr mit einer Verbesserung zu rechnen. Es ist an der Zeit, daß ich es im Rampenlicht zeige, denn ich fürchte, wenn ich das nicht bald tue, werden meine Ängste siegen, und ich werde endlos vor dieser harten Prüfung zurückscheuen, wenn nicht gar für immer.«

»Ich hatte gedacht, du würdest vielleicht bei uns bleiben, bei mir, und dich hier häuslich einrichten. Ich hätte dich nur zu gern bei mir, und ich bin sicher, daß Roland sich auch freuen würde.«

Die Schauspielerin schüttelte den Kopf. »Das ist ganz reizend von dir, aber mein Platz ist am Theater. Wenn ich nicht dieses Ventil für meine Energien hätte, würde ich so unruhig und wäre so wenig umgänglich wie Roland es derzeit ist.«

»Bist du ganz sicher, daß ich dich nicht überreden kann, es dir anders zu überlegen?«

»Ganz sicher. Wenn meine eigenen Gefühle es mir nicht schon deutlich genug gesagt hätten, dann hätte ich es ohne jeden Zweifel durch einen Brief von Jean-Claude erfahren, der mich gestern erreichte. Er hat ein Stück entdeckt, von dem er möchte, daß es aufgeführt wird, eine moderne Version von *Der Widerspenstigen Zähmung*. Er war so nett zu schreiben, ich gäbe eine perfekte Katherine ab. Ich bin sehr gespannt darauf und kann es kaum erwarten, Jean-Claude zu sehen. Manchmal sind Schurken eben doch die besten Freunde. Da sie sich ihrer eigenen Fehler nur allzu bewußt sind, sind sie bereit, die der anderen zu übersehen.«

»Dann freut es mich für dich, wenn es das ist, was du willst, obwohl es mir leid tut, daß du fortgehst. Ich nehme an, du wirst Elena mitnehmen?«

»Ich habe ihr die Stellung als Zofe und Garderobiere angeboten, aber sie hat abgelehnt. Sie möchte nach New Orleans zurückgehen, in ein Kloster, in dem die Nonnen Frauen ihresgleichen sind, ein Orden für Negerinnen und Mischlinge. Sie widmen sich der Krankenpflege, und Elena hat entdeckt, daß ihr das Freude macht. Ich habe ihr versprochen, vor meiner Abreise alles für ihre Fahrt auf dem Dampfschiff zu organisieren.«

Melanie nickte. »Das könnte eine kluge Entscheidung sein. Der Schleier wird sie ausreichend schützen, damit man sie nicht wegen Henris Tod anklagt.«

»Und sie wird ihren Frieden finden, wenn sie den Kranken und Verletzten hilft und somit Buße tut«, stimmte Colleen ihr zu.

Melanie stand auf und trat ans Fenster. »Laß uns über Roland reden. Glaubst du, er ist in der letzten Zeit nur so abweisend und übellaunig, weil er stilliegen muß?«

»Nein, das glaube ich nicht«, antwortete seine Mutter, und ein

Ausdruck der Erleichterung trat auf ihr Gesicht. »Ich bin ja so froh, daß du danach gefragt hast, denn ich frage mich schon lange, wie ich dieses Thema dir gegenüber ansprechen soll, ohne mir zu Recht vorwerfen zu lassen, daß ich mich einmische oder etwas vorantreibe, was nicht meine Angelegenheit ist.«

Melanie brachte ein Lächeln zustande, als sie den schmerzlichen Tonfall der anderen Frau wahrnahm. »Worum geht es?« fragte sie. »Was hat ihn gegen mich aufgebracht? Als er so krank war, hat er mir sein Vertrauen geschenkt, und ich dachte, auch seine Liebe. Jezt, seit es ihm wieder besser geht, erträgt er mich kaum noch in seinem Zimmer. Er spricht selten mit mir und schaut mich kaum an. Jetzt will er von hier fortgehen und nach Cottonwood zurückgehen. Es ist, als bräuchte oder wollte er mich nicht mehr, seit es ihm wieder besser geht.«

»Das ist nicht der Fall. Das ist keineswegs der Fall«, bekundete Colleen. »Seine Liebe zu dir ist tief und grenzenlos, aber er kann sich nicht dazu durchringen, dir zu glauben, daß du dir etwas aus ihm machst. Wenn das wahr ist, was du mir in White Sulphur Springs erzählt hast, dann ist es nicht schwer, die Gründe dafür zu finden. Was mich überrascht, ist, daß ihr beide einander nicht haßt.«

»Aber ich hasse ihn nicht. Ich liebe ihn.«

»Hast du ihm das gesagt?« fragte Colleen.

»Nein, nicht mit diesen Worten, aber ich habe mich bemüht, es ihm zu zeigen.«

»Ich fürchte, er hat es gelernt, die Motive in Frage zu stellen, aus denen du dich ihm zuwendest, und er sucht nach allen erdenklichen Gründen, nur nicht nach deinen Gefühlen ihm gegenüber.«

Melanie schlug die Augen nieder. »Ich vermute, das kann man ihm nicht übelnehmen.«

»Ich bin der Meinung, du kannst in seiner Skepsis und in seinem Bedürfnis, vor dir zu fliehen, ein Zeichen für die Tiefe seiner Gefühle sehen. Wenn er dich nicht lieben würde, stünde es nicht in deiner Macht, ihn zu verletzen. Er könnte bleiben und nehmen, was du ihm zu geben hast, ohne sich selbst zu gefährden, ohne zu fragen, ob du dich ihm aus Schuldbewußtsein zuwendest, weil du ihn fehleingeschätzt hast, was deinen Großvater und Dominic Clements anging, oder ob es daran liegt, daß du von ihm abhängig bist, weil du kein Geld für deinen Lebensunterhalt hast.«

»Aber damit hat es nichts zu tun, nicht das Geringste.«

»Ich glaube, du wirst zu drastischen Maßnahmen greifen müssen, damit Roland dir das glaubt; aber wenn dir das gelingt, dann wirst du meiner Meinung nach feststellen, daß du geliebt wirst, wie nur wenige Frauen jemals geliebt worden sind.«

»Und wenn es mir nicht gelingt?« flüsterte Melanie.

»Dann wäre das ein großer Jammer – für Roland und für dich.«

Ein Bote, der zur Anlegestelle geschickt worden war, kam mit der Information zurück, daß ein Postschiff am Nachmittag in Natchez anlegen und flußaufwärts weiterfahren würde. Mit ihrer typischen Entschlußkraft nahm sich Colleen vor, dieses Schiff zu erreichen. Für sie war es kein Problem, im letzten Moment zu packen. Um die Mittagszeit waren ihre Koffer in die Kutsche geladen.

Direkt nach dem Essen ging Colleen zu Roland, um sich endgültig von ihm zu verabschieden. Als sie wieder nach unten kam, waren ihre Augen von Tränen verschleiert, doch sie lächelte. Melanie begleitete sie auf die Veranda.

»Du weißt, daß du mir jederzeit wieder willkommen bist«, betonte Melanie.

»Ja, das weiß ich, und ich brauche dir nicht zu sagen, daß du mir nur Bescheid geben mußt, wenn du mich je brauchst. Ein Bote könnte eine Zeitlang brauchen, bis er mich eingeholt hat, aber ich verspreche dir, daß ich mich in dem Moment auf den Weg mache, in dem er bei mir eintrifft.«

»Ich werde es mir merken«, äußerte Melanie.

Colleen nickte und zog sich die Handschuhe an. »Ich würde dir gern Glück wünschen«, meinte sie, »aber ich glaube fest daran, daß du intelligent und einfallsreich genug bist, um selbst dafür zu sorgen.«

Lächelnd erwiderte Melanie: »Zumindest werde ich es versuchen.«

Die beiden Frauen umarmten einander, und als die Kutsche abfuhr, winkten beide. Dann reckte Melanie das Kinn in die Luft und ging wieder ins Haus.

Für den Rest des Nachmittags betrat sie Rolands Schlafzimmer nicht. Sie nahm Cicero zur Seite und erteilte ihm genaue Anweisungen. Als sie sicher war, daß er sie verstanden hatte, zog sie sich in ihr eigenes Zimmer zurück und ließ sich Badewasser kommen. Lange verweilte sie in dem warmen duftenden Wasser, und ihre Augen waren versonnen. Da es ein kühler Tag war, setzte sie sich in einem Morgenmantel vor den Kamin, um sich das Haar zu kämmen, nachdem sie es gewaschen hatte. Dort trocknete sie ihre seidigen Locken. Sie legte die Stirn in Falten und läutete noch einmal nach dem Zimmermädchen, um sich zu vergewissern, daß in dem Schlafzimmer, in dem Roland lag, ein Feuer angezündet worden war. Gleichzeitig ließ sie die Küche benachrichtigen, daß ein Tablett für zwei Personen zum Abendessen oben vor eben jenem Kamin serviert wurde.

Die frühe Herbstdämmerung nahte, als Melanie einen Morgenmantel aus lavendelfarbenem Satin aus ihrem Kleiderschrank zog, ein Abschiedsgeschenk von Colleen. Sie zog ihren bequemen Morgenmantel aus und blieb einen Moment lang nackt dastehen. Dann holte sie tief Atem und zog sich den Satinmantel über.

Der schwere Satin schmiegte sich an sie wie eine zweite Haut und betonte die stolze Rundung ihrer Brüste, die zudem noch durch den tiefen Ausschnitt hervorgehoben wurde. Die glockenförmigen Ärmel, die ihre Ellbogen bedeckten, verliehen ihren Unterarmen und ihren Händen den Anschein anmutiger Vollkommenheit. Eine breite Schärpe schlang sich um ihre schmale Taille. Sie ließ ihr Haar weich um die Schultern fallen und sah sich ein letztes Mal im Spiegel an, nachdem sie in ihre hübschen Pantoffeln geschlüpft war.

Sie war reichlich blaß, aber das war gar nicht schlecht, denn es ließ ihre Augen riesig wirken und verlieh ihr eine Ausstrahlung von reizvoller Verletzbarkeit. Nachdem sie sich abgewandt hatte, ging sie zur Tür, öffnete sie und trat in den Gang hinaus.

Das große Haus war still und leer. Die Diener hatten sich in ihre Unterkünfte zurückgezogen, mit Ausnahme von Cicero. Melanie sah ihn auf einer Bank am unteren Treppenabsatz sitzen. Er schaute zu ihr auf und nickte. Sie hob eine Hand, trat vom Treppengeländer zurück und lief weiter durch den Gang.

Vor Rolands Tür erlaubte sie es sich nicht, zu zögern, sondern trat gleich ein und schloß die Tür hinter sich. Er hatte die Hände hinter dem Kopf verschränkt und starrte in das Feuer. Seine Züge waren verschlossen. Seine grünen Augen blieben einen Moment lang auf ihrem Gesicht liegen, ehe sie langsam über ihr Haar und ihren Morgenmantel glitten, der sich den perfekten Rundungen ihrer Figur bestens anpaßte. Ihr bleiches Gesicht errötete, als sie den zynischen Ausdruck sah, der sich in seine Augen schlich. Sie war jedoch nicht bereit, sich davon abschrecken zu lassen. Mit hocherhobenem Kopf trat sie an das Fußende des Betts und legte ihre Hände auf den Pfosten.

»Du hast dich also entschlossen, mir einen Besuch abzustatten?« fragte er.

Melanie zwang sich zu einem Lächeln und antwortete: »Ja. Hast du mich vermißt?«

Er beantwortete ihre Frage nicht, doch sein Blick ruhte unbeirrt auf ihr. »Hast du mir zufällig meine Kleider mitgebracht?«

»Nein«, antwortete sie mit fester Stimme. »Ich habe beschlossen, du bräuchtest sie nicht.«

»Was hast du?« fragte er und zog die Augenbrauen zusammen.

»Ich habe beschlossen, du hättest keine Verwendung dafür. Wenn ich das richtig verstanden habe, hattest du vor, dich anzukleiden, um Greenlea zu verlassen. Das kann ich nicht zulassen. Ich habe nicht vor, dich je wieder gehen zu lassen.«

Sie traute es sich nicht zu, seine Reaktion abzuwarten. Daher zog sie an der Klingelschnur. Fast im selben Augenblick war ein Schlüssel im Türschloß zu hören. Bei diesem Geräusch seufzte sie erleichtert auf. Die Tat war vollbracht, ganz gleich, was dabei herauskommen würde.

»Was soll das heißen?« fragte Roland, der sich auf seinen Ellbogen stützte und sie mit Argwohn im Gesicht anstarrte.

Melanie schaute ihn an und trat dann neben das Bett und setzte sich zu seinen Füßen. Ihr Morgenmantel klaffte dabei auf und legte ein Knie und einen Oberschenkel frei, doch sie unternahm nichts, um sich zu bedecken. Als sie sich an den Bettpfosten lehnte, war sie ihm nah genug, um in einem natürlichen Tonfall reden zu können, und doch war sie gerade noch außerhalb seiner Reichweite.

»Was das heißen soll?« wiederholte sie leise. »Genau das, was ich gesagt habe. Ich habe Schritte unternommen, um dafür zu sorgen, daß du nicht von hier fortgehst. Cicero hat uns eingeschlossen, und ich habe ihn angewiesen, die Tür nur dann zu öffnen, wenn ich es anordne. Oh, ich weiß, du hast mir schon gesagt, daß dir jetzt gehört, was mir gehört hat, weil wir Mann und Frau sind. Cicero erkennt diesen Tatbestand, fürchte ich, nicht an. Er sieht sich als meinen Diener an und wird das tun, was ich sage. Du könntest versuchen, die Tür aufzubrechen, doch in dem Fall wird er sich Hilfe aus den Ställen holen. Ich glaube nicht«, fuhr sie wohlüberlegt fort, »daß du einer solchen Übermacht an Kraft in den nächsten Tagen gewachsen bist, aber ich habe diese Vorsichtsmaßnahme für alle Fälle angeordnet.«

»Vielleicht bin ich nicht stark genug, um die Tür einzutreten«, entgegnete er mit ruhiger Stimme, »aber ich habe das sichere Gefühl, es würde mir keine Schwierigkeiten bereiten, meine Hände um deinen schönen Hals zu legen und dich zu erwürgen.«

Sie zog eine Augenbraue hoch. »Schon möglich, aber dazu mußt du mich erst in die Finger kriegen, und vorher wirst du dir anhören müssen, was ich dir zu sagen habe.«

Er starrte sie an und sah, wie der Feuerschein ihr Haar schillern ließ und ihr Morgenmantel immer weiter aufsprang. Die nackte Haut wies deutlich darauf hin, daß sie unter diesem Kleidungsstück aus schimmerndem Satin nichts trug. »Also gut«, brachte er gedehnt hervor und ließ sich wieder auf seine Kissen sinken. »Ich werde dein Spiel mitspielen. Erzähl mir, was du willst.«

Melanie traute dem Ausdruck nicht ganz, den sie in seinen Augen sah. Aber ein besserer Ausgangspunkt würde sich ihr vielleicht nicht bieten. Ohne zu beachten, wie sich das auf ihren Morgenmantel auswirkte, zog sie ein Knie an und schlang die Hände darum. Sie schluckte schwer und wandte den Blick ab, schaute in die hereinbrechende Dunkelheit draußen vor dem Fenster.

»Unsere Ehe ist nie einfach gewesen«, setzte sie an. »Es wäre auch nie dazu gekommen, wenn die gesellschaftlichen Moralvorstellungen nicht verlangen würden, daß ein Mann und eine Frau, die einander körperlich gekannt haben, diese Verbindung durch eine Eheschließung sanktionieren. Ich nehme an, das ist uns beiden klar. Aber es gab noch einen anderen Grund für meinen Entschluß, dich zu heiraten. Ich wollte gerächt sehen, was du meinem Großvater und mir angetan hast. Ohne es jetzt näher auszuführen: Ich habe dich gehaßt, und ich hatte das Gefühl, durch meine Entscheidung in eine Falle gegangen zu sein. Ich wollte dich für die Situation büßen lassen, in die du mich gebracht hast. Ein- oder zweimal hatte ich den Eindruck, daß du dir durchaus über meine Gefühle im klaren warst.«

Stille hatte sich über ihn herabgesenkt, während sie sprach. Sein Blick war starr auf ihr Gesicht gerichtet, als er antwortete: »So etwas Ähnliches dachte ich mir von Anfang an.«

Sie nickte: »Ja, aber ich glaube, was du nicht bemerkt hast, ist, daß all das nicht mehr zutrifft. Es ist leicht, jemanden zu hassen, den man nicht kennt, aber wenn man anfängt, diesen Menschen zu verstehen, einen Teil seines Lebens mit ihm gemeinsam zu verbringen, dann verändern sich allmählich die Gefühle, die man ihm früher einmal entgegengebracht hat, und Rache wird zu einer Bagatelle. Ich glaube... ich glaube, wenn es uns möglich gewesen wäre zusammenzubleiben, wenn es nicht den Lopez-Feldzug und die damit verbundenen Trennungen gegeben hätte, dann wäre alles anders gekommen. So, wie die Dinge standen, war es für dich an der Zeit, in den Krieg zu ziehen und mich wieder zu verlassen, ehe ich wußte, daß ich dich liebe. Ich wollte es dir in der Nacht sagen, ehe du nach Kuba aufgebrochen bist, aber damals bist du nicht zu mir gekommen, und am Morgen warst du schon fort.«

»Melanie«, unterbrach er sie und setzte sich aufrechter hin. »Was hast du gesagt?«

Sie wandte den Kopf zu ihm um und wich seinen harten grünen Augen nicht aus. »Ich habe gesagt, ich liebe dich. Es tut mir leid, daß wir soviel Zeit vergeudet haben, daß wir so viele Fehler gemacht haben, daß wir so lange gebraucht haben, um zueinander zu finden. Vielleicht könnten wir diesmal, wenn du bei mir bleibst, nicht nur Liebe, sondern auch ein gemeinsames Glück finden.«

»Bei dir bleiben? Ich wäre niemals von dir fortgegangen, wenn es nicht zu qualvoll gewesen wäre, mit dir zusammen zu sein. Ich habe dich geliebt, Melanie, seit ich dich an jenem Abend, an dem wir einander das erste Mal begegnet sind, in Monmouth die Treppe herunterkommen sah. Du hast mich damals gebeten fortzugehen. Erinnerst du dich noch?«

»Oh, Roland«, rief Melanie. Sie ließ ihr Knie los und streckte ihr Bein aus und stützte sich auf einen Arm, als sie sich zu ihm vorbeugte.

»Ich habe mich dem Lopez-Feldzug angeschlossen, weil mir schon nach einer Woche Ehe mit dir klar wurde, daß das, was ich für dich empfand, immer mehr wachsen würde, je länger ich bei dir blieb, und desto schwerer wäre es dann gewesen, dich zu verlieren, wenn du schließlich den Standpunkt erreicht haben würdest, an dem du beschließt, und dazu mußte es kommen, daß die Rache es nicht wert ist, den Preis zu zahlen, den es dich gekostet hat, mit einem Mann verheiratet zu sein, den du verabscheust. Es hat nichts genutzt. Hast du dich nie gefragt, warum ich so schnell zur Stelle war, als du nach New Orleans aufgebrochen bist? Es lag daran, daß ich meine Sachen bereits gepackt und die Erlaubnis von General Lopez hatte, nach Natchez zu reisen und meine Frau zu mir zu holen, als John Quitman mir gesagt hat, du hättest dich auf den Weg gemacht. Danach glaubte ich eine Zeitlang, ich hätte dich gewonnen, du fingest an, dir etwas aus mir zu machen, und dann ist mir klar geworden, daß du lediglich zu einer neuen Taktik gegriffen hast. Ich habe mir eingeredet, daß es mir nichts ausmacht, aber später, als es zu der Geschichte mit Colleen kam und du mir gegenüber wieder kalt warst, wußte ich, daß es mir etwas ausmacht, daß es einen üblen Nachgeschmack bei mir hinterlassen hätte, wenn ich dich gegen deinen Willen genommen hätte.«

»Und daher bist du mit Gouverneur Quitman nach Texas gereist und dann nach Mobile gegangen.«

»Und als ich zurückkam, habe ich dich mit Dom vorgefunden. Als ich gesehen habe, daß die Gefahr besteht, ich könnte dich an einen anderen Mann verlieren, wußte ich, daß die Aussicht, für immer ohne dich zu sein, tausendfach schlimmer war, als mir gewaltsam Zugang zu deinem Bett zu verschaffen.«

»Dom hat mir nie etwas bedeutet«, meinte Melanie nachdrücklich.

»Wie hätte ich das glauben können, wenn er ständig in deiner Nähe war?«

»Das habe ich dir bereits erklärt.«

»Ja, ich weiß. Vorher habe ich dasselbe schon einmal von Colleen gehört. Und doch konnte ich mich nicht durchringen, es zu glauben, bis zu jenem Moment während des Duells, als du meine Hand geführt und mir geholfen hast, den Schuß auf ihn abzugeben.«

»Ich glaube nicht, daß ich mich jemals in meinem ganzen Leben derart geängstigt habe wie in jenem Augenblick.«

»Colleen hat mir auch erzählt, wie du ihr das Leben gerettet hast, wie sehr du geweint hast, als du unser Kind verloren hast, und wie du immer wieder meinen Namen gerufen hast, als du krank warst. Ich habe mir öfter, als du es dir vorstellen kannst, gewünscht, ich hätte dich damals nicht allein gelassen. Wenn ich bei dir geblieben wäre, wäre all das nie passiert.«

Melanie schüttelte den Kopf. »Solche Argumente lassen sich endlos fortführen. Wenn ich an jenem Morgen nicht auf die Sandbank gekommen wäre, hätte Dom sich vielleicht nicht angestachelt gefühlt, vorzeitig einen Schuß abzugeben, und dann wärst du vielleicht nicht verletzt worden. Verstehst du? Aber ich mußte kommen. Ich hatte es satt, daß du mit mir schläfst und mich dann wieder allein läßt.«

Er schüttelte den Kopf, und seine Stimme war gesenkt, als er antwortete: »Ich wollte dich nie allein lassen, aber es schien das einzige zu sein, was ich tun konnte, solange die Angelegenheit mit Dom nicht geregelt war. Ich bin tausend kleine Tode gestorben, weil ich mich jedesmal gefragt habe, ob es wohl das letzte Mal ist.«

»Auf der Sandbank wäre es wirklich fast zu Ende mit dir gewesen, und ich darf gar nicht daran denken. Aber ich warne dich: Der Tod war deine letzte Chance, mir zu entkommen. Ganz abgesehen von dem Schloß vor dieser Tür, Roland Donavan, werde ich dich nie mehr fortgehen lassen.«

Er streckte die Hand nach ihrem Knöchel aus, und seine Finger waren warm, als sie sich darum schlossen und er die zarte Haut ihres Fußes mit seinem Daumen liebkoste. »Ich würde gern glauben, was du sagst«, bemerkte er, »aber ich habe eine gewisse Sturheit an mir, die verlangt, daß kein Zweifel besteht. Bist du ganz sicher, daß du diese Dinge nicht nur sagst, um wiedergutzumachen, daß du dachtest, ich hätte deinem Großvater Unrecht angetan?«

»Nein, ich schwöre dir, daß es nicht so ist«, beteuerte sie.

»Oder hat dein liebevoller plötzlicher Überschwang etwas mit dem Umstand zu tun, daß du dich von meinem Geld ernährst und kleidest?«

Melanie war Colleen nur zu dankbar dafür, daß sie sie vor eben diesen Punkten gewarnt hatte, als sie ihr Haar zurückwarf und ihn offen anlächelte. »Ist der Umstand, daß das Herz meines Großvaters vielleicht nicht versagt hätte, wenn er sich nicht mir dir duelliert hätte, der einzige Grund, aus dem du mich geheiratet hast?« fragte sie.

»Natürlich nicht«, antwortete er.

»Hast du mich in all diesen Monaten nur ernährt und eingekleidet, weil es dein Ziel war, mich dir zu verpflichten, damit du nach Lust und Laune kommen und mit mir schlafen kannst?«

»Nein«, knurrte er mürrisch.

»Aber ich kann mir nicht sicherer sein, daß du die Wahrheit sagst, als du dir sicher sein kannst, ob du mir glauben darfst.«

»Das nicht«, meinte er bedächtig, »aber wir können es jederzeit auf die Probe stellen.«

Ehe sie seine Absichten erraten konnte, klammerten sich seine Finger um ihren Knöchel, und er zog sie zu sich. Der Morgenmantel rutschte ihr bis zur Taille hinauf und entblößte ihre Hüften, die so weiß wie Porzellan waren. Seine Hand strich über diese Wölbung, als er sie auf seinen Schoß zog und ihre Lippen fand, um sie heftig und leidenschaflich zu küssen. Sie erwiderte seinen Kuß mit all der angestauten Glut der langen sorgenvollen Tage. Als sie spürte, wie der Gürtel sich um ihre Taille löste und seine Hände über ihren Körper glitten, sie streichelten und sie erregten, war es, als löse sich eine lange gehegte Furcht in ihrem Innern auf und schmelze, und sie gab sich seinen Berührungen bebend vor Glück hin.

Schließlich hob er den Kopf und schaute auf sie herunter. »Melanie, mein süßer Liebling«, flüsterte er. »Wenn ich es wage, dir zu glauben, dann sag mir niemals, daß ich mich getäuscht habe.«

»Niemals«, antwortete sie, »solange du mir dasselbe versprichst.«

Sein Mund streifte zart ihre Augenlider und glitt dann über ihre Wange auf ihren Hals und strebte sacht und doch voller Glut der rosigen Spitze ihrer Brust entgegen.

Abrupt schnappte Melanie nach Luft. »Roland, deine Wunde... du darfst dich nicht anstrengen.«

»Seit du dieses Zimmer betreten hat, hat meine Wunde mir weit weniger Qualen verursacht als ein anderer Körperteil. Der Anblick, wie du dich zurücklehnst, wie eine Verführerin aus alten Zeiten, so nah und doch so fern – das war mehr, als ich ertragen konnte. Aber ich sollte dem doch gar nicht widerstehen, oder?«

Ein Lächeln hob ihre Mundwinkel. »Ich hatte gehofft, daß du nicht widerstehst«, antwortete sie zärtlich.

Wieder verschlang sein Mund ihre Lippen leidenschaftlich. Sie klammerte sich an ihn, befreite sich aus den Falten ihres Morgenmantels und rückte näher, damit er sich nicht anzustrengen brauchte und sie leicht an sich ziehen konnte.

Es wurde laut an die abgeschlossene Tür geklopft. »Das Tablett mit dem Abendessen, das Sie bestellt haben, Miss Melanie«, rief Cicero.

Roland fluchte tonlos vor sich hin. »Ich würde ihm ja sagen, daß er verschwinden soll«, flüsterte er, »aber er gehorcht meinen Befehlen ja nicht.«

Melanie lächelte ihn aus seligen violettblauen Augen an. »Cicero«, rief sie über die Schulter, »nimm das Tablett wieder mit, und bring es später noch einmal – viel später.«

Durch die Tür war zu hören, daß der Butler leise in sich hineinlachte, und dann ertönte eine fröhlich gepfiffene Melodie, als seine Schritte im Korridor von Greenlea verhallten.